Leo N. Tolstoi

Hadschi Murat

Erzählungen aus dem Nachlass

Tolstoi-Friedensbibliothek
Reihe C | Band 14

Herausgegeben
von Peter Bürger,

Leo N. Tolstoi

Hadschi Murat

Erzählungen aus dem Nachlass

Übersetzungen von August Scholz,
Ludwig und Dora Berndl

Tolstoi Friedensbibliothek

TFb_C014

Die TFb-Buchausgaben
folgen dem Editionsprojekt
www.tolstoi-friedensbibliothek.de

Leo N. Tolstoi

HADSCHI MURAD

Erzählungen aus dem Nachlass
Übersetzungen von August Scholz, Ludwig und Dora Berndl

Tolstoi-Friedensbibliothek: Band-Signatur TFb_C014

Herausgeber, Redaktion & Gestaltung: Peter Bürger
www.tolstoi-friedensbibliothek.de
Umschlagbild: Der Nordkaukasier Hadschi Murat († 1852);
Künstler: Grigory Gagarin, 1810-1892 | commons.wikimedia.org

Herstellung & Verlag: BoD – Books on Demand, Norderstedt
ISBN: 978-3-7597-4375-6

Inhalt

Bildnis von Leo Tolstoi – Bleistiftzeichnung, 9. Januar 2011:
Arzepence | commons.wikimedia.org

Tolstoi-Friedensbibliothek, Reihe C | Dichterische Werke

(Editionsplan)

TFb_C001
Aus meinem Leben:
Kindheit – Knabenalter – Jugendzeit

TFb_C002
Kriegsbilder und andere Dichtungen aus der Zeit beim Militär

TFb_C003
Der Morgen des Gutsherrn – und andere frühe Erzählungen

TFb_C004
Die Dekrabisten – nebst weiteren Texten über Soldaten
und einer Darstellung zu Tolstois Militärzeit

TFb_C005 – C007
Krieg und Frieden | Roman

TFb_C008 – C009
Anna Karenina | Roman

TFb_C010 – C011
Volkserzählungen und Legenden

TFb_C012
Späte Erzählungen

TFb_C013
Auferstehung | Roman

TFb_C014 – C015
Erzählungen aus dem Nachlass

TFb_C016
Gesammelte Bühnenwerke

Hadschi Murat († 5. Mai 1852) – Kupferstich von G. I. Grachev (1886)
nach einer Lithographie von 1851 aus der Sammlung von P.A. Efremov
commons.wikimedia.org

Hadschi Murat

(Хаджи-Мурат)

Übertragung von August Scholz[1]

VORREDE

Ich ging quer über die Felder nach Hause. Es war mitten im Hochsommer. Das Heu auf den Wiesen war bereits abgeerntet, und man ging daran, den Roggen zu mähen.

Es gibt um diese Zeit eine köstliche Auswahl von Feldblumen: da sind die in Rot, Weiß oder Rosa prangenden, duftigen, flaumigweichen Kleeblüten, und die milchweißen, angenehm herb riechenden Sterne der Kamille mit dem grellgelben Kreis in der Mitte, und der gelbblühende Ackersenf mit seinem Honiggeruch, die schlanken, tulpenartigen, lila oder weiß gefärbten Glockenblumen, die kriechenden Wicken, die gelben, roten und rötlichen Skabiosen, der ins Bläuliche spielende kolbenförmige Wegerich mit dem leicht rosig angehauchten Flaum und dem kaum merklichen feinen Aroma, die anfänglich, zumal in der Sonne, hellblauen, später nachdunkelnden und zuletzt ins Rötliche übergehenden Kornblumen und die zarten, nach Mandeln duftenden, rasch welkenden Winden.

Ich hatte einen großen, in allen möglichen Farben prangenden Strauß gesammelt und ging nach Hause, als ich im Graben eine prächtige himbeerfarbene, in voller Blüte stehende Distel erblickte, von der Art, die man bei uns zu Lande „Tatarendistel" nennt und beim Mähen vorsichtig umgeht, falls sie jedoch zufällig von der Sense getroffen wird, sorgfältig aus dem Heu aufliest, damit man sich an den Stacheln nicht verwunde. Ich kam auf den Gedanken, diese Distel zu pflücken und mitten in meinen Strauß zu setzen. Ich stieg in den Graben hinab, trieb eine zottige Hummel, die sich in der Blüte festgesogen hatte und darin süß und sanft entschlummert war,

---

[1] Textquelle | Leo TOLSTOI: Chadschi Murat. Roman. Übertragung von August Scholz. Berlin: S. Fischer Verlag 1912. [203 Seiten] – Schreibweise *„Chadschi"* nachfolgend durchgehend geändert in *„Hadschi"*.

von ihrem weichen Plätzchen und machte mich daran, die Blüte zu pflücken. Das war jedoch keineswegs leicht: nicht nur, daß der stachlige Stengel, selbst nachdem ich meine Hand mit dem Taschentuch umwickelt hatte, nach meinen Fingern stach: er war auch so widerstandsfähig und fest, daß ich wohl fünf Minuten lang förmlich mit ihm kämpfte und jede Faser einzeln durchreißen mußte. Als ich die Blume endlich gepflückt hatte, war der Stengel schon ganz zerfetzt und zerfasert, und auch die Blüte selbst schien nicht mehr so frisch und schön, überdies paßte sie mit ihrer plumpen, groben Form nicht recht unter die übrigen zarten Blüten des Straußes. Ich bedauerte, die Blume, die an ihrem Platze recht schön gewesen war, unnützerweise abgerissen zu haben, und warf sie fort. „Welche Energie, welche Lebenskraft steckte doch in dieser Blume!" ging es mir durch den Sinn, als ich an die Anstrengungen dachte, die es mich gekostet hatte, sie zu pflücken. „Wie verzweifelt hat sie sich gewehrt, wie teuer ihr Leben verkauft!"

Der Weg zum Hause führte über frisch gepflügtes, schwarzes, fettes Brachfeld. Ich schritt auf der staubigen, dunklen Straße daher, einen flachen Abhang hinauf. Das gepflügte Land gehörte zum Gute und war sehr groß: zu beiden Seiten, wie auch nach vorn, sah man nichts als schwarzes, gleichmäßig durchfurchtes, noch nicht geeggtes Ackerland. Der Pflug hatte hier gute Arbeit geleistet, nirgends auf dem weiten Felde sah man auch nur ein Pflänzchen, einen Grashalm, alles war gleichförmig schwarz.

„Was für ein zerstörungssüchtiges Wesen ist doch der Mensch, wieviel lebende Organismen mannigfachster Art vernichtet er, um sein eignes Leben zu erhalten!" dachte ich, während ich unwillkürlich nach irgendeiner Spur von Vegetation inmitten dieses toten schwarzen Feldes ausschaute. Vor mir, rechts vom Wege, erblickte ich etwas wie einen kleinen Strauch. Als ich näher heranging, sah ich, daß es gleichfalls eine Tatarendistel war, von derselben Art wie jene, die ich vorhin um ihren Blütenschmuck gebracht hatte.

Die Distelstaude bestand aus drei Stengeln. An dem einen war die Blüte abgerissen, und der Stumpf starrte in die Luft wie ein Arm, dessen Hand abgehauen war. Die beiden andern Stengel trugen jeder eine Blüte. Diese Blüten waren einstmals rot gewesen, jetzt aber waren sie ganz schwarz. Der eine Stengel war geknickt, und die obere Hälfte mit der unansehnlichen Blüte an der Spitze hing herab;

der andere Stengel war zwar von schwarzer Erde beschmutzt, doch ragte er immer noch gerade empor. Man sah, daß ein Rad über den ganzen stacheligen Busch hinweggegangen war, daß er sich dann aber wieder aufgerichtet hatte, wenn auch nicht ganz, denn er stand ziemlich schief, aber er stand doch jedenfalls, wie ein Mensch, dem ein Stück Fleisch aus dem Leibe gerissen, dem die Eingeweide umgekehrt, ein Arm ausgerenkt, ein Auge ausgestochen worden, der aber immer noch dasteht und dem Feinde nicht weicht, dessen Hiebe alle seine Brüder ringsum niedergemäht haben.

„Welche Energie!" dachte ich – „alles hat der Mensch hier besiegt, Millionen von Kräutern und Gräsern hat er vernichtet, und nur dieses eine leistet ihm Widerstand." Und ich erinnerte mich einer Geschichte aus vergangener Zeit, aus der Epoche der Kaukasuskämpfe, die ich zum Teil miterlebt hatte, zum Teil aus den Schilderungen anderer Augenzeugen kannte und zum Teil aus der Phantasie ergänzte. Diese Geschichte, wie sie in meiner Erinnerung und meiner Vorstellung sich gestaltet hat, lasse ich hier folgen.

Erstes Kapitel

Es war an einem kalten Novemberabend des Jahres 1851, als Hadschi Murat in das etwa zwanzig Werst von der russischen Grenze entfernte, von einer unruhigen Bevölkerung bewohnte Tschetschenzendorf Machket geritten kam.

Das ganze Dorf war von dem herb duftenden Rauche des Kuhdüngers angefüllt, der in jener Gegend als Brennmaterial benutzt wurde. Der langgedehnte Gesang des Muezzin war soeben verstummt, und in der reinen Bergluft vernahm man deutlich, durch das Brüllen der Kühe und das Blöken der Schafe hindurch, die soeben über die gleich den Zellen einer Honigwabe aneinander gereihten Gehöfte des Dorfes verteilt wurden, die Kehllaute streitender männlicher Stimmen und die Unterhaltung der Frauen und Kinder unten am Springbrunnen.

Dieser Hadschi Murat war der durch seine kühnen Heldenstücke berühmte Nahib[2] Schamyls, der nie anders als mit seinem Feld-

[2] Distriktschef.

zeichen ausritt und stets von einigen Dutzend fanatischer Muriden[3] umgeben war, die um ihn herum auf kühne Reckenart ihre Rosse tummelten. Diesmal jedoch ritt er, in seinen Baschlyk und seinen Filzmantel gehüllt, nur von einem einzigen Muriden begleitet, daher und suchte offenbar möglichst unerkannt zu bleiben. Die Mündung seiner Büchse lugte unter dem Mantel hervor. Seine scharf blickenden schwarzen Augen bohrten sich in das Gesicht jedes einzelnen Dorfbewohners ein, der ihm in den Weg kam.

Als Hadschi Murat in die Mitte des Dorfes gekommen war, ritt er nicht auf der Hauptstraße weiter, die nach dem Markte führte, sondern bog links in eine schmale Seitengasse ein. Er ritt bis zu der zweiten, auf halber Höhe des Berges in den Abhang eingegrabenen Hütte der Gasse, hielt sein Pferd an und sah sich um. Unter dem Schutzdache vor der Hütte war niemand zu sehen. Auf dem Dache jedoch, hinter dem frisch mit Lehm beworfenen Schornstein, lag unter einem Schafpelz ein Mann. Hadschi Murat stieß den auf dem Dache Liegenden mit dem Schaft seiner Reitpeitsche an und schnalzte mit der Zunge. Unter dem Schafpelz hervor kam ein alter Mann in einer Nachtmütze und einem fettglänzenden, abgetragenen Beschmet zum Vorschein. Die wimperlosen Augen des Alten waren rot und entzündet, und um sie zu öffnen, mußte er mehrmals heftig blinzeln. Hadschi Murat murmelte den üblichen Gruß: *Salem aleikum* ! und enthüllte sein Gesicht. „*Aleikum salem*" murmelte der Alte lächelnd mit dem zahnlosen Munde, nachdem er Hadschi Murat erkannt und sich auf den mageren Beinen emporgerichtet hatte. Dann zog er nicht ohne Mühe seine neben dem Schornstein stehenden Pantoffeln mit den Holzabsätzen an, steckte, ohne sich zu beeilen, die Arme durch die Ärmel seines ruppigen, nicht überzogenen Pelzes und kletterte auf der an das Dach gelehnten Leiter mit dem Gesäß voran vom Dache hinunter. Während er sich anzog und hinabkletterte, bewegte er beständig den auf einem dünnen, runzeligen, wettergebräunten Halse sitzenden Kopf hin und her und schmatzte mit dem zahnlosen Munde. Als er auf der Erde war, nahm er dienstfertig Hadschi Murats Pferd am Zügel und wollte ihm den rechten Steigbügel halten. Doch der gewandte, stämmige Muride, der mit Hadschi Murat gekommen war, sprang rasch vom Pferde, schob

---

[3] Mohammedanische Sekte.

den Alten zur Seite und faßte statt seiner den Bügel. Hadschi Murat stieg vom Pferde und trat leicht hinkend unter das Schutzdach. Aus der Tür der Hütte kam ihm flink ein etwa fünfzehnjähriger Knabe entgegen, der mit seinen schwarzen, an reife Glanzkirschen erinnernden Augen voll Erstaunen auf die Ankömmlinge sah.

„Geh nach der Moschee und ruf den Vater," befahl ihm der Alte. Dann ging er Hadschi Murat voran und öffnete ihm die knarrende Tür der Hütte.

Während Hadschi Murat die Schwelle überschritt, kam aus der nach dem Innern der Hütte führenden Tür eine nicht mehr junge, schlanke, hagere Frau in einem roten Beschmet über dem gelben Hemd und blauen Pluderhosen mit einigen Kissen heraus.

„Dein Eingang sei gesegnet", sagte sie, verneigte sich tief und bereitete an der Vorderwand für den Gast einen Sitz aus den Kissen.

„Langes Leben sei deinen Söhnen beschieden," antwortete Hadschi Murat, nahm den Filzmantel, die Flinte und den Säbel ab und übergab alles dem Alten. Der Alte hing die Büchse und den Säbel vorsichtig an ein paar Nägel neben die an der Wand hängenden Waffen des Hausherrn, zwischen zwei große Becken, die an der glatt beworfenen und sauber geweißten Wand glänzten. Hadschi Murat schob seine über den Rücken gehängte Pistole zurecht, schritt auf die Kissen zu, schlug die Schöße der Tscherkeska zurück und setzte sich auf die Kissen. Der Alte hockte neben ihm auf seine nackten Fersen nieder, schloß die Augen und hob die Arme mit den ausgestreckten Händen empor. Hadschi Murat tat das Gleiche; dann strichen beide, ein Gebet hersagend, sich mit den Händen über das Gesicht und vereinigten sie am Ende des Bartes.

„*Ne chabar?*" fragte Hadschi Murat den Alten – das heißt soviel wie: Was gibt's Neues?

„*Chabar ick* – gar nichts," antwortete der Alte, während er mit seinen roten, leblosen Augen nicht in Hadschi Murats Gesicht, sondern auf seine Brust sah. „Ich lebe draußen im Bienengarten, und bin heute nur hergekommen, um einmal nach meinem Sohne zu sehen. Er weiß mehr."

Hadschi Murat begriff, daß der Alte nicht sagen wollte, was er wußte, und was Hadschi Murat gleichfalls wissen mußte. Er nickte leicht mit dem Kopfe und fragte nicht weiter.

„Angenehme Neuigkeiten wenigstens gibt es nicht," fuhr der

Alte dann fort. „Nur so viel wüßte ich, daß die Hasen noch immer beraten, wie sie die Adler verjagen sollen. Die Adler aber zerfleischen bald den einen, bald den andern von ihnen. In der vorigen Woche haben die russischen Hunde den Leuten in Migiz die Heuschober verbrannt, der Schädel soll ihnen zerplatzen", sprach der Alte grimmig mit seiner heiseren Stimme.

Der Muride Hadschi Murats trat ein. Mit den kräftigen Beinen weit ausschreitend, ging er kaum hörbar über den aus festgestampfter Erde hergerichteten Estrich, nahm gleich Hadschi Murat Filzmantel, Büchse und Säbel ab und hing alles, nur den Dolch und die Pistole bei sich behaltend, an dieselben Nägel, an denen bereits die Waffen Hadschi Murats hingen.

„Wer ist das?" fragte der Alte Hadschi Murat, indem er auf den Eintretenden zeigte.

„Das ist mein Muride. Eldar ist sein Name," sagte Hadschi Murat.

„Es ist gut," sprach der Alte und wies Eldar einen Platz auf einer Filzdecke neben Hadschi Murat an.

Eldar setzte sich, schlug die Beine übereinander und ließ seine schönen, an die eines Widders erinnernden Augen auf dem Gesichte des gesprächig gewordenen Alten ruhen. Der Alte erzählte, daß in der Woche vorher ein paar wackere Burschen aus dem Dorfe zwei Soldaten gefangen genommen hätten, den einen hätten sie getötet und den anderen nach Wedeno zu Schamyl geschickt. Hadschi Murat hörte zerstreut zu, blickte nach der Tür und horchte auf die Laute, die von außen her in die Hütte drangen. Unter dem Schutzdache vor der Hütte ließen sich Schritte vernehmen, die Tür knarrte, und der Hausherr trat ein.

Sado, der Besitzer der Hütte, war ein Mann von etwa vierzig Jahren, mit einem kleinen Bärtchen, langer Nase und ebensolchen, wenn auch nicht so glänzenden Augen wie sein fünfzehnjähriger Sohn, der jetzt hinter dem Vater in die Hütte trat und sich neben die Tür niederkauerte. Der Hausherr zog an der Tür seine Holzschuhe aus, schob die alte, schäbige Lammfellmütze auf dem schon lange nicht rasierten, mit schwarzem kurzem Haar bewachsenen Kopfe in den Nacken zurück und hockte sich Hadschi Murat gegenüber auf die Fersen nieder.

Gleich dem Alten schloß auch Sado die Augen, hob die Arme mit ausgestreckten Händen empor, sprach ein Gebet, fuhr mit den Händen über sein Gesicht hin und begann erst dann zu reden. Er erzählte, daß von Schamyl ein Befehl eingegangen sei, sich Hadschi Murats, ob lebendig oder tot, zu bemächtigen. Gestern erst seien Schamyls Abgesandte fortgeritten, und da das Volk es nicht wage, Schamyl zu trotzen, so sei jedenfalls die größte Vorsicht geboten.

„In meinem Hause", sagte Sado, „wird, solange ich lebe, meinem Gastfreunde nichts geschehen. Was wird aber geschehen, wenn du ins Feld hinausreitest? Das ist zu erwägen!"

Hadschi Murat hörte aufmerksam zu und nickte beifällig mit dem Kopfe. Als Sado geendet hatte, sagte er:

„Es ist gut. Ich brauche jetzt gleich einen Boten, der den Russen einen Brief überbringt. Einer meiner Muriden wird hinreiten; nur hinführen soll ihn der Bote."

„Ich kann meinen Bruder Bata mitschicken," sagte Sado.

„Geh, hol' doch einmal Bata hierher," wandte er sich zu seinem Sohne. Der Knabe schnellte empor, als wenn er Sprungfedern in den flinken Beinen hätte, und lief, die Arme hin und her schwenkend, rasch aus der Hütte. Zehn Minuten später kehrte er mit einem sehnigen, kurzbeinigen, von der Sonne ganz dunkel gebrannten Tschetschenzen zurück, der eine in allen Nähten geplatzte gelbe Tscherkeska mit zerfransten Ärmeln und ein Paar schlecht sitzende schwarze Lederstrümpfe trug. Hadschi Murat begrüßte den Eintretenden und begann sogleich, ohne viele Worte zu verlieren:

„Kannst du meinen Muriden zu den Russen führen?"

„Ja, das kann ich," antwortete Bata munter. „Warum soll ich's nicht können? Kein Tschetschenze bringt ihn so sicher hin wie ich. Ein anderer würde dir alles Mögliche versprechen und gar nichts ausführen. Ich bring' ihn aber sicher hin."

„Gut," sagte Hadschi Murat. „Für deine Mühe erhältst du drei Silberrubel," sagte er und hielt ihm drei Finger vor die Augen. Bata nickte, zum Zeichen, daß er ihn verstanden habe, mit dem Kopfe. Er fügte jedoch hinzu, es komme ihm nicht auf das Geld an, er tue es nur wegen der Ehre, Hadschi Murat zu dienen. Man kenne Hadschi Murat in den Bergen sehr gut und wisse, wie wacker er auf die russischen Schweine losgeschlagen habe.

„Es ist gut," sagte Hadschi Murat. „Ein guter Strick ist lang, eine gute Rede aber kurz."

„Nun, ich bin schon still“, sagte Bata.

„Kennst du die Stelle, wo der Argun gegenüber dem steilen Abhange die Wendung macht? Dort liegt eine Waldwiese, zwei Heuschober stehen darauf …“

„Ja, ich kenne die Stelle.“

„Dort erwarten mich drei meiner Berittenen,“ sagte Hadschi Murat.

„*Aija*,“ sprach Bata und nickte mit dem Kopfe.

„Frag' nur nach Chan Mahoma. Chan Mahoma weiß, was zu tun und zu sagen ist. Ihn sollst du zum Fürsten Woranzow, dem russischen Befehlshaber, führen. Kannst du das?“

„Ja, ich werde ihn hinführen.“

„Hinführen und auch wieder zurückführen – kannst du das?“

„Ja, das kann ich.“

„Du führst ihn zurück und kommst mit ihm wieder nach der Waldwiese. Dort werde ich inzwischen eintreffen.“

„Alles werde ich tun,“ sagte Bata, erhob sich, kreuzte die Arme über der Brust und ging hinaus.

„Nun muß ich auch noch einen Mann nach Tschechi schicken“, sagte Hadschi Murat zu dem Hausherrn, als Bata hinausgegangen war. „In Tschechi ist folgendes auszurichten …“, fuhr er fort, während er an einer der an seiner Tscherkeska befestigten Patronen zu nesteln begann. Er ließ jedoch die Hand sogleich wieder sinken und schwieg, als er zwei Frauen erblickte, die in die Hütte eintraten. Die eine von ihnen war Sados Gattin, – dieselbe hagere, nicht mehr junge Frau, die vorhin die Kissen gebracht hatte. Die andere war ein noch ganz junges Mädchen in roten Pluderhosen und grünem Beschmet, mit einem Schmuck aus Silbermünzen, der die ganze Brust bedeckte. Am Ende ihres nicht sehr langen, dicken schwarzen Zopfes, der zwischen ihren Schultern über den schmalen Rücken herabhing, war ein Silberrubel befestigt. Sie hatte dieselben munter blinkenden schwarzen Kirschenaugen wie ihr Vater und ihr Bruder, suchte jedoch ihrem jugendlichen Gesichte einen strengen Ausdruck zu geben. Sie blickte die Gäste nicht an, doch sah man sogleich, daß sie ihre Anwesenheit fühlte.

Sados Gattin brachte einen niedrigen, runden, kleinen Tisch, auf dem sich Tee, Honig, Käse, Maiskuchen, Süßbrot und Butterfladen befanden. Das junge Mädchen trug ein Becken, eine Metallkanne und ein Handtuch herbei.

Sado und Hadschi Murat schwiegen, während die Frauen, in ihren weichen roten Schuhen unhörbar hin und her schreitend, den Tisch vor den Gästen bereitstellten. Eldar saß die ganze Zeit über, da die Frauen in der Hütte weilten, unbeweglich wie eine Statue auf seinem Platze und hielt die schönen Widderaugen auf die gekreuzten Beine geheftet. Erst als die Frauen hinausgegangen und ihre weichen Schritte hinter der Tür verhallt waren, atmete er erleichtert auf. Hadschi Murat faßte nun wieder nach der Patrone an seiner Tscherleska, zog zuerst die Kugel heraus und nahm dann einen zusammengerollten Zettel aus der Hülse.

„Das ist für meinen Sohn bestimmt", sagte er, auf den Zettel zeigend.

„Wohin soll die Antwort gebracht werden?" fragte Sado.

„Zu dir, und du wirst sie mir geben."

„Das soll geschehen," sagte Sado und verbarg den Zettel in seiner Tscherkeska. Dann nahm er mit beiden Händen die Kanne und schob das Becken vor Hadschi Murat hin. Hadschi Murat streifte die Ärmel seines Beschmets an den muskulösen weißen Armen bis oberhalb der Handgelenke auf und hielt seine Hände unter den kristallklaren, kühlen Wasserstrahl, den Sado aus der Kanne herausfließen ließ. Das Gleiche tat hierauf auch Eldar. Während die Gäste aßen, saß Sado ihnen gegenüber und dankte ihnen immer wieder für ihren Besuch. Der an der Tür sitzende Knabe wandte seine blitzenden schwarzen Augen von Hadschi Murat nicht einen Augenblick ab und lächelte, als wollte er durch sein Lächeln die Worte des Vaters bestätigen.

Obschon Hadschi Murat seit vierundzwanzig Stunden nichts genossen hatte, aß er doch nur ein wenig Käse und Brot. Mit dem kleinen Messer, das er unter seinem Dolche hervorzog, nahm er etwas Honig, den er sich auf das Brot strich.

„Wir haben sehr schönen Honig, seit Jahren hatten wir nicht mehr so viel und so guten Honig," sagte der Alte, offenbar stolz darauf, daß Hadschi Murat von seinem Honig aß.

„Ich danke," sagte Hadschi Murat und hörte auf zu essen. Eldar hatte wohl noch Hunger, doch folgte er dem Beispiel seines Murschid[4], rückte vom Tische ab und reichte Hadschi Murat das Becken und die Kanne.

Sado wußte, daß er sein Leben aufs Spiel setzte, indem er Hadschi Murat bei sich aufnahm, da nach Ausbruch des Streites zwischen Schamyl und Hadschi Murat an alle Einwohner der Tschetschna, unter Androhung der Todesstrafe, das Verbot ergangen war, Hadschi Murat zu beherbergen. Er wußte, daß die Bewohner des Dorfes jeden Augenblick von der Anwesenheit Hadschi Murats in seinem Hause erfahren und seine Auslieferung verlangen konnten. Doch das machte Sado keineswegs bange. Er hielt es für seine Pflicht, einen Gast zu beschützen, selbst wenn es ihn sein Leben kosten sollte, und es erfüllte ihn mit Genugtuung und Stolz, sich sagen zu können, daß er so handelte, wie es seine Pflicht gebot.

„Solange du in meinem Hause weilst und mein Kopf mir noch zwischen den Schultern sitzt, wird niemand dir etwas anhaben," sprach er zu Hadschi Murat.

Hadschi Murat sah ihm in die blitzenden Augen, und als er darin las, daß Sados Worte aufrichtig gemeint waren, sprach er mit einiger Feierlichkeit:

„Freude und langes Leben mögen dir zuteil werden."

Sado kreuzte schweigend die Arme über der Brust zum Zeichen seines Dankes für die wohlmeinenden Worte.

Nachdem er die Fensterläden geschlossen und im Kamin Holz nachgelegt hatte, verließ er in ganz besonders froher und angeregter Stimmung das Gastzimmer und begab sich nach jenem Teil der Behausung, in dem die Seinigen wohnten. Die Frauen schliefen noch nicht, sondern sprachen von den gefährlichen Gästen, die im Gastzimmer nächtigten.

Zweites Kapitel

In derselben Nacht hatten drei Soldaten und ein Unteroffizier die fünfzehn Werst von dem Dorfe, in dem Hadschi Murat nächtigte, entfernte Festung Wosdwischenskoje durch das Schachgerinische

---

[4] Lehrer, Meister.

Tor verlassen. Die Soldaten trugen kurze Pelze nebst Fellmützen und bis über die Knie reichende Stiefel, wie sie damals die kaukasischen Soldaten zu tragen pflegten; der gerollte Mantel war über den Rücken gehängt. Die Soldaten marschierten zunächst mit dem Gewehr über der Schulter auf der Straße daher; nach etwa fünfhundert Schritten bogen sie ab, gingen, mit den Stiefeln das trockene Laub aufwühlend, noch etwa zwanzig Schritte nach rechts und machten neben einer umgebrochenen Platane, deren Stamm auch im nächtlichen Dunkel noch sichtbar war, halt. An dieser Platane wurde in der Regel ein Geheimposten ausgestellt.

Die funkelnden Steine, die, solange die Soldaten durch den Wald marschierten, über die Baumwipfel dahin zu eilen schienen, hatten jetzt gleichfalls halt gemacht und blinkten hell zwischen den entlaubten Zweigen der Bäume hindurch. „Da wären wir," sagte der Unteroffizier Panow trocken, während er das lange Gewehr mit dem aufgepflanzten Bajonett von der Schulter nahm und gegen einen Baumstamm lehnte, daß es nur so klirrte. Die drei Soldaten folgten seinem Beispiel.

„Nun hab' ich sie weiß Gott verloren!" sagte Panow ärgerlich. „Entweder habe ich sie zu Hause vergessen, oder sie ist mir unterwegs herausgefallen."

„Was suchst du denn?" fragte einer der Soldaten mit munterer, kecker Stimme.

„Meine Pfeife – weiß der Teufel, wo ich sie gelassen habe!"

„Hast du wenigstens das Pfeifenrohr?" fragte dieselbe Stimme.

„Ja, hier ist's."

„Wart, dann wollen wir gleich Abhilfe schaffen, du kannst aus der Erde rauchen."

Es war eigentlich verboten, auf dem Geheimposten zu rauchen, aber dieser Geheimposten hier war eigentlich gar kein solcher, sondern eher eine vorgeschobene Wache, die lediglich darauf zu achten hatte, daß die Bergbewohner nicht, wie es früher geschehen war, unbemerkt ihr Geschütz an die Festung heranbrächten und diese beschössen. Panow sah nicht ein, weshalb er sich unter solchen Umständen das Vergnügen des Rauchens versagen sollte, und so ging er auf den Vorschlag des munteren Soldaten ohne weiteres ein. Der Soldat nahm sein Messer aus der Tasche und grub damit ein Loch in dem Waldboden aus. Nachdem er die Erde an allen Seiten glatt angedrückt hatte, setzte er das Pfeifenrohr hinein, füllte das Loch mit Tabak, drückte ihn fest hinein, und die Pfeife war fertig. Das Feuerzeug blitzte auf und erhellte für einen Augenblick das knochige Gesicht des Soldaten, der auf dem Bauche dalag. Ein Pfeifen ließ sich in dem Rohre vernehmen, und Panow zog mit Behagen den angenehmen Duft des glimmenden Tabakes ein.

„Na, hast du es fertig gebracht?" fragte er den Soldaten.

„Und ob – da, sieh doch!" antwortete dieser.

„Bist doch ein tüchtiger Kerl, Awdjejew – ein ganz durchtriebener Bursche."

Awdjejew rückte zur Seite, um Panow Platz zu machen. Während noch eine letzte Rauchwolke seinem Munde entstieg, legte Panow sich lang hin auf den Bauch, wischte das Mundstück des Pfeifenrohres mit dem Ärmel ab und begann drauflos zu dampfen.

Als alle der Reihe nach drangewesen waren, kamen sie ins Gespräch.

„Der Kompagniechef soll wieder mal in die Kasse gegriffen haben. Mächtig viel soll er verspielt haben," sagte einer der Soldaten in lässigem Ton.

„Er wird's schon zurückgeben," meinte Panow.

„Gewiß doch, er ist ein braver Offizier", bestätigte Awdjejew.

„Was heißt brav!" versetzte düster der Soldat, der die Sache aufs Tapet gebracht hatte. „Ich meine, die Kompagnie sollte ihn zur Rede stellen – wenn er's schon genommen hat, dann mag er sagen, wie viel, und wann er's zurückzahlen wird."

„Darüber muß die Kompagnie entscheiden," sagte Panow, die Pfeife aus dem Munde lassend.

„Das versteht sich, dafür hat sie ihren Verstand, gerade so gut wie der einzelne Mensch," pflichtete Awdjejew ihm bei.

„Es muß Hafer gekauft werden, und zum Frühjahr brauchen wir neue Stiefel – woher soll das Geld genommen werden, wenn er es wegnimmt?" murrte der Unzufriedene.

„Ich sage ja: die Kompagnie mag's entscheiden", wiederholte Panow. „Es wäre nicht das erste Mal, daß er's nimmt und wieder zurückgibt."

In jener Zeit verwaltete beim kaukasischen Heere jede Kompagnie ihre ökonomischen Angelegenheiten durch erwählte Vertrauensleute. Sie erhielt aus der Kasse sechs und einen halben Rubel auf den Mann und verproviantierte sich dafür selbst, pflanzte Kohl, mähte Heu, hatte ihren eigenen Fuhrpark und war stolz auf ihre wohlgenährten Pferde. Das Geld der Kompagnie befand sich in einer Schatulle, deren Schlüssel der Kompagniechef in Verwahrung hatte, und es kam häufig vor, daß dieser Anleihen bei der Schatulle machte. Ein solcher Fall lag auch diesmal wieder vor, und eben davon sprachen die Soldaten. Der mürrische Soldat – Nikitin hieß er – wollte, daß der Chef Rechenschaft ablege, während Panow und Awdjejew der Ansicht waren, daß dies nicht nötig sei.

Nach Panow kam Nikitin an die Reihe, ein paar Züge aus der Pfeife zu tun, worauf er seinen Mantel neben einem Baume ausbreitete und, mit dem Rücken gegen den Baumstamm gelehnt, sich niedersetzte. Die Soldaten verstummten. Man hörte nur das Rauschen des Windes hoch oben in den Wipfeln der Bäume. Mitten durch dieses ununterbrochene leise Geräusch hindurch ertönte plötzlich das Heulen, Winseln, Weinen und Lachen der Schakale.

„Da – wie sie lachen, die Biester!" sagte Awdjejew.

„Sie lachen dich aus, weil deine Schnauze schief ist," ließ der vierte Soldat, ein Kleinrusse, seine feine, singende Stimme vernehmen.

Wieder wurde es still, nur der Wind strich durch das Geäst der Bäume und bewegte diese, daß die Sterne am Himmel abwechselnd verdeckt und wieder sichtbar wurden.

„Sag' mal, Antonytsch," fragte plötzlich der muntere Awdjejew den Unteroffizier, „kommt es dir auch mal vor, daß die Sehnsucht dich erfaßt?"

„Was für eine Sehnsucht?" fragte Panow griesgrämlich.

„Mich packt es manchmal so schlimm, so schlimm, daß ich selber nicht weiß, was ich mit mir anfangen soll."

„Was du sagst!" bemerkte Panow.

„Weißt du noch, wie ich damals das Geld vertrank? Auch das geschah nur aus lauter Sehnsucht. Wie es so über mich kam, sagte ich mir: Nun wirst du dich mal ganz gehörig bezechen!"

„Es wird aber manchmal noch schlimmer, wenn man trinkt."

„Gewiß, auch das hab' ich schon erlebt – doch was soll ich machen?"

„Wonach sehnst du dich denn eigentlich so sehr?"

„Wonach ich mich sehne? Nach der Heimat, nach den Meinigen sehn' ich mich."

„Ihr seid wohl sehr reich?"

„Nicht gerade reich, aber wir hatten zu leben. Ganz gut haben wir gelebt," sagte Awdjejew und erzählte dem Unteroffizier zum soundsovielten Male seine Lebensgeschichte.

„Ich bin nämlich freiwillig für meinen älteren Bruder eingetreten," sagte er. „Er hatte fünf Kinder, und ich war eben jung verheiratet. Mütterchen bat mich so sehr, und da dachte ich: ‚Was kommt mir's schon drauf an, vielleicht vergelten sie es mir einmal.' Ich ging zum Gutsbesitzer – ein guter Herr war's, den wir hatten – und er sagte zu mir: ‚Das ist brav von dir, geh nur.' Na, und so bin ich eben für den Bruder eingesprungen."

„Das war sehr schön von dir," meinte Panow.

„Ja, und möchtest du's wohl glauben, Antonytsch: jetzt sehne ich mich heim! Warum bin ich eigentlich für den Bruder eingesprungen? frag' ich mich. Er spielt jetzt den Herrn, und ich kann mich hier schinden. Und je mehr ich darüber nachdenke, desto schlimmer wird's. Das mag wohl sündhaft sein, aber was soll ich machen?"

Awdjejew schwieg.

„Wollen wir nicht wieder ein Pfeifchen rauchen?" fragte er nach einem Weilchen.

„Na, dann stopf' sie mal wieder!" meinte einer von den Soldaten.

Doch sie kamen nicht mehr dazu, die Pfeife zu rauchen. Kaum hatte sich Awdjejew erhoben und mit dem Stopfen der „Pfeife" begonnen, als sich durch das leise Rauschen des Windes Schritte auf dem Wege vernehmen ließen. Panow griff nach seinem Gewehr und stieß Nikitin mit dem Fuße an. Nikitin erhob sich und nahm seinen Mantel auf. Auch Bondarenko, der vierte Soldat, stand auf.

„Was für 'nen schönen Traum hatte ich doch, Brüder!" begann er.

Awdjejew ließ einen leisen Zischlaut hören, zum Zeichen, daß er schweigen solle, und die Soldaten standen da und lauschten. Die leichten Schritte von Leuten, die offenbar keine Stiefel trugen, kamen näher. Immer deutlicher und deutlicher hörte man in der Dunkelheit das Rascheln der trockenen Blätter und Zweige. Dann vernahm man ein Gespräch in der an Kehllauten reichen Sprache der Tschetschenzen. Bald hörten die Soldaten nicht nur die Stimmen, sondern sahen auch zwei Schatten, die im matten Schimmer der sternhellen Nacht zwischen den Bäumen hinhuschten. Der eine Schatten war länger, der andere kürzer. Als die Schatten in einer Linie mit dem Posten waren, trat Panow mit zweien seiner Kameraden, das Gewehr im Anschlag, auf die Straße hinaus.

„Halt! Wer da?" rief er.

„Tschetschenze, friedlich," sagte der Kleinere der beiden Ankömmlinge, der kein anderer war als Bata. „Gewehr iok, Säbel iok," sagte er, auf sich selbst zeigend. „Fürst sprechen."

Der Größere der beiden stand schweigend neben seinem Gefährten. Auch er war unbewaffnet.

„Es werden Sendboten sein," erklärte Panow, zu den Kameraden gewandt. „Wir müssen sie zum Oberst bringen."

„Fürst Woronzow sprechen, sehr nötig, große Ding", sagte Bata.

„Gut, wir bringen euch hin," versetzte Panow. „Du kannst sie mit Bondarenko hinbringen," wandte er sich zu Awdjejew.

„Übergib sie dem diensttuenden Offizier und komm wieder zurück. Sei aber vorsichtig – laß sie immer vorausgehen!"

„Na, da hat das hier auch noch mitzureden", sagte Awdjejew und machte mit dem Bajonett eine Bewegung, als wollte er zustechen. „Sowie sich einer verdächtig macht, gibt es so was!"

„Nicht doch, wir wollen ihn doch ganz hinbringen", meinte Bondarenko.

„Na, geht nun – vorwärts, marsch!"

Als die Schritte der beiden Soldaten, die mit den Boten davonzogen, in der Ferne verhallt waren, begaben sich Panow und Nikitin wieder an ihren Platz.

„Was Teufel haben die Kerle hier in der Nacht zu suchen?" sagte Nikitin.

„Es muß wohl irgend etwas Wichtiges sein," entgegnete Panow. „Es ist recht frisch geworden", fügte er dann hinzu, wickelte seinen Mantel auseinander, zog ihn an und setzte sich unter den Baum, gegen dessen Stamm er sich lehnte.

Zwei Stunden darauf kehrten Awdjejew und Bondarenko zurück.

„Na, habt ihr sie richtig hingebracht?" fragte Panow.

„Ja. Beim Oberst war man noch auf, wir brachten sie gleich dorthin. Sind doch ganz prächtige Jungen, diese Kahlköpfe, sag' ich dir", fuhr Awdjejew fort. „Bei Gott! Hab' mich sehr gut mit ihnen unterhalten."

„Du unterhältst dich mit aller Welt gut," sagte Nikitin mürrisch.

„Nein, wirklich – ganz wie die Russen sind sie. Der eine ist verheiratet. ‚Maiuschka,' frag' ich ihn – ‚bar?' – ‚Bar', sagte er. ‚Schafe', frag' ich ihn, ‚bar?' – ‚Bar', sagt er, ‚viele'. ‚Pferdchen', frag' ich ihn, ‚bar?' – ‚Ein Paar', sagt er. Und so ging es weiter. Prächtige Leute, wirklich!"

„Was heißt da prächtig!" sagte Nikitin. „Trifft er dich irgendwo allein, dann schlitzt er dir den Bauch auf, ohne sich zu bedenken."

„Der Tag wird bald anbrechen," meinte Panow.

„Ja, die Sterne werden schon blasser", sagte Awdjejew, sich niedersetzend. Und die Soldaten verstummten wieder.

Drittes Kapitel

Die Fenster der Kaserne und der kleinen Soldatenhäuschen waren längst dunkel, und nur in einem der großen Häuser der Festung waren noch alle Fenster erhellt. In diesem Hause wohnte der Kommandant des Kurinischen Regiments, Fürst Semjon Michajlowitsch Woronzow, ein Sohn des Oberstkommandierenden gleichen Namens, der als Statthalter in Tiflis residierte. Der junge Woronzow lebte mit seiner Gattin Maria Wassiljewna, einer gefeierten Petersburger Schönheit, in der kleinen kaukasischen Festung mit größtem Aufwand, wie noch nie ein Mensch in dieser Gegend gelebt hatte. Woronzow aber, und ganz besonders seiner Frau, schien es, daß sie hier nicht nur ein sehr bescheidenes, sondern geradezu ein entbehrungsvolles Leben führten.

Jetzt, um die Mitternachtsstunde, saß der Hausherr in dem großen Salon mit dem den ganzen Fußboden bedeckenden Riesenteppich und den herabgelassenen schweren Portieren im Kreise seiner Gäste an dem von vier Kerzen erleuchteten Spieltisch und spielte mit ihnen Karten. Fürst Woronzow war ein blonder Mann mit langem Gesichte; er trug die Uniform eines Flügeladjutanten, mit Namenszug und Achselschnüren; sein Partner beim Spiel war ein Kandidat der Petersburger Universität, ein junger Mensch von mürrischem, struppigem Aussehen, den die Fürstin vor kurzem als Lehrer ihres Sohnes aus erster Ehe engagiert hatte. Ihre Spielgegner waren zwei Offiziere, der von der Garde übergetretene Kompagniechef Poltorazkij, ein Mensch mit vollem rotem Gesicht, und der Regimentsadjutant, der in auffallend gerader Haltung, mit kühlem Ausdruck in dem schönen Gesichte, dasaß. Die Fürstin Maria Wassiljewna selbst, eine stattliche Schöne von hohem Wuchse, mit großen Augen und dichten schwarzen Brauen, saß neben Poltorazkij, dessen Beine sie mit ihrer Krinoline berührte, und sah ihm in die Karten. Ihre Worte, ihre Blicke, ihr Lächeln, jede Bewegung ihres Körpers, das Parfüm, dessen Duft sie ausströmte – alles das verdrehte Poltorazkij so sehr den Kopf, daß er über ihrer Gegenwart sich selbst vergaß, beim Spiel Fehler über Fehler machte und seinen Partner immer mehr aus dem Häuschen brachte.

„Nein, das ist nicht zum Aushalten – nun verschenkt er schon wieder ein Aß!“ sagte der Adjutant und wurde ganz rot vor Ärger, als Poltorazkij aus Unachtsamkeit ein Aß abwarf.

Poltorazkij riß, als wenn er eben aus dem Schlafe erwachte und nicht wüßte, um was es sich handelte, seine gutmütigen schwarzen Augen weit auf und sah den unzufriedenen Adjutanten groß an.

„Nun, verzeihen Sie ihm schon,“ sagte Maria Wassiljewna lächelnd, „Sie sehen, daß ich recht hatte – ich sagte es Ihnen gleich“, wandte sie sich an Poltorazkij.

„Sie haben mir doch kein Wort davon gesagt,“ sagte Poltorazkij lächelnd.

„Wirklich nicht?“ entgegnete sie und lächelte wieder. Und dieses Lächeln, das gleichsam eine Antwort auf sein eigenes Lächeln war, erregte und entzückte Poltorazkij so sehr, daß er feuerrot wurde, in seiner Ekstase mechanisch nach den Karten griff und sie zu mischen begann.

„Ich gebe die Karten“, sagte der Adjutant streng, nahm ihm das Spiel aus der Hand und verteilte die Karten mit seiner ringgeschmückten weißen Hand so nonchalant, als wenn er sie nur so rasch wie möglich loszuwerden suchte.

Der Kammerdiener des Fürsten betrat den Salon und meldete, daß der diensttuende Offizier den Fürsten zu sprechen wünsche.

„Die Herren gestatten wohl“, sagte der Fürst, der das Russische mit englischem Akzent sprach. „Vielleicht vertrittst du mich solange, Marie …“

„Ist’s den Herren recht?“ fragte die Fürstin, während sie sich, in den rauschenden Seidengewändern, mit dem strahlenden Lächeln einer glücklichen Frau, rasch und leicht in ihrer ganzen stattlichen Größe erhob.

„Mir ist jederzeit alles recht“, sagte der Adjutant, im stillen sehr zufrieden, daß die Fürstin, die keine Ahnung vom Spiel hatte, jetzt gegen ihn spielen sollte. Poltorazkij lächelte nur übers ganze Gesicht vor lauter Staunen und Glück.

Der Robber war zu Ende, als der Fürst in den Salon zurückkam. Er war in sehr angeregter, heiterer Stimmung.

„Ich mache Ihnen einen Vorschlag, Herrschaften.“ –

„Nun?“

„Trinken wir ein Glas Champagner!“

„Dazu bin ich stets bereit“, sagte Poltorazkij.

„Sehr angenehm,“ sagte der Adjutant.

„Wassilij, Champagner!“ wandte der Fürst sich zu dem Kammerdiener.

„Warum wurdest du angerufen?“ fragte Marie Wassiljewna.

„Der Offizier vom Dienst wollte mich sprechen – und noch jemand anders …“

„Wer? Was gibt’s?“ fragte Maria Wassiljewna hastig.

„Ich kann es nicht sagen,“ versetzte Woronzow achselzuckend.

„Du kannst es nicht sagen?“ wiederholte Maria Wassiljewna. „Nun, das werden wir sehen.“

Man brachte den Champagner. Die Gäste tranken jeder ein Glas, beendeten das Spiel, rechneten ab und verabschiedeten sich voneinander.

„Ihre Kompagnie soll morgen eine Streife durch den Wald unternehmen?“ fragte der Fürst Poltorazkij.

„Ja – warum?“

„Nun, dann sehen wir uns morgen,“ sagte der Fürst mit leichtem Lächeln.

„Sehr angenehm,“ sagte Poltorazkij, der gar nicht recht verstanden hatte, was Woronzow zu ihm sagte, und nur an den Händedruck dachte, den er sogleich mit Maria Wassiljewna austauschen würde.

Die Fürstin drückte nicht nur Poltorazkijs Hand, sondern schüttelte sie auch nach ihrer Gewohnheit recht kräftig. Sie kam noch einmal auf den Fehler zu sprechen, den er beim Spiel gemacht hatte, als er fälschlicherweise mit Karo herauskam. Und auf ihrem Gesichte lag dabei ein Lächeln, das ihm ganz besonders freundlich und verheißungsvoll erschien.

Als Poltorazkij nach Hause ging, befand er sich in einer begeisterten Stimmung, die nur jemand begreifen kann, der gleich ihm in der großen Welt aufgewachsen ist und nach monatelangem rauhem Kriegsdienst wieder einer Frau aus jener Welt, noch dazu einer Frau wie der Fürstin Woronzow, begegnet.

Als er an das Häuschen kam, in dem er mit einem Kameraden wohnte, stieß er mit dem Fuße gegen die Außentür, doch die Tür war verschlossen. Er begann zu klopfen, aber niemand öffnete. Er ward ärgerlich und stieß nochmals mit dem Fuße und dem Säbel gegen die verschlossene Tür. Hinter der Tür ließen sich Schritte vernehmen, und Poltorazkijs leibeigener Diener Wawila schob den Riegel zurück.

„Wie kommst du auf einmal darauf, die Tür zu verriegeln? Tölpel!“

„Es kann doch so leicht jemand eindringen Alexej Wladimiro …“

„Bist wieder mal betrunken, was? Wart', ich will dich lehren …“

Er wollte Wawila einen Schlag versetzen, besann sich jedoch eines anderen.

„Na, hol' dich schon der Teufel. Mach' Licht.“

„Sofort, im Augenblick …“

Wawila war in der Tat betrunken, er war beim Zeugunteroffizier zur Namenstagsfeier gewesen.

Als er nach Hause gekommen, hatte er so allerhand Vergleiche zwischen seinem eigenen Leben und dem Leben des Zeugunteroffiziers Iwan Matwjejewitsch angestellt. Iwan Matwjejewitsch hatte seine schönen Einnahmen, war verheiratet und hoffte, nach einem Jahre seinen Abschied zu bekommen.

Wawila dagegen war als Knabe von der Herrschaft ins Haus genommen worden, und er zählte bereits vierzig Jahre und war noch immer nicht verheiratet, sondern mußte mit seinem liederlichen Herrn dieses elende Lagerleben führen.

Er war ja kein böser Mensch, sein Herr, er prügelte ihn nur selten einmal, aber was für ein Leben war das im Grunde genommen! Er hatte versprochen, sobald er aus dem Kaukasus nach Hause käme, ihm den Freibrief zu geben, aber was sollte Wawila mit dem Freibrief anfangen?

„Ein Hundeleben ist's," dachte Wawila, und weil er sehr schläfrig war, beschloß er, sogleich zu Bett zu gehen. Da er jedoch fürchtete, es könnte jemand kommen und etwas stehlen, so hatte er der Vorsicht halber den Riegel vorgeschoben.

Poltorazkij betrat das Zimmer, in dem er mit seinem Kameraden Tichonow zusammen schlief.

„Na, hast du verspielt?" begann Tichonow, der bei seinem Eintritt erwacht war.

„Im Gegenteil – ich habe siebzehn Rubel gewonnen, und eine Cliquot habe ich mit leeren helfen."

„Und Maria Wassiljewna angehimmelt …"

„Und Maria Wassiljewna angehimmelt – ganz recht …", wiederholte Poltorazkij.

„Es ist bald Zeit zum Aufstehen," sagte Tichonow, „um sechs Uhr sollen wir abmarschieren."

„Heda, Wawila!" rief Poltorazkij, „daß du mich ja um fünf Uhr weckst!"

„Damit Sie mich prügeln, wenn ich Sie wecke, nicht wahr?"

„Wecken sollst du mich – hörst du, Kerl!"

„Zu Befehl."

Wawila nahm die Stiefel und Kleider seines Herrn und entfernte sich. – Poltorazkij legte sich ins Bett, zündete sich lächelnd eine Zigarette an und löschte das Licht aus. Im Dunkeln sah er das lächelnde Gesicht Maria Wassiljewnas vor sich.

Bei Woronzows schlief man nicht sogleich ein. Als die Gäste fort waren, trat Maria Wassiljewna auf ihren Mann zu, blieb vor ihm stehen und sagte streng:

„Nun, wirst du mir jetzt sagen, wer da war?"

„Aber, meine Liebe …"

„Ach was, meine Liebe! Es war ein geheimer Abgesandter, nicht wahr?"

„Und wenn es selbst der Fall war – ich darf es nicht sagen."

„Du darfst nicht? Gut, dann will ich es sagen!"

„Du?"

„Es war Hadschi Murat, nicht wahr?“ sagte die Fürstin. Sie hatte bereits seit einigen Tagen von Unterhandlungen gehört, die mit Hadschi Murat geführt wurden, und vermutete nun, daß Hadschi Murat selbst bei ihrem Manne erschienen sei.

Woronzow konnte nun nicht mehr leugnen, doch bereitete er seiner Frau eine Enttäuschung durch die Mitteilung, daß nicht Hadschi Murat selbst, sondern nur sein Abgesandter erschienen sei – er habe ihm die Nachricht überbracht, daß Hadschi Murat an der Stelle, wo im Walde das Holz gefällt würde, mit ihm zusammentreffen wolle.

In dem einförmigen Festungsleben, daß die jungen Woronzows führten, bot dieses Ereignis immerhin eine Abwechslung, über die sie beide erfreut waren. Sie plauderten noch eine ganze Weile darüber, wie angenehm die Nachricht seinem Vater sein würde, und legten sich erst gegen drei Uhr zu Bett.

VIERTES KAPITEL

Auf der Flucht vor den gegen ihn ausgesandten Muriden Schamyls begriffen, hatte Hadschi Murat drei Nächte schlaflos verbracht, und als nun Sado ihm gute Nacht wünschte und das Zimmer verließ, fiel der Gast sogleich in tiefen Schlaf. Er schlief in seinen Kleidern, auf die Hand gestützt, den Ellbogen in die roten Daunenkissen vergrabend, die ihm der Hausherr zurechtgelegt hatte. An der Wand, ganz in seiner Nähe, hatte Eldar sich niedergelegt. Eldar lag, die kräftigen jungen Schultern breit auseinanderstreckend, auf dem Rücken, und seine hohe Brust mit den schwarzen Patronen auf der weißen Tscherkeska lag höher als der frisch rasierte, bläulich schimmernde Kopf, der von dem Kissen herabgeglitten war. Seine mit leichtem Flaum bedeckte Oberlippe stand wie bei einem Kinde ab, und sein Mund schloß und öffnete sich abwechselnd, als schlürfe er etwas. Auch er schlief, gleich Hadschi Murat, in den Kleidern, mit der Pistole und dem Dolch im Gürtel. Das Feuer im Kamin verglomm, und das Lämpchen in der Nische schimmerte kaum merklich.

Mitten in der Nacht knarrte die Tür des Gastzimmers, Hadschi Murat fuhr sogleich empor und griff zu seiner Pistole. Sado war es, der, kaum hörbar über den Estrich schreitend, ins Zimmer getreten war.

„Was gibt es?“ fragte Hadschi Murat mit einer Miene, als hätte er überhaupt kein Auge geschlossen.

„Wir müssen Rat halten“, sagte Sado, während er sich vor Hadschi Murat niederkauerte. „Eine Frau hat vom Dache aus gesehen, wie du ankamst, sie hat es ihrem Manne erzählt, und nun weiß es das ganze Dorf, daß du hier bist. Soeben kam die Nachbarin zu meiner Frau und erzählte ihr, daß die Ältesten in der Moschee darüber beraten, ob sie dich nicht festnehmen sollen.“

„Dann muß ich aufbrechen“, sagte Hadschi Murat.

„Die Pferde sind bereit“, sagte Sado und verließ rasch das Gastzimmer.

„Eldar“, rief Hadschi Murat leise seinen Gefährten. Als Eldar die Stimme seines Murschids vernahm und seinen eigenen Namen hörte, sprang er auf die kräftigen Beine empor und schob die Lammfellmütze auf dem Kopfe zurecht. Hadschi Murat legte seine Waffen an und nahm den Filzmantel um. Eldar folgte seinem Beispiel, und beide traten aus der Hütte unter das Schutzdach. Der schwarzäugige Knabe führte ihre Pferde vor. Als der Hufschlag der Pferde auf der festgestampften Straße erklang, erschien ein Kopf in der Tür der Nachbarhütte, und gleich darauf lief ein Mann, mit den Holzschuhen klappernd, bergan nach der Moschee.

Der Mond war nicht sichtbar, nur die Sterne schimmerten hell von dem schwarzen Himmel, und im Dunkel sah man die Umrisse der Hausdächer und der über die übrigen Gebäude emporragenden Moschee mit dem Minarett im oberen Teil des Dorfes. Von der Moschee her ließen sich laute Stimmen vernehmen.

Hadschi Murat zog sein Gewehr an, trat mit dem Fuß in den schmalen Steigbügel, schwang sich leicht aufs Pferd und setzte sich in dem hohen Sattelpolster zurecht.

„Gott vergelt's“, sagte er, zu seinem Gastfreund gewandt, während sein rechter Fuß gewohnheitsmäßig den zweiten Steigbügel suchte. Dann berührte er mit seiner Peitsche ganz leicht die Schulter des Knaben, der sein Pferd hielt, zum Zeichen, daß er zur Seite treten solle. Der Knabe trat zurück, und das Pferd wandte sich, als wenn es schon wüßte, was es zu tun hätte, mit raschem Schritt aus dem Seitengäßchen nach der Hauptstraße. Eldar ritt hinterher, während Sado in seinem Pelze, rasch die Arme hin und her schwenkend, und abwechselnd von einer Seite der schmalen Straße nach der andern laufend, ihnen folgte.

An einer Ausfahrt, die auf die Straße hinausging, zeigte sich ein beweglicher Schatten, dann ein zweiter.

„Halt! Wer da? Bleib stehen!“ rief eine Stimme, und ein paar Gestalten traten den Reitern in den Weg.

Statt stehen zu bleiben, zog Hadschi Murat seine Pistole aus dem Gürtel, trieb sein Pferd an und sprengte gerade auf die Leute los, die ihm den Weg versperrten. Sie liefen zur Seite, und ohne sich umzusehen, jagte Hadschi Murat in raschem Paßgang bergab, die Straße entlang. Eldar folgte ihm in scharfem Trabe. Zwei Schüsse fielen hinter ihnen, und zwei Kugeln pfiffen vorüber, trafen jedoch keinen von ihnen. Hadschi Murat ritt in demselben Tempo weiter. Als er etwa dreihundert Schritte zurückgelegt hatte, hielt er sein Pferd, das ein wenig außer Atem gekommen war, einen Augenblick an und lauschte in die Ferne. Vor ihm rauschte in der Tiefe ein rasch fließendes Wasser. Hinter ihm krähten die Hähne im Dorfe. Durch diese Laute hindurch ließ sich plötzlich der Hufschlag von Pferden und ein Gewirr von menschlichen Stimmen, die vom Dorfe her immer näher kamen, vernehmen. Hadschi Murat trieb sein Pferd an und ritt, immer in derselben raschen Gangart, weiter. Die Verfolger jagten im Galopp heran und hatten Hadschi Murat bald erreicht. Es waren an die zwanzig Reiter, die ihm nachsetzten, lauter Einwohner des Dorfes, die beschlossen hatten, Hadschi Murat festzunehmen oder sich, um vor Schamyl gerechtfertigt dazustehen, wenigstens so zu stellen, als wollten sie ihn festnehmen. Als sie so nahe herangekommen waren, daß sie im Dunkeln zu sehen waren, machte Hadschi Murat halt, ließ den Zügel sinken, streifte mit einem raschen Griff der linken Hand das Futteral von seiner Büchse ab und zog sie mit der Rechten heraus. Eldar tat desgleichen.

„Was wollt ihr?“ rief Hadschi Murat. „Mich festnehmen? Nun – so nehmt mich fest!“ Und er riß die Büchse an die Schulter.

Die Dorfbewohner blieben stehen. Die Büchse im Arme, ritt Hadschi Murat weiter, einen Abhang hinunter, der auf den Grund einer Schlucht führte. Die Verfolger ritten hinterher, ohne sich ihm zu nähern. Als Hadschi Murat jenseits der Schlucht war, riefen sie ihm zu, er möchte doch anhören, was sie ihm zu sagen hätten. Als Antwort darauf schoß Hadschi Murat seine Büchse ab und galoppierte davon. Als er sein Pferd anhielt, hörte er nichts mehr von seinen Verfolgern, auch die Hähne waren nicht mehr zu hören; dafür klang das Rauschen des Wassers im Walde jetzt vernehmlicher, und von Zeit zu Zeit ertönte der klagende Schrei eines Uhus. Die dunkle Wand des Waldes schien in nächste Nähe gerückt. Es war jener Wald, in dem Hadschi Murat von seinen Muriden erwartet wurde. Als er den Waldrand erreicht hatte, machte er halt, holte tief Atem, ließ einen lauten Pfiff ertönen und horchte dann in die Nacht hinaus. Im nächsten Augenblick schon ertönte ein gleicher Pfiff aus dem Walde. Hadschi Murat bog vom Wege ab und ritt quer durch den Wald. Als er etwa hundert Schritte zurückgelegt hatte, sah er ein Feuer zwischen den Baumstämmen schimmern; menschliche Gestalten lagerten um das Feuer, dessen Schein auf ein in der Nähe grasendes, an drei Beinen gefesseltes, jedoch sattelfertiges Pferd fiel.

Es waren vier Männer, die um das Feuer herumsaßen. Einer von ihnen erhob sich rasch, kam auf Hadschi Murat zu und griff nach seinem Zügel und dem Steigbügel. Es war Hadschi Murats Blutsbruder Chanefi, der sein Hauswesen und seine Güter verwaltete.

„Löscht das Feuer aus", sagte er, während Hadschi Murat vom Pferde stieg.

Die Leute am Feuer begannen sogleich, es auszulöschen, indem sie die brennenden Haufen auseinanderwarfen und die glimmenden Äste austraten.

„Ist Bata hier gewesen?" fragte Hadschi Murat, auf den Filzmantel zutretend, der auf der Erde hingebreitet lag.

„Ja. Er ist schon lange fort, mit Chan Mahoma."

„Welchen Weg haben sie eingeschlagen?"

„Diesen da," antwortete Chanefi; er zeigte nach einer Richtung, die jener entgegengesetzt war, aus der Hadschi Murat gekommen.

„Es ist gut," sagte Hadschi Murat und begann seine Büchse zu laden. „Wir müssen Wachen ausstellen, sie haben mir nachgesetzt," sprach er dann zu einem der Männer, der noch damit beschäftigt war, das Feuer auszulöschen.

Es war der Tschetschenze Hamsalo, den Hadschi Murat angesprochen hatte. Hamsalo ging zu dem Filzmantel hin, ergriff eine im Futteral steckende Büchse, die dort lag, und begab sich schweigend an den Rand der Lichtung, nach jener Seite, von der Hadschi Murat hergekommen war. Eldar, der abgestiegen war und sein Pferd, wie auch dasjenige Hadschi Murats, mit hochgestrecktem Kopfe an den Bäumen in der Nähe festgebunden hatte, begab sich gleichfalls mit der Büchse über der Schulter an den Rand der Lichtung. Das Feuer war ausgelöscht, und der Wald erschien nun nicht mehr so schwarz wie vorher. Am Himmel blinkten, wenn auch nur mit schwachem Schimmer, die Sterne.

Hadschi Murat sah zu den Sternen auf – er suchte das Siebengestirn, das bereits bis zur Hälfte des Himmels emporgestiegen war. Sie sagten ihm, daß es lange nach Mitternacht sei, und daß es längst Zeit sei, das Nachtgebet zu verrichten. Er ließ sich von Chanefi das Becken reichen, das stets beim Gepäck mitgeführt wurde, zog seinen Filzmantel an und begab sich an das Wasser.

Er zog seine Schuhe aus und nahm die Fußwaschung vor, worauf er mit bloßen Füßen auf den ausgebreiteten Filzmantel trat, niederhockte und zunächst, Augen und Ohren mit den Fingern zuhaltend, mit nach Osten gewandtem Gesichte das übliche Gebet sprach.

Als er das Gebet beendet hatte, kehrte er an den Lagerplatz zurück, setzte sich dort neben den Sätteln und Quersäcken auf den Filzmantel, stützte die Ellbogen auf die Knie, ließ den Kopf sinken und vertiefte sich in seine Gedanken.

Hadschi Murat hatte stets an sein Glück geglaubt. Wenn er etwas unternahm, war er von vornherein fest davon überzeugt, daß der Erfolg ihm sicher sei, und er hatte in der Tat während seines stürmischen, von Kampf und Streit bewegten Lebens fast immer Glück gehabt. Er hoffte, daß es auch diesmal nicht anders sein würde. Er stellte sich vor, daß er mit den Truppen, die ihm Woronzow zur Verfügung stellte, gegen Schamyl ziehen, ihn gefangen nehmen und an ihm Rache nehmen würde, daß alsdann der Zar ihn dafür belohnen und er nicht nur über Awarien, sondern auch über die gedemütigte Tschetschna herrschen würde. Mit diesen Gedanken beschäftigt, war er unversehens eingeschlafen.

Er sah im Traume, wie er mit seinen tapferen Getreuen unter Gesang und lautem Kampfgeschrei: „Hadschi Murat kommt!" gegen Schamyl losstürmte, wie er ihn samt seinen Frauen gefangen nahm, und er hörte das Schluchzen und Weinen der Weiber. Er erwachte aus dem Traume: das Kampflied *„La Illaha!"*, das Kriegsgeschrei „Hadschi Murat kommt!" und das Weinen der Frauen Schamyls war in Wirklichkeit nichts anderes als das Heulen, Weinen und Lachen der Schakale, die ihn aus dem Schlafe aufgestört hatten. Hadschi Murat hob den Kopf empor, sah nach dem bereits zwischen den Baumstämmen hindurchschimmernden Morgenhimmel und fragte einen der Muriden, der ein wenig abseits von ihm saß, ob Chan Mahoma schon zurück sei. Als er vernahm, daß Chan Mahoma noch nicht da sei, ließ er den Kopf von neuem sinken und schlummerte sogleich wieder ein.

Er wurde durch die muntere Stimme Chan Mahomas geweckt, der mit Bata von seiner Sendung zurückgekehrt war. Chan Mahoma setzte sich sogleich zu Hadschi Murat hin und begann ihm zu erzählen, wie die Soldaten ihn empfangen und zum Fürsten selbst geführt hätten, wie er mit dem Fürsten selbst gesprochen habe, wie der Fürst hocherfreut gewesen sei und versprochen habe, mit ihnen jenseits des Migik, auf der Schamylskischen Lichtung, wo die Russen Holz fällen wollten, zusammenzutreffen. Bata unterbrach immer wieder den Bericht seines Gefährten und flocht seinerseits allerhand Einzelheiten ein.

Hadschi Murat fragte seine Boten ganz eingehend und genau nach dem Wortlaut der Antwort, die Woronzow auf Hadschi Murats Anerbieten, zu den Russen überzugehen, erteilt hätte. Sowohl Chan Mahoma, wie auch Bata, antworteten einstimmig, der Fürst habe versprochen, Hadschi Murat als seinen Gast zu empfangen und aufs beste zu behandeln. Hadschi Murat erkundigte sich noch über den Weg, und als Chan Mahoma ihm versicherte, daß er den Weg ganz genau kenne und ihn sicher hinführen würde, nahm er Geld aus der Tasche und gab Bata die versprochenen drei Silberrubel. Seinen Leuten aber befahl er, aus den Quersäcken die kostbaren goldverzierten Waffen und die Lammfellmütze mit dem Turban hervorzuholen, sich selbst aber äußerlich so blank und sauber zu machen, daß sie in den Augen der Russen wohl bestehen könnten. Während sie die Waffen, das Sattelzeug, das Geschirr und die Pferde putzten, ward der Sternenhimmel bleicher und bleicher. Bald wurde es ganz hell, und der Morgenwind rauschte leise durch die Wipfel der Bäume.

Fünftes Kapitel

Am frühen Morgen, noch in der Dunkelheit, waren zwei Kompagnien mit Beilen unter dem Kommando Poltorazkijs bis auf zehn Werst vor das Schachgirinskische Tor hinausmarschiert, hatten eine Vorpostenkette vorgeschoben und sich, sobald es zu tagen anfing, an das Fällen der Bäume gemacht. Gegen acht Uhr begann der Nebel, vermischt mit dem dichten, stickigen Rauch der in den Lagerfeuern knisternden feuchten Baumzweige, höher zu steigen. Die mit der Niederlegung des Waldes beschäftigten Soldaten, die einander vorher auf fünf Schritte nicht mehr gesehen, sondern nur noch gehört hatten, konnten jetzt sowohl die Lagerfeuer wie den von den Baumstämmen versperrten, quer durch den Wald führenden Weg deutlich unterscheiden. Die Sonne erschien von Zeit zu Zeit als ein leuchtender Fleck im Nebel, um dann für eine Weile wieder unsichtbar zu werden. In einer kleinen Lichtung abseits vom Wege saßen auf den Trommeln Poltorazkij und sein Subalternoffizier Tichonow, ferner zwei Offiziere der dritten Kompagnie und ein ehemaliger Offizier der Chevaliergarde namens Baron Freese, ein Bekannter Poltorazkijs vom Pagenkorps her, der wegen eines Duells degradiert worden war. Um die Trommeln herum lagen leere Flaschen, Zigarettenstummel und Papierhüllen, in denen die Offiziere ihr Frühstück mitgebracht hatten. Sie hatten sich durch ein Glas Branntwein und einen Imbiß gestärkt und dann ein Glas Porter getrunken. Der Tambour war eben dabei, eine neue Flasche zu entkorken. Poltorazkij war, obschon er nicht ausgeschlafen hatte, doch in jener ganz besonderen, sorglos heiteren und gehobenen Stimmung, die ihn inmitten seiner Soldaten und Kameraden jedesmal überkam, sobald Gefahr ihn umwitterte.

Die Offiziere unterhielten sich lebhaft über die letzte Neuigkeit – den Tod des Generals Sljepzow. Keiner von ihnen sah in diesem Tode jenen wichtigsten Augenblick des menschlichen Daseins, in dem das Leben zu Ende geht und zu jenem Urquell, aus dem es hervorgegangen, zurückkehrt – alle sahen vielmehr nur die Tapferkeit des kühnen Offiziers, der mit dem Säbel in der Faust kühn auf die Bergbewohner losgestürmt war und verzweifelt auf sie dreingehauen hatte.

Zwar wußten alle diese Offiziere, namentlich diejenigen von ihnen, die selbst schon mit im Feuer gewesen waren, daß es während jenes Krieges im Kaukasus niemals und nirgends zu solch einem Nahkampf mit dem Säbel gekommen war, wie man sich ihn gewöhnlich vorstellt, und wie er auch vielfach geschildert wird. Sie wußten, daß, wenn schon ein Nahkampf mit Bajonett und Säbel vorkam, diese Waffen höchstens den Rücken des fliehenden Feindes bearbeiteten. Gleichwohl wurde die Fiktion eines solchen Nahkampfes von den Offizieren aufrecht erhalten, und sie war es, die ihnen jenen ruhigen Stolz und jene Heiterkeit verlieh, mit der sie teils in malerisch kecker, teils in selbstbewußt zurückhaltender Haltung auf den Trommeln saßen, rauchten, tranken und scherzten und sich nicht die geringste Sorge um den Tod machten, der jeden Augenblick an sie ebenso wie an Sljepzow plötzlich herantreten konnte. Und wie zur Bestätigung der Erwartung, in der sie dasaßen, fiel plötzlich mitten in ihr Gespräch hinein links vom Wege her ein Büchsenschuß, und eine Kugel pfiff lustig durch den Nebeldunst, um irgendwo in einen Baum einzuschlagen. Ein paar laute, dumpf knallende Schüsse aus den Gewehren der Soldaten antworteten auf den feindlichen Schuß.

„Aha," rief Poltorazkij in heiterem Tone, „das war in der Vorpostenkette! Nun, mein lieber Kostja," wandte er sich an Freese, „du hast wirklich Glück. Jetzt geh' mal zur Kompagnie – wir werden gleich eine Schlacht haben, so wild und heiß, wie man sie sich nur wünschen kann. Das soll eine Galavorstellung werden."

Der degradierte Baron sprang auf und begab sich raschen Schrittes nach jenem verqualmten Revier, in dem seine Kompagnie an der Arbeit war. Poltorazkij ließ sich seinen kleinen, gelbmäuligen, dunkelbraunen Kabardiner vorführen, setzte sich darauf, ließ seine Kompagnie antreten und führte sie in der Richtung, aus der der Schuß gefallen war, zur Vorpostenlinie vor. Die Vorpostenkette lag am Rande des Waldes, vor einer kahlen Schlucht, die sich niederwärts zog. Der Wind wehte nach dem Walde zu, und nicht nur der diesseitige Abhang, sondern auch die jenseitige Wand der Schlucht war deutlich sichtbar. Als Poltorazkij die Vorposten erreichte, trat gerade die Sonne aus dem Nebel hervor, und auf der gegenüberliegenden Seite der Schlucht, am Rande eines zweiten, niedrigen Waldes, der dort begann, wurden in einer Entfernung von etwa dreihundert Schritten einige Reiter sichtbar. Es waren die Tschetschenzen, die Hadschi Murat verfolgt hatten und sich davon überzeugen wollten, daß er wirklich zu den Russen ging. Einer von ihnen hatte nach den Vorposten hinübergeschossen, und ein paar Soldaten aus der Vorpostenkette hatten ihm geantwortet. Die Tschetschenzen hatten sich zurückgezogen, und das Gewehrfeuer war eingestellt worden, als jedoch Poltorazkij mit seiner Kompagnie anmarschiert kam, ließ er sogleich wieder schießen. Kaum war der Befehl erteilt, als auch auf der ganzen Linie alsbald ein ununterbrochenes keckes Knattern und Knallen einsetzte und bald hier, bald dort zierliche kleine Rauchwölkchen aufstiegen. Die Soldaten, die in der Schießerei eine willkommene Abwechselung sahen, luden in raschem Tempo ihre Gewehre und gaben Schuß auf Schuß ab. Die Tschetschenzen waren nicht faul und schossen gleichfalls, indem sie einzeln Mann für Mann vorsprangen. Einer ihrer Schüsse traf einen Soldaten. Es war derselbe Awdjejew, der mit auf dem Geheimposten gewesen war. Als die Kameraden zu ihm eilten, lag er mit dem Rücken nach oben da, hielt sich mit beiden Händen auf die am Bauche befindliche Wunde, zuckte von Zeit zu Zeit und stöhnte leise.

„Ich war gerade dabei, mein Gewehr zu laden, als ich ein Zischen hörte," erzählte Awdjejews Nebenmann, „und wie ich hinschaue, seh' ich, daß er das Gewehr fallen läßt."

Awdjejew stand bei Poltorazkijs Kompagnie. Als dieser die Soldaten zusammenlaufen sah, ritt er an die Gruppen heran.

„Hast du was abbekommen, mein Lieber?" fragte er. „Wohin denn?"

Awdjejew gab keine Antwort.

„Ich war gerade dabei zu laden. Euer Wohlgeboren," wiederholte der Nebenmann Awdjejews, „als ich ein Zischen hörte, und wie ich hinsehe, hat er das Gewehr auch schon fallen lassen."

„Tss, Tss," schnalzte Poltorazkij mit der Zunge. „Tut's weh, Awdjejew?"

„Das nicht, aber gehen kann ich nicht. Um einen Schluck Branntwein möcht' ich bitten, Euer Wohlgeboren."

Irgend jemand reichte eine Flasche mit Spiritus hin, wie ihn die Soldaten im Kaukasus zu trinken pflegten, und Panow goß mit finsterer Miene einen Becher davon ein, den er Awdjejew reichte. Awdjejew kostete, schob jedoch sogleich den Becher mit der Hand fort.

„Die Seele mag ihn nicht," sagte er, „trink' ihn nur selber."

Panow leerte den Becher. Awdjejew versuchte wiederum, sich zu erheben, sank jedoch von neuem zurück. Die Kameraden breiteten einen Mantel aus und legten Awdjejew darauf nieder.

„Euer Wohlgeboren, der Herr Oberst kommt!" rief der Feldwebel Poltorazkij zu.

„Gut – sieh du hier nach dem Rechten," sagte Poltorazkij, schwang die Peitsche und ritt in scharfem Galopp Woronzow entgegen.

Woronzow kam, von dem Regimentsadjutanten, einem Kosaken und einem tschetschenzischen Dolmetscher gefolgt, auf seinem Fuchshengst, einem echten englischen Vollbluttier, herangeritten.

„Was ist denn bei Ihnen los?" fragte er Poltorazkij.

„Eine Schar von feindlichen Reitern ist drüben aufgetaucht, sie haben die Vorposten angegriffen," antwortete ihm Poltorazkij.

„Und da mußten Sie gleich mit ihnen anbinden!" sagte der Fürst.

„Nicht ich habe angefangen, Fürst," versetzte Poltorazkij lächelnd, „sondern sie selbst."

„Ein Soldat soll verwundet sein, wie ich höre?"

„Ja, schade um ihn. Es ist ein tüchtiger Soldat."

„Ist die Verwundung schwer?"

„Sie scheint schwer zu sein, ein Bauchschuß."

„Und wissen Sie, wohin ich jetzt reite?" fragte Woronzow. „Erraten Sie es nicht? Hadschi Murat ist angekommen, wir werden ihn sogleich treffen."

„Nicht möglich!"

„Gestern hat er einen Boten zu mir geschickt," sagte Woronzow, nur mit Mühe seine Freude verbergend. „Er erwartet mich jedenfalls schon auf der Lichtung. Lassen Sie die Postenkette bis an die Lichtung vorgehen, und kommen Sie dann zu mir zurück."

„Zu Befehl," sagte Poltorazkij, legte die Hand an die Fellmütze und begab sich zu seiner Kompagnie. Er führte selbst einen Teil der Kette nach rechts hinüber, während er die Besetzung der linken Seite dem Feldwebel übertrug. Der verwundete Awdjejew war inzwischen von den Soldaten nach der Festung gebracht worden. Poltorazkij war bereits wieder zu Woronzow unterwegs, als er in seinem Rücken einen Reitertrupp gewahr wurde, der ihn einzuholen suchte. Er machte halt und erwartete die Herannahenden.

Allen übrigen voran ritt auf einem weißmähnigen Pferde ein

Mann von eindrucksvollem Äußeren, mit einem Turban um die Lammfellmütze und mit kostbaren goldverzierten Waffen im Gürtel. Es war kein anderer als Hadschi Murat. Er ritt an Poltorazkij heran und sagte zu ihm irgend etwas auf tatarisch. Poltorazkij zog die Brauen hoch und zuckte lächelnd die Achseln, zum Zeichen, daß er ihn nicht verstehe. Hadschi Murat antwortete gleichfalls mit einem Lächeln, und dieses Lächeln überraschte Poltorazkij durch seine kindliche Gutmütigkeit. Poltorazkij hatte sich den kühnen Anführer der Bergbewohner ganz anders vorgestellt. Er erwartete einen finsteren, trockenen, absonderlichen Menschen zu sehen, und nun erblickte er einen harmlos schlichten Mann vor sich, der so gutmütig lächelte, als sei er sein alter Freund und Vertrauter. Nur eins fiel an seinem Gesichte auf: die weit auseinanderstehenden Augen, die ruhig, durchdringend und aufmerksam in die Augen anderer Leute schauten.

Das Gefolge Hadschi Murats bestand aus vier Männern. Einer dieser Männer war Chan Mahoma – derselbe, der in der Nacht vorher bei Woronzow gewesen war. Er hatte ein rundes, vor Lebensfreude strahlendes, rotwangiges Gesicht, in dem ein Paar lebhafte schwarze Augen blitzten. Dann war da ein breitschultriger, stark behaarter Mensch mit zusammengewachsenen Augenbrauen – der Aware Chanefi, der das Vermögen Hadschi Murats verwaltete. Er führte ein Saumpferd am Zügel, das hoch mit Säcken bepackt war. Der dritte und vierte der Männer, die Hadschi Murats Gefolge bildeten, fielen durch ihr Äußeres ganz besonders auf. Der eine von ihnen, der junge Eldar, war ein schlanker, stattlicher Mensch mit den Augen eines Widders, breit in den Schultern und frauenhaft schmal über den Hüften, mit kaum sichtbarem Bartansatz. Der vierte und letzte war ein Einäugiger ohne Brauen und Wimpern, mit kurzgeschorenem rotem Barte und einer mächtigen Schramme, die ihm quer über die Nase ging; es war der Tschetschenze Hamsalo.

Poltorazkij machte Hadschi Murat auf den Fürsten aufmerksam, der soeben auf den Weg hinausritt. Hadschi Murat ritt auf Woronzow zu, legte, als er ihn erreicht hatte, die rechte Hand auf die Brust, sagte irgend etwas auf tatarisch und hielt dann wie in Erwartung einer Antwort ein. Der Tschetschenze, der mit Woronzow gekommen war, übertrug Hadschi Murats Worte: „Ich übergebe mich hiermit in die Gewalt des russischen Zaren und will ihm dienstbar sein,“

so lauteten seine Worte. „Ich wollte es schon lange tun, doch hat Schamyl es mir nicht gestattet."

Nachdem Woronzow die Worte des Dolmetschers vernommen hatte, reichte er Hadschi Murat die mit einem gemsledernen Handschuh bekleidete Hand. Hadschi Murat blickte auf diese Hand, zögerte einen Moment, schüttelte sie dann aber kräftig und sagte dabei irgend etwas, wobei er bald den Dolmetscher, bald Woronzow ansah.

„Er sagt, er habe sich keinem andern ergeben wollen, als gerade dir, weil du der Sohn des Sardar[5]. bist. Er schätzt dich besonders hoch."

Woronzow nickte mit dem Kopfe, zum Zeichen, daß er ihm für seine Hochachtung dankbar sei. Hadschi Murat sagte dann noch irgend etwas, wobei er auf seine Begleiter zeigte.

„Er sagt, daß auch diese Leute, seine Muriden, ebenso wie er selbst den Russen dienstbar sein werden."

Woronzow ließ seinen Blick über die vier Männer schweifen und nickte ihnen zu.

Chan Mahoma, der Tschetschenze mit den munteren schwarzen Augen, nickte seinerseits Woronzow zu und sagte etwas, das wohl ziemlich lustiger Art sein mochte, da der starkbehaarte Aware Chanefi über das ganze Gesicht dazu lachte, wobei seine blinkend weißen Zähne sichtbar wurden. Der rothaarige Hamsalo warf Woronzow nur einen einzigen Blick aus seinem roten Auge zu und blickte dann wieder starr auf die Ohren seines Pferdes.

Als Woronzow und Hadschi Murat mit ihren Begleitern nun nach der Festung ritten, machten die Soldaten, die nach Auflösung der Vorpostenkette da und dort in Gruppen zusammenstanden, ihre Bemerkungen über den Gast.

„Wie viel Seelen hat er auf dem Gewissen, der Höllenhund! Und jetzt wird er noch obendrein seine schöne Versorgung kriegen, gebt acht!" sagte der eine.

„Das ist wohl möglich. Er war auch Schamyls bester Kommandeur. Jetzt hat er ausgesorgt."

„Ein tüchtiger Bursche ist er schon, dagegen ist nichts zu sagen.

[5] Der Oberstkommandierende.

Ein richtiger Dschigit[6]!"

„Und der Rothaarige – habt ihr gesehen, wie der scheel geguckt hat? Wie ein Raubtier!"

„Das muß ein böser Hund sein!"

Hamsalo, der Rothaarige, war ihnen ganz besonders aufgefallen.

Dort, wo das Holz gefällt wurde, kamen die Soldaten, die näher am Wege waren, rasch herbeigelaufen, um sich den seltsamen Zug anzusehen. Der Adjutant schrie sie an, doch Woronzow wehrte ihm.

„Mögen sie sich ihren alten Bekannten doch ansehen," meinte er.

„Weißt du, wer der Mann da ist?" fragte Woronzow, die Worte langsam mit seinem englischen Akzent herausbringend, den ihm zunächst stehenden Soldaten.

„Nein, Ew. Exzellenz."

„Hadschi Murat ist es. Hast du von ihm gehört?"

„Gewiß doch, Ew. Durchlaucht, wir haben ihn oft genug verhauen."

„Ihr habt aber auch euer Teil von ihm bekommen!"

„Das stimmt wohl, Ew. Durchlaucht," antwortete der Soldat, ganz stolz darauf, daß er mit dem hohen Vorgesetzten hatte sprechen dürfen.

Hadschi Murat begriff, daß von ihm gesprochen wurde, und ein heiteres Lächeln leuchtete in seinen Augen. Woronzow kehrte in der heitersten Gemütsverfassung in die Festung zurück.

Sechstes Kapitel

Woronzow war recht zufrieden damit, daß er, gerade er, das Glück gehabt hatte, diesen Erzfeind Rußlands, der nach Schamyl der mächtigste Mann in diesen Landen war, aus den Bergen herauszulocken und zu empfangen. Nur eins war dabei unangenehm: Der Oberbefehl über die Truppen in Wosdwischenskoje lag in den Händen des Generals Meller Sakomelskij, und die ganze Angelegenheit gehörte eigentlich in dessen Ressort. Woronzow hatte auf eigene Faust gehandelt, ohne ihm Meldung zu machen. Es konnte also

[6] Held.

leicht Unannehmlichkeiten geben. Dieser Gedanke verbitterte ihm ein wenig die Freude über seinen Erfolg.

Als der Fürst mit seinem Gefolge und den Gästen vor seinem Hause angelangt war, übergab er die Muriden Hadschi Murats der Obhut des Regimentsadjutanten, während er Hadschi Murat selbst in sein Haus geleitete.

Die Fürstin Maria Wassiljewna hatte ihr Staatskleid angelegt und erwartete mit ihrem sechsjährigen Sohne, einem hübschen lockenhaarigen Bürschchen, Hadschi Murat in ihrem Salon. Lächelnd empfing sie den Gast, der, die Arme über der Brust kreuzend, vor ihr stand. Hadschi Murat ließ ihr durch den Dolmetscher, der mit ihm gekommen war, in feierlicher Weise erklären, er betrachte sich für einen Freund des Fürsten, da dieser ihn in sein Haus aufgenommen habe, und die Familienmitglieder des Freundes seien ihm gleich teuer wie der Freund selbst. Hadschi Murats Äußeres sowohl wie sein Benehmen gefielen Maria Wassiljewna. Daß er verlegen ward und errötete, als sie ihm ihre große weiße Hand reichte, nahm sie nur noch mehr für ihn ein. Sie ersuchte ihn, Platz zu nehmen, fragte ihn, ob er Kaffee trinke, und ließ, bevor er geantwortet hatte, welchen kommen. Man brachte den Kaffee, doch Hadschi Murat trank nicht. Er verstand ein wenig Russisch, konnte diese Sprache jedoch nicht selbst sprechen, und wenn er etwas nicht verstand, lächelte er kindlich verlegen. Und dieses Lächeln gefiel Maria Wassiljewna ebensosehr, wie es Poltorazkij gefallen hatte. Das lockenhaarige Söhnchen der Fürstin, dem diese den Kosenamen Buljka gegeben hatte, stand neben der Mutter und verwandte keinen Blick von Hadschi Murat, der ihm stets als ein Krieger von seltener Tapferkeit geschildert worden war.

Woronzow ließ Hadschi Murat bei seiner Frau und begab sich nach der Kanzlei, um den vorgesetzten Stellen von der Ankunft Hadschi Murats Meldung zu machen. Er verfaßte einen Bericht an General Koslowskij, den in Grosnaja stationierten Befehlshaber des linken Flügels der kaukasischen Armee, und schrieb einen Brief an seinen Vater. Dann eilte er rasch nach Hause, in der Befürchtung, seine Frau könnte darüber ungehalten sein, daß er ihr diesen wildfremden, gefährlichen Menschen auf dem Halse gelassen, der einerseits nicht verletzt, andererseits wieder nicht gar zu freundlich behandelt werden durfte. Seine Furcht war jedoch grundlos gewesen.

Hadschi Murat saß noch immer auf seinem Platze, hielt den kleinen Buljka, den Stiefsohn Woronzows, auf dem Schoße und hörte, den Kopf vorwiegend, mit Aufmerksamkeit auf den Dolmetscher, der ihm die Worte der lächelnden Fürstin übersetzte. Maria Wassiljewna hatte ihm soeben sagen lassen, er solle doch nicht jedes Stück seines Besitztums, das irgendeinem Freunde gefiel, gleich so ohne weiteres weggeben, sonst würde er bald so nackt wie Adam umhergehen.

Als der Fürst eintrat, nahm Hadschi Murat sogleich den darob sehr erstaunten und beleidigten Buljka vom Schoße und richtete sich empor, wobei der sorglos launige Ausdruck seines Gesichtes verschwand und eine ernste, strenge Miene an dessen Stelle trat. Er setzte sich erst wieder, als auch Woronzow Platz genommen hatte. Er nahm den Faden des Gespräches mit Maria Wassiljewna wieder auf und erklärte ihr, es bestehe bei ihnen ein solches Gesetz, daß alles, was einem Freunde gefalle, ihm auch hingegeben werden müsse.

„Dein Sohn sehr lieb, guter Freund," sagte er auf Russisch, wählend seine Hand das Lockenhaar Buljkas streichelte, der sich ihm wieder auf den Schoß gesetzt hatte.

„Er ist ein ganz prächtiger Mensch, dein Räuberhauptmann," bemerkte die Fürstin auf Französisch zu ihrem Gatten. „Buljka fand Gefallen an seinem Dolche, und er machte ihm das kostbare Stück sogleich zum Geschenk."

Buljka zeigte dem Stiefvater den Dolch.

„Eine sehr wertvolle Waffe," sagte Woronzow, gleichfalls auf Französisch. „Ich muß Gelegenheit finden, ihm ein Gegengeschenk zu machen."

Hadschi Murat saß mit gesenktem Blicke da, streichelte immer wieder den Kopf des Knaben und murmelte dabei: „Dschigit, Dschigit!"

„Wirklich ein sehr schöner Dolch," sagte Woronzow und zog die scharf geschliffene, damaszierte Klinge mit der Rinne in der Mitte halb aus der Scheide. „Bedank dich nur dafür!" sprach er zu dem Kleinen, und zum Dolmetscher gewandt, sagte er: „Frag' ihn, womit ich ihm dienen kann."

Der Dolmetscher übersetzte seine Worte, und Hadschi Murat antwortete, daß er keine Wünsche habe, und nur darum bitte er, daß man ihm jetzt die Möglichkeit geben möchte, sein Gebet zu verrichten. Woronzow rief den Kammerdiener und befahl ihm, Hadschi Murat in ein Zimmer zu führen, in dem er ungestört beten könnte.

Als Hadschi Murat allein war, verwandelte sich sogleich der Ausdruck seines Gesichtes: an die Stelle der zufriedenen, zuvorkommend-feierlichen Miene, die es vorher gehabt hatte, trat ein Zug von tiefer Besorgnis.

Der Empfang, den ihm Woronzow bereitet, war weit besser, als er erwartet hatte. Aber je entgegenkommender dieser Empfang war, desto weniger traute Hadschi Murat Woronzow und seinen Offizieren. Er hatte alle möglichen Befürchtungen: daß man ihn einkerkern, ihn fesseln und nach Sibirien verschicken oder einfach töten würde, und er glaubte darum nicht vorsichtig genug sein zu können

Er fragte Eldar, der ihn aufsuchte, wo die Muriden untergebracht seien, wo sich die Pferde befänden, und ob man ihnen die Waffen abgenommen habe.

Eldar antwortete, die Pferde ständen im fürstlichen Marstall, und die Leute befänden sich in einem Schuppen, die Waffen habe man ihnen belassen, und für ihre Bewirtung mit Speise und Trank habe der Dolmetscher Sorge getragen.

Hadschi Murat schüttelte, während er seine Vorbereitungen zum Gebet traf, verwundert den Kopf. Nachdem er gebetet hatte, ließ er sich einen silbernen Dolch bringen, kleidete sich an, umgürtete sich und hockte in Erwartung der Dinge, die da kommen würden, auf dem niedrigen Diwan, der sich in dem Zimmer befand, nieder.

Es war in der fünften Stunde, als er zur Tafel beim Fürsten gerufen wurde.

Beim Mittagessen nahm Hadschi Murat nur etwas von einer Reisspeise, und zwar genau an derselben Stelle, an der auch die Fürstin sich bedient hatte.

„Er fürchtet, daß wir ihn vergiften könnten," sagte die Fürstin zu ihrem Gatten. „Er hat von derselben Stelle genommen wie ich."

Nach Tisch ließ sie Hadschi Murat durch den Dolmetscher fragen, wann er wieder beten würde. Hadschi Murat hob fünf Finger in die Höhe und zeigte nach der Sonne.

„Es ist bald so weit", sagte Woronzow, zog seine kunstvoll gearbeitete Breguersche Taschenuhr hervor und drückte an einer Feder.

Das Uhrwerk schlug drei Viertel auf fünf. Hadschi Murat hörte mit Staunen die feinen, klingenden Töne, er bat, die Uhr genauer betrachten und das Schlagwerk noch einmal vernehmen zu dürfen.

„Das scheint mir ein passendes Gegengeschenk für ihn, gib ihm die Uhr," sagte die Fürstin auf Französisch zu ihrem Gatten.

Woronzow bot die Uhr sogleich Hadschi Murat an. Dieser kreuzte die Arme über seiner Brust und nahm die Uhr entgegen. Er setzte das Schlagwerk noch einige Male in Bewegung, lauschte auf den Klang der Uhr und nickte beifällig mit dem Kopfe.

Nach dem Mittagessen wurde dem Fürsten der Adjutant des Generals Meller Sakomelskij gemeldet. Der Adjutant hatte dem Fürsten auszurichten, daß der General, der inzwischen von der Ankunft Hadschi Murats gehört hatte, höchst ungehalten darüber sei, daß ihm davon keine Meldung gemacht worden. Er verlange nun, daß Hadschi Murat ihm sogleich übergeben würde. Woronzow entgegnete, der Befehl des Generale würde erfüllt werden, ließ Hadschi Murat durch den Dolmetscher den Wunsch des Generals übermitteln und bat ihn, mit ihm zusammen zu Meller zu gehen.

Als die Fürstin hörte, weshalb der Adjutant gekommen sei, begriff sie sogleich, daß zwischen ihrem Gatten und dem General leicht Mißhelligkeiten entstehen konnten, und so beschloß sie, trotz aller Einwendungen des Fürsten, mit ihm und Hadschi Murat zusammen zum General zu gehen.

„Es ist besser, du bleibst hier – die Sache geht mich ganz allein an," meinte Woronzow.

„Du kannst mich nicht hindern, der Frau Generalin einen Besuch abzustatten," gab sie zur Antwort.

„Dazu ist jede andere Zeit ebenso gut geeignet."

„Und ich will gerade jetzt hingehen."

Er mußte sie gewähren lassen, und so begaben sie sich zu dreien nach der Wohnung des Generals.

Als sie dort ankamen, geleitete Meller die Fürstin halb mürrisch, halb ehrerbietig nach dem Zimmer seiner Frau, während er Hadschi Murat durch den Adjutanten nach dem Empfangszimmer führen ließ, das er bis auf weiteres nicht verlassen sollte.

„Ich bitte," sagte er, nachdem er die Damen zusammengebracht, zu Woronzow und öffnete die Tür seines Kabinetts, in das er mit dem Fürsten eintrat.

Ohne den Fürsten zum Sitzen einzuladen, trat er mit finsterer Miene vor ihn hin und begann:

„Ich führe hier das Kommando und habe daher alle Unterhandlungen mit dem Feinde zu führen. Warum haben Sie mir die Ankunft Hadschi Murats nicht gemeldet?“

„Hadschi Murat sandte einen Boten zu mir, mit der Ankündigung, daß er sich mir persönlich ergeben wolle,“ antwortete Woronzow, ganz bleich vor Erregung. Er war auf einen heftigen Ausfall des ergrimmten Generals gefaßt, dessen zornige Erregung in ihm das gleiche Gefühl wachrief.

„Ich frage, warum Sie mir keine Meldung erstattet haben?“

„Ich hatte die Absicht, es zu tun, Baron, indes ...“

„Ich bin für Sie nicht der Baron, sondern die Exzellenz,“ platzte der General heraus, und sein ganzer, lange zurückgehaltener Ärger kam alsbald zum Durchbruch. Alle Unzufriedenheit, die sich in seiner Seele angesammelt hatte, drang mit Gewalt an die Oberfläche. „Habe ich meinem Kaiser“, fuhr er fort, „vielleicht darum siebenundzwanzig Jahre lang treu gedient, daß mir nun junge Leute von gestern, die sich auf ihre verwandtschaftlichen Beziehungen etwas zugute tun, in meine Dienstangelegenheiten hineinpfuschen?“

„Exzellenz, ich bitte Sie, solche ungerechte Anschuldigungen zu unterlassen,“ unterbrach ihn Woronzow.

„Es ist nur die Wahrheit, was ich sage, und ich lasse mir das nicht länger gefallen,“ versetzte der General, der immer erregter wurde.

In diesem Augenblick rauschte Maria Wassiljewna ins Zimmer, und hinter ihr her kam eine ältliche Dame von kleinem Wuchse und bescheidenem Aussehen herein – es war die Gattin Meller Sakomelskijs.

„Nun, lassen Sie schon gut sein, Baron – Simon hat nicht einen Augenblick daran gedacht, Ihnen irgendwelche Unannehmlichkeiten zu bereiten,“ sagte Maria Wassiljewna.

„Das habe ich auch nicht behauptet, Fürstin ...“

„Seien wir friedlich, General! Sie wissen: besser ein magerer Friede als ein fetter Streit. Das ist wenigstens meine Meinung“, versetzte sie lächelnd.

Der ergrimmte Krieger vermochte dem bezaubernden Lächeln der schönen Frau nicht zu widerstehen. Unter seinem mächtigen Schnurrbart zuckte gleichfalls ein Lächeln.

„Ich gebe zu, daß ich nicht richtig gehandelt habe," sagte Woronzow, „indes …"

„Na, und ich habe mich hinreißen lassen", versetzte Meller und reichte dem Fürsten die Hand.

Der Friede war wiederhergestellt, und es ward beschlossen, daß Hadschi Murat einige Zeit unter Mellers Obhut bleiben und dann dem Befehlshaber des linken Flügels, General Koslowskij, übergeben werden sollte. Hadschi Murat hatte, während die beiden Offiziere miteinander stritten, im anstoßenden Empfangszimmer gesessen, und wenn er auch nicht verstand, was gesprochen wurde, so begriff er doch so viel, daß der Streit sich um seine Person drehte, daß sein Abfall von Schamyl für die Russen von großer Bedeutung war, und daß er, wenn sie ihn nicht verschickten oder töteten, für seinen Übertritt einen hohen Preis fordern könne. Er hatte auch begriffen, daß Meller Sakomelskij, obschon er den höheren Rang bekleidete, doch nicht den gleichen Einfluß wie der ihm untergebene Woronzow besaß, daß er sich daher an Woronzow und nicht an Meller Sakomelskij zu halten habe. Als nun Meller Sakomelskij Hadschi Murat vor sich beschied und ihn über seine Absichten und Pläne befragte, nahm Hadschi Murat eine feierlich stolze Haltung an und sagte, er sei aus den Bergen niedergestiegen, um dem weißen Zaren zu dienen, und werde alles Weitere mit dem „Sardar", dem Oberstkommandierenden Fürsten Woronzow in Tiflis, verabreden.

SIEBENTES KAPITEL

Die Kameraden hatten den verwundeten Awdjejew nach dem Lazarett gebracht, das in einem kleinen, mit Brettern gedeckten Hause am Eingang der Festung lag. Sie hatten ihn dort in dem gemeinsamen Krankensaal auf eins der freien Betten gelegt. In dem Saale befanden sich vier Kranke; einer von ihnen litt am Typhus und hatte ein glühend rotes Gesicht, ein zweiter war bleich, hatte dunkle Ringe um die Augen und gähnte beständig in Erwartung eines Fieberanfalles, und die beiden letzten waren bei einem drei Wochen vorher stattgehabten Überfall blessiert worden; der eine hatte einen Schuß durchs Handgelenk bekommen und ging umher, während der andere, im Rücken verwundet, auf seinem Bett saß. Alle, bis auf den Typhuskranken, umringten den neu Hereingebrachten und fragten die Träger aus.

„Manchmal kommen die Kugeln so dicht, als wenn Erbsen gesät würden, und keiner wird getroffen, und diesmal sind höchstens fünf Schüsse gefallen, und da hatte er auch schon was weg", erzählte einer der Soldaten, die Awdjejew gebracht hatten.

„Wem's eben beschieden ist ..."

„Oh, oh!" ächzte Awdjejew, obschon er den Schmerz zu verbeißen suchte, laut auf, als er auf das Bett gelegt wurde. Sobald er niedergelegt war, zog er die Brauen finster zusammen und stöhnte nicht mehr, nur seine Fußsohlen zuckten beständig. Er hielt die Hände auf der Wunde und blickte starr vor sich hin. Der Arzt kam und ließ den Kranken umwenden, um zu sehen, ob die Kugel nicht am Rücken herausgekommen sei.

„Was ist denn das da?" fragte der Arzt und zeigte auf eine Anzahl langer weißer Narbenstreifen, die sich kreuzend über den Rücken und das Gesäß des Verwundeten hinliefen.

„Das ist von früher, Euer Hochwohlgeboren", brachte Awdjejew mühsam hervor.

Es waren die Narben, die von der Spießrutenstrafe herrührten, der er damals, als er das Geld vertrunken hatte, unterzogen worden war.

Awdjejew wurde wieder auf den Rücken gelegt, und der Arzt stocherte eine ganze Weile mit der Sonde in seinem Leibe herum, bis er die Kugel endlich gefunden hatte. Doch wagte er nicht, sie herauszuholen, sondern begnügte sich damit, die Wunde zu verbinden und ein Pflaster darauf zu legen, worauf er sich entfernte.

Während die Wunde untersucht und verbunden worden war, hatte Awdjejew mit aufeinandergepreßten Zähnen und geschlossenen Augen dagelegen. Als der Arzt sich entfernt hatte, öffnete der Verwundete die Augen und blickte erstaunt um sich. Seine Blicke waren auf die Kranken und den Feldscher gerichtet, doch schien er sie nicht zu sehen, sondern auf etwas anderes, das ihn in Erstaunen setzte, zu schauen.

Der Unteroffizier Panow kam mit einem zweiten Kameraden namens Seregin, um nach ihm zu sehen. Awdjejew blieb liegen, ohne sich zu rühren, und schaute nur immer voll Erstaunen vor sich hin.

Seine Augen waren zwar auf die Kameraden gerichtet, doch konnte er sie lange nicht erkennen.

„Willst du nicht eine Nachricht nach Hause schicken, Petra?“ fragte ihn Panow.

Awdjejew sah ihn an, ohne zu antworten.

„Ich frage dich, ob du nicht die Deinigen benachrichtigen willst“, fragte Panow noch einmal und berührte seine kalte, knochige Hand.

Da erst schien Awdjejew zum Bewußtsein zu erwachen.

„Du bist es …, Antonytsch?“ fragte er mit matter Stimme.

„Ja. Ich wollte dich fragen, ob du nicht den Deinigen eine Nachricht schicken mochtest. Seregin wird den Brief schreiben.“

„Du wirst schreiben … Seregin …“ sagte Awdjejew, während er seine Augen mühsam nach Seregin wandte. „Schreib so: ‚Euer Sohn Petrucha … wünscht Euch … langes Leben.‘ Ich hab’ den Bruder … beneidet … hab’s dir ja gesagt … Und jetzt bin ich froh … er lebt … und mag weiter leben. Gott segne ihn, ich bin froh. Schreib das.“

Dann schwieg er eine ganze Weile und sah Panow an.

„Hast du … den Pfeifenkopf gefunden?“ fragte er plötzlich.

Panow antwortete nicht sogleich.

„Den Pfeifenkopf, den Pfeifenkopf, sag’ ich …, hast du den gefunden?“ wiederholte Awdjejew.

„Ja, er war in meinem Quersack.“

„So, so … Nun, jetzt reicht mir eine Kerze …, ich werde gleich sterben“, sagte Awdjejew.

In diesem Augenblick trat Poltorazkij in den Krankensaal, um nach seinem Soldaten zu sehen.

„Nun, Bruder, wie geht es dir? Nicht zum besten?“ begann er.

Awdjejew schloß die Augen und schüttelte den Kopf. Sein knochiges Gesicht war bleich und hatte einen strengen Ausdruck.

Er antwortete nicht auf die Frage des Vorgesetzten, sondern wiederholte nochmals, zu Panow gewandt:

„Gib mir … eine Kerze, ich werde sterben.“

Man gab ihm eine brennende Kerze in die Hand, doch seine Finger schlossen sich nicht mehr, man mußte ihm die brennende Kerze zwischen die Finger schieben und sie da festhalten. Poltorazkij ging hinaus, und fünf Minuten später legte der Feldscher das Ohr an Awdjejews Herz und erklärte, daß er tot sei.

In dem Berichte, der über die Affäre an den Oberstkommandierenden nach Tiflis gesandt wurde, ward auch Awdjejews Tod erwähnt. Die betreffende Stelle lautete:

„Am 23. November verließ die zweite Kompagnie des Kurinischen Regiments die Festung, um im Walde Holz zu schlagen. Am hellichten Tage griff plötzlich eine ansehnliche Schar von Bergbewohnern die bei der Arbeit befindlichen Soldaten an. Die Vorposten zogen sich zurück, worauf die zweite Kompagnie den Feind mit dem Bajonett angriff und zurückschlug. Diesseits wurden zwei Soldaten leicht verwundet und einer getötet. Die Bergbewohner verloren gegen hundert Mann an Toten und Verwundeten."

Achtes Kapitel

An demselben Tage, an dem Petrucha Awdjejew im Lazarett der Festung Wosdwischenskoje sein Leben aushauchte, droschen sein alter Vater, die Frau seines Bruders, in dessen Vertretung Petrucha Soldat geworden, und die älteste Tochter des Bruders, die nun bereits heiratsfähig war, auf der offenen Tenne der Scheune den Hafer. Am Abend vorher war tiefer Schnee gefallen, und am Morgen hatte es tüchtig gefroren. Der Alte war bereits beim dritten Hahnenschrei erwacht. Als er den hellen Mondschein durch das gefrorene Fenster schimmern sah, kroch er vom Ofen hinunter, zog seine Stiefel und den Pelz an, setzte die Mütze auf und ging nach der Tenne. Nachdem er dort zwei Stunden lang gearbeitet hatte, kehrte er ins Haus zurück und weckte seinen Sohn und die Frauen. Wie diese auf die Tenne kamen, fanden sie den zum Dreschen bestimmten Platz bereits vom Schnee gereinigt vor. Die hölzerne Schaufel war in die weiße, immer höher steigende Schneedecke gesteckt, der Besen stand mit den Reisern nach oben gekehrt daneben, und die aufgelösten Haferbunde waren in zwei langen Reihen mit den Ähren nach innen auf der sauberen Tenne hingebreitet. Sie nahmen die Dreschflegel zur Hand und begannen im regelmäßigen Dreitakt drauflos zu dreschen. Der Alte schlug mit dem schwersten der Dreschflegel wuchtig zu, daß das Stroh unter seinen Schlägen mürbe ward; das junge Mädchen führte von oben her zierliche, leichte Schläge, während die Schwiegertochter ihren Dreschflegel kräftig niederfallen ließ.

Der Mond war untergegangen, der Tag brach bereits an, und die Dreschenden waren schon fast durch die ganze Reihe hindurch, als Akim, der ältere Sohn, in Pelzjacke und Mütze nach der Tenne kam.

„Hast wieder mal gefaulenzt", herrschte der Vater, im Dreschen innehaltend und sich auf den Dreschflegel stützend, ihn an.

„Die Pferde müssen doch besorgt werden", versetzte Akim.

„Die Pferde müssen besorgt werden!" wiederholte der Alte in höhnischem Tone. „Überlaß das nur der Mutter! Nimm den Dreschflegel zur Hand! Hast schon viel zu viel Fett angesetzt, alter Trunkenbold."

„Dein Geld habe ich noch nicht vertrunken", brummte der Sohn vor sich hin.

„Was redest du?" fragte der Alte in drohendem Tone, während er einen Takt im Dreschen ausließ.

Der Sohn nahm schweigend den Dreschflegel, und die Arbeit ging nun im Viertakt – trap tapa tap, trap tapa tap – weiter. „Trap", fiel jedesmal nach drei leichteren Schlägen der schwere Schlag des Alten.

„Einen Nacken hat er, so dick und fett wie ein Herr. Und mir fallen die Hosen vom Leibe!" sagte der Alte, indem er wieder einen Schlag ausließ und den Dreschflegel, um nicht aus dem Takt zu kommen, wenigstens durch die Luft schwang.

Die Reihe war durch, und die Frauen griffen nach den Rechen und harkten das Stroh zusammen.

„Ein Narr war der Petrucha, daß er statt deiner Soldat wurde. Dir hätten sie dort wenigstens deine Dummheit herausgeprügelt, und er hätte hier fünf solche, wie du bist, ersetzt."

„Na, laß schon gut sein, Väterchen", sagte die Schwiegertochter in beschwichtigendem Tone.

„Sechs Köpfe seid ihr nun, und alle wollen gefüttert sein, und keins taugt zur Arbeit. Petrucha, ja – der hat mir für zwei gearbeitet ..."

Auf dem durch den Schnee gebahnten, kaum sichtbaren Fußwege kam die Alte über den Hof. Sie hatte die Füße dicht mit wollenen Fußlappen umwickelt und in neue Bastschuhe gesteckt, die auf dem Schnee knirschten. Die beiden Männer schütteten den noch mit der Spreu vermengten Hafer zu einem Haufen auf, während die Frauen die Tenne rein fegten.

„Der Dorfvogt war da", sagte die Alte, „alle Männer sollen zum Spanndienst antreten, Ziegelsteine sollt ihr anfahren. Kommt, das Frühstück ist fertig."

„Schön. Spann' den Rotschimmel an und mach' dich auf den Weg", sagte der Alte zu Akim. „Und sorg' mir dafür, daß ich nicht wieder deinetwegen Ärger habe, wie neulich. Nimm dir den Petrucha zum Vorbild."

„Wie Petrucha zu Hause war, hat er die Schelte bekommen", sagte Akim mürrisch, als der Alte gegangen war. „Und weil Petrucha jetzt nicht da ist, beißt er auf mich los."

„Du verdienst es nicht besser", sagte die Mutter vorwurfsvoll. „Da war der Petrucha doch ein anderer Mensch."

„Ja doch, ja! Schon gut!" brummte der Sohn.

„‚Schon gut!' sagst du? Hast du vielleicht das Mehl nicht vertrunken? Und jetzt sagst du noch ‚schon gut'?"

„Rühr' doch nicht immer in dem alten Schmutz herum", sagte die Schwiegertochter.

Der Zwist zwischen dem Vater und dem Sohne bestand schon lange – bald, nachdem Peter Soldat geworden, hatte er begonnen. Damals schon war der Alte dahintergekommen, daß er einen Kuckuck gegen einen Falken eingetauscht hatte. Wohl hatte es nach seiner Meinung dem Gesetz entsprochen, daß der jüngere, kinderlose Bruder für den älteren, der eine Familie hatte, eintrat. Akim hatte vier Kinder, Peter dagegen noch keins. Dafür war Peter ein tüchtiger Arbeiter, ganz so wie der Alte: flink und gewandt, kräftig und ausdauernd, und er war vor allem mit Lust und Liebe bei der Sache. Nie war er ohne Arbeit. Sah er irgendwo jemanden arbeiten, dann mußte er, ganz so wie der Alte, gleich mit zugreifen – nahm die Sense und mähte ein Beet herunter, lud einen Wagen voll, sägte einen Baum nieder oder zerkleinerte einen Holzhaufen. Mit schwerem Herzen sah der Alte ihn ziehen, doch war eben nichts zu machen. Der Soldatendienst war wie der Tod. Wer Soldat wurde, war so gut wie verloren für die Seinen, es war zwecklos, seiner zu gedenken und ihm nachzuweinen. Nur selten, wenn er einmal dem älteren Sohne ein Beispiel vorhalten wollte, gedachte der Alte des Peter. Die Mutter dagegen sprach öfter von ihm und lag dem Alten schon lange, fast zwei Jahre lang schon, in den Ohren, er möchte Petrucha doch etwas Geld schicken. Aber der Alte hatte immer nur geschwiegen, wenn sie davon anfing.

Der Hof der Kurenkows galt als reich, und der Alte hatte Geld zurückgelegt, doch hätte er um nichts in der Welt seine Ersparnisse angerührt. Als sie nun den Namen des jüngeren Sohnes so oft aus seinem Munde vernahm, entschloß sie sich, ihn zu bitten, er möchte doch, sobald er den Hafer verkauft hätte, dem Sohne wenigstens ein Rubelchen schicken. Und sie brachte ihren Gedanken zur Ausführung: als das junge Volk zur Hofarbeit gegangen war und sie mit dem Alten allein blieb, überredete sie ihn, von dem für den Hafer vereinnahmten Gelde einen Rubel an Petrucha zu schicken. Zwölf Scheffel von dem Hafer wurden, nachdem er geworfelt war, in Säcke gefüllt und auf drei Schlitten verteilt, um zum Verkauf nach der Stadt gebracht zu werden. Vom Küster hatte die Mutter einen Brief an Petrucha aufsetzen lassen, den gab sie jetzt dem Alten mit, der den Hafer selbst nach der Stadt bringen wollte. Er versprach ihr, einen Rubelschein einzulegen und den Brief von der Stadt aus an den Sohn zu senden. Er legte den Brief in seinen Beutel, verrichtete sein Gebet, zog den neuen Pelz und den Kaftan drüber an und nahm auf dem vordersten Schlitten Platz, um nach der Stadt zu fahren. Auf dem letzten Schlitten saß sein Enkel. In der Stadt ließ er sich vom Hauswart den Brief vorlesen und hörte aufmerksam, mit beifälligem Kopfnicken, zu.

In dem Briefe sandte Petruchas Mutter ihrem Sohne zunächst ihre Segenswünsche, dann die besten Grüße von allen, gab ihm Nachricht vom Tode seines Taufpaten und teilte ihm zum Schluß mit, daß Axinia, seine Frau, nicht bei ihnen habe bleiben wollen, sondern bei fremden Leuten lebe. Sie betrage sich, wie man höre, ehrbar und anständig. Sie erwähnte, daß der Vater dem Briefe einen Rubel beilege, und zu guter Letzt hatte sie dem Küster noch unter Tränen aufgetragen, ihren eigenen tiefen Kummer und Schmerz in recht rührenden Worten zum Ausdruck zu bringen.

„Glaube mir, mein inniggeliebter Sohn, mein Herzensjunge Petrucha, daß ich mir aus Sehnsucht nach Dir, weiß Gott, schon die Augen ausgeweint habe. Mein liebes, gutes Kind, warum hast Du mich nur verlassen? …“ An dieser Stelle war die Alte in Tränen und Wehklagen ausgebrochen und hatte zum Küster gesagt: „Damit ist's genug" – und mit diesen Worten hatte der Küster den Brief auch geschlossen.

Aber Petrucha sollte weder die Nachricht, daß seine Frau aus dem Hause gegangen, noch den väterlichen Rubel, noch die letzten Grüße seiner Mutter erhalten. Der Brief kam mit dem Gelde und der Mitteilung zurück, daß Petrucha im Kriege als Verteidiger des Zaren, des Vaterlandes und des rechten russischen Glaubens gefallen sei.

Als Petruchas alte Mutter den Brief erhielt, weinte sie eine Zeit lang und ging dann wieder an die Arbeit. Am Sonntag darauf ging sie zur Kirche, bestellte eine Totenmesse für den Gefallenen, ließ Peter in das Verzeichnis der Toten, für die regelmäßig in der Kirche gebetet wurde, eintragen und verteilte Hostienbrot unter die frommen Leute, damit sie „des Knechtes Gottes Peter im Gebet gedächten."

Auch Axinia, die Soldatenfrau, weinte eine Zeit lang, als sie vom Tode ihres geliebten Mannes erfuhr, mit dem sie nur ein Jahr zusammengelebt hatte. Es tat ihr leid um ihren Mann und um sein früh vernichtetes Leben, und in ihrem Wehklagen sprach sie von Peters blonden Locken, von seiner Liebe, von dem bitteren Los, das nun ihr und ihrem kleinen verwaisten Wanjka, der inzwischen zur Welt gekommen war, bevorstehe, und sie jammerte ganz herzzerreißend darüber, daß Petrucha für seinen Bruder mehr Liebe empfunden habe als für sie, die nun ihr Leben unter fremden Menschen schutz- und hilflos verbringen müsse.

Im Grunde ihrer Seele aber war Axinia ganz froh über Peters Tod. Sie erwartete ein zweites Kind von einem Markthelfer, mit dem sie zusammenlebte, und nun durfte ihr niemand mehr Vorwürfe machen, der Markthelfer aber konnte sie heiraten, wie er ihr versprochen hatte, als sie seine Geliebte geworden war.

Neuntes Kapitel

Michail Semjonowitsch Woronzow war der Sohn des russischen Gesandten in London und hatte in England seine Erziehung erhalten. Unter den russischen hohen Beamten seiner Zeit zeichnete er sich vorteilhaft durch eine umfassende europäische Bildung aus, war ein Mann von großem Ehrgeiz, freundlich und umgänglich im Verkehr mit Tieferstehenden und ein gewandter Höfling im Umgang mit Höhergestellten. Er konnte sich das Leben ohne Macht und Gewalt auf der einen und dienstwillige Unterordnung auf der anderen Seite nicht vorstellen. Er besaß alle erdenklichen hohen Würden und Orden, galt als ein ausgezeichneter Soldat und hatte sogar die Truppen Napoleons bei Craonne geschlagen. Er war im Jahre 1852 bereits hoher Siebziger, doch war er körperlich noch durchaus rüstig, hatte einen kräftigen, elastischen Gang und war vor allem noch immer der kluge, feine Kopf, der sich in seiner einflußreichen Stellung zu halten und seine Popularität zu bewahren wußte. Er war selbst sehr reich, hatte eine reiche Frau – sie stammte aus dem gräflichen Hause Branicki – und besaß als Statthalter von Kaukasien große Einkünfte. Einen beträchtlichen Teil seines Einkommens verwandte er für die Erhaltung seines Palais in Tiflis und des herrlichen Parkes, den er am Südufer der Krim angelegt hatte. –

Am Abend des 4. Dezember 1852 hielt vor seinem Palais ein mit drei Pferden bespannter Kurierpostwagen. Der von der Reise ermüdete, ganz mit Staub bedeckte Offizier, der dem Statthalter die Meldung des Generals Koslowskij, die Nachricht vom Übertritt Hadschi Murats zu den Russen, überbrachte, stieg, die steif gewordenen Beine kräftig streckend, an den Wachen vorüber die Freitreppe des Statthalterpalais hinan. Es war gegen sechs Uhr abends, und Woronzow war soeben im Begriff, zu Tisch zu gehen, als ihm die Ankunft des Kuriers gemeldet wurde. Woronzow empfing diesen sogleich und kam daher einige Minuten zu spät zum Diner. Als er den Salon betrat, wandten die etwa dreißig geladenen Tischgäste, die teils um die Fürstin Jelisaweta Xaverjewna herumsaßen, teils da und dort zu Gruppen zusammengetreten waren, sich sogleich dem Eintretenden zu. Woronzow trug seine gewöhnliche dunkle Uniform, die keine Epauletten, sondern nur einfache Achselschnüre und als Ordenszier nur ein einziges weißes Kreuz am Halse aufwies. Sein glattrasiertes Fuchsgesicht lächelte verbindlich, während die leicht zusammengekniffenen Augen die Anwesenden musterten. Mit raschen, weichen Schritten trat er ein, entschuldigte sich bei den Damen, daß er zu spät gekommen, begrüßte die Herren, trat auf die grusinische Fürstin Manania Orbeliani, eine etwa fünfundvierzigjährige, üppige, hochgewachsene Schöne von orientalischem Typus, zu und reichte ihr den Arm, um sie zu Tisch zu führen. Die Fürstin Jelisaweta Xaverjewna selbst nahm den Arm eines außerhalb in Garnison liegenden, rothaarigen Generals mit aufgezwirbeltem Schnurrbart. Der Fürst von Grusinien reichte seinen Arm der Gräfin Choiseul, einer intimen Freundin der Fürstin. Der Hausarzt, Andrejewskij, die Adjutanten und die übrigen Herren folgten teils mit, teils ohne Damen den beiden Paaren. Die mit langen Livreeröcken, Strümpfen und Schnallenschuhen aufgeputzten Lakaien waren den Gästen beim Niedersetzen behilflich, während der Haushofmeister mit feierlicher Miene die dampfende Suppe aus der silbernen Terrine auf die Teller goß.

Woronzow nahm mitten an der langen Tafel Platz. Ihm gegenüber saß die Fürstin, seine Gemahlin, mit dem General, während die schöne Orbeliani zu seiner Rechten und eine schlanke, junge Grusinierin aus fürstlichem Geschlecht, dunkeläugig, rotwangig, beständig lächelnd und mit blitzendem Schmuck angetan, zu seiner Linken saß.

„*Excellentes, chère amie*", antwortete Woronzow auf die Frage seiner Gemahlin, was für Nachrichten ihm der Kurier gebracht habe. „*Simon a eu de la chance.*"

Und er erzählte so laut, daß alle, die am Tische saßen, es hören konnten, daß der berühmte Hadschi Murat, der tapferste Unteranführer Schamyls, sich den Russen ergeben habe und heute oder morgen in Tiflis eintreffen werde. Für alle Anwesenden außer ihm selbst war die Nachricht eine Überraschung; er selbst wußte, daß Unterhandlungen betreffs der Übergabe bereits seit längerer Zeit geführt worden waren.

Alle Tischgäste, selbst die jungen Adjutanten und Beamten, die unten an der Tafel saßen und eben noch über irgend etwas leise gelacht hatten, verstummten plötzlich und hörten zu.

„Und Sie, General, sind Sie diesem Hadschi Murat jemals begegnet?" fragte die Fürstin ihren Nachbar, den rothaarigen General, als der Fürst zu sprechen aufgehört hatte.

„Gewiß, mehr als einmal, Fürstin!"

Und der General erzählte, wie Hadschi Murat im Jahre 1843, nach der Einnahme von Gergebil durch die Bergbewohner, auf eine russische Heeresabteilung unter General Passek gestoßen sei, und wie er fast unter ihren Augen den Oberst Solotuchin getötet habe.

Woronzow hörte mit leutseligem Lächeln zu, wie der General erzählte, und war anscheinend durchaus nicht unzufrieden damit. Plötzlich jedoch nahm sein Gesicht einen zerstreuten und müden Ausdruck an.

Der General, der recht ins Plaudern hineingekommen war, berichtete jetzt, wie er zum zweiten Male mit Hadschi Murat zusammengetroffen sei.

„Er war es ja, wie sich Ew. Durchlaucht erinnern werden, der damals bei der Expedition gegen Schamyls Hauptfestung Dargo die Truppen in einen Hinterhalt lockte, daß sie nur mit Mühe herausgehauen werden konnten", sagte der General.

„Wo war das?" fragte Woronzow und blinzelte mit den Augen.

Der wackere General hatte die Unvorsichtigkeit begangen, eine Affäre aufs Tapet zu bringen, bei der eine ganze Heeresabteilung, mit Woronzow selbst an der Spitze, schmählich zusammengehauen worden wäre, wenn nicht rechtzeitig Entsatz eingetroffen wäre. Alle Anwesenden wußten, daß jene von Woronzow befehligte Expedition, bei der die Russen zahlreiche Tote und Verwundete und eine Anzahl von Geschützen verloren, ein wenig ehrenvolles Blatt in der Geschichte der kaukasischen Feldzüge bildete. Es war denn auch üblich, sobald jemand diese Expedition in Woronzows Gegenwart erwähnte, dies nur in demselben Sinne zu tun, in dem auch Woronzow selbst damals seinen Bericht an den Zaren abgefaßt hatte, dem die Angelegenheit als ein glänzender Erfolg der russischen Waffen dargestellt worden war. Wenn der General jetzt davon sprach, daß jene Abteilung „herausgehauen" worden sei, so war damit gesagt, daß jene Affäre, weit davon entfernt, eine glänzende Waffentat zu sein, vielmehr ein böser Fehlgriff war, der viele Leute das Leben kostete. Alle begriffen sogleich, daß hier ein schlimmer Verstoß gegen den Takt vorlag, und so stellten sich denn die einen, als hätten sie nichts von der Ungeschicklichkeit des Generals gemerkt, während die anderen voll Schrecken der Dinge harrten, die nun weiter kommen würden. Nur einige wenige wechselten still lächelnd vielsagende Blicke miteinander. Von alledem merkte der General mit dem aufgezwirbelten Schnurrbart nicht das Geringste, und als der Statthalter jene Frage nach dem „Wo?" gestellt hatte, antwortete er ganz ruhig und harmlos:

„Na, eben dort, wo Durchlaucht so böse in der Klemme saßen!"

Er war von dem einmal aufgenommenen Thema nicht mehr abzubringen und erzählte ganz ausführlich, wie geschickt dieser Hadschi Murat die Abteilung mitten entzwei geschnitten habe, so daß, wenn sie nicht „herausgehauen" worden wäre – er wiederholte immer wieder das Wort „herausgehauen" –, nicht ein Mann sich hätte retten können. Und er hätte immer weiter und weiter erzählt, wenn nicht Manana Orbeliani, in richtiger Erkenntnis der Situation, ihn unterbrochen und nach der Beschaffenheit seines Tifliser Quartiers gefragt hätte. Der General ließ seinen Blick ganz verdutzt über die Anwesenden schweifen und begegnete dem Auge seines am Ende der Tafel sitzenden Adjutanten, der ihn mit bedeutsamem Blicke durchdringend ansah. Da merkte er plötzlich, was er angerichtet. Ohne der Fürstin zu antworten, blickte er in mürrischem Schweigen auf seinen Teller und begann das ihm vorgesetzte, raffiniert zubereitete, nach Aussehen und Geschmack ihm unbekannte Gericht hastig herunterzuschlingen.

Peinliche Verlegenheit malte sich auf allen Gesichtern, aber der grusinische Fürst, der an der anderen Seite der Fürstin Woronzow saß und ein überaus glatter Schmeichler und Höfling, wenn auch sonst ein recht beschränkter Kopf war, wußte der beklemmenden Stimmung geschickt ein Ende zu machen. Er begann, als ob er gar nichts gemerkt hätte, mit lauter Stimme zu erzählen, wie Hadschi Murat seinerzeit die Witwe Achmet Chans von Mechtulinsk entführt habe: „Mitten in der Nacht brach er ins Dorf ein, nahm mit, was er mitnehmen wollte, und jagte mit seiner Schar davon."

„Warum hatte er es gerade auf diese Frau abgesehen?" fragte die Fürstin.

„Er hatte mit ihrem Gatten in Feindschaft gelebt und ihn verfolgt, konnte seiner jedoch bis zum Tode des Chans nicht habhaft werden, und so rächte er sich an der Witwe."

Die Fürstin übersetzte seine Erzählung ihrer alten Freundin, der Gräfin Choiseul, die neben dem grusinischen Fürsten saß, ins Französische.

„*Quelle horreur!*" rief die Gräfin entsetzt, schloß die Augen und schüttelte den Kopf.

„Es war nicht allzu schlimm," sagte Woronzow lächelnd. „Man

hat mir erzählt, daß er seine Gefangene durchaus respektvoll und ritterlich behandelt und später freigelassen habe."

„Ja, nachdem sie ein Lösegeld erlegt hatte."

„Nun, das ist doch selbstverständlich. Immerhin hat er sich edel gegen sie benommen."

Diese Worte des Fürsten gaben für die weitere Unterhaltung über Hadschi Murat den Ton an. Die Höflingsschar begriff, daß dem Fürsten Woronzow durchaus damit gedient war, wenn der Person Hadschi Murats eine recht große Bedeutung beigelegt würde.

„Ganz erstaunlich, welche Waghalsigkeit dieser Mensch besitzt! Ein höchst merkwürdiger Mensch!"

„Und was sagen Sie dazu, daß er im Jahre 1849 am helllichten Tage in den Flecken Temirchanschura einbrach und die Läden ausplünderte?"

Ein am Ende der Tafel sitzender Armenier, der um jene Zeit in Temirchanschura gelebt hatte, erzählte allerhand Einzelheiten über diesen Handstreich Hadschi Murats.

Hadschi Murats Taten bildeten auch weiterhin den einzigen Gesprächsstoff an der Mittagstafel. Alle rühmten um die Wette seine Tapferkeit, Klugheit und Großmut. Irgend jemand erzählte, er habe einmal sechsundzwanzig Gefangene auf einmal töten lassen; doch auch dafür fand man Rechtfertigungsgründe: was sollte man schon sagen, *à la guerre comme à la guerre*."

„Entschieden ein großer Mann!"

„Hätte seine Wiege in Europa gestanden, dann wäre er vielleicht ein neuer Napoleon geworden," meinte der grusinische Fürst, der bei aller Beschränktheit so trefflich zu schmeicheln verstand.

Er wußte, daß jede Erwähnung Napoleons, dessen Truppen Woronzow geschlagen, dem Fürsten, der für diese Waffentat das weiße Kreuz an seinem Halse erhalten hatte, stets angenehm im Ohr klang.

„Nun, wenn auch nicht gerade ein Napoleon, so doch jedenfalls ein ganz tüchtiger Kavalleriegeneral," meinte Woronzow.

„Vielleicht kein Napoleon, aber doch immerhin ein Murat."

„Er heißt ja auch Hadschi Murat," bemerkte ein Witzbold.

„Jetzt, da Hadschi Murat sich ergeben hat, wird wohl auch Schamyls Ende bald gekommen sein," sagte einer der Gäste.

„Sie spüren jedenfalls, daß *nun* aller Widerstand vergeblich ist," meinte ein anderer. In dem Wörtchen „nun" lag eine Anspielung auf das Regime Woronzow.

„*Tout cela est grâce à vous,*" sagte Manania Orbeliani.

Fürst Woronzow bemühte sich, die Wogen der Schmeichelei, die über ihm zusammenzuschlagen begannen, ein wenig zurückzudämmen. Immerhin waren alle diese glatten Reden, die in sein Ohr klangen, ihm nicht unangenehm, und als er vom Tisch aufstand und seine Dame in den Salon zurückführte, befand er sich in der allerbesten Stimmung.

Als nach dem Diner im Salon der Kaffee gereicht wurde, war der Fürst gegen alle ganz besonders herablassend und trat unter anderem auch an den General mit dem aufgezwirbelten roten Schnurrbart heran, um ihm zu verstehen zu geben, daß er seine Ungeschicklichkeit nicht bemerkt habe.

Nachdem der Fürst mit jedem seiner Gäste ein freundliches Wort gewechselt hatte, setzte er sich an den Kartentisch. Er spielte nur sein altgewohntes *L'hombre*. Seine Partner waren der grusinische Fürst, ferner ein armenischer General, der das Spiel eigens beim Kammerdiener des Fürsten gelernt hatte, und als vierter Mann der Hausarzt Doktor Andrejewskij, der beim Fürsten einen großen Einfluß besaß.

Schon hatte Woronzow die goldene Tabakdose mit dem Porträt Alexanders I. neben sich hingelegt, den Umschlag des eleganten Kartenspiels aufgerissen und die Karten ausgeteilt, als sein italienischer Kammerdiener Giovanni ihm auf silbernem Präsentierteller einen Brief überbrachte.

„Noch ein Kurier, Durchlaucht!"

Woronzow legte die Karten hin, entschuldigte sich bei den Mitspielern, öffnete den Brief und begann zu lesen.

Der Brief war vom Sohne des Fürsten. Er schilderte den Übertritt Hadschi Murats und den Zusammenstoß mit Meller Sakomelskij.

Die Fürstin trat hinzu und fragte, was der Sohn schreibe.

„Immer noch dasselbe Thema. *Il a eu quelques désagréments avec le commandant de la place. Simon a eu tort. But all is well, that ends well,*" sagte er, gab den Brief seiner Frau und wandte sich den ehrerbietig wartenden Spielpartnern zu, die er die Karten aufzunehmen bat.

Nach dem ersten Spiel öffnete Woronzow die Tabakdose und tat etwas, was er immer nur dann zu tun pflegte, wenn er in besonders guter Laune war: er nahm mit dem Zeigefinger und Daumen seiner runzeligen weißen Greisenhand eine Prise französischen Schnupftabaks aus der Dose, führte sie zu seiner Nase empor und stopfte beide Nasenlöcher damit voll. –

Zehntes Kapitel

Als Hadschi Murat tags darauf bei Woronzow erschien, war der Empfangssalon des Fürsten von Menschen überfüllt. Der General mit dem aufgezwirbelten Schnurrbart, der am Tage vorher beim Statthalter zur Tafel geladen gewesen, war zur Abschiedsaudienz in Galauniform mit allen Orden erschienen. Ferner war da ein Regimentskommandeur, der vor das Kriegsgericht kommen sollte, weil er Verpflegungsgelder seines Regiments unterschlagen hatte. Ein reicher Armenier, ein Schützling des Doktor Andrejewskij, war gekommen, um seinen Branntweinpachtvertrag zu erneuern. Die ganz in schwarz gekleidete Witwe eines gefallenen Offiziers harrte des Augenblickes, da sie dem Statthalter die Bitte um Gewährung einer Pension oder um Unterbringung ihrer Kinder in einem Institut auf Kosten der Krone vortragen durfte. Ein bankerotter grusinischer Fürst war in der malerischen Tracht seiner Heimat erschienen, sich um die Pacht eines freigewordenen Kirchengutes zu bewerben. Ein Polizeikommissär war mit einem großen Aktenkonvolut unter dem Arme gekommen, das ein von ihm ausgearbeitetes neues Projekt zur Unterwerfung des Kaukasus enthielt. Ein tatarischer Chan endlich hatte sich einzig zu dem Zweck eingefunden, um zu Hause erzählen zu können, er sei beim Fürsten gewesen.

Alle wurden der Reihe nach empfangen, und der hübsche, blonde, jugendliche Adjutant geleitete einen nach dem andern in das Kabinett des Fürsten.

Als Hadschi Murat mit kräftigem Schritt, nur ganz leicht hinkend, den Empfangssalon betrat, wandten sich ihm sogleich alle Blicke zu, und er hörte, wie bald hier, bald dort sein Name geflüstert wurde.

Hadschi Murat trug über einem braunen, am Kragen mit einer schmalen silbernen Borte verzierten Beschmet eine lange weiße

Tscherkeska. An den Beinen trug er schwarze Strumpfschafte und ebensolche Überschuhe über den glatt anliegenden Pantoffeln; auf seinem Kopfe saß die Lammfellmütze mit dem Turban – demselben Turban, den er seinerzeit, als er sich Schamyl anschloß, aufgesetzt hatte, und um dessentwillen General Klugenau ihn dann später auf die Denunziation Achmet Chans hin hatte festnehmen lassen. Kühn und sicher schritt Hadschi Murat über das Parkett des Empfangssalons hin, wobei sein in den Hüften schlank erscheinender Oberkörper leicht nach dem einen, etwas kürzeren Beine hinüberwippte. Seine weit auseinanderstehenden Augen blickten ruhig vorwärts und schienen niemanden zu sehen.

Der hübsche Adjutant begrüßte Hadschi Murat und bat ihn, so lange Platz zu nehmen, bis er ihn dem Fürsten gemeldet hätte. Hadschi Murat lehnte jedoch ab, sich zu setzen – die Hand an den Griff seines Dolches legend und das Bein zur Seite setzend, blieb er stehen und blickte mit geringschätziger Miene auf alle Anwesenden.

Der Dolmetscher, Fürst Tarchanow, trat auf Hadschi Murat zu und begann ein Gespräch mit ihm. Hadschi Murat gab nur widerwillige kurze Antworten. Aus dem Kabinett des Statthalters trat ein kumykischer Fürst, der sich über einen russischen Kommissar beschwert hatte, und gleich darauf rief der Adjutant Hadschi Murat auf. Er geleitete ihn bis zur Tür des Kabinetts und ließ ihn eintreten.

Woronzow empfing Hadschi Murat an der Ecke seines Schreibtisches stehend. Das greise weiße Gesicht des Oberstkommandierenden zeigte diesmal nicht dieselbe lächelnde Miene wie gestern, sondern hatte eher einen strengen und feierlichen Ausdruck.

Als Hadschi Murat in das große Zimmer mit dem riesigen Schreibtisch und den von grünen Portieren umrahmten großen Fenstern trat, legte er seine sonnenverbrannten kleinen Hände auf jene Stelle der Brust, an der die beiden Seiten seiner weißen Tscherkeska sich kreuzten, und im kumykischen Dialekt, den er geläufig sprach, begann er langsam, klar vernehmlich, mit ehrerbietig gesenkten Augen:

„Ich begebe mich hiermit unter den hohen Schutz des großen Zaren und Eurer Durchlaucht. Ich verspreche, dem weisen Zaren bis zum letzten Blutstropfen treu zu dienen, und hoffe im Kriege mit Schamyl, der mein Feind so gut wie der Eurige ist, Euch von Nutzen zu sein."

Woronzow hörte die von dem Dolmetscher übertragenen Worte und blickte Hadschi Murat an, während dieser ihm ins Gesicht sah.

Die Augen der beiden Männer trafen sich und sagten einander gar vieles, was sich mit Worten nicht ausdrücken ließ, und was jedenfalls mit der Kundgebung nicht übereinstimmte, die der Dolmetscher soeben übertragen hatte. Sie sagten einander, ohne den Mund zu öffnen, die ganze unverhüllte Wahrheit: Woronzows Augen sagten, daß er nicht ein einziges Wort von alledem glaube, was Hadschi Murat soeben gesprochen, daß er ganz genau wisse, jener sei ein Feind alles Russischen und werde es immer bleiben, und wenn er sich jetzt unterwerfe, so geschehe es nur, weil er sich nicht anders zu helfen wisse. Und Hadschi Murat begriff seinerseits vollkommen, daß Woronzow alles dies wisse, und fuhr doch fort, ihm seine Ergebenheit zu beteuern. Seine Augen sagten, daß es diesem Greise besser anstehe, an den Tod zu denken als an den Krieg, daß er, obschon alt, doch noch immer ein durchtriebener Fuchs sei, vor dem man auf der Hut sein müsse. Und Woronzow war sich darüber klar, daß der andere ihn durchschaute, aber sein Mund sprach zu Hadschi Murat nur Worte, die ihm durch die Rücksicht auf den kriegerischen Erfolg geboten schienen.

„Sag' ihm," sprach Woronzow zu dem Dolmetscher – er pflegte alle seine jungen Offiziere zu duzen – „daß unser Herrscher ebenso gnädig und mild wie mächtig ist, und daß er auf meine Fürsprache hin ihm voraussichtlich verzeihen und ihn in seine Dienste nehmen wird. Hast du es ihm übersetzt?" fragte er und sah Hadschi Murat dabei an. „Teile ihm nun mit, daß er bis zum Eintreffen der allergnädigsten Entschließung meines Gebieters hier unter meiner Obhut verbleiben wird, und daß ich bemüht sein werde, ihm den Aufenthalt bei uns angenehm zu machen."

Hadschi Murat legte nochmals die Hände mitten auf seine Brust und sprach irgend etwas in raschem Tempo.

Der Dolmetscher übertrug seine Worte: er habe auch früher schon, als er im Jahre 1839 über Awarien gebot, den Russen treu gedient und keinen Verrat an ihnen geübt, und er wäre nie von ihnen wieder abgefallen, wenn nicht sein Feind Achmet Chan gewesen wäre, der sein Verderben wollte und ihn bei General Klugenau verleumdet hätte.

„Ich weiß, ich weiß," sagte Woronzow, obschon er das, was er zu wissen vorgab, längst vergessen hatte. „Ich weiß das alles," wiederholte er, während er Platz nahm und Hadschi Murat ersuchte, sich auf einen an der Wand stehenden niedrigen Diwan zu setzen. Doch Hadschi Murat setzte sich nicht, sondern machte mit seinen kräftigen Schultern eine Bewegung, die besagen sollte, daß er es nicht für angemessen halte, in Gegenwart eines so hochgestellten Mannes überhaupt zu sitzen.

„Achmet Chan sowohl, wie Schamyl waren beide meine Feinde," fuhr er, zu dem Dolmetscher gewandt, fort. „Sag' dem Fürsten, Achmet Chan sei gestorben, ohne daß ich an ihm hätte Rache nehmen können, doch Schamyl sei noch am Leben, und ich wolle nicht sterben, ohne ihm heimgezahlt zu haben, was er mir angetan." Er biß die Zähne aufeinander und legte die Stirn in Falten, als er dieses sprach.

„Ja, ja," entgegnete Woronzow ruhig. „Wie will er's denn aber dem Schamyl heimzahlen?" wandte er sich zum Dolmetscher. „Sag' ihm doch, daß er sich setzen soll."

Hadschi Murat weigerte sich abermals, sich zu setzen, und als er nun gefragt wurde, was ihn eigentlich bewogen habe, zu den Russen überzugehen, antwortete er, es sei der Wunsch gewesen, ihnen bei der Niederwerfung Schamyls zu helfen.

„Sehr schön, sehr schön," entgegnete Woronzow. „Und was gedenkt er zu diesem Zwecke zu tun? So nimm doch Platz, nimm Platz!" wandte er sich zu Hadschi Murat selbst.

Hadschi Murat setzte sich endlich und führte nun aus, was er vorhätte: die Russen sollten ihm nur Soldaten genug mitgeben und ihn an die lesghische Linie schicken, dann verbürge er sich dafür, daß ganz Daghestan sich erheben und Schamyl nicht länger imstande sein würde, sich zu halten.

„Das ist gut, das scheint kein übler Plan," sagte Woronzow. „Ich werde über die Sache nachdenken."

Der Dolmetscher übersetzte Hadschi Murat Woronzows Worte.

Hadschi Murat sann ein Weilchen nach.

„Sag' dem Sardar auch noch," sprach er dann, „daß meine Familie sich in den Händen meines Feindes befindet, und daß, solange dies der Fall ist, mir die Hände gebunden sind und ich den Russen nicht dienen kann. Er würde mein Weib, meine Mutter, meine Kinder töten, wenn ich jetzt ohne weiteres gegen ihn ziehen wollte.

Wenn aber der Fürst die Meinigen befreit, indem er sie gegen Gefangene, die er selbst gemacht hat, eintauscht, dann werde ich Schamyl vernichten, oder ich will des Todes sein."

„Gut, gut," sagte Woronzow. – „Wir wollen das alles in Erwägung ziehen. Jetzt soll er zum Chef unseres Stabes gehen und ihn über die Sachlage sowie über seine eigenen Absichten und Wünsche informieren."

Damit endete die erste Zusammenkunft zwischen Hadschi Murat und Woronzow.

Am Abend desselben Tages wurde in dem neuen, im orientalischen Geschmack dekorierten Theater eine italienische Oper gegeben. Woronzow saß in seiner Loge, als im Parterre die auffällige Gestalt des hinkenden Hadschi Murat im Schmucke des Turbans erschien. Er war in Begleitung des ihm beigegebenen Adjutanten Woronzows, des jungen Loris Melikow, im Theater erschienen und hatte in der ersten Parkettreihe Platz genommen. Mit der dem orientalischen Muselmann eigenen Würde hatte Hadschi Murat dem ersten Akt beigewohnt – ohne jeden Ausdruck des Staunens, mit vollkommen gleichgültiger Miene. Im Zwischenakt erhob er sich, musterte in aller Ruhe die Zuschauer und verließ, während alle Augen auf ihn gerichtet waren, das Theater.

Am folgenden Tage, einem Montag, fand, wie gewöhnlich, beim Statthalter eine Abendunterhaltung statt. In dem großen, hell erleuchteten Saale erklangen die munteren Weisen, die ein im Wintergarten hinter einer Wand von grünen Gewächsen verborgenes Orchester spielte. Junge und nicht mehr ganz junge Frauen in Kleidern, die Hals, Arme und Brust frei ließen, wirbelten mit Männern in bunten Uniformen, die sie umschlungen hielten, durch den Saal. Lakaien in roten Fräcken, weißen Strümpfen und Schnallenschuhen standen am Büfett, schenkten den Herren Champagner ein und präsentierten den Damen Konfekt. Die Gemahlin des Sardars ging, trotz ihres Alters gleichfalls halb entblößt, zwischen den Gästen umher, lächelte ihnen verbindlich zu und ließ auch Hadschi Murat, der mit derselben Gleichgültigkeit wie gestern im Theater die Gäste musterte, durch den Dolmetscher ein paar freundliche Worte sagen. Nach der Fürstin traten auch die anderen halbnackten Frauen auf Hadschi Murat zu, standen, ohne eine Spur von Scham zu empfinden, vor ihm und richteten lächelnd alle dieselbe Frage an ihn: wie ihm das, was er hier sehe, wohl gefalle. Auch der Statthalter selbst, der diesmal an seiner Uniform goldene Achselstücke und Epauletten und um den Hals das weiße Kreuz an einem breiten Bande trug, kam auf ihn zu und stellte ihm die gleiche Frage, offenbar in der Überzeugung, die auch alle übrigen Fragesteller teilten, daß alles das, was Hadschi Murat hier sah, ihm unbedingt gefallen mußte. Hadschi Murat gab Woronzow die gleiche Antwort, die er auch den anderen erteilt hatte: daß es bei ihnen zu Hause so etwas nicht gebe, womit er unentschieden ließ, ob er das, was er sah, für schön oder häßlich hielt.

Hadschi Murat machte den Versuch, auf dem Balle mit Woronzow über die Auswechselung der Seinigen zu reden, doch Woronzow tat, als höre er nicht, und ließ ihn stehen. Loris Melikow erklärte darauf Hadschi Murat, daß der Ballsaal nicht der geeignete Ort sei, um über die Angelegenheit zu reden.

Als es zwei Uhr schlug, sah Hadschi Murat, um die Zeiten zu vergleichen, auf die Uhr, die ihm der junge Woronzow verehrt hatte, und fragte Loris Melikow, ob er nun wohl gehen könne. Loris Melikow meinte, es stehe dem nichts entgegen, doch sei es besser, er warte noch ein Weilchen. Gleichwohl brach Hadschi Murat auf und begab sich in dem Phaeton, der ihm zur Verfügung gestellt war, nach dem ihm zugewiesenen Quartiere.

Elftes Kapitel

Am fünften Tage seines Aufenthaltes in Tiflis erhielt Hadschi Murat den Besuch Loris Melikows, des jungen Adjutanten des Statthalters. Er kam im besonderen Auftrage seines hohen Vorgesetzten.

„Kopf und Hände sind bereit, dem Sardar zu dienen," sagte Hadschi Murat mit seiner gewohnten diplomatisch vorsichtigen Miene, indem er den Kopf neigte und die Hand auf die Brust legte. „Gebiete deinem Diener," sagte er und sah dabei Loris Melikow freundlich in die Augen.

Loris Melikow nahm in einem Sessel, der am Tische stand, Platz, während Hadschi Murat sich ihm gegenüber auf einen niedrigen Diwan setzte, die Arme auf die Knie stützte, den Kopf vorneigte und mit Aufmerksamkeit anhörte, was Loris Melikow zu ihm sprach. Der Adjutant, der das Tatarische gut beherrschte, sagte, daß der Fürst, obschon er Hadschi Murats Vergangenheit sehr wohl kenne, doch seine Lebensgeschichte aus seinem eigenen Munde zu hören wünsche.

„Erzähle sie mir," sagte Loris Melikow, „und ich werde sie aufzeichnen und ins Russische übersetzen, damit der Fürst sie dem Zaren übersenden kann."

Hadschi Murat schwieg ein Weilchen: er war gewohnt, nicht nur denjenigen, mit dem er sprach, ohne Unterbrechung ausreden zu lassen, sondern auch immer noch, sobald der andere geendet, ein Weilchen zu warten, ob er vielleicht noch etwas hinzuzufügen habe. Als er meinte, daß der Adjutant nichts weiter zu sagen habe, hob er mit einer raschen Bewegung den Kopf empor, daß die Lammfellmütze ihm in den Nacken glitt. Um seinen Mund spielte jenes besondere, kindliche Lächeln, das auch der jungen Fürstin Woronzow schon so wohlgefallen hatte.

„Das kann geschehen," sagte er, er fühlte sich offenbar geschmeichelt bei dem Gedanken, daß der Zar selbst seine Lebensgeschichte lesen würde.

„Erzähle mir alles, ohne dich zu übereilen, ganz von Anfang an," versetzte Loris Melikow, ihn nach tatarischer Sitte duzend, während er sein Notizbuch aus der Tasche nahm.

„Das kann geschehen, wie gesagt," meinte Hadschi Murat, „nur gibt es da sehr, sehr viel zu erzählen, weil ich sehr viel erlebt habe."

„Wirst du an einem Tage nicht fertig, dann erzählst du am nächsten Tage weiter," sagte Loris Melikow.

„Soll ich von Anfang an beginnen?"

„Ja, ganz von Anfang an – wo du geboren bist und wo du von Jugend auf gelebt hast."

Hadschi Murat neigte den Kopf vor und saß so eine ganze lange Weile da. Dann nahm er einen Stock, der neben dem Diwan lag, zog unter dem mit einem Elfenbeingriff versehenen, goldverzierten Dolche ein haarscharf geschliffenes kleines Messer hervor und begann damit an dem Stocke herumzuschnitzen, während er zu gleicher Zeit seine Schicksale erzählte.

„Schreib also," begann er. „Ich bin in einem kleinen Dorfe, Zelmes heißt es, geboren, mit einem Eselskopfe, wie man bei uns in den

Bergen von Leuten sagt, die ihren Kopf für sich haben. Nicht weit von unserem Dorfe, vielleicht auf zwei Schußweiten entfernt, liegt die Ortschaft Chunsach, in der die Chane lebten. Unsere Familie stand ihnen sehr nahe. Als meine Mutter meinem ältesten Bruder Osman das Leben geschenkt hatte, nährte sie den ältesten Sohn des Chans, Abununzal Chan mit Namen. Auch den zweiten Sohn des Chans, Umma Chan, hatte sie an der Brust, doch mein zweiter Bruder Achmet starb, und als ich nun geboren wurde und auch die Frau des Chans ihren dritten Sohn Bulatsch Chan um die gleiche Zeit zur Welt brachte, wollte meine Mutter nicht wieder den Ammendienst übernehmen. Mein Vater befahl es ihr, die Mutter weigerte sich aber, es zu tun, weil sie meinte, daß ihr eigenes Kind dabei wieder zugrunde gehen könne. Da stach mein Vater, der ein Hitzkopf war, mit dem Dolche nach ihr und hätte sie getötet, wenn man ihn nicht von ihr fortgerissen hätte. So behielt sie mich denn und nährte mich allein und hat dann selbst ein Lied darauf gedichtet. Doch das brauche ich dir nicht zu erzählen …"

„Doch, erzähle es nur, laß nichts aus," sagte Loris Melikow.

Hadschi Murat begann nachzusinnen. Er gedachte seiner Mutter und sah sie im Geiste, wie sie ihn oben auf dem Dache der Hütte neben sich schlafen legte und mit dem Pelze zudeckte, und wie er sie bat, ihm die Stelle an ihrer Hüfte zu zeigen, an der die Narbe von jenem Dolchstich zu sehen war.

Er besann sich auf das Lied und sagte es her. Es lautete: „Dein stählerner Dolch hat meine weiße Brust durchbohrt, und ich legte mein holdes Sonnenkind, meinen Sohn, an die Wunde, ich wusch ihn mit meinem warmen Blute, und die Wunde vernarbte ohne Kräuter und Wurzeln. Ich habe den Tod nicht gefürchtet, und auch er, mein Sohn, mein tapferer Dschigit, wird ihn nicht fürchten."

„Diese meine Mutter ist jetzt in Schamyls Händen und muß ausgelöst werden," sagte Hadschi Murat.

In schweigendem Brüten saß er hierauf eine ganze Weile da. Er gedachte des mageren Hundes, der ihm, als er selbst noch klein war, das Gesicht beleckt hatte, und des besonderen Duftes von Rauch und saurer Milch, den er jedesmal verspürte, wenn die Mutter ihm ein Stück Fladen gab. Er erinnerte sich, wie ihn die Mutter in einem Korbe auf dem Rücken über die Berge getragen hatte, zum Großvater auf die Farm. Er erinnerte sich des graubärtigen, runzeligen

Großvaters, der mit den sehnigen Armen das Silber schmiedete und den Enkel die Gebete lehrte.

„Sie nahm also nicht wieder als Amme Dienste," fuhr er dann, den Kopf zurückwerfend, fort. „Die Frau des Chans nahm eine andere Amme, blieb aber mit meiner Mutter befreundet. Und die Mutter führte uns Kinder nach dem Hause des Chans, und wir spielten mit den Kindern des Chans, und die Frau des Chans war uns allen sehr gewogen.

„Es waren drei junge Chane: Abununzal Chan, der Milchbruder meines Bruders Osman, Umma Chan, mein Blutsbruder, und Bulatsch Chan, der jüngste, den Schamyl in den Abgrund gestürzt hat. Doch davon später."

„Ich zählte fünfzehn Jahre, als die Muriden die Dörfer zu durchwandern begannen. Sie schlugen mit hölzernen Säbeln an die Steine und riefen: ‚Muselmänner, Chasawat[7]!' Die Tschetschenzen gingen alle miteinander zu den Muriden über, und auch die Awaren begannen sich ihnen anzuschließen. Ich lebte damals am Hofe der Chane. Ich war wie ein Bruder des Chans, tat, was ich wollte, und gewann Reichtümer. Ich hatte Pferde und Waffen, und auch Geld hatte ich. Ich lebte in Saus und Braus und machte mir keine Gedanken. So lebte ich bis zu der Zeit, da Kasi Mullah getötet ward und Hamsat an seine Stelle kam. Hamsat schickte Boten an die Chane, mit der Drohung, daß er Chunsach zerstören würde, wenn sie das Chasawat nicht annähmen. Da hieß es wohl überlegen. Die Chane zögerten aus Furcht vor den Russen, das Chasawat anzunehmen, und die Mutter der Chane sandte mich mit ihrem zweiten Sohne Umma Chan nach Tiflis zum Oberstkommandierenden, den wir um Hilfe gegen Hamsat bitten sollten. Oberstkommandierender war damals Rosen, der Baron. Er empfing weder mich noch Umma Chan. Er ließ uns sagen, daß er uns Hilfe senden werde, hat aber in Wirklichkeit nichts getan. Nur ein paar seiner Offiziere suchten uns in Tiflis auf und spielten mit Umma Chan Karten. Sie gaben ihm Wein zu trinken und führten ihn in die Höhlen des Lasters, und er verlor alles, was er hatte, an sie im Kartenspiel. Er war so stark wie ein Stier und so tapfer wie ein Löwe, an Geist aber so schwach wie das Wasser. Er hätte unser letztes Pferd und unsern letzten Säbel verspielt, wenn ich ihn nicht

[7] Der heilige Krieg.

aus Tiflis weggebracht hätte. Nach diesem Besuche in Tiflis war ich anderen Sinnes geworden und redete der Mutter der Chane und den jungen Chanen zu, sie sollten das Chasawat annehmen."

„Warum warst du andern Sinnes geworden?" fragte Loris Melikow. „Haben dir die Russen nicht gefallen?"

Hadschi Murat schwieg ein Weilchen.

„Nein, sie haben mir nicht gefallen," sagte er dann mit fester Stimme und schloß dabei die Augen. „Und es lag auch noch ein besonderer Grund vor, warum ich geneigt war, das Chasawat anzunehmen."

„Was für ein Grund war das?"

„In der Nähe unseres Dorfes Zelmes war ich eines Tages, als ich mit dem Chan zusammen ausritt, auf drei Muriden gestoßen. Zwei von ihnen entflohen und den dritten tötete ich durch einen Pistolenschuß. Als ich zu ihm hintrat, um ihm die Waffen abzunehmen, sah ich, daß er noch lebte. Er blickte mich an und sprach: ‚Du hast mich getötet, mir ist wohl. Du bist ein Muselmann, bist jung und stark, nimm das Chasawat an. Gott befiehlt es.‘"

„Und da nahmst du es an?"

„Noch nicht, doch begann ich nachzudenken," sagte Hadschi Murat und fuhr dann in seiner Erzählung fort: „Als Hamsat gegen Chunsach angerückt kam, sandten wir alte Männer zu ihm und ließen ihm sagen, wir seien bereit, das Chasawat anzunehmen. Er solle uns nur einen gelehrten Mann senden, der uns darüber aufklären könnte, wie man es zu halten habe. Hamsat ließ den Alten die Schnurrbarte abrasieren und Löcher in die Nase bohren, hing ihnen Brezeln hinein und schickte sie so heim. Die Alten sagten, Hamsat sei bereit, uns einen Scheich zu schicken, der uns über das Chasawat belehren würde, doch stelle er die Bedingung, daß die Mutter der Chane ihm ihren jüngsten Sohn als Geisel schicken solle. Die Mutter der Chane schenkte Hamsat Glauben und entsandte Bulatsch Chan zu ihm. Hamsat nahm Bulatsch Chan wohl auf und schickte zu uns, auch die älteren Brüder sollten zu ihm kommen. Er ließ sagen, er wolle den jungen Chanen ebenso dienen, wie sein Vater ihrem Vater gedient habe. Die Mutter der Chane war ein schwaches Weib, dumm und vorlaut, wie alle Weiber, wenn sie nach ihrem eigenen Willen leben. Sie fürchtete sich, beide Söhne auf einmal zu schicken, und entsandte zuerst nur Umma Chan allein hin. Ich machte mich mit ihm auf den Weg. Eine Werst weit kamen die Muriden uns entgegen, sangen und schossen und tummelten ihre Rosse um uns herum. Als wir zu Hamsat kamen, trat er aus seinem Zelte und hielt Umma Chan den Steigbügel, womit er ihn als Chan anerkannte. ‚Ich habe eurem Hause nichts Böses angetan', sprach er, ‚und will ihm auch nichts Böses antun. Verschonet nur mein Leben und hindert mich nicht, die Menschen für das Chasawat anzuwerben. Ich werde euch mit allen meinen Mannen dienen, wie mein Vater eurem Vater gedient hat. Gewährt mir Zutritt zu eurem Hause. Ich werde euch mit meinem Rat zur Seite stehen, ihr aber könnt schalten und walten, wie ihr wollt.'"

„Umma Chan war unbeholfen in Worten, er wußte nicht, was er sagen sollte, und schwieg. Da sagte ich, wenn sich die Dinge so verhielten, dann solle Hamsat nach Chunsach kommen, die Mutter der Chane und der älteste Chan würden ihn mit Ehren empfangen. Sie ließen mich jedoch nicht ausreden – und hier war es, daß ich zum ersten Male mit Schamyl zusammenstieß. Er stand neben dem Imam und sagte zu mir: ‚Nicht du bist gefragt, sondern der Chan.' Ich schwieg darauf, und Hamsat führte Umma Chan in sein Zelt. Dann rief Hamsat auch mich hinein und hieß mich mit seinen Abgesandten nach Chunsach zurückkehren. Ich tat, wie er mich hieß. Die Abgesandten Hamsats suchten die Mutter der Chane zu bereden, sie solle auch den ältesten Chan zu Hamsat entsenden. Ich sah, daß Verrat im Spiel war, und riet der Mutter der Chane, den Sohn nicht hinzuschicken. Aber in solch einem Weiberkopfe sitzt genau so viel Verstand, wie Haare auf einem Ei. Die Mutter der Chane glaubte Hamsats Leuten und befahl dem Sohne hinzugehen. Als Abununzal sich weigerte, sagte sie: ‚Ich sehe, du hast Angst.' Gleich der Biene wußte sie, nach welcher Stelle sie den Stachel zu richten habe. Abununzal Chan entbrannte vor Unwillen, sprach kein Wort mehr mit ihr und ließ sein Roß satteln. Ich ritt mit ihm hin. Hamsat empfing uns noch freundlicher als den jüngeren Bruder Umma Chan. Er kam uns selbst auf zwei Büchsenschüsse den Berg hinab entgegen, und hinter ihm her kamen seine Berittenen, sangen und schossen und tummelten keck ihre Rosse. Als wir im Lager ankamen, führte Hamsat den Chan in sein Zelt, während ich draußen bei den Pferden blieb.

„Ich saß unten am Berge, als ich in Hamsats Zelte Gewehrschüsse vernahm. Ich lief auf das Zelt zu. Umma Chan lag auf dem Rücken in einer großen Blutlache, während Abununzal mit den Muriden kämpfte. Ein Säbelhieb hatte ihm die Backe vom Gesichte getrennt, daß sie blutend herunterhing. Er suchte sie mit der einen Hand festzuhalten, während die andere mit dem Dolche nach jedem stach, der ihm nahekam. Ich sah, wie er einen Bruder Hamsats niederstach, und wie er den Dolch schon nach seinem zweiten Bruder zückte – als die Muriden plötzlich auf ihn zu schießen begannen und ihn zu Falle brachten."

Hadschi Murat hielt inne, sein wettergebräuntes Gesicht war ganz rot vor Erregung, und seine Augen waren von Blut unterlaufen.

„Ich ward von Furcht ergriffen und entfloh", sagte er.

„Ei sieh doch," sprach Loris Melikow, „ich denke, du hast dich nie vor etwas gefürchtet?"

„Später nicht. Ich habe fortan stets der Schmach jener Stunde gedacht, und wenn ich daran dachte, dann fürchtete ich nichts mehr."

Zwölftes Kapitel

Jetzt ist's genug, jetzt ist's Zeit, daß ich bete", sagte Hadschi Murat, nahm aus der inneren Brusttasche seiner Tscherkeska die Uhr, die ihm Woronzow geschenkt hatte, drückte vorsichtig gegen die Sprungfeder, neigte den Kopf zu der Uhr hinab und lauschte mit kindlichem Lächeln auf ihre Schläge. Die Uhr schlug zwölf und ein Viertel darüber.

„Von meinem Freunde Woronzow, ein Gastgeschenk", sagte er lächelnd.

„Eine sehr schöne Uhr", meinte Loris Melikow. „Bete also jetzt, ich will so lange warten."

„Wie du willst", sagte Hadschi Murat und begab sich in sein Schlafzimmer.

Als Loris Melikow allein war, schrieb er das, was Hadschi Murat ihm erzählt hatte, in den Hauptzügen nieder, zündete sich dann eine Zigarette an und begann im Zimmer auf und ab zu gehen. Als er in die Nähe der Tür kam, die der Schlafzimmertür gegenüberlag, hörte er ein paar Stimmen, die sich in tatarischer Sprache lebhaft über irgend etwas unterhielten. Er vermutete, daß es Hadschi Murats Muriden seien, die da drinnen sprachen, und er öffnete die Tür und ging zu ihnen hinein.

In dem Zimmer verspürte er jenen auffallenden säuerlichen Ledergeruch, der den Bergbewohnern eigentümlich ist. Am Fenster saß auf einem über den Fußboden gebreiteten Filzmantel in einem zerrissenen, unsauberen Beschmet der einäugige, rothaarige Hamsalo und flocht an einem ledernen Zaumzeug. Er sprach gerade mit seiner heiseren Stimme sehr eifrig über irgend etwas, verstummte jedoch sogleich bei Loris Melikows Eintritt und fuhr, ohne den Eintretenden irgendeiner Aufmerksamkeit zu würdigen, in seiner Arbeit fort. Ihm gegenüber stand der muntere Chan Mahoma, zeigte lachend seine weißen Zähne und wiederholte immer wieder irgend etwas, wobei seine wimperlosen schwarzen Augen nur so blitzten. Der schöne Eldar hatte die Ärmel an seinen kräftigen Armen emporgestreift und säuberte eben die Bauchgurte an einem Sattelzeug, das an der Wand von einem Nagel herabhing. Chanefi, der die Wirtschaft zu besorgen hatte, war nicht im Zimmer – er bereitete in der Küche das Mittagsmahl.

„Worüber streitet ihr denn?“ fragte Loris Melikow den lustigen Chan Mahoma, nachdem er die drei begrüßt hatte.

„Er weiß immer nur den Schamyl zu loben“, antwortete Chan Mahoma und schüttelte dem Adjutanten die Hand. „Er sagt, daß Schamyl ein großer Mann sei. Er sei gelehrt und heilig, und ein Dschigit.“

„Ja – wie denn? Er hat ihn doch verlassen, und er rühmt ihn noch immer?“

„Er hat ihn verlassen – und rühmt ihn!“ bestätigte Chan Mahoma mit blitzenden Augen und grinste dabei.

„Du hältst ihn wohl auch für *heilig* – wie?“ fragte Loris Melikow den Einäugigen.

„Wenn er nicht heilig wäre, würde das Volk ihm nicht gehorchen“, versetzte Hamsalo rasch.

„Mansur war heilig, aber Schamyl ist es nicht“, sprach Chan Mahoma. „Das war ein wirklicher Heiliger. Als er Imam war, war das ganze Volk ein anderes. Er ritt in den Dörfern umher, und das Volk kam zu ihm heraus, um den Zipfel seiner Tscherkeska zu küssen, und es bereute seine Sünden und schwur, nichts Böses mehr zu tun. Noch jetzt erzählen die alten Leute, wie die Menschen damals lebten – ganz wie die Heiligen, rauchten nicht, tranken nicht, ließen kein Gebet aus, verziehen einander jede Beleidigung, ließen selbst die Blutrache ruhen. Fanden sie Geld oder sonstige Sachen, so banden sie das Gefundene an Stangen, die sie an den Weg stellten. Damals gab Gott dem Volke auch den Erfolg in allen Dingen, nicht so wie jetzt", sagte Chan Mahoma.

„Auch jetzt wird in den Bergen nicht getrunken noch geraucht", meinte Hamsalo.

„Dein Schamyl ist ein Lamorej", sagte Chan Mahoma, während er Loris Melikow listig zublinzelte.

Lamorej war eine verächtliche Bezeichnung der Bergbewohner.

„Nenne ihn meinetwegen einen Lamorej", sagte Hamsalo. „Ich weiß jedenfalls, daß in den Bergen die Adler wohnen."

„Das hat er gut gesagt – ein schlagfertiger Bursche!" sagte Chan Mahoma lachend, offenbar erfreut über die treffende Antwort seines Gegners.

Als er in Loris Melikows Hand das silberne Zigarettenetui erblickte, bekam er plötzlich Lust zu rauchen und bat um eine Zigarette. Loris Melikow sagte, es sei ihnen doch verboten zu rauchen. Da blinzelte Chan Mahoma mit einem Kopfnicken nach Hadschi Murats Schlafzimmer hin und meinte, solange er es nicht sehe, könne es schon gewagt werden. Und er begann sogleich zu rauchen, wobei er den Rauch nicht tief einzog, sondern sogleich wieder in ungeschickter Weise zwischen den roten Lippen hervorblies.

„Das ist unrecht von dir", sagte Hamsalo mit strafendem Blick und verließ das Zimmer. Chan Mahoma blinzelte pfiffig hinter ihm her, und als er seine Zigarette zu Ende geraucht hatte, fragte er Loris Melikow, wo er wohl am besten einen seidenen Beschmet und eine weiße Lammfellmütze kaufen könne.

„Hast du denn so viel Geld?" fragte der Adjutant.

„Es wird wohl dazu reichen", entgegnete Chan Mahoma.

„Frag' ihn einmal, woher er das Geld hat", sagte Eldar, sein lächelndes, hübsches Gesicht nach Loris Melikow hinwendend.

„Ich habe im Spiel gewonnen", sagte Chan Mahoma rasch.

Und er erzählte, wie er gestern, als er in den Straßen von Tiflis spazieren ging, auf einen Haufen von Russen und Armeniern gestoßen sei, die „Schrift oder Adler“ spielten. Der Satz sei recht groß gewesen: drei Goldmünzen und eine ganze Menge Silbergeld. Chan Mahoma hatte das Spiel rasch begriffen, war, mit den Kupfermünzen in seiner Tasche klimpernd, mitten in den Kreis der Spieler getreten und hatte aufs Ganze gehalten.

„Wie denn – aufs Ganze? Hattest du denn so viel Geld?“ fragte Loris Melikow.

„Zwölf Kopeken hatte ich im ganzen“, antwortete Chan Mahoma mit vergnügtem Grinsen.

„Und wenn du verloren hättest?“

„Dann hatte ich diese hier“, sagte Chan Mahoma, auf seine Pistole zeigend.

„Die würdest du hingegeben haben?“

„Wozu denn? Weggelaufen wäre ich, und wäre mir einer nahegekommen, dann hätte ich ihn getötet. Abgemacht.“

„Und du hast gewonnen?“

„Ei ja, ich steckte alles ein und ging davon.“

Über Chan Mahoma und Eldar war Loris Melikow sich vollkommen klar. Chan Mahoma war ein lustiger Bursche, der gern über die Stränge schlug und nicht wußte, was er mit seinem Überschuß an Lebenskraft beginnen sollte – immer vergnügt, leichtsinnig, mit dem eigenen Leben wie mit dem fremden spielend. Diese Lust am Spiel mit dem Leben mochte ihn auch bestimmt haben, zu den Russen überzugehen, wie sie ihn vielleicht morgen bestimmen würde, wieder zu Schamyl zurückzukehren.

Auch in Eldars Wesen war nichts Rätselhaftes: er war ein ruhiger, starker, zuverlässiger Mensch, seinem Murschid bis in den Tod ergeben. Ein Rätsel blieb Loris Melikow nur der rothaarige Hamsalo. Loris Melikow sah, daß dieser Mensch nicht nur im Innern noch zu Schamyl hielt, sondern daß er auch allen Russen gegenüber einen flammenden Haß und Abscheu empfand. Er konnte daher nicht begreifen, warum er eigentlich zu den Russen übergegangen war. Er schöpfte den Verdacht – der auch bereits in einigen anderen russischen Offizieren aufgestiegen war –, daß Hadschi Murats Übertritt und alles, was er von seiner Feindschaft mit Schamyl erzählte, nichts als List und Täuschung sei, daß er nur gekommen sei, um die Schwächen der russischen Stellung auszukundschaften und dann, nachdem er wieder in die Berge geflohen, alle Kräfte gegen die schwachen Punkte zu richten. Hamsalos ganzes Wesen erschien dem Adjutanten als eine Bestätigung dieser Vermutung. „Diese beiden da, und Hadschi Murat selbst, wissen ihre Absichten zu verbergen," dachte Loris Melikow, „jener Rotkopf aber verrät sich durch seinen unverhohlenen Haß."

Loris Melikow versuchte es, auch Hamsalo zum Sprechen zu bringen. Er fragte ihn, ob er sich nicht langweile. Doch jener sah ihn nur mit seinem einen Auge scheel von der Seite an, und ohne auch nur einen Augenblick seine Flechtarbeit zu unterbrechen, brüllte er mit seiner heiseren Stimme drauflos: „Nein, ich langweile mich nicht." Und von ähnlicher Art waren auch alle übrigen Antworten, die er gab.

Während Loris Melikow noch im Zimmer der Muriden Hadschi Murats weilte, trat auch Chanefi, der Aware, mit dem haarbedeckten Gesicht und Nacken und der zottigen, wie von Moos überwucherten Brust ins Zimmer. Er war ein Mensch, der nicht viel nachdachte, ein rüstiger Arbeiter, der gehorsam die Arbeit verrichtete, die sein Herr ihm aufgab, und ganz in dieser Arbeit aufging.

Als er jetzt hereinkam, um Reis zum Mahl zu holen, sprach Loris Melikow ihn an und fragte, woher er sei, und wie lange er Hadschi Murat schon diene.

„Fünf Jahre," antwortete Chanefi. „Ich bin aus demselben Dorfe wie er. Mein Vater hatte meinen Oheim getötet, und sie wollten mich dafür töten", erzählte er ruhig, während sein Blick unter den zusammengewachsenen Brauen hervor auf Loris Melikow fiel. „Da bat ich Hadschi Murat, er solle mich als Bruder annehmen."

„Was heißt das: ‚als Bruder annehmen'?"

„Ich ließ zwei Monate lang meinen Kopf unrasiert und meine Nägel unbeschnitten und kam dann zu ihm. Er ließ mich zu Patimat, seiner Mutter, hinein. Patimat reichte mir die Brust, und so wurde ich sein Bruder."

Im anstoßenden Zimmer ließ sich Hadschi Murats Stimme vernehmen. Eldar hörte seinen Ruf, säuberte rasch seine Hände und ging zu seinem Murschid hinein.

„Er bittet einzutreten", sagte Eldar, zu Loris Melikow zurückkehrend. Dieser gab dem lustigen Chan Mahoma noch eine Zigarette und ging dann zu Hadschi Murat in das Gastzimmer zurück.

Dreizehntes Kapitel

Hadschi Murat empfing den Adjutanten mit vergnügtem Gesichte.

„Nun, wollen wir fortfahren?“ begann er, auf dem Diwan Platz nehmend.

„Unbedingt“, sagte Loris Melikow. „Ich war inzwischen bei deinen Trabanten und habe mich mit ihnen unterhalten. Einer von ihnen ist ein recht lustiger Junge.“

„Du meinst Chan Mahoma – ja, das ist ein leichter Bursche“, sagte Hadschi Murat.

„Recht gut hat mir der hübsche, schlanke Jüngling gefallen.“

„Ah, Eldar! Ja, der ist noch jung, aber treu und zuverlässig wie von Eisen.“

Sie schwiegen eine Weile.

„Soll ich nun weiter erzählen?“

„Ja, ja.“

„Ich beschrieb dir zuletzt, wie die Chane getötet wurden. Als nun Hamsat sie getötet hatte, hielt er seinen Einzug in Chunsach und nahm im Palaste der Chane Wohnung. Es war jetzt nur noch die Mutter der Chane übrig geblieben. Hamsat ließ sie vor sich kommen, und sie begann ihm Vorwürfe zu machen. Da gab er seinem Muriden Asselder einen Wink, worauf dieser ihr von hinten einen Schlag über den Kopf versetzte, daß sie tot hinfiel.

„Warum hat er denn auch die Alte getötet?“ fragte Loris Melikow.

„War er mit den Vorderbeinen über den Zaun gekrochen, so mußten auch die Hinterbeine nach. Das ganze Geschlecht sollte ausgerottet werden, und so geschah es auch. Den jüngsten der Chane hatte Schamyl beseitigt, er hatte ihn in einen Abgrund gestürzt.

„Ganz Awarien unterwarf sich nun Hamsat, nur wir zwei, ich und mein Bruder unterwarfen uns nicht. Wir hatten die Chane an ihm zu rächen und forderten sein Blut. Zum Scheine zwar unterwarfen wir uns, doch dachten wir immer nur daran, wie wir unser Rachewerk ausführen könnten. Wir berieten uns mit unserem Großvater, dem Silberschmied, und beschlossen, den Augenblick abzupassen, da Hamsat den Palast verlassen würde, und ihn dann aus dem Hinterhalt zu töten. Unser Gespräch war jedoch belauscht und Hamsat hinterbracht worden. Er ließ den Großvater vor sich kommen und sprach zu ihm: ‚Höre einmal, wenn es wahr ist, daß deine Enkel Böses gegen mich im Schilde führen, dann sollst du mit ihnen zusammen an demselben Galgen hängen! Ich tue Gottes Werk, und niemand soll mich darin behindern. Nun geh und merke es dir, was ich gesagt habe.'"

„Der Großvater kam heim und sagte uns alles. Da beschlossen wir, nicht länger zu warten, sondern unsern Plan gleich am nächsten Feiertag in der Moschee zur Ausführung zu bringen. Die Freunde, die wir eingeweiht hatten, weigerten sich mitzugehen, und so blieben wir beide, ich und mein Bruder, ganz allein übrig."

„Wir nahmen jeder eine Pistole, hingen unsere Filzmäntel um und gingen nach der Moschee. Hamsat erschien, von dreißig Muriden begleitet. Sie hatten alle die blanken Säbel in der Hand. Asselder, sein Liebling – derselbe, der der Mutter der Chane den Kopf abgeschlagen hatte –, sah uns und rief, wir sollten die Filzmäntel abtun. Als er auf uns zu kam, zückte ich den Dolch nach ihm und erstach ihn. Dann warf ich mich auf Hamsat, aber mein Bruder Osman hatte bereits nach ihm geschossen. Hamsat lebte noch und stürzte sich mit dem Dolch auf den Bruder, doch ich schoß ihn durch den Kopf, daß er tot niederfiel. Die Muriden waren zu dreißig, und wir nur zwei. Meinen Bruder Osman töteten sie, ich aber konnte mich ihrer erwehren, sprang zum Fenster hinaus und entkam.

„Als es ruchbar wurde, daß Hamsat getötet sei, erhob sich das ganze Volk und die Muriden entflohen. Die nicht mehr entfliehen konnten, wurden niedergemacht."

Hadschi Murat hielt inne und schöpfte tief Atem.

„So weit war alles gut," fuhr er fort, „dann aber ward alles verdorben. Schamyl trat an Hamsats Stelle. Er schickte Boten zu mir und ließ mir sagen, ich solle mit ihm gegen die Russen ziehen – falls ich mich weigerte, drohte er, Chunsach zu zerstören und mich zu töten. Ich ließ ihm antworten, daß ich weder zu ihm kommen, noch auch dulden würde, daß er zu mir käme."

„Warum bist du nicht zu ihm gegangen?" fragte Loris Melikow.

Hadschi Murat runzelte die Stirn und antwortete nicht sogleich.

„Ich durfte es nicht. An Schamyl klebte das Blut meines Bruders Osman und des jungen Chans Abununzal. Nein, ich ging nicht zu ihm. Rosen, der General, schickte einen Offizier zu mir und befahl mir, den Befehl über Awarien zu übernehmen. Nun wäre das ja recht gut gewesen, aber Rosen hatte vorher den Chan Mahomet Mirsa von Nasi-Kumyksk und nach diesem Achmet Chan über Awarien gesetzt. Dieser hatte einen Haß auf mich, er hatte einmal für seinen Sohn um die Schwester der Chane von Chunsach angehalten und schrieb es mir zu, daß seine Werbung abgewiesen wurde. Er schickte seine Trabanten, die mich töten sollten, doch entfloh ich ihnen. Da verleumdete er mich beim General Klugenau, dem er sagte, ich hätte es den Awaren verboten, den russischen Soldaten Holz zu geben. Auch daß ich diesen Turban hier" – Hadschi Murat zeigte nach dem Turban auf seiner Mütze – „aufgesetzt hätte, sagte er dem General und legte dies dahin aus, daß ich mich damit als Anhänger Schamyls bekenne. Der General aber glaubte ihm nicht und ließ nicht zu, daß mir auch nur ein Haar gekrümmt würde. Doch als der General nach Tiflis gefahren war, rückte Achmet Chan mit einer Kompagnie Soldaten gegen mich heran und nahm mich gefangen. Er ließ mich in Ketten schmieden und an eine Kanone binden.

„Sechs Tage und sechs Nächte mußte ich so verharren. Am siebenten Tage wurde ich losgebunden und nach Temir Chan-Schura abgeführt. Vierzig Soldaten mit geladenen Gewehren brachten mich dahin. Meine Hände waren gefesselt, und es war Befehl erteilt, mich zu töten, wenn ich einen Fluchtversuch machen sollte. Ich wußte das. Als wir uns dem Moksoch näherten, wurde der Weg, auf dem wir marschierten, ganz schmal. Zur Rechten zog sich ein Abgrund hin, wohl fünfzig Klafter tief. Ich entfernte mich von den Soldaten nach rechts hin, nach dem Rande des Abgrundes. Der Soldat, der neben mir herging, wollte mich zurückhalten, doch ich machte einen Sprung nach dem Abgrund hin und zog den Soldaten mit. Er blieb zerschmettert unten liegen, ich aber kam mit dem Leben davon. Die Rippen, der Schädel, die Arme und Beine – alles war gebrochen. Ich versuchte zu kriechen, vermochte es jedoch nicht. Ein Schwindel befiel mich, und ich wurde ohnmächtig. Als ich erwachte, war ich ganz durchnäßt von Blut. Ein Hirte fand mich und rief Leute herbei, die mich in ein Dorf brachten. Die Rippen und der Kopf wurden heil, und auch die Gliedmaßen heilten, nur daß das eine Bein kürzer blieb."

Und Hadschi Murat streckte das kürzere Bein vor.

„Es tut immer noch gute Dienste", fuhr er fort. „Als die Leute hörten, wie ich die Freiheit wiedergewonnen hatte, kamen sie herbei, um mich zu sehen. Sobald ich gesund geworden, begab ich mich nach Zelmes. Die Awaren forderten mich auf, wieder über sie zu gebieten, und ich willigte ein", sagte er mit ruhigem, selbstbewußtem Stolze.

Hadschi Murat erhob sich rasch. Er nahm ein Portefeuille aus einem seiner Reisesäcke, zog daraus zwei vergilbte Briefe hervor und reichte den einen davon Loris Melikow. Es waren Briefe des Generals Klugenau. Loris Melikow las ihn, er lautete: „An den Fähnrich Hadschi Murat. Du hast mir gedient, und ich war mit Dir zufrieden und hielt Dich für einen guten Menschen. Kürzlich aber hat Achmet Chan mich benachrichtigt, daß Du ein Verräter bist, daß Du den Turban um Dein Haupt gelegt hast, daß Du zu Schamyl in Beziehungen stehst und dem Volke predigst, es solle der russischen Obrigkeit nicht gehorchen. Ich gab Befehl, Dich festzunehmen und mir vorzuführen, doch Du bist entflohen; ich weiß nicht, ob dies für Dich gut oder schlimm ist, da ich nicht weiß, ob Du schuldig bist oder nicht. Höre nun, was ich Dir sage. Wenn Du vor dem großen Zaren ein reines Gewissen hast und Dich unschuldigst fühlst, dann erscheine vor mir. Fürchte Dich vor niemand, ich bin Dein Beschützer. Der Chan kann Dir nichts anhaben; er steht selbst unter meiner Botmäßigkeit, Du hast also nichts zu fürchten." Weiter schrieb Klugenau noch, er habe stets sein Wort gehalten und sei stets gerecht gewesen, und zum Schluß ermahnte er Hadschi Murat nochmals, sich ihm zu stellen.

Als Loris Melikow den ersten Brief gelesen hatte, wies Hadschi Murat nach dem zweiten, übergab ihn jedoch nicht sogleich dem Adjutanten, sondern erzählte erst, was er auf jenen ersten Brief geantwortet habe.

„Ich schrieb ihm: ich trage wohl den Turban, jedoch nicht um Schamyls, sondern um meines Seelenheiles willen; zu Schamyl könne und wolle ich nicht übergehen, da er schuld sei, daß mein Vater, meine Brüder und viele meiner Verwandten getötet worden seien. Doch auch zu den Russen könne ich nicht übergehen, da ich von ihnen schmählich beleidigt worden sei. Als ich in Chunsach gefesselt am Boden lag, habe einer von ihnen mich mit seinem Kot besudelt, und ich könne nicht eher zu ihnen übergehen, als bis dieser

Mensch getötet sei. Vor allem aber sei ich in Furcht vor dem Lügner Achmet Chan."

„Da schrieb der General mir diesen zweiten Brief," sagte Hadschi Murat und reichte Loris Melikow ein zweites vergilbtes Blatt.

„Ich danke Dir für die Antwort, die Du mir auf meinen Brief gesandt hast," las Loris Melikow. „Du schreibst, es geschehe nicht aus Furcht, daß Du nicht zurückkehrst, sondern wegen der Schmach, die Dir von einem Giauren angetan worden. Ich versichere Dich aber, daß das russische Gesetz gerecht ist, und vor Deinen Augen soll derjenige bestraft werden, der es gewagt hat, Dich so schwer zu beleidigen. Ich habe schon Auftrag gegeben, diese Angelegenheit zu untersuchen. Doch höre nun weiter, Hadschi Murat. Ich hätte wohl ein Recht, mit Dir unzufrieden zu sein, weil Du mir und meinem Ehrenwort nicht traust, doch verzeihe ich Dir, da ich weiß, daß Ihr Bergbewohner überhaupt sehr mißtrauisch seid. Wenn Dein Gewissen rein ist, wenn Du den Turban nur um Deines Seelenheils willen aufgesetzt hast, dann bist Du im Recht und kannst der russischen Obrigkeit und auch mir offen ins Auge sehen. Jener Mensch, der Dich so schwer beleidigt hat, soll, dessen versichere ich Dich, schwer bestraft werden, auch Dein Vermögen soll Dir zurückgegeben werden, und Du wirst sehen und erkennen, was das russische Gesetz bedeutet. Um so mehr, als die Russen die Dinge anders ansehen als Ihr, in ihren Augen nämlich bist Du dadurch, daß irgendein Schurke sich so schändlich gegen Dich benommen hat, durchaus nicht entehrt. Ich selbst habe den Gimrinzern erlaubt, den Turban zu tragen, und nehme ihre Angelegenheiten wahr, wie es sich gehört; ich wiederhole also, daß Du gar nichts zu befürchten hast. Komm zu mir mit dem Manne, den ich jetzt zu Dir sende; er ist mir treu ergeben, er ist nicht der Sklave Deiner Feinde, sondern der Freund eines Mannes, der bei seiner Regierung großes Gewicht hat."

Nochmals forderte dann der General Hadschi Murat auf, zu ihm zu kommen.

„Ich glaubte diesen Worten nicht," sagte Hadschi Murat, als Loris Melikow den Brief zu Ende gelesen hatte, „und ich ging nicht zu Klugenau. Ich hatte vor allem an Achmet Chan Rache zu nehmen, und dazu hätten die Russen mir nicht verholfen. Damals umringte gerade Achmet Chan mit seinen Leuten unser Dorf Zelmes und wollte mich gefangen nehmen oder töten. Ich hatte zu wenig Leute und konnte ihn allein nicht zurückschlagen. Um jene Zeit nun kam zu mir ein Bote mit einem Briefe von Schamyl. Er versprach mir Hilfe gegen Achmet Chan, den er töten wollte, und bot mir die Herrschaft über ganz Awarien an. Ich überlegte lange und ging schließlich zu Schamyl über. Und von dieser Zeit an lag ich beständig mit den Russen in Fehde."

Hadschi Murat ließ nun einen Bericht über alle seine kriegerischen Unternehmungen folgen. Es waren ihrer gar viele, und Loris Melikow kannte sie zum Teil schon. Alle seine Angriffe und Überfälle zeichneten sich durch eine ungewöhnliche Kühnheit und Schlagfertigkeit aus, und der Erfolg war ihm stets treu gewesen.

„Eine Freundschaft hat zwischen mir und Schamyl niemals bestanden," sagte Hadschi Murat zum Schluß seiner Erzählung, „er fürchtete mich vielmehr und bedurfte zugleich meiner. Da geschah es nun, daß mich jemand fragte, wer nach Schamyl Imam werden solle. Ich antwortete, derjenige werde Imam sein, der den schärfsten Säbel habe. Diese Worte wurden Schamyl hinterbracht, und er trachtete fortan, mich loszuwerden. Er schickte mich nach Tabarasan. Ich zog dahin und erbeutete tausend Schafe und dreihundert Pferde. Da erklärte er, ich hätte seinen Befehl nicht richtig ausgeführt, entsetzte mich meines Amtes als Nahib und befahl mir, ihm alles Geld zu übersenden. Ich schickte ihm tausend Goldstücke, er aber sandte seine Muriden zu mir und beraubte mich meines ganzen Vermögens. Er forderte mich auf, zu ihm zu kommen, doch ich wußte, daß er mich töten wollte, und ging nicht hin. Er wollte mich nun mit Gewalt festnehmen lassen, doch ich schlug seine Leute zurück und ging zu Woronzow. Nur meine Familie konnte ich nicht mit mir nehmen. Meine Mutter, meine Frau und meine Kinder sind in seinen Händen. Sag' dem Sardar, daß, solange meine Familie sich dort befindet, ich nichts zu unternehmen vermag."

„Ich werde es ihm sagen," versetzte Loris Melikow.

„Nimm dich meiner an, bemühe dich für mich. Was mein ist, soll auch dein sein, nur tritt mir bei dem Fürsten für mich ein. Ich bin gefesselt und gebunden, und Schamyl hält das Ende des Strickes in der Hand."

Mit diesen Worten endete Hadschi Murat seinen Bericht an Loris Melikow.

Am 20. Dezember schrieb der Statthalter Woronzow an den Kriegsminister Tschernyschew den nachfolgenden französisch abgefaßten Brief:

„Ich habe Ihnen, lieber Fürst, mit der letzten Post keinen Brief geschickt, da ich mir erst darüber klar werden wollte, was mit Hadschi Murat geschehen solle. Ich fühlte mich in den letzten zwei, drei Tagen nicht ganz wohl. In meinem letzten Briefe gab ich Ihnen von der Ankunft Hadschi Murats in Tiflis Nachricht. Er kam am 8. Dezember hier an; am Tage darauf machte ich seine Bekanntschaft und sprach ihn während der folgenden acht oder neun Tage häufig, wobei ich erwog, welche Dienste er uns in Zukunft wohl leisten könnte, vor allem aber, was jetzt mit ihm geschehen solle. Er ist in großer Sorge um das Schicksal seiner Familie und versichert unter allen Anzeichen echter Aufrichtigkeit, daß, solange seine Familie sich in Schamyls Händen befinde, er gelähmt sei und uns keine Dienste leisten, noch auch seine Dankbarkeit für den ihm zuteil gewordenen freundlichen Empfang und die ihm gewährte Verzeihung erweisen könne. Die Ungewißheit, in der er sich betreffs seiner Angehörigen befindet, versetzt ihn in einen fieberhaften Zustand, und die Personen, denen ich Auftrag gegeben habe, sich hier seiner anzunehmen und ihn im Auge zu behalten, versichern mir, daß er die Nächte schlaflos verbringe, fast gar nichts genieße, beständig bete und nur zu seiner Erholung täglich einen Ausritt in Begleitung einiger unserer Kosaken mache, was ihm um so mehr Bedürfnis ist, als er seit vielen Jahren an das Leben im Freien, in steter Bewegung, gewohnt ist. Jeden Tag erscheint er bei mir, um sich zu erkundigen, ob ich irgendwelche Nachrichten über seine Familie habe, und bittet mich, die Gefangenen, die an den einzelnen Grenzlinien von den Unsrigen gemacht werden, sammeln zu lassen und Schamyl zum Austausch anzubieten, erforderlichenfalls wolle er noch einiges Lösegeld hinzufügen, das er bei seinen Freunden aufzutreiben hoffe. Beständig liegt er mir in den Ohren: ‚Rettet meine Familie, und dann gebt mir Gelegenheit, euch zu dienen, – am besten meint er, auf der lesghischen Linie, – und wenn ich nach Verlauf eines Monats euch dort nicht von ganz besonderem Nutzen gewesen bin, könnt ihr mich nach Gutdünken bestrafen.‘ Ich antwortete ihm, daß mir seine Vorschläge ganz annehmbar erschienen, daß aber bei uns sich verschiedene Persönlichkeiten befänden, die ihm nicht trauten, solange seine Familie in den Bergen verweile und nicht vielmehr sich als Geisel in unseren Händen befinde. Ich wolle alles, was in meiner Macht steht, tun, um an unseren Grenzen recht viele Gefangene zusammenzubringen, könne ihm aber für den Loskauf der Seinigen kein Geld bewilligen, ich hoffte jedoch, andere Mittel zu finden, um ihm und den Seinigen zu helfen. Hierauf sagte ich ihm ganz offen meine Meinung, daß Schamyl keinesfalls seine Familie ausliefern werde, daß er es ihm vielleicht versprechen und ihm volle Verzeihung und Wiedereinsetzung in sein früheres Amt zusichern werde, falls er zurückkehre, für den entgegengesetzten Fall aber ihm mit der Ermordung seiner Mutter, seiner Gattin und seiner sechs Kinder drohen werde. Ich fragte ihn, ob er mir offen sagen könne, was er tun würde, wenn er solch eine Nachricht von Schamyl erhielte. Hadschi Murat hob Augen und Hände zum Himmel empor und sagte, alles liege in Gottes Hand, er würde sich jedoch niemals seinem Feinde ausliefern, da er fest davon überzeugt sei, daß Schamyl ihm nicht verzeihen, sondern ihn über kurz oder lang töten würde. Was die Beseitigung seiner Familie anlange, so glaube er nicht, daß Schamyl so leicht darüber denke – erstens könne er nicht wünschen, daß er, Hadschi Murat, ihm ein noch schlimmerer Feind würde, als er ohnedies schon sei, und zweitens gebe es in Daghestan viele und sogar sehr einflußreiche Leute, die ihm entschieden davon abraten würden. Zum Schluß versicherte er mir nochmals und abermals, daß, welches auch der Wille Gottes für die Zukunft sei, ihn selbst für den Augenblick nur der Gedanke an den Loskauf der Seinigen beschäftige. Er bitte mich um Gottes willen, ihm zu helfen und ihn in die Tschetschna zurückkehren zu lassen, wo er mit Hilfe unserer Behörden sich mit seiner Familie in Verbindung setzen, Nachrichten über sie erhalten und auf Mittel zu ihrer Befreiung sinnen könne; er habe in jenem Teile des feindlichen Gebietes zahlreiche Freunde, selbst unter den Nahibs, könne in der teils von uns unterworfenen, teils neutralen Bevölkerung mit unserer Hilfe leicht Beziehungen anknüpfen, um das ihm Tag und Nacht vorschwebende Ziel zu erreichen, was ihm erst die nötige Ruhe geben würde, um wirksam für unsere Interessen einzutreten und unseres Vertrauens sich würdig zu machen. Er bittet, ihn mit einer Schar von zwanzig bis dreißig verwegenen Kosaken nach Glosnaja zurückzuschicken – diese Bedeckung würde ihm teils einerseits Schutz gegen seine Feinde gewähren, andererseits uns die Sicherheit geben, daß seine Absichten aufrichtig gemeint seien. Sie werden begreifen, lieber Fürst, daß alle diese Fragen mir Kopfzerbrechen machen und mir, ob ich sie so oder so entscheide, eine große Verantwortung auferlegen. Es wäre in hohem Maße unvorsichtig, diesem Menschen voll und ganz zu vertrauen; wollten wir ihm jede Möglichkeit einer Flucht abschneiden, dann müßten wir ihn einsperren, was nach meiner Meinung ungerecht und politisch unklug wäre. Die Kunde von einer solchen Maßregel würde sich bald in ganz Daghestan verbreiten und uns dort sehr schaden: sie würde alle diejenigen – ihre Zahl ist nicht gering –, die mehr oder weniger offen gegen Schamyl Partei zu nehmen bereit sind, arg entmutigen. Alle diese Leute sind in hohem Maße gespannt, wie sich wohl das Schicksal dieses tapfersten und unternehmendsten Imams, der sich unter dem Zwange der Verhältnisse uns ergeben mußte, bei uns gestalten wird. Würden wir Hadschi Murat einfach als Gefangenen behandeln, dann würde das in jenen Kreisen entschieden einen schlechten Eindruck machen. Ich glaube unter diesen Umständen so gehandelt zu haben, wie ich handeln mußte, wobei ich allerdings mir nicht verhehle, daß, falls es Hadschi Murat einfiele, uns wieder zu verlassen, mein Verfahren als ein irrtümliches erscheinen müßte. In solchen heiklen Situationen ist es schwer, wenn nicht gar unmöglich, einen bestimmten, geraden Weg einzuschlagen, ohne daß man dabei einen Fehlgriff und die damit verbundene große, schwere Verantwortung riskiert. Glaubt man dagegen, den einzig richtigen Weg gefunden zu haben, dann soll man ihn auch ohne Zögern einschlagen, komme, was da wolle. Ich bitte Sie, mein lieber Fürst, diese Erwägungen freundlichst dem Urteil Seiner Majestät des Kaisers zu unterbreiten, und ich werde mich glücklich schätzen, wenn unser erhabener Gebieter mein Verfahren gutheißt. Alles, was ich Ihnen oben schrieb, habe ich auch den Generalen Sawadowskij und Koslowskij mitgeteilt, welch letzterer unverzüglich sich mit Hadschi Murat in Verbindung setzen soll; dieser selbst ist davon benachrichtigt, daß er ohne Koslowskijs Erlaubnis nichts unternehmen und sich nirgends hinbegeben darf. Ich habe ihm erklärt, daß sein Vorschlag, ihm eine Anzahl unserer Kosaken beizugeben, mir recht wohl gefalle und ganz in unserem Interesse sei, da sonst

Schamyl das Gerücht verbreiten würde, wir hielten Hadschi Murat hinter Schloß und Riegel fest. Ich habe ihm jedoch das Versprechen abgenommen, nie nach Wosdwischenskoje zu gehen, da mein Sohn, dem er sich anfänglich ergeben hat, und den er als seinen Freund betrachtet, nicht Kommandant dieses Platzes sei und dort leicht Mißverständnisse entstehen könnten. Zudem liege Wosdwischenskoje allzu nahe an einem Gebiete, das von einer zahlreichen, uns feindlich gesinnten Bevölkerung bewohnt wird, wogegen mir Grosnaja für die Anknüpfung der Beziehungen, die er einzuleiten gedenke, recht günstig gelegen scheine. Außer den zwanzig erlesenen Kosaken, die, wie er selbst wünscht, nicht einen Schritt von ihm weichen sollen, habe ich ihm den Rittmeister Loris Melikow, einen verdienstvollen, sehr klugen und tüchtigen Offizier, der das Tatarische beherrscht, beigegeben; er kennt Hadschi Murat gut, und dieser scheint Vertrauen zu ihm zu haben. Während der zehn Tage, die Hadschi Murat hier verbracht hat, wohnte er in demselben Hause mit dem Oberstleutnant Fürsten Tarchanow, dem Chef des Schuminskischen Kreises zusammen, der hier dienstlich zu tun hatte und als höchst ehrenhafter Mann mein vollstes Vertrauen besitzt. Auch ihm hat Hadschi Murat sein Vertrauen geschenkt, und da er das Tatarische sehr gut beherrscht, so konnte ich durch ihn mit Hadschi Murat über alle möglichen delikaten und vertraulichen Angelegenheiten verhandeln. Ich habe mit Tarchanow über Hadschi Murat beraten, und er stimmte mir vollkommen bei, daß ich entweder so verfahren mußte, wie ich es getan, oder daß ich ihn ins Gefängnis sperren und aufs strengste bewachen mußte, falls er nicht, wenn man schon einmal zu strengeren Maßregeln greifen will, überhaupt aus dem Lande geschafft werden soll. Solche strengere Maßregeln würden jedoch nicht nur den Vorteil, den wir aus dem zwischen Hadschi Murat und Schamyl entbrannten Streite ziehen können, ganz zunichte machen, sondern auch die Unzufriedenheit, die bereits unter den Bergbewohnern durch Schamyls Auftreten hervorgerufen wurde und leicht zu einer Auflehnung gegen sein Regiment führen kann, im Keime ersticken. Fürst Tarchanow versicherte mir, er sei selbst persönlich von Hadschi Murats Aufrichtigkeit überzeugt; Hadschi Murat hege nicht den geringsten Zweifel, daß Schamyl ihm nie verzeihen und ihn trotz aller gegebenen Versprechen beseitigen würde, sobald er sich zu ihm zurückbegäbe. Das einzige Bedenken, das Fürst Tarchanow hatte, war, daß Schamyl vielleicht vom religiösen Standpunkte aus auf Hadschi Murat, der seinem Glauben sehr ergeben sei, zu wirken vermöchte; doch, wie ich bereits sagte: die Überzeugung, daß er bei Schamyl seines Lebens nicht sicher sei, ist bei Hadschi Murat unausrottbar.

Das ist alles, mein sehr verehrter Fürst, was ich Ihnen über diese Episode unserer hiesigen Angelegenheiten mitzuteilen hätte."

Fünfzehntes Kapitel

Dieser Bericht wurde am 24. Dezember aus Tiflis abgesandt. Am Vorabend des Neujahrs 1852 überbrachte ein Feldjäger, nachdem er ein Dutzend Pferde müde gejagt und ebensoviele Postillone blutig geprügelt hatte, das Schreiben dem damaligen Kriegsminister Fürsten Tschernyschew, und am 1. Januar 1852 brachte Tschernyschew, als er sich zum Zaren Nikolaus zur Audienz begab, in seinem Portefeuille unter anderen Schriftstücken auch diesen Bericht Woronzows mit.

Tschernyschew liebte Woronzow nicht, sowohl wegen der allgemeinen Hochschätzung, deren Woronzow sich erfreute, als auch wegen seines Reichtums, sowie endlich darum, weil Woronzow ein echter Grandseigneur, er selbst aber nur ein Parvenü war – hauptsächlich jedoch, weil der Kaiser für Woronzow ein ganz besonderes Wohlwollen hegte. Mit Eifer nahm daher Tschernyschew jede Gelegenheit wahr, Woronzow beim Zaren nach Kräften anzuschwärzen. Bei seinem letzten Vortrag über die kaukasischen Angelegenheiten war es Tschernyschew gelungen, die Unzufriedenheit des Zaren mit Woronzows Maßnahmen zu erregen: infolge mangelnder Voraussicht auf seiten der Heeresleitung war nämlich, wie er zu berichten wußte, eine kleinere Kosakenabteilung von den Bergbewohnern aufgerieben worden. Jetzt hoffte er nun die Anordnungen, die Woronzow betreffs Hadschi Murats getroffen hatte, in einem schlechten Lichte erscheinen zu lassen. Er hoffte den Kaiser davon überzeugen zu können, daß Woronzow nicht richtig handelte, wenn er, in schwächlicher Nachgiebigkeit gegen die Wünsche der eingeborenen Bevölkerung und offenbar zum Nachteil der russischen Sache,

Hadschi Murat im Kaukasus beließ; es sei mehr als wahrscheinlich, daß Hadschi Murat nur gekommen sei, um die Stärke der russischen Streitkräfte zu erkunden. Jedenfalls sei es besser, Hadschi Murat irgendwo im Zentrum des Reiches zu internieren und seine Person erst dann auszuspielen, wenn seine Familie von russischer Seite ausgelöst wäre und man seines Gehorsams sicher sein könnte. Dieser Plan sollte Tschernyschew jedoch nicht gelingen, und zwar lediglich aus dem Grunde, weil Nikolaus am Morgen des 1. Januar sich in ganz besonders schlechter Laune befand und aus reinem Widerspruchsgeist jeden ihm unterbreiteten Vorschlag, was er auch enthalten, und von wem er auch ausgehen mochte, unbedingt verworfen hätte. Um so weniger war er geneigt, gerade auf Tschernyschews Plan einzugehen, den er auf seinem Posten nur duldete, weil er ihn vor der Hand für unersetzlich ansah, während er ihn tatsächlich für einen großen Schurken hielt, der, wie ihm wohl bekannt war, im Dekabristenprozeß seinen Schwager Sachar Tschernyschew ins Unglück stürzte, um sich hinterher seines Vermögens zu bemächtigen. Dank der schlechten Laune des Zaren Nikolaus also durfte Hadschi Murat im Kaukasus bleiben, und sein Schicksal blieb unverändert, während es sicherlich eine andere Wendung genommen hätte, wenn Tschernyschew seinen Bericht zu einer anderen Zeit gehalten hätte.

Es war gegen halb zehn Uhr, als Tschernyschews dicker, bärtiger Kutscher in seiner himmelblauen spitzkantigen Samtmütze, im Nebel eines zwanziggradigen Frostes, auf dem Bock des eleganten kleinen Schlittens à la Nikolaus am Eingang des Winterpalais hielt und dem ihm befreundeten Kutscher des Fürsten Dolgoruki zunickte, der seinen Herrn bereits vor einer ganzen Weile hergebracht hatte und nun, die Zügel unter dem dick auswattierten Gesäß, vor der Anfahrt wartend sich die erfrorenen Hände rieb. Tschernyschew trug einen Mantel mit weichem grauem Biberkragen über der Uniform und einen Dreispitz mit Hahnenfedern auf dem Kopfe. Er schlug das Schutzleder aus Bärenfell zurück, streckte vorsichtig die erfrorenen Beine aus dem Schlitten, setzte die sporenklingenden Stiefel, die, wie er mit Stolz sich zu rühmen pflegte, noch nie in Galoschen gesteckt hatten, rüstig auf den Läufer und schritt nach der Eingangstür zu, die der Schweizer ehrerbietig vor ihm öffnete. Im Vorzimmer übergab er seinen Mantel dem auf ihn dienstfertig zueilenden alten Kammerdiener, trat vor den Spiegel und nahm vorsichtig den Hut von der gekräuselten Perücke. Als er sein Äußeres im Spiegel gemustert und mit gewohnter Handbewegung seine Frisur an Scheitel und Schläfen geglättet, sowie das Kreuz am Halse, die Achselstücke und die großen Epauletten mit dem Namenszug des Kaisers zurechtgerückt hatte, stieg er, mit den alterssteifen Beinen vorsichtig ausschreitend, die teppichbelegte steile Treppe hinan. An den in Paradeuniform vor den Türen stehenden, sich tief verneigenden Hoflakaien vorüber gelangte Tschernyschew in den Audienzsaal. Der diensttuende Flügeladjutant, der soeben erst zu dieser Würde ernannt worden war, trat ihm, über das ganze, noch nicht abgelebte, schnurrbartgezierte Antlitz strahlend, in der funkelnagelneuen, mit Epauletten und Achselstücken geschmückten Uniform ehrerbietig entgegen.

Fürst Wassilij Dolgoruki, der Gehilfe des Kriegsministers, begrüßte diesen mit einem gelangweilten Ausdruck in dem geistlosen Gesichte, dessen Backenbart, Schnurrbart und Schläfenhaar genau nach dem Vorbild des Kaisers zugeschnitten war.

„*L'Empereur!*" wandte sich Tschernyschew an den Flügeladjutanten, während er einen fragenden Blick nach der Tür des Kabinetts warf.

„*Sa Majesté vient de rentrer,*" sagte der Flügeladjutant, offenbar mit Wohlgefallen dem Klange seiner eigenen Stimme lauschend. Mit weichem Schritt, so gleichmäßig hinschwebend, daß aus einem auf seinen Kopf gestellten vollen Glase Wasser nicht ein Tropfen verschüttet worden wäre, trat er, in seinem ganzen Wesen die Hochachtung vor dem Raume ausdrückend, den er zu betreten im Begriff stand, auf die Kabinettür zu, öffnete sie lautlos und verschwand hinter ihr.

Dolgoruki hatte inzwischen sein Portefeuille geöffnet und in den darin befindlichen Schriftstücken geblättert.

Tschernyschew ging mit düsterer Miene im Zimmer auf und ab, streckte seine Beine und faßte in Gedanken noch einmal alles zusammen, was er dem Kaiser vortragen wollte. Er ging gerade an der Tür des Kabinetts vorbei, als diese sich wieder öffnete und der Flügeladjutant, noch strahlender und ehrerbietiger als vorher, aus ihr heraustrat. Mit einer einladenden Handbewegung bedeutete er dem Minister und seinem Gehilfen, daß sie eintreten möchten.

Das Winterpalais war nach dem Brande längst wieder restauriert, doch Zar Nikolaus bewohnte immer noch ausschließlich die Etage. Das Kabinett, in dem er die Minister und sonstigen zum Vortrag befohlenen hohen Würdenträger empfing, war ein sehr hoher Raum mit vier großen Fenstern. Ein großes Porträt Kaiser Alexanders I. hing an der Hauptwand. Zwischen den Fenstern befanden sich zwei Pulte, an den Wänden einige Stühle. In der Mitte des Zimmers stand ein mächtiger Schreibtisch, davor der Sessel des Kaisers und daneben ein paar Stühle für die zum Vortrag Befohlenen.

Zar Nikolaus saß in einem schwarzen Uniformrocke mit dünnen Achselschnüren, ohne Epauletten am Tische, streckte die breite, prall eingezwängte Brust über dem starken Embonpoint weit vor und sah die Eintretenden mit seinem leblosen Blicke starr an. Das lange weiße Gesicht mit der mächtigen, vorspringenden Stirn, die über dem glatt angekämmten Schläfenhaar hoch aufstieg und sich unter der an die Haarreste geschickt angepaßten Perücke in einer Glatze fortsetzte, erschien heute ganz besonders kalt und unbeweglich. Seine auch sonst stets trüb blickenden Augen schauten heute noch trüber drein, und die unter dem spitz nach oben gedrehten Schnurrbart hervortretenden welken, alten Lippen, die durch den hohen Kragen festgehaltenen frischrasierten, feisten Wangen mit den übriggelassenen Backenbartstreifen und das in den Kragen eingezwängte Kinn verliehen seinem Gesichte den Ausdruck der Unzufriedenheit, ja sogar des Zornes. Seine schlechte Stimmung hatte in starker Übermüdung ihren Grund. Die Ursache der Übermüdung aber war, daß er am Abend vorher an einer Redute teilgenommen hatte, wo er sich, wie gewöhnlich, in seinem adlergeschmückten Chevaliergardehelm unter das Publikum gemischt hatte, das einerseits nach ihm hindrängte, andererseits vor seiner riesigen, selbstbewußten Gestalt scheu zur Seite auswich. Er war da wieder jener Maske begegnet, die schon bei der letzten Redute durch ihre elegante Figur und ihre wohlklingende Stimme seine greisenhafte Sinnlichkeit erregt hatte, dann aber, nachdem sie versprochen, auch den nächsten Ball wieder zu besuchen, ihm plötzlich entschlüpft war. Gestern nun war sie wieder an ihn herangetreten, und da hatte er sie nicht mehr losgelassen. Er hatte sie nach der eigens für diesen Zweck bereitgehaltenen Loge geführt, in der er mit ihr allein verweilen konnte. Schweigend war er bis zur Tür der Loge gelangt und sah sich nach dem Logenschließer um, der jedoch unsichtbar blieb.

Stirnrunzelnd wartete er einen Augenblick, stieß dann selbst die Tür der Loge auf und ließ seiner Dame den Vortritt.

„Il y a quelqu'un," sagte die Dame und blieb stehen.

Die Loge war in der Tat besetzt: auf dem kleinen Samtdiwan saßen dicht nebeneinander ein Ulanenoffizier und eine hübsche, junge, blondlockige Frau im Domino, ohne Maske. Beim Anblick der in ihrer ganzen Größe vor ihr stehenden, grimmig Furcht einflößenden Gestalt des Zaren steckte die blonde Frau rasch die Maske vor das Gesicht, während der Ulanenoffizier, ganz starr vor Entsetzen, den Kaiser mit offenem Munde ansah und das Aufstehen vergaß.

So sehr auch Nikolaus gewöhnt war, das Gefühl der Angst und des Entsetzens in den Menschen zu erregen, so bereitete ihm diese Wirkung seiner Persönlichkeit doch stets von neuem ein besonderes Vergnügen, und er liebte es zuweilen, im Gegensatz zu dieser Wirkung seiner Person, die Erschreckten durch um so freundlichere Worte in Erstaunen zu setzen. Auch diesmal gefiel er sich darin, diesen Kontrast hervorzurufen.

„Nun, lieber Freund, du bist jünger als ich," sagte er zu dem vor Schreck erstarrten Offizier, „du kannst mir einen Platz für ein Weilchen abtreten."

Der Offizier sprang auf und verließ, abwechselnd errötend und erbleichend, mit einem tiefen Bückling hinter seiner Maske her, die Loge, während Nikolaus mit seiner Dame allein blieb.

Die Maske war, wie sich herausstellte, ein auffallend hübsches, unschuldiges junges Mädchen von zwanzig Jahren, die Tochter einer schwedischen Gouvernante. Sie erzählte dem Zaren, daß sie sich schon als kleines Mädchen in sein Bild verliebt, ihn stets vergöttert und sich vorgenommen habe, um jeden Preis seine Aufmerksamkeit zu erregen. Nun, da sie dieses Ziel erreicht, erklärte sie, keine weiteren Wünsche zu hegen. Das Mädchen wurde nach dem Ort gebracht, der für derartige Zusammenkünfte des Kaisers mit weiblichen Personen bestimmt war, und die hier angeknüpfte Liaison hat ihn wohl über ein Jahr in ihren Fesseln gehalten.

Als er in dieser Nacht in sein Schlafzimmer zurückgekehrt war und sich auf seinem schmalen, harten Feldbett ausgestreckt hatte, konnte er unter dem Soldatenmantel, der ihm als Bettdecke diente, und den er selbst für mindestens so berühmt hielt wie den berühmten Hut Napoleons, lange Zeit keinen Schlaf finden. Er stellte sich bald das halb scheue, halb und halb verzückte Gesichtchen dieses jungen Mädchens, bald die üppigen Schultern seiner ständigen Geliebten, der Nelidowa, vor und verglich beide miteinander. Der Gedanke, daß die Ausschweifungen eines verheirateten Mannes aller Sittlichkeit ins Gesicht schlugen, lag ihm himmelweit fern, und er wäre im höchsten Maße erstaunt gewesen, wenn ihm jemand deshalb ein Wort des Tadels gesagt hätte. Obschon er nun fest davon überzeugt war, daß niemand an seiner Handlungsweise etwas aussetzen konnte, hatte er doch einen etwas bitteren Nachgeschmack davon, und um diesen loszuwerden, bediente er sich eines Mittels, das ihn stets ganz außerordentlich beruhigte: er begann darüber nachzudenken, was für ein großer Mann er doch im Grunde genommen sei.

Obwohl er erst sehr spät eingeschlafen war, stand er doch bereits in der achten Stunde auf, machte seine gewohnte Toilette, rieb den großen, feisten Körper mit Eis ab und verrichtete seine Morgengebete in der von Kindheit auf gewohnten Zusammenstellung: zuerst das Gebet an die Mutter Gottes, dann das Glaubensbekenntnis und hierauf das Vaterunser – ohne sich im übrigen bei den Worten, die seine Lippen murmelten, auch nur das Geringste zu denken. Nachdem er sich so für den Tag vorbereitet hatte, verließ er durch den kleinen Ausgang das Palais und begab sich nach dem Newaquai, um seinen gewohnten Morgenspaziergang zu machen.

Auf dem Quai war ihm ein junger Hörer der Rechtsschule, in Uniform und Hut, begegnet – ein Mensch von der gleichen Riesengestalt wie er selbst. Als Zar Nikolaus die Uniform des Instituts erblickte, die er wegen der unter den Schülern herrschenden freien Gesinnung gar nicht leiden mochte, runzelte er unzufrieden die Stirn. Aber die stattliche Erscheinung des Rechtsschülers, seine stramme Haltung und das streng vorschriftsmäßige Vorstrecken des Ellbogens beim Honneur besänftigten seine Unzufriedenheit ein wenig.

„Wie heißt du?" fragte er den jungen Riesen.

„Polossatow, Ew. Majestät."

„Bist ein strammer Bursche."

Der Schüler stand mit der Hand am Hute da, ohne sich zu rühren. Der Kaiser trat auf ihn zu. – „Willst du Offizier werden?"

„Zu Befehl – nein, Ew. Majestät."

„Tölpel!“ sagte Nikolaus und wandte sich ab. Während er weiterging, sprach er das erste beste Wort, das ihm auf die Lippen kam, laut vor sich hin. „Kopperwein, Kopperwein“, wiederholte er mehrmals – es war der Name des Mädchens, das er gestern kennen gelernt hatte. „Zu dumm, zu dumm,“ sagte er dann, ohne weiter über den Sinn der Worte, die er mechanisch hervorstieß, weiter nachzudenken. „Ja, was wäre Rußland ohne mich!“ fuhr er in seinem Selbstgespräch fort, als er fühlte, daß in seiner Seele wieder jenes unzufriedene Empfinden aufstieg. „Ja, was wäre Rußland, was wäre Europa ohne mich!“ und er gedachte seines Schwagers, des Königs von Preußen, und seiner Schwäche und Beschränktheit und schüttelte den Kopf.

Als er nach dem Palais zurückkehrte, sah er an der Saltykowauffahrt den Wagen der Großfürstin Helena Pawlowna mit dem Lakaien in der roten Livree auf dem Bock.

Helena Pawlowna war für ihn die Verkörperung jener hohlköpfigen, überflüssigen Leute, die nicht nur über Wissenschaft und Dichtkunst, sondern auch über die Kunst des Regierens grübelten und sannen und sich einbildeten, sich selbst besser regieren zu können, als er, Nikolaus, sie regierte. Er wußte, daß diese Leute, so sehr er sich auch bemühte, sie unterzuducken, doch immer und immer wieder an die Oberfläche emportauchten. Er gedachte seines jüngst verstorbenen Bruders Michail Pawlowitsch, und ein Gefühl des Unwillens und der Niedergeschlagenheit überkam ihn. Er machte ein finsteres Gesicht und begann wieder, das erste beste Wort vor sich hinzuflüstern. Er hörte erst auf zu flüstern, als er das Palais längst betreten hatte. In seinem Schlafgemach glättete er vor dem Spiegel Backenbart, Scheitel und Schläfenhaar, drehte seine Schnurrbartspitzen nach und begab sich darauf in das Kabinett, in dem er die Vorträge der Minister entgegenzunehmen pflegte.

Der Kriegsminister wurde zuerst von ihm empfangen. Tschernyschew sah sogleich am Gesichte und vor allem an den Augen des Zaren, daß dieser heute ganz besonders mißlaunig war. Er wußte von den gestrigen Erlebnissen des Kaisers und erriet daher auch sogleich den Grund der schlechten Stimmung. Der Kaiser begrüßte Tschernyschew kühl, forderte ihn auf, sich zu setzen, und richtete seine leblosen Augen auf ihn. Die erste Angelegenheit, die Tschernyschew vorbrachte, war eine umfangreiche Unterschlagung, die von einigen Intendanturbeamten begangen worden war; dann kam eine Dislozierung der an der preußischen Grenze liegenden Truppenteile zur Sprache, worauf noch eine Anzahl von nachträglichen Neujahrsgratifikationen für solche Leute, die in der ersten Liste übergangen worden waren, zur Genehmigung gelangte. Die nächste Sache war der Bericht Woronzows über die Ankunft Hadschi Murats in Tiflis, und zu allerletzt kam dann noch die unangenehme Affäre eines Studenten der medizinischen Akademie zur Sprache, der ein Attentat auf einen Professor verübt hatte.

Schweigend, mit zusammengepreßten Lippen, die große weiße Hand mit dem einen Goldreif am Ringfinger über die vor ihm liegenden Papierblätter hinführend, hörte Nikolaus den Bericht über die spitzbübischen Intendanturbeamten an, ohne auch nur einen Blick von der Stirn und dem Scheitel Tschernyschews zu verwenden.

Nikolaus war fest davon überzeugt, daß alle Welt in Rußland stehle. Er wußte, daß er diese Intendanturbeamten bestrafen mußte, und er hatte bereits bei sich entschieden, daß sie alle miteinander als gemeine Soldaten in irgendein Regiment einzustellen seien, aber er wußte auch, daß dies ihre Nachfolger durchaus nicht davon abhalten würde, gleichfalls zu stehlen. Es war eben einmal die Eigenart der Beamten, zu stehlen, wie es seine Pflicht war, sie dafür zu bestrafen, und so sehr er dessen auch schon überdrüssig war, so erfüllte er doch diese seine Pflicht mit ruhigem Gewissen.

„Es gibt eben bei uns in Rußland nur einen einzigen ehrlichen Menschen," sagte er.

Tschernyschew verstand sogleich, daß er mit diesem einzigen ehrlichen Menschen sich selbst meinte, und lächelte beifällig.

„So ist's, Ew. Kaiserliche Majestät," sagte er.

„Gib her, ich will meine Resolution daneben schreiben," sprach Nikolaus, nahm das Aktenstück und legte es links neben sich auf den Tisch.

Hierauf hielt Tschernyschew über die Gratifikationen und die Verlegung der Truppen Vortrag.

Nikolaus sah die Liste der vom Minister für die Gratifikationen vorgeschlagenen Personen durch, strich einige Namen darin und verfügte dann kurz und resolut die Verlegung zweier Divisionen an die preußische Grenze. Er konnte es dem Könige von Preußen nicht verzeihen, daß er nach dem Jahre 1848 seinem Lande eine Konstitution verliehen hatte, und hielt es trotz aller Freundschaftsversicherungen, die er in seinen Briefen an diesen seinen Schwager zum Ausdruck brachte, doch für geraten, auf jeden Fall an der preußischen Grenze die nötige Truppenzahl beisammen zu haben. Diese Truppen konnten unter Umständen auch Verwendung finden, falls etwa in Preußen ein Volksaufruhr – Nikolaus witterte überall den Aufruhr – stattfinden sollte, seine Krieger würden dann den Thron des Schwagers ebenso beschützt haben, wie sie seinerzeit den österreichischen Kaiser gegen Ungarn beschützt hatten. Auch waren diese verstärkten Truppenkontingente wohl vonnöten, um seinen verwandtschaftlichen Ratschlägen beim Könige von Preußen größeres Gewicht zu verleihen.

„Ja, wie stände es wohl jetzt um Rußland, wenn ich nicht wäre!“ dachte er wiederum.

„Nun, was gibt es noch weiter?“ sagte er dann.

„Aus dem Kaukasus ist ein Kurier angekommen,“ begann Tschernyschew und erstattete seinen Bericht darüber, was Woronzow über Hadschi Murat und seinen Übertritt zu den Russen gemeldet hatte.

„Sieh da!“ sprach Nikolaus, „das ist ja ein ganz hübscher Anfang.“

„Der Kriegsplan, den Ew. Majestät entworfen haben, beginnt seine Früchte zu zeitigen,“ sagte Tschernyschew.

Dieses Lob seiner strategischen Fähigkeiten war Nikolaus ganz besonders angenehm, obschon er im Grunde seiner Seele fühlte, daß sie gar nicht vorhanden waren. Aber er legte nun einmal Wert darauf, auch als großer Stratege zu gelten, und wollte das ihm gespendete Lob recht ausgiebig genießen.

„Wie denkst du eigentlich über meinen Plan?“ fragte er den Minister.

„Ich denke, daß der Kaukasus längst unterworfen wäre, wenn man den Plan Ew. Majestät, allmählich, wenn auch langsam, vorzudringen, indem man die Wälder niederschlägt und dem Feinde die Möglichkeit der Verproviantierung benimmt, schon früher zur Ausführung gebracht hätte. Daß Hadschi Murat sich ergeben hat, führe ich nur darauf zurück. Er ist zu der Einsicht gelangt, daß er sich nicht länger halten kann.“

„Ganz richtig," sagte Nikolaus.

Der Plan, nur allmählich, unter Ausrodung der Wälder und Abschneidung der Zufuhr, in das Gebiet des Feindes einzudringen, stammte tatsächlich von den Generalen Jermolow und Weljaminow, und er stand zum Kriegsplane des Zaren in schroffem Gegensatz, der vielmehr darauf abzielte, Schamyls Residenz durch einen großen Coup in russische Gewalt zu bringen und dieses Räubernest zu zerstören. Nach diesem Plane des Zaren war auch die im Jahre 1845 ausgerüstete Expedition gegen Dargo unternommen worden, die so viele Menschenleben gekostet hatte. Gleichwohl schrieb Zar Nikolaus auch jenen andern Plan, das Land in langsamem Vordringen, unter allmählicher Niederlegung der Wälder und Aushungerung der Bevölkerung, zu erobern, sich selbst zu. Man hätte meinen sollen, daß, wenn er diese letztere Art des Vorgehens zu der seinigen machte, er unbedingt wünschen mußte, sein lebhaftes Eintreten für die auf einem ganz entgegengesetzten Gedanken beruhende Expedition von 1845 vergessen zu machen. Er legte hierauf jedoch nicht den geringsten Wert, sondern war auf beide Pläne, die nach seiner Meinung ihn persönlich zum Urheber hatten, in gleicher Weise stolz, obschon sie beide miteinander in schroffem Widerspruch standen. Die beständige offenkundige, den Tatsachen ins Gesicht schlagende, grobe Schmeichelei, deren sich seine Umgebung ihm gegenüber befleißigte, hatte ihn so weit gebracht, daß er die Widersprüche in seinem Handeln nicht mehr sah, daß er nicht merkte, wie seine Worte und Taten aller Logik und alles gesunden Menschenverstandes spotteten, und fest davon überzeugt war, daß alle seine Anordnungen, so unvernünftig, ungerecht und unlogisch sie auch sein mochten, einzig dadurch, daß sie von ihm ausgingen, vernünftig, gerecht und logisch wurden.

Das trat auch jetzt wieder bei seiner Entscheidung in Sachen jenes Studenten der medizinisch-chirurgischen Akademie zutage, über dessen Affäre ihm Tschernyschew nach seinem Bericht über die kaukasischen Angelegenheiten Vortrag hielt.

Der Tatbestand war folgender: Der junge Mann war bereits zweimal im Examen durchgefallen, und als nun der Examinator ihn zum drittenmal durchfallen ließ, ergriff der krankhaft nervös veranlagte Prüfling, in der Meinung, daß er ungerecht behandelt werde, ein auf dem Tische liegendes Federmesser und brachte damit in einem

Anfall von Raserei dem Professor einige unbedeutende Wunden bei.

„Wie heißt der Bursche?“ fragte Nikolaus.

„Brzozowski, Ew. Majestät.“

„Ein Pole, wie?“

„Er ist polnischer Abstammung und Katholik,“ antwortete Tschernyschew.

Nikolaus runzelte die Stirn. Er hatte den Polen schweres Unrecht zugefügt, und um dieses Unrecht zu rechtfertigen, mußte er sich die Überzeugung erhalten, daß alle Polen Schurken seien. Und er hielt sie in der Tat dafür und haßte sie: er haßte sie in dem Maße, wie er ihnen unrecht getan hatte.

„Warte ein Weilchen,“ sagte er, schloß die Augen und senkte den Kopf.

Tschernyschew kannte diese Gewohnheit des Zaren, sich, wenn es galt, irgendeine wichtige Angelegenheit zu entscheiden, für einige Augenblicke zu konzentrieren, als wenn eine Erleuchtung über ihn käme und eine innere Stimme ihm sagte, was er zu tun habe. Die so zustande gekommene Entscheidung sollte gleichsam von selbst erwachsen und über jeden Zweifel erhaben scheinen. Auch diesmal sann er in solcher Selbstversunkenheit über eine Entscheidung nach, die seinem durch das Verhalten dieses Studenten neubelebten Hasse gegen das Polentum Befriedigung gewährte, und die innere Stimme fand denn auch eine Lösung, die diese Zwecke erfüllte. Er nahm den schriftlichen Bericht des Ministers über die Angelegenheit des Studenten zur Hand und machte dazu in seiner unnatürlich großen Schrift die nachfolgende Marginalbemerkung:

„Er verdient die Todesstrafe. Doch gibt es bei uns, Gott sei Dank, keine Todesstrafe. Und es ist nicht mein Wille, sie einzuführen. Er soll zwölfmal an tausend Mann vorübergeführt werden. Nikolaus.“

Nikolaus wußte, daß zwölftausend Spießrutenhiebe einen qualvollen, sicheren Tod bedeuteten, ja daß schon die Verhängung einer solchen Strafe geradezu eine wollüstige Grausamkeit dokumentierte, da bereits fünftausend Hiebe genügten, um den stärksten Mann zu töten. Aber es bereitete ihm eben einen besonderen Genuß, unerbittlich grausam zu sein und sich dabei sagen zu können, daß es „bei uns keine Todesstrafe gebe“.

Nachdem er seine Resolution betreffs des Studenten hingeschrieben hatte, schob er das Schriftstück wieder dem Minister hin.

„Da – lies,“ sagte der Zar.

Tschernyschew las die Randbemerkung und nickte zum Zeichen seines ehrerbietigen Erstaunens über die Weisheit der gefällten Entscheidung mit dem Kopfe.

„Ja – und alle Studenten sollen auf den Platz geführt werden und der Exekution beiwohnen,“ fügte Nikolaus hinzu und dachte dabei im stillen: „Es kann ihnen nicht schaden – ich will diesen revolutionären Geist mit der Wurzel ausrotten.“

„Zu Befehl,“ sagte Tschernyschew, schwieg dann ein Weilchen und kam nochmals auf seinen Bericht über die kaukasischen Vorgänge zurück.

„Was befehlen also Ew. Majestät an den Fürsten Woronzow zu schreiben?“

„Er soll sich streng an mein System halten – soll ihre Wohnstätten zerstören, soll der Tschetschna die Verproviantierung unmöglich machen und sie immer wieder durch Überfälle beunruhigen,“ sagte Nikolaus.

„Und was soll betreffs Hadschi Murats geschehen?“ fragte Tschernyschew.

„Nun, Woronzow schreibt doch, daß er sich im Kaukasus seiner Person bedienen will.“

„Ist das nicht zu gewagt?“ versetzte Tschernyschew, indem er dem Blicke des Kaisers auszuweichen suchte. „Ich fürchte, daß der Statthalter zu vertrauensselig ist.“

„Und was meinst du denn?“ fragte Nikolaus, der Tschernyschews Absicht, den Vorschlag Woronzows in ungünstigem Lichte darzustellen, sehr wohl durchschaute.

„Ich meine, daß es entschieden ungefährlicher ist, ihn nach Rußland zu senden.“

„So – das meinst du!“ sagte Nikolaus spöttisch. „Ich aber meine das nicht, sondern gebe Woronzow recht. Schreib’ ihm in diesem Sinne.“

„Zu Befehl,“ sagte Tschernyschew, stand auf und verneigte sich zum Abschied.

Auch Dolgoruki, der während der ganzen Audienz nur als Antwort auf eine Frage des Zaren ein paar Worte über die Truppenverschiebungen an der Westgrenze geäußert hatte, verabschiedete sich vom Kaiser.

Nach Tschernyschew kam der Generalgouverneur der Westprovinzen, Bibikow, zum Wort. Er berichtete über die Maßnahmen, die er gegen die aufrührerischen, der Bekehrung zum orthodoxen Glauben widerstrebenden Bauern angewandt hatte, und der Kaiser billigte diese Maßnahmen und befahl ihm, alle diejenigen, die den Gehorsam verweigerten, vor ein Kriegsgericht zu stellen. Das hieß nichts mehr und nichts weniger, als sie zum Spießrutenlaufen verurteilen. Einen Zeitungsredakteur, der in seinem Blatte, den Tatsachen gemäß, berichtet hatte, daß auf Befehl des Kaisers einige Tausend Staatsbauern in Apanagebauern umgeschrieben worden seien, befahl er, als gemeinen Soldaten in ein Regiment zu stecken.

„Wenn ich die Bauern habe umschreiben lassen, so geschah es darum, weil ich diese Maßregel für notwendig hielt", sagte der Zar. „Jedenfalls gestatte ich nicht, daß jemand darüber räsonniert."

Bibikow begriff sehr wohl die ganze Grausamkeit der Anordnung, daß die zur unierten Kirche gehörenden Bauern, falls sie nicht zur russischen Kirche übertraten, vor ein Kriegsgericht kommen sollten. Er begriff auch, welche Ungerechtigkeit darin lag, daß jene Staatsbauern – die einzige Kategorie von freien Bauern, die es zu jener Zeit in Rußland gab – nun plötzlich in Apanagebauern, das heißt in Leibeigene der kaiserlichen Familie, umgewandelt werden sollten. Er durfte es jedoch nicht wagen, gegen diese Anordnungen einen Einwand zu erheben. Dem Kaiser zu widersprechen, hieß für ihn nichts anderes, als sich der glänzenden Position berauben, die er durch so viele Jahre innegehabt und weidlich ausgenützt hat. Er verneigte daher gehorsam seinen dunklen graumelierten Kopf, zum Zeichen, daß er bereit sei, die kaiserlichen Befehle, die ebenso grausam wie unvernünftig und eigennützig waren, zur Ausführung zu bringen.

Als Bibikow entlassen war, streckte Nikolaus im Bewußtsein seiner redlich erfüllten Pflicht behaglich seine Glieder, sah auf die Uhr und erhob sich, um sich in den Empfangssaal zu begeben. Er legte seine Uniform mit den Epauletten, den Orden und dem großen Band um und trat in den Saal hinaus, in dem bereits über hundert Menschen, Herren in Uniform und Damen in kostbaren ausgeschnittenen Kleidern, sich in festbestimmter Ordnung aufgestellt hatten, um zitternd und zagend das Erscheinen des Gewaltigen zu erwarten.

Mit leblosem Blick, die Brust weit vorstreckend und den eingeschnürten feisten Leib nach Möglichkeit einziehend, trat er zu den seiner Harrenden hinaus. Er fühlte, daß aller Augen mit dem Ausdruck sklavischer Demut auf ihn gerichtet waren, und nahm eine noch feierlichere Miene an. Da und dort fiel ihm ein bekanntes Gesicht auf, er suchte sich zu erinnern, wen er vor sich habe, blieb stehen, sprach auf russisch oder französisch ein paar Worte und hörte mit einem kalten Ausdruck der leblosen Augen die Erwiderung des Angesprochenen an.

Nachdem der Zar die Glückwünsche zum neuen Jahre empfangen, begab er sich in die Kirche. Wie die Menschen da drinnen im Empfangssaal, so hieß nun auch Gott ihn durch seine Diener willkommen, und er nahm die ihm von den Würdenträgern der Kirche entgegengebrachten Huldigungen, obgleich er sie schon bis zum Überdrusse oft vernommen hatte, mit Genugtuung entgegen. Alles das mußte so sein, weil von ihm das Heil und Glück der ganzen Welt abhing, und wenn die Sache ihn auch ein wenig angriff, so wollte er doch der Welt seine guten Dienste nicht vorenthalten.

Als nach Beendigung des Hauptgottesdienstes der prächtig angezogene, glattgescheitelte Diakon das Zarenlied „Viel Jahre lang" anstimmte und der Sängerchor mit seinen herrlichen Stimmen melodisch einfiel, ließ Nikolaus seinen Blick durch das Gotteshaus schweifen und bemerkte an einem der Fenster die Nelidowa mit ihren prächtigen Schultern. Er verglich sie noch einmal mit dem jungen Mädchen von gestern, und der Vergleich fiel nicht zugunsten der kleinen Schwärmerin aus.

Nach dem Gottesdienste begab sich Nikolaus zur Kaiserin und brachte, mit seinen Kindern und seiner Gemahlin scherzend, einige Minuten im Familienkreise zu. Dann ging er durch die Eremitage zum Hausminister Wolkonskij und wies ihn unter anderem an, aus seiner Privatschatulle der Mutter des jungen Mädchens von gestern eine Jahrespension zu zahlen. Von dort aus unternahm er seinen gewohnten Spaziergang.

Das Diner wurde an jenem Tage im Pompejanischen Saale eingenommen; außer den jüngeren Söhnen des Zaren und des Großfürsten Michail waren der Baron Lieven, Graf Rzewuski, Dolgoruki, der preußische Gesandte und der Flügeladjutant des Königs von Preußen zur Tafel geladen.

Während die Gäste die Ankunft des Kaiserpaares erwarteten, hatten Baron Lieven und der preußische Gesandte miteinander ein interessantes Gespräch über die letzten alarmierenden Nachrichten, die aus Polen eingegangen waren.

„La Pologne et le Caucase sont les deux cancers de la Russie," sagte Lieven. *„Il nous faut 100 000 hommes à peu près dans chacun de ces deux pays."*

Der Gesandte stellte sich höchst verwundert über diese Mitteilung.

„Vous dites, la Pologne …" sagte er.

„Oui, oui, c'était un coup de maître de Metternich de nous en avoir laissé l'embarras …"

In diesem Augenblick trat die Kaiserin mit dem wackelnden Kopfe und dem erstarrten Lächeln im Gesichte ein, und gleich nach ihr kam auch Nikolaus.

Bei Tisch erzählte Nikolaus von der Waffenstreckung Hadschi Murats. Er fügte hinzu, daß der Krieg im Kaukasus nun wohl bald infolge seines Befehls, die Bergbewohner durch Niederschlagen des Waldes und Errichtung eines Festungsgürtels zurückzudrängen, ein Ende nehmen werde.

Der Gesandte warf dem Flügeladjutanten einen Blick zu, noch an diesem Morgen hatten sie miteinander über die unglückliche Schwäche des Zaren, sich für einen großen Strategen zu halten, gesprochen. Jetzt erging sich der Gesandte in lauten Lobeserhebungen über den Kriegsplan des Zaren, der wieder einmal seine glänzende strategische Begabung ins rechte Licht gesetzt habe.

Nach dem Diner begab sich Nikolaus ins Ballett, wo ein ganzes Hundert nackter, nur mit Trikots bekleideter Frauen an ihm vorübermarschierte. Eine der Ballettdamen gefiel ihm ganz besonders, und er ließ den deutschen Ballettmeister in seine Loge kommen, dankte ihm für den Genuß, den er ihm bereitet, und ließ ihm einen Brillantring als Geschenk überreichen.

Als am nächsten Tage Tschernyschew wieder zum Vortrag erschien, schärfte Nikolaus ihm nochmals ganz besonders ein, er solle Woronzow dahin instruieren, daß er jetzt, nachdem Hadschi Murat zu den Russen übergegangen, mit verstärktem Nachdruck die Tschetschna beunruhigen und sie durch einen Kordon einschließen solle.

Tschernyschew schrieb in diesem Sinne an Woronzow, und der zweite Kurier begab sich, wieder ein Dutzend Pferde zu schanden fahrend und ebenso viele Postillone blutig prügelnd, mit seinem Bescheid nach Tiflis zurück.

Sechzehntes Kapitel

In Ausführung dieses Befehls des Zaren Nikolaus wurde sogleich im Januar 1852 ein Überfall auf die Tschetschna unternommen.

Die Truppenabteilung, die mit der Ausführung des Unternehmens beauftragt war, bestand aus vier Bataillonen Infanterie, zweihundert Kosaken und acht Geschützen. Die Kolonne marschierte auf der Heerstraße. Zu beiden Seiten der Kolonne nahmen in ununterbrochener Kette die Jäger in ihren hohen Stiefeln, Halbpelzen und Lammfellmützen, die Büchse auf dem Rücken und die Patronentasche am Bandelier, über Berg und Tal ihren Weg. Wie immer, bewegte sich die Abteilung unter Beobachtung möglichster Stille im Feindesgebiet vorwärts. Nur von Zeit zu Zeit ließ sich beim Herüberschaffen der Geschütze über einen Graben leises Gepolter vernehmen, ab und zu wieherte oder schnaubte ein Artilleriepferd, das den Befehl, es solle in aller Stille marschiert werden, nicht verstand, oder ein Vorgesetzter rief mit rauher, verhaltener Stimme ärgerlich seinen Untergebenen zu, sie sollten darauf achten, daß die Kette sich nicht zu locker auseinanderziehe oder zu weit von der Kolonne entferne. Nur einmal wurde der stille Marsch unterbrochen, als aus der Dornenhecke, die sich zwischen der Schützenkette und der Hauptkolonne befand, plötzlich eine Wildziege mit weißem Bauch und grauem Rücken hervorsprang und ein ebensolcher Bock mit kleinem, nach rückwärts gebogenem Gehörn ihr folgte. Die geängstigten zierlichen Tiere liefen in großen Sätzen, die Vorderbeine weit vorstreckend, auf die Kolonne zu und kamen ihr so nahe, daß die Soldaten schreiend und lachend hinter ihnen hereilen und sie fast mit den Bajonetten aufspießen konnten. Die Tierchen zogen es jedoch vor, wieder kehrt zu machen, brachen durch die Schützenkette hindurch und entwischten, von etlichen Berittenen und Kompagniehunden vergeblich verfolgt, glücklich in die Berge.

Es war noch im Winter, doch die Sonne stieg bereits höher, und um die Mittagszeit, als die am frühen Morgen abmarschierte Kolonne bereits eine gute Anzahl Werst hinter sich hatte, brannte sie so heiß, daß sie den Soldaten lästig wurde und das Auge, wenn es auf die blitzenden Bajonette oder auf die spiegelblanken, die Sonnenstrahlen grell reflektierenden Geschützrohre schaute, einen Schmerz empfand.

Hinter der Kolonne lag der rasch fließende klare Fluß, den sie soeben durchschritten hatten, vor ihr breiteten sich in den flachen Tälern die bestellten Felder und Wiesen aus. Noch weiter nach vorn erhoben sich die geheimnisvollen, von dunklen Waldungen bedeckten Bergzüge. Hinter den dunklen Bergen folgten hohe Felsenmassen, und über ihnen ragten, ganz hoch am Horizont, in ihrer ewigen, unwandelbaren Schönheit, wie im Diamantschmuck schimmernd, die Schneeberge empor.

Vor der fünften Kompagnie schritt in der Feldmütze und dem schwarzen Uniformrock, den Säbel über der Schulter, ein stattlicher, hochgewachsener Offizier namens Butler daher, der erst kürzlich von der Garde zu den kaukasischen Truppen herübergekommen war. Das Gefühl frischer Lebensfreude, verbunden mit der Aufregung, welche die Nähe des Todes und das Bewußtsein, an einem großen, von einem einzigen starken Willen geleiteten Werke teilzunehmen, hervorbringt, erfüllte ihn ganz. Butler kam heute zum zweiten Male in Aktion, und er erwartete jeden Augenblick, daß die feindlichen Kugeln auf ihn niederprasseln würden. Er war überzeugt, daß er weder den Kopf vor den Geschossen der feindlichen Geschütze beugen, noch auf das Pfeifen der Flintenkugeln achten würde, sondern im Gegenteil diesen seinen Kopf, wie er es schon früher getan, noch höher tragen, mit lächelndem Blick die Kameraden und Soldaten betrachten und mit der kaltblütigsten Miene von der Welt über irgend etwas ganz Gleichgültiges plaudern würde.

Die Kolonne war von der gut instand gehaltenen breiten Straße abgebogen und in einen wenig befahrenen, durch ein Maisfeld führenden Weg eingelenkt. Sie näherte sich eben einem jenseits des Feldes befindlichen Laubwald, als plötzlich irgendwoher mit unheimlichem Zischen eine Kugel geflogen kam, die dicht am Wege – da, wo etwa die Mitte der Kolonne marschierte – in das Maisfeld einschlug.

„Jetzt fängt's an," sagte Butler mit heiterem Lächeln zu einem neben ihm herschreitenden Kameraden.

In der Tat zeigte sich gleich darauf am Waldrande ein dichter Trupp von berittenen Tschetschenzen, die einige Feldzeichen mitführten. In der Mitte der Schar sah man deutlich eine große grüne Fahne, und der alte Feldwebel der Kompagnie, der gut und sehr weit sah, meinte zu dem kurzsichtigen Butler, das könne kein anderer als Schamyl selber sein. Die feindliche Schar ritt bergab, erschien dann auf einer Anhöhe zur Rechten und wandte sich wieder talwärts. Der kleine General in dem warmgefütterten schwarzen Uniformrock mit dem weißen Kreuz am Halse und der Lammfellmütze auf dem Kopfe ritt auf seinem Paßgänger zu Butlers Kompagnie heran und befahl ihm, die rechts am Bergabhang niederkletternden Reiter anzugreifen. Butler führte seine Kompagnie rasch nach der angedeuteten Richtung, hatte jedoch kaum den Talgrund erreicht, als in seinem Rücken rasch hintereinander zwei Kanonenschüsse erdröhnten. Er sah sich um: zwei blaue Rauchwolken stiegen über der Artillerieabteilung der Kolonne auf und zogen sich lang durch die Talschlucht hin. Die feindliche Schar hatte nicht erwartet, auf Artillerie zu stoßen, und ging zurück. Butlers Kompagnie nahm das Feuer gegen die Bergbewohner auf, und die ganze Schlucht ward in Pulverdampf gehüllt. Oberhalb des Tales nur sah man, wie die feindlichen Reiter sich eilig zurückzogen und auf die ihnen nachsetzenden Kosaken Feuer gaben. Die Kolonne nahm die Verfolgung der Feinde auf, und als sie die nächste Talschlucht erreichte, erblickte sie auf dem gegenüberliegenden Abhange ein Tschetschenzendorf. Butler stürmte mit seiner Kompagnie im Laufschritt dicht hinter den Kosaken in das Dorf hinein. Von den Einwohnern war niemand zu sehen. Die Soldaten erhielten Befehl, das Getreide und Heu sowie die Hütten niederzubrennen. Dichter, stickiger Rauch erfüllte das ganze Dorf, und die Soldaten schwirrten darin hin und her, schleppten aus den Hütten heraus, was sie darin fanden, und verlegten sich namentlich darauf, die Hühner zu fangen oder zu schießen, welche die Bergbewohner nicht hatten mitnehmen können. Die Offiziere hatten sich ein wenig abseits an einer Stelle, die durch den Rauch nicht so arg belästigt wurde, niedergesetzt und nahmen ihr Frühstück ein. Der Feldwebel brachte ihnen auf einem Brett eine Anzahl Honigscheiben. Von den Tschetschenzen war nichts zu sehen und zu hören. Bald nach Mittag erging das Kommando zum Antreten, wobei Butlers Kompagnie die Nachhut bildete. Kaum hatte die Kolonne sich in Marsch gesetzt, als auch die Tschetschenzen erschienen und sie mit ihren Schüssen zu beunruhigen begannen.

Sobald die Kolonne das offene Feld erreichte, zogen die Bergbewohner sich zurück. Butler hatte keinen einzigen Verwundeten und kehrte in der besten und heitersten Gemütsverfassung heim. Als die Kolonne jetzt, auf dem Rückmarsch, die Furt des Flusses passiert hatte, die sie bereits am Morgen durchwatet hatte, und nun in langem Zuge über die Maisfelder und Wiesen marschierte, traten die Sängerchöre an die Spitze der einzelnen Kompagnien und ließen laut ihre Lieder erschallen. „Ei, wie schmuck, und ei, wie munter ist doch solch ein Jägersmann!" sangen Butlers Leute, und sein Pferd begann unwillkürlich nach dem flotten Takt des Liedes zu marschieren. Der zottige graue Kompagniehund Tresorka lief wie ein besorgter Chef, den Schweif hoch emporhaltend, der Kompagnie voraus. Immer frischer und froher ward Butler zumute. Er sah das Wesen des Krieges im Spiel mit der Gefahr, mit der Möglichkeit des Todes, und dieses Spiel brachte ihm, wenn es glücklich ablief, Belohnungen und die Hochachtung der hiesigen Kameraden wie der Freunde in der Heimat ein. Die andere Seite des Krieges – der Tod so vieler Menschen, die Wunden der Soldaten, der Offiziere, der Bergbewohner – kam ihm, so seltsam das scheinen mag, gar nicht zum Bewußtsein. Um seine poetische Auffassung vom Kriege nicht zu beeinträchtigen, blickte er instinktiv niemals nach den Toten und Verwundeten hin. Auch diesmal achtete er ihrer nicht. Die Kolonne hatte drei Tote und zwölf Verwundete. Butler ging an einem der Gefallenen, der auf dem Rücken dalag, vorüber und sah nur gleichsam mit einem Auge die seltsame Haltung der wachsbleichen Hand und einen dunkelroten Fleck am Kopfe, ohne jedoch weiter hinzublicken. Die Bergbewohner erschienen ihm lediglich als berittene Dschigits, vor denen man auf der Hut sein mußte.

„So also geht es bei uns zu, Väterchen," sagte der Major während einer Pause im Gesange. „Nicht so wie in Ihrem Petersburg: Augen links, Augen rechts! ... Na, nun haben wir unsere Arbeit getan, nun geht's nach Hause. Maruschka wird uns jetzt eine gute Suppe und eine schöne Pastete dazu auftischen. Das soll ein Leben werden –

was? Na, nun singt mal: ‚Als das Morgenrot erschien!'" rief er den Soldaten zu, die alsbald sein Lieblingslied anstimmten.

Es war windstill, und die Luft war so frisch, so rein und durchsichtig, daß die Schneeberge, die wohl an die hundert Werst entfernt waren, ganz nahe zu sein schienen. Sobald die Sänger schwiegen, ließ sich der gleichmäßige Tritt der Soldaten und das Klirren der Waffen vernehmen, gleichsam als Hintergrund der Lieder, die der Sängerchor vortrug. Das Lied, das Butlers fünfte Kompagnie sang, war von einem Junker des Regiments zu dessen Ehren gedichtet, die Melodie lehnte sich an ein bekanntes Tanzmotiv an, und der Refrain lautete: „Ei, wir schmucken, ei, wir schmucken Jägersleut'!"

Butler ritt neben seinem nächsten Vorgesetzten, dem Major Petrow, her, mit dem er zusammenwohnte. Er war von aufrichtigster Freude darüber erfüllt, daß er sich entschlossen hatte, den Dienst in der Garde aufzugeben und nach dem Kaukasus zu gehen. Der Hauptgrund, weshalb er sein Garderegiment verlassen, war, daß er in Petersburg sein Vermögen im Kartenspiel zugesetzt hatte. Er hatte gefürchtet, daß er, falls er noch bei der Garde verbliebe, immer wieder in dieses Laster zurückfallen würde, und so hatte er, zumal er nichts mehr zu verspielen hatte, der Residenz den Rücken gekehrt. Jetzt lagen alle diese Dinge hinter ihm, ein neues Leben hatte begonnen, ein Leben, so kühn, so abwechslungsreich und schön. Selbst sein zerrüttetes Vermögen und seine unbezahlten Schulden hatte er vergessen. Der Kaukasus, der Krieg, die Soldaten, die Offiziere, diese ewig bezechten, gutmütigen, tapferen Jungen, der Major Petrow – alles dies erschien ihm so herrlich, daß er es zuweilen gar nicht glauben konnte, daß er wirklich nicht mehr in Petersburgs verqualmten Spielsalons die Karten bog und voll Grimm gegen den Bankhalter, mit einem dumpfen, schweren Schmerz im Schädel, pointierte, sondern hier in diesem prächtigen Lande unter den wackeren kaukasischen Helden war.

Der Major lebte in wilder Ehe mit der Tochter eines Feldschers zusammen, die zuerst nur seine „Maschka" gewesen war, nach und nach aber zur Maria Dmitrijewna avanziert war. Maria Dmitrijewna war eine hübsche blonde Person mit sehr viel Sommersprossen, etwa dreißig Jahre alt und ohne Anhang. Welches auch ihre Vergangenheit gewesen sein mochte, jetzt war sie jedenfalls die treue Gefährtin des Majors, die ihn pflegte wie eine Kinderfrau, und das hatte der Major, der sich nicht selten bis zur Bewußtlosigkeit betrank, sehr nötig.

Als sie in der Festung anlangten, fanden sie alles so vor, wie der Major es vorausgesagt hatte. Maria Dmitrijewna setzte ihm und Butler sowie den beiden Offizieren der Kolonne, die der Major noch eingeladen hatte, ein ebenso ausgiebiges wie schmackhaftes Mittagessen vor, und der Major aß und trank sich so voll, daß er nicht mehr sprechen konnte und sich auf sein Zimmer begab, um ein Schläfchen zu machen.

Auch Butler war müde, doch im übrigen recht zufrieden mit dem Tage. Er hatte von dem trefflichen kaukasischen Rotwein nur ein klein wenig über den Durst getrunken und ging nun gleichfalls auf sein Zimmer. Kaum hatte er die Kleider abgelegt und sich, die flache Hand unter dem hübschen, lockigen Kopfe, auf dem Bett hingestreckt, als er in einen festen, traumlosen Schlaf verfiel, aus dem ihn nichts so leicht erweckt hätte.

Siebzehntes Kapitel

Das Dorf, das bei dem Überfall zerstört worden war, war dasselbe, in dem Hadschi Murat die Nacht vor seinem Übergang zu den Russen zugebracht hatte. Sado, bei dem Hadschi Murat damals genächtigt hatte, war bei dem Herannahen der Russen mit den Seinigen in die Berge geflüchtet. Als er nach dem Dorfe zurückkehrte, fand er seine Hütte zerstört, das Dach war eingestürzt, die Tür und die Säulen des Altans waren verbrannt und das Innere in widerlicher Weise beschmutzt. Sein Sohn, jener hübsche Knabe mit den blitzenden Augen, der so begeistert auf Hadschi Murat geschaut hatte, war auf einem mit einem Filzmantel bedeckten Pferde tot nach der Moschee gebracht worden. Er war durch einen Bajonettstich in den Rücken getötet. Sados ehrbare Gattin, die Hadschi Murat damals bei seinem Besuche aufgewartet hatte, stand jetzt im zerrissenen Hemd, das ihre welken Brüste den Blicken preisgab, mit zerrauftem Haar über der Leiche des Sohnes, kratzte sich selbst vor Schmerz das Gesicht blutig und wehklagte voll Verzweiflung. Sado war, mit Hacke und Spaten versehen, in Begleitung der Verwandten fortgegangen, um für den Sohn ein Grab zu graben. Der alte Großvater saß, an die Wand der eingestürzten Hütte gelehnt, da, schnitzte mechanisch an einem Stecken und starrte stumpf vor sich hin. Er war soeben erst aus seinem Bienengarten herübergekommen. Die beiden Heuschober, die sich dort befunden hatten, waren verbrannt, die Aprikosen- und Kirschbäume, die er selbst gepflanzt und gehegt hatte, waren zerbrochen und halb verkohlt, und auch die Bienenstöcke samt den Bienen waren ein Opfer der Flammen geworden. In das Wehklagen der Weiber klang das Angstgeschrei der Kinder hinein, und das hungrige Vieh, für das es kein Futter gab, brüllte dazwischen. Die größeren Kinder dachten nicht ans Spiel, sondern schauten mit erschrockenen Augen auf die Erwachsenen. Der Dorfbrunnen war, offenbar vorsätzlich, verunreinigt, so daß die Einwohner auch das Wasser entbehren mußten. Auch die Moschee war in gleicher Weise verunreinigt, und der Mullah mußte sie mit Hilfe der Moscheediener erst wieder säubern. Kein Wort des Hasses gegen die Russen wurde laut. Das Gefühl, das alle Tschetschenzen vom jüngsten bis zum ältesten, diesen Feinden gegenüber hegten, war stärker als der Haß. Sie sagten sich, daß diese russischen Hunde keine Menschen seien, und ein solcher Abscheu und Ekel, ein solches Erstaunen über die sinnlose Grausamkeit dieser Kreaturen ergriff sie, daß der Wunsch, sie auszutilgen, wie man Wölfe, Ratten und giftige Spinnen austilgt, ebenso natürlich erschien wie der Trieb der Selbsterhaltung. Die Einwohner des Dorfes hatten nun die Wahl: entweder, in dieser Feindschaft verharrend, am alten Platze zu verbleiben und mit größter Mühe, auf die Gefahr einer Wiederholung dieses wahnwitzigen Zerstörungswerkes hin, die dem starren Felsen abgerungene Heimstätte wieder herzurichten – oder, dem religiösen Gefühl und der tiefen Abneigung gegen alles Russische zum Trotz sich durch Unterwerfung den Frieden zu erkaufen. Die Ältesten des Dorfes suchten Stärkung im Gebet und beschlossen einmütig, Boten zu Schamyl zu senden und ihn um Hilfe zu bitten. Dann machten sie sich sogleich daran, das Zerstörte wieder herzustellen.

ACHTZEHNTES KAPITEL

Am Tage nach dem Überfall verließ Butler ziemlich spät am Vormittag auf der Hintertreppe das Haus, um bis zum Frühstückstee, den er gewöhnlich mit Petrow zusammen trank, sich auf der Straße zu ergehen und frische Luft zu schöpfen. Die Sonne war bereits über den Bergen emporgestiegen, und die Augen schmerzten ihn, als er nach der rechten Seite der Straße hinübersah, wo die weißgetünchten, grell beleuchteten Häuser sich erhoben. Um so herzerfrischender und wohliger wirkte der Anblick der sich zur Linken hinziehenden, von dunklem Waldesdickicht bedeckten Berge, hinter denen sich die schimmernde Kette der Schneegipfel erhob, die von weitem dichtgeballten weißen Wolkenmassen glichen. Butler schaute nach den Bergen hinüber, sog die frische Luft in vollen Zügen ein und war von Freude darüber erfüllt, daß er – gerade er lebte, noch dazu an einem so herrlichen Orte.

Ein klein wenig freute es ihn auch, daß er sich gestern so trefflich gehalten hatte, beim Hinmarsch sowohl wie namentlich beim Rückmarsch, der sich ziemlich unangenehm gestaltet hatte. Auch die Erinnerung an den gestrigen Abend bereitete ihm Freude – wie er nach dem kühnen Marsche mit den Kameraden von Maria Dmitnjewna, der Freundin Petrows, bewirtet worden war, und wie sie mit allen, namentlich aber, wie ihm schien, mit ihm so lieb und nett gewesen war. Mit ihrem vollen Haar, den breiten Schultern, dem vollen Busen und dem strahlenden Lächeln in dem mit Sommersprossen übersäten gutmütigen Gesichte übte sie unwillkürlich auf den jugendlichen, kräftigen, unverheirateten Butler einen starken Eindruck aus, und es schien ihm, daß auch er ihr nicht gleichgültig sei. Er war jedoch der Meinung, daß es eine Schlechtigkeit gegenüber dem gutmütigen, braven Kameraden gewesen wäre, wenn er sich Maria Dmitnjewna genähert hätte, und so verkehrte er mit ihr auf durchaus anständigem, ehrerbietigem Fuße. Und er freute sich darüber, daß er sich in diesem Punkte zu beherrschen wußte.

Eben, wie er auf der Straße daherschritt, dachte er hierüber nach, als seine Gedanken durch deutlich vernehmbares Pferdegetrappel, das auf der staubigen Straße näher und näher kam, abgelenkt wurden. Es mußte offenbar ein größerer Reitertrupp sein, der sich da auf ihn zu bewegte. Er blickte auf und sah am Ende der Straße eine

Schar von Reitern: an der Spitze von etwa zwanzig Kosaken ritten zwei Männer, der eine in einer weißen Tscherkeska und einer hohen, turbanumschlungenen Lammfellmütze, der andere ein russischer Offizier, brünett, mit einer Adlernase, in reichem Silberschmuck an Kleidern und Waffen. Der Reiter im Turban saß auf einem prächtigen Fuchs mit kleinem Kopfe, schönen, funkelnden Augen, weißer Mähne und ebensolchem Schweife. Der Offizier ritt ein großes, schmuckes karabachisches Pferd. Butler, der sich gut auf Pferde verstand, wußte das treffliche Tier des Turbanträgers sogleich richtig einzuschätzen und blieb stehen, um zu hören, wer diese Leute wären.

Der Offizier wandte sich an Butler und fragte: „Ist dies das Haus des Platzkommandanten?"

Er sprach das Russische ein wenig mit etwas fremdartiger Betonung, und man hörte ihm sogleich an, daß er nicht von russischer Herkunft war.

Butler bejahte seine Frage.

„Wer ist denn dieser da?" fragte Butler, an den Offizier herantretend und nach dem Manne im Turban hinüberblinzelnd.

„Das ist Hadschi Murat. Er ist hierher geritten und will beim Platzkommandanten bleiben," sagte der Offizier.

Butler hatte von Hadschi Murat und seinem Übertritt zu den Russen gehört, doch hätte er nie erwartet, daß er ihn hier, in der kleinen Grenzfestung, zu Gesicht bekommen würde.

Hadschi Murat warf ihm einen freundlichen Blick zu.

„Sei willkommen – *kotkilda,*" sagte Butler, mit seinem bißchen Tatarisch prahlend.

„*Sa-ubul*", antwortete Hadschi Murat kopfnickend. Er ritt an Butler heran und reichte ihm die Hand, an deren beiden zwei kleinsten Fingern die Reitpeitsche hing.

„Der Kommandant?" fragte er.

„Nein, der Kommandant ist im Hause, ich will ihn rufen," sagte Butler zu dem Offizier, ging die Treppe hinauf und suchte die Tür zu öffnen. Die auf „die Paradetreppe," wie Maria Dmitrijewna sie nannte, hinausgehende Tür war indes verschlossen. Butler klopfte dagegen, und als niemand im Hause sich meldete, ging er um das Haus herum und trat von der Hintertreppe aus ein. Er rief seinen Burschen, und als dieser sich nicht meldete und ebensowenig zu finden war wie der Bursche des Majors, begab er sich nach der Küche. Maria Dmitrijewna hantierte hier, ganz rot im Gesichte, mit einem Tuche auf dem Kopfe, und die Ärmel über den runden weißen Armen hoch aufgestreift, eifrig herum – sie war gerade dabei, den flachgerollten Teig, der ebenso weiß war wie ihre Arme, in kleine Streifen zu schneiden und Pasteten davon zu bereiten.

„Wo stecken eigentlich die Burschen?“ fragte Butler.

„Sie werden irgendwo in der Schenke sein,“ sagte Maria Dmitrijewna. „Warum fragen Sie?“

„Sie sollen die Tür aufschließen; eine ganze Schar von Bergbewohnern hält vor dem Hause. Hadschi Murat ist angekommen.“

„Was für Geschichten erzählen Sie da!“ sagte Maria Dmitrijewna lächelnd.

„Ich scherze nicht, es ist wahr. Er hält draußen an der Treppe.“

„Wirklich?“ fragte Maria Dmitrijewna höchst erstaunt.

„Meinen Sie, ich würde mir das aus den Fingern saugen? Sehen Sie doch selbst nach, er steht draußen.“

„Nun sag’ einer! So was!“ sagte Maria Dmitrijewna, streifte ihre Ärmel herunter und steckte die Haarnadeln in dem dicken Zopfe fester. „Dann will ich doch gleich Iwan Matwjejewitsch wecken. Und du, Bondarenko,“ sprach er zu dem Burschen des Majors, der soeben auf der Bildfläche erschien, „schließ die Tür auf.“

„Nun, meinetwegen mag er dastehen,“ sagte Maria Dmitrijewna und machte sich wieder an die Arbeit.

Der Major hatte schon davon gehört, daß Hadschi Murat in Grosnaja angekommen sei. Als nun Butler ihm erzählte, daß er draußen vor dem Hause halte, war er durchaus nicht besonders erstaunt, sondern brummte nur ärgerlich in den Bart hinein, warum ihm die Vorgesetzten diesen Satan auf den Hals schickten. Langsam erhob er sich von seinem Lager, drehte sich eine Zigarette zurecht, zündete sie an und begann, während er abwechselnd sich räusperte und schimpfte, seine Toilette zu machen. Als er angezogen war, befahl er seinem Burschen, ihm die Medizin zu reichen. Der Bursche wußte, daß er unter der Medizin den Branntwein verstand, und reichte ihm die Flasche.

„Nichts ist schlimmer, als wenn man alles durcheinander trinkt,“ brummte er, nachdem er ein großes Glas Branntwein heruntergetrunken und ein Stück Schwarzbrot nachgegessen hatte. „Da hab’ ich nun gestern diesen Rotwein versucht, und nun tut mir der Kopf weh. Na, jetzt bin ich fertig," sagte er und begab sich nach dem Wohnzimmer, wohin Butler inzwischen Hadschi Murat und den ihn begleitenden Offizier geführt hatte.

Der Offizier, der mit Hadschi Murat gekommen, überbrachte dem Major den Befehl des Oberstkommandierenden des linken Flügels, Hadschi Murat bei sich unterzubringen und ihm den Verkehr mit den Bergbewohnern durch Sendboten zu gestatten, ihn jedoch nie anders als unter einer Kosakenbedeckung aus der Festung herauszulassen.

Iwan Matwjejewitsch las die ihm übergebene Order, sah Hadschi Murat durchdringend an und vertiefte sich dann wieder in die Lektüre des Schriftstückes. Nachdem er in dieser Weise seine Augen mehrmals zwischen dem Schriftstück und Hadschi Murat hatte hin und her wandern lassen, ließ er sie schließlich auf seinem Gaste ruhen und sagte: „*Jakschi, bek, jakschi.* Er kann hier bleiben. Sagen Sie ihm, daß ich Order habe, ihn nicht hinauszulassen. Und solch eine Order ist ein Heiligtum. Was seine Unterbringung anlangt – ja, was meinst du, Butler: vielleicht richten wir ihm die Kanzlei ein?"

Noch hatte Butler keine Zeit zur Antwort gefunden, als Maria Dmitrijewna, die aus der Küche herbeigekommen war und in der offenen Tür stand, sich zum Major wandte: „Warum denn? Er kann doch hier bleiben. Wir richten ihm das Gastzimmer und die kleine Kammer ein. Dann hat man ihn wenigstens unter den Augen," sagte sie und warf dabei einen Blick auf Hadschi Murat, sah jedoch sogleich wieder fort, als sie seinen Augen begegnete.

„Ich meine, daß Maria Dmitrijewna recht hat," sagte Butler.

„Nun, nun, geh schon, das sind hier keine Weibergeschäfte," versetzte Iwan Matwjejewitsch stirnrunzelnd.

Während dieser ganzen Unterhaltung hatte Hadschi Murat, die Hand auf dem Dolchgriff und ein feines spöttisches Lächeln um den Mund, dagesessen. Er sagte, es sei ihm ganz gleichgültig, wo man ihn unterbringe. Es komme ihm nur darauf an, mit den Bergbewohnern in Beziehungen zu treten, was ihm der Sardar erlaubt habe. Er wünsche daher, daß man ihnen den Zutritt zu ihm nicht verwehre. Der Major sagte, dem stehe nichts entgegen, und bat Butler, den Gast so lange zu unterhalten, bis das Frühstück aufgetragen würde und die Zimmer für Hadschi Murat in Ordnung wären. Er selbst müsse nach der Kanzlei, um seinen Bericht zu machen und die nötigen Anordnungen zu treffen.

Hadschi Murats Verhältnis zu seinen neuen Bekannten nahm von vornherein einen ganz bestimmten Charakter an. Gegen Iwan Matwjejewitsch hegte er vom ersten Augenblick an eine ausgesprochene Abneigung und Geringschätzung und behandelte ihn von oben herab. An Maria Dmitrijewna, die ihm das Essen bereitete und auftrug, fand er einen ganz besonderen Gefallen. Ihr einfaches Wesen, der eigene Reiz ihrer ihm fremdartigen Schönheit und das Gegengefühl, das ihr offenkundiges Interesse für ihn in ihm hervorrief, machten ihm ihre Erscheinung überaus angenehm. Er bemühte sich, sie nicht anzusehen und nicht mit ihr zu sprechen, unwillkürlich jedoch wandten sich seine Augen ihr zu und verfolgten jede ihrer Bewegungen.

Zu Butler trat er sogleich vom Beginn ihrer gegenseitigen Bekanntschaft an in sehr freundschaftliche Beziehungen. Er unterhielt sich gern mit ihm, fragte ihn über seine Vergangenheit aus, erzählte ihm mancherlei von seiner eignen Person, teilte ihm mit, was die bei ihm erscheinenden Landsleute ihm von dem Schicksal seiner Familie berichteten, und fragte ihn sogar um Rat, was er tun solle. Die Nachrichten, die ihm die Sendboten aus dem Gebirge brachten, waren nicht die besten. Zweimal erhielt er während der ersten vier Tage, die er in der Festung verbrachte, Besuch von drüben, und beide Male war es schlimme Kunde, die sie ihm zutrugen.

Neunzehntes Kapitel

Hadschi Murats Familie war bald, nachdem er selbst sich zu den Russen begeben hatte, nach Schamyls Residenz gebracht worden, wo sie unter strenger Bewachung gehalten wurde, bis der Imam ihr Schicksal entschieden hatte. Die Frauen – die alte Mutter Patimat und die beiden Gattinnen Hadschi Murats – wohnten samt den vier jüngeren Kindern unter strenger Aufsicht in dem Hause des Unterführers Ibrahim Raschid, während Hadschi Murats achtzehnjähriger Sohn Jussuf im Kerker saß. Dieser Kerker bestand aus einem mehrere Ellen tiefen dunklen Loche, in dem Jussuf mit sieben Verbrechern, die gleich ihm der Entscheidung ihres Schicksals harrten, festgehalten wurde.

Die Entscheidung über das Schicksal der Gefangenen verzögerte sich darum, weil Schamyl abwesend war. Er war auf einem Kriegszuge gegen die Russen begriffen.

Am 6. Januar 1852 kehrte Schamyl nach einem Zusammenstoß mit den Russen zurück, bei dem er nach der Meinung der Russen eine Schlappe erlitten und die Flucht ergriffen hatte, während er nach seiner und aller Muriden Auffassung den Sieg davongetragen und die Russen vertrieben hatte. Er hatte in diesem Treffen, was nicht oft geschah, selbst eine Büchse auf die Feinde abgefeuert und war mit geschwungenem Säbel auf sie losgesprengt, daß seine Muriden ihn mit Gewalt zurückhalten mußten. Zwei von ihnen hatten dabei an seiner Seite den Tod erlitten.

Es war um die Mittagsstunde, als Schamyl in Begleitung einer Schar von Muriden, die um ihn herum ihre Rosse tummelten, ihre Büchsen und Pistolen in die Luft abschossen und ohne Aufhören ihr *„La illach il allah"*[8] sangen, in seinem Hauptorte Dargo erschien.

Die ganze Bevölkerung der großen Ortschaft stand auf der Straße und auf den Hausdächern, um den Gebieter würdig zu empfangen. Man feuerte, um die Feierlichkeit des Einzugs zu erhöhen, gleichfalls aus Büchsen und Pistolen in die Luft. Schamyl ritt auf einem weißen arabischen Rosse, das bei der Annäherung an das Haus seines Herrn lebhaft und munter den Kopf in den Zügeln bewegte. Sattel- und Zaumzeug waren im übrigen von recht schlichter Art, weder Gold noch Silber blinkten daran: Der Zügel bestand aus einem in der Mitte mit einem dunklen Streifen verzierten roten Riemen aus feinem Leder, die Steigbügel waren einfache runde Metallhülsen, und die unter dem Sattel hervorschauende Schabracke war aus schlichtem roten Tuch verfertigt. Der Imam trug einen braun überzogenen, am Halse und an den Ärmeln mit schwarzem Rauchwerk besetzten Schafpelz, der um die schlanken Hüften mit einem Riemen umgürtet war. Ein Dolch steckte in dem einfachen Gürtel. Auf dem Kopfe trug er eine hohe Lammfellmütze mit flachem Deckel, schwarzer Troddel und einem weißen Turban, dessen Ende über den Hals herabhing. Die Füße steckten in grünen Schuhen, und

---

[8] „Es ist nur ein Gott".

über die Waden hatte er schwarze, mit einfacher Schnur besetzte Lederstrümpfe gezogen.

Nichts Schimmerndes, kein Gold- oder Silberschmuck, war an dem Imam zu sehen. Seine hohe, gerade, stattliche Gestalt in der schmucklosen Kleidung machte inmitten der Muridenschar, deren Kleider und Waffen reich mit Gold und Silber verziert waren, einen überaus ernsten Eindruck. Und dieser Ernst seiner Erscheinung war es, der auf das Volk jene starke, von Schamyl wohl berechnete Wirkung hervorbrachte. Sein blasses, von dem gestutzten roten Vollbart umrahmtes Gesicht mit den stets halb geschlossenen kleinen Augen hatte in seiner Unbeweglichkeit einen starren, steinernen Ausdruck. Während er die Straße entlangritt, fühlte er wohl, daß Tausende von Augen auf ihn gerichtet waren, er selbst jedoch würdigte niemanden auch nur eines Blickes.

Auch Hadschi Murats Frauen waren mit den übrigen Hausbewohnern zusammen auf den Altan hinausgekommen, um den Einzug des Imam mit anzusehen. Nur die alte Patimat, Hadschi Murats Mutter, war in der Hütte zurückgeblieben – die langen, hageren Arme um die Knie geschlungen, saß sie dort auf dem Fußboden, während das aufgelöste graue Haar über ihre Schultern herabfiel. Mit den stechenden schwarzen Augen blinzelnd, schaute sie auf die verglimmenden Zweige im Kamin. Gleich ihrem Sohne hatte sie Schamyl stets gehaßt und wollte ihn jetzt so wenig wie früher sehen.

Auch Jussuf, der Sohn Hadschi Murats, bekam den feierlichen Einzug Schamyls nicht zu sehen. Er hörte nur in seiner finsteren, von üblen Dünsten erfüllten Grube die Freudenschüsse und den Gesang und empfand heftigen Schmerz über seine Einschließung, wie nur ein von Lebenslust und Lebenskraft strotzender Jüngling, den man der Freiheit beraubt, sie empfinden kann. Draußen war alles heller Jubel – und er saß in dem düsteren Loche und sah nur immer diese unglücklichen, schmutzigen, verhärmten Gesichter seiner Kerkergenossen, die voll Bosheit waren und zumeist einander gegenseitig haßten. Er beneidete jene Glücklichen, die in Licht, Luft und Freiheit auf ihren schmucken Rossen sich um den Gebieter tummeln, ihre Büchsen losknallen und freudig ihr „*La illach il allah*“ rufen konnten.

Nachdem Schamyl den Ort passiert hatte, lenkte er in einen großen Hof ein, an den sich ein zweiter innerer Hof anreihte. In diesem befand sich Schamyls Serail. Zwei bewaffnete Lesghier empfingen

Schamyl an dem offenen Tore des ersten Hofes, in dem sich eine große Menge Volkes versammelt hatte. Die einen waren von fernher gekommen, um über ihre Angelegenheiten mit Schamyl zu reden, andere waren einfach Bettler, und noch andere waren erschienen, um sich vor ihm als Richter zu verantworten und sein Urteil entgegenzunehmen. Als Schamyl auf den Hof geritten kam, erhoben sich alle Anwesenden und begrüßten den Imam ehrerbietig, indem sie die Hände auf die Brust legten. Einige knieten nieder und verblieben in dieser Haltung, bis Schamyl den Hof vom äußeren bis zum inneren Tore durchmessen hatte. So manches Gesicht, dessen Anblick ihm unangenehm war, und so manchen lästigen Bittsteller erkannte Schamyl unter den Wartenden, doch ritt er an allen mit demselben unbeweglich starren Gesichte vorüber, lenkte in den inneren Hof ein und stieg an der Galerie seiner Behausung, links vom Tore, ab. Nach den Anstrengungen des Kriegszuges, der zwar von Schamyl und den Seinigen als Sieg gefeiert wurde, aber doch in Wirklichkeit ein Mißerfolg war, sehnte sich Schamyl jetzt nur nach Ruhe. Abgesehen von der Einäscherung und Zerstörung zahlreicher Tschetschenzendörfer hatte dieser Zug zur Folge, daß das wankelmütige Volk in den Bergen unsicher und der Unterwerfung unter das russische Regiment zugänglich gemacht war, und Schamyl war von der Notwendigkeit von Gegenmaßregeln fest überzeugt. Jetzt aber lagen ihm diese Gedanken fern. Im Schoße der Familie, unter den Liebkosungen der schwarzäugigen, schnellfüßigen Aminet, seiner achtzehnjährigen Lieblingsgattin, wollte er sich zunächst von den überstandenen, mehr geistigen als körperlichen Strapazen erholen.

Doch noch war er weit davon entfernt, die Geliebte in seine Arme schließen zu können. Er konnte es sich wohl denken, daß sie dort hinter dem Zaune, der quer durch den innern Hof lief und die Wohnung der Frauen von den Räumen für die Männer trennte, seiner erwartungsvoll harrte, ja er war davon überzeugt, daß sie jetzt, im Augenblick, da er aus dem Sattel stieg, mit den anderen Frauen durch eine Spalte im Zaun nach ihm Ausschau hielt. Aber er konnte doch nicht so ohne weiteres zu ihr hineingehen und sich auf dem schwellenden Pfühl an ihrer Seite zur Ruhe legen. Er mußte zunächst, so wenig Lust er auch dazu verspürte, sein Nachmittagsgebet verrichten, das er schon als religiöser Führer und Berater seines Volkes nicht unterlassen durfte, und das als geistige Speise ihm so notwendig geworden war wie das tägliche Brot. So erledigte er denn die Waschungen wie das Gebet und ging dann an den Empfang aller jener, die ihn zu sprechen wünschten.

Zunächst erschien vor ihm sein Lehrer und Schwiegervater Dschemal Eddin, ein hochgewachsener, stattlicher Greis mit schneeweißem Barte und frischem rotem Gesichte. Er verrichtete sein Gebet, fragte Schamyl, wie sein Kriegszug verlaufen wäre, und berichtete ihm, was während seiner Abwesenheit in den Bergen sich ereignet hatte.

Allerhand Nachrichten bekam da Schamyl zu hören: von Morden, die auf Grund der Blutrache begangen worden waren, von Viehdiebstählen, von Vergehen gegen die Vorschriften des „Tarikat“[9], die den Genuß des Tabaks und des Weines verboten, und zuletzt teilte Dschemal Eddin dem Imam auch mit, daß Hadschi Murat heimlich Leute gesandt habe, die seine Familie zu den Russen bringen sollten. Sein Anschlag sei jedoch entdeckt worden, und man habe Hadschi Murats Familie hier am Orte untergebracht, wo sie unter strenger Bewachung seines Urteils harre. Im anstoßenden Gastzimmer seien die ältesten aus den Nachbargauen versammelt, um über diese Dinge zu beraten. Dschemal Eddin riet dem Imam, sie noch heute zu entlassen, da sie bereits drei Tage auf ihn gewartet hätten.

Schamyls älteste Gattin, die spitznasige, schwarze, häßliche Saider, für die der Imam nur wenig übrig hatte, trat ein und trug ihm das Mittagsmahl auf. Nachdem er dieses verzehrt, begab er sich nach dem Beratungszimmer.

Sechs Greise mit weißem, grauem oder rotem Vollbart erhoben sich bei Schamyls Eintritt von ihren Sitzen. Es war der hohe Rat, der Schamyl zur Seite stand. Sie trugen alle neue Kleider und den Riemen mit dem Dolche über Beschmet und Tscherkeska. Auf dem Kopfe saß die Lammfellmütze, mit dem Turban[10] oder ohne diesen. Schamyl überragte sie alle um Haupteslänge. Seinem Beispiel folgend, hoben sie alle die Arme mit den gegen einander gekehrten Handflächen empor, schlossen die Augen und beteten, worauf sie

---

[9] Religiöse Lehre der Muriden.

[10] Den Turban trägt, wer eine Pilgerfahrt nach Mekka oder einer andern heiligen Stätte gemacht hat.

mit den Händen sich über das Gesicht fuhren und am unteren Bartende beide Hände vereinigten. Hierauf setzten sich alle rings um Schamyl herum, der auf erhöhtem Pfühl mitten unter ihnen saß, und machten sich an die Beratung der zu entscheidenden Angelegenheit.

Über die Verbrechen, die zur Aburteilung gelangten, wurde nach den Vorschriften des „Schariat“[11]. entschieden: zwei Diebe wurden zum Abschlagen der Hände, ein Mörder zum Tode verurteilt; drei Angeklagte wurden freigesprochen. Hierauf gelangte der Hauptpunkt der Tagesordnung zur Verhandlung: wie am besten der Übergang der Tschetschenzen zu den Russen verhindert werden könne. Dschemal Eddin hatte, um diesem Übel zu steuern, eine Kundgebung entworfen, die also lautete:

„Ich wünsche euch, daß ihr in ewigem Frieden leben möget mit Gott dem Allmächtigen. Ich höre, daß die Russen euch umschmeicheln und zur Unterwerfung auffordern. Glaubet ihnen nicht und unterwerft euch nicht, sondern duldet. Wenn euch dafür in diesem Leben kein Lohn zuteil wird, dann werdet ihr im Jenseits belohnt werden. Bedenket, wie sie es früher machten, als sie euch die Waffen abnahmen. Wenn euch damals, im Jahre 1840, Gott nicht erleuchtet hätte, würdet ihr jetzt alle in russischen Soldatenkitteln stecken, und eure Frauen würden keine Pumphosen mehr tragen und würden entehrt sein. Beurteilet die Zukunft nach der Vergangenheit. Es ist besser, in Feindschaft mit den Russen zu sterben, als mit den Ungläubigen zusammen zu leben. Harret aus, und ich werde mit dem Koran und dem Säbel zu euch kommen und euch gegen die Russen führen. Für jetzt befehle ich euch, jede Absicht, ja jeden leisesten Gedanken einer Unterwerfung unter die Russen aus eurer Seele zu verbannen.“

Schamyl billigte diese Bekanntmachung, unterschrieb sie und beschloß, sie überall im Volke zu verbreiten.

Hierauf kam die Angelegenheit Hadschi Murats zur Verhandlung, die für Schamyl ganz besonders wichtig war. Er wußte sehr wohl – wenn er es auch nicht offen zugab – daß die Schlappe, die er jetzt in der Tschetschna erlitten, ihn nicht betroffen hätte, wenn Hadschi Murat mit seiner Gewandtheit, Kühnheit und Tapferkeit ihm zur Seite gestanden hätte. Es wäre nur vorteilhaft für ihn gewesen,

[11] Lehre des Koran.

wenn er sich mit Hadschi Murat versöhnt und ihn wieder seiner Sache dienstbar gemacht hätte. Für den Fall aber, daß dies ausgeschlossen war, durfte er nicht zulassen, daß jener sich auf die Seite der Russen stellte, und daher war es unbedingt notwendig, ihn auf die eine oder andere Weise aus dem Wege zu schaffen. Dies konnte entweder so geschehen, daß ein sicherer Mann nach Tiflis entsandt wurde, der ihn dort tötete, oder daß man ihn herüberlockte und ihm hier den Garaus machte. Das sicherste Mittel, ihn zur Rückkehr zu bewegen, war, ihm die Befreiung seiner Familie in Aussicht zu stellen, insbesondere den Loskauf seines Sohnes, den Hadschi Murat, wie Schamyl wohl bekannt war, über alles liebte. Dieses Sohnes also mußte man sich bedienen, um den Vater in die Gewalt zu bekommen. Als die Ratgeber über diese Fragen verhandelten, schloß Schamyl die Augen und schwieg.

Die Ratgeber wußten, was dies zu bedeuten hatte: daß er jetzt auf die Stimme des Propheten lauschte, die ihm eingab, was er zu tun habe.

Nachdem wohl fünf Minuten lang feierliches Schweigen geherrscht hatte, öffnete Schamyl die Augen, kniff sie noch enger als sonst zusammen und sprach:

„Führet mir den Sohn Hadschi Murats vor."

„Er ist hier", sagte Dschemal Eddin.

In der Tat wartete Jussuf, der Sohn Hadschi Murats, mager, blaß, in Lumpen gekleidet und nach dem dumpfen Kerkerloch riechend, aber immer noch schön an Antlitz und Gestalt, mit den blitzenden schwarzen Augen, die auch seine Großmutter Patimat besaß, am Tore des äußeren Hofes, ob man ihn nicht bald rufen würde.

Jussuf teilte die feindseligen Gefühle nicht, die sein Vater gegen Schamyl hegte. Er kannte nicht die ganze Vergangenheit, oder, wenn er sie auch kannte, so hatte er sie doch nicht selbst durchlebt und begriff daher nicht, weshalb sein Vater von solchem Haß gegen Schamyl erfüllt war. Er hatte nur den einen Wunsch: das leichte, lustige Leben, das er als Sohn des Nahib in Chunsach geführt hatte, wieder aufnehmen zu können, und darum schien es ihm ganz überflüssig, diese Feindschaft gegen Schamyl zu nähren. Im Gegensatz zum Vater, ja ihm zum Trotz, war er von Begeisterung für Schamyl erfüllt und teilte die Verehrung für ihn, welche die Bergbewohner allgemein für den Imam hegten. Mit einem ganz besonderen Gefühl bebender Ehrfurcht trat er jetzt in das Zimmer, in dem die Ratgeber saßen, blieb an der Tür stehen und begegnete, als er aufsah, dem grimmen Blicke, den Schamyl aus den halbgeschlossenen Augen auf ihn richtete. Er stand eine Weile da, trat dann auf Schamyl zu und küßte seine große weiße Hand mit den langen Fingern.

„Du bist der Sohn Hadschi Murats?"

„Ich bin es, Imam."

„Du weißt, was dein Vater getan hat?"

„Ich weiß es, Imam, und ich bedaure es."

„Kannst du schreiben?"

„Ich sollte ein Mullah werden und wurde unterrichtet."

„Dann schreib deinem Vater, daß, wenn er bis zum Beiram zu mir zurückkehrt, ich ihm verzeihe und alles beim alten bleiben soll, wenn er mir dagegen trotzt und bei den Russen bleibt" – Schamyls Züge nahmen einen drohenden Ausdruck an – „ich deine Großmutter, deine Mutter und all die andern auf die Dörfer verteilen, dir aber den Kopf abschlagen lasse."

Nicht ein Muskel zuckte in Jussufs Gesichte, er neigte nur den Kopf zum Zeichen, daß er Schamyls Worte verstanden habe.

„Schreib ihm dies und gib den Brief meinem Boten", sagte Schamyl und sah dann Jussuf lange schweigend an.

„Oder schreib ihm, daß ich dich begnadigt habe und dich nicht töten, sondern dir nur die Augen ausstechen lassen werde, wie ich es mit allen Verrätern mache. Nun geh."

Jussuf erschien in Schamyls Gegenwart vollkommen ruhig, als er jedoch das Beratungszimmer verlassen hatte, stürzte er sich auf den Mann, der ihn führte, zog dessen Dolch aus der Scheide und wollte sich damit töten, doch fiel ihm jener in den Arm, und er ward gefesselt und wieder nach dem Kerker zurückgebracht.

Als es dunkel geworden und das Nachtgebet verrichtet war, zog Schamyl seinen besten weißen Pelz an, begab sich hinter den Zaun nach jenem Teile des Hofes, in dem seine Frauen wohnten, und trat in Aminets Zimmer. Doch Aminet war nicht anwesend, sie weilte bei den älteren Frauen. Da trat Schamyl, der nicht wollte, daß man ihn bemerke, hinter die Zimmertür und erwartete sie da. Aminet aber war böse auf Schamyl, weil er Saider mit einem Stück Seidenstoffes beschenkt hatte, während sie leer ausgegangen war. Sie hatte wohl gemerkt, wie er herübergekommen und in ihr Zimmer eingetreten war, doch ging sie absichtlich nicht zu ihm und ließ ihn warten. Lange stand sie in der Tür von Saiders Zimmer und blickte still lächelnd nach der weißen Gestalt des Imams, der unruhig bald aus ihrem Zimmer herauskam, bald wieder eintrat. Nachdem Schamyl eine ganze Weile vergeblich gewartet hatte, begab er sich, als bereits die Zeit zum Nachtgebet herangerückt war, nach seinen Gemächern zurück.

Zwanzigstes Kapitel

Seit einer Woche bereits verweilte Hadschi Murat in der Festung, als Gast des Majors Petrow. Maria Dmitrijewna hatte ihren Ärger mit dem zottigen Chanefi, den Hadschi Murat neben Eldar allein zu seiner Bedienung behalten hatte – ewig stritt sie sich mit dem Awaren herum und mußte ihn einmal sogar aus der Küche hinauswerfen, weil er ihr beinahe den Hals abgeschnitten hatte. Das hinderte sie jedoch nicht, für Hadschi Murat ein ganz besonderes Gefühl der Hochachtung und Sympathie zu empfinden. Sie bediente ihn jetzt nicht mehr bei Tische, hatte dieses Amt an Eldar abgegeben, doch benutzte sie jede Gelegenheit, ihn zu sehen und ihm gefällig zu sein. Sie interessierte sich auch sehr lebhaft für die Unterhandlungen, die seiner Familie wegen geführt wurden, wußte, wieviel Frauen und Kinder er hatte, und wie alt jedes von ihnen war. Sie erkundigte sich jedesmal, wenn ein Bote aus dem Gebirge bei ihm erschien, wie weit die Verhandlungen gediehen wären.

Butler hatte während dieser Woche mit Hadschi Murat die intimste Freundschaft geschlossen. Abwechselnd kam entweder Hadschi Murat auf sein Zimmer, oder er nach dem Zimmer des Gastes. Zuweilen bedienten sie sich bei ihrer Unterhaltung eines Dolmetschers, doch mußte es öfters auch ohne einen solchen gehen, wobei ihnen allerhand Zeichen, und namentlich auch das Lächeln, als Verständigungsmittel dienten. Hadschi Murat hatte offenbar Butler liebgewonnen, was unter anderem auch aus dem Verhalten Eldars gegen diesen ersichtlich war. Sobald Butler in Hadschi Murats Zimmer trat, begrüßte Eldar ihn mit einem freudigen Lächeln, das seine blitzenden weißen Zähne zeigte, legte ihm eilig die Kissen zurecht, damit er sich setze, und nahm ihm den Säbel ab, wenn er ihn umgeschnallt hatte.

Butler hatte auch die nähere Bekanntschaft des zottigen Chanefi, des Blutsbruders von Hadschi Murat, gemacht. Chanefi kannte viele Lieder der Bergbewohner auswendig und trug sie sehr gut vor. Um Butler eine Freude zu bereiten, ließ Hadschi Murat den Awaren öfters ein Lied singen, das er selbst auszuwählen pflegte. Chanefi besaß einen hohen Tenor und sang ungewöhnlich klar und ausdrucksvoll. Eins seiner Lieder gefiel Hadschi Murat ganz besonders und machte mit seinem feierlich-melancholischen Refrain auch auf Butler einen tiefen Eindruck. Butler ließ sich durch den Dolmetscher den Inhalt des Liedes übersetzen.

Das Lied bezog sich auf die Blutrache, die früher zwischen Chanefi und Hadschi Murat bestanden hatte, und sein Wortlaut war folgender:

„Die Erde wird trocknen auf meinem Grabe, und du wirst mein vergessen, geliebte Mutter. Gras wird wachsen über meiner Gruft, und es wird deinen Schmerz überwuchern, mein alter Vater. Die Tränen werden trocknen in den Augen meiner Schwester, und der Gram wird fliehen aus ihrem Herzen.

Du aber, mein älterer Bruder, wirst mich nicht vergessen, bevor du nicht meinen Tod gerächt hast. Und auch du, mein zweiter Bruder, wirst mich nicht vergessen, ehe du nicht neben mir im Grabe liegst.

Glühend heiß bist du, o Kugel, und bringst den Tod, aber warst du nicht meine gehorsame Sklavin? Du wirst mich bedecken, o schwarze Erde, aber haben dich nicht meines Rosses Hufe zerstampft? Du bist kalt, o Tod, aber ich bin doch einmal dein Herr gewesen! Meinen Leib wird die Erde hinnehmen, meine Seele aber wird der Himmel empfangen."

Hadschi Murat lauschte stets mit geschlossenen Augen auf dieses Lied, und wenn seine letzte langgezogene Note verklungen war, sagte er jedesmal zu Butler auf russisch:

„Schönes Lied, kluges Lied."

Die eigenartige, kraftvolle Poesie, die in dem Leben der Bergbewohner lag, machte auf Butler, seit er mit Hadschi Murat und seinen Muriden bekannt geworden, einen ganz besonders starken Eindruck. Er schaffte sich einen Beschmet, eine Tscherkeska und Lederstrümpfe an. Er suchte sich hineinzuleben in das Denken und Fühlen dieser Menschen, in ihre Sitten und Bräuche.

Am Tage vor Hadschi Murats Aufbruch versammelte der Major einige Offiziere in seiner Wohnung zu einer kleinen Abschiedsfeier. Die Offiziere saßen teils beim Tee, den Maria Dmitrijewna ihnen einschenkte, teils an einem zweiten Tische bei Wein, Branntwein und einem Imbiß, als Hadschi Murat, zur Reise gerüstet, mit raschen, weichen Schritten leicht hinkend ins Zimmer trat.

Alle erhoben sich und schüttelten ihm zum Gruße die Hand. Der Major lud ihn ein, auf dem niedrigen Diwan Platz zu nehmen, er dankte jedoch und setzte sich auf einen Stuhl am Fenster. Das Schweigen, das bei seinem Eintritt herrschte, machte ihn nicht im geringsten verlegen. Er musterte mit Aufmerksamkeit die Gesichter der Anwesenden und warf dann einen gleichgültigen Blick auf den Tisch mit dem Samowar und dem Imbiß. Ein redegewandter junger Offizier, Petrowskij mit Namen, der Hadschi Murat zum erstenmal sah, fragte ihn durch Vermittelung des Dolmetschers, ob ihm Tiflis gefallen habe. – „Aija", antwortete Hadschi Murat. Der Dolmetscher sagte, es habe ihm wohl gefallen.

„Und was hat ihm dort am besten gefallen?" fragte der Offizier weiter.

Hadschi Murat gab Antwort, und der Dolmetscher übertrug seine Rede: am besten habe ihm das Theater gefallen.

„Und der Ball beim Oberstkommandierenden – hat ihm der nicht gefallen?"

Hadschi Murat blickte stirnrunzelnd drein: jedes Volk, meinte er, habe seine eigenen Sitten. „Bei uns kleiden sich die Frauen nicht so wie dort", sagte er und sah dabei Maria Dmitrijewna an.

„Das hat ihm also nicht gefallen?"

„Es gibt bei uns ein Sprichwort," sagte er zum Dolmetscher, „das lautet: der Hund bewirtet den Maulesel mit Fleisch, und der Maulesel den Hund mit Heu – und so bleiben beide hungrig". Er lächelte bei diesen Worten. „Jedem Volke gefällt eben seine eigene Art."

Die Unterhaltung kam nicht recht vorwärts. Die Offiziere tranken Tee oder aßen. Hadschi Murat nahm das ihm angebotene Glas Tee und stellte es vor sich hin.

„Vielleicht etwas Sahne? Oder Semmel?" sagte Maria Dmitrijewna und reichte ihm beides.

Hadschi Murat schüttelte den Kopf.

„Nun so leb' denn wohl!" sagte Butler und klopfte ihm auf das Knie. „Wann sehen wir uns wieder?"

„Leb' wohl, leb' wohl", sagte Hadschi Murat lächelnd auf russisch. „Bist Freund, ich guter Freund dein. Jetzt fort – schon Zeit!" sagte er und nickte mit dem Kopfe nach der Richtung hin, nach der er sich nun begeben müsse.

In der Tür des Zimmers erschien Eldar, irgend etwas Großes, Weißes über der Schulter und einen Säbel in der Hand tragend. Hadschi Murat winkte ihm, und Eldar kam mit seinen langen Schritten auf ihn zu und reichte ihm das weiße Kleidungsstück – es war sein Filzmantel – und den Säbel. Hadschi Murat stand auf, nahm den Mantel über den Arm, ging damit zu Maria Dmitrijewna und überreichte ihn ihr, während er einige Worte zu dem Dolmetscher sagte. Dieser übersetzte Hadschi Murats Worte. „Du hast den Mantel gelobt," sagte er zu Maria Dmitrijewna, „und er will, daß du ihn als Geschenk behältst."

„Aber warum denn?" sagte Maria Dmitrijewna errötend.

„Es muß so, nimm", sagte Hadschi Murat.

„Nun, ich danke", sagte Maria Dmitrijewna und nahm den Mantel. „Gott gebe dir Glück, daß du die Deinigen bald sehen mögest", fügte sie hinzu. „Sag' ihm, daß ich ihm wünsche, er möchte seinen Sohn loskaufen."

Hadschi Murat sah Maria Dmitrijewna an und nickte beifällig mit dem Kopfe. Dann nahm er aus Eldars Händen den Säbel und reichte ihn dem Major. Dieser nahm den Säbel und sagte zu dem Dolmetscher:

„Sag' ihm, er möchte meinen braunen Wallach nehmen, weiter habe ich nichts, was ich ihm schenken könnte."

Hadschi Murat machte eine Handbewegung, die besagen sollte, daß er nichts brauche und nichts annehmen werde. Dann zeigte er nach den Bergen und nach seinem Herzen und ging dem Ausgange zu. Alle folgten ihm bis zur Tür. Die Offiziere, die im Zimmer zurückblieben, zogen den Säbel aus der Scheide, betrachteten die Klinge und meinten, es sei ein echter Gurdasäbel[12].

Butler war mit Hadschi Murat zusammen auf die Vortreppe

---

[12] Besonders [sind] seine kaukasische Klingen.

hinausgetreten. Als sie dort standen, ereignete sich ein Vorfall, der allen ganz unerwartet kam und leicht für Hadschi Murat verhängnisvoll werden konnte, wenn nicht seine Gewandtheit und Entschlossenheit ihn gerettet hätte.

Die Bewohner des kumykischen Dorfes Tal-Katschu, die vor Hadschi Murat große Achtung hegten und mehrmals nach der Festung gekommen waren, um den berühmten Nahib zu sehen, hatten drei Tage vor Hadschi Murats Aufbruch Boten zu ihm entsandt mit der Bitte, er solle am Freitag in ihrer Moschee erscheinen. Die kumykischen Fürsten aber, die in Tal-Katschu wohnten, waren mit Hadschi Murat verfeindet und lebten in Blutrache mit ihm. Als sie nun von der Einladung hörten, erklärten sie dem Volke, daß sie Hadschi Murat nie gestatten würden, die Moschee zu betreten. Darob ward das Volk erregt, und es kam zu heftigen Reibereien zwischen ihm und den Anhängern der Fürsten. Die russischen Behörden mußten schließlich eingreifen, um die Bergbewohner zu beschwichtigen, und sie ließen Hadschi Murat sagen, daß er nicht nach der Moschee reiten solle.

Hadschi Murat war auch wirklich nicht hingeritten, und alle dachten, daß die Angelegenheit damit erledigt sei.

Im Augenblick jedoch, da Hadschi Murat jetzt auf die Treppe hinaustrat und eben daran dachte, sein bereitstehendes Roß zu besteigen, kam der kumykische Fürst Arslan Chan, der sowohl Butler wie dem Major persönlich bekannt war, auf das Haus zugeritten.

Als er Hadschi Murat erblickte, zog er die Pistole aus dem Gürtel und richtete sie auf Hadschi Murat. Kaum aber hatte Arslan Chan den Arm erhoben, als Hadschi Murat trotz seines lahmen Beines mit der Behendigkeit einer Katze von der Treppe niederglitt und sich auf Arslan Chan warf. Dieser schoß die Pistole ab, traf jedoch nicht. Hadschi Murat hatte mit der einen Hand den Zügel seines Pferdes gepackt, zog mit der anderen seinen Dolch hervor und rief dem Gegner irgendetwas in tartarischer Sprache zu.

Butler und Eldar eilten zugleich auf die beiden Streitenden zu und faßten sie bei den Armen. Auf den Schuß hin war auch der Major erschienen.

„Arslan – was fällt dir ein, in meinem Hause eine solche Schändlichkeit zu begehen?“ rief er, als er vernahm, um was es sich handelte. „Das ist schlecht von dir, Bruder. Draußen, im Freien, könnt ihr tun, was ihr wollt, hier aber verbitte ich mir derartige Räuberstücke."

Arslan Chan, ein winzig kleines Kerlchen mit schwarzem Schnurrbart, war ganz bleich und zitternd vom Pferde gestiegen, blickte voll Haß auf Hadschi Murat und ging dann mit dem Major in dessen Zimmer, während Hadschi Murat sich, schwer atmend, doch dabei lächelnd, zu den Pferden begab.

„Warum wollte er dich töten?" fragte Butler ihn durch den Dolmetscher.

„Er sagt, es herrsche bei ihnen solch ein Gesetz", übersetzte ihm der Dolmetscher Hadschi Murats Worte. „Arslan hat noch eine Blutschuld an ihm zu rächen und wollte ihn deshalb töten."

„Und wenn er ihn jetzt unterwegs überfällt?" fragte Butler.

Hadschi Murat lächelte.

„Wenn er mich tötet, so war es Allahs Wille. Nun, leb' wohl", sagte er wiederum auf russisch, faßte nach dem Rist des Pferdes und ließ noch einmal seinen Blick über alle, die ihm das Geleit gaben, gleiten, wobei er Maria Dmitrijewna besonders freundlich ansah.

„Leb' wohl, Mütterchen," sagte er zu ihr, „hab' Dank!"

„Wollte Gott, daß du die Deinigen befreien könntest", sprach Maria Dmitrijewna nochmals.

Er verstand ihre Worte nicht, wohl aber fühlte und verstand er ihre Teilnahme und nickte ihr freundlich zu.

„Vergiß deinen Freund hier nicht", sagte Butler.

„Sag' ihm, daß ich treue Freundschaft zu halten weiß und ihn nie vergessen werde", ließ er ihm durch den Dolmetscher sagen. Dann schwang er sich trotz seines lahmen Beines rasch und leicht in den hohen Sattel, befühlte nach alter Gewohnheit seine Pistole, schob den Säbel zurecht und ritt mit einem Schwung und Feuer davon, wie sie nur jenen Bewohnern der Berge eigen waren. Chanefi und Eldar hatten gleichfalls ihre Pferde bestiegen und trabten, nachdem sie sich verabschiedet hatten, hinter ihrem Murschid her.

Unter den Zurückbleibenden entspann sich ein Gespräch über den, der soeben davongeritten war.

„Ein ganzer Kerl ist er doch," sagte einer der Offiziere, „wie ein Wolf schoß er auf Arslan Chan los, ganz verwandelt war sein Gesicht."

„Er wird uns schön anführen," meinte Petrowskij, „ich halte ihn für einen großen Schelm."

„Wollte Gott, daß es unter euch Russen recht viele solche Schelme gäbe", mischte sich plötzlich Maria Dmitrijewna unwillig ins Gespräch. „Eine ganze Woche hat er hier bei uns gelebt, und niemand hat etwas anderes als nur Gutes von ihm erfahren. Ein umgänglicher, kluger, gerechter Mensch ist er."

„Hm – woher wissen Sie denn das?" fragte Petrowsky.

„Ich weiß es eben."

„Hast dich wohl in ihn vergafft?" sagte der Major, der eben ins Zimmer zurückgekehrt war. „Es scheint mir wirklich so!"

„Und wenn ich mich vergafft habe – was geht das jemanden an? Man soll einem guten Menschen nichts Böses nachreden. Wenn er auch ein Tatar ist, so ist er darum doch ein guter Mensch."

„Sehr richtig, Maria Dmitrijewna", sagte Butler. „Es ist brav von Ihnen, daß Sie für ihn so tapfer eingetreten sind."

Einundzwanzigstes Kapitel

In den vorgeschobenen Festungen der tschetschenzischen Linie ging das Leben seinen hergebrachten Gang. Zweimal noch war seit dem letzten Überfall in Wosdwischenskoje die Garnison alarmiert worden, und jedesmal waren die Kompagnien wie auch die Milizen hinausgestürmt, doch waren die Bergbewohner, die sich bis an die Festung herangewagt hatten, beide Male entkommen, das eine Mal unter Mitnahme von acht Kosakenpferden, die sie an der Tränke erbeutet hatten. Auch ein Kosak war bei dieser Gelegenheit gefallen. Neue Überfälle waren, seit jenes Tschetschenzendorf zerstört worden war, nicht mehr unternommen worden. Es wurde jedoch eine umfangreiche Expedition nach der großen Tschetschna geplant, die der neue Befehlshaber des linken Flügels, Fürst Barjatinskij, leiten sollte. Fürst Barjatinskij, ein Freund des Thronfolgers, der früher das kabardinische Regiment kommandiert hatte, war sogleich nach seiner Ernennung zum Oberstkommandierenden des gesamten linken Flügels, kaum daß er in Grosnaja angekommen, zur Ausrüstung einer Heeresabteilung geschritten, die den in dem Briefwechsel zwischen Tschernyschew und Woronzow erwähnten Kriegsplan des Kaisers der Verwirklichung näher bringen sollte. Die in Wosdwischenskoje versammelte Abteilung hatte bereits die Festung verlassen und die ihr zugewiesene Position bezogen. Die Truppen standen in der Nähe von Kurinskoje und waren daselbst mit dem Lichten des Waldes beschäftigt. Der junge Woronzow bewohnte ein prächtiges Tuchzelt, und seine Gattin Maria Wassiljewna kam häufig ins Lager und nächtigte daselbst. Ihre Beziehungen zu Barjatinskij waren für niemand ein Geheimnis, und die Offiziere und Soldaten schalten nicht wenig auf sie, weil sie jedesmal, sobald die Fürstin im Lager erschien, auf weit vorgeschobene Nachtposten geschickt wurden. Die Bergbewohner pflegten häufig in der Nacht aus ihren Geschützen das Lager zu beschießen. Die Geschosse blieben zu allermeist wirkungslos, und daher wurde in der Regel auch nichts zur Abwehr unternommen; aber das Geschützfeuer des Feindes konnte Maria Wassiljewna beunruhigen, und das eben sollten die ausgestellten Nachtposten verhindern. Die Soldaten sahen etwas Kränkendes und Unwürdiges in diesem nächtlichen Dienst, der nur den Zweck hatte, die Ruhe einer Dame vor etwaigen Störungen zu bewahren. So manches herbe Wort fiel daher über Maria Wassiljewna aus dem Munde der Soldaten und der nicht zu dem engeren Kreise der Höflinge zugelassenen Offiziere.

Bei dieser Kolonne nun fand sich eines Tages auch Butler ein, der sich aus seiner Festung hatte beurlauben lassen, um die alten Kameraden vom Pagenkorps zu begrüßen, die jetzt im kurinischen Regiment als Adjutanten und Ordonnanzoffiziere Dienst taten. Er hatte in Poltorazkijs Zelt ein Unterkommen gefunden und dort eine ganze Anzahl von Bekannten angetroffen, die ihn freudig willkommen hießen. Er hatte auch Woronzow seine Aufwartung gemacht, mit dem er kurze Zeit beim Regiment zusammen gestanden hatte. Woronzow hatte ihn sehr freundlich aufgenommen, machte ihn mit dem Fürsten Barjatinskij bekannt und lud ihn zu dem Abschiedsmahle ein, das er dem Vorgänger Barjatinskijs, General Koslowskij, zu Ehren veranstaltete.

Das Abschiedsmahl gestaltete sich zu einer höchst solennen Feier. Eine ganze Reihe von Zelten war herangebracht und aufgestellt worden. Die mit kostbarem Speisegeschirr und ganzen Flaschenbatterien bedeckte Festtafel zog sich weithinein an der Zeltreihe entlang. Alles erinnerte an das opulente Treiben der Petersburger Garde. Um zwei Uhr setzte man sich zu Tisch. In der Mitte der Tafel saßen auf der einen Seite Koslowskij, auf der anderen Barjatinskij. Rechts von Koslowskij saß der junge Woronzow, links seine Gattin. Zu beiden Seiten der Tafel waren die Offiziere des kabardischen und des kurinischen Regiments verteilt. Butler saß neben Poltorazkij, beide plauderten vergnügt und tranken mit den ihnen zunächst sitzenden Offizieren. Als man beim Braten angelangt war, schenkten die Burschen die Champagnerkelche voll. Poltorazkij sagte mit aufrichtiger Angst und Teilnahme zu Butler:

„Jetzt wird unser guter Koslowskij sich einmal gründlich blamieren."

„Wieso denn?"

„Er soll eine Rede halten. Was kann der arme Mann wohl vorbringen? Ja, Bruder, das ist nicht so leicht wie im Kugelregen die feindlichen Verhaue nehmen! Noch dazu in Gegenwart einer Dame und dieser Herren vom Hofe! Er tut mir wirklich herzlich leid", meinte gutmütig der eine Offizier zum anderen.

Doch nun kam der feierliche Augenblick. Barjatinskij stand von seinem Platze auf, erhob den Pokal, wandte sich zu Koslowskij hin und hielt eine kurze Rede. Als Barjatinskij geendet hatte, erhob sich Koslowskij und begann schwer ächzend: „Nach dem Allerhöchsten Willen Seiner Majestät verlasse ich Sie und nehme von Ihnen, hm, Abschied, meine Herren Offiziere", sagte er. „Aber betrachten Sie mich stets als einen der Ihrigen ... Sie alle, meine Herren, hm, kennen die Wahrheit des Wortes: ‚Im Felde macht's einer nicht allein, es müssen alle beisammen sein.' Darum verdanke ich auch alles, womit ich im Dienste belohnt worden bin ... alle Gnaden, mit denen ich überschüttet worden bin, hm ... alle Gunstbeweise, hm, meines Kaiserlichen Herrn ... und meine ganze Stellung ... und meinen guten Namen, hm ... und alles, alles mit einem Wort ... verdanke ich, hm ...," hier begann seine Stimme zu zittern, „verdanke ich einzig und allein Ihnen, meine Freunde!" Sein runzeliges Gesicht wurde noch runzeliger, und er schluchzte auf, und die Tränen traten ihm in die Augen. „Von ganzem Herzen, hm, spreche ich Ihnen, meine Herren, meinen aufrichtigen Dank und meine herzliche Anerkennung aus." Koslowskij konnte nicht weitersprechen, sondern begann die Offiziere, einen nach dem anderen, zu umarmen. Die Fürstin barg ihr Gesicht in ihrem Taschentuche, und der junge Fürst Woronzow verzog den Mund und plinkerte mit den Augen. Viele von den Offizieren begannen zu weinen. Auch Butler, der den alten Koslowskij im übrigen nur wenig kannte, konnte sich der Tränen nicht enthalten. Alles das gefiel ihm ganz außerordentlich. Dann begannen die Toaste auf Barjatinskij, auf Woronzow, auf die Offiziere, die Soldaten, und die Gäste verließen die Tafel trunken vom Wein und von kriegerischer Begeisterung.

Das Wetter war herrlich, so sonnig und still, nur eine ganz leichte, erquickende Brise wehte. Überall knisterten die Lagerfeuer, erklangen fröhliche Lieder. Alles war in festlicher Stimmung. Butler war ganz glücklich, ganz aufgelöst vor Rührung und begab sich in dieser Stimmung in Poltorazkijs Zelt. Hier hatten sich die Offiziere versammelt, der Spieltisch wurde aufgestellt, und der Adjutant legte eine Bank von hundert Rubeln auf. Zweimal verließ Butler, seinen Geldbeutel krampfhaft in der Hosentasche festhaltend, das Zelt, aber obschon er sich selbst und seinen Brüdern das Wort gegeben hatte, nie wieder zu spielen, hielt er es schließlich nicht mehr aus und begann zu setzen. Noch keine Stunde war vergangen, als er, ganz rot, in Schweiß gebadet, über und über mit Kreide beschmutzt, beide Ellbogen auf den Tisch stützend dasaß und ins Blaue hinein Summen auf Summen setzte, die er nicht besaß. Er notierte jeden Satz, immer größer wurde der Verlust, und er fürchtete sich schon, alles zusammenzuzählen. Er wußte, daß, wenn er selbst den größten zulässigen Vorschuß auf sein Gehalt und das Futterkonto seines Pferdes entnahm, er doch nicht imstande war, seine Spielschuld an den ihm unbekannten Adjutanten zu bezahlen. Er hätte noch immer weitergespielt, aber der Adjutant legte mit strenger Miene die Karten aus den sauberen weißen Händen und begann die angekreideten Zahlenreihen, die Butlers Verluste angaben, zusammenzuzählen. Butler entschuldigte sich ganz verwirrt, daß er nicht sogleich alles, was er verloren, bezahlen könne, und sagte, er wolle das Geld von Hause aus schicken. Als er das sagte, merkte er, daß er den anderen leid tat, und daß alle, selbst Poltorazkij, seinem Blicke auswichen. Es sollte diesmal wirklich das letztemal sein. Wie schön wäre es doch gewesen, dachte er, wenn er, statt zu spielen, zu Woronzow gegangen wäre, wohin er ja eingeladen war. Jetzt aber war es nicht nur nicht schön, sondern geradezu entsetzlich. Er nahm Abschied von den Freunden und Bekannten und ritt nach Hause. Kaum in seinem Quartier angekommen, legte er sich schlafen und schlief achtzehn Stunden hintereinander, so fest und tief, wie man nur nach großen Spielverlusten zu schlafen pflegt. Maria Dmitrijewna hatte es ihm sogleich angesehen, daß er im Spiel verloren hatte: sie sah es an seiner trübseligen Miene, seinen kurzen Antworten und auch daran, daß er sich von ihr einen halben Rubel borgte, den er dem Kosaken, der ihn begleitet hatte, als Trinkgeld gab. Sie schob die ganze Sache auf Iwan Matwjejewitsch, dem sie ganz gehörig den Kopf wusch, weil er Butler überhaupt fortgelassen hatte.

Als Butler am nächsten Tage gegen Mittag erwachte und sich seine Lage vergegenwärtigte, wäre er am liebsten wieder in den Zustand des Vergessens zurückgesunken, aus dem er soeben erwacht war. Doch war dies unmöglich, und so mußte er überlegen, wie er die vierhundertundsiebzig Rubel, die er jenem fremden Menschen schuldig war, bezahlen könnte. Er schrieb zunächst an seinen Bruder, beichtete reuig seine Sünden und bat ihn, ihm zum letztenmal fünfhundert Rubel zu schicken, er solle sie auf die Mühle verrechnen, die ihnen noch gemeinsam gehörte. Dann schrieb er an eine Verwandte, eine sehr geizige Dame, und bat sie, ihm zu jedem beliebigen Zinsfuße die fünfhundert Rubel zu leihen. Und endlich sprach er bei Iwan Matwjewitsch vor – er wußte, daß dieser, oder vielmehr Maria Dmitrijewna, einiges Geld besaß – und bat ihn, ihm die fünfhundert Rubel vorzuschießen. „Von Herzen gern," sagte der Major, „sofort würde ich sie dir geben, aber Mascha rückt damit nicht heraus. Diese Weiber sind ja so habgierig, der Teufel soll sie holen. Aber du mußt dich entschieden aus der Sache herauswickeln, weiß der Teufel! Vielleicht sprichst du mal mit dem Kerl, dem Marketender?"

Doch auch mit dem Marketender war nichts zu machen, und so mußte Butler schon warten, ob ihm von seinem Bruder oder von der geizigen Verwandten Rettung kam.

Zweiundzwanzigstes Kapitel

Hadschi Murat hatte in der Tschetschna seinen Zweck nicht erreicht. Er war nach Tiflis zurückgekehrt und fand sich nun jeden Tag beim Statthalter Woronzow ein. Nicht immer wurde er zur Audienz zugelassen, geschah es jedoch, dann beschwor er den Statthalter, doch soviel wie möglich von den gefangenen Bergbewohnern zu sammeln und gegen seine in Schamyls Gewalt befindliche Familie einzutauschen. Er sagte, er fühle sich gebunden, solange dies nicht geschehen sei, und könne, so sehr er dies auch wünsche, den Russen nicht eher bei der Vernichtung Schamyls helfen. Woronzow hielt ihn mit unbestimmten Zusagen hin und sagte, er wolle tun, was in seinen Kräften liege, doch schob er die Sache immer wieder hinaus und meinte schließlich, eine endgültige Entscheidung könne er erst treffen, sobald General Argutinskij nach Tiflis gekommen wäre, mit dem er die Angelegenheit unbedingt besprechen müsse. Da bat Hadschi Murat den Statthalter, er möchte ihm gestatten, sich nach Nucha, einem kleinen Städtchen in Transkaukasien, zu begeben, von wo aus er die Unterhandlungen mit Schamyl wegen der Befreiung der Seinigen leichter führen könne. Außerdem sei in dem mohammedanischen Nucha eine Moschee vorhanden, in der er die ihm von seiner Religion vorgeschriebenen Gebete bequemer verrichten könne. Woronzow berichtete hierüber nach Petersburg und gestattete vorläufig Hadschi Murat auf seine eigene Verantwortung, sich nach Nucha zu begeben.

Für Woronzow, für die Petersburger Behörden, für alle Russen überhaupt, soweit sie Hadschi Murats Geschichte kannten, bedeutete diese ganze Angelegenheit eine glückliche Wendung im Kaukasuskriege oder einfach einen interessanten Zwischenfall. Für Hadschi Murat dagegen gestaltete sie sich, zumal in der letzten Zeit, zu einer furchtbaren Katastrophe in seinem Leben. Er war aus den Bergen geflohen, teils um sich selbst zu retten, teils aus Haß gegen Schamyl, an dem er sich mit Hilfe der Russen zu rächen hoffte. Welche Schwierigkeiten sich auch seiner Flucht entgegengestellt hatten, sie war doch schließlich gelungen. Anfänglich freute er sich über diesen Erfolg und dachte allen Ernstes daran, im Verein mit den Russen Schamyl zu überfallen und zu vernichten. Bald aber stellte sich heraus, daß die Befreiung seiner Familie, die sich weit schwieriger gestaltete, als er angenommen hatte, ihn bei der Ausführung seiner Pläne schwer behinderte. Schamyl hatte sich der Seinigen bemächtigt, hielt sie gefangen und drohte, sie in die Dörfer zu verteilen und seinen Sohn zu blenden oder zu töten. Wenn Hadschi Murat sich jetzt nach Nucha begab, so geschah es vor allem in der Absicht, unter Beihilfe seiner Anhänger in Daghestan mit List oder mit Gewalt seine Familie dem Todfeind zu entreißen. Der letzte Bote, der bei ihm in Nucha gewesen, hatte ihm berichtet, daß die ihm ergebenen Awaren bereit seien, seine Familie zu entführen und mit ihr zugleich zu den Russen überzugehen, doch sei die Zahl derjenigen, die sich an der Ausführung dieses Planes beteiligen wollten, noch zu gering. Vor allem könnten sie sich nicht entschließen, die Frauen und Kinder Hadschi Murats aus dem wohlbewachten Orte, an dem sie sich jetzt befanden, zu entführen, sie wollten es erst tun, wenn sie an einen anderen Ort übergeführt würden, und zwar gerade, während der Überführung. Hadschi Murat ließ seinerseits den Freunden sagen, er setze für die Befreiung seiner Familie eine Belohnung von dreitausend Rubeln aus.

In Nucha hatte man Hadschi Murat ein kleines Haus mit fünf Zimmern angewiesen, das in der Nähe der Moschee und des Palastes der Chane lag. Er wohnte in diesem Hause mit dem ihm beigegebenen Offizier, einem Dolmetscher und seinen Muriden zusammen, zu denen sich noch Bata gesellt hatte. Die Erwartung der kommenden Dinge, die Verhandlung mit den Boten aus dem Gebirge und die ihm gestatteten Spazierritte in der Umgegend füllten Hadschi Murats Zeit in diesen Wochen aus.

Als er am 8. April von einem Spazierritt heimkehrte, vernahm er, daß in seiner Abwesenheit ein Beamter Woronzows aus Tiflis angekommen sei. So gespannt er auch war, zu erfahren, was für Nachrichten der Beamte ihm gebracht haben möchte, so konnte er doch nicht umhin, bevor er ihn sah, in seinem Zimmer das Mittagsgebet zu verrichten. Dann erst begab er sich nach dem zugleich als Wohn- und Empfangszimmer dienenden Räume, in dem der Tifliser Beamte mit dem Kommissar ihn erwartete. Der Beamte, ein Staatsrat Kirillow, überbrachte Hadschi Murat den Wunsch des Statthalters, er möchte sich am 12. des Monats zu einer Besprechung mit Argutinskij in Tiflis einfinden.

„Jakschi"[13], sagte Hadschi Murat unwirsch. Der Beamte Kirillow mißfiel ihm ganz entschieden. „Hast du das Geld mitgebracht?"

„Ich habe es mit", sagte Kirillow.

„Es ist jetzt für vierzehn Tage zu zahlen", sprach Hadschi Murat, die Zahl 14 mit den Fingern andeutend. „Gib her!"

„Gleich sollst du es haben", sagte der Beamte und holte einen Beutel aus seiner Reisetasche hervor. „Wozu braucht er eigentlich Geld?" meinte er auf russisch zu dem mitanwesenden Kommissar, in der Meinung, daß Hadschi Murat ihn nicht verstehe. Hadschi Murat aber verstand, was er sagte, und warf ihm einen grimmigen Blick zu. Kirillow suchte, während er das Geld aufzählte, ein Gespräch mit Hadschi Murat anzuknüpfen, um nach seiner Rückkehr dem Statthalter recht viel Neues von ihm erzählen zu können. Er ließ ihn durch den Dolmetscher fragen, ob er sich in Nucha nicht langweile. Hadschi Murat sah den dicken kleinen Mann im Beamtenrock, ohne Degen, verächtlich von der Seite an und gab keine Antwort. Der Dolmetscher wiederholte Kirillows Frage.

„Sag' ihm, ich will nicht mit ihm sprechen, er soll nur das Geld bezahlen", sprach er und setzte sich an den Tisch, um das Geld nachzuzählen.

Hadschi Murat erhielt fünf Goldstücke täglich, und Kirillow hatte ihm sieben Rollen zu je zehn Goldstücken hingelegt. Hadschi Murat schüttete das aus den Rollen genommene Gold in den Ärmel seiner Tscherkeska, erhob sich dann plötzlich, gab dem Beamten einen kräftigen Klaps auf die Schulter und wollte in sein Zimmer gehen. Der Staatsrat sprang auf und ließ ihm durch den Dolmetscher sagen, er dürfe sich solche Späße nicht herausnehmen, da er es mit jemandem zu tun habe, der den Rang eines Generals besitze. Der Kommissar beeilte sich, dies zu bestätigen, doch Hadschi Murat begnügte sich, mit dem Kopfe zu nicken, zum Zeichen, daß ihm diese Tatsache wohl bekannt sei, und ging trotzdem hinaus.

„Was soll man mit ihm schon machen", sagte der Kommissar. „Ehe man sich's versieht, versetzt er einem eins mit dem Dolche. Mit diesem Burschen ist nicht zu spaßen. Es scheint, daß er schon ungeduldig wird."

Als es dunkel wurde, kamen aus den Bergen zwei bis an die Au-

[13] Meinetwegen.

gen in ihren Baschliks steckende Boten. Der Kommissar führte sie in Hadschi Murats Zimmer. Einer der Boten war ein wohlbeleibter, schwarzer Tawliner, der andere ein hagerer alter Mann. Die Nachrichten, die sie Hadschi Murat brachten, waren nicht erfreulich. Die Freunde, die die Rettung seiner Familie hatten ins Werk setzen wollen, sandten ihm eine runde Absage – sie fürchteten sich vor Schamyl, der allen denjenigen, die es mit Hadschi Murat hielten, die furchtbarsten Strafen androhte. Nachdem Hadschi Murat den Bericht der Boten vernommen, stützte er die Ellbogen auf die untergeschlagenen Beine, ließ den mit der Lammfellmütze bedeckten Kopf sinken und schwieg eine ganze Weile. Er sann und sann, um zu einem Entschlusse zu kommen. Er wußte, daß ihm zum Überlegen keine Zeit mehr blieb, daß er unbedingt jetzt eine Entscheidung treffen mußte. Er hob den Kopf empor, zog zwei Goldstücke heraus, gab jedem der Boten eins davon und sagte kurz: „Ihr könnt gehen."

„Welche Antwort sollen wir überbringen?"

„Die Antwort, die Gott gibt. Nun geht!"

Die Boten erhoben sich und gingen. Hadschi Murat aber blieb, die Ellbogen auf die Knie gestützt, noch eine ganze Weile, in Nachdenken versunken, sitzen.

„Was soll ich tun? Soll ich Schamyl Glauben schenken und zu ihm zurückkehren?" dachte Hadschi Murat. „Er ist ein Fuchs, er wird mich betrügen. Und wenn er mich auch nicht betrügt, so kann ich mich doch diesem rothaarigen Betrüger nicht unterwerfen. Ich kann es darum nicht, weil er jetzt, nachdem ich bei den Russen gewesen bin, mir nicht mehr trauen wird."

Ein tawlinisches Märchen fiel ihm ein – von dem Falken, der gefangen gewesen war, bei den Menschen gelebt hatte und dann wieder in seine Berge zu den Falken zurückkehrte. Wohl war er zurückgekehrt – aber er hatte die Fesseln und Schellen noch an den Füßen, die er in der Gefangenschaft getragen. Und die Falken wollten nichts von ihm wissen. „Flieg' dahin zurück, wo man dir die silbernen Schellen angelegt hat, bei uns trägt man weder Schellen noch Fesseln." Der Falke aber wollte durchaus in der Heimat bleiben. Da fielen die anderen Falken über ihn her und hackten so lange mit den Schnäbeln auf ihn ein, bis er tot war.

„So werden sie auch mich tothacken", dachte Hadschi Murat. „Soll ich nicht lieber hier bleiben, nicht lieber dem russischen Zaren helfen, den Kaukasus zu unterwerfen und damit Ruhm, Ehrenstellen und Reichtum erwerben? Das wäre kein übles Ziel", sagte er sich, und die freundlichen Worte des Statthalters fielen ihm ein. „Doch dann heißt es einen raschen Entschluß fassen, sonst sind die Meinigen verloren."

Die ganze Nacht verbrachte Hadschi Murat schlaflos und sann und sann.

Dreiundzwanzigstes Kapitel

Um die Mitte der Nacht hatte er seinen Entschluß gefaßt, Er hatte sich dahin entschieden, daß er in die Berge fliehen, mit den ihm ergebenen Awaren in Schamyls Residenz einfallen und entweder untergehen oder die Seinigen befreien müsse. Ob er mit ihnen zu den Russen zurückkehren oder nach Chunsach gehen und unter Schamyls Fahnen kämpfen würde, wollte er noch nicht entscheiden. Er wußte nur, daß er jetzt gleich die Russen verlassen und in die Berge fliehen müsse. Und er traf sogleich alle Veranstaltungen, um seinen Entschluß zur Ausführung zu bringen. Er zog seinen schwarzen, wattierten Beschmet unter dem Kissen hervor und begab sich nach dem Zimmer, in dem seine Muriden untergebracht waren. Es war durch den Hausflur von seinem Zimmer getrennt. Als er in den Hausflur trat, verspürte er die Kühle der taufrischen Mondnacht, die durch die offene Haustür hereinströmte, und vernahm das Trillern und Flöten der Nachtigallen in dem an das Haus anstoßenden Garten.

Er durchschritt den Hausflur und öffnete die Tür nach dem Zimmer der Muriden. Es war kein Licht darin, nur die Sichel des zunehmenden Mondes warf ihren silbernen Schein ins Zimmer. Der Tisch und die beiden Stühle waren zur Seite gerückt, und vier der Muriden lagen auf Teppichen und Filzmänteln hingestreckt da. Chanefi schlief draußen bei den Pferden. Als Hamsalo das Knarren der Tür vernahm, richtete er sich auf, sah Hadschi Murat groß an und legte sich, als er ihn erkannt hatte, wieder hin. Eldar hingegen, der neben ihm lag, sprang auf und begann in Erwartung eines Befehls seinen Beschmet anzuziehen. Chan Mahoma und Bata schliefen. Hadschi

Murat legte seinen Beschmet auf den Tisch. Ein Geräusch, wie wenn ein fester Gegenstand dumpf aufschlüge, ließ sich vernehmen – es rührte von dem Golde her, das in den Beschmet eingenäht war.

„Näh' auch das da noch ein," sagte Hadschi Murat zu Eldar und reichte ihm die Goldstücke, die ihm Kirillow gebracht hatte. Eldar nahm das Gold und den Beschmet, ging an das vom Mondlicht erhellte Fenster, zog sein kleines Messer unter dem Dolch hervor und begann das Futter des Beschmets aufzutrennen. Hamsalo hatte sich gleichfalls wieder erhoben und saß mit gekreuzten Beinen da.

„Und du, Hamsalo, sag' unseren Jungen, sie sollen ihre Gewehre und Pistolen nachsehen und sich von Patronen [einen] Vorrat zurecht machen. Morgen treten wir einen langen Marsch an", sagte Hadschi Murat.

„Kugeln und Pulver sind da, alles wird bereit sein", sagte Hamsalo und stieß einen unverständlichen Laut aus. Hamsalo begriff, weshalb Hadschi Murat alle diese Vorbereitungen treffen ließ. Er hatte von Anfang an nur den einen Wunsch gehabt, der mit der Zeit in ihm immer stärker und stärker geworden war: recht viele von diesen russischen Hunden niederzuschlagen und niederzustechen und dann wieder in die Berge zu fliehen. Jetzt sah er, daß auch Hadschi Murat nichts anderes wollte, und er war zufrieden.

Als Hadschi Murat hinausgegangen war, weckte Hamsalo die Gefährten, und alle vier brachten nun den Rest der Nacht damit zu, ihre Büchsen, Pistolen und Feuersteine nachzusehen, die unbrauchbaren gegen neue umzutauschen, frisches Pulver auf die Pfannen zu schütten, die Patronenhülsen, die sie vorn an der Tscherkeska befestigt hatten, mit der nötigen Pulvermenge zu füllen und mit den in ölige Läppchen gewickelten Kugeln zu verstopfen, die Säbel und Dolche zu schleifen und die Klingen einzuölen.

Bevor noch der Tag anbrach, trat Hadschi Murat wieder in den Hausflur, um Wasser zu seinen Waschungen zu holen. Noch heller und lauter als am Abend klang jetzt, vor Tagesanbruch, das süße Lied der Nachtigallen an sein Ohr. Aus der Stube der Muriden vernahm er den halb zischenden, halb kratzenden Laut, den das Wetzen der Dolche auf dem Stein hervorbrachte. Hadschi Murat hatte bereits Wasser aus der Tonne geschöpft und näherte sich wieder der Tür seines Zimmers, als er aus der Stube der Muriden plötzlich leisen Gesang vernahm: Chanefi war es, der ein Hadschi Murat bekanntes Lied angestimmt hatte. Er blieb stehen und lauschte. In dem Liede wurde erzählt, wie der Dschigit Hamsat mit seinen tapferen Genossen eine Herde weißer Rosse bei den Russen geraubt, wie der Russenfürst sie jenseits des Terek eingeholt und mit seinen Kriegern, die so zahllos waren wie die Bäume des Waldes, umzingelt habe. Das Lied schilderte weiter, wie Hamsat die Pferde getötet, und wie er mit seinen Genossen hinter dem blutigen Wall, den sie aus den Pferdeleibern gebildet, sich so lange gegen die Russen gewehrt hätten, als sie noch eine Kugel im Laufe und den Dolch am Gürtel und Blut in ihren Adern gehabt hätten. Und bevor Hamsat gestorben, habe er eine Vogelschar oben am Himmel erblickt und den gefiederten Boten zugerufen: „Fliegt hin, ihr lieben Vögel, fliegt nach unsern Häusern und sagt unsern Schwestern und Müttern und unsern weißen Mädchen, daß wir alle für das Chasawat gestorben sind. Sagt ihnen, daß unsere Leiber nicht in Gräbern liegen werden, sondern daß gierige Wölfe unsere Glieder verschleppen und benagen und schwarze Raben uns die Augen aus den Höhlen hacken werden." Damit endete das Lied, dessen letzte, melancholisch klingende Worte auch der muntere Bata mitgesungen und um ein laut hinausgeschmettertes *„Lailacha illach"* erweitert hatte. Dann war alles still geworden, und Hadschi Murat vernahm wieder nur das Flöten der Nachtigall und das Wetzen der Dolche hinter der Tür. Er war so in Gedanken versunken, daß er gar nicht bemerkte, wie der Wassertrug sich überneigte und das Wasser aus ihm überfloß. Er schüttelte über sich selbst den Kopf und begab sich in sein Zimmer. Nachdem er das Morgengebet verrichtet, untersuchte er seine Waffen und setzte sich dann auf sein Lager. Alle Vorbereitungen waren getroffen. Wollte er ausreiten, dann mußte er den Kommissar um Erlaubnis fragen. Es war jedoch noch dunkel, und der Kommissar schlief wohl noch.

Chanefis Lied hatte Hadschi Murat an jenes andere Lied erinnert, das seine Mutter Patimat dereinst gedichtet hatte, nachdem der Vater sie, die ihn als Säugling an der Brust hielt, mit dem Dolche verwundet hatte. Er stellte sich lebhaft seine Mutter vor, nicht als die alte, runzelige, grauhaarige Patimat mit den schwarzen Zahnstumpfen, als die er sie zuletzt verlassen, sondern als hübsches, junges, kräftiges Weib, wie sie ihn, den fünfjährigen, schweren Jungen, in einem Korbe auf dem Rücken über die Berge zum Großvater getragen. Und er gedachte auch des runzeligen, graubärtigen Großvaters, der mit seinen sehnigen Armen das Silber schmiedete und den Enkel die Gebete lehrte.

Er gedachte des Springbrunnens am Fuße des Berges, zu dem er mit der Mutter, sich an ihren Pumphosen festhaltend, nach Wasser gegangen war. Er gedachte des mageren Hundes, der ihm das Gesicht geleckt hatte, und des rauchigen Dunstes und säuerlichen Milchgeruchs, der die Luft erfüllte, wenn er mit der Mutter beim Melken der Kühe und beim Abkochen der Milch zugegen war. Er gedachte des Tages, da ihm zum erstenmal der Kopf rasiert worden war: wie er damals seinen runden, bläulich schimmernden Schädel in dem glänzenden Kupferbecken erblickt hatte und über sein Aussehen höchst verwundert war. Und wie er so seiner eigenen Jugend gedachte, trat ihm auch sein geliebter Sohn Jussuf vor die Seele, dem er selbst zum ersten Mal den Kopf rasiert hatte. Jetzt war dieser Jussuf schon ein stattlicher junger Dschigit. Er sah seinen Sohn so, wie er ihn zum letzten Male gesehen, das war an jenem Tage, da er sein Heimatsdorf Zelmes verließ. Der Sohn hatte ihm sein Roß vorgeführt und ihn gebeten, mit ihm ziehen zu dürfen. Er war bereits angezogen und bewaffnet und hielt sein eigenes Roß am Zügel. Jussufs hübsches, rotwangiges Gesicht und seine ganze schlanke, stattliche Gestalt – er war größer als der Vater – strotzte nur so von Lebenslust, Mut und Jugendfrische. Die trotz seiner jungen Jahre bereits gutentwickelten, breiten Schultern, die wohlgebildeten, schlanken Hüften, die kräftigen Arme und die Gewandtheit und Sicherheit, die sich in allen Bewegungen des jugendlichen Körpers ausdrückte, waren stets die Augenweide und Freude des Vaters gewesen.

„Bleib lieber daheim“, hatte Hadschi Murat zu ihm gesagt. „Du bist jetzt der einzige Mann im Hause. Beschütze deine Mutter und deine Großmutter.“

Und Hadschi Murat gedachte jenes kühnen, stolzen Ausdrucks in Jussufs freudig errötendem Gesichte, als er zur Antwort gab, daß, so lange er lebe, weder seiner Mutter noch seiner Großmutter ein Leid zugefügt werden solle. Er hatte sich aufs Pferd geschwungen und dem Vater bis zum Bache das Geleit gegeben, dann war er zurückgekehrt, und seither hatte Hadschi Murat weder Gattin noch Mutter noch Sohn gesehen. Und diesen Sohn wollte Schamyl jetzt des Augenlichts berauben. Daran, was der Schändliche seiner Gattin zugedacht, mochte Hadschi Murat gar nicht denken.

Diese Gedanken und Erinnerungen hatten Hadschi Murat so erregt, daß er nicht mehr ruhig dasitzen konnte. Er sprang auf, schritt mit seinem hinkenden Gange rasch nach der Tür, öffnete diese und rief Eldar herein. Die Sonne war noch nicht aufgegangen, doch war es bereits ganz hell. Die Nachtigallen sangen noch immer.

„Geh, sag' dem Kommissar, daß ich einen Spazierritt machen möchte, und sattelt eure Pferde", sagte er.

VIERUNDZWANZIGSTES KAPITEL

Butlers einziger Trost während dieser ganzen Zeit war die Poesie des Krieges, die er nicht nur im Dienste, sondern auch außerhalb desselben, in seinem Privatleben, suchte und fand. Mit Vorliebe trug er sein tscherkessisches Kostüm, tummelte nach Art der Dschigits sein Roß und legte sich mit dem wegen seiner Tapferkeit berühmten Bogdanowitsch zweimal in den Hinterhalt, um die Feinde zu belauern – beide Male jedoch vergeblich, da ihnen niemand ins Garn ging. Die nähere Bekanntschaft und Freundschaft, die er mit Bogdanowitsch schloß, gab ihm in seinen eigenen Augen einen ganz besonderen kriegerischen Nimbus. Seine Spielschuld hatte er bezahlt, ein Jude hatte ihm gegen ungeheure Zinsen das Geld vorgestreckt. Er verhehlte sich nicht, daß dies nur ein Aufschub war, daß die drückende Verpflichtung bestehen blieb, doch bemühte er sich, nicht weiter über seine Lage nachzudenken, und soweit die Poesie des Krieges ihm nicht die Situation hinwegtäuschte, half er mit kaukasischem Rotwein nach. Er trank immer mehr und mehr und verlor mit jedem Tage mehr seinen sittlichen Halt. Was Maria Dmitrijewna betraf, so war er ihr gegenüber nicht mehr der keusche Josef, sondern machte ihr in ziemlich grober Weise den Hof, stieß jedoch zu seinem nicht geringen Erstaunen bei ihr auf einen recht energischen Widerstand und mußte beschämt von ihr ablassen.

Gegen Ende April traf in der Festung die Kolonne ein, die Barjatinskij für die neue Expedition nach der für undurchdringlich gehaltenen Tschetschna bestimmt hatte. Zu der Kolonne gehörten auch zwei Kompagnien des kabardinischen Regiments, die nach einer beim kaukasischen Heere eingeführten Sitte von den in Kurinskoje liegenden Kompagnien als Gäste aufgenommen und bewirtet wurden. Die Soldaten der Kolonne begaben sich nach der Kaserne und wurden dort nicht nur mit einem aus Rindfleisch und Grütze bestehenden Abendbrot, sondern auch mit Branntwein regaliert, während die Offiziere bei den Kameraden Quartier nahmen und nach gutem altem Brauch von diesen bewirtet wurden. Das Ende vom Liede war ein großes Zechgelage, bei dem die Kompagniechöre ihre Lieder zum besten gaben. Major Petrow hatte einen so mächtigen Rausch, daß sein Gesicht nicht mehr rot, sondern blaßgrau aussah und er, rittlings auf einem Stuhle sitzend, laut schimpfend und lachend mit dem Säbel nach einem vermeintlichen Feinde schlug, zur Abwechselung die Kameraden umarmte und nach dem Takte seines Lieblingsliedes: „Schamyl war ein schlimmer Mann, machte Rebellion – trairai ratatai, machte Rebellion!" – einen Tanz aufführte. Auch Butler war mit von der Gesellschaft und er war geneigt, auch in den Streichen des Majors ein Stück lustiger Kriegspoesie zu sehen, wenn ihm dieser nicht andererseits leid getan hätte. Es war mit ihm, sobald er erst so weit war, gar nichts mehr anzufangen, und so begab sich Butler, der auch selbst schon ein wenig benommen war, in aller Stille allein nach Hause. Der Vollmond schien auf die kleinen weißen Häuser und die steinige Straße herab. Es war so hell, daß jeder Kiesel, jeder Strohhalm, jedes Stück Kuhdünger auf der Straße zu erkennen war. Als Butler sich dem Hause des Majors näherte, stieß er plötzlich auf Maria Dmitrijewna, die ein Tuch um Kopf und Hals geschlagen hatte und irgendwohin ging. Nach der Abweisung, die Butler bei ihr erfahren, schämte er sich ein klein wenig und wäre ihr am liebsten aus dem Wege gegangen. Aber der Mondschein und der Wein, den er getrunken, taten das Ihrige, und so trat er, anscheinend sehr erfreut über die Begegnung, auf sie zu.

„Wohin denn so spät?" fragte er in einschmeichelndem Tone.

„Ich will einmal nach meinem Alten sehen", antwortete sie freundlich. So entschieden sie auch Butlers Bewerbungen abgelehnt hatte, so peinlich war es ihr doch wieder, daß er ihr in der letzten Zeit ganz aus dem Wege gegangen war.

„Was ist da groß nachzusehen? Er wird schon von selbst kommen."

„Meinen Sie?“

„Wenn er nicht kommt, wird man ihn eben bringen.“

„Das ist's ja, was ich nicht möchte. Es ist immer so peinlich. Sie meinen, ich soll nicht hingehen?“ sagte Maria Dmitrijewna.

„Nein, gehen Sie nicht. Kommen Sie lieber mit nach Hause.“

Maria Dmitrijewna machte kehrt und ging mit Butler zurück. Der Mond schien so hell, daß Butler trotz des beschattenden Tuches ihr sympathisches Gesicht deutlich sehen konnte. Er schaute sie an und hätte ihr gern sagen mögen, wie sehr sie ihm noch immer gefalle, doch wußte er nicht, wie er sein Kompliment herausbringen sollte, ohne einen neuen Abfall zu erleben. Sie wartete ihrerseits, was er wohl sagen würde, und so waren sie schweigend bis in die Nähe des Hauses gekommen, als plötzlich eine Reiterschar, eine Abteilung Kosaken mit einem Offizier an der Spitze, aus einer Seitengasse nach der Straße einbog.

„Wer kommt denn da noch so spät?“ sagte Maria Dmitrijewna und wich den Reitern zur Seite aus. Der Mond schien diesen auf den Rücken, so daß sie den voranreitenden Offizier erst erkannte, als er ganz dicht neben ihnen war. Es war ein Leutnant Kamenew, der früher mit Major Petrow zusammen gedient hatte und von damals her mit Maria Dmitrijewna bekannt war.

„Peter Nikolajewitsch – sind Sie es?“ sprach sie den Offizier an.

„Ich selbst in eigener Person“, versetzte Kamenew. „Ah, Butler – guten Abend! Sie schlafen noch nicht, sondern promenieren hier mit Maria Dmitrijewna? Daß Ihnen der Major nur nicht auf den Kopf kommt! Wo steckt er denn?“

„Hören Sie denn nicht?“ sagte Maria Dmitrijewna und zeigte nach der Richtung, aus der sich das Dröhnen einer großen türkischen Trommel und lauter Liederklang vernehmen ließ.

„Dort zechen sie wieder mal ganz gehörig.“

„Wer denn? Die hiesigen Herren?“

„Nicht die allein – es sind Gäste da, Kameraden aus Chissif-Jurta.“

„Ah, da hab' ich's ja gut getroffen. Ich muß den Major sprechen, nur einen Augenblick ...“

„Was gibt's? Geschäfte?“ fragte Butler.

„Ja, eine kleine Sache.“

„Gut oder schlimm?“

„Wie man's nimmt. Für uns entschieden gut – für andere Leute mag's schlimm sein", meinte Kamenew lächelnd.

In diesem Augenblick waren sie ganz dicht am Hause des Majors angekommen.

„Heda, Tschichirew!" rief Kamenew einem seiner Kosaken zu, „kommt doch mal heran!"

Einer der donischen Kosaken ritt aus der Reihe heraus und kam an die Offiziere heran. Er trug die Felduniform seines Truppenteils, hohe Stiefel, den Mantel und den Quersack hinterm Sattel.

„Hol' das Ding mal heraus", sagte Kamenew, während er vom Pferde stieg.

Der Kosak stieg gleichfalls ab und holte aus dem Quersack einen zweiten kleineren Sack hervor, in dem sich ein rundlicher Gegenstand befand. Kamenew nahm den Sack aus der Hand des Kosaken und steckte die Hand hinein.

„Wollen Sie es sehen? Erschrecken Sie aber nicht", wandte er sich an Maria Dmitrijewna.

„Warum soll ich denn erschrecken?" meinte sie.

„Da!" sagte Kamenew, zog einen menschlichen Kopf aus dem Sacke und hielt ihn gerade gegen das Mondlicht.

„Erkennen Sie ihn?"

Es war ein glattrasierter Kopf, mit zwei Wülsten über den Augen und kurz gehaltenem schwarzem Barte. Das eine Auge stand offen, das andere war halb geschlossen; der blutige Schädel war von Säbelhieben zerhackt, und in den Nasenlöchern befand sich geronnenes schwarzes Blut. Um den Hals war ein blutiges Handtuch gewickelt. Trotz der Wunden, die auch das Gesicht entstellten, lag ein kindlich gutmütiger Ausdruck um die blauen Lippen.

Maria Dmitrijewna sah eine Weile hin, wandte sich dann um und ging, ohne ein Wort zu sagen, mit raschen Schlitten in das Haus.

Butler vermochte seine Augen von dem grausigen Bilde nicht abzuwenden: es war der Kopf Hadschi Murats, mit dem er noch vor ganz kurzer Zeit die Abende in so freundschaftlichen Gesprächen verbracht hatte.

„Wie ist denn das gekommen? Wer hat ihn getötet?" fragte er.

„Ausrücken wollte er, aber wir haben ihn gekriegt", sagte Kamenew, übergab den Kopf dem Kosaken und ging selbst mit Butler in das Haus hinein. „Er ist übrigens als ein Held gestorben“, fügte er hinzu.

„Wie konnte das nur geschehen?“

„Warten Sie, bis Iwan Matwjejewitsch kommt, dann will ich alles haarklein erzählen. Das ist ja meine Mission. Ich reite von Festung zu Festung, von Dorf zu Dorf, und zeige ihn herum.“

Man schickte nach Iwan Matwjejewitsch. Er kam schwer betrunken an, mit zwei Offizieren, die gleichfalls einen tüchtigen Rausch hatten, und begann Kamenew zu umarmen.

„Ich habe Ihnen Hadschi Murats Kopf mitgebracht“, sagte Kamenew.

„Nicht möglich! Habt ihr ihn getötet?“

„Ja, er wollte uns entwischen.“

„Ich hab’s ja immer gesagt: er wird uns hinters Licht führen. Wo hast du ihn also, den Kopf? Zeig’ mal her!“

Man rief den Kosaken, und er brachte den Sack mit dem Kopfe. Der Kopf wurde herausgenommen, und Iwan Matwjejewitsch sah ihn lange mit seinen trunkenen, blöden Augen an.

„Er war doch ein ganzer Kerl“, sagte er. „Gib her – ich will ihn küssen!“

„Ein pfiffiger Kopf war’s – ja, das muß man ihm lassen“, meinte einer der Offiziere.

Nachdem alle den Kopf zur Genüge betrachtet hatten, wurde er wieder dem Kosaken übergeben. Dieser legte ihn in den Sack zurück und setzte diesen vorsichtig, damit er kein Geräusch mache, auf den Boden.

„Sag’ mal, Kamenew – was erzählst du denn den Leuten, wenn du ihn so herumzeigst?“ fragte einer der Offiziere.

„Nein, gib ihn her, ich muß ihn noch einmal küssen – er hat mir ja einen Säbel geschenkt!“ schrie der Major.

Butler trat auf die Haustreppe hinaus. Maria Dmitrijewna saß dort auf der zweiten Stufe. Sie warf einen Blick auf Butler und wandte sich dann zornig ab.

„Was ist Ihnen denn, Maria Dmitrijewna?“ fragte Butler.

„Ihr seid alle Mörder! Ich kann euch nicht leiden, ihr – Mörder“, sagte sie und erhob sich.

„So kann es doch jedem von uns gehen“, meinte Butler, der nicht recht wußte, was er sagen sollte. „Das ist mal nicht anders im Kriege …"

„Im Kriege? Ist denn das noch Krieg? Mörder seid ihr, weiter nichts! Statt den Toten der Erde zu übergeben, treibt ihr euren Spott mit ihm – ihr Mörder!" wiederholte sie immer wieder, ging dann die Treppe hinunter und verschwand um die Hausecke, um durch den hinteren Eingang nach ihrem Zimmer zu gehen.

Butler kehrte in das Zimmer des Majors zurück und bat Kamenew, zu erzählen, wie sich alles zugetragen. Und dieser erzählte, was er wußte.

Fünfundzwanzigstes Kapitel

Es war Hadschi Murat gestattet worden, in der Nähe der Stadt Spazierritte zu machen, doch nur in Begleitung einer Kosakeneskorte. Es befand sich in Nucha im ganzen ein halbes Hundert Kosaken, von denen zehn Mann beim Kommando Dienst taten, während die anderen da und dort Verwendung fanden und für die erforderlichen Dienstleistungen oft kaum genügten. Sollten nun, wie angeordnet war, mit Hadschi Murat stets zehn Mann ausreiten, so fehlten an andern Stellen die nötigen Mannschaften. Am ersten Tage wurden ihm, wie befohlen, zehn Mann beigegeben, dann aber entschied man, daß immer nur fünf Kosaken mitreiten sollten, und man bedeutete Hadschi Murat, er solle nicht immer seine sämtlichen Muriden mitnehmen.

Am 25. April jedoch ritt Hadschi Murat mit allen seinen Getreuen aus. Während er sein Pferd bestieg, bemerkte der Kosakenoffizier, daß alle fünf Muriden sich anschickten, Hadschi Murat zu begleiten. Der Offizier machte ihn darauf aufmerksam, daß ihm die Mitnahme seiner sämtlichen Leute untersagt sei, doch Hadschi Murat tat, als ob er seine Worte nicht höre, und ritt davon, worauf ihn der Offizier gewähren ließ. Der ihm beigegebene Unteroffizier war ein stattlicher, untersetzter, blonder junger Mensch namens Nasarow, die Wangen wie Milch und Blut, das Haar vom Scheitel aus nach vorn und hinten gekämmt und rund herum abgeschnitten. Mit Stolz trug Nasarow das Georgskreuz für Tapferkeit auf der Brust. Er war der älteste Sohn einer armen altgläubigen Familie, der den Vater früh verloren hatte und seine alte Mutter samt fünf jüngeren Geschwistern unterhielt.

„Laß ihn nicht zu weit reiten, Nasarow!“ rief der Offizier ihm nach.

„Zu Befehl, Euer Wohlgeboren“, antwortete Nasarow und setzte, während er die Büchse auf dem Rücken zurecht schob, seinen großen stattlichen Fuchswallach in Trab. Die vier Kosaken ritten hinter ihm her. Der eine von ihnen war der als Dieb und Beutemacher bekannte Ferapontow, ein langer, hagerer Mensch, von dem Hamsalo Schießpulver gekauft hatte. Dann war da ein älterer Kosak, Ignatow mit Namen, dessen Dienstzeit eigentlich schon um war – ein stämmiger Bursche, der gern mit seiner Stärke prahlte. Der dritte der Kosaken, Mischkin, war ein schmächtiges, noch nicht volljähriges Kerlchen, über das alle sich lustig machten. Petralow, der vierte, war ein blonder junger Mann, stets munter und freundlich, der einzige Sohn seiner Mutter.

Der Morgen war nebelig, um die Frühstückszeit jedoch wurde das Wetter klar, und die Sonne schien hell auf das junge Laub, auf das frisch hervorsprießende, jungfräulich grüne Gras, auf die eben aufgegangenen Saaten und die gekräuselte Oberfläche des rasch hineilenden Flusses, der links vom Wege sichtbar war. Hadschi Murat ritt im Schritt daher, und die Kosaken sowie seine Muriden blieben dicht hinter ihm. So ging es ein ganzes Stück Weges vor die Festung hinaus. Frauen mit Körben auf dem Kopfe, Soldaten auf Fouragewagen, knarrende, mit Büffeln bespannte zweiräderige Karren begegneten ihnen. Als sie etwa zwei Werst von der Festung entfernt waren, brachte Hadschi Murat seinen kabardinischen Schimmel in eine raschere Gangart, und auch die Muriden und Kosaken setzten sich in Trab.

„Ein prächtiges Pferd hat er doch“, meinte Ferapontow. „Das hätte er damals haben sollen, wie er noch gegen uns war – ich hätt’s ihm nicht lange gelassen!“

„In Tiflis hat man ihm dreihundert Rubel dafür geboten.“

„Und ich wette, daß ich ihn auf meinem Fuchs überhole“, sagte Nasarow.

„Das wollen wir doch erst sehen“, meinte Ferapontow.

Hadschi Murat ritt in immer rascherem Tempo.

„Heda, Freund, das geht nicht! Immer langsam!“ lief Nasarow und ritt an Hadschi Murat heran.

Hadschi Murat sah sich nach ihm um und ritt, ohne ein Wort zu sagen, in seinem flotten Tempo zwischen Schritt und Paßgang weiter.

„Ich sag' euch, die Kerle haben etwas im Sinn“, sagte Ignatow. „Da – wie sie uns anglotzen!“

Noch eine Werst legte man so nach den Bergen hin zurück.

„Ich sag's noch einmal: das geht nicht so!“ schrie Nasarow Hadschi Murat zu.

Hadschi Murat antwortet nicht und sah sich auch nicht um, sondern beschleunigte nur noch sein Tempo und ging in einen kurzen Galopp über.

„Nein, du entkommst mir nicht!“ rief Nasarow, der sich an der Ehre gepackt fühlte.

Er versetzte seinem großen Fuchswallach einen kräftigen Peitschenhieb, richtete sich in den Steigbügeln auf, neigte sich vor und setzte in gestrecktem Galopp Hadschi Murat nach.

Der Himmel war so klar, die Luft so frisch, und die Lust und Freude am Leben erfüllte so ganz Nasarows Seele, als er jetzt mit seinem wackeren guten Tiere gleichsam in eins verwachsen, auf dem ebenen Wege hinter Hadschi Murat herjagte, daß ihm auch nicht der leiseste Gedanke kam, es könnte etwas Schlimmes, Schreckliches eintreten. Er freute sich nur, daß er mit jedem Satz, jedem Sprunge Hadschi Murat näher kam. Dieser schloß aus dem immer vernehmlicher klingenden Hufschlag des großen Kosakenpferdes, daß Nasarow ihn über kurz oder lang einholen mußte, und während er mit der rechten Hand nach seiner Pistole griff, suchte er mit der linken seinen in Hitze geratenen, durch die Hufschläge in seinem Rücken beunruhigten Kabardiner zurückzuhalten.

„Das geht nicht, sage ich!“ schrie Nasarow, der nun schon fast Seite an Seite mit Hadschi Murat ritt und bereits die Hand ausstreckte, um den Zügel seines Pferdes zu fassen. Aber noch hatte er den Zügel nicht berührt, als plötzlich ein Schuß ertönte.

„Was fällt dir denn ein?“ rief Nasarow und faßte nach seiner Brust. „Los auf sie, Jungens!“ rief er den Kosaken zu und taumelte im Sattel zurück.

Doch die Muriden griffen noch vor den Kosaken zu den Waffen, schossen ihre Pistolen auf sie ab und hieben mit den Säbeln auf sie ein. Nasarow hing schlaff auf seinem Pferde, das führerlos mit ihm hinter den anderen Pferden herlief. Ignatows Pferd brach zusammen und riß seinen Reiter mit zu Boden; zwei der Bergbewohner hieben, ohne abzusteigen, auf seinen Kopf und seine Arme ein. Petrakow wollte dem Kameraden zu Hilfe kommen, aber zwei Schüsse, der eine in den Rücken und der andere in die Seite, machten ihn kampfunfähig, und er fiel wie ein Sack vom Pferde.

Mischkin hatte mit seinem Pferde Kehrt gemacht und war nach der Festung zurückgejagt. Chanefi und Bata setzten ihm nach, doch hatte er schon einen zu großen Vorsprung, als daß ihn die Muriden hätten erreichen können. Als sie das vergebliche ihres Bemühens erkannten, kehrten sie zu den Ihrigen zurück. Hamsalo, der mit seinem Dolche Ignatow den Rest gegeben hatte, versetzte auch Nasarow noch einen letzten Stich und riß ihn vom Pferde. Bata nahm den Getöteten die Patronentaschen ab. Chanefi wollte Nasarows Pferd mitnehmen, doch Hadschi Murat rief ihm zu, er solle es nur zurücklassen, und ritt im Galopp die Straße entlang weiter. Die Muriden jagten hinter ihm drein, gefolgt von Nasarows Pferde, das sie vergeblich zurückzuscheuchen suchten. Sie sprengten eben mitten durch die Reisfelder, als vom Turme in Nucha ein lauter Alarmschuß erdröhnte.

Petrakow lag mit aufgeschlitztem Bauche auf dem Kampfplatz, sein jugendliches Gesicht war dem Himmel zugewandt; wie ein Fisch auf dem Trockenen schnappte er lautlos nach Luft und starb.

Sechsundzwanzigstes Kapitel

Herrgott, Kinder, was habt ihr denn da angerichtet?" rief der Festungskommandant und faßte sich verzweifelt an den Kopf, als er die Nachricht von Hadschi Murats Flucht erhielt. „Nun geht es mir an den Kragen! Wie konntet ihr den Räuber nur laufen lassen?!" schrie er auf Mischkin los, der ihm soeben das Vorgefallene gemeldet hatte.

Sogleich wurde überall Alarm geschlagen, und nicht nur die Kosaken, die zur Verfügung standen, sondern auch die Milizen der friedlichen Dörfer wurden, soweit dies in der Kürze der Zeit möglich war, mobil gemacht und den Flüchtigen nachgesandt. Eine Belohnung von tausend Rubeln wurde für denjenigen ausgesetzt, der Hadschi Murat, ob tot oder lebendig, zurückbringen würde. Zwei Stunden, nachdem Hadschi Murat mit seinen Begleitern entflohen war, befanden sich bereits zweihundert Berittene mit dem Kommissar an der Spitze unterwegs, um die Entkommenen wieder einzufangen.

Nachdem Hadschi Murat noch einige Werst auf der Landstraße weitergeritten war, hielt er seinen schwer keuchenden, ganz in Schweiß gebadeten Schimmel für einen Augenblick an. Rechts vom Wege sah man die Hütten und das Minarett des Dorfes Benerdschik, links dehnten sich weithin die Reisfelder, und hinter ihnen schimmerte von ferne der Fluß. Wiewohl nun der Weg in die Berge nach rechts führte, schlug Hadschi Murat doch die entgegengesetzte Richtung, nach links hin, ein, da er annahm, daß die Verfolger den Weg nach rechts wählen würden. Er gedachte an der ersten besten Stelle über den Alasan zu setzen, am anderen Ufer, wo ihn niemand vermuten würde, entlang zu reiten, bis er den Wald erreichte, dann wieder überzusetzen, auf die Straße zurückzukehren und nun erst seinen Weg in die Berge zu nehmen. Nachdem er diesen Entschluß gefaßt, nahm er sogleich seinen Weg nach links. Doch zeigte es sich, daß es unmöglich war, an den Fluß zu gelangen. Das Reisfeld, das er passieren mußte, war, wie stets im Frühling, unter Wasser gesetzt und in einen einzigen großen Sumpf umgewandelt, in dem die Beine der Pferde tief versanken. Hadschi Murat ritt mit seinen Begleitern bald dahin, bald dorthin, in der Hoffnung, einen trockeneren Weg zu finden, aber die Felder, auf die sie gerieten, waren alle in gleicher Weise überschwemmt und unpassierbar. Die Pferde konnten nur mit Mühe die versinkenden Beine aus dem schluckernden Morast ziehen, machten schwer keuchend ein paar Schritte und blieben immer wieder stehen. Eine ganze Zeitlang quälten sie sich auf diese Weise ab, ohne den Fluß zu erreichen. Da erblickten sie ein kleines Gehölz, aus niedrigem Buschwerk bestehend, das sich inselartig aus dem Reisfeld erhob. Dorthin beschloß Hadschi Murat sich zu wenden, um im Schutze der Sträucher die erschöpften Tiere ausruhen zu lassen und den Anbruch der Nacht abzuwarten. Sie erreichten das Gehölz, stiegen ab, fesselten die Pferde und ließen sie weiden.

Sie selbst verzehrten das aus Brot und Käse bestehende Mahl, das sie mitgenommen hatten. Unentdeckt blieben sie hier bis zum Eintritt der Dunkelheit. Der im ersten Viertel stehende Mond, der zuerst geschienen hatte, war hinter die Berge gegangen, und die Nacht war dunkel. Es gab um Nucha herum besonders viele Nachtigallen, und auch in dem Gehölz ließen sich jetzt einige vernehmen, nachdem sie anfänglich, solange die Reiter mit ihren Pferden sich hin und her bewegten, still geblieben waren. Unwillkürlich lauschte Hadschi Murat, während er besorgt in die Nacht hinausspähte, ihrem Gesange.

Und er dachte an den Nachtigallensang und das Lied von Hamsat, das ihn heute Nacht, als er im Hausflur sich Wasser holte, so gefesselt hatte. Jeden Augenblick konnte es ihm jetzt ebenso ergehen wie jenem Hamsat. Eine Ahnung beschlich ihn, daß sein Schicksal das gleiche sein würde, und tiefer Ernst senkte sich in seine Seele. Er breitete seinen Filzmantel auf der Erde aus und verrichtete sein Gebet. Kaum hatte er es beendet, als sich in der Ferne ein Geräusch vernehmen ließ, das sich dem Gehölz zu nähern schien. Es rührte, wie ihm vorkam, von zahlreichen Hufen her, die durch das feuchte Reisfeld dahergewatet kamen. Der scharfäugige Bata lief an den Rand des Gehölzes und sah im Dunkeln die Schatten von Reitern und Fußgängern. Chanefi, der auf der anderen Seite des Gehölzes Ausschau hielt, sah auch dort Reiter und Fußgänger, die näher und näher kamen. Das war Karganow, der Kommissar des Bezirks, mit seinen Milizen.

„Wohlan, so werden wir kämpfen, wie Hamsat", dachte Hadschi Murat.

Nachdem das Alarmzeichen ertönt war, hatte Karganow sich mit etwa hundert Milizen und Kosaken an die Verfolgung Hadschi Murats gemacht, doch konnte er nirgends eine Spur von ihm entdecken. Schon hatte er enttäuscht und hoffnungslos den Rückweg angetreten, als er kurz vor Anbruch des Abends einem Greise begegnet war, den er befragte, ob er keine Berittenen gesehen habe. Der Alte erwiderte, er habe wohl welche gesehen, sechs Reiter habe er gesehen, die in den Reisfeldern hin und her geritten seien und dann in das Gehölz, in dem er Reisig sammelte, gekommen seien. Karganow ließ sogleich kehrt machen, nahm den Alten mit und rückte bis in die Nähe des Gehölzes vor, wo ihm die gefesselten Pferde zu Gesicht kamen und Hadschi Murats Anwesenheit verrieten. Er wartete, bis die Nacht hereinbrach, verteilte dann seine Mannschaften im Kreise um das Gehölz und sah dem anbrechenden Morgen entgegen, der ihm Hadschi Murat tot oder lebendig in die Hände liefern sollte.

Als Hadschi Murat begriffen hatte, daß er vom Gegner eingekreist sei, suchte er einen mitten im Gehölz befindlichen trockenen alten Graben auf: hier wollte er sich mit den Seinigen verschanzen und sich so lange verteidigen, als sein Kugelvorrat und seine Kräfte reichten. Er teilte seinen Plan den Genossen mit und befahl ihnen, einen Wall um den Graben herum zu errichten. Die Muriden begannen sogleich, Zweige abzuhauen und mit ihren Dolchen, so gut es ging, Erde aufzuschütten. Hadschi Murat arbeitete selbst eifrig mit. Als der Morgen dämmerte, ritt der Befehlshaber der Milizen vor das Gehölz und rief mit lauter Stimme: „Heda, Hadschi Murat, ergib dich! Unser sind viele, und ihr seid nur wenige."

Als Antwort fiel ein Schuß aus dem Graben, ein Rauchwölkchen stieg auf, und unter einem der Milizsoldaten brach das Pferd zusammen. Gleich darauf krachten die Büchsen der Milizen, die am Rande des Gehölzes aufgestellt waren, und ihre Kugeln pfiffen, Laub und Zweige niederreißend, durch die Büsche, trafen jedoch keinen der in dem Graben Verschanzten, sondern schlugen wirkungslos in den Verhau, den die Muriden errichtet hatten. Nur Hamsalos Pferd, das zu weit abseits gegangen war, wurde verwundet. Die Kugel hatte es am Kopfe getroffen, es war jedoch nicht zusammengebrochen, sondern hatte die Fessel zerrissen und war, das junge Gras mit seinem Blute färbend und mit lautem Krachen die Büsche durchbrechend, zu den anderen Pferden hingestürmt. Hadschi Murat und seine Leute schossen nur immer dann, wenn einer von den Milizsoldaten sichtbar wurde, und sie verfehlten nur selten ihr Ziel. Drei Mann von den Milizen waren bereits verwundet. Die Milizen verspürten durchaus keine Lust, sich auf Hadschi Murat und seine Leute zu stürzen, sie entfernten sich im Gegenteil immer weiter von ihnen und schossen ins Geheg hinein aus der Ferne. So verging wohl eine gute Stunde. Die Sonne war bereits über den Horizont getreten, und Hadschi Murat dachte schon daran, sein Pferd zu besteigen und den Versuch zu machen, sich bis zum Flusse durchzuschlagen, als sich das laute Geschrei einer neu angelangten großen Milizabteilung vernehmen ließ. Es war Hadschi Aga von Mechtulinsk, der mit seinen

Leuten angelangt war. Es waren ihrer wohl an die zweihundert Mann. Hadschi Aga war dereinst mit Hadschi Murat befreundet gewesen und hatte mit ihm zusammen in den Bergen gelebt, doch war er dann zu den Russen übergegangen. Mit ihm war auch Achmet Chan gekommen, dessen Vater mit Hadschi Murat verfeindet war. Ebenso wie Karganow leitete auch Hadschi Aga sein Vorgehen damit ein, daß er Hadschi Murat aufforderte, sich zu ergeben, was dieser wiederum durch einen Schuß beantwortete.

„Die Säbel heraus, Kinder!" rief Hadschi Aga, und die Milizen warfen sich mit lautem Geschrei auf das Gebüsch. Doch hinter dem Wall hervor knallten nacheinander ein paar Schüsse, und drei Mann fielen wieder zu Boden. Die Heranstürmenden machten Halt, gingen an den Rand des Gehölzes zurück und schossen von dort aus auf die Verschanzung. Von neuem gingen sie dann, hinter Büschen Deckung suchend, vor, und während ein Teil von ihnen ganz in die Nähe vordrang, fielen andere unter den Kugeln Hadschi Murats und seiner Muriden. Hadschi Murat schoß nicht eine Kugel umsonst ab und auch Hamsalo traf fast immer und stieß jedesmal einen Freudenschrei aus, wenn er sah, daß er gut geschossen hatte. Chan Mahoma saß am Rande des Grabens, sang laut sein *„Illach il allah"* und schoß ohne Hast, traf jedoch nur selten. Eldar bebte an allen Gliedern vor Ungeduld, sich mit dem Dolche auf die Feinde zu stürzen, schoß häufig und mit wechselndem Erfolge und sah immer wieder auf Hadschi Murat oder steckte den Kopf aus dem Graben. Der zottige Chanefi hatte die Ärmel aufgestreift und verrichtete auch hier die Arbeit eines Dieners. Er lud die Büchsen, die ihm Hadschi Murat und Chan Mahoma reichten, schüttete trockenes Pulver auf die Pfannen und schob die Kugeln samt den eingefetteten Pfropfen mit dem eisernen Ladestock in die Läufe. Bata hielt es in dem Graben nicht aus, er lief zu den Pferden hin und suchte sie an einen sicheren Platz zu treiben, wobei er unaufhörlich kreischte und aus freier Hand, ohne Stütze, schoß. Er wurde zuerst verwundet. Die Kugel traf ihn in den Hals, und er setzte sich nieder und begann, während er Blut spuckte, laut zu schimpfen. Dann erhielt Hadschi Murat einen Schuß in die Schulter. Er riß ein Stück Watte aus seinem Beschmet, verstopfte damit die Wunde und fuhr fort zu schießen.

„Greifen wir doch zu den Säbeln!" rief Eldar schon zum dritten Male. Er schaute hinter dem Wall hervor und wollte sich schon auf die Feinde werfen, da traf ihn eine Kugel, und er wankte und fiel kopfüber gerade auf Hadschi Murats Bein. Hadschi Murat sah ihn an: die schönen Widderaugen waren fest und ernst auf ihn gerichtet. Der Mund mit der vorspringenden Oberlippe zuckte, ohne sich zu öffnen. Hadschi Murat zog sein Bein unter dem leblosen Körper hervor und fuhr fort zu schießen.

Chanefi beugte sich über Eldars Leichnam und nahm die noch nicht abgeschossenen Patronen aus seiner Tscherkeska.

Chan Mahoma fuhr inzwischen fort zu singen, langsam zu laden und zu zielen. Die Feinde kamen, sprungweise von Busch zu Busch vorgehend, unter Schreien und Kreischen immer näher. Noch eine zweite Kugel traf Hadschi Murat, diesmal in die Seite. Er legte sich im Graben hin, zog wieder ein Stück Watte aus seinem Beschmet und verstopfte damit die Wunde. Diese zweite Wunde war tödlich, und Hadschi Murat fühlte, daß er sterben würde. Bilder der Erinnerung traten in rascher Folge vor seine Seele. Er sah den starken Abununzal Chan vor sich, wie er, mit der einen Hand die abgeschlagene, herunterhängende Backe festhaltend, sich mit dem Dolche auf die Feinde stürzte, und er sah den blutleeren, hinfälligen alten Woronzow mit seinen listigen Augen und seiner glatten Zunge, und seinen Sohn Jussuf, und seine Gattin Sofiat, und das bleiche Gesicht seines Todfeindes Schamyl mit dem roten Bart und den halbgeschlossenen Lidern. Und alle diese Erinnerungen jagten rasch an seinem Geiste vorüber, ohne irgendeine Empfindung, sei es Mitleid oder Haß, oder sonst etwas, in ihm hervorzurufen. Alles das erschien so nichtig im Vergleich zu dem, was jetzt für ihn beginnen sollte oder schon begonnen hatte. Er raffte seine letzte Kraft zusammen, richtete sich hinter dem Schutzwalle auf, schoß seine Pistole auf einen vorübereilenden Milizsoldaten ab und traf ihn. Der Getroffene brach zusammen. Nun kroch Hadschi Murat vollends aus dem Graben heraus und ging, schwerfällig hinkend, mit dem Dolche in der Faust, dem Feinde gerade entgegen. Ein paar Schüsse wurden auf ihn abgegeben, und er wankte und stürzte zu Boden. Eine Anzahl Milizen warfen sich unter lautem Siegesgeschrei auf den Körper des Gefallenen. Doch der, den sie für tot hielten, bewegte sich plötzlich. Zuerst erhob sich der blutige Kopf, von dem die Lammfellmütze heruntergefallen war, und dann reckte sich der Rumpf in die Höhe und richtete sich, mit den Armen einen Baumstamm umfassend, langsam empor. So entsetzlich war dieser Anblick, daß alle, die herbeigeeilt waren, wie erstarrt dastanden. Doch plötzlich ging ein Beben durch Hadschi Murats Körper, er ließ den Baum los, fiel so in seiner ganzen Länge, wie eine Distel, die die Sense getroffen, mit dem Gesicht voran, auf die Erde und rührte sich nicht mehr. Aber wenn er sich auch nicht mehr regte, so fühlte er doch noch immer. Als Hadschi Aga, der zuerst auf ihn zugeeilt war, ihn mit seinem großen Dolche über den Kopf schlug, war ihm, als schlüge man ihn mit einem Hammer über den Schädel, und er konnte nicht begreifen, wer das tat, und warum es geschah. Es war die letzte Empfindung, die ihn noch mit seinem Körper verband. Dann fühlte er gar nichts mehr, und das, was da von den Feinden mit Füßen getreten und zerhackt wurde, hatte nichts mehr mit ihm gemein. Hadschi Aga trat ihm auf den Rücken, schlug ihm mit zwei Hieben den Kopf ab und stieß ihn vorsichtig, um sich die Schuhe nicht blutig zu machen, mit dem Fuße zur Seite. Das hellrote Blut, das der Halsschlagader entströmte, färbte, mit dem schwarzen Blute der Kopfwunden vermischt, das Gras.

Wie der Jäger über dem getöteten Wild, so standen Karganow, Hadschi Aga und Achmet Chan über den Leibern Hadschi Murats und seiner gefallenen Muriden. Chanefi, Chan Mahoma und Hamsalo waren überwältigt und gefesselt worden. Im Pulverdampf durch die Büsche streifend, unterhielten sich die Sieger höchst vergnügt und freuten sich ihres Triumphes.

Die Nachtigallen, die während des Feuerns geschwiegen hatten, begannen jetzt wieder zu schlagen – zuerst die eine in nächster Nähe und dann die andern weiter im Gehölz.

*

Der Tod dieses Menschen war es, den mir die zertretene Distel auf dem frischgepflügten Acker ins Gedächtnis rief.

WEITERE NACHLASSTEXTE AUS DEN ‚GESAMMELTEN NOVELLEN'
(Verlag Eugen Diederichs 1924)

Übertragungen
von Ludwig und Dora Berndl[1]

Der gefälschte Coupon
Nach dem Ball
Vater Sergius
Aljoscha der Topf
Erzählung für Kinder
Der Teufel

---

[1] Textquelle | Leo N. TOLSTOI: Gesammelte Novellen / Fünfter Band. [Hadschi Murad / Der gefälschte Coupon / Nach dem Ball / Vater Sergius / Aljoscha der Topf / Erzählung für Kinder / Der Teufel. Übertragen von Ludwig und Dora Berndl]. Erstes bis viertes Tausend. Jena: Eugen Diederichs 1924, S. 197-479. [Gesamtumfang des Bandes: 480 Seiten]

Bildnis des Dichters

Graphik zu den Tolstoi-Werken
im Eugen Diederichs-Verlag

Der gefälschte Coupon

Erster Teil

I. I

Feodor Michajlowitsch Smokownikow, Vorsitzender des Kameralhofes; ein Mensch von unbestechlicher Ehrlichkeit (worauf er stolz war); fanatischer Liberaler; und nicht nur Freigeist, sondern Verächter jeglicher Spur von Religiosität, die er für ein Überbleibsel des Aberglaubens hielt – Feodor Michajlowitsch Smokownikow kehrte aus der Kammer in der denkbar schlechtesten Stimmung zurück. Der Gouverneur hatte ihm ein über alle Maßen dummes Papier gesandt, in welchem eine gewisse Bemerkung die Deutung zuließ, daß er, Feodor Michajlowitsch, irgendwie nicht ganz ehrlich gehandelt habe. Feodor Michajlowitsch, sehr erbost, hatte auf der Stelle eine geharnischte und spitze Antwort zurückgehen lassen.

Zu Hause ging alles, wie wenn es ihm zum Tort geschähe, verkehrt.

Es war fünf Minuten vor fünf. Er hatte gedacht, daß man gleich zu Mittag essen werde; allein – das Mittagessen war nicht fertig. Feodor Michajlowitsch schmetterte die Tür hinter sich zu und ging auf sein Zimmer. Da klopfte es. „Wer zum Teufel mag das wieder sein," dachte er und schrie:

„Wer ist draußen?"

Ins Zimmer trat sein Sohn, ein fünfzehnjähriger Knabe, Gymnasiast der fünften Klasse.

„Was willst du?"

„Heute ist der Erste."

„Was – Geld?"

Es war so eingeführt, daß der Vater dem Sohne an jedem Ersten drei Rubel Taschengeld gab. Feodor Michajlowitsch machte ein finsteres Gesicht, langte seine Brieftasche heraus, suchte darin, entnahm ihr einen Coupon im Betrage von zwei Rubel und fünfzig, zog sodann die Geldbörse mit dem Silber hervor und zählte noch fünfzig Kopeken dazu. Der Sohn schwieg und nahm das Geld nicht.

„Papa, gib mir im voraus."

„Wie – was?"

„Ich würde nicht darum bitten, aber ich habe auf Ehrenwort geliehen und versprochen, das Geld zurückzubezahlen. Ich, als ehrlicher Mensch, kann doch nicht … ich muß noch drei Rubel haben … ich würde gewiß nicht bitten … das heißt, nicht daß ich nicht bitten würde, aber … kurz, ich bitte, Papa."

„Man hat dir ein für allemal gesagt …"

„Gewiß, Papa, aber es ist ja auch nur dies eine Mal." „Drei Rubel bekommst du im Monat, und doch ist's nicht genug. Ich, in deinen Jahren, habe nicht einmal fünfzig Kopeken erhalten."

„Alle Kameraden bekommen jetzt mehr. Petrow, Jwanizkij bekommen fünfzig Rubel."

„Und ich sage dir, wenn du so wie bisher weitermachst, wird noch ein Betrüger aus dir. Laß dir das gesagt sein!"

„Nun, und was ist da viel gesagt? Sie wollen sich nie in meine Lage versetzen. Ich muß ja zum Schurken werden. Sie haben es gut."

„Schau, daß du hinaus kommst, Lümmel! Hinaus!"

– Feodor Michajlowitsch sprang auf und warf sich auf den Sohn.

„Prügeln sollte man euch!"

Der Sohn erschrak und ergrimmte zugleich; aber er ergrimmte noch mehr als er erschrak, ließ den Kopf sinken und ging rasch zur Tür. Feodor Michajlowitsch hatte nicht die Absicht, ihn zu schlagen, doch gefiel er sich in seiner Wut und sandte dem Sohne noch eine Reihe von Schimpfworten nach.

Als das Stubenmädchen mit der Meldung kam, daß das Mittagessen fertig sei, erhob sich Feodor Michajlowitsch.

„Endlich!" sagte er. „Mir ist aller Appetit vergangen." Und mit verdrießlichem Gesichte begab er sich zu Tisch. Seine Frau wollte ein Gespräch beginnen, doch er knurrte sie so zornig an, daß sie schwieg. Der Sohn blickte auch nicht von seinem Teller auf und schwieg. So aßen sie schweigend, standen schweigend auf und gingen auseinander.

Nach dem Mittagessen kehrte der Gymnasiast in sein Zimmer zurück, nahm den Coupon und das Kleingeld aus der Tasche und warf alles auf den Tisch; nachher legte er die Schuluniform ab und zog das Jäckchen an. Zuerst griff der Gymnasiast zu der zerfetzten lateinischen Grammatik, dann hakte er den Riegel an der Tür ein, fegte mit der flachen Hand das Geld vom Tische in die Schublade, zog aus der Schublade Hülsen, stopfte eine, verschloß die Hülse mit Watte und fing an zu rauchen.

Er versaß über der Grammatik und den Heften ungefähr zwei Stunden, verstand gar nichts, stand dann auf, ging, mit den Fersen aufstampfend, im Zimmer hin und her und suchte sich alles das ins Gedächtnis zurückzurufen, was er mit dem Vater gehabt hatte. An jedes Schimpfwort und besonders an das böse Gesicht des Vaters erinnerte er sich so deutlich, als sähe und hörte er ihn in diesem Augenblick. „Du Lümmel!" „Prügeln sollte man euch!" Und je deutlicher er sich erinnerte, desto heftiger zürnte er dem Vater. Er gedachte der Worte seines Vaters: „Ich sehe schon, daß aus dir noch einmal ein Betrüger werden wird! Merke dir's! Aus dir wird noch ein Betrüger, wenn du so weiter machst!" – „Er hat's gut. Er vergißt, daß er auch einmal jung war. Und übrigens – was hab' ich denn verbrochen? Ich bin einfach ins Theater gefahren. Geld hatte ich keins, so borgte ich mir welches beim Petja Gruschezkij. Was ist denn da so Böses dran? Ein andrer hätte Mitleid, erkundigte sich; und der – kann nur schimpfen und an sich denken. Ja! wenn ihm etwas fehlt, da ist ein Geschrei durchs ganze Haus; und ich – bin ein Betrüger! Nein! Er ist zwar mein Vater, aber ich liebe ihn nicht. Ich weiß nicht, ob das auch sonst so ist – aber ich liebe ihn nicht."

Das Stubenmädchen pochte an die Tür und brachte einen Zettel.

Man verlangt unbedingt Antwort.

In dem Zettel stand geschrieben: „Schon zum drittenmal bitte ich Dich, die von mir geliehenen sechs Rubel zurückzugeben. Du aber suchst immer Ausflüchte. So handeln ehrliche Leute nicht. Bitte mir unverzüglich durch den Überbringer dieses das Geld zurückzuschicken. Mir steht selbst das Wasser bis zur Kehle. Kannst Du es denn wirklich nicht auftreiben? Dein, je nachdem ob Du mir das Geld zurückschickst oder nicht, Dich verachtender oder achtender Kamerad Gruschezkij."

„Denk einmal! So ein Schwein! Kann nicht warten. Ich muß noch versuchen ..."

Mitja ging zur Mutter. Das war die letzte Hoffnung. Seine Mutter war gut und konnte ihm nichts abschlagen; und sie hätte ihm vielleicht geholfen, aber gerade jetzt war sie wegen der Krankheit ihres Jüngsten, des zweijährigen Petja, sehr aufgeregt. Sie wurde auf Mitja bös, weil er so geräuschvoll hereingetreten war und schlug ihm seine Bitte rundweg ab.

Er brummte etwas vor sich hin und ging zur Tür hinaus. Da tat ihr der Sohn leid und sie rief ihn zurück.

„Warte, Mitja," sagte sie, „ich habe jetzt nichts, aber morgen werde ich mir das Geld verschaffen."

Doch in Mitja kochte noch der Zorn über seinen Vater.

„Wozu morgen, wenn ich es heute haben muß? So wißt denn, daß ich zu einem Kameraden gehe."

Er ging hinaus und schmetterte die Tür hinter sich zu.

„Es bleibt nichts andres übrig – er wird mir zeigen, wo man die Uhr versetzt," dachte er, und fühlte nach der Uhr in seiner Tasche.

Mitja nahm den Coupon und das Kleingeld aus der Tischlade, zog den Paletot an und ging zu Machin.

II. I

Machin war ein schnurrbärtiger Gymnasiast. Er spielte Karten, kannte schon Frauen und hatte immer Geld. Er wohnte bei einer Tante. Mitja wußte, daß Machin kein guter Junge war, doch wenn er mit ihm zusammen war, ordnete er sich ihm unwillkürlich unter. Machin war zu Hause und machte sich gerade fertig, ins Theater zu gehen. In seinem schmutzigen Zimmerchen roch es nach duftender Seife und Eau de Cologne.

„Das, Bruder, laß deine letzte Sorge sein," sagte Machin, als Mitja ihm seinen Kummer erzählt hatte. Mitja zeigte ihm den Coupon nebst den 50 Kopeken und sagte, er benötige neun Rubel.

„Man kann die Uhr versetzen; aber noch besser –" sagte Machin und blinzelte Mitja mit einem Auge zu.

„Was ist besser?"

„Und sehr einfach!" – Machin nahm den Coupon.

„Man stellte einen Einser vor die 2,50, und es sind dann 12,50."

„Aber gibt es denn solche Coupons?"

„Natürlich! Zu den Tausend-Rubel-Billetts. Ich hab' so einen schon einmal losgelassen."

„Nicht möglich!"

„Also drehn wir's?" sagte Machin, indem er die Feder ergriff und den Coupon mit den Fingern der linken Hand ausglättete.

„Aber das ist ja nicht recht!“

„Pah! dummes Zeug!“

„Und in der Tat …“ dachte Mitja, und wieder kamen ihm die Schimpfworte des Vaters in den Sinn: Betrüger … „So will ich denn auch ein Betrüger sein.“ Er schaute Machin ins Gesicht. Machin schaute ihn ruhig lächelnd an.

„Na, wie ist's? Soll ich?“

„Gut.“ Machin zeichnete den Einser sorgfältig ein.

„Na, jetzt gehen wir in ein Magazin. Hier gleich an der Ecke ist ein Laden für Photographieartikel. Ich muß ohnedies grade ein Rähmchen für diese Person hier haben.“ Er zog eine Photographie hervor, die ein Fräulein mit großen Augen, riesigem Haar und üppigem Busen darstellte.

„Ein liebes Seelchen, was?“

„Ja ja – Und du denkst, daß wir …“

„Sehr einfach. Komm.“

Machin zog sich an und sie gingen zusammen fort.

III. I

Im Laden für Photographieartikel ertönte die Klingel. Die Gymnasiasten traten in das Geschäft, in dem niemand anwesend war und betrachteten sich die Gegenstände in den Wandkästen und auf dem Ladentisch. Durch die hintere Tür kam eine Frauensperson mit unschönem, aber gutmütigem Gesicht und fragte, was die Herren wünschten.

„Ein schönes Rähmchen, Madame.“

„Zu welchem Preis?“ fragte die Dame, während sie mit ihren in Halbhandschuhen steckenden Händen und den an den Gelenken geschwollenen Fingern rasch und geschickt Rähmchen verschiedenster Fasson zur Auswahl vorlegte.

„Diese sind zu fünfzig Kopeken; und diese ein wenig teurer. Und dieses da ist ein sehr hübsches Rähmchen allerneuester Fasson zu einem Rubel zwanzig.“

„Na, geben Sie dieses da. Können Sie nichts nachlassen? Ein Rubel, denk ich, wäre genug.“

„Hier wird nicht gehandelt,“ sagte die Dame mit Würde.

„Na, in Gottes Namen,“ sagte Machin, indem er den Coupon auf die Tischvitrine legte.

„Geben Sie mir das Rähmchen und den Rest, aber geschwind, damit wir nicht zu spät ins Theater kommen.“

„Sie werden noch zurechtkommen,“ sagte die Dame und begann den Coupon mit ihren kurzsichtigen Augen zu untersuchen.

„Wird sich's in diesem Rähmchen nett machen, he?“ sagte Machin, sich an Mitja wendend. „Haben Sie kein anderes Geld?“ fragte die Verkäuferin.

„Das ist ja eben das Malheur, daß wir kein andres haben. Der Vater gab mir den Coupon zum Wechseln.“

„Haben Sie denn nicht einen Rubel zwanzig bei sich?“

„Fünfzig Kopeken, das ist alles. Aber haben Sie vielleicht Angst, daß wir Sie mit falschem Geld betrügen?“

„Aber nein, davon ist nicht die Rede.“

„Sonst können Sie's zurückgeben, und wir werden anderswo wechseln.“

„Also wieviel bekommen Sie?“

„Elf Rubel und etliche Kopeken.“

Die Verkäuferin fingerte an der Rechenmaschine herum, zog die Lade heraus, nahm zehn Rubel in Papier, kramte im Kleingeld und suchte noch sechs Zwanziger und zwei Fünfer heraus.

„Bitte, ein wenig einwickeln,“ sagte Machin, indem er das Geld gemächlich an sich nahm.

„Sofort.“

Die Verkäuferin wickelte das Rähmchen ein und umband es mit einem Schnürchen.

Mitja atmete erst auf, als das Glöckchen an der Eingangstür geläutet hatte und sie wieder auf der Straße standen.

„Na, da hast du die zehn Rubel, und das andre laß mir, ich werde es dir zurückgeben.“

Machin eilte fort ins Theater und Mitja begab sich zu Gruschezkij, dem er seine Schuld bezahlte.

IV. I

Eine Stunde nachdem die Gymnasiasten fortgegangen waren, kam der Mann nach Hause und machte sich daran, den Erlös zu zählen.

„Ach, du vertrackte Närrin! Nein, ist das eine Närrin!" schrie er seine Frau an, sobald er den Coupon erblickte, den er sofort als einen gefälschten erkannte. „Sage mir, warum nimmst du eigentlich Coupons an?"

„Du hast ja selbst erst neulich einen solchen Coupon angenommen, Jewgenij, und gerade auch einen über zwölf Rubel," sagte die Frau verwirrt, gekränkt und dem Weinen nahe. „Ich weiß selbst nicht, wie sie ihn mir aufgeschwätzt haben; – Gymnasiasten," sagte sie. „Der hübsche junge Mensch sah so *comme il faut* aus."

„Du bist eine Närrin *comme il faut,*" schalt er weiter, während er die Kasse zählte. „Wenn ich einen Coupon annehme, so sehe und weiß ich, was darauf geschrieben steht; du aber hast wahrscheinlich nur die Fratzen der Gymnasiasten angeschaut – auf deine alten Tage!"

Dies konnte die Frau nicht ertragen, und sie wurde nun selber auch böse.

„Das ist mir nun der wahre Mann! Nur immer andre verurteilen! Und selbst kannst du bei den Karten mir nichts, dir nichts 54 Rubel verspielen, aber das macht dann nichts!"

„Bei *mir* ist das ganz etwas anderes."

„Ich will mit dir nicht sprechen," sagte die Frau, ging auf ihr Zimmer und begann darüber nachzudenken, wie ja ihre Familie immer dagegen gewesen war, daß sie diesen Mann heiratete, der nach den Begriffen ihrer Leute tief unter ihr stand, während sie leider auf dieser Heirat bestanden hatte. Sie erinnerte sich auch an ihr verstorbenes Kind, dann an die Gleichgültigkeit des Mannes bei diesem Verlust; und sie begann ihn nun so zu hassen, daß sie daran dachte, wie gut es wäre, wenn er stürbe. Aber als sie das dachte, erschrak sie über ihre Gefühle und beeilte sich, Toilette zu machen, um fortzugehen. Als der Mann die Wohnung betrat, war sie bereits ausgegangen. Sie war, ohne auf ihn zu warten, zu einem Lehrer der französischen Sprache gefahren, der heute einen Abend gab.

V. I

Bei dem Sprachlehrer, einem russischen Polen, war heute ein Gala-Abend; es gab Tee und süßes Gebäck, und hernach setzte man sich an die Spieltische, um „Wint" zu spielen.

Die Gattin des Verkäufers photographischer Gebrauchsartikel setzte sich mit dem Hausherrn, mit einem Offizier und einer alten tauben Dame in Perücke, Witwe eines Musikalienhändlers, die sehr gern und ausgezeichnet spielte, zusammen an einen Tisch. Die Frau des Verkäufers photographischer Gebrauchsartikel bekam ein gutes Blatt, sie gewann hintereinander zweimal. Neben sich hatte sie ein Tellerchen mit Weintrauben und Birnen stehen, und ihre Seele war heiter gestimmt.

„Wo bleibt denn aber Jewgenij Michajlowitsch heute so lange?" fragte die Hausfrau von einem anderen Tische her. „Wir notieren ihn als Fünften."

„Er sitzt wahrscheinlich ganz hingerissen über seinen Rechnungen," sagte die Gattin Jewgenij Michajlowitsch'; „heute sind Auszahlungen für Proviant, Holz und dergleichen."

Und indem sie sich an die Szene mit ihrem Manne erinnerte, verfinsterte sich ihr Gesicht, und ihre Hände in den Halbhandschuhen fingen an zu zittern – so zornig wurde sie.

„Wenn man den Wolf nennt, kommt er gerennt" rief" der Hausherr dem eintretenden Jewgenij Michajlowitsch zu. „Verspätet? He?"

„Ja, allerhand Geschäfte," antwortete Jewgeny Michajlowitsch mit munterer Stimme und rieb sich die Hände. Und zum größten Erstaunen seiner Frau ging er auf sie zu und sprach:

„Weißt du? den Coupon habe ich jemandem angehängt."

„Ist's möglich?"

„Ja, einem Bauern für Holz."

Und Jewgenij Michajlowitsch erzählte mit großer Entrüstung – seine Frau fügte die Details hinzu – die Geschichte, wie gewissenlose Gymnasiasten seine Frau betrogen hätten.

„Na, aber jetzt zur Sache," sagte der Erzähler, setzte sich an den Tisch und mischte die Karten, als an ihn die Reihe kam.

VI. I

In der Tat hatte Jewgenij Michajlowitsch den Coupon an einen Bauern namens Iwan Mironow, von dem er Holz gekauft hatte, weitergegeben.

Iwan Mironows Handel bestand darin, daß er auf den Holzplätzen eine Klafter Holz erstand, damit in der Stadt herumfuhr und, indem er das Holz so schichtete, daß aus einer Klafter fünf Viertel wurden, seine Viertel zu demselben Preise verkaufte wie die großen Holzhändler. An diesem für Iwan Mironow unglücklichen Tag war er am frühen Morgen mit einem Achtel herumgefahren und legte, nachdem er es rasch verkauft hatte, ein zweites Achtel auf in der Hoffnung, noch ein Geschäft zu machen; aber immer traf er auf abgefeimte Städter, denen die gewöhnlichen Kniffe der mit Holz handelnden Bauern nicht unbekannt waren und die seinen Versicherungen, daß er das Holz vom Lande hereingebracht habe, keinen Glauben schenkten.

Er wurde hungrig und war schon ganz durchfroren in seinem schäbigen Halbpelz und zerrissenen Armjäk; die Kälte betrug abends gegen 20 Grad; das Pferdchen, mit dem er kein Mitleid hatte, weil es sowieso bereits dem Schinder zugedacht war, blieb gänzlich stehen. Schon hatte sich Iwan Mironow entschlossen, das Holz mit Verlust abzugeben, als ihm Jewgenij Michajlowitsch in den Weg kam, der im Laden Tabak geholt hatte und eben nach Hause ging.

„Kaufen Sie, Herr, ich werde es billig abgeben. Das Pferdchen kann nicht mehr weiter."

„Woher kommst du?"

„Wir sind vom Dorf. Es ist eignes Holz, gutes, trockenes."

„Na, man kennt euch. Wieviel willst du dafür?"

Iwan Mironow machte zuerst ein Überangebot, ging dann mit seiner Forderung herunter und schlug das Holz endlich zu demselben Preise los, den er selbst bezahlt hatte.

„Nur für Sie, Herr, und weil ich nicht weit zu fahren habe," sagte er.

Jewgenij Michajlowitsch, den schon der bloße Gedanke, daß er nun den Coupon anbringen werde, über alle Maßen freute, feilschte nicht erst lange, und Iwan Mironow zog mit Müh und Not den Karren selbst in den Hofraum und lud das Holz im Schuppen ab, da der Hausknecht gerade abwesend war. Iwan Mironow wand sich lange, bevor er den Coupon nahm, aber Jewgenij Michajlowitsch wußte ihm so zuzureden und schien überhaupt ein so ehrenwerter Mann, daß er sich schließlich nicht mehr weigern konnte.

Iwan Mironow trat durch den rückwärtigen Eingang in das

Mägdezimmer, bekreuzte sich, ließ die Eiszapfen an seinem Barte auftauen, zog, indem er den einen Zipfel seines Kaftans zurückschlug, den ledernen Beutel, holte acht Rubel hervor, die er als Nest herausgab, wickelte den Coupon in ein Stück Papier und tat es in den Beutel.

Nachdem sich Iwan Mironow bei dem Barin geziemend bedankt hatte, trieb er – nun schon mit dem Peitschenstiel und nicht mehr bloß mit der Peitsche – den lendenlahmen, reifbedeckten, zum Tode verurteilten Gaul an und jagte Hals über Kopf mit dem leeren Wagen vor ein Wirtshaus.

Hier ließ er sich für acht Kopeken Tee und Branntwein geben, und nachdem er sich erwärmt hatte, ja in Schweiß geraten war, begann er in der aufgeräumtesten Stimmung ein Gespräch mit einem Hausknecht, der am selben Tische saß. Er plauderte mit ihm, machte ihn mit all seinen Verhältnissen bekannt, erzählte, daß er aus dem zwölf Werst von der Stadt entfernten Dorfe Wassiljewskoje sei, daß er vom Vater und den Brüdern getrennt lebe, und zwar mit seiner Frau und zwei Kindern, von denen der ältere Sohn in die Schule ging, so daß er an ihm keine Hilfe habe; er erzählte, daß er hier übernachten, morgen aber auf den Pferdemarkt gehen, dort seinen Klepper verkaufen und wenn möglich gleich wegen eines andern Pferdchens Umschau halten werde; erzählte, daß sich in seinem Beutel ein Sümmchen so von etwa fünfundzwanzig Rubelchen angesammelt habe, davon die Hälfte in einem Coupon bestehe. Er zog den Coupon hervor und zeigte ihn dem Hausknecht. Der Hausknecht war ein Analphabet, sagte aber, er habe solches Geld schon öfter für die Hausbewohner gewechselt; es sei gutes Geld, nur gebe es auch hin und wieder gefälschtes, und riet ihm, es der Sicherheit halber gleich hier beim Schankwirt einmal untersuchen zu lassen. Iwan Mironow reichte dem Schankburschen den Schein und befahl ihm, den Rest zurückzubringen. Der Schankbursche brachte jedoch nichts zurück. An seiner Stelle kam der Büffetier, ein kahlköpfiger Mensch mit glänzenden Backen, mit dem Coupon in der Hand herbeigelaufen. „Das Geld taugt nichts," sagte er und wies auf den Coupon, ohne ihn zurückzugeben.

„Das Geld ist gut. Ein Barin hat es mir gegeben." „Und doch ist das Geld kein gutes, sondern gefälschtes."

„Und wenn es schon gefälscht ist, so gib es her!"

„Nein, Bruder. Euch muß man Mores lehren. Du hast das mit Betrügern zusammen fabriziert!"

„Her mit dem Geld! Was hast du für ein Recht ..."

„Sidor, rufe den Polizisten!" wandte sich der Büffetier an den Schankkellner.

Iwan Mironow hatte einen kleinen Dampf, und wenn er einen Dampf hatte, verlor er leicht das Gleichgewicht. Er packte also den Mann beim Kragen und schrie:

„Her damit! Ich will zum Barin laufen. Ich weiß, wo er wohnt." Der andre riß sich von Iwan Mironow los, wobei sein Hemd in Fransen ging.

„Ah, so einer bist du? Haltet ihn fest!"

Der Schankbursche packte Iwan Mironow, und in diesem Augenblick erschien auch schon der Polizist auf der Schwelle. Nachdem dieser mit der Miene eines Vorgesetzten die Sache angehört hatte, entschied er in bestimmtem Tone:

„Auf die Wache!"

Den Coupon versorgte der Polizist in seinem Portemonnaie und den Iwan Mironow brachte er samt Pferd auf den Wachtposten.

VII. |

Iwan Mironow übernachtete mit Betrunkenen und Dieben auf der Wache. Erst gegen Mittag zitierte man ihn vor den Revieraufseher. Dieser verhörte ihn und schickte ihn dann mit einem Polizisten zu dem Inhaber des Magazins für Photographie-Artikel. Iwan Mironow hatte sich Straße und Haus gemerkt.

Als der Polizist den Ladenbesitzer herausrief, um ihm den Coupon vorzuweisen und Iwan Mironow gegenüberzustellen, der behaupte, daß das derselbe Herr sei, der ihm den Coupon gegeben habe, machte Jewgenij Michajlowitsch zuerst ein erstauntes, dann ein strenges Gesicht. „Was ist mit dir? Bist du bei Sinnen? – Ich sehe den Mann zum erstenmal."

„Herr, es ist eine Sünde! wir alle müssen sterben!" sagte Iwan Mironow.

„Was ist ihm? –Du hast gewiß geträumt? Du mußt das Holz einem andern verkauft haben," sagte Jewgenij Michajlowitsch. „Übrigens, warten Sie, ich will einmal meine Frau fragen, ob sie gestern Holz gekauft hat."

Jewgenij Michajlowitsch ging hinaus, rief den Hausknecht herbei, einen hübschen, ungewöhnlich kräftigen jungen Menschen namens Wassilij und sagte ihm, falls man ihn fragen sollte, wo das letzte Holz her sei, so solle er antworten: aus der Holzhandlung, von Bauern aber habe man kein Holz genommen.

„Es ist da nämlich ein Bauer, der behauptet, ich hätte ihm einen gefälschten Coupon gegeben. Ein Bauer hat keinen Verstand, der Himmel weiß, was er da zusammenredet. Du bist ein Mensch mit Verstand. So sage also, wir kaufen Holz nur in Holzhandlungen. Und das da," setzte Jewgenij Michajlowitsch hinzu und überreichte dem Hausknecht fünf Rubel, „wollte ich dir schon längst auf eine neue Jacke geben."

Wassilij nahm das Geld, schaute mit seinen glänzenden Augen auf die Banknote, sah dann seinem Herrn ins Gesicht, schüttelte das Haar aus der Stirn und lächelte leicht.

„'s ist schon so: dieses Volk hat keinen Verstand. Keine Bildung. Sie brauchen keine Angst zu haben, ich weiß, was ich zu sagen habe."

Inständig, mit Tränen in den Augen, bat Iwan Mironow den Barin, den Coupon doch als den seinen anzuerkennen, und den Hausknecht bat er, seine Worte zu bedenken. Aber Jewgenij Michajlowitsch und der Hausknecht blieben fest bei ihrer Aussage, nie Holz bei einem Bauern genommen zu haben. Und der Polizist führte Iwan Mironow, der nun der Fälschung schon halb überwiesen war, aus den Wachtposten zurück.

Einzig dem Umstande, daß er den Rat eines mit ihm sitzenden betrunkenen Schreibers befolgte und dem Revieraufseher fünf Rubel gab, verdankte er es, daß er aus der Haft entlassen wurde, aber ohne den Coupon und mit sieben Rubeln, anstatt mit fünfundzwanzig, die er gestern noch gehabt hatte. Iwan Mironow vertrank von diesen sieben Rubeln drei, und mit zerschundenem Gesicht und total betrunken kehrte er zu seiner Frau zurück.

Die Frau war hochschwanger und krank. Sie fing an den Mann zu schimpfen, er stieß sie von sich, dann schlug sie ihn. Er, ohne zu mucksen, legte sich bäuchlings auf seine Pritsche und weinte laut.

Erst am andern Morgen begriff die Frau, wie die Sache stand, und da sie dem Manne glaubte, verwünschte sie den Henker von einem Barin, der ihren Iwan betrogen hatte. Und Iwan Mironow erinnerte sich, als er nüchtern geworden war, des Rates, den ihm ein Zechkumpan, ein Handwerker, gestern gegeben hatte, entschloß sich zu einem Advokaten zu gehen und zu klagen.

VIII. I

Der Advokat nahm sich des Falles an, und zwar nicht so sehr des Honorars wegen, das er bekommen konnte, als vielmehr darum, weil er Iwan Glauben schenkte und über die gewissenlose Art, wie man ihn betrogen hatte, empört war.

Vor Gericht erschienen beide Parteien, der Hausknecht Wassilij war Zeuge. In der Verhandlung wiederholte sich dieselbe Geschichte: Iwan Mironow erinnerte an Gott und daran, daß wir alle sterben müssen; Jewgenij Michajlowitsch, obzwar bedrückt durch das Bewußtsein des Erbärmlichen und Gefährlichen, was er tat, vermochte seine Aussage nun schon nicht mehr zu widerrufen und leugnete alles rundweg ab.

Der Hausknecht Wassilij, der weitere zehn Rubel bekommen hatte, bestätigte ruhig lächelnd, daß er Iwan Mironow nie gesehen habe, und als man ihn zum Eide führte, bangte er zwar innerlich, aber äußerlich schien er ruhig, als er die von dem eigens herbeigeholten alten Popen vorgesprochene Eidesformel wiederholte und auf Kreuz und Evangelium beschwor, daß er die lautere Wahrheit sagen werde.

Die Sache endete damit, daß der Richter Iwan Mironows Klagebegehren abwies und ihm fünf Rubel Gerichtskosten auferlegte, die Jewgenij Michajlowitsch großmütig für ihn beglich. Als der Richter Iwan Mironow entließ, vermahnte er ihn ernstlich, künftighin seine Worte etwas mehr auf die Wagschale zu legen und ehrliche Leute ja nicht mehr zu verdächtigen; er teilte ihm auch mit, daß er dem Herrn, der die Gerichtskosten für ihn bezahlt habe, zu Dank verpflichtet sei; Dank schulde er schließlich auch dafür, daß man von seiner Verfolgung wegen Verleumdung, für welche zirka drei Monate Gefängnis vorgesehen seien, Abstand nehmen wolle.

„Wir danken ergebenst," sagte Iwan Mironow, und den Kopf schüttelnd ging er seufzend aus dem Zimmer.

Die ganze Sache ging, wie es schien, für Jewgenij Michajlowitsch und den Hausknecht Wassilij noch ziemlich glimpflich ab. Allein es schien nur so. Es ereigneten sich Dinge, die ernster waren, als alles, was Menschen sehen können.

Wassilij war schon das dritte Jahr vom Dorfe weg und lebte seitdem in der Stadt. Mit jedem Jahr schickte er dem Vater weniger und weniger; sein Weib forderte er nun nicht mehr auf, zu ihm zu kommen, da er sie hier nicht benötigte. Bei ihm hier in der Stadt, da gab es Frauenzimmer so viel man ihrer nur begehrte, und nicht solche, wie seine Unschuld vom Lande. Mit jedem Jahr vergaß Wassilij immer mehr die ländlichen Sitten und eignete sich dafür die Stadtgebräuche an. Dort war alles grob, grau, arm, unansehnlich; hier war alles fein, gut, reinlich, reich, kurz alles in schönster Ordnung. Und er überzeugte sich immer mehr und mehr, daß die Dörfler ohne Vernunft, wie Tiere im Walde, lebten; während hier die wahren Menschen zu Hause seien. Er las Bücher von guten Verfassern, Romane, er besuchte Theatervorstellungen im Volkshaus. Im Dorf sieht man dergleichen nicht im Traum. Im Dorfe sagen die Alten: lebe nach dem Willen Gottes mit deinem Weibe; arbeite; iß nicht mehr als nötig ist; befasse dich nicht mit Putz und Tand. Hier aber sind die Leute klug und gelehrt, folglich wissen sie auch was not tut; sie leben ihrem Vergnügen, und alles ist gut. Bis zu der Geschichte mit dem Coupon hatte er noch immer geglaubt, es müsse doch auch bei den Herrschaften gewisse moralische Normen geben, wenn er sie auch nicht kenne; aber nach der Affäre mit dem Coupon, und besonders nach der Sache mit dem Falschschwören, die ihm, abgesehen von dem bißchen Angstgefühl, nichts Übles eingetragen, ja im Gegenteil sogar einen Vorteil eingebracht hatte, überzeugte er sich völlig, daß es keinerlei Vorschriften gab und man lediglich seinem Vergnügen zu leben habe. So lebte er nun, und so fuhr er fort zu leben. Zuerst suchte er bei den Einkäufen für die Mieter des Hauses kleine Vorteile für sich herauszuschlagen; da sich aber auf diese Weise nur wenig gewinnen ließ und seine Ausgaben immer größer wurden, so fing er langsam an, Sachen an Geld und Gut aus den Wohnungen der Mieter fortzutragen und stahl schließlich eine Börse mit Geld, die dem Jewgenij Michajlowitsch gehörte. Jewgenij Michajlowitsch ertappte ihn dabei, zeigte ihn jedoch nicht an, sondern zahlte ihn aus und entließ ihn.

Nach dem Dorfe wollte er nicht zurückkehren, sondern zog es vor, mit seiner Geliebten in Moskau zu bleiben und eine andere Stelle zu suchen. Er fand auch eine gering bezahlte Stelle als Hausknecht bei einem Krämer, und Wassilij trat die Stelle an. Allein schon im zweiten Monat erwischte man ihn bei einem Diebstahl von Säcken. Der Krämer ging nicht erst vor das Gericht, sondern prügelte Wassilij durch und jagte ihn davon. Nach diesem Abenteuer fand sich keine neue Stelle, das Geld ging flöten, die Kleider auch, und es endete damit, daß ihm nur mehr sein zerlumptes Jackett, seine Hosen und seine dem Stiefel blieben. Die Geliebte verließ ihn. Aber Wassilij war verlor seine robuste, unternehmende Laune nicht; er wartete noch den Frühling ab, dann begab er sich zu Fuß auf die Wanderung nach Hause.

IX. I

Piotr Nikolajewitsch Swentizkij, ein kleines, aber kerniges Männlein mit schwarzen Brillen (er litt an den Augen und es drohte ihm völlige Erblindung) stand nach alter Gewohnheit noch vor Morgengrauen auf, zog, nachdem er den Tee getrunken hatte, sein mit Tuch besetztes, an den Rändern eingefaßtes Halbpelzchen an und ging seinen Geschäften in der Wirtschaft nach.

Pjotr Nikolajewitsch war früher an der Grenze Zollbeamter gewesen und hatte sich bei diesem Geschäfte zirka 18.000 Rubel zurücklegen können. Vor zwölf Jahren hatte er – nicht ganz freiwillig – abgedankt und hierauf das Gütchen eines verkrachten jungen Lebemannes übernommen. Pjotr Nikolajewitsch hatte sich verheiratet, als er noch in seinem Dienste stand. Seine Frau war eine arme Waise aus einem alten Adelsgeschlechte, eine große, korpulente, schöne Frau, die ihm keine Kinder schenkte. Pjotr Nikolajewitsch war in allen Geschäftssachen ein hervorragend tüchtiger, tätiger Mann. Ohne von Haus aus eine Ahnung von der Wirtschaft zu haben (er war der Sohn eines polnischen Schlachzizen), hatte er es verstanden, sich gänzlich in seine Obliegenheiten hineinzuleben und das zerstörte Gut im Umfang von 300 Morgen binnen zehn Jahren in eine Musterwirtschaft umzuwandeln. Alle Baulichkeiten, vom Wohnhaus bis zum Getreidespeicher und dem Schutzdach über der Feuerspritze waren solid, alles war mit Eisenblech gedeckt, das immer zur rechten Zeit seinen Anstrich bekam. Im Geräteschuppen standen die Wagen, die Pflüge und die Eggen in Ordnung; das Pferdegeschirr war geschmiert. Die Pferde waren nicht groß, fast alle aus seinem eigenen Gestüt, Rotschimmel, wohlgenährt und rund eins wie das andere. Die Dreschmaschine arbeitete in einer gedeckten Getreidedarre. Das Futter war in einem gesonderten Schuppen untergebracht. Die Jauche rann in eine ausgepflasterte Grube. Auch die Kühe waren aus seiner Zucht; sie waren nicht groß, gaben aber reichlich Milch.

Es war ein Geflügelhof vorhanden. Die Hühner waren von einer besonderen gut legenden Art. Im Obstgarten waren die Bäume bestrichen und gestützt. Alles war wirtschaftlich, dauerhaft, sauber und akkurat. Pjotr Nikolajewitsch hatte seine Freude an der Wirtschaft und war stolz darauf, daß er alles dies nicht durch Bedrückung der Bauern erreichte, sondern im Gegenteil durch strengste Rechtlichkeit den Leuten gegenüber. Er vertrat unter den Adeligen einen mittleren, eher liberalen als konservativen Standpunkt und verteidigte das Volk stets gegen die Anhänger der Leibeigenschaft. „Sei gut zu ihnen, dann sind sie auch gut," pflegte er zu sagen. Er ließ den Arbeitern kein Versehen und keinen Irrtum durchgehen. Oft stupste er sie selber, er verlangte Arbeit; dafür waren aber auch die Behausungen und das Essen so gut wie nur irgend möglich, und an Feiertagen traktierte er die Leute mit Branntwein.

Behutsam durch den aufgetauten Schnee schreitend – es war im Februar – ging Pjotr Nikolajewitsch an dem Stall für die Arbeitspferde vorbei in der Richtung nach der Hütte, wo die Arbeiter wohnten. Es war dunkel, noch dunkler infolge des Nebels, doch in den Fenstern der Bauernhütte war schon Licht zu sehen. Die Leute standen auf. Er wollte sie ein wenig antreiben, denn laut Order sollten sie mit sechs Pferden in den Wald fahren, um das letzte Holz einzubringen.

„Was ist das?" dachte er, als er die Tür zum Pferdestall offen sah.

„He! Wer ist da?"

Niemand antwortete. Pjotr Nikolajewitsch betrat den Pferdestall.

„He! Wer ist da?"

Alles still, dunkel. Unter den Füßen trat es sich weich und es roch nach Pferdemist. Rechts von der Tür im Verschlag standen sonst ein paar junge Rotschimmel. Pjotr Nikolajewitsch tastete mit den Händen herum – alles leer. Er tastete mit dem Fuß – ‚vielleicht liegen sie' –; nichts. ‚Wohin mögen sie die Tiere gebracht haben?' dachte er. ‚Eingespannt? Eingespannt nicht, alle Schlitten stehen draußen.' Pjotr Nikolajewitsch verließ den Stall und rief laut:

„He! Stephan!"

Stephan war der Älteste; er kam gerade aus der Leutewohnung.

„Juhu!" schrie Stephan mit fröhlicher Stimme. „Sind Sie's, Pjotr Nikolajewitsch? Die Kinder kommen gleich nach."

„Warum ist bei euch der Pferdestall offen?"

„Der Pferdestall? Ich kann's nicht wissen. He! Proschka, gib die Laterne her."

Proschka kam mit der Laterne herbeigelaufen; man ging in den Pferdestall hinein. Stephan begriff sofort, woran er war.

„Diebe müssen dagewesen sein, Pjotr Nikolajewitsch. Das Schloß ist abgesprengt."

„Du lügst!"

„Weggeführt! Die Mordsbuben! Maschka ist weg, Jastreb ist weg – nein, Jastreb ist da, Pjostrij ist weg, Krassawtschik ist weg."

Drei Pferde waren verschwunden. Pjotr Nikolajewitsch sagte kein Wort, machte finstere Mienen und seufzte schwer.

„Hei! wenn ich den zwischen meine Fäuste kriege! Wer war Wächter?"

„Petka. Er muß geschlafen haben."

Pjotr Nikolajewitsch meldete die Sache bei der Polizei, beim Stanowoij, beim Semstwo-Vorsteher, ließ durch seine Leute in der Umgebung nach den Dieben fahnden; aber die Pferde waren und blieben verschwunden. „Entsetzliches Volk!" sagte Pjotr Nikolajewitsch. „Was die mir da angerichtet haben! Und habe ich ihnen nicht alles Gute getan? Aber wartet nur! Raubgesindel seid ihr alle! Jetzt will ich anders mit euch verfahren."

X. I

Die Koppel Pferde aber, das hellbraune Troikagespann, war bereits versorgt. Ein Pferd, die Maschka, hatte man den Zigeunern für achtzehn Rubel verkauft; das zweite, den Pjostrij, gegen ein anderes

Pferd von einem Bauern eingetauscht, der vierzig Werst entfernt daheim war; den Krassawtschik hatten sie zu schanden gehetzt, getötet, und das Fell für drei Rubel verkauft.

Führer der ganzen Kampagne war Iwan Mironow, der früher einmal bei Pjotr Nikolajewitsch gedient hatte und im Hause alle Ein- und Ausgänge kannte. Er hatte beschlossen, seine Verluste zu decken. Und jetzt war er im besten Zug.

Nach seinem Unglück mit dem gefälschten Coupon hatte sich Iwan Mironow dem Trunke ergeben und hätte alles vertrunken, wenn nicht die Frau die Kumte, die Kleider, und was es sonst gab, das zu Geld gemacht werden konnte, vor ihm versteckt hätte. In der Zeit, während Iwan Mironow Tag aus Tag ein sich zu betrinken pflegte, dachte er immerfort an den, der ihm so übel mitgespielt hatte; aber auch an alle die großen und kleinen Herren, die nur von der Brandschatzung des niedren Volkes leben und den Bruder berauben, – auch an sie dachte er. Eines Tages trank Iwan Mironow mit Muschiks aus der Umgebung von Podolsk, und sie erzählten ihm in ihrer Trunkenheit, wie sie bei einem Muschik Pferde weggeführt hätten. Iwan Mironow schalt die Pferdediebe dafür aus, daß sie einen Muschik geschädigt hätten. „Das ist eine Sünde," sagte er. „Dem Muschik ist das Pferdchen ein Bruder, und du machst ihn unglücklich. Wenn man schon stiehlt – warum nicht bei einem Barin? Diese Hunde verdienen es nicht anders." Sie kamen immer tiefer in einen Disput und die Podolsker Muschiks behaupteten, daß es eine kitzliche Sache sei, bei einem Barin Pferde wegzuführen. „Man muß die Schliche wissen, und ohne einen, der im Hof aus und ein weiß, geht es nicht." Da erinnerte sich Iwan Mironow an Swentizkij, bei dem er als Knecht gedient hatte, und erinnerte sich auch daran, daß Swentizkij ihm einmal anderthalb Rubel für einen zerbrochenen Deichselnagel abgezogen hatte, auch an die Rotschimmel erinnerte er sich …

Iwan Mironow begab sich zu Swentizkij, wie wenn er die Absicht hätte, bei ihm wegen Arbeit nachzufragen, in Wirklichkeit aber kam er nur, um sich alles gut anzuschauen und das Nötige zu erfahren. Und nachdem er erkundet hatte, daß kein Wächter zu fürchten sei, und daß die Pferde im selben Stall, wo sie bei Tage waren, auch Nachts eingestellt wurden, führte er die Diebe ins Haus und brachte die Sache zum Klappen. Nachdem er das erbeutete Geld mit den

Podolsker Muschiks geteilt hatte, kam Iwan Mironow mit fünf Rubeln in der Tasche nach Hause. Zu Hause gab es nichts zu tun, ein Pferd besaß er nicht; und so fing Iwan Mironow seit dieser Zeit an sich mit Pferdedieben und Zigeunern herumzutreiben.

XI. I

Piotr Nikolajewitsch machte die größten Anstrengungen, um der Diebe habhaft zu werden. Ohne einen, der zum Hof gehörte, konnte die Sache nicht gemacht worden sein, und deswegen fing er an seine Leute zu verdächtigen. Er hatte durch Ausfragen seiner Leute herausgebracht, daß in jener Nacht Proschka Nikolajew – ein junger Bursche, der noch nicht lange vom Militär zurück war, ein hübscher, anstelliger Junge, den Pjotr Nikolajewitsch bei Ausfahrten als Kutscher verwendete, in jener Nacht nicht zu Hause übernachtet hatte.

Der Stanowoij war ein Freund Pjotr Nikolajewitsch', er war auch mit dem Isprawnik, mit dem Adelsführer, mit dem Semstwo-Vorsteher bekannt. Alle diese Personen pflegten ihn an seinem Geburtstage zu besuchen und wußten seine schmackhaften selbstdestillierten Fruchtliköre, sowie seine eingesalzenen Schwämmchen – Weiße, Eierschwämme, Pfifferlinge – zu schätzen. Alle bedauerten ihn und suchten ihm zu helfen.

„Da haben Sie's! Und Sie wollen noch die Muschiks verteidigen?" sagte der Bezirksvorsteher. „Ich rede die volle Wahrheit, wenn ich sage, sie sind schlimmer als Tiere. Ohne Knute und Prügel ist kein Auskommen mit diesem Volk. Sie meinen also, Proschka könne der Täter gewesen sein? Ist es der, der bei Ihnen als Kutscher dient?"

„Ja, dieser."

„Her mit ihm!"

Man rief Proschka und fing an ihn zu verhören.

„Wo bist du gewesen?"

Proschka schüttelte die Haare zurück und blickte sich mit glänzenden Augen um.

„Zu Hause."

„Wieso denn zu Hause? Alle andern haben doch bezeugt, daß du nicht zu Hause gewesen bist."

„Wie Sie befehlen."

„Nicht ich befehle es; aber wo warst du?"

„Zu Hause."

„Na, dann ist's gut. Sozkij, führe ihn auf das Amt."

„Wie Sie befehlen."

Und Proschka sagte es nicht und sagte nicht, wo er in jener Nacht gewesen war, denn er war bei seiner Liebsten, bei der Paraschka, gewesen und hatte versprochen, sie nicht zu verraten; und verriet sie nicht. Beweise gegen ihn gab es keine, man mußte ihn daher wieder freilassen. Aber Pjotr Nikolajewitsch, der den Gedanken nicht los wurde, daß Prokofij bei jenem Handel dabei gewesen sein mußte, haßte ihn von Stund an. Eines Tages schickte er ihn mit dem Fuhrwerk nach der Poststation. Proschka nahm, wie er immer zu tun pflegte, im Einkehrwirtshaus zwei Metzen Hafer, verfütterte anderthalb Metzen und vertrank den Rest. Sobald Pjotr Nikolajewitsch davon erfuhr, machte er beim Friedensrichter die Anzeige, und dieser verurteilte Proschka zu drei Monaten Gefängnis.

Proschka war eitel. Er glaubte besser zu sein als die anderen Menschen und trug den Kopf gern hoch. Das Gefängnis aber knickte seinen Stolz mit einemmal. Er konnte nun nicht mehr stolz sein vor den Leuten und verlor allen Halt. Nicht so sehr auf Pjotr Nikolajewitsch als auf die ganze Welt erbost, kam Proschka aus der Haft zurück.

Prokofij, das sahen alle Leute, hielt nichts mehr auf sich, seitdem er aus dem Gefängnis gekommen war; er fing an, bei der Arbeit faul zu werden; er fing an zu trinken; und es dauerte nicht lange, da ertappte man ihn dabei, wie er einer Kleinbürgerin Kleider wegtragen wollte, und er kam wieder ins Gefängnis.

Alles was Pjotr Nikolajewitsch über den Verbleib seiner Pferde in Erfahrung bringen konnte, war, daß das Fell eines hellbraunen Wallachs aufgefunden wurde, welches Pjotr Nikolajewitsch als das des Krassawtschik erkannte. Daß die Diebe ihrer verdienten Strafe nicht zugeführt werden konnten, erbitterte ihn aufs höchste. Er konnte ohne Wut seine Muschiks nicht mehr ansehen, noch von ihnen sprechen; und wo es nur anging, bemühte er sich, sie zu peinigen.

XII. I

Jewgenij Michajlowitsch hatte die Sache mit dem Coupon bald vergessen. Nicht so seine Frau. Maria Wassiljewna konnte es nicht verwinden, daß sie sich so hatte betrügen lassen. Noch weniger konnte sie ihrem Manne verzeihen, der ihr harte Worte gegeben hatte; am allerwenigsten jedoch diesen Schurken von Jüngelchen, die den Betrug so geschickt ins Werk zu setzen gewußt.

Von jenem Tage an, da man sie betrogen hatte, pflegte sie sich alle Gymnasiasten gut anzuschauen. Einmal begegnete ihr Machin, aber sie erkannte ihn nicht, da er, als er ihrer ansichtig wurde, eine Fratze schnitt, die sein Gesicht gänzlich veränderte. Aber den Mitja Smokownikow erkannte sie, wie nicht anders möglich, sofort, da sie nämlich, ungefähr vierzehn Tage nach dem Vorfall, plötzlich mit ihm auf der Straße zusammenrannte. Sie ließ ihn vorbeigehen, machte aber Kehrt und verfolgte ihn bis zu seinem Hause. Nachdem sie erfahren hatte, wessen Sohn er sei, begab sie sich anderntags ins Gymnasium, wo sie im Vorzimmer den Religionslehrer Michail Wwedenzkij traf. Er erkundigte sich nach ihrem Begehren. Sie sagte, sie wünsche mit dem Direktor zu sprechen.

„Der Direktor ist abwesend, er ist unwohl. Kann ich vielleicht behilflich sein, oder ihm etwas ausrichten?“

Maria Wassiljewna entschloß sich, alles dem Religionslehrer zu erzählen.

Der Religionslehrer Wwedenskij war Witwer; ein gelehrter Mann und dabei ein Mensch von großer Eigenliebe. Erst im vorigen Jahre war er in einer Gesellschaft dem Vater Smokownikows begegnet und mit ihm in ein Gespräch über Religion geraten, in dessen Verlauf Smokownikow ihn in allen Punkten geschlagen und dem Gelächter preisgegeben hatte. Seit jener Zeit hatte er dem Sohne seine besondere Aufmerksamkeit zugewandt, gefunden, daß dieser gegen das Wort Gottes ebenso gleichgültig war wie der ungläubige Vater, ihn verfolgt, und sogar beim Examen durchfallen lassen.

Als nun Wwedenskij von Maria Wassiljewna den Hergang erfahren hatte, vermochte er ein Gefühl innerlicher Genugtuung kaum zu unterdrücken, indem er hier eine Bestätigung seiner Ansicht zu finden glaubte, daß die Menschen, welche der kirchlichen Führung entraten, der Sittenlosigkeit anheimfallen müßten. Er beschloß, diesen Fall auszunützen, und zwar (wie er sich selbst zu überzeugen bemühte), um die Gefahr darzutun, welche alle von der Kirche abgefallenen Menschen bedrohe; in der Tiefe seiner Seele aber nur deswegen, um sich an dem stolzen und selbstgefälligen Atheisten zu rächen.

„Ja ja, sehr traurig, sehr traurig," sprach Vater Michail Wwedenskij, mit der Hand die flachen Seiten des Brustkreuzes glättend. „Ich bin sehr zufrieden, daß Sie die Sache mir übergeben haben; ich, als Diener der Kirche, will mich bemühen, den jungen Menschen nicht ohne Belehrung zu lassen, aber ich will es auch so mild als möglich tun."

„Ja, ich werde die Sache meinem heiligen Berufe entsprechend durchführen," sagte Vater Michail zu sich selbst. Daß der Vater des Gymnasiasten ihm nicht wohlgesinnt war, glaubte er vergessen zu haben, und es bedünkte ihn, er habe nur das Gute und die Seelenrettung des Knaben im Sinn.

Am andern Tag während der Religionsstunde erzählte Vater Michail den Schülern die ganze Geschichte von dem gefälschten Coupon und erklärte als den Urheber derselben einen Gymnasiasten.

„Die Handlung selbst ist eine böse, schändliche," sagte er, „aber noch schlimmer ist die Verstellung. Wenn, was ich nicht glaube, einer von euch der Täter war, so wäre es besserer gestände es gleich, als daß er sich lange verbärge."

Bei diesen Worten blickte Vater Michail Mitja Smokownikow durchdringend an. Die Gymnasiasten, welche seinem Blicke folgten, sahen sich nach Smokownikow um. Mitja errötete, schwitzte. Und zuletzt rannte er aus dem Klassenzimmer hinaus.

Von diesem Vorfall erfuhr die Mutter Mitjas; und nachdem sie sich von ihrem Sohne die ganze Wahrheit hatte gestehen lassen, lief sie sogleich nach dem Laden für Photographie-Artikel, bezahlte der Dame vom Geschäft zwölf Rubel fünfzig Kopeken und beredete sie, den Namen des Gymnasiasten zu verschweigen. Dem Sohne befahl sie, alles zu leugnen und in keinem Fall dem Vater die Wahrheit zu bekennen.

Und wirklich, als Feodor Michajlowitsch vernommen hatte, was im Gymnasium vorgefallen war, ließ er sogleich den Sohn rufen, der alles ableugnete, und fuhr zum Direktor.

Er setzte diesem die Sache auseinander, erklärte das Verhalten des Religionslehrers als im höchsten Grade ungehörig und setzte hinzu, daß er das nicht so hingehen lassen werde. Der Direktor ließ den Religionslehrer rufen, und nun entspann sich zwischen diesen beiden ein heftiger Redekampf.

„Das alberne Frauenzimmer wird meinen Sohn mit einem anderen Knaben verwechselt haben und hat übrigens nachher ihre Behauptung zurückgenommen; und Sie, – Sie haben nichts Besseres zu tun, als den ehrlichen, aufrichtigen Knaben zu verleumden."

„Ich habe ihn nicht verleumdet und erlaube Ihnen nicht, in diesem Tone mit mir zu sprechen. Sie vergessen meinen Stand."

„Ich pfeife auf Ihren Stand."

„Und Ihre verdrehte Gesinnung" – sagte der Religionslehrer, und sein Kinn mit dem spärlichen Barthaar zitterte, – „ist ja in der ganzen Stadt bekannt."

„Ihr Herren! Väterchen!" bemühte sich der Direktor zu begütigen. Allein sie ließen sich nicht besänftigen.

„Ich bin es meinem Stande schuldig, mich um die religiös-moralische Erziehung zu bekümmern."

„Hören Sie doch auf, zu heucheln. Weiß ich denn nicht, daß Sie weder an Tod noch Teufel glauben?"

„Und ich finde es ganz unter meiner Würde, mich mit einem Herrn, wie Sie einer sind, zu befassen," sagte Vater Michail, durch diese letzte Bemerkung Smokownikows, die den Nagel auf den Kopf traf, aufs tiefste verletzt.

Er hatte den vollen Kursus der geistlichen Akademie durchgemacht und glaubte daher längst nicht mehr, was er bekannte und predigte; aber er war überzeugt, daß die Menschen sich zwingen müßten, das zu glauben, was er selbst zu glauben sich zwang.

Es war nicht eigentlich die Handlungsweise des geistlichen Herrn, die Smokownikow so sehr aufbrachte; aber er fand, sie illustrierte ausgezeichnet die Wirkung des klerikalen Einflusses, der immer mehr überhandnehme. In diesem Sinne erzählte er die Sache jedermann.

Vater Wwedenskij aber, der den eingewurzelten Atheismus und Nihilismus immer offenkundiger hervortreten sah, und nicht nur bei der jungen, sondern sogar bei der alten Generation, überzeugte sich mehr und mehr von der Notwendigkeit des Kampfes gegen diesen Unfug. Je mehr er den Unglauben Smokownikows und aller dieser Leute verurteilen mußte, um so fester wurde er in der Unerschütterlichkeit seines Glaubens und um so weniger verspürte er Neigung, diesen Glauben einmal zu prüfen oder sein Leben mit seinem Glauben in Übereinstimmung zu bringen. Sein Glaube, der von der ganzen ihn umgebenden Welt widerspruchslos angenommen war, wurde ihm so zur Hauptwaffe im Kampfe gegen seine Gegner.

Solcherlei Gedanken erweckte das Rencontre mit Smokownikow in ihm, und diese Erwägungen, im Verein mit den Unannehmlichkeiten, die ihm aus der Sache erwachsen waren – die vorgesetzte Behörde hatte ihm einen Verweis erteilt –, ließen in ihm einen Entschluß reifen, den er schon längst, seit dem Tode seiner Frau, erwogen hatte, nämlich den, die Kutte zu nehmen und dieselbe Karriere einzuschlagen, welche einige seiner Kameraden gemacht hatten, und von denen der eine schon Bischof, der andere Archimandrit mit Aussichten auf den Bischofssitz war.

Am Ende des Schuljahres sagte Wwedenskij dem Gymnasium Valet, ließ sich unter dem Namen Misail in das Kloster einkleiden und bekam sehr bald die Rektorstelle an einem Seminar in einer Stadt an der Wolga.

XIII. I

Unterdessen wanderte Wassilij, der Hausknecht, die Heerstraße entlang dem Süden zu. Tagsüber schritt er fürbaß, am Abend führte ihn der Sozkij nach dem Freiquartier. Brot bekam er überall, und bisweilen setzte man ihn auch an den Tisch zum Abendbrot. In einem Dorfe des Gouvernements Orjol, wo er übernachtete, sagte man ihm, der Kaufmann, der beim Gutsbesitzer den Obstgarten gepachtet habe, suche ein paar handfeste Hüter. Wassilij hatte das Betteln satt, nach Hause gehen wollte er nicht, und so ging er denn zu dem Kaufmann und trat für fünf Rubel Monatslohn in dessen Dienst.

Das Leben in der Laubhütte sagte ihm zu, besonders als die süßen Apfel reiften, und die Hüter sich ein paar große Bund frisches Stroh, das unter die Dreschmaschine in der herrschaftlichen Scheuer gefallen war, herbeischleppen durften. – Da liege du nur den ganzen lieben Tag auf dem frischen, duftenden Stroh, neben dem Häufchen noch köstlicher duftenden Sommer- und Winteräpfel, die von den Bäumen abgefallen sind, schau aus, ob nicht irgendwo Kinder sich um Äpfel eingeschlichen haben, pfeife und singe Lieder! – Im Liedersingen war Wassilij Meister, und eine gute Stimme war ihm nicht abzusprechen. Es kamen die Frauen und die Mädchen aus dem Dorfe um Äpfel, Wassilij schäkerte mit ihnen, gab, je nachdem ihm eine gefiel, mehr oder weniger Apfel im Eintausch gegen Eier oder um Geld. – Dann leg dich wieder hin! Deine einzige Sorge sei das Frühstücken, das Mittagessen und das Abendessen!

An Hemden besaß Wassilij gerade eins, ein rosa kattunenes, und das war voller Löcher; an den Füßen hatte er nichts. Aber sein Körper war kräftig und gesund; und wenn man den Kessel mit Grütze vom Herde abhob, aß Wassilij für drei, so daß sich der alte Wächter über den Appetit Wassilijs nicht genug verwundern konnte. In der Nacht schlief Wassilij nicht, pfiff entweder oder rief von Zeit zu Zeit in die Nacht hinein. Wie eine Katze sah er weit in der Dunkelheit. Einmal, als sich ein paar große Jungen aus dem Dorfe eingeschlichen hatten, um Äpfel zu mausen, machte sich Wassilij lautlos heran und warf sich auf sie. Sie wollten sich zur Wehr setzen, aber er stieß sie alle über den Haufen, packte einen, schleppte ihn nach seiner Laubhütte und überantwortete ihn dem Herrn.

Das eine der Hüttchen befand sich im entfernten Obstgarten, das andere, das er bezog, als die Wintergoldparamänen abgenommen waren, stand nur vierzig Schritte vom Herrschaftshause seitwärts, und hier gefiel es Wassilij noch besser. Den ganzen Tag schaute Wassilij zu, wie die Herren und Damen spielten, Ausfahrten machten, spazierten, abends Klavier und Geige spielten, sangen und tanzten. Er sah zu, wie die Fräulein mit den Studenten in den Fenstern saßen und miteinander schnäbelten, wie sie in den dunklen Lindenalleen, wo nur hin und wieder Streifen und Flecke des Mondlichts durch das Laubwerk hindurchdrangen, lustwandelten. Er sah zu, wie die Lakaien mit Speisen und Getränken hin und herliefen, wie die Köche, die Wäscherinnen, die Verwalter, die Gärtner und Kutscher alle nur arbeiteten, um die Herrschaften mit Speise und Trank zu versehen und zu unterhalten. Die jungen Herrschaften kamen hin und wieder auch zu ihm in seine Laubhütte, und er wählte für sie die besten, saftigsten, rotwangigen Äpfel aus; die jungen Damen bissen tapfer ein, daß es nur so knirschte, sprachen ihr Lob aus und sagten etwas auf französisch – Wassilij wußte, daß von ihm die Rede war –, und dann forderten sie ihn auf, zu singen.

Dieses Leben entzückte ihn. Er erinnerte sich an sein Leben in

Moskau, und der Gedanke, daß alles Gute in der Welt um Geld zu haben sei, setzte sich in seiner Seele fest.

Und Wassilij zerbrach sich den Kopf, wie er es anfangen solle, um womöglich zu Geld zu kommen. Er erinnerte sich, wie er's früher gemacht hatte und sagte sich, daß man es nicht so anfangen müsse: nur einfach mitnehmen, was nicht angenagelt war – nein! Vielmehr müsse man vorher alles gut bedenken, alles auskundschaften, alles säuberlich vollführen und die Spuren verwischen. Zu Mariä Geburt nahm man die letzten Reinetten ab. Der Pächter hatte gute Geschäfte gemacht, zahlte allen Wächtern, auch Wassilij, den Lohn aus und entließ sie mit vielem Dank.

Wassilij zog sich an – der junge Barin hatte ihm eine Jacke und einen Hut geschenkt – und ging nun nicht etwa nach Hause – denn ihm graute vor dem groben Bauernleben, er konnte nicht einmal daran denken –, sondern kehrte mit den trinkenden Soldaten, die mit ihm zusammen den Obstgarten gehütet hatten, zurück in die Stadt. Dort angelangt, faßte er den Plan, bei jenem Krämer, wo er gedient hatte, durchgeprügelt und ohne Lohn fortgejagt worden war, einzubrechen und zu rauben. Er kannte alle Ein- und Ausgänge, wußte, wo sich das Geld befand; er stellte also einen von den Soldaten als Wache aus, brach vom Hofe aus ein Fenster ein, kroch durch und nahm alles Geld mit sich fort. Die Sache war musterhaft gemacht, man fand keine Spuren. Dreihundertsiebzig Rubel fielen ihm in die Hände. Hundert Rubel gab er dem Kameraden, mit dem übrigen Gelde fuhr er in eine andere Stadt und brachte das Sümmchen in einem flotten Leben mit Kameraden und Kameradinnen durch.

XIV. I

Mittlerweile war Iwan Mironow ein geschickter, verwegener und erfolgreicher Pferdedieb geworden. Im Anfang hatte ihm sein Weib Afimja wegen seiner „schlechten Geschäfte", wie sie sich ausdrückte, Vorwürfe gemacht, jetzt aber hatte sie sich darein gefunden und war schließlich nicht wenig stolz darauf, daß er einen bezogenen Schafpelz und sie einen Halbschal nebst einem neuen Pelz besaß. Im Dorfe und im ganzen Umkreis wußten alle, daß kein einziger Pferdediebstahl ohne ihn zustande kam, aber ihm das in die

Augen zu sagen, wagte man nicht, und wenn der Verdacht wirklich einmal auf ihn fiel, ging er stets rein und gerecht aus der Sache hervor. Sein letzter Diebstahl war der aus der Pferdehürde in Kolotowka gewesen. Wenn es anging, traf Iwan Mironow eine Wahl, wo gestohlen werden sollte, und zog es nach Tunlichkeit vor, bei Gutsbesitzern und Kaufleuten zu stehlen. Aber sowohl bei Gutsbesitzern als bei Kaufleuten war die Sache schwierig. Und aus diesem Grunde stahl er auch bei Bauern, wenn es bei Gutsbesitzern und Kaufleuten nicht anging. So hatte er auch aus der nächtlichen Hürde zu Kolotowka Pferde, wie sie ihm grade in die Hände fielen, gepackt. Übrigens hatte nicht er selbst, sondern ein von ihm abgerichteter geschickter Bursche namens Gerassim den Diebstahl ausgeführt. Die Bauern merkten erst beim Morgengrauen, daß die Pferde fehlten, und stoben sofort nach allen Himmelsrichtungen auseinander, um sie zu suchen. Die Pferde aber standen in einem Hohlweg in der Kronwaldung. Iwan Mironow hatte die Absicht, sie bis zur folgenden Nacht dort stehen zu lassen und sie dann mit großer Beschleunigung zu einem Bekannten, einem Hausknecht, zu bringen, der vierzig Werst entfernt daheim war. Iwan Mironow suchte Gerassim im Walde auf, brachte ihm eine Pastete nebst Branntwein und kehrte über einen Waldweg, wo er niemanden zu treffen dachte, nach Hause zurück. Zu seinem Unglück stieß er mit dem Waldhüter, einem ausgedienten Soldaten, zusammen.

„Bist wohl Pilze suchen gegangen?“ sagte der Soldat.

„Ja, aber heuer ist nicht viel damit los,“ antwortete Iwan Mironow, auf sein Körbchen zeigend, das er auf alle Fälle mitgenommen hatte.

„Es ist kein Pilzsommer heuer,“ sagte der Soldat, „möglich, daß es zur Fastenzeit welche gibt,“ – und ging vorbei.

Der Soldat begriff, daß hier etwas nicht ganz in Ordnung war. Was hatte Iwan Mironow schon am frühen Morgen im Kronwalde zu suchen? Der Soldat kehrte um und begann im Walde herumzuspüren. In der Nähe des Hohlweges vernahm er das Gewieher von Pferden. Er ging leise herzu. Im Hohlweg war der Boden zerstampft und es lag Pferdemist herum. Eine Strecke weiter ab saß Gerassim und kaute etwas. Zwei Pferde standen angebunden am Baum.

Der Soldat eilte schleunigst ins Dorf und holte den Bauernältesten, den Sozkij, und zwei Zeugen. Sie machten sich von drei Seiten an den Ort heran, wo Gerassim saß und bemächtigten sich seiner. Gerasska leugnete nicht lang, sondern gestand, betrunken wie er war, alles. Er erzählte, wie Iwan Mironow ihn betrunken gemacht und zu der Sache überredet hatte, und daß Iwan Mironow versprochen habe, noch heute die Pferde abzuholen. Die Muschiks ließen die Pferde und Gerassim im Walde und selbst verbargen sie sich, Iwan Mironow erwartend, in der Nähe. Als es dunkel wurde, ertönte ein Pfiff. Gerassim antwortete. Und als Iwan Mironow den Abhang hinabstieg, warfen sich die Bauern auf ihn und brachten ihn ins Dorf. Am andern Morgen versammelte sich die Menge vor dem Hause des Ältesten.

Iwan Mironow wurde herausgeführt und verhört. Stepan Pelagejuschkin, ein hochgewachsener, etwas buckliger, langarmiger Muschik mit einer Adlernase und finsterem Gesichtsausdruck, fing als erster an ihn zu verhören. Stepan war ein ungeselliger Muschik, der beim Militär gewesen war. Er hatte sich von seinem Vater getrennt und begonnen, für sich zu arbeiten, als ihm das Pferd gestohlen wurde. Darauf hatte er ein Jahr in den Bergwerken gearbeitet und sich wieder zwei Pferde angeschafft. Auch diese hatte man ihm nun weggeführt.

„Sprich, wo sind meine Pferde?" schrie Stepan, indem er bald zu Boden blickte, bald Iwan Mironow ansah, und wurde blaß vor Zorn.

Iwan Mironow gab keine Antwort. Da versetzte ihm Stepan einen Schlag, der die Nase traf, aus der sofort das Blut hervorschoß. „Sprich, ich erschlage dich!" Iwan Mironow schwieg und ließ den Kopf vornüber hängen. Stepan schlug mit seinen langen Tatzen zu. Iwan schwieg noch immer und warf nur den Kopf bald rechts, bald links auf die Seite.

„Schlagt alle zu!" schrie der Älteste.

Und alle fingen an ihn zu schlagen. Iwan Mironow fiel lautlos zu Boden, dann schrie er:

„Schlagt zu, Barbaren! bringt mich um, ihr Teufel! ich fürchte mich nicht vor euch!"

Dann erwischte Stepan einen Stein aus einem geschichteten Haufen und zerschmetterte damit Iwan Mironow den Kopf.

XV. I

Die Totschläger kamen vor das Gericht, darunter auch Stepan Pelagejuschkin. Ihn verurteilte man strenger als die anderen, da alle ausgesagt hatten, er habe Iwan Mironow mit einem Steine den Kopf zerschmettert. Stepan leugnete nicht. Er gab an, daß, als ihm sein erstes Paar Pferde weggeführt worden war, er die Anzeige beim Stanowoij vorgebracht habe, aber obgleich die Spur der Zigeuner zu finden gewesen wäre, hätte ihn der Stanowoij nicht vorgelassen, und unternommen wurde damals nichts.

„Was sollen wir denn mit so einem Burschen anfangen, der uns zugrunde richtet?"

„Warum haben denn die andern nicht zugeschlagen und nur du?" fragte der Vorsitzende.

„Das ist nicht wahr. Alle haben zugeschlagen. Der *Mir* [Gemeinderatschlag] hatte seinen Tod beschlossen. Und ich habe den Beschluß nur ausgeführt. Wozu hätte man ihn lange martern sollen?"

Die Richter erstaunten über die vollkommene Ruhe, mit der Stepan erzählte, wie die Tat begangen worden war und wie er Iwan Mironow „nur den Rest" gegeben habe.

Stepan sah wirklich nichts Schreckliches in diesem Morde. Beim Militär hatte es sich einmal so getroffen, daß er auf Befehl einen Soldaten erschießen mußte, und wie damals, so erblickte er auch jetzt in der Ermordung Iwan Mironows nichts Schreckliches. Hin ist hin. Heute trifft's ihn, morgen mich – was ist dabei?

Stepan wurde nicht schwer bestraft, er bekam ein Jahr Zuchthaus. Man zog ihm die Bauernkleider aus, deponierte sie unter einer Nummer im Zeughaus, und legte ihm dafür den Arrestantenkittel und die Holzschuhe an.

Stepan hatte vor der Obrigkeit nie Achtung gehabt; aber jetzt gewann er die innerlichste Überzeugung, daß alle obrigkeitlichen Personen, alle großen Herren, mit einziger Ausnahme des Zaren, der allein mit dem Volke Mitleid hat und gerecht ist, Räuber sind, die dem Volke das Blut aussaugen. Die Erzählungen der Verschickten und Zwangsarbeiter, mit denen er im Gefängnis zusammentraf, bestätigten diese Meinung. Der eine war zu Zwangsarbeit verurteilt worden, weil er die Obrigkeit des Diebstahls überführt hatte; ein anderer, weil er einen Vorgesetzten, der durch Lug und Trug ein bäuerliches Besitztum an sich bringen wollte, geohrfeigt hatte; ein dritter, weil er Banknoten nachgemacht hatte. Die großen Herren konnten machen, was sie wollten, sie kamen immer gut davon; aber einen armen Teufel schickte man für nichts und wieder nichts, den Läusen zum Futter, ins Gefängnis.

Im Gefängnis erhielt er öfter den Besuch seines Weibes. Seit seiner Abwesenheit von Hause war es ihr schlecht genug ergangen; da brannte noch obendrein das Häuschen ab, und sie kam dadurch mit ihren Kindern an den Bettelstab. Das Elend der Seinigen erbitterte Stepan noch mehr. Er war auch im Gefängnis gegen alle widerwärtig, und eines Tages war er drauf und dran, den Grützesieder mit einem Beil zu zerhacken. Dafür bekam er ein weiteres Jahr Gefängnis. In diesem Jahre erfuhr er, daß seine Frau gestorben war und sein Hauswesen nicht mehr bestand …

Als Stepan seine Zeit abgesessen hatte, rief man ihn ins Zeughaus, suchte aus dem Kasten seine Kleider hervor und übergab sie ihm.

„Wohin soll ich nun?" sagte er zum Zeughausaufseher, während er sich anzog.

„Man geht einfach nach Haus."

„Ich habe kein Haus. Man wird wohl auf die Straße gehen müssen und Menschen berauben."

„Und wenn du raubst, so kommst du bald wieder zu uns."

„Na, wie's kommt."

Und Stepan ging weg. Er nahm doch die Richtung auf seinen Heimatsort zu, da er nicht wußte, wohin er sich sonst hätte wenden sollen.

Unweit von seinem Dorfe kehrte er bei einem Wirte ein, mit dem er bekannt war. Der Pächter der Schenke war ein dickwanstiger Kleinbürger aus Wladimir. Dieser kannte Stepan von früher her, wußte auch, was ihm passiert war und ließ ihn bei sich übernachten.

Dieser wohlhabende Kleinbürger hatte einem benachbarten Muschik die Frau weggenommen, und diese lebte nun bei ihm als seine Magd und Geliebte.

Stepan wußte von der Beschimpfung, die der Kleinbürger dem Muschik angetan hatte und davon, daß dieses nichtsnutzige Weibsbild den Mann verlassen hatte. Jetzt saß sie vollgegessen und schweißtriefend am Tisch und ließ Stepan aus Gnade ein Glas Tee zukommen. Herbergsgäste waren nicht im Hause. Stepan bekam sein Nachtlager in der Küche. Die Hausfrau räumte auf und begab sich in die Stube. Stepan legte sich auf den Ofen, aber schlafen konnte er nicht und wälzte sich fortwährend auf den unter seiner Last knackenden Holzspänen, die auf dem Ofen trockneten, hin und her. Immer mußte er an den dicken Bauch des Kleinbürgers denken, der unter dem Gürtel aus dem verwaschenen und verblichenen Kattunhemd hervortrat. Immer ging es ihm durch den Kopf, wie es wäre: wenn man mit einem Messer diesen Bauch aufschlitzte, um das Fett abzulassen. Und dem Weibsbild desgleichen. Dann sagte er sich: „na, hol sie der Teufel, ich will schauen, daß ich morgen weiterkomme". Da erinnerte er sich an Iwan Mironow, und wieder dachte er an den Bauch des Kleinbürgers und an die weiße, verschwitzte Kehle der Hauswirtin. „Wenn man schon umbringen soll, dann gleich beide." Der Hahn krähte zum zweitenmal. „Wenn's gemacht werden muß, dann gleich, sonst wird's hell." Das Messer und das Beil hatte er sich schon gestern gemerkt. Er kroch vom Ofen herunter, nahm Beil und Messer und ging aus der Küche hinaus. In demselben Moment, als er hinausging, knackste die Klinke, und der Wirt stand in der Tür. Es ging nicht so, wie er es beabsichtigt hatte. Nicht das Messer gebrauchte er, sondern die Axt, und damit spaltete er dem Wirt den Kopf. Der Kleinbürger sank um, fiel auf die Vorschwelle und dann auf den Boden.

Stepan trat in die Stube, die Hauswirtin war aufgesprungen und stand im Hemd am Bettrand. Stepan erschlug auch sie mit demselben Beil. Hierauf zündete er eine Kerze an, nahm das Geld aus dem Pult und ging fort.

XVI. I

In einer Kreisstadt wohnte in einem Hause, das von den übrigen Gebäuden etwas abseits stand, ein bejahrter Mann, ein pensionierter Beamter und Trunkenbold, mit seinen beiden Töchtern und seinem Schwiegersohn. Die verheiratete Tochter trank gleichfalls und führte einen liederlichen Lebenswandel. Die ältere Tochter aber, die Witwe Maria Semjonowna, eine verrunzelte, magere, fünfzigjährige Frau, erhielt die ganze Familie. Sie bekam eine Pension von zweihundertfünfzig Rubeln, und mit diesem Gelde ernährte sie alle. Im ganzen Hause arbeitete auch nur die eine Maria Semjonowna. Sie kümmerte sich um den schwachen, betrunkenen, alten Vater, und um das Kind der Schwester, und kochte und wusch. Und wie es geht, halste man ihr alles auf, was es nur irgend in der Haushaltung zu tun gab, man beschimpfte sie noch dazu, und wenn der Schwager betrunken war, schlug er sie auch. Sie ertrug alles schweigend und sanftmütig, und wie es schon ist, kam sie, je mehr Obliegenheiten sie hatte, um so besser damit zustande. Sie half auch den Armen, schenkte, sich selbst um die Sachen verkürzend, Kleider weg und half Kranke pflegen.

Einmal arbeitete bei Maria Semjonowna ein lahmer Schneider. Er mußte eine alte Leibjacke des Alten wenden und versah Maria Semjonownas Halbpelz mit einem neuen Tuchüberzug, damit sie im Winter auf den Markt gehen konnte.

Der lahme Dorfschneider war ein kluger Mensch, der zu beobachten verstand und durch seinen Beruf mit vielen Leuten zusammenkam, auch wegen seiner Lahmheit zu einer sitzenden Lebensweise gezwungen war, wodurch sich eine Neigung zum Nachdenken bei ihm ausbildete. In der Woche, während welcher er bei Maria Semjonowna arbeitete, konnte er sich nicht genug über sie wundern. Einmal kam sie zu ihm in die Küche, wo er nähte, um Handtücher zu waschen, und ließ sich sein Leben erzählen, wie sein Bruder ihn gekränkt hatte und wie er von ihm fortgezogen war.

„Ich dachte, es wird nun besser sein, aber es ist immer dieselbe Not."

„Es ist besser, man ändert die Dinge nicht. Wie es einem bestimmt ist, so muß man leben," sagte Maria Semjonowna.

„Ich wundere mich ohnedies über dich, Maria Semjonowna, wie du ganz allein dich um die ganze Wirtschaft bekümmerst, und hast doch wenig Dank davon."

Maria Semjonowna erwiderte nichts.

„Du bist wohl durch die Bücher belehrt worden, daß es einen Lohn erst drüben gibt?" „Darüber wissen wir nichts," sagte Maria Semjonowna, „aber es ist besser so."

„Und steht denn das auch in den Büchern?"

„Auch in den Büchern steht es," sagte sie und las ihm die Bergpredigt vor. Der Schneider begann nachzudenken. Als er mit Maria Semjonowna abgerechnet hatte und nach Hause ging, dachte er immer an das, was er bei ihr gesehen und was er gehört hatte.

XVII. I

Pjotr Nikolajewitsch war anders gegen das Volk geworden, und das Volk anders gegen ihn. Es war noch kein Jahr um, und schon hatten sie ihm siebenundzwanzig Eichen umgehackt und seine Getreidedarre und die Dreschtenne, die nicht versichert waren, niedergebrannt. Pjotr Nikolajewitsch sah ein, daß mit dem hiesigen Volk kein Auskommen war.

In dieser Zeit suchten die Lewenzows einen Gutsverwalter, und der Adelsführer empfahl Pjotr Nikolajewitsch als den besten Landwirt in der Gegend. Das Lewenzowsche Gut, riesig groß, trug keine Einkünfte, und die Bauern wirtschafteten nach Belieben. Pjotr Nikolajewitsch nahm sich vor, dort gründlich Remedur zu schaffen, und nachdem er sein Gut verpachtet hatte, übersiedelte er mit seiner Frau nach dem entlegenen Gouvernement an der Wolga.

Pjotr Nikolajewitsch war immer ein Freund der Ordnung und der Gesetzlichkeit gewesen, in seiner gegenwärtigen Stimmung aber konnte er es um so weniger zulassen, daß sich dieses wilde, ordinäre Volk widerrechtlich an fremdem Eigentum bereicherte. Die Gelegenheit, ihm eine Lehre geben zu können, freute ihn, und er ging mit Strenge ins Zeug. Einen Bauern brachte er wegen Waldfrevels ins Gefängnis, einen anderen prügelte er mit eigenen Händen durch, weil er ihm nicht ausgewichen war und nicht den Hut vor ihm gezogen hatte.

Betreffs der Wiesen, wegen welcher ein Streit bestand, verkündete er den Bauern, er werde das Vieh pfänden, wenn sie sich's sollten einfallen lassen, es dort auf die Weide zu treiben.

Der Frühling kam, und die Bauern ließen, wie sie's von alters her gewohnt waren, das Vieh auf die herrschaftlichen Wiesen hinaus. Pjotr Nikolajewitsch rief alle Arbeiter zusammen und befahl ihnen, das Vieh in den Gutshof einzutreiben. Die Muschiks arbeiteten gerade draußen auf dem Ackerfeld und konnten nicht hindern, daß die Arbeiter, des Geschreis der Weiber ungeachtet, das Vieh eintrieben. Als die Bauern von der Arbeit heimkehrten, versammelten sie sich und zogen vor den Hof, um das Vieh zurückzuverlangen. Pjotr Nikolajewitsch kam mit dem Gewehr über der Achsel zu ihnen hinaus – er war soeben von einer Inspizierung zurückgekommen – und gab die Erklärung ab, er werde das Vieh nur gegen Bezahlung von fünfzig Kopeken per Hornvieh und von zehn Kopeken per Schaf herausgeben. Die Muschiks fingen an zu schreien, daß die Wiesen die ihren seien, ihre Väter und Großväter sie schon besessen hätten und kein Gesetz bestehe, das erlaubte, fremdes Vieh wegzunehmen.

„Gib das Vieh heraus, sonst nimmt's ein böses Ende," sagte ein alter Bauer, auf Pjotr Nikolajewitsch zugehend.

„Was sagst du da?" schrie Pjotr Nikolajewitsch, ganz bleich vor Zorn, indem er auf den Alten herantrat.

„Scheue die Sünde, Schmarotzer!"

„Was?" schrie Pjotr Nikolajewitsch und versetzte dem Alten einen Schlag ins Gesicht.

„Zum Schlagen hast du kein Recht. Kinder, nehmt das Vieh mit Gewalt!"

Die Masse rückte heran. Pjotr Nikolajewitsch wollte sich entfernen, aber man ließ ihn nicht mehr aus. Er wollte sich einen Weg bahnen. Das Gewehr ging los und tötete einen von den Bauern. Ein großer Tumult entstand, Pjotr Nikolajewitsch wurde niedergetreten. Und fünf Minuten später warf man seine verstümmelte Leiche in die Schlucht.

Die Mörder kamen vor ein Standgericht, und zwei von ihnen verurteilte man zum Tode durch den Strang.

XVIII. I

In dem Dorfe, wo der lahme Schneider wohnte, hatten fünf reiche Bauern vom Gutsbesitzer zum Preise von eintausendeinhundert Rubeln hundertfünf Morgen Land gepachtet, fette Ackererde, schwarz wie Teer, und gaben davon auch an die Muschiks ab, dem einen für achtzehn, dem andern für fünfzehn Rubel per Morgen. Kein einziges Land ging unter zwölf Rubel ab, so daß der Gewinn ein guter war. Die Pächter behielten jeder fünf Morgen für sich, und dieser Boden kostete sie nichts. Als einer von den fünfen starb, schlugen die andern dem lahmen Schneider vor, in ihre Genossenschaft einzutreten.

Als die Pächter an die Teilung schritten, trank der Schneider von dem Branntwein nicht mit, und als die Rede darauf kam, wieviel Erde jeder erhalten sollte, sagte der Schneider, daß man jedem den gleichen Teil geben müsse und von den Unterpächtern nicht mehr verlangen dürfe, als es ausmache.

„Wieso?"

„Sind wir denn nicht Christen? Das andere ist Sache der Herren, wir aber sind Christen. Man muß nach Gottes Geheiß tun. So will es Christus."

„Wo steht das?"

„Nun im Buch. Im Evangelium. Komm Sonntag, ich werde es dir lesen und dann besprechen wir's."

Am Sonntag kamen nicht alle, aber doch drei zum Schneider, und er las ihnen vor.

Er las fünf Kapitel aus dem Evangelium Matthäi. Man fing an darüber zu sprechen. Alle hörten zu, aber nur einer verstand den Sinn – Iwan Tschujew. Und so gut verstand er alles, daß er von nun an in allem nach dem Worte Gottes lebte. Auch seine Familie folgte seinem Beispiel. Von dem Boden, der ihm nicht gehörte, sagte er sich los und nahm nur seinen Teil.

Man fing nun an zum Schneider zu gehen, man fing an zu begreifen, man verstand und ließ das Rauchen, das Trinken, das Fluchen, man fing an einander zu helfen. Und [sie] hörten auf in die Kirche zu gehen und trugen dem Popen die Heiligenbilder hin. Und solcher Höfe gab es siebzehn mit zusammen fünfundsechzig Seelen. Und der Pope erschrak und erstattete dem Bischof darüber Bericht. Der Bischof sann ein Weilchen über die Sache nach und beschloß, den Archimandrit Misail, den ehemaligen Religionslehrer am Gymnasium, hinzuschicken.

XIX. I

Der Bischof ließ Misail neben sich Platz nehmen und begann davon zu reden, was sich in seiner Eparchie zugetragen hatte.

„Das alles kommt nur von unserer geistlichen Ohnmacht und von der allgemeinen Unwissenheit. Du bist ein gelehrter Mann, ich setze mein Vertrauen in dich. Fahre hin, rufe das Volk zusammen und erhelle die Köpfe."

„Wenn Ew. Eminenz mir ihren Segen erteilt, will ich alles tun," sagte Vater Misail. Dieser Auftrag gefiel ihm sehr. Wo immer er seinen Glauben bezeugen konnte, tat er es mit Freuden, denn indem er andere bekehrte, überzeugte er sich selbst am besten, daß er glaubte.

„Bemühe dich, ich leide sehr um meine Herde," sagte der Bischof, gemächlich mit der weißen, feisten Hand nach dem Glas Tee langend, das ihm der dienende Geistliche bot.

„Warum nur *ein* Eingemachtes? Bringe ein zweites," wandte er sich an den Bedienten. – „Sehr, ja sehr leide ich um sie," fuhr er zu Misail gewendet fort.

Misail war zufrieden, sich öffentlich hervortun zu können, aber da er nicht reich war, bat er um Geld für die Reise und sodann um eine Verordnung des Gouverneurs wegen Beistands der Ortspolizei, für den Fall, daß er bei dem groben Volk auf Widerstand stoßen sollte.

Der Bischof willfahrte seinen Wünschen, und Misail, nachdem er sich mit Hilfe des Klosterknechts und der Köchin mit einem Körbchen Wein und mit Eßwaren versehen hatte, wie es bei einer Reise nach einem so öden, abgelegenen Orte nötig war, reiste nach seinem Bestimmungsorte ab. Indem er diese Mission antrat, empfand Misail mit Vergnügen die Wichtigkeit seines Amtes, worüber ihm nicht nur alle Glaubenszweifel schwanden, sondern sogar eine vollständige Überzeugung von der Gerechtigkeit seiner Sache in ihm Platz griff.

Seine Gedanken waren nicht auf das Wesen des Glaubens gerichtet – der stand als Axiom fest –, sondern auf die Widerlegung möglicher Einwendungen gegen die äußeren Formen des Glaubens.

XX. I

Der Pope und seine Frau nahmen Misail mit großen Ehrenbezeigungen auf und versammelten am folgenden Tage alles Volk in der Kirche. Misail betrat in einem neuen seidenen Priestergewand, mit dem Brustkreuz geschmückt und sorgfältig gekämmt, die Empore. Neben ihm stand der Pope, in einiger Entfernung die Kirchendiener und die Sänger, und an den Kirchentüren war die Polizei postiert. Auch die Sektierer kamen in ihren fettglänzenden, schiefsitzenden Halbpelzen.

Nach dem Gottesdienst verlas Misail eine Predigt, worin er, mit den Qualen der Hölle drohend, die Abtrünnigen erwähnte, in den Schoß der Mutter Kirche zurückzukehren, den Reuigen aber vollkommene Absolution versprach.

Die Sektierer schwiegen. Als man sie zu fragen anfing, antworteten sie.

Auf die Frage, warum sie von der Kirche abgefallen seien, antworteten sie, es sei hauptsächlich deswegen geschehen, weil man in der Kirche hölzerne, von Menschenhand verfertigte Götter verehre, was in der Heiligen Schrift nicht nur nicht geboten, sondern im Gegenteil verboten sei. Als Misail fragte, ob es wahr sei, daß sie die Heiligenbilder Bretter nennten, antwortete Tschujew: „Aber so drehe doch das erste beste Heiligenbild um, so wirst du es selber sehen." Als man sie fragte, warum sie das Priestertum nicht anerkennten, antworteten sie, es sei in der Heiligen Schrift gesagt: „Umsonst habt ihr's empfangen, umsonst gebet es auch," während die Popen Gottes Gnade nur um Geld hergäben. Auf alle Versuche Misails, sich auf die Heilige Schrift zu stützen, antworteten der Schneider und Iwan ruhig, aber bestimmt, indem sie sich auf die Schrift beriefen, in der sie alle gut bewandert waren. Misail wurde böse und drohte mit der weltlichen Gewalt. Darauf gaben die Sektierer zur Antwort, es sei gesagt: „Haben sie mich verfolget, sie werden euch auch verfolgen."

Dabei blieb es; und alles wäre gut ausgegangen, aber am andern Tag hielt Misail nach der Messe wieder eine Predigt über die Missetat der Verführer und erklärte, sie verdienten jegliche Züchtigung; und als das Volk die Kirche verließ, sprach es sich von Mund zu Munde fort, daß die Gottlosen eine Züchtigung verdienten, auf daß sie das Volk nicht länger verführten. Und am selben Tag, als Misail in Gesellschaft eines Aufsehers über mehrere Kirchen und eines Inspektors, der aus der Stadt gekommen war, einen kleinen Imbiß – Lachs und Seeforellen – zu sich nahm, entstand im Dorfe ein Handgemenge. Die Rechtgläubigen sammelten sich zuhauf vor der Isba Tschujews und lauerten den Sektierern auf, um sie beim Verlassen der Isba übel zuzurichten. Die Sektierer waren ihrer etwa zwanzig Menschen, Männer und Frauen. Die Predigt Misails und jetzt die Zusammenrottung der Orthodoxen und ihre drohenden Redensarten, hatten in den Sektierern ein böses Gefühl hervorgerufen, das ihnen sonst fremd war. Es dunkelte bereits, die Weiber mußten nach Hause gehen, um die Kühe zu melken, und noch immer standen die Orthodoxen draußen und warteten. Einen Knaben, der sich hinausgewagt hatte, prügelten sie durch und jagten ihn in die Isba zurück.

Man beratschlagte, was zu tun sei, und nicht alle konnten sich einigen.

Der Schneider sagte, man müsse alles ertragen und erdulden. Tschujew hingegen meinte, man dürfe das Dulden auch nicht zu weit treiben, denn sonst könne es geschehen, daß sie alle windelweich geschlagen würden, ergriff einen Feuerhaken und ging auf die Straße hinaus. Die Rechtgläubigen warfen sich auf ihn. „Sei's drum im Namen Mosi und der Propheten!" schrie er, begann auf die Rechtgläubigen loszuschlagen und schlug einem von ihnen ein Auge aus; die übrigen Sektierer verließen die Isba und eilten spornstreichs nach ihren Wohnungen zurück.

Tschujew kam vor das Gericht und wurde wegen Irrglaubens und Gotteslästerung zur Verbannung verurteilt.

Vater Misail aber erhielt eine Belohnung und wurde zum Prior ernannt.

XXI. I

Zwei Jahre vor diesen Begebenheiten war aus dem Distrikt der Donschen Kosaken ein gesundes, schönes Mädchen von orientalischem Typus namens Turtschaninow nach Petersburg gekommen, um hier die Universität zu besuchen. Dieses Mädchen machte in Petersburg die Bekanntschaft eines Studenten Tjurin, Sohn des Semstwo-Vorstehers des Gouvernements Simbirsk, und gewann ihn lieb. Sie gewann ihn jedoch nicht in der gewöhnlichen Art lieb, wie Frauen sonst einen Mann lieben, mit dem Wunsche, seine Frau und die Mutter seiner Kinder zu werden, sondern vielmehr in einer Art kameradschaftlicher Liebe, die hauptsächlich aus der gleichen Empörung über die bestehende Gesellschaftsordnung und deren Träger Nahrung gewann; außerdem aber verband sie auch die Vorstellung einer ihnen beiden eigenen besonderen intellektuellen und moralischen Kultur.

Sie besaß die Fähigkeit zu studieren, behielt leicht, was sie in den Vorlesungen hörte, legte ihre Examina ab und verschlang obendrein die neueste Literatur in ungeheuren Mengen. Sie war überzeugt, daß ihr Beruf nicht darin bestehe, Kinder zu gebären und zu erziehen – auf einen dergleichen Beruf blickte sie sogar mit einem gewissen Widerwillen, ja mit Verachtung –, sondern vielmehr darin, die bestehende Gesellschaft zu zerstören, die die besten Kräfte des Volkes unterband, und den Leuten denjenigen Weg zu zeigen, den auch die neuesten europäischen Schriftsteller zeigten. Sie hatte eine üppige Figur, war weiß, rosig, hübsch, hatte glänzende schwarze Augen und prächtige schwarze Zöpfe. Sie rief bei den Männern Empfindungen hervor, die sie nicht teilen mochte – und übrigens auch nicht teilen konnte: so tief steckte sie in ihrer agitatorischen und rednerischen Tätigkeit darin. Indes war es ihr doch auch nicht unangenehm, daß sie solche Empfindungen erweckte; weshalb sie, ohne sich gerade zu putzen, ihr Äußeres doch auch nicht vernachlässigte. Es war ihr angenehm, zu wissen, daß sie gefiel und zugleich zeigen konnte, wie wenig sie sich aus Dingen machte, an denen anderen Frauen so viel lag. In ihren Anschauungen betreffs der Mittel, die zum Umsturz führen sollten, war sie weit radikaler als die Mehrzahl ihrer Kameraden und selbst als ihr Freund Tjurin, und vertrat den Grundsatz, daß im Kampfe alle Mittel, einschließlich des Mordes, gut und erlaubt seien. Zugleich war diese selbe Revolutionärin Katja Turtschaninow im Herzensgrund ein gutes und aufopferndes Frauenzimmer, das den fremden Vorteil, das fremde Wohlergehen und Glück stets über ihren eigenen Vorteil, ihr eigenes Wohlergehen und Glück stellte und überfroh war, wenn sie die Möglichkeit besaß, irgendeinem Wesen, sei es einem Kinde, einem Greise, einem Tiere, Gutes zu erweisen.

Den Sommer brachte die Turtschaninowa bei ihrer Freundin, einer Dorfschullehrerin, in einer Kreisstadt an der Wolga zu. In demselben Kreis lebte bei seinem Vater auch ihr Freund Tjurin. Diese drei, zu denen sich noch ein Kreisarzt gesellte, kamen öfter zusammen, tauschten untereinander Bücher aus, disputierten und empörten sich. Das Gut der Tjurins lag in der Nähe des Lewenzowschen Gutes, wohin Pjotr Nikolajewitsch als Verwalter gekommen war. Als dann Pjotr Nikolajewitsch die Zügel so fest in die Hand nahm und der junge Tjurin bemerkte, daß die Lewenzowschen Bauern einen selbständigen Geist besaßen und den festen Willen bekundeten, ihre Rechte zu behaupten, fing er an sich für sie zu interessieren, kam öfter nach dem Dorfe und entwickelte im Gespräch mit ihnen die Theorie des Sozialismus im allgemeinen und die Lehre der Nationalisierung des Bodens im besonderen.

Als der Mord an Pjotr Nikolajewitsch geschah und dann die Gerichtspersonen eintrafen, hatte der revolutionäre Zirkel in der Kreisstadt einen bedeutenden Anlaß zur Empörung, und die Mitglieder sprachen sich über die Sache energisch aus. Im Gerichtsverfahren hatte sich ergeben, daß Tjurin mit den Bauern in emsigem Verkehr gestanden und häufig Reden gehalten hatte. Man nahm in seiner Wohnung eine Haussuchung vor, wobei sich einige revolutionäre Flugschriften fanden. Der Student wurde daher verhaftet und nach Petersburg transportiert.

Die Turtschaninowa reiste ihm nach und wünschte eine Zusammenkunft im Gefängnis, aber man ließ sie an einem gewöhnlichen Tage nicht zu ihm, sondern erst an einem allgemeinen Besuchstag; auch konnte sie mit Tjurin nur durch zwei Gitter sprechen. Dieses Wiedersehen steigerte ihre Empörung. Aber ihre Entrüstung stieg auf den höchsten Gipfel, nachdem sie mit dem schmucken Gendarmerieoffizier Rücksprache gepflogen hatte, der, wie es schien, nicht abgeneigt war, sich für sie um einen gewissen Preis zu verwenden. Diese Zumutung steigerte ihre Entrüstung und Feindseligkeit gegen alle obrigkeitlichen Personen bis zum höchsten Grad. Sie ging zum Polizeichef. Der Polizeichef sagte ihr dasselbe, was ihr der Gendarm gesagt hatte, daß sich da nichts tun ließe, da hierüber strikte Befehle des Ministers vorlägen. Sie reichte beim Minister ein Gesuch ein, in dem sie um eine Zusammenkunft mit ihrem Freunde bat; es wurde abschlägig beschieden. Hierauf faßte sie einen verzweifelten Entschluß und kaufte sich einen Revolver.

XXII. I

Der Minister erteilte zur gewöhnlichen Stunde Audienz. Er überging drei Bittsteller und schritt auf ein schwarzäugiges, junges, schönes Frauenzimmer zu, das mit einem Papier in der linken Hand dastand. Ein geiles Fünkchen erglomm beim Anblick der schönen Bittstellerin in den Augen des Ministers, aber sich auf seine Würde besinnend zog er das Gesicht in ernste Falten.

„Was ist Ihr Begehren?“ sagte er, indem er auf sie zutrat.

Und sie, ohne zu antworten, zog rasch den Revolver aus den Falten ihrer Pelerine, erhob ihn zur Brust des Ministers und drückte los. Der Schuß ging fehl.

Der Minister wollte ihren Arm packen, aber sie neigte sich zurück und schoß ein zweites Mal. Der Minister ergriff die Flucht. Sie wurde festgenommen. Sie zitterte und konnte nicht sprechen. Plötzlich brach sie in ein hysterisches Lachen aus. Der Minister war nicht einmal verwundet.

Das war die Turtschaninowa. Man internierte sie im Untersuchungsgefängnis. Der Minister aber, nachdem er von hochgestellten Persönlichkeiten und sogar vom Zaren Gratulationen und Beileidskundgebungen erhalten hatte, setzte eine Kommission zur Aufdeckung der Verschwörung ein, als deren Ergebnis dieser Mordanschlag galt.

Eine Verschwörung bestand selbstverständlich nicht, aber die Beamten der geheimen und der öffentlichen Polizei machten sich daran die verzweigten Fäden dieses nicht existierenden Komplotts aufzudecken und verdienten ehrlich ihre Besoldung und ihren Unterhalt, indem sie vom frühen Morgen bis zum späten Abend eine Haussuchung nach der andern vornahmen, Papiere, ja ganze Bücher abschrieben, Tagebücher und Privatbriefe lasen, auf ausgezeichnetem Papier mit ausgezeichneter Handschrift Exzerpte machten, viele Male die Turtschaninowa verhörten und sie mit anderen Personen konfrontierten, um ihre Komplizen herauszubekommen usw.

Der Minister war im Grunde ein gutmütiger Mensch und bedauerte diese gesunde schöne Kosakin, aber er sagte sich, daß in seiner Person bedeutende Staatsinteressen verkörpert seien, welchen zu dienen er verpflichtet sei, wie schwer es ihm auch fallen möge. Und als ihm auf einem Hofball ein ehemaliger Kamerad begegnete, der auch mit den Tjurins bekannt war, und anfing für Tjurin und die Turtschaninowa Fürbitte einzulegen, da zog der Minister die Achseln so hoch, daß sich das rote Bändchen auf dem weißen Gilet krümmte und sprach:

„Je ne demanderais pas mieux, que de lâcher cette pauvre fillette, mais nous savez – le devoir …“ [Ich würde nichts lieber tun, als das arme Mädchen freizulassen, aber wir wissen – die Pflicht …]

Die Turtschaninowa saß inzwischen im Untersuchungsgefängnis. Zeitweise verständigte sie sich ruhig durch Klopfen mit den Kameraden und las die Bücher, die man ihr gebracht hatte, aber zeitweise packte sie die Verzweiflung und die Wut, sie zerstieß sich den Kopf an den Wänden, wimmerte und lachte.

XXIII. |

Eines Tages hatte Maria Semjonowna aus der Staatsrentenkasse ihre Pension erhalten und traf auf dem Rückweg einen ihrer Bekannten, einen Schullehrer.

„Na, Maria Semjonowna, Staatsgelder erhalten, he?“ schrie dieser ihr von der anderen Seite her zu.

„Ja, erhalten,“ antwortete Maria Semjonowna, „es reicht gerade um die größten Löcher zu stopfen.“

„Na, so viel Geld! Sie werden damit die Löcher stopfen und noch etwas übrig behalten,“ sagte der Lehrer, grüßte und ging vorbei.

„Auf Wiedersehen!“ rief ihm Maria Semjonowna nach, und während sie sich nach dem Lehrer umblickte, stieß sie mit einem hochgewachsenen, langarmigen Menschen zusammen, der finstere Mienen machte.

Als sie sich ihrem Hause näherte, erblickte sie zu ihrer Verwunderung wieder denselben langarmigen Menschen. Nachdem er beobachtet hatte, in welches Haus sie hineinging, stand er noch ein Weilchen da, kehrte dann um und ging weg.

Maria Semjonowna fühlte zuerst ein Bangen, dann wurde ihr traurig zumut. Aber als sie ins Haus trat, die Geschenke für den Alten und den kleinen skrofulösen Neffen ausgeteilt und die winselnde Tresorka gestreichelt hatte, wurde ihr wieder leichter ums Herz, und ging, nachdem sie das Geld dem Vater übergeben hatte, an die Arbeit, woran es ihr nie gebrach.

Der Mensch, mit dem sie zusammengestoßen war, war Stepan.

Nachdem er in der Herberge den Hausknecht getötet hatte, war er nicht nach der Stadt gegangen. Merkwürdigerweise war ihm die Erinnerung an den ermordeten Hausknecht nicht im geringsten unangenehm, ja er dachte mehrmals im Tag daran, und es war ihm ein angenehmes Gefühl, dies alles so sauber und geschickt gemacht zu haben, so daß niemand den Täter ahnen und niemand ihn hindern könne, es auch in Zukunft mit andern so zu machen.

Im Wirtshaus bei Tee und Branntwein sitzend, betrachtete er sich immer die Leute daraufhin, wie man sie umbringen könnte. Er wollte bei einem Landsmann von ihm, einem Fuhrknecht, übernachten. Der Fuhrknecht war nicht zu Hause. Stepan sagte, er wolle warten, blieb sitzen und sprach mit der Frau. Später, als sie sich einmal zum Ofen umdrehte, kam ihm in den Sinn, sie zu töten. Er verwunderte sich über sich selbst, schüttelte den Kopf, zog das Messer aus dem Stiefelschaft, warf das Weib zu Boden und schnitt ihr den Hals durch. Die Kinder fingen an zu schreien, er tötete auch sie und ging ohne zu übernachten aus der Stadt fort. Außerhalb der Stadt, in einem Dorfe, ging er in eine Herberge und schlief sich dort aus.

Am andern Tag kam er wieder in eine Kreisstadt und hörte auf der Straße das Gespräch zwischen Maria Semjonowna und dem Lehrer mit an. Der Blick, den sie ihm zugeworfen hatte, hatte ihn erschreckt, aber er beschloß dennoch, sich in das Haus einzuschleichen und das Geld, das sie bekommen hatte, zu nehmen. In der Nacht brach er das Türschloß auf und drang in die Stube ein. Zuerst hörte ihn die jüngere verheiratete Tochter. Sie fing an zu schreien, und Stepan schnitt ihr sofort die Kehle durch. Der Schwiegersohn erwachte, und sie gerieten aneinander. Er packte Stepan an der Gurgel und rang lange mit ihm, aber Stepan war stärker. Nachdem er mit dem Schwiegersohn fertig war, ging Stepan, vom Kampfe erhitzt, hinter den Verschlag, wo Maria Semjonowna im Bette lag. Sie erhob sich, blickte Stepan mit ihren erschreckten sanften Augen an und bekreuzte sich. Wiederum erschrak Stepan. Er schlug die Augen nieder.

„Wo ist das Geld," sagte er, ohne die Augen zu erheben. Sie schwieg.

„Wo ist das Geld?" sagte Stepan, auf das Messer zeigend.

„Was tust du, darf man denn das?" sagte sie.

„Wird wohl nicht anders sein."

Stepan ging auf sie zu, um sie an den Händen zu ergreifen, damit sie sich nicht wehren könne, aber sie erhob die Arme nicht und wehrte sich nicht, nur drückte sie die Hände an die Brust, atmete schwer und wiederholte:

„Ach, was für eine große Sünde willst du da begehen. Habe Mitleid mit mir. Fremde Seelen willst du verderben, und die deine dazu."

Stepan konnte ihre Stimme und ihren Blick nicht mehr ertragen und durchschnitt ihr mit dem Messer den Hals. „Wer wird mit euch noch lange herumreden." Sie sank auf das Kissen zurück und begann zu röcheln. Das Kissen färbte sich mit Blut.

Er wandte sich ab und ging in die anderen Zimmer, um die Sachen zu sammeln. Nachdem er das Nötige beisammen hatte, zündete sich Stepan eine Zigarette an, ruhte ein wenig, reinigte seine Kleider und ging fort. Er meinte, auch dieser Mord wie die früheren werde ihm kein weiteres Kopfzerbrechen machen, aber plötzlich, bevor er noch zu seiner Herberge gekommen war, überwältigte ihn eine solche Mattigkeit, daß er kein Glied rühren konnte. Er legte sich in den Straßengraben und verbrachte daselbst den Rest der Nacht, den ganzen folgenden Tag und die nächste Nacht.

Zweiter Teil

I. |

Stepan lag im Graben und sah fortwährend das sanfte magere runzlige erschrockene Gesicht der Maria Semjonowna vor sich und hörte ihre Stimme. „Darf man denn?" tönte ihre eigentümliche lispelnde Stimme. Und Stepan durchlebte alles das, was er mit ihr getan hatte, von neuem. Und es wurde ihm schrecklich zumut, und er schloß die Augen und schüttelte den Kopf mit dem Haarbusch, um diese Gedanken und Erinnerungen abzuschütteln. Und auf eine Zeitlang konnte er sich von diesen Erinnerungen befreien, aber an ihrer Stelle erschienen Schwarze, zuerst einer, dann ein anderer, und nach diesen erschienen wieder andere Schwarze mit roten Augen, die Fratzen schnitten, und alle sprachen sie ein und dasselbe: „Mit ihr hast du ein Ende gemacht, nun mache auch mit dir ein Ende, sonst werden wir dich verfolgen." Er öffnete die Augen, und sah sie wieder vor sich, und hörte wieder ihre Stimme, und ihm wurde so leid um sie, und er fühlte Abscheu und Entsetzen vor sich selbst. Und wieder schloß er die Augen, und wieder kamen die Schwarzen.

Am Abend des anderen Tages stand er auf und ging in die Schenke. Kaum konnte er sich bis hin schleppen, und dort fing er an zu trinken. Aber wieviel er auch trank, kein Rausch kam über ihn. Er saß stillschweigend da und trank ein Glas nach dem andern. Ein Polizeiunteroffizier trat in die Schenke.

„Wer bist du?" fragte der Polizeiunteroffizier.

„Derselbe, der gestern bei den Dobrotworows die Leute umgebracht hat."

Man fesselte ihn, und nachdem man ihn einen Tag lang im Quartiergefängnis gehalten hatte, schickte man ihn nach der Gouvernementsstadt. Der Gefängnisaufseher, der in ihm seinen früheren Arrestanten wiedererkannte, einen Zänker und nun großen Mörder, nahm ihn streng auf.

„Nimm dich in acht! Nur keine Streiche machen!" sagte der Aufseher, indem er die Augenbrauen zusammenzog und den Unterkiefer vorschob. „Wenn ich auch nur das geringste merke, prügle ich dich zu Tod. Mir wirst du nicht weglaufen."

„Wie sollte ich weglaufen," antwortete Stepan, die Augen niederschlagend, „hab' ich mich doch selbst angegeben."

„Na, nicht viel reden. Und wenn die Obrigkeit mit dir spricht, heb die Augen auf!" schrie der Aufseher und schlug ihn mit der Faust unter das Kinn.

Stepan hatte wieder sie im Sinn und hörte ihre Stimme.

Er vernahm nicht, was der Aufseher sagte.

„Was ist denn?" fragte er, sich besinnend, als er den Schlag ins Gesicht verspürte.

„Na na, marsch! Verstell dich nicht."

Der Aufseher war auf Gewalttätigkeiten, Aufhetzung der anderen Gefangenen und Fluchtversuche gefaßt. Aber nichts dergleichen geschah. Wenn der Wächter oder der Aufseher selbst durch das Guckloch seiner Zelle hineinsah, saß Stepan, den Kopf in die Hand gestützt, auf einem mit Stroh gestopften Sack und murmelte etwas vor sich hin. Im Verhöre vor dem Untersuchungsrichter zeigte er sich auch nicht andern Arrestanten ähnlich, er war zerstreut und überhörte die Fragen; aber wenn er sie verstand, dann antwortete er so aufrichtig, daß der Untersuchungsrichter, der gewohnt war, die Angeklagten durch List und Gewandtheit zu besiegen, hier eine Empfindung hatte, wie einer, der den Fuß auf eine Stufe setzen will, die nicht da ist. Stepan erzählte von seinen Mordtaten, indem er die Augenbrauen zusammenzog und den Blick auf einen Punkt richtete, im einfachsten, geschäftsmäßigen Tone und suchte sich aller Einzelheiten zu erinnern. „Er trat heraus," erzählte Stepan, „er war barfuß, er stellte sich in den Türrahmen, ich habe ihm, wie man sagt, eins gegeben, er fing an zu röcheln, ich machte mich sofort ans Weib" usw. Als einst der Staatsanwalt das Gefängnis revidierte, fragte man Stepan, ob er über die Behandlung zu klagen habe und ob er etwas brauche, und er antwortete, er brauche nichts und niemand tue ihm was zuleide. Der Staatsanwalt entfernte sich ein paar Schritte aus dem übelriechenden Korridor, blieb dann stehen und fragte den ihn begleitenden Inspektor, wie sich dieser Arrestant aufführe.

„Ich kann mich nicht genug über ihn verwundern," antwortete der Aufseher, sehr zufrieden damit, daß Stepan sich so lobend über die Behandlung ausgesprochen hatte. „Jetzt ist er im zweiten Monat hier und sein Betragen ist musterhaft. Ich habe nur Angst, er plant etwas. Er ist ein sehr verwegener Mensch und verfügt über eine außerordentliche Kraft."

II. I

Im ersten Monat seiner Gefangenschaft quälte sich Stepan unaufhörlich mit ein und demselben: er sah die grauen Mauern seiner Zelle vor sich, hörte den Ton des Gefängnisses, die dumpfen Töne unter sich in der allgemeinen Abteilung, die Schritte der Wache im Korridor, den Schlag der Uhr; und gleichzeitig sah er sie und ihren sanften Blick, mit dem sie ihn schon auf der Straße besiegt hatte, sah ihren mageren verrunzelten Hals, den er durchschnitten hatte, und vernahm ihre holdselige, klägliche lispelnde Stimme: „Fremde Seelen und deine eigene vernichtest du. Darf man denn?" Dann schwieg die Stimme, und es erschienen die Schwarzen. Und sie erschienen gleicherweise, ob er die Augen schloß oder offen hatte. Bei geschlossenen Augen sah er sie deutlicher. Öffnete er die Augen, so vermischten sie sich mit den Türen, Mauern und verschwanden allmählich, kamen aber immer wieder hervor und gingen von drei Seiten, Fratzen schneidend, auf ihn zu und sagten: „Mach ein Ende, ein Ende. Man kann eine Schlinge machen, man kann ein Feuer anlegen." Und dann erzitterte er am ganzen Leibe und fing an Gebete herzusagen, die er wußte: das Ave Maria und das Vaterunser, und es schien ihm anfangs, als ob das helfe. Während er betete, stiegen ihm Erinnerungen aus seinem Leben auf, er erinnerte sich seines Vaters, seiner Mutter, des Dorfes, des Hündchens Woltschok, des Großvaters auf dem Ofen, der Bank, auf der er mit den Kindern geritten war. Dann erinnerte er sich an die Mädchen mit ihren Liedern, dann an die Pferde, die man ihm weggeführt hatte, und wie man den Pferdedieb erwischte und er ihn mit einem Steine erschlug. Und er erinnerte sich an sein erstes Gefängnis, wie er freigelassen wurde, erinnerte sich an den dicken Hausknecht, an die Frau des Fuhrmanns, an die Kinder, und wieder erinnerte er sich an sie. Und das Herz wurde ihm schwer. Er sprang von der Pritsche auf, der Rock fiel ihm von der Achsel, wie ein Tier im Käfig fing er an mit raschen Schritten in der engen Zelle auf und abzugehen, wobei er jedesmal mit einer schnellen Wendung Kehrt machte, wenn er an die feuchten, grauen Wände stieß. Und er sagte wieder die Gebete her, aber die Gebete halfen nicht mehr.

Es war an einem der langen Abende im Herbst, der Wind sauste und pfiff in den Schornsteinen, und Stepan, der sich in seiner Zelle müde gelaufen hatte, setzte sich auf die Pritsche und fühlte, daß er diesen Kampf nicht länger aushalten werde, daß ihn die Schwarzen überwunden hatten, und er gab sich verloren. Schon längst hatte er sein Augenmerk auf einen Vorsprung beim Wärmeloch am Ofen gerichtet. Wenn man dort ein Seil oder Leinwandstreifen befestigen könnte, würde es wohl halten. Aber man mußte es geschickt machen. Er machte sich an die Arbeit, und er brachte zwei Tage damit zu, aus dem Sack, worauf er schlief, Leinwandstreifen zu verfertigen. (Kam der Wächter, dann deckte er die Pritsche rasch mit seinem Arrestantenkittel zu.) Die Leinwandstreifen knotete er aneinander und machte sie doppelt, damit sie nicht reißen sollten und imstande wären, seinen Körper zu tragen. Während dieser Arbeit quälte er sich nicht. Als dann alles fertig war, machte er eine Schlinge, legte sie sich um den Hals, stieg auf das Bett und hängte sich auf. Als es so weit mit ihm war, daß sich die Zunge hervorzustrecken begann, rissen die Streifen ab, und er fiel herunter. Über dieses Geräusch eilte der Wächter herbei. Man rief den Feldscher und brachte ihn ins Hospital. Am andern Tag war er wieder gänzlich hergestellt, aber man brachte ihn nun nicht mehr in Einzelhaft, sondern steckte ihn in die allgemeine Abteilung. In der allgemeinen Abteilung lebte er unter zwanzig Leuten und doch so, wie wenn er ganz allein wäre. Er sah niemanden, sprach mit niemandem und quälte sich immerfort in der alten Weise. Besonders schwer war ihm um die Nachtzeit zumut, wenn alle schliefen und nur er allein keinen Schlaf finden konnte. Und wie früher sah er sie und hörte ihre Stimme, und dann erschienen wieder die Schwarzen mir ihren schrecklichen Augen und reizten ihn.

Wie früher sagte er seine Gebete her und wie früher halfen sie nichts.

Einmal, nach den Gebeten, erschien sie ihm, und er begann sie bei ihrer Seele Seligkeit anzuflehen, sie möge vergeben und verzeihen. Und als er gegen Morgen auf seinen zerwühlten Bettsack hinsank, fiel er in einen tiefen Schlaf, und sie kam im Traum zu ihm mit ihrem mageren, runzligen, durchschnittenen Halse.

„Und wirst du mir verzeihen?"

Sie schaute ihn mit ihren milden Augen an und sagte nichts.

„Wirst du verzeihen?"

Und so fragte er dreimal, aber sie antwortete doch nicht, und er erwachte. Nach diesem Traume wurde ihm leichter um das Herz, es war, wie wenn er zu sich käme, er schaute um sich, und zum ersten Male fing er an sich den andern zu nähern und mit den Kameraden zu sprechen.

III. I

In derselben Abteilung saß Wassilij, der wieder bei einem Diebstahl ertappt und zur Verbannung verurteilt worden war, und Tschujew, der als Ansiedler in die Verbannung gehen sollte. Wassilij sang entweder den ganzen Tag mir seiner prächtigen Stimme Lieder, oder erzählte den Kameraden seine Schicksale. Tschujew aber arbeitete entweder, flickte an den Kleidern und an der Wäsche, oder er las im Evangelium und in den Psalmen.

Auf die Frage Stepans, weswegen er zur Verbannung verurteilt worden sei, erklärte ihm Tschujew, es sei deswegen geschehen, weil er sich zur wahren Lehre Christi bekenne und die Pfaffen, die Verfälscher der Lehre, Menschen nicht leiden können, die nach dem Evangelium leben und sie entlarven.

Als aber Stepan fragte, worin denn die wahre Lehre bestehe, erklärte ihm Tschujew, die Lehre des Evangeliums bestehe darin, daß man keine von Menschenhand verfertigten Götter anbeten, sondern Gott im Geiste und in der Wahrheit verehren solle. Und er erzählte, wie er diese wahre Lehre von einem lahmen Schneider gelegentlich der Verteilung von Land erfahren habe.

„Nun, und was wird einem für Schlechtigkeiten zuteil werden?" fragte Stepan.

„Es steht alles in der Bibel.“

Und Tschujew las ihm vor: „Wenn aber des Menschen Sohn kommen wird in seiner Herrlichkeit, und alle heilige Engel mit ihm, dann wird er sitzen auf dem Stuhl seiner Herrlichkeit; und werden vor ihm alle Völker versammelt werden. Und er wird sie voneinander scheiden, gleich als ein Hirte die Schafe von den Böcken scheidet; und wird die Schafe zu seiner Rechten stellen und die Böcke zur Linken. Da wird dann der König sagen zu denen zu seiner Rechten: Kommt her, ihr Gesegneten meines Vaters, erbet das Reich, das euch bereitet ist von Anbeginn der Welt. Denn ich bin hungrig gewesen, und ihr habt mich gespeiset. Ich bin durstig gewesen, und ihr habt mich getränket. Ich bin ein Gast gewesen, und ihr habt mich beherberget. Ich bin nackend gewesen, und ihr habt mich bekleidet. Ich bin krank gewesen, und ihr habt mich besuchet. Ich bin gefangen gewesen, und ihr seid zu mir gekommen. Dann werden ihm die Gerechten antworten, und sagen: Herr, wann haben wir dich hungrig gesehen, und haben dich gespeiset? oder durstig, und haben dich getränket? Wann haben wir dich einen Gast gesehen, und beherberget, oder nackend und haben dich bekleidet? Wann haben wir dich krank oder gefangen gesehen, und sind zu dir gekommen? Und der König wird antworten, und sagen zu ihnen: Wahrlich, ich sage euch: Was ihr getan habt einem unter diesen meinen geringsten Brüdern, das habt ihr mir getan. Dann wird er euch sagen zu denen zu seiner Linken: Gehet hin von mir, ihr Verfluchten, in das ewige Feuer, das bereitet ist dem Teufel und seinen Engeln. Ich bin hungrig gewesen, und ihr habt mich nicht gespeiset. Ich bin durstig gewesen, und ihr habt mich nicht getränket. Ich bin ein Gast gewesen, und ihr habt mich nicht beherberget. Ich bin nackend gewesen, und ihr habt mich nicht bekleidet. Ich bin krank und gefangen gewesen, und ihr habt mich nicht besuchet. Da werden sie ihm auch antworten, und sagen: Herr, wann haben wir dich gesehen hungrig, oder durstig, oder einen Gast, oder nackend, oder krank, oder gefangen, und haben dir nicht gedienet? Dann wird er ihnen antworten, und sagen: Wahrlich, ich sage euch: Was ihr nicht getan habt einem unter diesen Geringsten, das habt ihr mir auch nicht getan. Und sie werden in die ewige Pein gehen: aber die Gerechten in das ewige Leben.“ Matthäus-Evangelium XXV, 31-46.

Wassilij, der sich Tschujew gegenüber auf dem Boden gesetzt

hatte, hörte zu und nickte beifällig mit dem schönen Kopf.

„Sehr richtig" äußerte er in entschiedenem Tone. „Gehet nur hin in das ewige Feuer, ihr Verfluchten! Niemanden habt ihr gespeiset, aber selbst habt ihr euch vollgefressen. So sollen sie es denn auch danach haben. – Gib her, ich werde weiterlesen," sagte er, in der Absicht ein wenig damit zu prahlen, daß er des Lesens kundig war.

„Nun, und eine Vergebung der Sünden gibt es nicht?" fragte Stepan, senkte schweigend den Kopf mit dem Haarbusch und hörte zu.

„Warte, sei still!" sagte Tschujew zu Wassilij, der noch immer perorierte, daß die Reichen den Gast niemals gespeist, im Gefängnis ihn nicht besucht hätten, – „warte doch!" wiederholte Tschujew, im Evangelium blätternd. Nachdem er gefunden, was er gesucht hatte, glättete Tschujew mit seiner großen, kräftigen, im Gefängnis weiß gewordenen Hand die Blätter.

„Es wurden aber mit ihm – mit Christus nämlich," fing Tschujew an –, „auch hingeführet zwei andere Übeltäter, daß sie mit ihm abgetan würden. Und als sie kamen an die Stätte, die da heißt Schädelstätte, kreuzigten sie ihn daselbst, und die Übeltäter mit ihm, einen zur Rechten und einen zur Linken. Jesus aber sprach: Vater, vergib ihnen: denn sie wissen nicht, was sie tun. Und sie teilten seine Kleider und warfen das Los darum. Und das Volk stand und sahe zu. Und die Obersten samt ihnen spotteten seiner, und sprachen: Er hat andern geholfen, er helfe sich selber, ist er Christ, der Auserwählte Gottes. Es verspotteten ihn auch die Kriegsknechte, traten zu ihm, und brachten ihm Essig, und sprachen: Bist du der Juden König, so hilf dir selber. Es war auch oben über ihm geschrieben und die Überschrift mit griechischen und lateinischen und [h]ebräischen Buchstaben: Dies ist der Juden König. Aber der Übeltäter einer, die da gehenkt waren, lästerte ihn, und sprach: Bist du Christus, so hilf dir selbst und uns. Da antwortete der andere, strafte ihn, und sprach: Und du fürchtest dich auch nicht vor Gott, der du doch in der gleichen Verdammnis bist? Und zwar sind wir billig darinnen; denn wir empfangen, was unsre Taten wert sind: dieser aber hat nichts Ungeschicktes gehandelt. Und sprach zu Jesus: Herr gedenke an mich, wenn du in dein Reich kommst. Und Jesus sprach zu ihm: Wahrlich, ich sage dir: Heute wirst du mit mir im Paradiese sein." Lukas-Evangelium XXIII, 32-43.

Stepan sagte nichts und saß, in Gedanken verloren, wie horchend da, aber er hörte nichts mehr von dem, was Tschujew weiterlas. ‚Also darin besteht der wahre Glaube' dachte er. ‚Gerettet werden nur die sein, welche die Armen gespeist und getränkt, Gefangene besucht haben, und in die Hölle werden diejenigen gehen, die das nicht getan haben. Und doch tat der Übeltäter Buße erst am Kreuz, und ging doch auch in das Paradies ein.' Er sah hier keinen Widerspruch, im Gegenteil, eines bestätigte das andere: daß die Barmherzigen in das Paradies und die Unbarmherzigen in die Hölle eingehen, das bedeutete, daß alle barmherzig sein sollen; und daß Christus dem Übeltäter verzieh, das bedeutete, daß auch Christus barmherzig war. Dies alles war für Stepan vollkommen neu, und er verwunderte sich nur darüber, daß man dies vor ihm verborgen hatte. Und er verbrachte die ganze Zeit mit Tschujew, fragend und zuhörend, und was er hörte, das verstand er auch. Der allgemeine Sinn der ganzen Lehre ging ihm auf, der darin bestand, daß alle Menschen Brüder seien und einander lieben, miteinander Mitleid haben sollten, und dann würde alles gut sein. Und wenn er zuhörte, erinnerte er sich bei alldem, was den allgemeinen Sinn dieser Lehre bestätigte, wie an etwas, das er gewußt, aber vergessen hätte, und ließ das, was diese Lehre nicht bestätigte, an seinen Ohren vorbeigehen als etwas, was eben seinem Verständnis entginge.

Und seit dieser Zeit wurde Stepan ein anderer Mensch.

IV. I

Stepan Pelagejuschkin war auch früher ein ruhiger Häftling gewesen, aber in letzter Zeit setzte er sowohl den Aufseher als den Wächter und die Kameraden durch die Veränderung seines Wesens in Erstaunen. Er vollführte, ohne daß man es ihm erst befehlen mußte und auch außer der Reihe, die schwersten Arbeiten, darunter die Reinigung des Zellenkübels. Aber trotz dieser seiner Demut achteten und fürchteten ihn seine Kameraden, da sie seine Sündhaftigkeit und seine große physische Kraft kannten, besonders nach dem Vorfall mit den zwei Landstreichern, die beide über ihn hergefallen waren, deren er sich jedoch rasch zu erwehren gewußt, wobei er dem einen von ihnen den Arm gebrochen hatte. Diese Landstreicher hatten einem jungen Häftling all sein Geld abgenommen und nahmen ihm weg, was er nur hatte. Stepan hatte sich seiner angenommen und jenen den Raub wieder abgenommen. Die Landstreicher hatten ihn zuerst mit Schimpfworten überschüttet, sodann waren sie über ihn hergefallen, aber er hatte sie beide überwältigt. Als der Aufseher kam und zu ermitteln suchte, wer den Streit angestiftet habe, erklärten die Landstreicher, Pelagejuschkin wäre zuerst über sie hergefallen. Stepan verteidigte sich nicht und nahm demütig die ihm zuerteilte Strafe an, die in dreitägigem Arrest und Versetzung in Einzelhaft bestand.

Die Einzelhaft wurde ihm nun schwer, da er sich von Tschujew und dem Evangelium trennen mußte, und außerdem fürchtete er, daß die Erscheinungen, sie und die Schwarzen, wieder kommen würden. Aber die Erscheinungen kamen nicht mehr. Seine ganze Seele war von einem neuen freudigen Inhalte erfüllt. Er wäre mit seiner Einsamkeit zufrieden gewesen, wenn er lesen gekonnt und ein Evangelium besessen hätte. Ein Evangelium gab man ihm, aber lesen konnte er nicht.

Als Knabe hatte er angefangen. Lesen und Schreiben zu lernen, und zwar nach der alten Methode : As, Buki, Wjedi[2], kam aber wegen seiner Ungelehrigkeit nicht weit damit und lernte die Silben nicht verstehen; und so war er Analphabet geblieben. Jetzt aber entschloß er sich, lesen zu lernen und erbat sich vom Wächter ein Evangelium. Der Wächter brachte ihm eines, und er machte sich an die Sache. Die Buchstaben erkannte er wohl wieder, aber sie zusammenzufügen, das vermochte er nicht. Wie sehr er sich auch plagte, um zu begreifen, wie aus Buchstaben ein Wort entstand: er brachte es nicht heraus. Nachts schlief er nicht, immer dachte er darüber nach, er verlor alle Eßlust, und über seiner inneren Unruhe und Herzensangst vergaß er, sich der Insekten zu erwehren, die ihn zum Schluß fast auffraßen.

„Was? Noch immer nicht am Ziel?“ fragte ihn der Wächter.

„Nein.“

„Kannst du das Vaterunser?“

„Ja.“

„Wenn du das kannst, na, dann lies es doch, hier ist es,“ – und der Wächter zeigte ihm das Vaterunser im Evangelium.

---

[2] Im Altslavischen hat jeder Buchstabe einen mnemotechnischen Namen, der mit dem betreffenden Buchstaben des Alphabets beginnt: *As = ich*, usw. – D. Ü.

Stepan fing das Vaterunser zu lesen an, indem er die bekannten Buchstaben mit den bekannten Lauten verglich. Und mit einem Male entdeckte sich ihm das Geheimnis der Aneinanderreihung der Buchstaben, und er konnte lesen. Das war eine große Freude für ihn. Und seit dieser Zeit fing er an zu lesen, und der Sinn der Worte wurde ihm dadurch noch bedeutender, daß er ihn nur allmählich aus mühselig zusammengestellten Worten herausschälen konnte.

Die Einsamkeit drückte Stepan nun nicht mehr, ja sie machte ihm Freude. Er war mit ganzer Seele bei der Sache, und es war ihm gar nicht recht, daß man, als seine Zelle für einen Neuangekommenen Politischen gebraucht wurde, ihn wieder in die allgemeine Abteilung überführte.

V. I

Oft las nun schon Stepan und nicht mehr Tschujew allein das Evangelium. Einige sangen unzüchtige Lieder, andere hörten seinem Lesen und den Gesprächen, die sich daran knüpften, zu. So hörten ihm stillschweigend und aufmerksam zwei Leute zu: der zu Zwangsarbeit verurteilte Mörder und Scharfrichter Machorkin, und Wassilij, der abermals auf einem Diebstahl ertappt worden war und in Erwartung des Urteils im selben Gefängnisse saß. Machorkin war bereits zweimal während seiner Haft nach entfernten Orten zur Urteilsvollstreckung abkommandiert worden, da sich nirgends Leute finden wollten, die bereit waren, zu tun, was die Richter zu tun für nötig hielten. Die Bauern, welche Pjotr Nikolajewitsch getötet hatten, waren durch das Standgericht verurteilt worden, den Tod durch den Strang zu erleiden.

Machorkin bekam den Befehl, zur Vollstreckung des Urteils nach Simbirsk zu gehen. In früherer Zeit pflegte er in solchen Fällen – er war des Schreibens kundig – alsbald ein Gesuch an den Gouverneur aufzusetzen, worin er ihm mitteilte, daß er zur Erfüllung seiner Pflicht nach Simbirsk abkommandiert worden, und worin er um Festsetzung der ihm gebührenden Diäten bat. Jetzt aber erklärte er zur Verwunderung des Gefängnisdirektors, er werde die Pflichten des Scharfrichters nicht mehr vollziehen.

„Und die Peitsche? Hast du die vergessen?“ schrie der Gefängnisdirektor Machorkin an.

„Wenn gepeitscht werden muß, so peitscht denn, aber es gibt kein Gesetz, das das Töten befiehlt."

„Was ist denn nur in dich gefahren? Hast du's vom Pelagejuschkin? Sieh da, ein Gefängnisprophet! Aber warte nur."

VI. I

Inzwischen hatte Machim, jener Gymasiast, der den Coupon gefälscht hatte, das Gymasium und die juristische Fakultät an der Universität absolviert. Dank seinen Erfolgen bei den Frauen und namentlich bei der ehemaligen Geliebten des greisen Kollegen des Ministers, wurde er noch als ganz junger Mensch zum Untersuchungsrichter befördert. Er steckte voller Schulden, war nicht ehrlich, ein Frauenverführer, Kartenspieler, aber auch ein gewandter, scharfsinniger Mensch, der ein gutes Gedächtnis besaß und sich ausgezeichnet auf allerlei Geschäfte verstand. Er war in demselben Distrikt, wo Pelagejuschkin abgeurteilt werden sollte, Untersuchungsrichter. Schon beim ersten Verhör hatte ihn Stepan durch seine aufrichtigen, einfachen und ruhigen Antworten in Verwunderung gesetzt. Machin fühlte instinktiv, daß dieser Mann in Ketten, mit dem rasierten Kopf, den zwei Soldaten brachten, bewachten und abführten, ein vollkommen freier, moralisch unendlich hoch über ihm stehender Mensch sei. Und deswegen suchte er sich, während er ihn verhörte, unaufhörlich Mut einzuflößen und zwang sich, seine Bestürzung und seine Verwirrung zu verbergen. Namentlich verblüffte es ihn, daß Stepan von seinen Taten stets wie von Dingen sprach, die längst vergangen seien, ja wie wenn ein ganz anderer Mensch, nicht er, Pelagejuschkin, sie begangen hätte.

Und sie haben dir nicht im geringsten leid getan?" fragte Machin.

„Nicht im geringsten; ich verstand es damals nicht."

„Und jetzt? Wie ist es jetzt?"

Stepan lächelte traurig.

„Jetzt kannst du mich auf dem Scheiterhaufen verbrennen, und ich tue es nicht mehr."

„Warum das?"

„Darum, weil ich begriffen habe, daß alle Menschen Brüder sind."

„Wieso denn Brüder? Bin ich etwa auch dein Bruder ?"

„Wie denn anders?“

„Wie kann denn ich, der ich dich zur Zwangsarbeit verurteile, dein Bruder sein?“

„Das geschieht aus Unverstand.“

„Und worin besteht denn mein Unverstand?“

„Darin, daß Sie richten.“

„Na, fahren wir fort. – Wohin bist du nachher gegangen?“

Den tiefsten Eindruck machte es auf Machin, als er vom Aufseher erfuhr, daß Machorkin, infolge des Einflusses Pelagejuschkins, auf die Gefahr hin, bestraft zu werden, sich weigerte, seine Pflichten als Henker zu vollziehen.

VII. I

Auf einer Soiree bei Jeropkins, die zwei Töchter hatten, reiche Mädchen mit großer Mitgift, denen Machin die Cour schnitt, wurden Romanzen gesungen, wobei sich Machin, der sehr musikalisch war, auszeichnete, da er vortrefflich die zweite Stimme zu singen und auf dem Klavier zu begleiten verstand; und hernach erzählte er getreu und ausführlich – sein Gedächtnis war das allerbeste – und vollkommen teilnahmslos von dem seltsamen Verbrecher, der einen Henker bekehrt hatte. Machin erinnerte sich auch deswegen so gut und konnte so vortrefflich erzählen, weil er sich zu den Menschen, mit denen er zu tun hatte, nie anders als teilnahmslos verhielt. Er versetzte sich nicht, und konnte sich nicht in den Seelenzustand anderer Menschen versetzen, und eben deshalb behielt er alles so fest im Gedächtnisse, was sich mit anderen Menschen zugetragen hatte, was sie machten und was sie sprachen. Aber Pelagejuschkin weckte sein Interesse. Er versenkte sich nicht etwa in die Seele Stepans, aber er legte sich doch unwillkürlich die Frage vor: Was mag wohl in ihm vorgehen? Und da er hierauf keine Antwort wußte, und doch fühlte, daß da etwas Merkwürdiges verborgen liegen müsse, so brachte er die ganze Geschichte vor, wie Pelagejuschkin den Henker bekehrt habe, wie sein jetziges Benehmen sei, wie er immer im Evangelium lese und wie groß der Einfluß Stepans auf seine Kameraden sei.

Die Erzählung Machins fand das Interesse aller, am meisten aber interessierte sich die Jüngste, Lisa Jeropkin, ein achtzehnjähriges Mädchen, für die Sache. Sie kam soeben aus dem Institut und fing an sich aus der Dunkelheit und Enge der unwahren Verhältnisse, in denen sie aufgewachsen war, emporzuringen, und atmete leidenschaftlich die frische Luft des Lebens ein. Sie fragte Machin über alle Einzelheiten aus, wieso und warum sich eine derartige Sinnesänderung in Pelagejuschkin vollzogen habe, und Machin erzählte, was er von Stepan darüber vernommen hatte: daß die Sanftmut, Demut und Furchtlosigkeit eines sehr guten Frauenzimmers, die Stepan zuletzt erschlagen hatte, ihn besiegt hatten und ihm die Augen öffneten, und wie sodann das Lesen im Evangelium der Sache den Abschluß gab.

In dieser Nacht konnte Lisa Jeropkin lange nicht einschlafen. Schon seit einigen Monaten vollzog sich in ihr ein Kampf zwischen dem weltlichen Leben, in das ihre Schwester sie hineinzuziehen suchte, und der Neigung zu Machin im Verein mit dem Wunsche, ihn zu bessern. Und jetzt gewann das letztere in ihr die Oberhand. Sie hatte schon früher von der Ermordeten gehört. Nach dem Schrecklichen dieser Sache erfuhr sie nun aus der Erzählung Machins nach den Worten Pelagejuschkins die Geschichte der Maria Semjonowa in allen Einzelheiten, und war erschüttert.

Ein leidenschaftliches Verlangen ergriff Lisa, so zu werden wie Maria Semjonowna gewesen war. Sie war eine reiche Erbin und fürchtete, Machin wolle sie des Geldes wegen heiraten. Und sie beschloß, ihr Vermögen zu verteilen und sagte Machin von ihrem Entschluß.

Machin war froh, seine Uneigennützigkeit an den Tag legen zu können und erklärte Lisa, er liebe sie nicht des Geldes wegen; und dieser, wie es ihm vorkam, edelmütige Entschluß rührte ihn selbst. Lisa geriet unterdessen mit ihrem Vater in Streit (ihr Vermögen stammte von Mutterseite her), der nicht zugeben wollte, daß sie ihre Habe verteile. Machin kam Lisa zu Hilfe. Und je mehr er in diesem Sinne handelte, um so mehr fing er eine andere ihm bis dahin fremd gebliebene Welt geistiger Bestrebungen zu begreifen an, die er in Lisa verkörpert sah.

VIII. I

In der Zelle war alles still geworden. Stepan lag in seinem Winkel auf der Pritsche und schlief noch nicht. Wassilij kam zu ihm und zupfte ihn am Fuße; dabei winkte er ihm zu, er solle aufstehen und zu ihm hinüber kommen. Stepan kroch von der Pritsche herab und begab sich hinüber zu Wassilij.

„Nun, Bruder," sagte Wassilij, „jetzt gib einmal acht und hilf mir."

„Worin soll ich dir helfen?"

„Darin: ich will ausbrechen." Und Wassilij entdeckte Stepan, daß er alles vorbereitet habe, um zu entlaufen.

„Morgen werde ich unter diesen da" – er zeigte auf die schlafenden Kameraden – „einen Aufruhr anstiften. Man wird die Schuld auf mich schieben. Man wird mich nach oben bringen, und dort kenne ich mich dann schon aus. Du nimmst mir nur den Ringhaken an der Tür zur Leichenkammer heraus."

„Das kann man machen. Wohin willst du denn gehen?"

„Ach, immer der Nase nach. Gibt's denn wenig schlechtes Volk."

„Das ist so; aber es ist nicht unsere Sache, zu richten."

„Aber was willst du denn? Bin ich denn ein Seelenmörder? Ich habe noch keine Seele gekränkt – und Stehlen? – ach was Stehlen! Was ist da so Schlimmes daran? Plündern nicht alle unsern Bruder?"

„Das ist ihre Sache, sie werden es verantworten."

„Was soll ich mich viel um sie kümmern? Na, also, ich habe eine Kirche ausgeraubt. Wer hat davon Schaden? Ich will es jetzt so machen: – nichts mit einem Kramladen! Ich will schauen, daß ich einen Schatz heben kann, und der wird dann ausgeteilt. Gute Leute sollen davon kriegen."

Ein Arrestant erhob sich von seiner Pritsche und fing an zuzuhören. Stepan und Wassilij gingen auseinander.

Am andern Tag machte es Wassilij so, wie er beabsichtigt hatte. Er fing an über das Brot zu klagen, das nicht ausgebacken sei, hetzte die Arrestanten auf, den Aufseher herbeizurufen und ihre Forderungen vorzubringen. Der Aufseher kam herbei, schalt alle aus, und nachdem er erfahren hatte, daß Wassilij der Anstifter des ganzen Rummels sei, ließ er ihn in die Einzelzelle im obern Stockwerk bringen.

Das war es, was Wassilij wollte.

IX. 1

Wassilij wußte in der oberen Zelle Bescheid. Er hatte sich den Fußboden dort schon früher angesehen, und kaum angelangt, begann er auch schon den Fußboden aufzureißen. Als die Öffnung groß genug war, daß man durchschlüpfen konnte, riß er die Deckenbretter ab und sprang in die zweite Etage hinab, in die Totenkammer. Dort lag an diesem Tage ein Toter auf dem Schragen. In dieser Totenkammer befanden sich auch Säcke für die Heuhändler. Wassilij wußte dies und hatte mit dieser Kammer gerechnet. Der Ringhaken an der Tür war herausgezogen und nur eingelegt. Wassilij ging hinaus und begab sich über den im Umbau befindlichen Korridor nach dem Abort. In diesem Abort war ein Loch durchgeschlagen, das von der dritten Etage bis zu den Kellerräumen ging. Nachdem Wassilij die Tür untersucht hatte, begab er sich wieder in die Totenkammer zurück, zog die über den eiskalten Leichnam gebreitete Leinwand herunter (er berührte den Arm, als er die Decke herunterstreifte), hernach packte er die Säcke, band sie aneinander, so daß sie einen Strick bildeten, und trug dieses aus Säcken gebildete Seil in den Abort. Dort band er das Seil an den Querbalken und kroch darüberhin nach unten. Das Seil reichte nicht bis zum Boden; ob viel oder wenig fehlte, wußte er nicht; aber es war da nichts zu machen, er blieb hängen und sprang dann hinunter. Er zerstieß sich die Füße, aber gehen konnte er noch. In den Kellerräumen waren zwei Fenster. Platz zum Durchkriegen wäre gewesen, aber es war ein eisernes Gitter eingesetzt. Man mußte es herausbrechen. Aber womit? Wassilij fing an herumzustöbern. Abgeschnittene Bretter lagen herum. Er fand ein Stück mit scharfem Ende und fing sogleich an die Ziegel, in welche das Gitter eingesetzt war, damit herauszubohren. Er arbeitete lange daran. Schon krähten die Hähne zum zweitenmal, und das Gitter gab noch nicht nach. Endlich wurde die eine Seite locker. Wassilij schob das abgeschnittene Stück unter, stemmte sich dagegen, das Gitter wich, aber ein Ziegel polterte zu Boden. Die Leute konnten etwas gehört haben. Wassilij wurde starr vor Schreck. Aber alles blieb still. Er kroch in die Fensteröffnung, dann hinaus. Er mußte noch über die Mauer steigen. In der Hofecke war ein Anbau. Diesen Anbau mußte man erklettern und von dort aus über die Mauer steigen. Das abgeschnittene Stück Brett war dabei nötig, denn ohne das kommt man nicht hinauf. Er kam wieder mit dem Brettstück hervor und erstarrte. Man hörte den Wächter. Der Wächter ging aber, wie vorauszusehen war, auf die andere Seite des quadratischen Hofes hinüber. Wassilij schlich sich zum Anbau, lehnte das Bretterstück schräg an und kroch hinauf. Das Stück geriet ins Rutschen und fiel zu Boden. Wassilij war in Socken. Er zog die Socken aus, damit er sich mit den Zehen besser anklammern konnte, stellte das Brett nochmals auf, stürmte hinauf, erhaschte die Dachrinne. – Väterchen, laß jetzt nicht los, halt aus! – Er hielt sich an der Rinne fest – und da sind auch schon die Knie auf dem Dach. Der Schritt des Wächters ertönte. Wassilij duckt sich und erstarrt. Aber der Wächter merkt nichts und geht weiter. Wassilij springt hinauf. Das Eisenblech knarrt unter seinen Füßen. Noch ein Schritt … noch einer –, und da ist er an der Mauer. Zum Glück reicht die Hand bis hinauf. Er streckt den einen Arm, dann den andern ganz aus: und da sitzt er auch schon auf der Mauer. Wenn man sich nur beim Hinunterspringen nicht anschlägt! Wassilij dreht sich um, läßt sich hinunter, streckt sich aus, läßt mit der einen Hand, dann mit der anderen los. – In Gottes Namen! – Nun ist er drunten, der Boden ist weich, die Füße sind ganz, und er läuft! In der Vorstadt macht ihm Melanja auf, und er kriecht unter eine gesteppte, aus lauter Fleckchen zusammengesetzte, mit Schweißgeruch durchtränkte Decke.

X. I

Die ungeschlachte, schöne, immer ruhige, kinderlose, vollbusige, einer unfruchtbaren Kuh vergleichbare Frau Pjotr Nikolajewitsch' hatte vom Fenster aus zugesehen, wie man ihren Mann ermordete und irgendwohin ins Feld verschleppte. Das Grauen, das Natalja Zwanowna – so nannte man die Witwe Pjotr Nikolajewitsch – beim Anblick dieser Greueltat packte, war so stark, daß es, wie dies vorzukommen pflegt, alle anderen Empfindungen in ihr übertäubte. Als sich die ganze Menschenmenge hinter der Umzäunung verloren hatte und das dumpfe Stimmengewirr in der Ferne erstarb, und die barfüßige Melanja, ihre Dienstmagd, strahlend, als ob sie eine freudige Nachricht zu bringen hätte, gelaufen kam und sagte, daß man Pjotr Nikolajewitsch ermordet und in die Schlucht geworfen habe: – da bemächtigte sich ihrer nach dem ersten Gefühl des Schreckens ein anderes Gefühl: das der Freude über die Befreiung von einem Despoten, dessen hinter schwarzen Brillen versteckte Augen sie neunzehn Jahre hindurch im Bann gehalten hatten. Dieses Gefühl erschreckte sie; sie wollte es sich selbst nicht eingestehen, und sprach es darum um so weniger gegen andere aus. Als man dann den verstümmelten, gelben, haarigen Körper wusch und anzog und in den Sarg packte, kam eine Angst über sie, und sie weinte und schluchzte. Als der für besonders gravierende Fälle eingesetzte Untersuchungsrichter kam und sie als Zeugin verhörte, sah sie im Zimmer des Untersuchungsrichters zwei gefesselte Bauern, welche als die Hauptschuldigen erkannt worden waren. Der eine von ihnen war schon alt, mit einem langen, weißblonden, gewickelten Bart und einem ruhigen, strengen, schönen Gesichte; der andere hatte ein zigeunerhaftes Aussehen, war aber gleichfalls ein alter Mann, mit glänzenden, schwarzen Augen und krausem, wirrem Haar. Sie sagte aus, was sie wußte, erkannte in diesen selben Leuten diejenigen, die als die ersten Pjotr Nikolajewitsch bei den Händen ergriffen hätten, und ungeachtet dessen, daß der einem Zigeuner ähnliche Muschik die funkelnden Augen unter den sich bewegenden Brauen hin und her rollen ließ und vorwurfsvoll ausrief: „Das ist eine Sünde, Barinja, ach, wir müssen alle sterben", taten ihr die Bauern nicht im geringsten leid; sie empfand ein feindseliges Gefühl gegen sie und hatte den Wunsch, sich an den Mördern ihres Mannes zu rächen. Aber als nach Verfluß eines Monats die Sache, die dem Standgericht übergeben worden war, damit endete, daß acht Menschen zu Zwangsarbeit und zwei, der weißbärtige Alte und der „Zigeunerchen" genannte Bauer, zum Tode durch den Strang verurteilt wurden, verspürte sie etwas Unangenehmes dabei. Indes, dieser unangenehme Zweifel verschwand unter dem Eindruck der Feierlichkeit des Gerichtes. Da die hohe Obrigkeit erkannte, daß dies gut sei, so mußte es wohl gut sein.

Es war festgesetzt, daß die Hinrichtung im Dorfe stattfinden solle. Und Melanja, als sie am Sonntag in einem neuen Kleide und in neuen Schuhen aus der Kirche kam, wo sie der Messe beigewohnt hatte, meldete der Herrin, daß man eben am Galgen zimmere, und der Henker gegen Mittwoch aus Moskau erwartet werde; auch daß die Familienangehörigen ohne Aufhören heulten, was im ganzen Dorf zu hören sei.

Natalja Iwanowna ging nicht aus, weder um den Galgen zu besichtigen, noch um das Volk zu sehen, und wünschte nur eines: daß man, was nun einmal sein mußte, schneller zu Ende bringe. Sie dachte nur an sich, nicht an die Verurteilten und nicht an deren Familien.

XI. I

Am Dienstag bog der Stanowoij, ein Bekannter, mit seinem Wagen bei Natalja Zwanowna ein. Natalja Zwanowna bewirtete ihn mit Schnaps und eingesalzenen Schwämmchen eigener Zubereitung. Nachdem der Stanowoij den Schnaps getrunken und einen kleinen Imbiß zu sich genommen hatte, teilte er ihr mit, daß die Hinrichtung morgen noch nicht stattfinden werde.

„Wie? Warum nicht?"

„Eine merkwürdige Geschichte. Man konnte keinen Henker finden. Es gab einen, in Moskau, aber der, erzählte mir der Sohn, überlas sich am Evangelium und sagt: ‚Ich darf nicht töten.' Er ist selbst wegen Mordes zu Zwangsarbeit verurteilt, und jetzt, wo es sich ums Gesetz handelt, darf er nicht töten. Man drohte ihm mit der Auspeitschung. Peitscht, sagte er, aber ich darf nicht töten."

Natalja Iwanowna wurde rot, und sie brach unter den auf sie einstürmenden Gedanken in Schweiß aus.

„Und kann man sie denn nicht begnadigen?"

„Wieso begnadigen, wenn sie doch vom Gericht verurteilt worden sind? Nur der Zar allein kann sie begnadigen."

„Wie soll denn der Zar davon erfahren?"

„Sie haben das Recht, um die Begnadigung einzukommen." – „Man richtet sie ja doch meinetwegen hin," sagte die dumme Natalja Iwanowna. „Und ich verzeihe ihnen." Der Stanowoij fing an zu lachen.

„Na, dann kommen Sie doch um die Begnadigung ein."

„Geht das?"

„Warum denn nicht?"

„Aber jetzt ist ja gar nicht mehr die Zeit dazu."

„Man telegraphiert einfach."

„An den Zaren?"

„Auch an den Zaren kann man telegraphieren."

Die Nachricht, daß der Henker abgesagt hatte und bereit war, lieber zu leiden als zu töten, verursachte in der Seele Natalja Iwanownas plötzlich eine Umwandlung, und das Gefühl des Mitleids und Grauens, das schon einige Male aus ihrer Brust sich gleichsam hervorzubitten schien, kam nun zum Durchbruch und erfaßte sie.

„Täubchen! Filipp Wassiljewitsch! Schreiben Sie mir das Telegramm. Ich will den Zaren um Begnadigung bitten."

Der Stanowoij schüttelte bedenklich den Kopf. „Wenn wir uns da nur nicht etwas einbrocken."

„Ich übernehme die Verantwortung und verrate Sie nicht."

„Was für ein liebes Weib," dachte der Stanowoij, „ein gutes Weib. Wenn die meine so wäre, könnte ich das Paradies auf Erden haben, aber so ..."

Und der Stanowoij schrieb das Telegramm an den Zaren:

„An Seine Kaiserliche Majestät, den Herrn und König. Die treue Untertanin Euerer Kaiserlichen Majestät, die Witwe des von den Bauern getöteten Kollegienassessors Pjotr Nikolajewitsch Swentizkij, fällt Eurer Kaiserlichen Majestät zu den geheiligten Füßen (diese Stelle gefiel dem Stanowoij, der sie verfaßte, besonders gut) und fleht Euch an, die zur Todesstrafe verurteilten Bauern dieses und dieses Gouvernements, Kreises, Bezirks, Dorfs, zu begnadigen."

Das Telegramm wurde von dem Stanowoij selbst abgesandt, und in der Seele Natalja Zwanownas war Freude und Glück. Ihr schien es natürlich, daß, wenn sie, die Witwe des Ermordeten, verzieh und um Begnadigung bat, der Zar unmöglich die Begnadigung verweigern könne.

XII. I

Lisa Jeropkin lebte ununterbrochen in einem Glückszustande. Je weiter sie auf dem Wege des christlichen Lebens vordrang, der sich ihr eröffnet hatte, um so gewisser wurde es ihr, daß dieser Weg der rechte sei, und um so größer war die Freude, die ihr Herz erfüllte.

Sie hatte jetzt zunächst zwei Ziele: das eine war das, Machin auf den rechten Weg zu bringen, oder vielmehr, wie sie sich sagte, ihn zu sich selbst zurückzurufen, zu seiner guten, prächtigen Natur. Sie liebte ihn, und im Strahl dieser Liebe offenbarte sich ihr das allen Menschen gemeinsame Göttliche in seiner Seele; allein sie sah in diesem Urgrund des allgemein-menschlichen Lebens nur eine ihm allein eignende Güte und Größe, und einen nur ihm eigentümlichen Zartsinn. Das andere Ziel war, allen Reichtum von sich abzutun. Dies wünschte sie schon allein darum, um Machin zu prüfen, sodann aber um ihrer selbst, um ihrer Seele willen, nach den Worten des Evangeliums. Sie begann zuerst damit, Geld zu verteilen, woran sie der Vater hinderte. Aber noch mehr als der Vater hinderte sie an der Ausführung ihres Vorsatzes die plötzlich anschwellende Flut der mündlich und schriftlich vor sie gebrachten Bitten. Sodann beschloß sie, sich an einen greisen Mönch zu wenden, der wegen seines frommen Lebens bekannt war, diesem ihr Vermögen anzutragen und ihn zu bitten, daß er damit nach Gutdünken verfahre. Als ihr Vater davon erfuhr, wurde er überaus zornig, es entspann sich ein hitzig geführtes Gespräch, in dessen Verlaufe er sie eine Närrin, eine psychopathisch veranlagte Natur nannte und ihr zu verstehen gab, daß er sie vor ihrem eigenen Wahnwitz zu beschützen wissen werde.

Der aufgeregte, gereizte Ton des Vaters teilte sich ihr mit, und ehe sie noch wußte, wie es geschah, hatte sie ihm schon eine Flut von groben Redensarten gesagt; sie weinte vor Wut, hieß ihn einen Despoten und nannte ihn sogar habgierig.

Sie bat dann den Vater um Verzeihung, aber obgleich er versicherte, ihr nicht böse zu sein, merkte sie doch, daß eine Verstimmung in seiner Seele zurückgeblieben war. An Machin wollte sie sich in dieser Angelegenheit nicht wenden. Ihre Schwester hatte sich aus Eifersucht gänzlich von ihr zurückgezogen. Und so hatte sie niemanden, dem sie sich anvertrauen, niemanden, dem sie hätte beichten können.

„So muß ich denn Gott selbst meine Reue bekennen," sagte sie sich, und da eben die großen Fasten waren, beschloß sie, sich zum Abendmahle vorzubereiten und in der Beichte dem Beichtvater alles zu sagen und ihn um Rat zu bitten, was sie nun weiterhin tun solle.

Unweit der Stadt stand das Kloster, wo ein Mönch lebte, der durch seinen frommen Lebenswandel, seine Predigten, seine Weissagungen und durch seine Heilungen, die man ihm zuschrieb, weit und breit berühmt war.

Der Starez hatte vom alten Jeropkin einen Brief erhalten, worin der Vater ihn auf die Ankunft seiner Tochter vorbereitete, von ihrem abnormalen, aufgeregten Zustande sprach und die Zuversicht äußerte, daß der Starez sie wieder auf den rechten Weg leiten werde, auf die goldene Mittelstraße des guten, christlichen Lebens, die ja fern ab von allen Ausschreitungen gegen die existierende Ordnung der Dinge liege.

Ermüdet von den vielen Besuchen, die er empfangen hatte, nahm der Starez Lisa auf und begann mit geruhiger Stimme Mäßigung und Gehorsam, sowohl der bestehenden Ordnung als den Eltern gegenüber, zu predigen. Lisa schwieg, errötete, Schweiß trat ihr auf die Stirn; und als er zu Ende war, fing sie mit Tränen in den Augen an, zuerst schüchtern an die Worte Christi zu erinnern: „Du sollst Vater und Mutter verlassen und mir anhängen", und hierauf, mehr und mehr entflammt, sprach sie alle ihre Gedanken, wie sie Christum verstehe, aus. Der Starez lächelte anfangs unmerklich und antwortete mit den gebräuchlichen Redensarten, dann aber schwieg er still und begann zu seufzen und sagte weiter nichts als nur immer: „o Gott, o Gott."

„Gut, komme morgen zur Beichte," sagte er und segnete sie mit seiner welken Hand.

Am andern Tage hörte er ihr die Beichte ab, und ohne das gestrige Gespräch fortzusetzen, entließ er sie, den Antrag, über ihr Vermögen zu verfügen, kurz ablehnend.

Die Reinheit, die völlige Ergebenheit in den Willen Gottes und die großmütige Aufwallung ihres Herzens erschütterten den Starez. Er hatte sich schon lange von der Welt zurückziehen wollen, und nur auf Verlangen des Klosters war er noch geblieben. Seine Wirksamkeit trug dem Kloster reiche Einkünfte ein. Und so hatte er sich gefügt, obgleich er das Unwahre seiner Lage dunkel begriff. Man hatte ihn zum Heiligen, zum Wundertäter gemacht, und er war ein schwacher Mensch, der sich leicht von seinen Erfolgen verblenden ließ. Aber die sich ihm offenbarende Seele dieses Mädchens hatte ihm seine eigene Seele offenbart, und er sah ein, wie weit er von dem, was er wollte, und wozu sein Herz ihn drängte, noch entfernt war.

Bald nach Lisas Besuch schloß er sich in seine Einsiedelei ein, und erst nach drei Wochen erschien er wieder in der Kirche, zelebrierte die Messe und hielt eine Predigt, in der er öffentlich Buße tat, die Welt der Sünde zieh und sie zur Buße aufrief. Alle zwei Wochen hielt er nun Predigten. Und immer größere Mengen Volkes strömten in seine Predigten. Und sein Ruhm als Prediger wuchs immer mehr und mehr. Es war ein besonders kühner, freimütiger Ton in seinen Predigten, und deswegen wirkte er so stark auf die Menschen.

XIII. I

Inzwischen hatte Wassilij alles ganz so ausgeführt, wie er gewollt hatte. Er hatte, zusammen mit Kameraden, bei einem Kaufmanne namens Krasnopusow eingebrochen. Er wußte, daß jener ein Geizhals und Wüstling war. Er hatte sich nachts in das Bureau eingeschlichen und dreißigtausend Rubel entwendet. Hierauf tat er ganz so, wie er versprochen hatte. Er hörte sogar auf zu trinken, gab das Geld armen Bräuten und verheiratete sie, kaufte Leute von ihren Schulden frei, und er selbst verschwand spurlos. Und nur die eine Sorge bekümmerte ihn, wie er das Geld gut anwenden könne. Er gab auch der Polizei, und man suchte ihn nicht.

Das Herz hüpfte ihm in der Brust. Und als man ihn schließlich doch erwischte, lachte er den Richtern ins Gesicht, pries sich selbst, erklärte, daß das Geld beim Dickbauch zu locker gelegen habe, daß er dem Gelde die richtige Verwendung gegeben, es ins Rollen gebracht und guten Leuten damit geholfen habe.

Und seine Verteidigung war eine so hinreißend lustige, gute, daß die Geschworenen nahe daran waren, ihn freizusprechen.

Man verurteilte ihn zur Verbannung; er dankte und sagte voraus, daß er bald wieder ausbrechen werde.

XIV. I

Das Telegramm der Witwe Swentizkijs hatte keinen Erfolg gehabt. In der Bittschriftenkommission hatte man anfangs beschlossen, das Telegramm dem Zaren überhaupt nicht vorzulegen, aber später, als an der Frühstückstafel des Kaisers das Gespräch auf die Sache Swentizkijs kam, erstattete der Direktor über das Telegramm von der Frau des Getöteten Bericht.

„*C'est très getil de sa part*", sagte eine von den Damen der kaiserlichen Familie. Der Kaiser aber stieß nur einen Seufzer aus, zuckte die Achseln mit den Epauletten und sagte, während er dem Kammerdiener seinen Pokal hinhielt, den dieser mit schäumendem Moselwein füllte:

„Das Gesetz!"

Alle machten Mienen, als ob sie die tiefe Weisheit dieses Kaiserwortes bewunderten, und weiter war von dem Telegramm nicht mehr die Rede. Und die Bauern, der jüngere wie der ältere, sie wurden beide mit Hilfe eines aus Kasan herbeigerufenen grausamen Mörders und Viehhändlers, eines tatarischen Henkers, gehenkt.

Die Alte wollte den Körper ihres Alten mit einem weißen Hemd, mit weißen Fußlappen und neuen Bastschuhen bekleiden; aber man erlaubte es nicht, und die beiden Gehenkten wurden in einer Grube hinter der Umzäunung des Friedhofes verscharrt.

MIR sagte die Fürstin Sophia Wladimirowna, er sei ein ganz hervorragender Prediger," sagte die Kaiserin-Mutter zu ihrem Sohne:

„Faites le venir. Il peut prêcher à la Cathédrale."

„Nein; lieber bei uns," sagte der Kaiser und gab Befehl, den Starez Isidor einzuladen. In der Hofkapelle war die ganze Generalität versammelt. Ein neuer, ungewöhnlicher Prediger war ein Ereignis.

Heraus kam ein grauhaariges, mageres Alterchen, beschaute sich alle und begann: „Im Namen des Vaters, des Sohnes und des Heiligen Geistes."

Soweit war alles gut, aber je weiter er kam, desto schlimmer wurde es. *„Il devenait de plus aggressif"*, wie die Kaiserin später sagte. Er schmetterte alle nieder. Von der Todesstrafe sprach er; er schrieb die Notwendigkeit der Todesstrafe der schlechten Regierung zu. „Darf man denn in einem christlichen Lande Menschen töten?" Alle warfen einander vielsagende Blicke zu und alle beschäftigte nur das Eine: wie unpassend diese Predigt sei und wie unangenehm sie dem Kaiser in die Ohren klingen müsse, aber niemand äußerte seine Gedanken. Als Isidor „Amen" sagte, kam der Metropolit zu ihm und bat ihn zu sich. Nach dem Gespräch mit den: Metropoliten und dem Oberstaatsanwalt wurde der Alte sofort wieder ins Kloster zurückgeschickt, aber nicht in seines, sondern in das Susdaler Kloster, welchem Vater Misail als Prior vorstand.

XV. |
Alle gaben sich den Anschein, als ob sie die Predigt Isidors nicht weiter berührt hätte, und jeder hütete sich, davon zu sprechen. Und dem Zaren kam es so vor, wie wenn die Worte des Starez spurlos an ihm vorbeigegangen wären, indes erinnerte er sich doch zwei-, dreimal im Laufe des Tages an die Hinrichtung der Bauern, um deren Begnadigung die Witwe des Ermordeten telegraphisch gebeten hatte. Am selben Tage fand eine Parade statt, nachher eine Spazierfahrt, nachher war Ministerempfang, nachher kam das Diner und abends das Theater. Wie gewöhnlich schlief der Zar in demselben Augenblick, da er den Kopf in die Kissen legte, ein. Nachts weckte ihn ein schrecklicher Traum: auf einem Felde standen Galgen und an den Galgen baumelten Leichen und die Leichen streckten die Jungen heraus und die Jungen streckten sich weiter und weiter … Und eine Stimme gellte: „Dein Werk, dein Werk …" Der Zar erwachte in Schweiß gebadet und fing an zu denken. Zum erstenmal fing er an über die Verantwortlichkeit, die auf ihm lag, nachzudenken, und an alle Worte des Alten erinnerte er sich. Aber er sah den Menschen in sich nur so von weitem und konnte den einfachen Forderungen dieses inneren Menschen, den mannigfachen Anforderungen gegenüber, die die Welt an den Zaren stellte, nicht gerecht werden; und einzusehen, daß die Menschenpflicht schwerer wiegt, als die Pflichten eines Zaren wiegen können: das ging über sein Vermögen.

XVI. |
Nachdem Prokofij die zweite Gefängnishaft abgesessen hatte, war dieser muntre, ehrgeizige, selbstgefällige Junge vollkommen „fertig".

War er nüchtern, so saß er herum, tat nichts, der Vater konnte schelten, wieviel er wollte, aß Brot, arbeitete nicht, und, nicht genug daran, lauerte nur so darauf, irgend etwas nach der Schenke zu tragen, um es zu vertrinken.

Saß da, hustete, warf aus und spuckte. Der Arzt, zu dem er ging, auskultierte ihn und schüttelte den Kopf.

„Du solltest haben, was du nicht hast, Bruder."

„So ist's ja bekanntlich immer."

„Trinke Milch, rauche nicht."

„Jetzt ist sowieso Fastenzeit, und eine Kuh haben wir auch nicht."

Einst, im Frühling, konnte er die ganze Nacht nicht schlafen, er sehnte sich nach etwas, und bekam Lust zu trinken. Daheim gab's nichts, wonach er hätte greifen können. So setzte er die Mütze auf und ging aus dem Haus. Ging die Straße hinunter bis zum Popen. Beim Diakonus stand die Egge draußen am Zaun. Prokofij ging hin, schulterte die Egge und trug sie zur Petrowna nach der Schenke. „Vielleicht gibt sie mir ein Fläschchen dafür."

Er hatte noch nicht Zeit gefunden, ein paar Schritte zu tun, als der Diakonus die Vortreppe herunterstieg. Es war schon ganz hell. Er schaute, – Prokofij trug seine Egge auf dem Rücken.

„He, du, wohin damit?" Er schickte Leute hinaus, man packte Prokofij und steckte ihn ins kalte Loch. Der Friedensrichter pelzte ihm elf Monate auf.

Es kam der Herbst. Prokofij wurde ins Spital überführt. Er hustete, und die ganze Brust war ihm wund. Und konnte sich nicht erwärmen. Die kräftigeren unter den Kameraden zitterten doch nicht, und ihn fröstelte es Tag und Nacht. Der Aufseher trieb mit dem Brennholz Ökonomie und heizte das Hospital nicht vor dem November. Prokofij litt körperlich, aber seelisch noch viel mehr. Alles war ihm zuwider, und er haßte alle, den Diakonus, und den Aufseher, der nicht heizen wollte, und den Wächter, und den Nachbarn auf seiner Pritsche, der eine rote geschwollene Lippe hatte. Er haßte auch den neuen Zwangssträfling, den man zu ihnen gebracht hatte. Dieser Sträfling war Stepan. Er war an Gesichtsrose erkrankt, und man hatte ihn ins Spital gebracht und in eine Reihe mit Prokofij gelegt. Prokofij haßte ihn anfänglich, aber später bekam er ihn so lieb, daß er nur darauf paßte, mit ihm sprechen zu können. Nur nach einem Gespräche mit ihm ließ die Angst in seinem Herzen nach.

Stepan erzählte stets allen Leuten von seiner letzten Missetat und was in ihm vorgegangen war.

„Nicht daß sie geschrien hätte, oder so was," sagte er. „Nein, stich zu! Nicht mit mir, mit dir habe Erbarmen."

„Eine Seele zu vernichten ist schrecklich, gewiß. Ich habe einmal einen Hammel zum Abschlachten übernommen, – es freute mich selbst nicht. Und da ich niemanden zugrunde gerichtet habe, warum haben denn sie mich zugrunde gerichtet? – die Verbrecher! Niemandem habe ich ein Leides getan."

„Das wird dir dort angerechnet werden."

„Wo dort?"

„Wo? Und Gott?"

„Von seinem Walten läßt sich wenig spüren. Ich, Bruder, glaube nicht daran; ich denke, man stirbt, und über dem Grabe wächst dann Gras. Das ist alles."

„Wie kannst du so denken? Ich hab' – wie viele! – Seelen umgebracht, und sie, die Herzliebe, hat den Menschen immer nur Gutes getan. Meinst du, mir und ihr wird dasselbe Los? Nein, warte du nur."

„Du meinst also, wenn man stirbt, dann dauert die Seele fort?"

„Wie denn anders? Ganz gewiß."

Schwer war das Sterben Prokofijs, er atmete schwer. Aber in der letzten Stunde wurde ihm mit einem Male leicht. Er ließ Stepan rufen.

„Bruder, leb wohl. Es scheint, ich muß nun sterben. Immer fürchtete ich mich davor, und nun ist's wie nichts. Wenn es nur schon aus wäre."

Und Prokofij starb im Hospital.

XVII. I

Inzwischen waren bei Jewgenij Michajlowitsch die Geschäfte immer schlechter und schlechter gegangen. Man hatte ihn gepfändet. Der Handel stockte. In der Stadt war auch ein anderes Geschäft aufgemacht worden. Man verlangte von ihm eine Zinsenzahlung. Er mußte wieder gegen Zinsen Geld aufnehmen. Und es endete damit, daß das ganze Magazin mitsamt den Waren versteigert werden sollte. Jewgenij Michajlowitsch und seine Frau liefen überall herum und konnten nirgends die vierhundert Rubel auftreiben, die nötig gewesen wären, um damit das Geschäft zu retten.

Es war noch eine kleine Hoffnung auf den Kaufmann Krasnopusow gewesen, dessen Geliebte mit der Frau Jewgenij Michajlowitsch' bekannt war. Jetzt aber breitete sich in der ganzen Stadt das

Gerücht aus, daß bei Krasnopusow ein ungeheures Geld gestohlen worden sei. Man sprach von einer halben Million.

„Und was glaubst du, wer das gestohlen hat? Wassilij, unser ehemaliger Hausknecht! Man sagt, er wirft mit dem Gelde nur so herum, und die Polizei soll bestochen sein."

„Er ist immer ein Taugenichts gewesen," sagte Jewgenij Michajlowitsch. „Wie leichten Herzens er damals den falschen Eid leistete! Ich hätte es nimmer von ihm gedacht."

„Man sagt, er war bei uns, auf dem Hof. Die Köchin sagt, daß er es bestimmt gewesen ist. Sie sagt, daß er vierzehn arme Bräute ausgestattet hat."

„Ach, was die Leute alles schwatzen."

In diesem Augenblick betrat ein sonderbares Individuum den Laden.

„Was willst du?"

„Ich soll diesen Brief bringen."

„Von wem?"

„Es steht drin."

„Ist eine Antwort nötig? Warte doch!"

„Geht nicht." Und der sonderbare Mensch machte sich, nachdem er das Kuvert abgegeben hatte, eilends davon.

„Merkwürdig!"

Jewgenij Michajlowitsch riß das dicke Kuvert auf und traute seinen Augen nicht. Hundertrubelscheine! Gleich vier! „Was ist das?" Und da war noch ein Brief dabei, ein Brief mit manchen Fehlern, adressiert an Jewgenij Michajlowitsch: „Im Evangelium steht geschrieben, tue denen Gutes, die dir Böses getan haben. Sie haben mir viel Böses getan mit dem Coupon, und ich habe dem Muschik sehr beleidigt. Aber du tust mir leid, so nimm die 4 Katharinen und gedenke an deinen Hausknecht Wassilij."

„Nein, das ist aber merkwürdig!" sagte Jewgenij Michajlowitsch zu sich selbst und zu seiner Frau. Und so oft er sich später an diese Sache erinnerte, traten ihm die Tränen in die Augen, und im Herzen ward es ihm leicht.

XVIII. I

Im Susdaler Gefängnisse wurden vierzehn geistliche Personen gefangen gehalten, alle hauptsächlich wegen Abfalls von der rechtgläubigen Kirche; dorthin wurde auch Isidor geschickt. Der Vater Misail nahm Isidor nach den Papieren auf, und ohne ein Wort mit ihm zu sprechen, ließ er ihn, wie einen schweren Verbrecher, in einer Einzelzelle unterbringen. In der dritten Woche hernach hielt Vater Misail einen Umgang unter den Insassen. Zu Isidor hineintretend, fragte er, ob er irgendeinen Wunsch habe.

„Ich wünsche mancherlei, doch kann ich es nicht in Gegenwart der anderen Personen sagen. Gib mir eine Möglichkeit, mit dir unter vier Augen zu sprechen." Sie schauten einer den anderen an, und Misail verstand, daß er nichts zu befürchten habe. Er ließ Isidor in seine Zelle bringen, und als sie allein waren, sagte er:

„Also sprich."

Isidor fiel auf die Knie.

„Bruder," sagte Isidor, „was tust du? Habe Mitleid mit dir! Einen schlimmeren Verbrecher, als du bist, gibt es nicht. Du hast alles Heilige unter die Füße getreten …"

Einen Monat später reichte Misail bei seinen Vorgesetzten um die Freilassung nicht nur Isidors, sondern auch aller übrigen ein, mit der Begründung, daß sie Reue gezeigt hätten, und bat um die Erlaubnis sich von der Welt in die Ruhe eines Klosters zurückziehen zu dürfen.

XIX. I

Zehn Jahre sind vergangen.

Mitja Smokownikow hatte die technische Hochschule absolviert und war Ingenieur mit großem Gehalt in den Goldbergwerken Sibiriens. Er mußte in seinem Distrikt eine Reise machen. Der Direktor schlug ihm vor, den Zwangsarbeiten Stepan Pelagejuschkin mitzunehmen.

„Wie? Einen Zwangsarbeiter? Ist denn das nicht gefährlich?"

„Mit diesem ist's ganz ohne Gefahr. Das ist ein heiliger Mensch, fragen Sie, wen Sie wollen."

„Aber warum ist er denn dann …?"

Der Direktor lächelte.

„Er hat sechs Menschen getötet, und ist doch ein heiliger Mann. Ich bürge für ihn."

Und so nahm denn Mitja Smokownikow Stepan, einen kahlköpfigen, hageren, sonnverbrannten Menschen, mit sich und begab sich auf die Reise.

Wie er allen diente, so gut er konnte, so betreute Stepan nun auch Smokownikow wie einen Sohn, und unterwegs erzählte er ihm seine ganze Geschichte, und wie, warum und um weswillen er jetzt so lebe.

Und seltsam: Mitja Smokownikow, für den es bis dahin nur Essen, Trinken, Karten, Weiber, Wein gegeben hatte, begann zum ersten Male über das Leben nachzudenken. Und diese Gedanken verließen ihn nie mehr und weiteten seine Seele immer mehr und mehr aus. Man schlug ihm eine Stellung vor, mit der große Vorteile verbunden waren, er schlug sie aus und nahm sich vor, ein Gut zu kaufen, zu heiraten und so gut es nur immer gehen würde dem Volke zu dienen.

XX. I

So geschah es auch. Aber zuvor reiste er noch zu seinem Vater, zu dem er in schlechten Beziehungen stand (der Vater hatte nochmals geheiratet). Jetzt aber beschloß er, sich ihm wieder zu nähern, und so tat er denn auch. Und der Vater wunderte sich über ihn, verlachte ihn, aber in der Folge hörte er von selbst auf, ihn herabzusetzen, und erinnerte sich vieler, vieler Fälle, worin er ihm gegenüber schuldig war …

Nach dem Ball

„Und Sie sagen, der Mensch könne nicht von selbst verstehen, was gut und was böse sei? Alles hänge vom Milieu ab, von dem Milieu, das den Menschen aufzehre? Ich aber behaupte, es ist alles Zufall! Ich könnte da von mir erzählen ..."

So begann unser verehrter Iwan Wassiljewitsch nach einem Gespräch, in dem davon die Rede gewesen war, ob zur persönlichen Vervollkommnung vorerst die Verhältnisse umgewandelt werden müßten, in denen die Menschen leben. Eigentlich hatte ja niemand behauptet, daß man nicht von sich aus wissen könne, was gut und was böse sei; aber Iwan Wassiljewitsch hatte nun einmal diese Art, auf seine eigenen Gedanken zu antworten, die ihm während eines Gespräches in den Sinn kamen und im Verfolg dieser Gedanken Episoden aus seinem Leben zu erzählen. Oft vergaß er, hingerissen von seinem Gegenstand, gänzlich den Anlaß, von welchem er ausgegangen war, zumal er sehr ehrlich und offenherzig erzählte.

So war es denn auch diesmal.

„Ich will von mir reden. Mein ganzes Leben gestaltete sich so und nicht anders – nicht wegen des Milieus, sondern wegen einer ganz anderen Sache."

„Was war denn das für eine Sache?" fragten wir.

„Das ist eine lange Geschichte. Man muß viel erzählen, um zu verstehen ..."

„Erzählen Sie!"

Iwan Wassiljewitsch sann eine Weile nach und schüttelte den Kopf.

„Ja," sagte er, „das ganze Leben veränderte sich seit jenem Tage, oder vielmehr seit jenem Morgen."

„Wieso das?"

„Wieso? Die Sache war die, daß ich sehr verliebt war. Ich bin ja öfter verliebt gewesen, aber dies war meine stärkste Liebe. Vergangene Zeiten! Sie hat jetzt schon verheiratete Töchter. Das war die B ..., ja, Warenjka B ..." – Iwan Wassiljewitsch nannte den Namen. – „Sie war auch mit fünfzig Jahren eine bemerkenswerte Schönheit, aber in der Jugend, mit achtzehn Jahren, war sie entzückend: von hohem Wuchs, schlank, graziös und königlich, – ja königlich! Sie hielt sich immer ungewöhnlich gerade, als könne sie gar nicht anders, neigte den Kopf ein wenig zurück, und dies gab ihr, bei ihrer Schönheit und hohen Gestalt, trotz ihrer Magerheit, ja Knochigkeit, ein königliches Aussehen, welches einschüchternd gewirkt hätte, wenn nicht ihr zärtliches, immer heiteres Lächeln des Mundes gewesen wäre, und ihre wunderschönen, glänzenden Augen und ihr ganzes liebes junges Wesen."

„Ei, wie Iwan Wassiljewitsch beschreiben kann!"

„Und wie sehr ich mich auch bemühen wollte, sie zu beschreiben, so wäre es doch ganz unmöglich, sie so zu beschreiben, daß Sie sich vorstellen könnten, wie sie war! Doch einerlei. Was ich erzählen will, begab sich in den vierziger Jahren. Ich war damals Student an einer Universität in der Provinz. Ich weiß nicht, ob das gut war oder schlecht: aber es gab damals keine Zirkel, keine Theorien ; wir waren einfach jung und lebten, wie es die Jugend tut: wir studierten und freuten uns. Ich war ein munterer, wackerer Junge, und dazu noch reich. Ich besaß ein flinkes Pferdchen, fuhr mit den jungen Damen von den Bergen herab Schlitten – die Schlittschuhe waren damals noch nicht in Mode –, ich bummelte mit den Kameraden (zu jener Zeit tranken wir nichts andres als Champagner; hatten wir kein Geld, dann tranken wir nichts, und tranken nicht, wie jetzt, Schnaps). Mein Hauptvergnügen aber waren Bälle und Abendgesellschaften. Ich tanzte gut und war nicht häßlich."

„Na, nur nicht so bescheiden," unterbrach ihn eine Zuhörerin. „Wir kennen ja Ihr Daguerreotyp. Sie waren nicht nur nicht häßlich, sondern sogar sehr hübsch!"

„Hübsch, oder nicht hübsch – einerlei. Es war gerade in der Zeit meiner heftigsten Liebe, als ich, am letzten Tage der Faschingswoche, zu einem Ball geladen war, der beim Gouverneur, einem gutmütigen, alten, reichen, gastfreundlichen Kammerherrn, stattfand. Seine Frau, ebenso gutmütig wie er, empfing die Gäste. Sie trug ein Samtkleid und ein Diadem von Brillanten im Haar, und ihre dekolletierten, alten, vollen Schultern und die Büste erinnerten an das Porträt der Kaiserin Elisabeth. Der Ball war herrlich. Ein prächtiger Saal – berühmte Musikanten (zu jener Zeit Leibeigene eines Gutsbesitzers, der ein Liebhaber der Musik war) – ein üppiges Büffet – und ein Meer von Champagner! Aber obgleich ich den Champagner sehr liebte, trank ich an jenem Abend doch gar nichts, da ich auch ohne Wein trunken war, trunken von Liebe; ich tanzte bis zum Umfallen Walzer und Polka, und natürlich so viel als möglich immer mit Warenjka. Sie war in einem weißen Kleid mit rosa Gürtel, trug weiße Glacehandschuhe, die nicht ganz bis zu den mageren spitzen Ellbogen reichten, und die Füße steckten in weißen Atlasstiefelchen. Die Mazurka schnappte mir ein abscheulicher Ingenieur Anissimow weg – ich kann es ihm bis zur Stunde nicht verzeihen. Er engagierte sie gleich bei ihrem Eintreten, währenddem ich, um Handschuhe zu kaufen, zum Coiffeur gefahren war, mich so verspätete und die Mazurka nicht mit ihr, sondern mit einer kleinen Deutschen tanzte, der ich in früherer Zeit den Hof zu machen pflegte, diesmal aber wenig Artigkeiten erwies, wie ich fürchte; denn ich sprach nicht mit ihr, schaute nicht nach ihr – ich schaute nur nach der hohen schlanken Gestalt im weißen Kleid mit dem rosa Gürtel und nach ihrem leuchtenden, ein wenig geröteten Gesicht mit den Grübchen in den Wangen und mit den zärtlichen lieben Augen. Nicht ich allein – alle Anwesenden schauten sie an und liebkosten sie mit den Blicken, bewunderten sie; es bewunderten sie so Männer als Frauen, obgleich sie alle anderen verdunkelte. Es war unmöglich, sie nicht zu bewundern.

„Nach dem Gesetz, sozusagen, tanzte ich die Mazurka nicht mit ihr, in Wirklichkeit aber tanzte ich doch immerwährend nur mit ihr allein. Sie kam durch den ganzen Saal ganz unbefangen auf mich zu, und ich sprang auf, ohne ihre Aufforderung abzuwarten, und sie dankte nur durch ein Lächeln für mein Erraten. Wenn uns die Tanzreihen zusammenführten und sie meine ‚Eigenschaft' nicht erriet, zuckte sie die mageren Achseln, reichte mir nicht die Hand, lächelte aber bedauernd und tröstend mir zu. Während der Walzereinlagen der Mazurka tanzte ich lange mit ihr, und rasch atmend sagte sie zu mir: ‚*Encore* !' – und ich tanzte und tanzte und spürte meinen Körper nicht."

„Na, wie ging das zu? Wenn Sie ihre Taille umfaßten, mußten Sie doch nicht nur Ihren Körper, sondern auch den Ihrer Dame gefühlt haben," bemerkte einer von den Gästen. Iwan Wassiljewitsch wurde plötzlich rot und schrie fast böse:

„Ja, so ist sie, die heutige Jugend! Sie sieht nichts außer dem Körper. Zu meiner Zeit war es nicht so. Je mehr ich liebte, um so körperloser war sie für mich. Sie sehen heutzutage nur die Füße, die Knöchel und sonst was, Sie entkleiden die Frauen, in die sie verliebt sind; mich aber dünkte der Gegenstand meiner Liebe ‚in Bronze gekleidet', wie Alfons Karr (er war ein guter Schriftsteller) sagte. Wir entkleideten nicht nur nicht, sondern suchten die Nacktheit zu bedecken, wie Noahs guter Sohn."

„Ei, hören Sie doch nicht auf ihn. Wie ging es weiter?" sagte einer aus unserer Gesellschaft.

„Nun also, ich tanzte mit ihr am meisten und merkte nicht wie die Zeit verging. Die Musikanten wiederholten schon immer dasselbe Mazurkamotiv, mit einer Art Verzweiflung der Müdigkeit – Sie wissen, wie das zuweilen am Ende eines Balles ist –, im Gastzimmer standen bereits die Väter und Mütter von den Kartentischen auf und erwarteten das Abendessen, die Lakaien liefen oft herein und trugen allerhand vorbei. Es war drei Uhr. Man mußte die letzten Minuten ausnützen. Ich wählte sie nochmals, und wir flogen wohl zum hundertstenmal durch den Saal.

‚Also die Quadrille nach dem Abendessen ist mein?' sagte ich, als ich sie zu ihrem Platze zurückführte.

‚Selbstverständlich – wenn man mich nicht früher nach Hause nimmt', entgegnete sie lächelnd.

‚Ich leide es nicht', sagte ich.

‚Geben Sie mir doch meinen Fächer', sagte sie.

‚Es tut mir leid, ihn zurückzugeben', sagte ich, indem ich ihr den weißen, billigen Fächer überreichte.

‚Da, nehmen Sie, damit es Ihnen nicht leid tut', sagte sie, riß ein Federchen vom Fächer los und übergab es mir.

Ich nahm das Federchen, und nur mit einem Blick vermochte ich mein Entzücken und meinen Dank auszudrücken. Ich war nicht nur fröhlich und zufrieden; ich war beglückt, selig; ich war gut; ich war nicht mehr ich, sondern ein überirdisches Wesen, welches kein Böses kennt und nur zum Guten allein befähigt ist. Ich verbarg das Federchen im Handschuh und blieb wie festgewurzelt vor ihr stehen, außerstande sie zu verlassen.

‚Sehen Sie nur! Man fordert Papa zum Tanzen auf!' sagte sie und wies auf die hohe stattliche Figur ihres Vaters, der in Oberstenuniform mit silbernen Epauletten in der Tür stand und mit einigen Damen sprach.

‚Warenjka, kommen Sie hierher!' ließ sich die laute Stimme der Gastgeberin mit dem Brillantendiadem und den Elisabethschultern vernehmen.

Warenjka schritt auf die Tür zu, und ich folgte ihr.

‚Reden Sie doch Ihrem Vater zu, *ma chère,* daß er mit Ihnen tanzt. Bitte ja, Pjotr Wladislawowitsch!' wandte sich die Hausfrau zum Obersten.

Der Vater Warenjkas war ein sehr schöner, stattlicher, hochgewachsener, firner Greis. Sein Gesicht war sehr rosig, mit einem weißen *à la Nicolas I.* aufgezwirbelten Schnurrbart, einem ebenso weißen, mit dem Schnurrbart vereinigten Backenbart und an den Schläfen nach vorn gekämmten Haaren; und dasselbe frohe Lächeln wie bei der Tochter war in seinen glänzenden Augen und umspielte seine Lippen. Er war vorzüglich gebaut, mit einer breiten, spärlich mit Orden geschmückten, militärisch vorgestreckten Brust, mit kräftigen Schultern und langen schlanken Beinen. Er war ein Kommandeur vom Typus der alten Offiziere aus der nikolaïtischen Ausmusterung.

Als wir zur Tür kamen, hörten wir, wie der Oberst sich weigerte und behauptete, er habe das Tanzen verlernt; aber trotzdem nahm er lächelnd, mit einer raschen Bewegung des Armes auf die linke Seite, den Degen aus dem Gehenke, übergab ihn einem diensteifrigen jungen Mann, zog den Sämischhandschuh auf die rechte Hand – ‚wie das Gesetz will', sagte er lächelnd –, ergriff die Hand der Tochter und stellte sich mit einer Vierteldrehung links, den Takt erwartend, in Positur.

Sobald das Mazurkamotiv einsetzte, stampfte er resolut mit einem Fuße auf den Boden, schwang den anderen in die Höhe, und seine hohe wuchtige Gestalt bewegte sich bald leicht und schwebend, bald geräuschvoll und stürmisch, indem er den Boden stampfte und die Füße aneinanderschlug, rings um den Saal.

Die graziöse Gestalt Warenjkas schwebte, den Schritt ihrer kleinen weißen Atlasfüßchen unmerklich bald verkürzend, bald verlängernd, neben ihm. Der ganze Saal folgte jeder Bewegung des Paares mit den Blicken. Ich aber bewunderte sie nicht nur wie die andern, sondern schaute mit entzückter Rührung auf sie. Besonders rührten mich seine mit Strippen bezogenen Stiefel – gute Kalbslederstiefel, aber nicht modern zugespitzte, sondern altväterische – vorn viereckig, ohne Absätze, vermutlich vom Bataillonsschuster gebaut. ‚Um seine geliebte Tochter ausführen und gut kleiden zu können, kauft er keine modernen Stiefel, sondern trägt diese Kommisstiefel' dachte ich, und diese viereckigen Nasen der Stiefel rührten mich besonders. Man sah, daß er früher vortrefflich getanzt haben mußte, jetzt aber war er schon schwerfällig, und seine Beine waren nicht mehr elastisch genug, um all die schönen und raschen Pas so gut auszuführen, wie er gern wollte. Trotzdem machte er zwei Runden, und als er dann, flink die Beine ausspreizend und vereinigend, ein wenig schwerfällig in das eine Knie sank, während sie lächelnd das Kleid glattstrich, das er gestreift hatte, und ihn schwebend umkreiste, da begannen alle laut zu applaudieren.

Er richtete sich mit einiger Mühe auf, umfaßte zärtlich und liebreich den Kopf der Tochter, küßte sie auf die Stirn und führte sie zu mir, in der Meinung, daß ich mit ihr tanze. Ich sagte ihm, ich sei nicht ihr Kavalier.

‚Na, es ist einerlei, tanzen Sie jetzt mit ihr', sagte er zärtlich lächelnd und schnallte den Degen um.

Wie es vorkommt, daß der Inhalt einer Flasche sich in großem Strahle ergießt, sobald nur ein Tropfen ausgeflossen ist, so löste in meiner Seele die Liebe zu Warenjka meine ganze verborgene Liebesfähigkeit aus. Ich umarmte in diesem Augenblicke die ganze Welt mit meiner Liebe. Ich liebte die Hausfrau mit dem Diadem und der Elisabethbüste, ihren Gatten, ihre Gäste, ihre Lakaien und sogar den Ingenieur Anissimow, der mir grollte. Für ihren Vater aber mit den zu Hause angefertigten Stiefeln und seinem lieben Lächeln, das dem seiner Tochter so sehr glich, empfand ich in diesem Moment ein enthusiastisches inniges Gefühl.

Die Mazurka war zu Ende, die Gastgeber baten die Gäste zu Tisch, der Oberst B. jedoch lehnte ab, indem er sagte, daß er morgen frühzeitig aufstehen müsse und verabschiedete sich von den Wirten. Ich erschrak, da ich meinte, man werde auch sie mit nach Hause nehmen, aber sie blieb mit ihrer Mutter noch da. Nach dem Abendessen tanzte ich mit ihr die versprochene Quadrille, und ungeachtet dessen, daß ich, wie es schien, schon unendlich glücklich war, so wuchs und wuchs mein Glück noch immer. Wir sprachen nicht von Liebe; ich fragte weder sie, noch mich, ob sie mich liebe. Mir war es genug, daß ich sie liebte, und ich fürchtete nur eines: daß irgend etwas mein Glück stören könne.

Als ich nach Hause kam, den Mantel ablegte und an den Schlaf dachte, merkte ich, daß das unmöglich war. In meiner Hand hielt ich das Federchen aus ihrem Fächer und den ganzen Handschuh, den sie mir bei der Abfahrt gegeben hatte, als sie sich in den Wagen setzte und ich ihrer Mutter, dann ihr hineinhalf. Ich blickte auf diese Dinge, und ohne die Augen zu schließen, sah ich sie vor mir, wie sie, zwischen zwei Kavalieren wählend, meine ‚Eigenschaft' erriet und ich ihre liebe Stimme hörte: ‚Stolz, nicht wahr ?' und mir freudig die Hand reichte; oder wie sie beim Abendessen, als sie an dem Champagnerkelch nippte, mich unter der Stirn hervor mit ihren liebevollen Blicken ansah. Am öftesten aber sah ich sie zusammen mit ihrem Vater, wie sie sich schwebend neben ihm bewegte und, ihretwegen wie seinetwegen voll freudigen Stolzes, auf die Zuschauer blickte; und ich umfing unwillkürlich sie beide in einem einzigen innigen gerührten Gefühle.

Ich wohnte damals mit meinem verstorbenen Bruder zusammen. Er liebte die vornehme Welt überhaupt nicht und besuchte keine Bälle; damals aber bereitete er sich gerade zum Kandidatenexamen vor und führte das allergeregeltste Leben. Er schlief. Ich blickte auf seinen in den Kissen vergrabenen, zur Hälfte mit einer Flanelldecke verhüllten Kopf. Und mir wurde aus Liebe leid um ihn, leid, weil er das Glück, das ich empfand, nicht kannte und nicht verspürte.

Der Leibeigene, unser Diener Petruscha, kam mir mit einer Kerze entgegen und wollte mir beim Auskleiden behilflich sein; doch ich entließ ihn. Der Anblick seines verschlafenen Gesichts mit dem wirren Haar rührte mich. Um keinen Lärm zu machen, schlich ich mich auf den Zehenspitzen in mein Zimmer und setzte mich auf das Bett. Nein, ich war zu glücklich, ich konnte nicht schlafen. Überdies war es mir in den geheizten Zimmern zu heiß, und so ging ich, ohne mich umzukleiden, in das Vorzimmer, zog den Mantel an, öffnete die vordere Tür und trat auf die Straße hinaus.

Um fünf Uhr hatte ich den Ball verlassen; seitdem waren noch zwei Stunden vergangen, so daß es, als ich wieder ausging, bereits hell war. Es war das richtige Karnevalwetter: neblig, der wässerige Schnee schmolz auf den Wegen, und von allen Dächern tropfte es.

Die B.s wohnten damals am Ende der Stadt, am Rande eines großen Feldes, das auf der einen Seite von einem Promenadeplatz, auf der andern von einem Mädcheninstitut begrenzt war. Ich durchwanderte unsere leere Gasse und kam auf die Hauptstraße hinaus, wo sich bereits Fußgänger und Fuhrleute mit holzbeladenen Schlitten zeigten. Die Kufen der Schlitten streiften das Pflaster. Und die Pferde, die ihre nassen Köpfe gleichmäßig unter den glänzenden Krummhölzern wiegten, und die mit Matten bedeckten Fuhrleute, die neben den Wagen in ihren riesigen Stiefeln durch die Schneepfützen schlappten, und die Häuser an der Straße, die im Nebel sehr hoch erschienen, alles das war mir besonders lieb und wert.

Als ich auf das Feld hinauskam, wo ihr Haus stand, erblickte ich am Rande, in der Richtung auf den Promenadeplatz, etwas Großes, Schwarzes und hörte von dort her Töne einer Flöte und einer Trommel. In meiner Seele sang es die ganze Zeit, und bisweilen glaubte ich das Motiv der Mazurka zu vernehmen. Aber dies war irgendeine andere, rauhe, bösartige Musik.

,Was mag das sein?' dachte ich und nahm den ausgefahrenen schlüpfrigen Weg in der Richtung auf die Töne zu. Nach etwa hundert Schritten unterschied ich, durch den Nebel hindurch, viele schwarze Gestalten. ,Wahrscheinlich Soldaten, die ihre Übungen machen' dachte ich und schritt, zusammen mit einem Schmiede, der in einem fettigen Halbpelz und einem Lederschurz vor mir herging und etwas trug, noch näher heran. Die Soldaten in schwarzen Uniformröcken standen, Gewehr bei Fuß, in zwei Reihen regungslos einander gegenüber. Hinter ihnen waren die Trommler und der Hornbläser postiert, und unaufhörlich wiederholten sie ein und dieselbe unangenehme winselnde Melodie.

,Was geht hier vor?' fragte ich den Schmied, der neben mir stehen geblieben war.

,Man peitscht einen Tartaren aus, wegen Fluchtversuchs', versetzte der Schmied grimmig und spähte nach dem fernen Ende der beiden Reihen.

Ich schaute nach derselben Richtung und bemerkte zwischen den beiden Fronten etwas Entsetzliches, das auf mich zukam. Das, was sich näherte, war ein bis zum Gürtel entkleideter Mensch, der an die Gewehre zweier Soldaten, die ihn führten, angebunden war.

Seite an Seite mit ihm ging ein hochgewachsener Offizier in Uniformmantel und Mütze, dessen Figur mir bekannt schien. Am ganzen Körper zuckend, mit den Füßen in dem aufgeweichten Schnee stapfend, näherte sich mir der Gezüchtigte unter den Schlägen, die ihn von beiden Seiten überschütteten. Bald warf er sich nach hinten – dann stießen ihn die Unteroffiziere, die ihn an den Gewehren führten, nach vorn –, bald fiel er nach vorn – und dann rissen ihn die Unteroffiziere, um ihn am Fallen zu hindern, zurück. Und ohne von ihm zu weichen, schritt der hochgewachsene Offizier mit festem elastischem Gang nebenher. Das war ihr Vater mit seinem rosigen Gesicht und seinem weißen Schnurr- und Backenbart.

Bei jedem Hieb wandte der Bestrafte wie verwundert sein schmerzverzerrtes Gesicht nach jener Seite, von welcher der Schlag fiel, und wiederholte, indem er die weißen Zähne zeigte, immer dieselben Worte. Erst als er schon ganz nahe war, verstand ich diese Worte. Er sprach sie nicht, sondern schluchzte sie heraus: ‚Brüderchen, habt Erbarmen, Brüderchen, habt Erbarmen.' Aber die Brüderchen hatten kein Erbarmen, und als der Zug ganz nahe bei mir war, sah ich, wie der Soldat, der mir gegenüberstand, entschlossen einen Schritt nach vorn tat, die Rute pfeifend erhob und sie mit einem starken Hieb auf den Rücken des Tataren niedersausen ließ. Der Tatare zuckte nach vorn, aber die Unteroffiziere hielten ihn zurück und ein ebensolcher Schlag fiel von der anderen Seite auf ihn; und wieder von dieser, und wieder von der anderen ... Der Oberst ging nebenher, sah bald unter seine Füße, bald auf den Bestraften, sog, die Backen aufblasend, Luft ein und stieß sie durch die abstehende Lippe langsam von sich. Als der Zug den Ort, wo ich stand, passierte, erblickte ich zwischen den Reihen für einen Augenblick den Rücken des Gezüchtigten. Es war etwas Buntes, Nasses, Rotes, Unnatürliches, etwas, von dem ich nicht glauben konnte, daß es der Körper eines Menschen sei.

‚O Gott!' sagte der neben mir stehende Schmied.

Der Zug entfernte sich allmählich. Immerfort fielen die Schläge von beiden Seiten auf den stolpernden und sich windenden Menschen, und immer weiter wirbelten die Trommeln, und mit demselben festen Schritt bewegte sich die hohe stattliche Figur des Obersten Seite an Seite mit dem Gezüchtigten die Reihen entlang. Plötzlich blieb der Oberst stehen und näherte sich rasch einem Soldaten.

‚Ich werde dir Schmieren[1] geben!' vernahm ich seine zornige Stimme. ‚Du willst schmieren? Willst du?' Und ich sah, wie er mit seiner kräftigen im Sämischhandschuh steckenden Hand den erschrockenen kleinen schwächlichen Soldaten ins Gesicht schlug, weil er seinen Stock nicht wuchtig genug auf den Rücken des Tataren hatte herabfallen lassen.

‚Frische Spießruten her!' schrie er, wandte sich und erblickte mich. Er gab sich den Anschein, als ob er mich nicht kenne, verfinsterte das Gesicht und wandte sich rasch ab. Ich war so beschämt, daß ich nicht wußte, wohin ich meine Blicke wenden sollte, geradeso wie wenn ich bei der schändlichsten Handlung ertappt worden wäre; ich senkte die Augen und beeilte mich nach Hause zu kommen.

Auf dem ganzen Heimweg klangen mir die Trommel-Wirbel und das Flötengepfeife in den Ohren; bald hörte ich die Worte: ‚Brüderchen, habt Erbarmen', bald hörte ich die selbstbewußte, zornige Stimme des Obersten, der den Soldaten anschrie: ‚Du willst schmieren? Willst du?' Dabei empfand ich im Herzen eine fast physische Qual, bis zur Übelkeit, derart, daß ich ein paarmal stehen blieb, da es mir schien, daß ich mich erbrechen müsse nach all dem Entsetzlichen, wovon ich Zeuge gewesen war. Ich entsinne mich nicht, wie ich nach Hause kam und mich niederlegte; aber sobald ich einzuschlafen begann, hörte und sah ich alles wieder und schrak empor.

‚Wahrscheinlich weiß er etwas, was ich nicht weiß' dachte ich in bezug auf den Oberst. ‚Wenn ich wüßte, was er weiß, würde ich auch verstehen, was ich sah, und es würde mich nicht quälen.' Aber wie sehr ich auch nachgrübelte, so vermochte ich doch nicht zu verstehen, was der Oberst verstand und schlief erst gegen Abend ein; und auch dann erst, nachdem ich einen Freund aufgesucht und mich mit ihm bis zur völligen Bewußtlosigkeit betrunken hatte.

Und glauben Sie nun, daß ich schon damals das, was ich gesehen hatte, für etwas Unrechtes hielt? Nicht im Geringsten! ‚Wenn das mit einer solchen Sicherheit ausgeführt und von allen als unumgänglich notwendig anerkannt wurde, so wußten sie folglich etwas, was ich nicht wußte', dachte ich und bemühte mich, dies Etwas zu erfahren. Aber wie sehr ich mich auch bemühte – auch später konnte

---

[1] Leicht schlagen.

ich dieses Etwas nicht in Erfahrung bringen. Und ohne dieses Wissen konnte ich auch nicht in den Militärdienst eintreten, wie ich vordem beabsichtigt hatte, und diente nicht nur beim Militär nicht, sondern diente nirgends und war, wie Sie sehen, zu nichts tauglich."

„Nun, wir wissen schon, wie Sie zu nichts tauglich waren," sagte jemand von uns. „Sagen Sie lieber, wie viele von uns nichts taugten, wenn Sie nicht gewesen wären?"

„Na, das sind nun vollends Dummheiten," sagte Iwan Wassiljewitsch, in allem Ernste ärgerlich.

„Und die Liebe?" fragten wir.

„Die Liebe? Die Liebe verlor sich allgemach seitdem. So oft sie, wie es häufig geschah, mit einem Lächeln auf den Lippen über etwas nachdachte, erinnerte ich mich sogleich an den Oberst auf dem Platze draußen, und ich fühlte mich gewissermaßen geniert und unbehaglich; und dann suchte ich ihre Gesellschaft immer seltener. Und die Liebe erlosch so nach und nach. – Also solche Dinge kommen vor, und nach solchen verändert und richtet sich das ganze Leben eines Menschen. Und Sie sagen …"

So schloß er seine Erzählung.

Tolstoi-Bildnis | historischer Holzschnitt
(TFb-Reproduktion)

Vater Sergius

I. 1

In den vierziger Jahren ereignete sich in Petersburg ein Fall, der jedermann in Erstaunen setzte: ein Fürst, ein außerordentlich schöner Mann, Kommandeur der Leibschwadron des Kürassier-Regiments, dem man allgemein die Flügeladjutantenschaft und eine glänzende Karriere unter Nikolaus I. voraussagte, reichte einen Monat vor seiner Verheiratung mit einer hervorragenden Schönheit, einem Hoffräulein, das bei der Kaiserin in besonderer Gunst stand, um seinen Abschied ein, zerriß die Verbindung mit seiner Braut, überließ das nicht eben große Gut seiner Schwester und reiste nach einem entfernten Kloster ab, mit der Absicht, daselbst als Mönch einzutreten.

Dieses Ereignis mußte allen Leuten, die das innere Motiv desselben nicht kannten, außerordentlich, ja unerklärlich scheinen; für den Fürsten Stepan Kassatskij selbst aber machte sich alles so natürlich, daß er sich nicht vorstellen konnte, wie er anders hätte handeln sollen.

Der Vater Stepan Kassatskij's, ein verabschiedeter Gardeoberst, starb, als der Sohn zwölf Jahre alt war. Wie sehr es der Mutter auch leid war, den Sohn von Hause fortzugeben, so konnte sie doch nicht umhin, den Willen des verstorbenen Mannes zu erfüllen, der für den Fall seines Todes angeordnet hatte, daß der Sohn nicht zu Hause erzogen, sondern ins Kadettenkorps geschickt würde – und so gab sie ihn denn an das Kadettenkorps ab. Die Witwe selbst aber übersiedelte samt der Tochter Warwara nach Petersburg, um dort zu sein, wo der Sohn war und ihn an Feiertagen bei sich zu haben.

Der Knabe stach durch glänzende Fähigkeiten und einen ungeheuren Ehrgeiz hervor und war infolgedessen auch der Erste in den Wissenschaften, besonders in der Mathematik, für die er eine besondere Leidenschaft hatte; aber auch in der Front und im Reiten zeichnete er sich vor allen andern aus. Trotz seiner ungewöhnlich großen Figur war er schön und gewandt. Er wäre auch sonst ein musterhafter Kadett gewesen, wenn er nicht eine große Untugend gehabt hätte: ein maßlos aufbrausendes Wesen. Er trank nicht, führte kein ausschweifendes Leben und war ungemein rechtlich. Das eine, was ihn eben hinderte, vorbildlich zu sein, das waren seine ihn plötzlich anwandelnden Wutausbrüche, wo er dann alle Selbstbeherrschung gänzlich verlor und sich zum Tiere erniedrigte. Einmal hätte er einen Kadetten, der sich über seine Mineraliensammlung lustig machte, beinahe zum Fenster hinausgeworfen. Ein anderes Mal hätte er sich fast selbst zugrunde gerichtet, indem er dem Verwalter eine volle Schüssel mit Koteletts hinschmiß und sich auf den Offizier stürzte; ja, man sagte, er habe ihm einen Schlag versetzt, weil jener eine Äußerung, die er getan, geleugnet und ihm direkt ins Gesicht gelogen hatte. Man hätte ihn sicherlich zum Soldaten degradiert, wenn der Direktor die ganze Sache nicht vertuscht und den Verwalter davongejagt hätte.

Mit achtzehn Jahren war er Offizier und trat in das aristokratische Garde-Regiment ein. Der Kaiser Nikolaj Pawlowitsch kannte ihn noch vom Korps her und zeichnete ihn auch nachher im Regimente aus, so daß man ihm die Ernennung zum Flügeladjutanten voraussagte. Und Kassatskij wünschte nichts sehnlicher, und zwar nicht bloß aus Ehrgeiz, sondern noch mehr deswegen, weil er, noch von den Zeiten her, da er im Korps gewesen war, Nikolaj Pawlowitsch leidenschaftlich, wirklich leidenschaftlich liebte. Jedesmal, wenn Nikolaj Pawlowitsch zu ihnen gekommen war – und er pflegte oft zu kommen – und diese hohe Gestalt mit der vorgestreckten Brust, der Adlernase und dem gestutzten Backenbart, stolzen Schrittes hereintrat und mit seiner mächtigen Stimme die Kadetten begrüßte, verspürte Kassatskij die Verzückung eines Liebenden, wie er sie Jahre nachher beim Anblick seiner Geliebten empfand. Nur daß seine Begeisterung für Nikolaj Pawlowitsch noch stärker war: ihm wollte er durch irgendein Opfer, sei es was immer für eines – sei dieses Opfer er selbst – seine unbegrenzte Ergebenheit zeigen. Und Nikolaj Pawlowitsch wußte, daß er diese Begeisterung erweckte und suchte sie absichtlich hervorzurufen. Er spielte mit den Kadetten, gab sich mit ihnen ab, verfuhr bald einfach, nach Kinderart, mit ihnen, bald kameradschaftlich, bald feierlich-majestätisch. Nach dem letzten Vorfall mit dem Offizier hatte Nikolaj Pawlowitsch zu Kassatskij nichts gesagt, aber als Kassatskij in seine Nähe kam, schob er ihn theatralisch von sich, runzelte die Stirn, drohte ihm mit dem Finger, und bei der Abfahrt sagte er zu ihm: „Mögen Sie wissen, daß ich alles weiß, von gewissen Dingen jedoch will ich nichts wissen: aber sie sind *hier*." Dabei zeigte er auf sein Herz.

Als dann die Kadetten das Korps verließen und sich ihm als Offiziere vorstellten, erwähnte er nichts mehr davon, sagte, sie alle könnten sich immer direkt an ihn wenden, sie sollten nur ihm und dem Vaterlande treu dienen, und er werde allezeit ihr erster Freund bleiben. Alle waren, wie immer, gerührt, Kassatskij vergoß in der Erinnerung an die Vergangenheit Tränen und gelobte sich, dem geliebten Kaiser mit all seinen Kräften zu dienen.

Als Kassatskij ins Regiment eingetreten war, zog die Mutter mit der Tochter zuerst nach Moskau und dann aufs Dorf. Kassatskij trat der Schwester die Hälfte seines Vermögens ab, und was ihm übrigblieb, war gerade nur so viel, daß er damit den Unterhalt in dem vornehmen Regimente, in dem er diente, bestreiten konnte.

Von außen betrachtet erschien Kassatskij als ein sehr gewöhnlicher, junger, glänzender Gardeoffizier, der im Begriffe stand, seine Karriere zu machen; in seinem Innern jedoch ging eine verwickelte, anspannende Arbeit vor sich. Das war von seiner Kindheit an so gewesen: dem Anscheine nach eine sehr mannigfache innere Tätigkeit, im Grunde jedoch immer ein und dieselbe, die darin bestand, in allen Dingen, die sich ihm auf seinem Wege darboten, zur Vollkommenheit und zu dem Erfolge zu gelangen, der das Lob und die Bewunderung der Menschen herausfordern sollte. Betraf es das Lernen, die Wissenschaft, so ergriff er alles das und arbeitete so lange, bis man ihn lobte und den andern als Muster aufstellte. Hatte er das eine erreicht, so machte er sich sofort an das andere. Auf diese Weise war es ihm gelungen, in den Wissenschaften an erster Stelle dazustehen. In derselben Weise hatte er, als er – noch im Korps – einmal eine gewisse Unbeholfenheit im Ausdruck des Französischen an sich bemerkte, diese Sprache sich so zu eigen gemacht, daß er französisch so fließend wie russisch sprach. So war es auch später, als er sich mit dem Schachspiel zu beschäftigen anfing: er gelangte noch im Korps dazu, es ausgezeichnet zu spielen.

Immer hatte er, neben seinem Lebensberufe, der darin bestand, daß er dem Zaren und dem Vaterlande diente, irgendeine besondere Aufgabe, und wie nichtig sie auch sein mochte: er gab sich ihr völlig hin und lebte, solange bis er sie bewältigt hatte, nur für sie. Aber sobald er ein bestimmtes Ziel erreicht hatte, so richtete er sich in seinen Gedanken alsbald ein anderes auf, welches das vorige ablöste.

Dieses Streben, sich auszuzeichnen und, um sich auszuzeichnen, das angestrebte Ziel zu erreichen, füllte sein Leben aus. So hatte er sich beim Avancement zum Offizier das Ziel gesteckt, in allen den Dienst betreffenden Disziplinen die womöglich größte Vollkommenheit zu erlangen, und war so ein musterhafter Offizier geworden; allerdings mit dem alten Fehler des unbändigen Jähzorns, der ihn auch im Dienste in böse, seinem Erfolge nachteilige Händel hineinzog. Später, als er gelegentlich eines Gespräches über allgemeine Fragen Lücken in seiner Bildung gewahrte, nahm er sich vor, seine Bildung zu vervollständigen, machte sich hinter die Bücher und erreichte, was er gewollt hatte. Nachher strebte er danach, in der höheren Gesellschaft eine glänzende Position zu erringen; er bildete sich vorzüglich im Tanzen aus und erreichte sehr bald, daß man ihn zu allen Bällen und Abendgesellschaften der vornehmen Welt einlud. Aber dieser Erfolg befriedigte ihn nicht. Er war gewohnt, überall der Erste zu sein, was er hier bei weitem nicht war.

Die höhere Gesellschaft bestand damals und besteht, wie ich glaube, überall und immer aus vier Kategorien von Menschen: 1. aus reichen Leuten und Höflingen, 2. aus nicht reichen Leuten, die aber in Hofkreisen geboren und aufgewachsen sind, 3. aus reichen Leuten, die in die Hofkreise einzudringen suchen, 4. aus Leuten, die weder reich sind noch zu den Hofkreisen gehören, die es aber den Leuten aus der ersten und zweiten Kategorie in allen Stücken gleichtun wollen. Zu den ersten Kreisen gehörte Kassatskij nicht, aber er wurde in den zwei letzteren Gruppen gern gesehen. Als er in Hofkreisen zu verkehren anfing, hatte er sich zum Ziel gesteckt, mit einer Dame aus diesen Kreisen ein Verhältnis anzuknüpfen, und wider Erwarten gelang ihm dies sehr bald. Aber es dauerte nicht lange, bis er merkte, daß diejenigen Kreise, in denen er verkehrte, im Range doch die niedrigeren waren, daß es höhere Kreise gab, und daß man ihn dort zwar höflich, aber doch als einen nicht zu ihnen Gehörenden aufnahm, wie die reservierte Haltung dieser Kreise zeigte. Und nun wollte Kassatskij einer der ihrigen werden. Aber um das zu werden, mußte man entweder Flügeladjutant sein – und er hatte alle Aussicht, das zu werden –, oder man mußte durch eine Heirat in diese Kreise zu gelangen suchen. Er beschloß nun, den letzteren Weg einzuschlagen. Und er erwählte sich eine hervorragende Schönheit, eine Hofdame, die in diesem hohen Kreise nicht nur als eine Zugehörige galt, sondern der sich sogar alle hoch- und höchstgestellten Personen huldigend zu nähern bemühten. Diese Dame war die Gräfin Korotkowa. Bald fing er an, der Gräfin nicht nur wegen der Karriere den Hof zu machen, sondern verliebte sich, da sie ungemein anziehend war, ganz ernstlich in sie. Anfangs war sie ihm gegenüber merklich kühl gewesen, aber mit einem Male änderte sich alles, sie wurde freundlich zu ihm und ihre Mutter bemühte sich eifrig, ihn recht oft in ihr Haus zu ziehen.

Kassatskij machte einen Heiratsantrag, der auch angenommen wurde. Er wunderte sich darüber, wie leicht er dieses Glück erlangt hatte, zugleich aber darüber, wie seltsam das Benehmen der Mutter und der Tochter war. Da er sehr verliebt und vor Liebe blind war, hatte er keine Ahnung davon, was fast die ganze Stadt wußte: daß seine Braut vor Jahresfrist die Geliebte des Kaisers gewesen war.

II. I

Zwei Wochen vor dem festgesetzten Hochzeitstage weilte Kassatskij bei seiner Braut im Landhause zu Zarskoje-Sselo. Es war ein heißer Maitag. Der Bräutigam und die Braut ergingen sich eine Zeitlang im Garten und setzten sich dann in einer schattigen Lindenallee auf eine Bank. Mary war in ihrem weißen Musselinkleide besonders hübsch. Sie war wie die Verkörperung der Unschuld und Liebe. Bald das Haupt senkend, bald auf ihren schönen Verlobten blickend, saß sie da, und er sprach zu ihr mit einer besonderen Zartheit und Behutsamkeit, immer in der Besorgnis, die Engelsreinheit der Braut durch irgendein Wort oder eine Gebärde zu verletzen und zu entweihen.

Kassatskij gehörte zu jenen Männern der vierziger Jahre (die es heute nicht mehr gibt), welche, obgleich sie sich selbst jede Freiheit in geschlechtlichen Dingen herausnahmen und daran nichts Tadelnswertes fanden, von der Frau eine ideale, himmlische Reinheit forderten. Diese himmlische Reinheit setzten sie bei jedem Mädchen ihres Kreises ohne weiteres voraus, und demgemäß verhielten sie sich auch zu ihnen. Diese Anschauung enthielt viel Falsches und auch Schädliches, was die Zügellosigkeit betrifft, die sich die Männer erlaubten; aber für die Frauenzimmer war, denke ich, diese Anschauung, die sich von der Anschauung der heutigen jungen Leute scharf unterschied, sehr günstig, indem man in einem jungen Mädchen nicht einfach einen Gegenstand der Lust erblickte, wie es heute üblich ist, sondern eine Göttin, was viel dazu beitrug, daß sich die Mädchen bemühten, solche Göttinnen auch mehr oder weniger zu werden. Einer solchen Anschauung in bezug auf die Frauen huldigte auch Kassatskij, und in diesem Lichte sah er seine Braut. Er war an diesem Tage besonders verliebt und empfand dabei nicht die geringste sinnliche Regung in ihrer Nähe, sondern schaute im Gegenteil voll Rührung auf sie wie auf etwas Unerreichbares.

Er erhob sich und stellte sich, die Hände auf den Säbel gestützt, in seiner vollen Größe vor ihr auf.

„Ich habe jetzt erst erfahren, wie glücklich ein Mensch sein kann. Und wer mir dieses Glück geschenkt hat, das sind Sie … das bist du,“ sagte er schüchtern lächelnd.

Er befand sich gerade in dem Stadium, wo das „Du“ noch nicht zur Gewohnheit geworden ist, und ihm, der moralisch zu ihr emporblickte, war es schrecklich, zu diesem Engel „Du“ zu sagen.

„Ich habe mich, dank … dir, selbst wiedergefunden und erkannt, daß ich besser bin als ich dachte.“

„Ich wußte dies längst. Darum auch habe ich Sie liebgewonnen.“

In der Nähe fing eine Nachtigall zu schlagen an, das junge Laub begann unter einem sanften Windstoß zu säuseln.

Er nahm ihre Hand und küßte sie, und Tränen stiegen ihm in die Augen. Sie begriff, daß er ihr dafür dankte, daß sie ihm gesagt hatte, sie liebe ihn. Er machte ein paar Schritte, schwieg, ging dann zu ihr und setzte sich.

„Sie wissen … du weißt … na, einerlei. Ich habe mich dir nicht in uneigennütziger Weise genähert. Ich wollte durch dich mit der Gesellschaft in Verbindung kommen. Aber nun …! Wie nichtig ist mir, seitdem ich dich kennengelernt habe, dies alles; wie nichtig im Vergleich mit dir! Bist du mir böse?“

Sie erwiderte nichts und berührte nur seine Hand mit der ihrigen.

Er verstand, daß dies bedeuten sollte: nein, ich bin dir nicht böse.

„Du hast gesagt …“ – er brach ab, dieser Ton erschien ihm zu keck – „du sagtest, daß du mich liebgewonnen … und ich glaube dir, und dennoch ist mir, als ob irgend etwas dich beunruhige oder störe. Was ist es nur?“

‚Jetzt oder nie', dachte sie; ‚er würde es früher oder später doch erfahren. Jetzt geht er mir nicht mehr fort. Ach, wenn er mir fortginge! Es wäre schrecklich.'

Sie warf einen liebevollen Blick auf seine hohe, edle, mächtige Gestalt. Sie liebte ihn jetzt mehr als Nikolaj, und wenn jener nicht eben der Kaiser gewesen wäre, sie hätte diesen gegen jenen nicht in den Kauf gegeben.

„Hören Sie, ich kann nicht lügen. Ich muß alles sagen. Sie fragen, was es sei: nun, es ist das, daß ich schon einmal geliebt habe." Sie legte mit einer flehenden Gebärde ihre Hand auf die seinige.

Er schwieg.

„Sie wollen wissen, wen? Ja, Ihn den Kaiser."

„Wir lieben ihn ja alle. Ich stelle mir vor, Sie, als Sie im Institut waren ..."

„Nein, es war später. Es war eine Leidenschaft: aber sie verging. Und doch muß ich Ihnen sagen ..."

„Ei, was denn noch?"

„Nein, es war – – –"

Sie bedeckte mit den Händen das Gesicht.

„Wie? Sie haben sich ihm hingegeben?"

Sie schwieg.

„... waren seine Mätresse?"

Sie schwieg.

Er sprang auf, und mit zuckenden Lippen, leichenfahl im Gesichte, stand er vor ihr. Jetzt erinnerte er sich, daß ihm Nikolas Pawlowitsch, als er ihm neulich auf dem Newskij-Prospekt begegnet war, so außerordentlich freundlich gratuliert hatte.

„Mein Gott! Was habe ich getan! Stiwa!"

„Rühren Sie mich nicht an! Rühren Sie mich nicht an! Oh, wie weh ist mir!"

Er wandte sich und schritt auf das Landhaus zu.

Dort begegnete er der Mutter.

„Was ist geschehen? Fürst! Ich ..."

Sie blickte ihm ins Gesicht und verstummte. Das Blut stieg ihm plötzlich in das Gesicht.

„Sie wußten es, und wollten Ihre Schande mit meinem Namen decken. Wenn Sie nicht eine Frau wären ... !" schrie er und erhob seine mächtige Faust. Dann drehte er sich um und lief fort.

Wenn der Liebhaber seiner Braut irgendein gewöhnlicher Sterblicher gewesen wäre, hätte er ihn jetzt umgebracht; so aber war es der abgöttisch geliebte Kaiser.

Am andern Tage reichte er seinen Abschied ein, ließ sich krank melden, um niemanden sehen zu müssen, und fuhr aufs Dorf.

Dort verbrachte er mit der Ordnung seiner Angelegenheiten den Sommer.

Als der Sommer zu Ende war, kehrte er nicht nach Petersburg zurück, sondern reiste nach einem entfernten Kloster und trat dort als Mönch ein.

Die Mutter schrieb ihm einen Brief, worin sie ihm von einem solch entscheidenden Schritte abriet. Er antwortete ihr, Gottes Geheiß sei höher zu achten als alle sonstigen Erwägungen, und er fühle sich von Gott berufen. Die Schwester, die ebenso stolz und ehrgeizig war, wie der Bruder, verstand ihn. Sie begriff, daß er Mönch wurde, um sich über diejenigen zu erheben, die ihm hatten zeigen wollen, daß sie höher ständen als er.

Und sie hatte ihn erraten. Indem er Mönch wurde, zeigte er, daß er alles das verachtete, was den andern so wichtig schien und was ihm selbst, als er noch gedient hatte, wichtig geschienen. Dafür drang er jetzt zu einer Höhe vor, von welcher aus er auf diejenigen hinabschauen konnte, die er früher beneidet hatte. Aber nicht nur dieses eine Gefühl leitete ihn – wie seine Schwester Warenjka meinte –; es lebte in ihm noch ein anderes, ein wahrhaft religiöses Gefühl, das Warenjka nicht kannte, und das mit dem des Stolzes und des Ehrgeizes verflochten war. Die Enttäuschung, die ihm Mary, seine anscheinend so engelreine Braut, bereitet hatte, zusammen mit der Beleidigung, die ihm widerfahren war, wirkten so stark auf ihn ein, daß ihn die Verzweiflung übermannte, und die Verzweiflung führte ihn zu Gott, zu seinem Kinderglauben zurück, der in seinem Herzen unversehrt geblieben war.

III. I

Am Tage Maria Schutz und Fürbitte trat Kassatskij in das Kloster ein.

Der Abt des Klosters war ein Adliger, ein gelehrter Schriftsteller und Starez, und gehörte zu einer Mönchsgemeinschaft, die ihre Traditionen aus der Wallachei herleitete und deren Grundsatz bedingungslose Unterwerfung unter einen erwählten Führer und Lehrer war. Der Abt war ein Schüler des bekannten Starez Ambrosius, der ein Schüler des Makarius war, welcher hinwiederum Schüler des Starez Leonidas, eines Schülers des Païsius Welitschkowskis, war. Diesem Abte, den er als seinen Führer erkoren hatte, unterwarf sich Kassatskij.

Zu dem Gefühle der Überlegenheit über alle andern, das Kassatskij auch hier im Kloster empfand, gesellte sich, wie bei allen Dingen, mit denen er sich beschäftigte, auch im Kloster die Freude am Erreichen der höchsten äußeren und inneren Vollkommenheit. Wie er im Regimente nicht nur ein tadelloser Offizier gewesen war, sondern ein Offizier, der mehr leistete, als man verlangte, und der so den Rahmen der Vollkommenheit erweiterte, so bemühte er sich auch als Mönch, ganz vollkommen zu sein: immer arbeitend, enthaltsam, bescheiden, sanftmütig, rein, nicht nur in Handlungen, sondern auch in Gedanken, und gehorsam.

Besonders die letztere Tugend oder Vollkommenheit erleichterte ihm das Leben. Wenn manche Anforderungen des mönchischen Lebens in dem vielbesuchten Kloster ihm nicht gefielen und ihn mißmutig machen wollten, so hob ihn sein Gehorsam darüber hinweg, indem er sich sagte: es ist nicht meine Sache, darüber zu urteilen: meine Sache ist es, zu gehorchen, handle es sich nun um die Bewachung der Reliquien, um das Singen auf dem Chor oder um die Rechnungsführung im Hospiz. Durch denselben blinden Gehorsam dem Starez gegenüber wurde jeglicher Zweifel schon im Keime erstickt. Hätte er diesen Gehorsam nicht gehabt, so würde er sich durch mancherlei Dinge belästigt gefühlt haben: durch die Langwierigkeit und Eintönigkeit der gottesdienstlichen Handlungen, durch das unruhvolle Treiben der Besucher, durch die schlechten Gewohnheiten der Ordensbrüder. Jetzt aber wurde dies alles freudig ertragen, ja es bildete einen Trost und eine Stütze im Leben. „Ich weiß nicht, warum man einige Male im Tage dieselben Gebete anhören muß, aber ich weiß, daß es nötig ist. Und da ich weiß, daß dies nötig ist, so finde ich meine Freude dran." Der Starez hatte ihm gesagt: wie es nötig sei, leibliche Nahrung zur Erhaltung des Leibes zu sich zu nehmen, ebenso sei es nötig, geistige Nahrung – die kirchlichen Gebete – zur Erhaltung des geistigen Lebens sich zuzuführen.

Er glaubte daran, und in der Tat, der Gottesdienst, zu dem er sich oftmals nur mit Mühe am Morgen aufraffte, gewährte ihm ganz gewiß Beruhigung und Freude. Freude gab das Bewußtsein der Demut und der Fehllosigkeit aller Verrichtungen, die der Starez anordnete. Indes bestand das Interesse des Lebens nicht nur in der fortgesetzten Unterjochung des Willens und in der Erlangung einer immer größeren Demut, sondern auch in der Erlangung aller christlichen Tugenden, die ihm in der ersten Zeit als leicht erreichbar erschienen waren. Sein ganzes Besitztum hatte er seiner Schwester gegeben, und es tat ihm nicht leid darum. Trägheit kannte er nicht.

Die Demut gegen diejenigen, die unter ihm standen, fiel ihm nicht nur leicht, sondern verschaffte ihm Freude. Sogar über die Sünde der Unkeuschheit, Habsucht und Unzucht war er Herr geworden. Der Starez hatte ihn besonders vor dieser Sünde gewarnt, und Kassatskij freute sich, daß er von ihr frei war.

Aber ihn quälte die Erinnerung an seine Braut. Und nicht nur die Erinnerung an sie, sondern auch die lebhafte Vorstellung, was wohl geschehen wäre, wenn er sie geheiratet hätte, quälte ihn. Unwillkürlich mußte er an eine bekannte Favoritin des Kaisers denken, die später geheiratet hatte und eine ausgezeichnete Frau und Familienmutter geworden war. Ihr Mann hatte einen bedeutenden Posten inne, sein Einfluß war so groß wie sein Ansehen, und er besaß eine gute, reuige Gattin.

In seinen guten Augenblicken regten ihn diese Gedanken nicht auf, und wenn er sich in dieser guten Stimmung des Gewesenen erinnerte, dann freute er sich, daß er der Versuchung nicht erlegen war. Aber es kamen auch andere Zeiten, wo dann alles das, worauf er sein Leben gebaut hatte, sich plötzlich in einem trüben Lichte zeigte; und obwohl er nicht aufhörte, an die Wahrheit dessen, was ihm nun Stab und Stütze war, zu glauben, so vermochte er doch auch wieder nicht, den Sinn seines jetzigen Lebens klar vor Augen zu sehen, ihn in sich zu erwecken; und die Gedanken an jenes Leben, das auch möglich gewesen wäre, erfaßten ihn, ja er empfand dann, so schrecklich es zu sagen ist, Reue über seine Bekehrung.

Rettung vor solchen Anfechtungen konnte nur der Gehorsam bringen: strenge Arbeit, ein in Gebeten verbrachter Tag. Er betete wie gewöhnlich, beugte sich bis zur Erde nieder und betete sogar mehr als sonst; aber er betete nur mit der Zunge, das Herz war nicht dabei. Und dies dauerte einen Tag, mitunter zwei Tage, und hernach verging alles wieder von selbst. Aber diese ein bis zwei Tage waren schrecklich. Kassatskij fühlte, daß er sich selbst nicht mehr in der Gewalt habe, daß er auch nicht in Gottes Gewalt stand, sondern daß irgendeine fremde Macht ihn unterjochte. Und alles, was er in diesen Zeiten tun konnte und auch tat, war das, was der Starez ihm empfohlen hatte: er hielt an sich, nahm [sich] in solchen Zeiten nichts vor und verhielt sich abwartend. Überhaupt lebte Kassatskij in dieser ganzen Zeit nicht nach seinem eigenen Willen, sondern nach dem Willen des Starez, und fand in diesem Gehorsam eine besondere Beruhigung.

So verlebte Kassatskij in dem ersten Kloster, das ihn aufgenommen hatte, sieben Jahre. Am Ende des dritten Jahres fand seine Einkleidung statt und er bekam den Namen Sergius. Die Einkleidung war für Sergius ein wichtiges, inneres Erlebnis. Er hatte auch früher einen großen Trost empfunden und eine geistige Erhebung verspürt, wenn er zum Abendmahl gegangen war; jetzt aber, wo es sich zuweilen so traf, daß er selbst die Messe zelebrieren mußte, versetzte ihn die Opferzeremonie jedesmal in eine Art erdentrückten, seligen Zustand. Aber später stumpfte sich auch dieses Gefühl in ihm ab, und als es sich einst so fügte, daß er die Messe lesen mußte, während er sich gerade in einem jener schweren Gemütszustände befand, die ihn oft danieder drückten, fühlte er, daß auch diese Verzückung eines Tages vergehen werde. Und wirklich, dieses Gefühl wurde schwächer und schwächer und schließlich blieb nur die Gewohnheit übrig.

Im siebenten Jahre wurde ihm das Leben im Kloster überhaupt langweilig. Alles, was zu lernen, was zu erreichen gewesen war, hatte er erreicht und es gab für ihn nun keine Aufgaben mehr. Dafür versank er aber immer mehr und mehr in einen Zustand der Schläfrigkeit. In dieser Zeit erhielt er die Kunde von dem Tode seiner Mutter und von der Verheiratung seiner ehemaligen Braut Mary. Beide Nachrichten nahm er gleichgültig auf. Seine ganze Aufmerksamkeit, all seine Interessen waren auf sein Innenleben gerichtet.

Im vierten Jahre seines Priestermönchtums zeigte sich ihm der Bischof besonders wohlgesinnt, und der Starez sagte ihm, er dürfe, falls ihm eine höhere, geistliche Würde angeboten werden sollte, nicht nein sagen. Da wurde in seiner Seele der mönchische Ehrgeiz, derselbe mönchische Ehrgeiz, den er bei den andern so widerwärtig fand, lebendig. Ein Ruf auf einen höheren Posten erging an ihn. Er wollte ablehnen; aber der Starez befahl ihm, die Würde anzunehmen. Er nahm sie an, verabschiedete sich von dem Starez und bezog das andere Kloster, das sich in der Nähe der Residenz befand.

Dieser Übergang in das Residenzkloster war ein wichtiges Ereignis in seinem Leben. Versuchungen der verschiedensten Art lauerten hier auf ihn, und Sergius mußte all seine Kräfte aufbieten, um ihnen zu begegnen.

Im früheren Kloster hatte ihn die Versuchung durch das Weib wenig gequält; doch hier erhob sich diese Verführung mit einer schrecklichen Macht und ging so weit, daß sie sogar ganz bestimmte Formen annahm. Es war da eine durch ihre schlimme Aufführung übel beleumundete Dame, die nun anfing, sich durch allerlei Dienstleistungen bei Sergius in Gunst zu setzen. Sie sprach ihn an und bat ihn, sie zu besuchen. Sergius wies sie strenge zurück, aber er erschrak ob der Bestimmtheit, mit der sein Wunsch auftrat. Er erschrak so sehr, daß er dem Starez darüber schrieb. Aber nicht genug daran, rief er, um sich alle Möglichkeit zur Sünde abzuschneiden, seinen jungen Novizen zu sich, gestand ihm, seine Scham bezwingend, seine Schwäche und trug ihm auf, ihn zu überwachen und ihn nirgends hingehen zu lassen, als zu den priesterlichen und klösterlichen Dienstleistungen.

Eine große Gefahr für Sergius bestand auch darin, daß ihm der Abt dieses Klosters, ein weltlich gesinnter, vielgewandter Mann, der eine geistliche Karriere machte, im höchsten Grade antipathisch war. Wie sehr sich Vater Sergius auch zu bezwingen suchte, er konnte diese Antipathie nicht überwinden. Er zwang sich zur Demut; aber in der Tiefe seines Herzens hörte er nicht auf, ihn zu tadeln. Und einmal kam dieses unterdrückte Gefühl auch zum Durchbruch.

Es war im zweiten Jahre seines Aufenthaltes in dem neuen Kloster. Und da ereignete sich folgendes: Zu Maria Schutz und Fürbitte fand die Abendmesse in der großen Kirche statt. Eine Menge Volkes war herbeigeströmt. Den Gottesdienst hielt der Abt diesmal selbst. Vater Sergius stand auf seinem gewöhnlichen Platze und betete, das heißt er befand sich in einem Zustand des inneren Aufruhrs und Kampfes wie immer zur Zeit des Gottesdienstes und besonders, wenn der Gottesdienst in der großen Kirche stattfand und nicht er selbst ihn verrichtete. Dieser innere Kampf rührte davon her, daß die Besucher, die Herren und besonders die Damen, seinen Seelenfrieden störten. Er bemühte sich, nicht hinzusehen und das alles nicht zu bemerken, was um ihn herum vorging, nicht zu sehen, wie jener Soldat, das Volk auseinanderdrängend, für hohe Herrschaften Platz machte, wie die Damen einander die Mönche zeigten, ja oft direkt auf ihn und einen andern wegen seiner Schönheit bekannten Mönch wiesen. Er bemühte sich, seiner Aufmerksamkeit gleichsam Scheuklappen anzulegen und nichts zu sehen außer dem Lichterglanz beim Altar und dem Chor der Geistlichen, die um den Altar beschäftigt waren, nichts zu hören außer dem gesprochenen und gesungenen Wort und in das Gefühl der Selbstvergessenheit zu versinken, das er immer empfand, wenn er die so viele Male vernommenen Gebete hörte und wiederholte.

So stand er da, beugte sich tief hinab, bekreuzte sich zur gehörigen Zeit und kämpfte mit sich, tadelte im Herzen sich und die andern und überwand dieses Gefühl wieder, indem er sich mit vollem Bewußtsein in den Zustand des Erstarrens aller Gedanken und Gefühle versetzte, als der Sakristan, Vater Nikodemus – auch ein Stein des Anstoßes für ihn, da er ihn der Liebedienerei gegen den Abt bezichtigen mußte – zu ihm trat und ihn mit einer tiefen Verbeugung einlud, zum Abte zu kommen. Vater Sergius zog seinen Ordensmantel zurecht, setzte die hohe Mönchskappe aufs Haupt und schritt vorsichtig durch die Menge.

„Lise, regardez à droite, c'est lui" – hörte er eine Frauenstimme sagen.

„Où, où? Il n'est pas tellement beau !"

Er wußte, daß man von ihm sprach. Er hörte das Gespräch und wiederholte wie immer in Minuten der Versuchung die Worte: „und führe uns nicht in Versuchung."

Er schlug die Augen nieder, ging an der Empore vorbei, umschritt mit den Vorsängern den Hochaltar und trat durch die nördliche Tür in die Sakristei. Beim Eintritt verneigte und bekreuzte er sich vor dem Heiligenbilde, erhob dann den Kopf und schaute den Abt an, der neben einer andern glänzenden Gestalt stand, gegen die er sich nicht wandte und die er nur mit einem flüchtigen Blicke gestreift hatte.

Der Abt stand in seinem Ornat an der Wand, streckte seine kurzen, feisten Händchen aus dem Priestergewand über dem dicken Bauche hervor, strich lächelnd die Borten an seiner Stola glatt und sprach mit einem Offizier in Generalsuniform mit Namenszug und Achselschnüren, dessen Rangstufe Vater Sergius dank seinem militärisch geschulten Blick sofort erkannte. Dieser General war der ehemalige Kommandant des Regiments, in dem Vater Sergius gedient hatte. Jetzt bekleidete er augenscheinlich einen wichtigen Posten, und Vater Sergius merkte sofort, daß der Abt dies wußte, seine Freude daran hatte, und daß sein rotes, dickes Gesicht mit der Glatze aus diesem Grunde so heiter strahlte. Diese Wahrnehmung verletzte und betrübte ihn, und seine Verstimmung wuchs, als er aus dem Munde des Abtes erfuhr, daß man ihn nur deswegen hatte rufen lassen, damit die Neugierde des Generals befriedigt würde, der seinen ehemaligen Dienstkameraden, wie er sich ausdrückte, hatte wiedersehen wollen.

„Sehr angenehm, Sie in Engelsgestalt wiedergesehen zu haben," sagte der General, indem er ihm die Hand entgegenstreckte, – „ich hoffe, Sie haben einen ehemaligen Kriegskameraden nicht ganz vergessen."

Alles: das Gesicht des Abtes unter den grauen Haaren, dieses rote, den Worten des Generals gleichsam Beifall lächelnde Gesicht; und das blanke Gesicht des Generals mit dem selbstzufriedenen Lächeln; und der Weingeruch aus dem Munde des Generals; und der Zigarrenduft aus seinem Backenbart – alles dies brachte Sergius auf und erbitterte ihn. Er verneigte sich nochmals vor dem Abte und sprach:

„Euer Ehrwürden beliebten mich rufen zu lassen." Und er blieb stehen und der ganze Ausdruck seines Gesichtes und seiner Augen schien fragen zu wollen: weswegen?

Der Abt sagte:

„Der General wollte dich sehen."

„Euer Ehrwürden, ich habe mich von der Welt zurückgezogen, um mich vor ihren Versuchungen zu retten," sagte er, blaß vor Aufregung und mit zitternden Lippen. „Warum setzen Sie mich ihnen hier aus, während des Gebetes und im Tempel Gottes?"

„Geh, geh!" sagte der Abt in aufloderndem Zorn und zog die Augenbrauen zusammen.

Tags darauf bat Sergius den Abt und die Ordensbrüder um Verzeihung, aber er hatte sich in der vorhergehenden, in Gebeten verbrachten Nacht entschlossen, dieses Kloster zu verlassen. Er schrieb dem Starez und flehte ihn an, zu ihm in das Kloster zurückkehren zu dürfen. Er klagte sich der Schwäche an, schrieb, er allein, ohne den Beistand des Starez, sei der Verführung, die ihn von allen Seiten umgarne, nicht gewachsen, und er bekannte auch reuig seine Sünde des Stolzes. Schon mit der nächsten Post kam ein Brief des Starez, worin jener ihm schrieb, sein Stolz trage an alledem schuld. Der Starez erklärte ihm, sein Zornesausbruch sei dadurch entstanden, daß er die höheren geistlichen Würden nicht aus Demut, sondern aus Hoffart abgelehnt habe, gleichsam, als wolle er zu verstehen geben: so bin ich, und ich brauche nichts. Und weil er so stolz sei, habe er auch die Handlungsweise des Abtes nicht demütig ertragen können. Es sei, als ob er hätte sagen wollen: „Ich habe zur Ehre Gottes auf alles verzichtet, und ihr zeigt mich wie ein Wundertier." Des weiteren schrieb ihm der Starez: „Wenn du um Gottes willen auf allen irdischen Ruhm verzichtet hättest, so würdest du auch dies ertragen haben. Noch ist in dir nicht aller weltliche Stolz erloschen. Ich habe über dich nachgedacht, mein Sohn, und für dich gebetet, und Gott hat mir diesen Weg für dich gezeigt: In der Einsiedelei zu Tambino starb jüngst nach einem heilig verbrachten Leben der Einsiedler Hillarion. Er hatte dort achtzehn Jahre verlebt. Der Abt zu Tambino fragte an, ob es einen Bruder gebe, der dort leben wolle. Da kam dein Brief. Verfüge dich zum Vater Païsius im Kloster zu Tambino und bitte ihn, er möge dir erlauben, die Zelle des Hillarion zu beziehen. Es ist nicht so gemeint, als ob du Hillarion ersetzen könntest; aber Einsamkeit tut dir not, auf daß du deinen Hochmut bezwingest. Gott segne dich." Sergius gehorchte dem Starez, zeigte den Brief, den er von diesem bekommen hatte, dem Abte und reiste, nachdem er dessen Einwilligung erhalten und seine Zelle wie auch seine Habseligkeiten dem Kloster übergeben hatte, nach der Einsiedelei zu Tambino ab.

In der Einsiedelei zu Tambino nahm ihn der Klostervorsteher, ein ausgezeichneter Wirtschafter, der aus einer Kaufmannsfamilie stammte, einfach und ruhig auf, brachte ihn in der Zelle Hillarions unter, gab ihm anfangs einen dienenden Bruder bei und ließ ihn später ganz allein, da Sergius es so gewünscht hatte. Die Zelle war in eine Höhle eingebaut, in der auch Hillarion begraben lag. Das Grab Hillarions befand sich in einer Hinteren Grotte und nebenan war eine Nische mit einer Strohmatratze, einem Tischchen und einem Gestell mit Heiligenbildern und Büchern. An der äußeren Tür, die man verschließen konnte, war ein Brett angebracht, auf das ein Mönch aus dem Kloster einmal im Tage die Speisen niederstellte.

Und Vater Sergius ward Einsiedler.

IV. I

Im sechsten Jahre des Einsiedlerlebens des Vater Sergius sammelte sich um die Karnevalszeit eine lustige Gesellschaft von Damen und Herren, lauter reichen Leuten aus der benachbarten Stadt, um nach einem Imbiß, der aus Pfannkuchen und Wein bestanden hatte, eine Schlittenfahrt zu machen. Die Gesellschaft bestand aus zwei Advokaten, einem reichen Gutsbesitzer, einem Offizier und vier Damen. Die eine war die Gattin des Offiziers, die zweite die des Gutsbesitzers, die dritte ein Fräulein, die Schwester des Gutsbesitzers, und die vierte eine geschiedene Frau, eine sehr hübsche, sehr reiche und sehr exzentrische Dame, die es liebte, durch ihre Einfälle die ganze Stadt in Verwunderung und Aufregung zu versetzen. Das Wetter war herrlich, der Weg eben und glatt. Nachdem man etwa zehn Werst zurückgelegt hatte, blieb man stehen und beratschlagte, wohin es nun gehen solle: zurück oder weiter.

„Und wohin führt denn dieser Weg?“ fragte die Makowkina, die hübsche, geschiedene Frau. „Nach Tambino, zwölf Werst von hier,“ sagte der Advokat, der der Makowkina den Hof machte.

„Nun, und dann?“

„Dann kommt man, am Kloster vorbei, nach L.“

„An dem Kloster, wo der Vater Sergius lebt?“

„Ja.“

„Der Kassatskij? Dieser Prachtmensch von einem Einsiedler?“

„Ja.“

„*Mes dames*! Meine Herren! Fahren wir zu Kassatskij. In Tambino halten wir dann Rast und nehmen einen kleinen Imbiß.“

„Das wäre ganz schön, aber wir würden heute nicht mehr nach Hause kommen.“

„Macht nichts. Wir übernachten bei Kassatskij.“

„Und schließlich ist ja das Kloster-Hospiz, das auch nicht zu verachten ist, in der Nähe. Ich war dort, als ich Machin verteidigte."

„Nein, wir übernachten einfach bei Kassatskij."

„Na, das ist sogar bei Ihrer Allmacht unmöglich."

„Unmöglich? Wetten wir?"

„Topp. Um was Sie wollen, wenn Sie bei ihm übernachten."

„A discrétion ?"

„Von Ihrer Seite aber auch."

„Also los, fahren wir hin."

Die Kutscher bekamen Branntwein, man zog einen Korb mit Wein, Kuchen, Konfekt hervor, tat sich an den Leckerbissen gütlich. Die Damen hüllten sich in ihre weißen Pelzmäntel. Die Kutscher stritten erst eine Zeitlang, wer vorausfahren solle. Ein junger Kerl warf sich keck zurück, ließ die lange Peitsche knallen, rief den Pferden zu und fuhr den andern voraus. Alle Schlitten setzten sich unter dem leise girrenden Geräusch der Schellen in Bewegung und die Schlittenkufen knirschten durch den Schnee.

Die Schlitten glitten sanft schaukelnd dahin. Das Nebenpferd mit seinem in einen Knoten gebundenen Schweif, in seiner prächtigen Aufzäumung, galoppierte gleichmäßig und munter neben den andern dahin, der ebene Weg flog unter den Kufen zurück, der Kutscher handhabte flink die Zügel, der Advokat und der Offizier, die der Makowkina gegenübersaßen, schwadronierten, und sie selbst saß, fest in ihren Pelz eingewickelt, unbeweglich da und dachte: „Immer ein und dasselbe, und immer ein und dieselben faden, roten, lackierten Gesichter, derselbe Geruch von Wein und Zigarren, dieselben Gespräche, dieselben Gedanken, und immer dreht sich alles um dieselbe eklige Sache. Und alle sind sie zufrieden und vollkommen überzeugt, daß das das Rechte ist, und können in derselben Weise fortleben bis zum Tode. Ich kann nicht mehr. Mir ist das langweilig. Mich gelüstet's nach etwas anderm, das alles das umstürzt und zerstört. Wenigstens etwas, wie's die in Saratow gefunden haben: die sind weggefahren und alle miteinander erfroren. Wär' doch lustig zuzuschauen, wie's die unsrigen machten, wie sie sich da aufführen würden. Sicherlich gemein. Und auch ich würde mich gemein aufführen. Aber ich bin doch wenigstens schön. Das wissen die auch sehr gut ... Und dieser Mönch? Sollte der das nicht verstehen? Das kann nicht sein. Verstehen es doch alle; einzig das.

Wie im Herbst mit diesem Kadetten. Was war das doch für ein Narr."

„Iwan Nikolajewitsch," sagte sie.

„Was beliebt?"

„Wie alt kann er ungefähr sein?"

„Wer denn?"

„Nun, Kassatskij."

„Der dürfte etwa über die Vierzig sein."

„Empfängt er alle?"

„Alle, aber nicht immer."

„Bedecken Sie mir die Füße. Nicht so. Wie ungeschickt. So ist's recht. Noch ein bißchen. So. Aber die Füße darf man mir nicht drücken."

So langten sie im Walde vor der Klause an.

Sie stieg ab und befahl den andern, fortzufahren. Man redete ihr zu, den Plan fallen zu lassen, aber sie wurde böse und befahl ihnen, abzufahren. Die Schlitten fuhren davon, sie hüllte sich fester in ihren weißen Pelzmantel und schritt den schmalen Fußweg zur Klause entlang. Der Advokat, der mit ihr abgestiegen war, hatte sich davon überzeugt, daß sie wirklich hingegangen war.

V. I

Vater Sergius verlebte nun schon das sechste Jahr in der Einsiedelei. Er war neunundvierzig Jahre alt. Das Leben, das er führte, war schwer. Aber nicht infolge des Fastens und Betens, worin er keine Plage mehr fand, sondern infolge eines inneren Kampfes, den er in solcher Heftigkeit nicht erwartet hatte. Zwei Dinge entfachten diesen Kampf: der Zweifel und die Fleischeslust, und beide Feinde erhoben sich immer zu gleicher Zeit wider ihn. Es schien ihm, als ob dies zwei verschiedene Feinde wären, während es doch nur einer war. Sobald er den Zweifel überwunden hatte, war auch die Fleischeslust verschwunden. Aber er meinte, zwei Teufel quälten ihn, und er bekämpfte jeden gesondert.

„Mein Gott, mein Gott," dachte er, „warum läßt du mich nicht an dich glauben. Ja, die Sünde des Fleisches! – Aber ihr waren Heilige ausgesetzt, Antonius und andere. Doch diese hatten den Glauben. Aber ich habe Minuten, ja Stunden und Tage, wo er mir verloren ist. Wozu ist diese ganze Welt und ihr lockender Reiz, wenn sie sündhaft ist und man ihr entsagen muß? Wozu hast du die Versuchung in die Welt gebracht? Versuchung? Oder ist es nicht auch eine Versuchung, daß ich den Freuden der Welt entsagen soll und mir dort etwas bereite, wo vielleicht nichts ist?" sagte er zu sich selbst und erschrak. Ekel und Abscheu vor sich selbst erfüllten ihn. „Elendes Reptil! Du willst ein Heiliger sein?" schalt er sich selbst. Und er kniete zum Gebete nieder. Aber kaum hatte er begonnen zu beten, da zogen mancherlei Erinnerungen ihm durch den Sinn, und er sah sich selber vor Augen, wie er im Kloster ausgesehen hatte: in der hohen Mönchskapuze, im Priestergewand, – majestätisch anzuschauen. Und er schüttelte den Kopf. „Nein, das darf nicht sein. Das ist Betrug. Ich kann wohl andere betrügen, aber nicht mich, und nicht Gott. Ich bin kein erhabener Mensch, ich bin ein erbärmlicher, ein lächerlicher Mensch." Und er schlug die Schöße seiner Mönchskutte zurück und beschaute seine kläglichen Beine in den Unterhosen, und mußte lächeln.

Dann ließ er die Schöße fallen, fing an im Gebetbuch zu lesen, sich zu bekreuzen und zur Erde zu neigen. „Wird dieses Lager mein Grab sein?" las er. Und es war ihm, als ob ein Satan ihm ins Ohr raunte: „Ein einsames Lager ist auch ein Grab. Eine Lüge." Und er sah die Schultern jener Witwe vor sich, die seine Mätresse gewesen war. Er schüttelte sich, um diese Vorstellung loszuwerden und fuhr fort zu lesen. Nachdem er die Erbauungsvorschriften durchgelesen hatte, nahm er das Evangelium zur Hand, schlug es auf und traf auf die Stelle, die er oft wiederholt hatte und auswendig wußte: „Ich glaube, o Herr, hilf meinem Unglauben." Und er beseitigte entschlossen alle seine Zweifel. Wie man einen Gegenstand, der kein rechtes Gleichgewicht hat, vorsichtig hinstellt, damit er nicht umfalle, so stellte er seinen Glauben auf ein schwankendes Bein und trat behutsam zurück, um nicht anzustoßen und den Glauben nicht umzuwerfen. Die Scheuklappen waren wieder vorgebunden, und er beruhigte sich. Er wiederholte sein Kindergebet: „Vater, nimm, o nimm mich hin." Es wurde ihm leicht und wohlig zumute. Er bekreuzte sich, streckte sich auf seiner schmalen Schlafbank aus, bettete sein Haupt auf ein zusammengerolltes Mönchsgewand, das er im Sommer zu tragen pflegte, und schlummerte ein.

In seinem leichten Schlummer war es ihm, als ob er Schellengeklingel höre, und er wußte nicht, ob es Wirklichkeit war oder Traum. Ein Pochen an seiner Tür weckte ihn vollends. Noch immer traute er seinen Ohren nicht. Aber das Klopfen wiederholte sich. Ja, es pochte jemand an seine Tür und eine Frauenstimme ließ sich vernehmen.

„O Gott, ist es denn möglich, was ich in den Lebensbeschreibungen der Heiligen gelesen habe, daß der Teufel oft die Gestalt eines Weibes annimmt? Ja, das ist die Stimme einer Frau. Und eine zarte, schüchterne, liebe Stimme. – Pfui!“ Er spuckte aus. „Nein, ich habe mich getäuscht,“ sagte er und begab sich in den Winkel, wo ein Gebetpult stand, ließ sich auf die Knie nieder, in der altgewohnten, regelrechten Weise, die ihm allein schon Trost und Freude gewährte. Er beugte sich tief zur Erde, die Haare fielen ihm in das Gesicht, und er berührte mit seiner Stirn, an der sich die Haare bereits zu lichten begannen, den feuchten, kalten Fußboden. Ein kalter Luftzug blies am Boden hin.

Er las einen Psalm, der, wie ihm der Vater Pimen gesagt hatte, einen Schutz gegen die Versuchung gewährte. Dann richtete er seinen abgemagerten, leichten Körper auf den kräftigen, nervigen Beinen in die Höhe und wollte seine Lektüre wieder aufnehmen, aber er las nicht weiter, sondern strengte unwillkürlich sein Gehör an, um die Laute zu unterscheiden, die von außen her vernehmbar wurden. Aber er hörte nichts. Nur ein Geräusch von Wassertropfen war zu vernehmen, die vom Dache herab in einen Zuber fielen, den man in den Winkel gestellt hatte. Draußen war es dunkel, und der Nebel zehrte am Schnee. Alles blieb still, still. Und plötzlich rauschte es wieder am Fenster, und ganz deutlich sprach eine Stimme, dieselbe zarte, schüchterne Stimme, eine Stimme, die nur einem anziehenden Frauenzimmer gehören konnte:

„Öffnen Sie um Christi willen.“

Ihm war, als ob ihm alles Blut zum Herzen ströme und dort ins Stocken gerate. Er konnte nicht atmen.

„Und der Herr wird auferstehen und die Feinde zerstreuen,“ betete er.

„Ich bin kein Teufel“ – deutlich war zu hören, daß die Lippen lächelten, die die Worte sprachen – „ich bin kein Teufel, ich bin nur ein sündig Frauenzimmer, bin vom Wege abgekommen – und das ist ganz wörtlich zu verstehen (sie fing an zu lachen), bin vor Kälte halb erstarrt und bitte um ein Obdach."

Er legte sein Gesicht an die Fensterscheibe. Das Licht des Lämpchens spiegelte sich darin, so daß er nichts sehen konnte. Er legte die flachen Hände zu beiden Seiten des Gesichtes an und schaute hinaus. Draußen war Nebel, Finsternis, ein Baum, und da, ein wenig rechts, stand sie. Ja, sie, ein Frauenzimmer, in einem weißen Pelz, in einer Mütze, mit einem lieben, lieben, guten, erschrockenen Gesicht, – ganz nahe. Sie beugte sich vor. Seine und ihre Augen begegneten sich und sie erkannten einander. Nicht, als ob sie einander jemals gesehen hätten; aber in dem Blicke, den sie miteinander tauschten, fühlten sie (und besonders er), daß sie einander bekannt waren und einander verstanden. Nach diesem Blick war kein Zweifel mehr möglich: nein, das war kein einfaches, gutes, liebes, schüchternes Frauenzimmer, – das war der Teufel.

„Wer sind Sie? Was wollen Sie?" fragte er.

„Aber so öffnen Sie doch," sagte sie in einem kapriziösen Ton, der verriet, daß sie sich ihrer Macht bewußt war. „Ich bin vor Kälte schon ganz erstarrt. Ich habe mich im Walde verirrt."

„Aber ich bin doch ein Mönch, ein Einsiedler."

„Nun, öffnen Sie trotzdem. Oder ist es Ihnen lieber, wenn ich hier, unter Ihrem Fenster, erfriere, während Sie Ihre Gebete hermurmeln?"

„Aber wie sind Sie ...?"

„Ach, ich werde Sie nicht aufessen. Lassen Sie mich um Gottes willen hinein. Ich bin schon ganz erfroren."

Es war ihr nun doch selbst ein wenig bange geworden und sie sprach bereits mit weinerlicher Stimme.

Er entfernte sich vom Fenster, warf einen Blick auf das Heiligenbild Christi mit der Dornenkrone. „Herr, hilf mir, hilf mir," betete er, indem er sich bekreuzte und zur Erde neigte. Dann ging er durch den kleinen Flur zur Außentür. Hier tastete er nach dem Haken und wollte ihn zurückschlagen. Von der andern Seite her vernahm er Schritte. Sie ging vom Fenster zur Tür! „Aii!" schrie sie plötzlich auf. Er begriff, daß sie mit dem Fuße in die Pfütze geraten sein mußte, die sich vor der Tür gebildet hatte. Seine Hände zitterten und er vermochte durchaus nicht, den Haken zurückzuschlagen.

„Aber was ist denn das? So lassen Sie mich doch hinein! Ich bin ganz durchnäßt! Ich bin erfroren! Sie denken an die Rettung Ihrer

Seele, und ich bin erfroren."

Er zog die Tür an sich und stieß sie dann mit Gewalt auf, so daß er sie anstieß.

„Ach, verzeihen Sie," sagte er – er war unwillkürlich in seinen alten Gesellschaftston zurückgefallen. Sie lächelte, als sie dieses „verzeihen Sie" vernahm. „Er ist doch nicht so schrecklich," dachte sie.

„Nichts, nichts. Ich muß Sie um Verzeihung bitten," sagte sie, während sie an ihm vorbei in die Zelle hineinging. „Ich hätte mich um nichts in der Welt entschlossen, aber dieser besondere Fall ..."

„Bitte," sagte er und ließ sie vorausgehen. Ein starker Duft von feinem Parfüm, wie er ihn lange nicht mehr gerochen hatte, schlug ihm entgegen. Sie ging über den Flur in die Zelle hinein. Er schloß die äußere Tür, ohne den Haken einzulegen, ging durch den Flur und betrat das Zimmer.

„Herr Jesu Christ, Sohn Gottes, vergib mir armem Sünder, vergib mir armem Sünder," betete er in seinem Herzen, aber die Lippen bewegten sich unwillkürlich mit.

„Bitte," sagte er.

Sie stand mitten im Zimmer, das Wasser troff von ihren Kleidern, und sie betrachtete ihn. Ihre Augen lachten.

„Verzeihen Sie mir, daß ich Ihre Einsamkeit gestört habe. Aber Sie sehen selbst, in welcher Lage ich bin. Das ist so gekommen, daß wir außerhalb der Stadt eine Spazierfahrt machten und ich eine Wette einging, daß ich mich den Weg von Worobjowka nach der Stadt ganz allein zu gehen getraue. Da bin ich nun vom Wege abgekommen, und wenn ich jetzt nicht glücklicherweise auf Ihre Klause gestoßen wäre ..." log sie. Aber sie konnte nicht weitersprechen, sein Gesicht setzte sie in Verwirrung, und sie schwieg. Sie hatte sich ihn nicht so vorgestellt. Er war nicht so schön, wie sie gedacht hatte. Aber er war wunderbar in ihren Augen: mit seinem krausen, stellenweise ergrautem Kopf- und Barthaar, mit seiner regelmäßigen, schmalrückigen Nase und den wie Kohlen brennenden Augen, wenn er, wie jetzt, gerade vor sich hinschaute; und alles das frappierte sie aufs höchste.

Er sah, daß sie log.

„Ja, so –" sagte er, blickte sie an und sah wieder zu Boden. „Ich gehe dort hinein, und Sie machen es sich hier bequem."

Er nahm das Lämpchen von der Wand herunter, zündete eine Kerze an, verbeugte sich tief vor ihr und ging in ein Zimmerchen hinaus, das sich hinter dem Verschlag befand. Sie hörte, wie er etwas hin und her zu rücken begann.

„Er will sich vor mir abschließen," dachte sie und lächelte. Sie legte den weißen Pelz ab, begann die Mütze abzunehmen, die sich in ihrem Haar verfangen hatte, dann auch das gestrickte Tuch, das sie unter der Mütze trug.

Das Regenwasser unter der Traufe hatte sie lange nicht so durchnäßt, wie sie gesagt hatte. Es war dies nur ein Vorwand gewesen, damit er sie einließe. Aber in die Pfütze vor der Tür war sie wirklich getreten, der linke Fuß war bis zur Wade durchnäßt und der Schuh war voll Wasser. Sie setzte sich auf seine Pritsche nieder – es war nur ein einfaches, mit einem Teppich bedecktes Brett – und fing an, die Schuhe auszuziehen. Diese kleine Zelle kam ihr reizend vor. Die Kammer war etwa drei Meter breit und vier Meter lang. Das Zimmerchen war blitzblank. Eine Pritsche war darin, auf der sie saß, über der Pritsche war ein Gestell mit Büchern, in der Ecke stand ein kleines Pult. An der Tür waren Nägel. An den Nägeln hing ein Pelz und eine Kutte. Über dem Gebetpult hing ein Heiligenbild, Christus mit der Dornenkrone darstellend, darunter ein Lämpchen. Es roch ganz seltsam, nach Öl, Schweiß und Erde. Alles gefiel ihr ausnehmend, sogar dieser Geruch. Die nassen Füße, besonders der eine, beunruhigten sie. Rasch machte sie sich daran, die Schuhe auszuziehen, wobei sie unaufhörlich leise vor sich hinlachen mußte. Sie freute sich, und nicht nur deswegen, weil sie ihr Ziel erreicht hatte, sondern weil es ihr nicht entgangen war, daß sie ihn in Verwirrung gesetzt hatte – diesen reizenden, überraschenden, seltsamen, anziehenden Mann. „Na, er hat nicht geantwortet. Das ist noch lange kein Unglück," sagte sie sich.

„Vater Sergius! Vater Sergius! So nennt man Sie doch?"

Was wollen Sie?" antwortete eine leise Stimme. „Bitte, vergeben Sie mir, daß ich Ihre Einsamkeit gestört habe. Aber wirklich, ich konnte nicht anders. Ich wäre direkt krank geworden. Auch jetzt weiß ich noch nicht. Ich bin ganz und gar durchnäßt, die Füße sind wie Eis."

„Entschuldigen Sie," antwortete eine leise Stimme, „ich kann Ihnen mit nichts behilflich sein."

„Ich hätte Sie um keinen Preis beunruhigt. Ich bleibe nur bis Tagesanbruch."

Er antwortete nicht, und sie hörte ihn flüstern; er betete offenbar.

„Werden Sie jetzt nicht hereinkommen?" fragte sie lächelnd. „Ich muß mich nämlich entkleiden, damit ich trocken werde."

Er antwortete nicht und fuhr fort, hinter der Wand mit eintöniger Stimme Gebete zu murmeln.

„Ja, das ist einmal ein Mensch!" dachte sie, während sie den nassen Schuh mit vieler Mühe herunterzog. Und während sie sich dergestalt abmühte, kam ihr die Situation so komisch vor, daß sie zu lachen anfing. Sie lachte ganz leise, aber da sie wußte, daß er ihr Lachen hören mußte und daß dieses Lachen so auf ihn wirken werde, wie sie es wünschte, so fing sie an lauter zu lachen, und dieses natürliche, lustige, herzliche Lachen wirkte in der Tat so, wie sie es gewünscht hatte.

„Ja, so einen Menschen kann man liebgewinnen! Diese Augen! Und dieses edle und leidenschaftliche, ja leidenschaftliche Gesicht – mag er Gebete flüstern, soviel er will," dachte sie. „Nein, uns Frauen täuscht man nicht. Schon als er sich mit dem Gesicht der Fensterscheibe näherte und mich erblickte, verstand er alles. In seinen Augen glänzte es und kündigte sich deutlich an. Er hat mich liebgewonnen und begehrt nach mir. Ja, er begehrt nach mir," sagte sie, als sie endlich den Schuh heruntergebracht hatte. Sie machte sich jetzt daran, auch die Strümpfe auszuziehen, aber um diese langen, oben mit Strumpfbändern befestigten Strümpfe auszuziehen, mußte man die Röcke aufheben. Sie genierte sich ein wenig und sagte:

„Jetzt bitte nicht hereinzukommen."

Aber sie erhielt keine Antwort, nur sein monotones Gebetgemurmel und ein Geräusch wie von einer Bewegung drang an ihr Ohr. „Jetzt macht er seine Verneigungen," dachte sie. „Aber das hilft dir alles nichts," sagte sie. „Er denkt jetzt ebenso an mich, wie ich an ihn. Mit demselben Gefühl denkt er an diese Beine," dachte sie, während sie die nassen Strümpfe herunterzerrte. Sie stellte sich mit den nackten Füßen auf die Pritsche und kauerte sich dann mit untergeschlagenen Beinen nieder. So saß sie eine Weile, umklammerte mit ihren Armen ihre Knie und sah nachdenklich vor sich hin. „Ja, diese Öde, diese Stille! Und kein Mensch würde je davon erfahren ..."

Sie stand auf, trug die Strümpfe zum Ofen, hing sie über den

Knopf beim Wärmeloch. Dieses Wärmeloch hatte auch irgend etwas Merkwürdiges an sich, sie schob den Schieber hin und dann wieder her, dann ging sie, mit den nackten Füßen leicht auftretend, zu ihrer Pritsche zurück und setzte sich wieder auf ihre untergeschlagenen Beine.

Hinter der Tür war es nun ganz still. Sie sah auf die kleine Uhr, die sie am Halse trug. Es war zwei Uhr. „Die Unsrigen müssen gegen drei hier ankommen." Es blieb nur mehr eine Stunde Zeit.

„Ja, soll ich denn hier die ganze Zeit allein versitzen? Dummes Zeug! Ich will nicht. Gleich rufe ich ihn."

„Vater Sergius! ... Vater Sergius! ... Sergej Dmitriewitsch! Fürst Kassatskij! ..."

Hinter der Tür blieb alles still.

„Hören Sie, das ist grausam! Ich würde Sie nicht rufen, wenn ich Sie nicht brauchen würde. Ich bin krank. Ich weiß nicht, was mir ist," fing sie mit leidender Stimme an. „Ach, ach," stöhnte sie und fiel auf die Pritsche hin. Und merkwürdig! Sie empfand jetzt wirklich, wie eine Schwäche sie überkam, alles tat ihr weh, ein Zittern befiel sie und sie schüttelte sich im Fieber hin und her.

„Hören Sie! Helfen Sie mir! Ich weiß nicht, was mit mir ist! Ach, ach!" Sie öffnete die Häkchen an ihrem Kleide, entblößte die Brust und warf die bis zu den Ellbogen entblößten Arme zurück. „Ach, ach!"

Während dieser ganzen Zeit stand er in seinem Verschlage und betete. Er hatte schon alle Abendgebete gelesen und stand jetzt, die Augen auf die Nasenspitze gerichtet, unbeweglich da und wiederholte im Geiste die Worte: „Herr Jesu Christ, Sohn Gottes, sei mir gnädig, sei mir gnädig."

Aber er hatte alles gehört. Er hatte das Rauschen der Seide gehört, als sie sich entkleidet hatte, gehört, wie sie barfuß über den Boden ging, wie sie die Füße mit den Händen rieb. Er fühlte, daß er schwach wurde und jeden Augenblick verloren sein konnte, und darum betete er unaufhörlich. Ihm war zumute, wie jenem Helden im Märchen, der sich nicht umsehen durfte. Er wußte und fühlte es mit allen Sinnen, daß nun die Gefahr um ihn, in ihm, überall war und daß er sich nur retten konnte, wenn er nicht um sich blickte. Aber der Wunsch, doch um sich zu blicken, erfaßte ihn plötzlich. In diesem Augenblick sagte sie:

„Ach, hören Sie doch! Sie sind grausam! Ich kann sterben!“

„Ja, ich will gehen,“ dachte er, „aber ich will tun, wie jener Heilige, der, als er einer Buhlerin die Hand auflegte, seine andere Hand in ein glühendes Kohlenbecken steckte.“ Aber hier gab es kein glühendes Kohlenbecken. Er blickte um sich. Eine Lampe! Er hielt einen Finger über die Flamme und zog die Augenbrauen zusammen: er wollte den Schmerz aushalten. Und ziemlich lange schien er nichts zu spüren, aber plötzlich – er hatte noch nicht Zeit gefunden, zu entscheiden, ob es weh tat und wie sehr – zuckte er zusammen, zog die Hand zurück und schlenkerte sie in der Luft. „Nein, das kann ich nicht.“

„Um Gottes willen! Ach, kommen Sie zu mir! Ich sterbe! Ach!“

„Muß ich denn zugrunde gehen? Nein, das darf nicht sein.“

„Sofort komme ich zu Ihnen,“ sagte er, öffnete die Tür, ging, ohne auf sie zu schauen, an ihr vorbei, ging hinaus in den Flur, wo ein Holzpflock stand, auf dem er Holz zu spalten pflegte, und griff nach dem Beil, das an der Mauer lehnte.

„Sofort,“ sagte er, nahm das Beil in seine rechte Hand, legte den Zeigefinger der linken Land auf den Pflock schwang das Beil und ließ es auf den Finger, knapp unter dem zweiten Gelenke niederfallen. Der Finger sprang leichter als ein Holzstückchen von derselben Dicke ab, kollerte nach dem Rand des Holzpflocks und fiel zur Erde. Er hörte das Geräusch zuerst und empfand erst dann den Schmerz, aber bevor er noch Zeit fand, sich darüber zu verwundern, daß er nichts empfand, fühlte er auch schon einen brennenden Schmerz und spürte, wie das warme Blut an der Hand hinunterrieselte. Er hüllte das übriggebliebene Gelenk in den Saum seiner Kutte, preßte es an seine Hüfte, ging durch die Tür ins Zimmer hinein und blieb vor dem Weibe stehen. Mit niedergeschlagenen Augen fragte er leise: „Was wünschen Sie?“

Sie blickte in sein Gesicht, das bleich geworden war, sah das Beben seiner linken Backe, und plötzlich überkam sie die Scham. Sie sprang auf, warf den Pelz über sich und hüllte sich ein.

„Ich hatte Schmerzen. Ich habe mich erkältet. Ich … Vater Sergius! … ich …“

Er schaute sie an, seine Augen strahlten in einem stillen, freudigen Lichte, und er sagte:

„Liebe Schwester, warum wolltest du deine unsterbliche Seele verderben? Es muß ja Ärgernis in die Welt kommen, aber weh dem Menschen, durch welchen Ärgernis kommt. Bitte Gott, daß er uns verzeihe."

Sie hörte ihm zu und schaute ihn an. Plötzlich vernahm sie Tropfen einer Flüssigkeit zu Boden fielen. Sie blickte auf ihn und sah, daß über seine Mönchskutte Blutstropfen hinabrannen.

„Was haben Sie mit der Hand gemacht?" Jetzt erinnerte sie sich an das Geräusch, das sie vorhin gehört hatte, ergriff das Lämpchen, das unter dem Heiligenbilde hing, lief in den Flur hinaus und erblickte am Boden den blutigen Finger. Mit einem Gesichte, das noch bleicher als das seine war, kehrte sie zurück. Das Herz drängte sie, ihm etwas zu sagen, aber er ging leise nach dem Verschlag zurück und schloß hinter sich die Tür.

„Verzeihen Sie mir," sagte sie. „Wie kann ich meine Sünde gut machen."

„Geh fort!"

„Lassen Sie mich die Wunde verbinden."

„Geh fort!"

Eilends und schweigend zog sie sich an und saß im Pelze da, bis sich von der Hofseite her Schellengeklingel vernehmen ließ.

„Vater Sergius! Verzeihen Sie mir!"

„Geh fort! Gott wird dir verzeihen."

„Vater Sergius! Ich will mein Leben ändern! Verlassen Sie mich nicht!"

„Geh fort!"

„Verzeihen Sie mir und segnen Sie mich!"

„Im Namen des Vaters, des Sohnes und des Heiligen Geistes!" ließ sich seine Stimme hinter der Wand vernehmen. „Geh fort!"

Sie begann laut zu weinen und ging aus der Zelle hinaus. Der Advokat kam ihr entgegen.

„Na, die Wette verspielt, da ist nichts zu machen. Wo werden Sie Platz nehmen?"

„Es ist mir alles gleich." Sie setzte sich in den Schlitten und sprach auf der ganzen Heimfahrt kein Wort.

Ein Jahr darauf trat sie, nachdem sie die kleinen Weihen empfangen hatte, als Nonne in ein Kloster und verbrachte ihr Leben unter der Leitung des Einsiedlers Arßenij, der ihr von Zeit zu Zeit schrieb, in strenger Entsagung.

VI. I

Vater Sergius verlebte noch sieben Jahre in der Einsiedelei. Im Anfang hatte er vieles von dem, was man ihm an Liebesgaben zu bringen pflegte – Tee und Zucker, Weißbrot und Milch, ja Kleider und Holz – angenommen; aber später gab er seinem Leben einen immer strengeren Zuschnitt und gelangte endlich dazu, allem Überflüssigen zu entsagen und nichts mehr anzunehmen als einmal in der Woche schwarzes Brot. Alles was man ihm sonst brachte, verteilte er an arme Leute, die zu ihm kamen. Seine ganze Zeit verbrachte Vater Sergius im Gebet in seiner Zelle oder im Gespräch mit Besuchern, die in immer größerer Menge herbeigeströmt kamen. Seine Zelle verließ er nur etwa dreimal im Jahre, wenn er zur Kirche ging, und sonst nur dann, wenn er Wasser oder Holz benötigte.

Fünf Jahre eines solchen Lebens lagen hinter ihm, seitdem jene bald allgemein bekannt gewordene Begebenheit mit der Makowkina sich zugetragen hatte: ihr nächtlicher Besuch bei ihm, ihre Sinnesänderung hernach und ihr Eintritt in das Kloster. Seit dieser Zeit wuchs und wuchs der Ruhm des Vater Sergius; immer zahlreicher kamen die Besucher; Mönche siedelten sich neben seiner Klause an; eine Kirche ward aufgebaut und ein Gasthaus errichtet. Der Ruhm von den Taten des Vater Sergius, die das Gerücht wie gewöhnlich übertrieb, ging über die Lande.

Von weit und breit kam das Volk gewallfahrtet; man brachte Kranke mit, die, wie man behauptete, er allein noch heilen konnte.

Die erste Heilung gelang ihm im achten Jahre seines Lebens in der Einsiedelei. Es war das die Heilung eines vierzehnjährigen Knaben, den die Mutter zu Vater Sergius gebracht hatte, damit er ihm die Hände auflege. Es kam ihm gar nicht in den Sinn, daß er Kranke heilen könne. Er hätte einen solchen Gedanken als eine große Sünde des Hochmuts von sich gewiesen. Aber die Mutter, die den Knaben hergebracht hatte, flehte ohne Unterlaß, lag vor ihm auf den Knien, fragte ihn vorwurfsvoll, warum er, der andere geheilt habe, ihrem Sohne nicht helfen wolle und beschwor ihn um Christi willen, ihr seinen Beistand nicht zu versagen. Als Vater Sergius erwiderte, daß nur Gott allein helfen könne, bat sie ihn, nur seine Hände auf das Haupt ihres Sohnes zu legen und über ihm zu beten. Vater Sergius lehnte dieses Ansinnen ab und begab sich in seine Zelle hinein. Aber als er am andern Tag (es war im Herbst, und die Nächte waren schon kalt) aus seiner Klause hervorkam, um Wasser zu holen, da erblickte er wieder dieselbe Mutter mit dem vierzehnjährigen, blassen Knaben, und hörte wieder dieselben Bitten. Vater Sergius erinnerte sich an das Gleichnis vom ungerechten Richter, und während er früher nicht daran gezweifelt hatte, daß er dem Verlangen der Mutter widerstehen müsse, beschlich ihn jetzt doch ein Zweifel, ob er recht daran tue, den Wunsch der Mutter nicht zu erfüllen. Er ging in seine Zelle zurück und betete so lange, bis ein Entschluß in seiner Seele reifte. Der Entschluß, zu dem er gekommen war, lautete dahin, daß er dem Verlangen des Weibes willfahren müsse, weil ihr Glaube den Knaben retten könne; sich selbst aber betrachtete er nur als das schwache, von Gott erwählte Werkzeug seines Willens.

Er trat zu der Mutter hinaus, erfüllte ihren Wunsch, legte seine Hände auf den Kopf ihres Sohnes und betete.

Die Mutter reiste mit dem Knaben ab, der Knabe ward nach Monatsfrist gesund, und im ganzen Umkreis verbreitete sich die Kunde von der heiligen und heilwirkenden Kraft des Starez Sergius, wie man ihn von jetzt ab nannte.

Seitdem verging keine Woche, daß nicht Kranke von weither gekommen wären, und da er dem einen seine Hilfe nicht versagt hatte, konnte er sie auch den anderen nicht versagen. So legte er denn nun vielen die Hände aus, betete über ihnen, und viele wurden gesund, und der Ruhm des Vater Sergius breitete sich weiter und weiter aus.

So vergingen neun Jahre in Klostern und dreizehn Jahre in der Einsiedelei. Vater Sergius hatte das Aussehen eines Starez: sein Bart war lang und grau, aber sein Haupthaar, obzwar schon dünn, war noch schwarz und kraus.

VII. I

Ein und derselbe unabweisliche Gedanke ließ Vater Sergius schon seit einigen Wochen nicht zur Ruhe kommen: der Gedanke, ob er auch richtig gehandelt habe, als er sich in die neue Lage der Dinge fügte, in die ihn weniger sein eigener Wunsch als vielmehr das Drängen des Archimandriten und des Abtes gebracht hatte. Nach der wunderbaren Heilung des vierzehnjährigen Knaben hatte dies angefangen; und seitdem verspürte Vater Sergius, wie sich von Monat zu Monat, von Woche zu Woche, von Tag zu Tag sein Innenleben immer mehr verflachte und einem äußerlichen Tun und Treiben Platz machte. Es war ihm zumute, wie wenn man ihn von innen nach außen umgedreht hätte.

Sergius sah, daß man sich seiner als Mittel zum Zweck bediente, daß es seine Aufgabe geworden war, Besucher und Spender anzulocken. Und damit er diese Aufgabe in vollem Umfange erfüllen konnte, trafen die Klosterbehörden alle möglichen Vorkehrungen: man entzog ihm z. B. jede Möglichkeit selbst zu arbeiten; man versorgte ihn mit allem, was er nötig hatte; und man verlangte von ihm einzig und allein, daß er den Leuten, die zu ihm kamen, seinen Segen nicht vorenthalte. Man hatte zu seiner Bequemlichkeit bestimmte Besuchstage festgesetzt. Man hatte einen besonderen Warteraum für Männer eingerichtet; man hatte einen Platz, von wo aus er den Segen spendete, mit einem Geländer umgeben, damit die Bittstellerinnen, wenn sie sich zu seinen Füßen stürzten, ihn nicht umwerfen konnten. Man hatte ihm gesagt, er sei den Menschen notwendig und dürfe sich, im Sinne des Gebotes der Liebe, das Christus gegeben habe, den Leuten, die ihn zu sehen kämen, nicht entziehen. Man hatte ihm gesagt, daß es eine Grausamkeit wäre, wenn er diese Leute nicht empfangen wollte. Der Wahrheit dieser Worte konnte er sich nicht verschließen; aber in demselben Maße wie er sich diesen neuen Aufgaben widmete, fühlte er, wie sich sein ganzes Innenleben in ein bloß äußerliches Gebahren auflöste, wie der Quell lebendigen Wassers in ihm versiegte, und wie das, was er tat, immer mehr und mehr für die Menschen geschah und nicht mehr für Gott.

Predigte er den Menschen oder segnete er sie nur einfach und betete er für die Kranken, riet er den Leuten, wie sie ihr Leben einrichten sollten, hörte er die Danksagungen der Leute, denen er durch wunderbare Heilungen, wie sie sagten, oder durch einen weisen Spruch geholfen hatte: dann konnte er nicht umhin, sich über das alles zu freuen, und es war ihm unmöglich, den Wert seiner Tätigkeit und deren wohltätige Wirkung auf die Menschen zu übersehen. Er hielt dafür, daß er eine brennende Leuchte sei; aber je mehr er sich in diesem Glauben bestärkt fand, desto mehr empfand er eine Schwächung, ein Erlöschen des göttlichen Lichtes der Wahrheit, das in ihm brannte. „Diene ich mit dem, was ich tue, noch Gott, oder nicht vielmehr den Menschen?" – dies war die Frage, die ihn unaufhörlich quälte und auf die zu antworten er sich niemals recht entschließen konnte. Er empfand in der Tiefe seiner Seele, daß der Teufel sein Leben und Wirken für Gott in ein Tun und Handeln für Menschen verwandelt hatte. Dies merkte er auch daran, daß er jetzt die Einsamkeit nicht mehr ertragen konnte, während es ihm früher ungemein schwer gefallen war, aus seiner Einsamkeit hervorzutreten. Zwar fühlte er sich von den vielen Besuchern belästigt und ward von all dem Treiben müd und matt; aber im Grunde war er froh, daß sie kamen, und die Lobpreisungen, die sie ihm zollten, erfreuten sein Herz.

Es hatte eine Zeit gegeben, wo er schon entschlossen gewesen war, fortzugehen und sich vor der Welt zu verbergen. Er hatte schon alles bedacht, wie er die Sache ins Werk setzen solle. Er legte sich ein Bauernhemd, Hosen, Kaftan und Mütze zurecht und gab vor, diese Dinge für Notleidende zu benötigen. Er verbarg diese Kleidungsstücke bei sich, überlegte, wie er sie anziehen, sich die Haare schneiden und fortgehen würde. Zuerst würde er die Bahn benützen und auf diese Weise etwa dreihundert Werst hinter sich bringen; dann würde er aussteigen und zu Fuß durch die Dörfer weiterwandern. Er fragte einen alten Soldaten aus, wie er wandere, wie er sich Nahrung und Obdach verschaffe. Der Soldat erzählte, wie man es machen müsse, wo man am ehesten Almosen bekomme und wo die Herbergen zu finden seien; und danach wollte sich Vater Sergius richten.

Einmal des Nachts hatte Vater Sergius die Kleider sogar schon angelegt und war im Begriffe fortzugehen, aber er konnte nicht mit sich einig werden, was besser sei: zu bleiben oder zu fliehen. Anfangs war er unschlüssig, dann ging die Unschlüssigkeit vorbei, er gewöhnte sich und fügte sich dem Teufel; die Bauernkleider erinnerten ihn später noch öfter an seine früheren Gedanken und Gefühle.

Von Tag zu Tag kamen der Besucher immer mehr und mehr, und für die geistige Einkehr und das stille Gebet blieb immer weniger und weniger Zeit übrig. In seinen guten Augenblicken verglich er sich mit einem Erdreich, wo früher wohl ein frischer Quell entsprungen war. „Es war ein geringer Quell lebendigen Wassers, der mir entquoll und über mir dahinfloß. Und damals war es das wahre Leben gewesen, als *sie* (er erinnerte sich noch immer mit Begeisterung an jene Nacht und an diejenige, die jetzt Mutter Agnja hieß) mich versuchte. Sie genoß des klaren Wassers, aber seitdem die vielen Durstigen kommen, die sich um einen Trunk Wassers raufen, hat es keine Zeit gehabt sich anzusammeln, und sie haben die Quelle zertreten, so daß nur Schlamm und Schmutz mehr übrigblieb." So dachte er in den wenigen guten Minuten; aber sein gewöhnlicher Zustand war der der Ermattung und der Rührung über diese seine Ermattung.

Es war im Frühling, am Vorabend der Wasserweihe. Vater Sergius las in der Kapelle neben seiner Klause die Messe, und es gab soviel Volkes als die Kapelle fassen konnte – etwa zwanzig Menschen. Es waren Herrschaften und reiche Kaufleute. Vater Sergius ließ zwar alle ein, aber der Mönch, der ihm zur Seite stand und den das Kloster jeden Tag herüberschickte, traf die engere Auswahl. Eine große Menge Bauernvolks, zumeist Frauen, drängten sich vor den Pforten des Kirchleins und warteten auf seinen Ausgang und seinen Segen. Als er unter Lobpreisungen des Herrn aus der Kapelle trat und zum Grabe seines Vorgängers schritt, wankte er und wäre hingefallen, wenn nicht der hinter ihm gehende Kaufmann und der als Diakonus dienende Mönch ihn aufgefangen hätten.

„Väterchen, was ist Ihnen? Vater Sergius! Täubchen! Gott!" riefen die Weiber.

„Ach, so weiß wie Linnen ist er geworden."

Aber Vater Sergius erholte sich bald wieder, machte sich von dem Kaufmann und dem Mönche los und fuhr fort zu singen, so blaß sein Antlitz auch noch war. Vater Serapionus, der Diakonus, die Kirchendiener und Sophia Iwanowna, die allzeit in der Nähe der Einsiedelei wohnte und Vater Sergius bediente, vereinten ihre Bitten, er möge den Gottesdienst unterbrechen.

„Es ist nichts, nichts; störet nicht die gottesdienstliche Handlung," sagte Vater Sergius mit einem leisen Lächeln. – ‚Ja, so machen es die Heiligen' dachte er.

„Heiliger! Engel Gottes!" vernahm er auch alsbald hinter sich die Stimmen Sophia Iwanownas und des Kaufmanns, der ihn stützte. Er aber hörte nicht auf ihre Bitten und setzte den Gottesdienst fort. Wieder drängten sich die Leute durch den schmalen Gang in die kleine Kirche hinein, und dort las Vater Sergius mit einigen Abkürzungen die heilige Messe zu Ende.

Nach der Messe segnete er die Anwesenden und wollte sich zu der Bank hinbegeben, die unter einer Ulme in der Nähe seiner Grotte stand. Ruhe und ein wenig frische Luft, das fühlte er, waren ihm jetzt nötig. Aber kaum hatte er ein paar Schritte gemacht, als ihm das Volk nachstürzte, seinen Segen, Rat und Hilfe erbat. Da waren Pilgerinnen, die immer von einem Wallfahrtsort zum andern zogen, von einem Starez zum andern, und die vor jedem Heiligtum und vor jedem Starez in Rührung zerflossen. Vater Sergius kannte diesen gewöhnlichen, unreligiösen, kalten, konventionellen Typus zur Genüge. Da waren Pilger, zumeist verabschiedete, alte Soldaten, die, eines seßhaften Lebens entwöhnt, zumeist betrunken, von Kloster zu Kloster zogen, um ihr elendes Dasein zu fristen. Da waren simple Bauern und Bäuerinnen, die mit ihren egoistischen Anliegen zu ihm kamen und Heilung von ihren Gebresten oder Schlichtung ihrer Zweifel in den praktischsten Fragen des Alltags von ihm begehrten: ob eine Tochter zu verheiraten, ein Kramladen einzurichten, Boden zu kaufen sei, oder ob sie für die Sünde einer Empfängnis im Schlaf, d. h. eines unehelichen Kindes, Absolution erlangen könnten. Dies alles war Vater Sergius seit langem wohlbekannt und nicht mehr interessant. Er wußte, daß von diesen Personen nichts Neues zu erfahren war und diese Leute kein religiöses Gefühl in ihm erwecken konnten. Aber er liebte es, diese Menge als Menge um sich zu haben, der sein Wort und sein Segen kostbar war. Darum war ihm diese Menge zugleich lästig und angenehm. Vater Serapionus fing an sie auseinanderzutreiben, indem er sagte, daß Vater Sergius müde sei; aber Vater Sergius, der sich an die Worte des Evangeliums erinnerte: „Wehret ihnen nicht, zu mir zu kommen“, hielt ihn zurück; – Rührung über sich selbst hatte sich bei dieser Erinnerung seiner bemächtigt.

Er stand auf, ging zu dem Geländer, hinter dem sich die Menge balgte, fing an sie zu segnen und beantwortete mit einer Stimme, die so schwach war, daß er über sich selbst Rührung empfand, ihre Fragen. Aber obgleich er gewünscht hatte, sie alle vorzulassen, verließen ihn bald seine Kräfte. Wieder ward es ihm dunkel vor den Augen, er wankte und hielt sich am Geländer fest. Wieder verspürte er einen Blutandrang zum Kopfe und sein Gesicht ward zuerst blaß und dann plötzlich rot.

„Ja, es wird wohl nicht anders sein. Kommt morgen. Ich kann

nicht mehr," sagte er und begab sich, nachdem er alle insgesamt gesegnet hatte, nach der Bank zurück. Der Kaufmann fing ihn wieder auf und geleitete ihn zur Bank.

„Vater!" hörte man die Weiber rufen, „Vater! Väterchen! Verlaß uns nicht! Wir sind verloren ohne dich!"

Nachdem der Kaufmann Vater Sergius auf der Bank unter der Ulme niedergesetzt hatte, machte er den Polizisten und ging sehr entschlossen gegen das Volk vor. Es ist wahr, er sprach leise, so daß Vater Sergius ihn nicht hören konnte, aber er sprach entschieden und böse.

„Packt euch! Fort! Den Segen habt ihr, was wollt ihr noch mehr? Marsch fort, sonst drehe ich euch den Kragen um! Na, na, du, alte Tante! Schwarzer Fußlappen! Fort! Fort! Was kriechst du da herum? Fort! sag ich. Morgen, so Gott will, geht's weiter, heute muß alles fort!"

„Väterchen! Nur mit einem Äuglein laß mich dich ansehen," sagte eine Alte.

„Daß dich der ... ! Wo kriechst du schon wieder hin?" Vater Sergius merkte, daß der Kaufmann mit den Leuten zu scharf ins Gericht ging und sagte mit schwacher Stimme zum Zellendiener, man solle das Volk doch nicht vertreiben. Vater Sergius wußte, daß man es doch verjagen würde und wünschte sehr, allein zu bleiben und auszuruhen; aber um des guten Eindrucks willen sandte er den Zellendiener hin.

„Gut, gut. Ich vertreibe sie ja nicht, ich ermahne sie nur", sagte der Kaufmann. „Dieses Volk ist ja so froh, wenn es einen Menschen zum Äußersten bringen kann! Das hat kein Mitleid! Das denkt nur an sich! – Man hat euch gesagt, es darf nicht sein! Also geht, geht! Morgen ist auch ein Tag!" Und er jagte alle fort.

Der Kaufmann liebte es überhaupt, Ordnung zu halten und das Volk ein wenig zu drillen; sein Eifer hatte aber noch einen besonderen Grund. Er benötigte nämlich Vater Sergius selbst sehr dringend. Er war Witwer und hatte eine einzige, kranke, unverheiratete Tochter, mit der er vierzehnhundert Werst hergereist war, damit Vater Sergius sie heile. Er war mit dieser Tochter in den zwei Jahren ihrer Krankheit schon an verschiedenen Orten zur Kur gewesen. Zuerst in einer Gouvernements- und Universitätsstadt, in der Klinik – es half nichts. Nachher hatte er sie zu einem Muschik im Gouvernement Samara gebracht – eine kleine Erleichterung war zu bemerken gewesen. Hierauf war er mit ihr zu einem berühmten Moskauer Arzt gereist, hatte ein schönes Stück Geld niedergelegt – und es war wieder umsonst gewesen. Da hatte man ihm von Vater Sergius gesprochen, ihm gesagt, daß dieser Starez Kranke heile, und da hatte er sie denn hergebracht.

Nachdem er das ganze Volk verjagt hatte, ging er zu Vater Sergius zurück, warf sich ihm ohne weiteres zu Füßen und begann mit lauter Stimme.

„Heiliger Vater! Segne mein krankes Kind und nimm das Übel von ihr! Ich suche Zuflucht bei deinen heiligen Füßen!"

Er legte die Hände in Tassenform zusammen und vollführte und sagte das alles ganz so, wie wenn Gesetz und allgemeiner Brauch dies so und nicht anders vorschreiben würden, wie wenn man nur so die Heilung einer Tochter erflehen könnte. Und mit einer solchen Überzeugungskraft tat er dies, daß es sogar Vater Sergius schien, als ob das alles gerade so sein müsse. Indes befahl er ihm doch aufzustehen und zu erzählen, worum es sich handle. Der Kaufmann stand auf und erzählte, daß seine Tochter, eine Jungfrau von zweiundzwanzig Jahren, vor zwei Jahren, nach dem plötzlichen Tode der Mutter krank geworden sei. „Sie stieß ein ‚Ach' aus," sagte der Kaufmann, „und seitdem ist sie wie verhext." Er sei nun 1400 Werst weit hergekommen, und sie warte unweit von hier in einer Herberge, bis Vater Sergius erlauben würde, sie zu ihm zu bringen. „Bei Tage geht sie gar nicht aus, sie fürchtet das Licht, und verläßt das Haus nur abends, nach Sonnenuntergang."

„Ist sie sehr schwach?" sagte Vater Sergius.

„Nein, das nicht, sie ist korpulent, aber sie ist eine Neurasthenische, wie der Arzt sagt. Wenn Vater Sergius befehlen würde, sie noch heute herzubringen, so würde ich fliegen. Heiliger Vater! verjünge das Herz eines Vaters, lasse sein Geschlecht nicht aussterben, rette durch dein Gebet seine leidende Tochter."

Und der Kaufmann fiel wieder mit Schwung auf die Knie, neigte den Kopf seitlich über seine tassenförmig gefalteten Hände und schien in dieser Stellung zu erstarren. Vater Sergius befahl ihm wieder aufzustehen, dachte darüber nach, wie schwierig seine Mission auf Erden sei, wie er sie desungeachtet gehorsam erfülle, atmete schwer, schwieg einige Sekunden und sagte:

„Gut, bringe sie am Abend zu mir. Ich werde für sie beten. Jetzt aber bin ich müde." Und er schloß die Augen. „Ich werde jemand schicken."

Der Kaufmann ging auf den Fußspitzen weg, wobei seine Stiefel auf dem Kies noch mehr als sonst knarrten, entfernte sich, und Vater Sergius blieb allein.

Das ganze Leben des Vater Sergius war ja erfüllt von gottgefälligen Werken, und Besucher kamen immer genug; aber der heutige Tag war besonders schwer gewesen. Am Morgen war ein hoher Staatsbeamter angereist gekommen, mit dem er eine lange Unterredung gehabt hatte. Hierauf war eine vornehme Frau mit ihrem Sohne bei ihm gewesen. Der Sohn war ein junger Gelehrter, der seinen Glauben verloren hatte und den die Mutter, eine tiefgläubige, dem Vater Sergius ergebene Frau, zu dem Zwecke hergebracht hatte, damit Vater Sergius ihn bekehre. Das Gespräch war sehr anstrengend gewesen. Der junge Mensch wünschte sich offenbar in keinen Diskurs einzulassen und gab Vater Sergius in allem recht, wie man einen schwachen Menschen bei seiner Meinung läßt. Aber Vater Sergius verstand, daß der junge Mann nicht glaubte, und daß er trotzdem guten Mutes und völlig ruhig war. Vater Sergius dachte jetzt mit einer starken Unzufriedenheit an dieses Gespräch.

„Einen kleinen Imbiß, Väterchen?" sagte der Zellendiener.

„Ja, bringt etwas." Der Mönch begab sich nach der Zelle, die sich etwa zehn Schritte abseits von dem Eingang zur Klause befand und Vater Sergius blieb allein.

Die Zeit war längst vorbei, da Vater Sergius allein gelebt, für seine Bedürfnisse selbst gesorgt, und sich nur von Hostien und Brot genährt hatte. Längst hatte man ihm bewiesen, daß er kein Recht habe, seine Gesundheit zu untergraben, und man nährte ihn seitdem mit gesunden Fastenspeisen. Er aß nicht viel, aber doch mehr als früher, und oft aß er sogar mit besonderem Appetit und nicht mehr wie früher mit Abscheu und im Bewußtsein, eine Sünde zu begehen. So auch jetzt. Er aß ein wenig Brei, trank eine Tasse Tee und verzehrte die Hälfte eines Weißbrots. Der Zellendiener ging fort und er blieb auf seiner Bank unter der Ulme allein.

Es war ein wunderbarer Abend im Mai. Das Blätterwerk an den Birken, Espen, Ulmen, Eichen hatte sich eben entfaltet. Die Weißdornsträucher hinter der Ulme waren in voller Blüte und die Blüten fielen noch nicht ab. Die Nachtigallen – eine ganz nahe, zwei oder drei weiter unten im Gebüsch am Flußufer – sangen ihr Lied. Vom Flusse her ertönte der breite Gesang heimkehrender Bauern. Die Sonne ging hinterm Walde zur Rüste und sandte ihre letzten zitternden Strahlen durch das grüne Laub der Bäume. Dort war alles in hellgrüne Farben getaucht, während sich von der anderen Seite her, hinter der Ulme, dunkle Schatten erhoben. Die Käfer schwirrten umher, stießen an die Zweige und fielen zu Boden.

Nach dem Abendessen sprach Vater Sergius in Gedanken ein Gebet: „Herr Jesu Christ, Sohn Gottes, erbarme dich unser." Hierauf begann er in den Psalmen zu lesen. Irgendwoher kam ein Sperling geflogen, hüpfte vom Busch herab auf die Erde, hüpfte zwitschernd auf ihn zu, erschrak vor irgend etwas und flog davon. Vater Sergius las ein Gebet, das von Weltentsagung sprach, und beeilte sich, rascher fertig zu werden, da er nach dem Kaufmann und seiner kranken Tochter schicken wollte. Sie interessierte ihn. Sie interessierte ihn darum, weil sich doch eine Zerstreuung bot, weil es doch ein neues Gesicht war und weil ihr Vater sowohl als auch sie ihn für einen Heiligen hielten, für einen Heiligen, dessen Gebet Erhörung fand. Er wollte diesen Gedanken abschütteln, aber im Grunde seines Herzens hielt er sich selbst für einen solchen Heiligen.

Er wunderte sich oft darüber, wie aus ihm, Stepan Kassatskij, ein so ungewöhnlicher Heiliger, ja, ein Wundertäter geworden war; aber daß er das wirklich war, daran konnte er nicht zweifeln. Es war ja ungewöhnlich, den Wundern nicht zu glauben, die er mit eigenen Augen gesehen hatte, von dem vierzehnjährigen Knaben angefangen bis zu der guten Alten, die dank seinen Gebeten das Augenlicht wiedererlangt hatte. Wie seltsam es auch war – es war jedenfalls so.

Nun interessierte ihn jetzt die Tochter des Kaufmanns, weil sie eine neue Person war, weil sie den Glauben zu ihm hatte und hauptsächlich, weil sich ihm wieder eine Gelegenheit bot, seine heilwirkende Kraft an ihr zu üben und seinen Ruhm zu vermehren. „Aus einer Entfernung von 1000 Werst eilen die Leute herbei, die Zeitungen schreiben darüber, der Kaiser, ganz Europa, das ungläubige Europa weiß von mir," dachte er. Doch plötzlich schämte er sich seiner Eitelkeit und er fing wieder an zu beten: „Herr! König des Himmels! Tröster! Seele der Wahrheit! komme, sei unseren Herzen ein Gast, reinige uns von aller Sünde und errette uns von allem Übel. – Errette mich von eitler Ruhmsucht," wiederholte er, und es fiel ihm ein, wie oft er schon um dasselbe gebetet hatte und wie seine Gebete stets vergeblich gewesen waren. Sein Gebet wirkte Wunder für andere, aber für sich konnte er von Gott Befreiung von dieser nichtigen Leidenschaft niemals erflehen.

Er gedachte seiner Gebete in der ersten Zeit seines Einsiedlerlebens, als er Gott um Reinheit, Demut und Liebe bat. Damals hatte ihn Gott, wie es ihm schien, erhört, er war rein geblieben und hatte sich einen Finger abgehackt. Er hob den verschrumpften Rest seines Zeigefingers zu den Lippen und küßte ihn. Ihm schien es, daß er damals demütig gewesen, als er sich selbst wegen seiner Sündhaftigkeit zur Last gewesen war. Und es schien ihm, daß er damals auch die Liebe gehabt hatte, wenn er der Rührung gedachte, mit der er damals dem Alten, einem betrunkenen Soldaten, der ihn um Geld angegangen hatte, begegnet war; und dann ihr … Aber wie war es jetzt? Er fragte sich, ob er irgendeine Seele liebe, ob er z. B. Sophia Iwanowna oder den Vater Serapionus liebe, ob er ein Gefühl der Liebe für all die Leute habe, die heute bei ihm gewesen waren, oder zu dem gelehrten Jüngling, mit dem er so belehrend gesprochen und den er zu überzeugen gewünscht hatte, daß auch er Geist besitze und durchaus nicht zurückgeblieben sei. Ja, *ihm* war die Liebe nötig, aber er liebte niemanden. Er hatte jetzt die Liebe nicht, nicht die Demut und auch nicht die Reinheit.

Es war ihm angenehm gewesen zu erfahren, daß die Tochter des Kaufmanns zweiundzwanzig Jahre zähle und er hätte gern gewußt, ob sie auch hübsch sei. Er hatte sich nur darum nach ihrem Kräftezustand erkundigt, um zu erfahren, ob sie auch weiblichen Reiz besitze.

„Ist es denn wirklich so, daß ich schon so weit gesunken bin?" dachte er. „Herr, hilf mir, rette mich, richte mich auf! O du mein Gott!" Und er faltete die Hände und begann zu beten. Die Nachtigallen ließen ihren lauten Gesang ertönen; ein Käfer stieß im Flug an ihn und kroch über seinen Nacken. Er schüttelte ihn ab. „Ja, gibt es denn einen Gott? Wie, wenn ich klopfte und klopfte und das Haus wäre verschlossen? Ein Schloß an der Tür. Aber ich könnte es vielleicht doch sehen! Das Schloß – das sind die Nachtigallen, Käfer, die Natur. Vielleicht hat jener Jüngling recht?" Er begann laut zu beten und betete so lang, bis diese Gedanken vergangen und wieder Ruhe und Zuversicht bei ihm eingekehrt waren. Er nahm ein Glöckchen, läutete, der Zellendiener kam herbei, und Vater Sergius sagte ihm, er wünsche jetzt den Kaufmann und seine Tochter zu sehen.

Der Kaufmann brachte die Tochter, führte sie in die Zelle und entfernte sich sofort.

Die Tochter war ein blondes, blasses, ungewöhnlich kleines Mädchen mit einem erschrockenen Kindergesicht und sehr entwickelten weiblichen Formen. Vater Sergius blieb auf der Bank beim Eingang sitzen. Als das Mädchen vorbeiging und neben ihm stehenblieb, damit er sie segne, sah er sie an und erschrak, mit welchem Blicke er ihren Körper betrachtet hatte. Sie ging vorbei, und ihm war, als ob ihn eine Natter gestochen hätte. An ihrem Gesichte hatte er erkannt, daß sie sinnlich und schwachsinnig war. Er stand auf und begab sich in die Zelle hinein. Sie saß auf einem Schemel und erwartete ihn.

Als er hereintrat, stand sie auf.

„Ich will zum Papa," sagte sie.

„Fürchte dich nicht," sagte er. „Was tut dir weh?"

„Alles tut mir weh," sagte sie und lächelte plötzlich über das ganze Gesicht.

„Du wirst gesund werden. Bete!"

„Was soll ich beten, ich habe gebetet, es hilft nichts." Dabei lächelte sie immerfort. „Beten Sie für mich und legen Sie Ihre Hand auf mich. Ich habe Sie im Traum gesehen."

„Was hast du gesehen?"

„Ich habe gesehen, wie Sie Ihr Händchen so auf meine Brust legten" – sie nahm seine Hand und drückte sie an ihre Brust – „gerade hierher."

Er überließ ihr seine rechte Hand.

„Wie nennt man dich?" fragte er, am ganzen Körper zitternd. Er fühlte, daß er besiegt war und sich nicht mehr in der Gewalt habe.

„Maria. Warum?"

Sie nahm seine Hand, küßte sie, dann umfing sie mit einem Arm seinen Körper und drückte ihn an sich.

„Was tust du?" sagte er. „Maria, du bist ein Teufel."

„Na, schon möglich – macht nichts."

Sie umarmte ihn und setzte sich mit ihm auf das Bett.

BEI Tagesanbruch begab er sich auf die Vortreppe hinaus. „Ist denn das wirklich alles gewesen? Der Vater wird kommen, sie wird es erzählen. – Sie ist ein Teufel. Aber was fange ich jetzt an? Da ist es – das Beil, mir dem ich mir den Finger abgehackt habe.“ Er ergriff das Beil und ging in die Zelle zurück.

Der Zellendiener begegnete ihm.

„Ist Holz zu spalten? Bitte, geben Sie mir das Beil.“ Er gab ihm das Beil und ging in die Zelle hinein. Sie lag da und schlief. Mit Entsetzen schaute er sie an. Er begab sich hinter den Verschlag, nahm die Bauernkleider hervor, zog sie an, nahm eine Schere, schnitt sich die Haare ab und ging über den Fußweg den Berg hinab zum Fluß, bei dem er schon seit vier Jahren nicht gewesen war.

Dem Flusse entlang zog sich ein Pfad hin; er nahm diesen Weg und schritt bis Mittag auf diesem Wege fort. Um die Mittagszeit begab er sich in ein Roggenfeld hinein und legte sich nieder. Gegen Abend kam er zu einem Dorfe am Flusse. Er ging nicht in das Dorf hinein, sondern begab sich zum Flusse, wo sich ein steiler Absturz befand.

Es war noch früh am Morgen, eine halbe Stunde etwa vor Sonnenaufgang. Alles war grau und düster; ein kühler Morgenwind erhob sich von Westen her. „Ja, ich muß ein Ende machen. Es gibt keinen Gott. Aber wie enden? Soll ich mich da hinunter werfen? Ich kann schwimmen, werde nicht ertrinken. Mich erhängen? Ja, hier ist dieser Gürtel, dort ein Ast.“ Das schien so leicht ausführbar und der Tod war so nahe, daß er erschrak. Er wollte, wie gewöhnlich in den Minuten der Verzweiflung, beten; aber es gab niemanden, zu dem er hätte beten können, einen Gott gab es nicht. Er lag, den Kopf in die Hand gestützt, da und verspürte plötzlich eine solche Ermattung, daß er nicht imstande war, den Kopf mit der Hand aufrechtzuhalten. Er streckte den Arm aus, legte den Kopf darauf und entschlief sofort. Aber dieser Schlaf dauerte nur einen Augenblick. Sogleich wachte er wieder auf und sah, halb im Traum, halb in der Erinnerung, Bilder der Vergangenheit vor sich.

Er sah sich selbst, fast noch ein Kind, im Hause der Mutter, auf dem Lande. Eine Kutsche rollt heran. Und aus dem Fond des Wagens steigen der Onkel Nikolas Sergejewitsch mit seinem riesigen, schaufelförmigen, schwarzen Bart, und hinter ihm ein mageres Mädchen mit sanften Augen und einem kläglichen, schüchternen

Gesichte – die Paschenka. Man bringt ihnen da, in ihre Gesellschaft von lauter Knaben, diese Paschenka. Und nun soll man mit ihr spielen, und das ist sehr langweilig. Sie ist dumm, und es endet damit, daß man sie zum Narren macht: man zwingt sie, zu zeigen wie sie schwimmen kann. Sie legt sich auf den Boden und macht die Tempi auf dem Trockenen. Alle lachen laut auf und machen sich über sie lustig. Sie sieht das, rote Flecken zeigen sich auf ihren Wangen und sie wird so kläglich verlegen, so kläglich, daß sie einem leid tun muß, und daß man nie mehr dieses schiefe, gutmütige, demütige Lächeln ihres Gesichtes vergißt. Und Sergius stellte sie sich vor, wie sie nachher gewesen war. Es war lange nachher, vor seinem Eintritt ins Kloster. Sie war mit irgendeinem Gutsbesitzer verheiratet, der ihr ganzes Vermögen vergeudet hatte und der sie schlug. Sie hatte zwei Kinder: einen Sohn und eine Tochter. Der Sohn starb, als er noch klein war. Sergius erinnerte sich, wie unglücklich sie damals gewesen war. Nachher hatte er sie im Kloster wiedergesehen, sie war damals schon Witwe. Sie war immer dieselbe nicht gerade dumme, aber geschmacklose, nichtige, beklagenswerte Person. Sie war mit ihrer Tochter und deren Bräutigam gekommen. Und sie waren damals schon ganz verarmt. Damals hörte er, daß sie in irgendeiner Bezirksstadt lebe, und daß sie sehr arm sei. „Und warum denke ich an sie?“ fragte er sich. Er konnte aber nicht aufhören an sie zu denken. „Wo ist sie jetzt? Ist sie noch immer so unglücklich wie damals, als sie am Trockenen zeigen mußte, wie sie schwimmen kann? Aber wozu denke ich eigentlich an sie? Habe ich nicht etwas anderes zu tun? Soll ich nicht vielmehr ein Ende machen?“

Da wurde ihm wieder bange, und um sich von diesem Gedanken zu befreien, begann er von neuem über Paschenka nachzudenken.

So lag er lange da, dachte bald an sein bevorstehendes Ende, bald an Paschenka. Paschenka erschien ihm endlich als seine Rettung. Er schlief ein und sah im Traum einen Engel, der auf ihn zutrat und zu ihm sprach: „Geh hin zu Paschenka und erfahre durch sie, was du tun sollst, was deine Sünde ist, was deine Rettung.“

Er erwachte, und da es ihm war, als ob Gott ihm diese Erscheinung geschickt habe, freute er sich und beschloß zu tun, was die Erscheinung ihm geheißen hatte. Er wußte, wo sie wohnte – in einer etwa 300 Werst entfernten Stadt – und machte sich auf, um zu ihr hinzupilgern.

VIII. I

Paschenka war schon lange nicht mehr die Paschenka, sondern eine alte, vertrocknete, verrunzelte Praskowia Michajlowna, Schwiegermutter eines verlotterten Beamten und Trunkenboldes namens Mawrikijew. Sie lebte in derselben Bezirksstadt, wo der Schwiegersohn seinen letzten Posten innegehabt hatte, und ernährte hier die ganze Familie: die Tochter, den kränkelnden, neurasthenischen Schwiegersohn und fünf Enkelkinder. Sie setzte sie ins Brot durch Musikstunden, die sie den Töchtern der Kaufleute erteilte. Täglich gab sie vier, auch fünf Stunden, so daß sie im Monat etwa sechzig Rubel verdiente. Mit diesem Gelde wirtschaftete sie in der Zeit, während der Schwiegersohn einen neuen Posten suchte. Briefe mit Bitten wegen eines solchen Postens hatte die Praskowia Michajlowna an sämtliche Verwandte und Bekannte, einen darunter auch an Sergius geschickt; aber dieser Brief hatte ihn nicht erreicht.

Es war an einem Sonnabend und Praskowia Michajlowna knetete selbst den Butterteig mit Rosinen für einen Kuchen, wie ihn seinerzeit der leibeigne Koch ihres Vaters so ausgezeichnet zu bereiten verstanden hatte. Praskowia Michajlowna hatte die Absicht, morgen zum Feiertag ihre Enkel damit zu bewirten.

Mascha, ihre Tochter, wartete den Jüngsten, die Älteren, ein Knabe und ein Mädchen, waren in der Schule. Der Schwiegersohn, der nachts nicht schlafen konnte, war jetzt eingeschlummert. Praskowia Michajlowna war gestern erst spät zur Ruhe gekommen, da sie viel Mühe gehabt hatte, den Zorn ihrer Tochter über den Mann zu beschwichtigen.

Sie sah, daß der Schwiegersohn ein schwaches Wesen war, er konnte eben nicht anders reden und handeln; sie sah, daß ihm die Vorwürfe seiner Frau nicht helfen konnten, und wandte all ihre Kraft an, um sie zu besänftigen, damit es keine Vorwürfe, kein Böses geben solle. Es war ihr geradezu physisch unmöglich, schlechte Beziehungen zwischen den Menschen zu ertragen. Ihr war es vollkommen klar, daß durch Streit und Zank nichts besser, alles nur schlimmer werden konnte. Aber auch nicht einmal das dachte sie: sie litt nur einfach beim Anblick von Gehässigkeiten, sie litt darunter so, wie unter einem üblen Geruch, einem ohrenzerreißenden Geräusch oder unter Schlägen, die den Körper trafen.

Sie hatte der Lukeria soeben mit selbstzufriedener Miene erklärt, wie man den mit Hefe verrührten Teig kneten müsse, als Mischa, der sechsjährige Enkel, im Schürzchen und in gestopften Strümpfen, auf seinen krummen Beinchen in die Küche gelaufen kam und mit erschrockenem Gesichte sagte:

„Großmutter, ein schrecklicher alter Mann sucht dich!“ Lukeria schaute hinaus.

„Irgendein Pilger, Barinja.“

Praskowia Michajlowna wischte ihre mageren Ellbogen aneinander und die Hände an der Schürze ab und wollte ins Zimmer gehen, um fünf Kopeken aus dem Börschen zu holen, erinnerte sich aber, daß sie nur Zehnkopekenstücke hatte, und beschloß, Brot zu geben. Sie kehrte zum Schrank zurück, aber plötzlich errötete sie vor Scham, daß es ihr um die zehn Kopeken leid tat. Sie befahl der Lukeria ein Stück Brot abzuschneiden und selbst ging sie außerdem noch das Zehnkopekenstück holen. „Das soll deine Strafe sein,“ sagte sie sich, „jetzt gib doppelt.“

Mir einer Entschuldigung reichte sie dem Pilger sowohl das eine als das andere, und als sie das tat, war sie nicht nur nicht stolz, daß sie so freigebig war, sondern im Gegenteil ganz beschämt, daß sie nur so wenig geben konnte. Der Pilger hatte ein gar zu vornehmes Wesen.

Ungeachtet dessen, daß er dreihundert Werst weit bettelnd das Land durchzogen hatte und daher abgerissen, abgemagert und von der Sonne schwarz gebrannt war, ungeachtet daß seine Haare abgeschnitten waren, eine Bauernmütze seinen Kopf bedeckte und seine Füße in Bauernstiefel steckten, ungeachtet, daß er sich so demütig verneigte, hatte Sergius noch immer dasselbe vornehme Wesen an sich, das ihn so anziehend machte. Aber Praskowia Michajlowna erkannte ihn nicht. Sie konnte ihn auch nicht erkennen, da sie ihn seit zwanzig Jahren nicht mehr gesehen hatte.

„Nichts für ungut, Väterchen. Wollen Sie etwas essen?“

Er nahm das Brot und das Geldstück, und Praskowia Michajlowna wunderte sich, daß er nicht fortging, sondern stehenblieb und sie anschaute.

„Paschenka, ich bin zu dir gekommen. Nimm mich auf.“ Seine schwarzen, schönen Augen, die sich plötzlich mit Tränen füllten, blickten sie unverwandt und bittend an. Unter seinem ergrauenden Schnurrbart zuckten die Lippen.

Praskowia Michajlowna faßte sich an die vertrocknete Brust, öffnete den Mund und blickte starr in das Gesicht des Alten.

„Ja, ist es denn möglich! Stjopa! Sergius! Vater Sergius!"

„Ja, er selber," sagte Sergius mit leiser Stimme, „doch nicht Sergius, nicht Vater Sergius ist es, sondern ein armer Sünder, Stepan Kassatskij, ein tiefgefallener, armer Sünder. Nimm mich auf und hilf mir."

„Es ist nicht möglich! Wie können Sie sich so tief demütigen! Kommen Sie doch!"

Sie streckte die Hand aus, doch er ergriff sie nicht und schritt hinter ihr ins Haus.

Aber wohin sollte sie ihn führen? Die Wohnung war klein. Früher hatte sie ein Zimmerchen für sich gehabt, einen Verschlag vielmehr, aber diesen Verschlag hatte sie später an die Tochter abgetreten. Jetzt saß dort Mascha an der Wiege des Säuglings.

„Nehmen Sie einstweilen hier Platz, ich komme sofort," sagte sie zu Sergius und zeigte auf eine Bank in der Küche.

Sergius setzte sich auch sofort, nahm mit einer Bewegung, die, wie man sehen konnte, ihm schon zur Gewohnheit geworden war, zuerst von der einen, dann von der anderen Schulter den Quersack ab.

„Mein Gott, mein Gott, was für eine Demut! Was für ein Ruhm und plötzlich so ..."

Sergius antwortete nicht und lächelte nur sanft, während er den Sack neben sich niederlegte.

„Mascha, weißt du auch, wer das ist?"

Und Praskowia Michajlowna erzählte ihrer Tochter im Flüsterton, wer Sergius war. Dann trugen sie miteinander das Bett und die Wiege aus dem Verschlag heraus und richteten das Zimmer für Sergius her.

Praskowia Michajlowna führte Sergius hinein.

„Hier ruhen Sie aus. Nichts für ungut! Aber ich muß gehen."

„Wohin?"

„Ich gebe Stunden. Fast schäme ich mich, es zu sagen: Musikstunden gebe ich."

„Musik – das ist gut. Nur eins, Praskowia Michajlowna! Ich bin doch in einer gewissen Angelegenheit zu Ihnen gekommen. Wann kann ich mit Ihnen sprechen?"

„Ich werde mich glücklich schätzen. Ginge es am Abend?

„Es geht. Nur noch eine Bitte: sagen Sie niemandem, wer ich bin. Ich habe mich nur Ihnen entdeckt. Niemand weiß, wohin ich gegangen bin. Es muß so sein."

„Ach, und ich hab es schon meiner Tochter gesagt."

„Bitten Sie die Tochter, es niemandem weiterzusagen."

Sergius zog die Stiefel aus, legte sich nieder und schlief nach der schlaflosen Nacht und einem Marsch von vierzig Werst sofort ein.

ALS Praskowia Michajlowna zurückkehrte, saß Sergius in seinem Zimmer und erwartete sie schon. Zum Mittagessen war er nicht hinausgegangen, sondern hatte ein wenig Suppe und Brei auf der Stube gegessen; die Lukeria hatte ihm die Speisen gebracht.

„Warum bist du schon so früh zurück?" fragte Sergius. „Jetzt können wir sprechen."

„Warum ist mir auch so ein Glück zuteil geworden, daß ich solch einen Gast beherbergen darf? Ich habe eine Stunde ausgelassen. Nachher … Ach, ich hatte ja immer geträumt, zu Ihnen zu fahren, und habe Ihnen geschrieben; und plötzlich so ein Glück!"

„Paschenka, ich bitte, nimm die Worte, die ich dir sogleich sagen werde, als eine Beichte, als Worte, die ich in der Sterbestunde vor Gott sprechen würde. Paschenka, ich bin kein Heiliger, ich bin nicht einmal ein gewöhnlicher Mensch, ich bin ein Sünder, ein schmutziger, widerwärtiger, verirrter, stolzer Sünder, ein so erbärmlicher Mensch, daß ich nicht glaube, es könnte einen erbärmlicheren geben."

Paschenka schaute ihn zuerst mit großen Augen an; sie glaubte ihm. Und dann, als sie seinen Worten völlig Glauben schenkte, berührte sie seine Hand mit der ihrigen und sagte mitleidig lächelnd:

„Stiwa, übertreibst du nicht?"

„Nein, Paschenka. Ich bin ein Wüstling, ich bin ein Mörder, ich bin ein Gotteslästerer und ein Betrüger."

„Mein Gott. Was sagst du da?" erwiderte Praskowia Michajlowna.

„Aber man muß leben bleiben. Und ich, der ich glaubte alles zu wissen, der ich andere darüber belehrte, wie man leben soll, ich weiß nichts mehr und ich bitte dich, mich zu belehren."

„Was sprichst du da, Stiwa? Du lachst mich aus. Warum lacht ihr mich denn nur immer aus?"

„Ich lache nicht. Aber sage mir nur, wie du lebst und wie du dein Leben verbracht hast."

„Ich? Ach, ich habe das häßlichste, das schlimmste Leben hinter mir. Und jetzt straft mich Gott. Und mir geschieht recht. Und ich lebe so erbärmlich, so erbärmlich …"

„Wie war deine Heirat? Wie hast du mit deinem Manne gelebt?"

„Alles war schlecht. Geheiratet habe ich, ja, – ich verliebte mich auf die allergewöhnlichste Manier in ihn. Der Vater war dagegen. Aber ich achtete auf nichts und heiratete ihn. Und als Gattin habe ich ihn, anstatt ihm zu helfen, nur mit meiner Eifersucht gequält, die ich nicht unterdrücken konnte."

„Er war ein Trinker?"

„Ja, er trank, ich aber wußte ihn nicht zu beruhigen und machte ihm Vorwürfe. Und es ist doch eine Krankheit! Er konnte nicht anders. Jetzt entsinne ich mich, daß ich ihm manches vorenthielt. Und es gab entsetzliche Szenen.

Sie blickte ihn mit ihren schönen Augen, die in der Erinnerung an das Vergangene einen gequälten Ausdruck zeigten, bittend an.

Kassatskij erinnerte sich an das, was man ihm erzählt hatte, daß der Mann Paschenka schlug. Und als Kassatskij ihren mageren dürren Hals mit den hervortretenden Adern hinter den Ohren und dem dünnen Büschel ihres noch nicht ganz grauen und nicht mehr blonden Haares ansah, da war es ihm, als sähe er all das Schreckliche vor Augen.

„Dann bin ich mit den zwei Kindern allein geblieben und hatte nichts zu leben."

„Aber ihr hattet doch ein Gut?"

„Das haben wir noch bei Lebzeiten Wassjas verkauft und alles … verlebt. Man mußte ja leben, und ich hatte, wie wir jungen Damen alle, nichts gelernt. Aber ich war besonders ungeschickt und ganz hilflos. So verlebten wir denn alles bis auf den letzten Rest. Ich unterrichtete die Kinder, und indem ich sie lehrte, lernte ich selbst noch ein bißchen. Und dann wurde Mitja – er war schon in der vierten Klasse – krank und Gott hat ihn zu sich genommen. Mascha verliebte sich in Wanja – den Schwiegersohn. Was soll man sagen! Er ist ein guter, aber ein unglücklicher Mensch. Er ist krank."

„Mutter," unterbrach die Tochter ihre Erzählung, „nehmen Sie mir den Mischa ab, ich kann mich nicht zerreißen."

Praskowia Michajlowna fuhr zusammen, stand auf und ging in ihren ausgetretenen Schuhen so schnell sie konnte zur Tür hinaus. Bald kehrte sie wieder zurück und hatte einen zweijährigen Knaben auf den Armen, der sich zurückwarf und mit seinen Händchen nach ihrem Halstuch griff.

„Ja, also wo bin ich stehengeblieben. Ja! Er hatte hier einen guten Posten und sein Vorgesetzter war ein so lieber Mensch; aber Wanja konnte es nicht aushalten und nahm seinen Abschied."

„Was hat er denn für eine Krankheit?"

„Neurasthenie. Das ist eine furchtbare Krankheit. Wir haben schon hin und her gesprochen, was man da tun soll. Aber man müßte mit ihm irgendwohin fahren, und das erlauben unsere Mittel nicht. Ich hoffe immer, es wird auch so vorübergehen. Besondere Schmerzen hat er nicht, aber ..."

„Lukeria!" ließ sich seine zornige und schwache Stimme vernehmen. „Immer wenn man die Lukeria braucht, ist sie fort. Mutter!"

„Sofort!" unterbrach Praskowia Michajlowna wieder ihre Erzählung. „Er hat noch nicht zu Mittag gegessen. Mit uns zusammen kann er nicht."

Sie ging hinaus, verrichtete dort irgend etwas und kehrte, die sonnverbrannten, mageren Hände an ihrer Schürze abwischend, zurück.

„Das also ist mein Leben. Wir klagen immer, und immer sind wir unzufrieden; aber Gott sei Dank, die Enkel sind lieb und gesund, und leben läßt es sich auch noch. Doch genug von mir."

„Wovon lebt ihr denn?"

„Nun, ein wenig verdiene ja ich. Die Musik hatte mich früher immer gelangweilt; aber jetzt kommt sie mir doch noch zustatten."

Sie legte ihre kleine Hand auf die Kommode, vor der sie saß und ließ die Finger spielend, wie wenn sie übte, über die Fläche gleiten.

„Wieviel bezahlt man Ihnen für die Stunden?"

„Man bezahlt einen Rubel, auch fünfzig Kopeken, es gibt auch welche zu dreißig Kopeken. Man ist überall gut zu mir."

„Und machen denn die Kinder auch Fortschritte?" fragte Kassatskij, kaum merklich mit den Augen lächelnd. Praskowia Michajlowna glaubte nicht gleich an den Ernst seiner Worte und schaute ihn fragend an.

„Sie machen auch Fortschritte. Es ist da ein liebes Mädchen, die Tochter eines Fleischers. Ein gutes, liebes Mädchen. Ja, wenn ich eine kluge Frau wäre, könnte ich durch ihren Vater leicht Verbindungen wegen einer Stelle für den Schwiegersohn finden. Aber ich wußte mich mit den Leuten nie ins Benehmen zu setzen und brachte die Meinigen in diesen Zustand."

„Ja, ja," sagte Kassatskij und ließ den Kopf sinken. „Nun, Paschenka, und wie hältst du es denn mit den kirchlichen Dingen?" fragte er.

„Ach, erinnern Sie mich nicht daran! Ich bin so schlecht, so nachlässig! Ich gehe mit den Kindern zum Abendmahl und gehe auch in die Kirche. Aber manches Mal monatelang nicht. Nur die Kinder schicke ich."

„Warum gehen Sie nicht selbst?"

„Um die Wahrheit zu sagen" – sie wurde rot – „so abgerissen, wie ich bin, schäme ich mich vor der Tochter und den Kindern, und andere Kleider habe ich nicht. Ich bin einfach zu träge."

„Beten Sie zu Hause?"

„Ich bete wohl. Aber was ist das für ein Gebet, wenn man nur so mechanisch die Lippen bewegt? Ich weiß, man sollte anders beten. Aber ich bringe das richtige Gefühl nicht auf. Es ist nur immer dieses Wissen um die eigene Niedrigkeit ..."

„Ja, ja, so ist es, so," sagte er, wie wenn er ihr beipflichtete.

„Sofort, sofort," antwortete sie auf den Zuruf des Schwiegersohnes und ging, mit den Fingern ihr Zöpfchen zurechtmachend, aus der Stube.

Dieses Mal kehrte sie lange nicht zurück. Als sie wieder ins Zimmer trat, saß Kassatskij noch immer in derselben Stellung da, hielt die Ellbogen auf das Knie gestützt und den Kopf gesenkt. Aber den Quersack hatte er wieder auf den Rücken genommen.

Als sie mit einer blechernen Lampe ohne Glaskugel hineinkam, hob er seine schönen, matten Augen zu ihr auf und seufzte tief, tief.

„Ich sagte den Leuten im Hause nicht, wer Sie sind," fing sie schüchtern an, „ich sagte nur, ein Pilger aus einem adeligen Geschlecht, den ich von früher her kenne, sei bei mir. Kommen Sie hinüber ins Eßzimmer, zum Tee."

„Nein."

„Dann bringe ich ihn hierher."

„Nein, ich brauche nichts. Behüte dich Gott, Paschenka. Ich will nun weiter gehen. Wenn du mit mir Mitleid hast, so sage niemandem, daß du mich gesehen hast. Ich beschwöre dich beim lebendigen Gott, sage es niemandem. Ich danke dir. Ich möchte mich vor dir bis zur Erde niederbeugen, aber ich weiß, es würde dich nur in Verlegenheit bringen. Ich danke dir. Verzeihe mir um Christi willen."

„Segnen Sie mich."

„Gott wird dich segnen. Verzeihe mir um Christi willen."

Er wollte gehen, aber sie hielt ihn zurückbrachte ihm Brot, einige Kringel und Butter. Er nahm alles und ging hinaus.

Es war dunkel, und er war kaum ein paar Häuser weit gegangen, als sie ihn auch schon aus den Augen verloren hatte. Nur daran, daß der Hund des Popen zu bellen anfing, erkannte sie, daß er weiterging.

„DAS also hat mein Traum bedeutet? Paschenka also ist das, was ich hätte sein sollen und nicht gewesen bin? Ich lebte für die Menschen unter dem Vorwand, daß ich für Gott lebe; sie lebt für Gott, im Glauben, daß sie für die Menschen lebt.

Ja, eine gute Handlung, und wenn es nur ein Glas Wasser wäre, das man ohne den Gedanken an Belohnung reicht, ist mehr wert, als alle Wohltaten, die ich den Menschen erwiesen habe. Aber hatte nicht wenigstens der herzliche Wunsch, Gott zu dienen, einen kleinen Anteil daran gehabt?" fragte er sich. Und die Antwort lautete: „Ja, aber alles war besudelt und vermengt mit dem Wunsche nach irdischem Ruhm. Ja, für den, der so wie ich um des irdischen Ruhmes willen gelebt hat, für den gibt es keinen Gott. Gott will ich suchen."

Und so, wie er bis zu Paschenka gewandert war, wanderte er weiter, von Dorf zu Dorf. Er kam mit anderen Pilgern und Pilgerinnen zusammen und ging dann wieder allein; und zog im Namen Christi um Brot und Obdach bittend immer weiter. Zuweilen schalt ihn eine böse Hausfrau, oder es beschimpfte ihn ein betrunkener

Muschik; aber in der Regel gab man ihm überall Speise und Trank und sogar noch etwas mit auf den Weg. Manche stimmte sein vornehmes Aussehen zu seinen Gunsten, andere freuten sich gewissermaßen, daß auch einmal ein großer Herr die Armut zu kosten bekam. Aber seine Sanftmut besiegte alle.

Oft, wenn er in einem Hause ein Evangelium fand, las er daraus vor, und immer und überall waren die Leute gerührt und verwundert, wie wenn sie etwas Neues und doch Altbekanntes gehört hätten.

Traf es sich so, daß er den Leuten mit etwas dienen konnte, sei es mit einem Ratschlag, oder mit der Abfassung einer Urkunde, oder durch Schlichtung von Streitigkeiten, dann nahm er keinen Dank entgegen und ging fort. Und allmählich offenbarte sich ihm Gott wieder.

Einmal schritt er mit zwei alten Mütterchen und einem ausgedienten Soldaten fürbaß. Ein Barin mit einer Barinja, die in einem leichten, eleganten Fahrzeug saßen, das ein Traber zog, und ein Herr mit einer Dame, die zu beiden Seiten ritten, hielten die Wanderer an. Der Gatte der Barinja und seine Tochter saßen zu Pferd, und in dem leichten, eleganten Wagen saß neben der Barinja ein Reisender, augenscheinlich ein Franzose.

Sie hielten die Pilger an, um dem Reisenden *les pèlerins* zu zeigen, eine in dem abergläubischen Rußland gewöhnliche Erscheinung, wo die Leute anstatt zu arbeiten, von Ort zu Ort ziehen.

Sie sprachen französisch, weil sie dachten, daß keiner unter den Pilgern sie verstehen würde.

„Demandez-leur“, sagte der Franzose, *„s'ils sont bien sûrs que leur pèlerinage est agréable à Dieu.“*

Man fragte sie. Die Mütterchen antworteten:

„Wie Gott meint. Mit den Füßen machen wir's, ob auch mit dem Herzen – wissen wir nicht.“

Man fragte den Soldaten. Er antwortete, er stehe allein in der Welt und wisse nicht, wo er sein Haupt hinlegen solle.

Man fragte Kassatskij, wer er sei. „Ein Knecht Gottes.“

„Qu'est-ce qu'il dit? Il ne répond pas ? “

„Il dit qu'il est serviteur de Dieu.“

„Il doit être un fils de prêtre. Il a de la race. Avez-vous de la petits monnaie ?“

Der Franzose hatte Kleingeld bei sich und schenkte jedem der Pilger ein Zwanzigkopekenstück.

„*Mais dites-leur que de n'est pas pur acheter des cierges; que je leur donne pour qu'ils se régalent de thé.* – Tee! Tee!" sagte er lächelnd, „*pour vous, mou vieux,*" und klopfte mit seiner behandschuhten Rechten Kassatskij leicht auf die Achsel.

„Gott segne Sie," antwortete Kassatskij, ohne die Mütze aufzusetzen und seinen kahlen Kopf tief neigend.

Diese Begegnung erfüllte ihn mit besonderer Freude, da er sah, daß er die Meinung der Menschen verschmähen konnte, und er tat das, was das geringste, leichteste war, was er tun konnte, – er nahm demütig die ihm dargereichten zwanzig Kopeken entgegen und gab sie einem Gefährten, dem blinden Bettler. Je weniger die Meinung der Menschen für ihn bedeutete, desto mehr fühlte er sich in Gott.

ACHT Monate wanderte Kassatskij so von Ort zu Ort. Im neunten Monat wurde er in einer Gouvernementsstadt, in einem Asyl, wo er mit anderen Wanderern übernachtet hatte, angehalten und als Paßloser auf die Polizei gebracht.

Auf die Fragen, wo er seinen Paß habe und wer er sei, antwortete er, einen Paß habe er nicht und er sei ein Knecht Gottes. Er ward zu den Landstreichern gerechnet, abgeurteilt und nach Sibirien verbannt. In Sibirien siedelte er sich auf dem Besitztum eines reichen Bauern an. Dort verbringt er nun seine Tage. Er arbeitet für den Besitzer im Gemüsegarten, unterrichtet die Kinder und pflegt Kranke.

Aljoscha der Topf

Aljoscha war der jüngste Bruder. Topf wurde er genannt, weil er, als ihn die Mutter einmal mit einem Topf Milch zur Frau des Diakons schickte, stolperte und den Topf zerbrach. Die Mutter prügelte ihn, die Kinder aber neckten ihn seitdem: „Topf! Topf!" Aljoscha Topf – dieser Spitzname blieb an ihm hängen.

Aljoscha war klein, schmächtig, tölpisch. Die Ohren steckten ihm im Kopf wie Flügel; und die Nase war sehr groß. Die Kinder riefen ihm nach: „Die Nase vom Aljoscha ist wie ein Hund auf einem Hügel!"

Im Dorfe gab es eine Schule, aber das ABC ging ihm nicht ein; er hatte ja auch keine Zeit zum Lernen. Der ältere Bruder war bei einem Kaufmann in der Stadt, und Aljoscha mußte schon von klein auf dem Vater helfen. Er war erst sechs Jahre alt, als er schon mit dem Schwesterchen die Schafe und Kühe auf die Weide trieb, und als er ein wenig größer wurde, fing er an, die Pferde zu hüten bei Tag und bei Nacht. Mit zwölf Jahren pflügte er und kutschierte den Wagen auf das Feld hinaus. Kräfte hatte er zwar keine, aber er besaß den „Griff". Immer war er heiter. Die Kinder lachten über ihn; er schwieg oder lachte mit. Schalt ihn der Vater aus, so schwieg er still und horchte zu; sobald aber der Vater aufhörte, lächelte er wieder und machte sich flink über die Arbeit her, die er gerade vor sich hatte.

Aljoscha war neunzehn Jahre alt, als sein Bruder zu den Soldaten genommen wurde, und der Vater gab Aljoscha an Stelle des Bruders zu dem Kaufmann in die Stadt. Aljoscha erhielt die alten Stiefel des Bruders, den Hut und die Jacke des Vaters, und man führte ihn in die Stadt. Aljoscha konnte sich nicht genug über seinen Anzug freuen, der Kaufmann war aber mit dem Aussehen Aljoschas nicht zufrieden.

„Ich dachte, du wirst mir für Semjon einen wirklichen Menschen bringen," sagte der Kaufmann, mit einem Seitenblick auf Aljoscha, „nicht so einen Schnaufer. Wozu kann man den gebrauchen?"

„Er kann alles!" sagte der Vater. „Einspannen – und fahren – und arbeiten. Es gibt keine Arbeit, in die er sich nicht gleich verbeißt. Von Aussehen ist er zaundürr, aber er hat Adern!"

„Na gut, wir werden schon sehen."

„Und die Hauptsache ist: er ist geduldig. Auf Arbeit ist er grad neidisch."

„Was soll ich mit dir anfangen? Laß ihn da."

Und Aljoscha lebte von nun an beim Kaufmann als Faktotum. Die Familie des Kaufmanns war nicht groß: da war die Hauswirtin, da war die alte Mutter, der ältere, verheiratete Sohn, der nur einfache Bildung hatte und im Geschäft des Vaters mit half, und der zweite Sohn, ein Gelehrter – dieser hatte das Gymnasium besucht und auch die Universität, von wo man ihn jedoch fortgejagt hatte – und dieser lebte nun auch zu Hause bei seinem Vater. Und da war noch eine Tochter, ein Mädchen, das ins Gymnasium ging.

Zuerst machte Aljoscha einen schlechten Eindruck, denn er war angezogen wie ein Muschik und hatte keine Manieren. Zu allen sagte er „du". Aber bald gewöhnte man sich an ihn. Er diente noch besser als der Bruder und war wirklich geduldig. Alle möglichen Arbeiten trug man ihm auf, und alles tat er gerne und flink; ohne zu rasten ging er von einer Arbeit zur andern über. Und wie zu Hause, so auch beim Kaufmann wälzte man alle Arbeit auf Aljoscha. Je mehr er sich plagte, desto mehr lud man ihm auf. Die Hauswirtin, und die Mutter der Hauswirtin, und die Tochter der Hauswirtin, und der Sohn der Hauswirtin, und der Geschäftsdiener, und die Köchin – alle schickten ihn hin und her und verlangten bald dies, bald das. Man hörte nur: „Bruder, lauf!" oder: „Aljoscha, mache das." „Was ist denn das, Aljoscha, hast du das vergessen?" „Schau, vergiß nicht!" – Und Aljoscha lief – machte – schaute – vergaß nicht – und alles geschah zur Zeit; und er lächelte in einem fort.

Die Stiefel des Bruders waren bald zerrissen, und der Kaufmann schalt ihn tüchtig aus, daß er so mit nackten Zehen im Schnee herumwatete, und befahl ihm, neue Stiefel im Basar zu kaufen. Die Stiefel waren funkelnagelneu, und Aljoscha freute sich über die Maßen, aber die Füße waren die alten, und gegen Abend taten sie ihm vom vielen Laufen weh. Aljoscha war ganz böse auf sie, daß sie so schmerzten. Aljoscha fürchtete, der Vater werde beleidigt sein, wenn er käme, um das Geld beim Kaufmann abzuholen und der Kaufmann dann das Geld für die Stiefel abziehen würde.

Aljoscha stand auf, bevor der Morgen graute, spaltete Holz, fegte den Hof, fütterte und tränkte die Kuh und das Pferd. Dann heizte er die Öfen, putzte die Stiefel und Kleider der Herrschaft, stellte die Samoware auf, reinigte sie. Dann rief ihn der Geschäftsdiener, damit er die Waren hinaustrug, oder die Köchin befahl ihm, den Teig zu kneten, die Pfannen zu putzen. Dann schickte man ihn in die Stadt, einmal mit einem Zettel, ein andermal als Begleiter der Tochter, die das Gymnasium besuchte, oder um Baumöl für die Alte. – „Wo steckst du die ganze Zeit, vermaledeiter Schlingel ?" schrie bald dieser, bald jener ihn an. „Wozu gehen Sie selbst? Aljoscha wird springen. Aljoscha! He! Aljoscha!" Und Aljoscha lief.

Zu frühstücken pflegte er im Gehen, und zu Mittag konnte er selten mit den andern zusammen essen. Die Köchin schalt ihn dafür aus, doch stellte sie ihm aus Mitleid das Essen warm.

Besonders viel Arbeit gab es zu den Feiertagen. Aber Aljoscha freute sich auf die Feiertage, weil es da jedesmal Trinkgelder gab, zwar nicht viel, etwa sechzig Kopeken, aber das war sein eigenes Geld, mit dem er anfangen konnte, was er wollte, während er seinen Lohn gar nicht zu Gesicht bekam. Der Vater pflegte vorbeizufahren, nahm das Geld und machte Aljoscha Vorwürfe, daß er zuviel Stiefel zerriß.

Als Aljoscha von den Trinkgeldern volle zwei Rubel zusammengespart hatte, kaufte er sich auf den Rat der Köchin eine rote, gestrickte Jacke, und als er die Jacke anzog, freute er sich so, daß er vor Vergnügen den Mund nicht schließen konnte.

Aljoscha sprach wenig, und was er sprach, stieß er kurz und hastig hervor. Befahl man ihm etwas, oder fragte man ihn, ob er dies oder jenes machen könne, so antwortete er ohne das geringste Zögern: „das kann man alles" und vollführte das Gewünschte sofort.

Gebete wußte er keine; diejenigen, die ihn die Mutter gelehrt, hatte er vergessen, indessen betete er auf seine Weise, indem er die Hände faltete und sich bekreuzte.

So lebte Aljoscha bei dem Kaufmann anderthalb Jahre. In der zweiten Hälfte des zweiten Jahres aber passierte ihm etwas Außerordentliches. Dieses Erlebnis bestand darin, daß er plötzlich erfuhr, es gebe außer dem wohnlichen Verhältnis zwischen den Menschen, das die Not diktierte, noch ein anderes, ganz besonderes. Nicht so eines, das einen zwang, Stiefel zu putzen, Einkäufe zu besorgen, das

Pferd einzuspannen, sondern eines, in dem sich zeigte, daß man andern nicht zu irgend etwas nötig war, ja, in dem man *ihm* dienen, *ihm selbst* gut sein könne. Und er, Aljoscha, sei so ein Mensch! Er erfuhr dies durch die Köchin Ustinja. Ustiuscha war eine Waise, jung, ebenso arbeitsam wie Aljoscha. Sie fing an Aljoscha zu bemitleiden, und Aljoscha verspürte zum erstenmal, daß er, er selbst, nicht seine Arbeit, einem andern Menschen wert sei. Als die Mutter ihn bemitleidete, da merkte er es nicht, es schien ihm das ganz in Ordnung zu sein und ungefähr so, wie wenn er sich selbst bemitleidete. Aber da sah er plötzlich, daß Ustinja – eine ganz Fremde – ihn bemitleidete. Sie ließ ihm Gries mit Butter übrig, und wenn er aß, schaute sie, das Kinn in die Hand gestützt, ihn an. Er schaute sie auch an, dann lachte sie und er lachte auch.

Das war so neu und so seltsam, daß es zuerst Aljoscha erschreckte. Er fühlte, daß ihm das beim Dienen schaden werde, wie er jetzt diente. Doch wenn er seine Hosen anschaute, die Ustinja geflickt hatte, war er wieder zufrieden, schüttelte den Kopf und lächelte. Bei der Arbeit oder beim Laufen in Geschäften erinnerte er sich oft an Ustinja und sagte: „Ei Ustinja!" Ustinja half ihm, wo sie nur konnte und er half ihr. Sie erzählte ihm ihre Schicksale, wie sie Waise wurde, wie ihre Tante sie zu sich nahm, wie man sie in die Stadt gab, wie ein Kaufmannssohn sie zu einer Dummheit verleiten wollte, und wie sie ihn abwies. Sie liebte es zu sprechen, und ihm war es angenehm zuzuhören. Er vernahm, daß es in den Städten oft vorkam, daß Muschiks, die als Arbeiter da waren, Köchinnen heirateten. Einmal fragte sie ihn, ob man ihn bald verheiraten werde. Er antwortete, er wisse es nicht und habe keine Lust, eine vom Dorfe zu nehmen.

„Hast du dir vielleicht schon eine angeschaut?" sagte sie.

„Ja, ich würde dich nehmen. Willst du?"

„Ei, schau einmal an, er ist nur ein Topf, und wie geschickt er es zu sagen wußte!" sagte sie, indem sie ihm mit dem Handtuch einen Schlag auf die Schulter gab. „Warum sollte ich nicht wollen?"

Zu Fasching kam der Vater in die Stadt, um das Geld zu holen. Die Kaufmannsfrau hatte von den Heiratsplänen Aljoschas erfahren, und das mißfiel ihr sehr. „Sie wird in die Umstände kommen," sagte sie zu ihrem Mann, „und wozu ist sie dann zu gebrauchen?"

Der Kaufmann gab dem Vater das Geld.

„Nun, wie lebt der Meinige dahier? Gut?“ sagte der Muschik. „Hab ich’s nicht gleich gesagt, daß er geduldig ist?“

„Das schon,“ gab der Kaufmann zurück, „aber Dummheiten hat er sich in den Kopf gesetzt. Er will unsere Köchin heiraten. Ich mag Verheiratete aber nicht behalten. Uns paßt das nicht.“

„Ein Narr, ein Narr! Aber was er sich da in den Kopf gesetzt hat,“ sagte der Vater, „das werde ich ihm bald austreiben. Ich werde ihm befehlen, das zu lassen.“

Der Vater begab sich in die Küche und setzte sich, den Sohn erwartend, an den Tisch. Aljoscha lief gerade in Geschäften und kam keuchend zurück.

„Ich dachte, du bist auf einem ordentlichen Weg? Und du? Was sind das für Absichten, die du hast?“ sagte der Vater.

„Ich? Keine Absichten – nichts.“

„Wieso nichts? Heiraten willst du. Ich werde dich verheiraten, verstanden? wann die Zeit kommt, und ich werde dich mit einer verheiraten, wie es sich gehört, nicht mit einer Stadtschlampe.“

Viel sprach der Vater noch, und Aljoscha stand da und seufzte. Als der Vater zu Ende war, lächelte Aljoscha.

„Man kann es auch lassen,“ sagte er.

„So ist’s recht.“

Als der Vater fortging und Aljoscha mit Ustinja allein war (sie hatte dem Gespräch zwischen Vater und Sohn hinter der Tür gelauscht), sagte er:

„So steht unsre Sache. Es ist nicht gut ausgegangen. Hast gehört? Er wurde bös; erlaubt’s nicht.“

Sie fing an still in ihre Schürze zu weinen.

Aljoscha schnalzte mit der Zunge.

„Wie sollt’ ich denn nicht gehorchen? Es scheint, man wird’s wohl lassen müssen.“

Abends, als die Kaufmannsfrau ihn rief, damit er die Fensterläden schließe, sagte sie zu ihm:

„Nun, wie ist’s? Gehorchst du dem Vater? Wirst du die Dummheiten lassen?“

„Muß sie wohl lassen,“ sagte Aljoscha, fing an zu lachen und zugleich zu weinen.

SEIT dieser Zeit sprach Aljoscha nicht mehr vom Heiraten mit Ustinja und lebte wie vorher. In den Fasttagen hieß ihn der Geschäftsdiener den Schnee vom Dach herabholen. Aljoscha kroch auf das Dach, säuberte es gänzlich vom Schnee, begann die Eiszapfen von der Rinne abzustoßen, rutschte aus und stürzte samt der Schaufel herunter. Zum Unglück fiel er nicht in den Schnee, sondern auf den mit Blech gedeckten Eingang. Ustinja und die Tochter des Kaufmanns liefen herbei.

„Hast du dich angeschlagen, Aljoscha?"

„Ja, angeschlagen – macht nichts."

Er wollte aufstehen, konnte aber nicht und fing an zu lächeln. Man trug ihn ins Dienstbotenzimmer, der Feldscher kam, untersuchte ihn und fragte, wo es weh tue.

„Es tut weh – überall – aber es macht nichts. Nur wird der Hauswirt beleidigt sein. Man muß es den Vater wissen lassen."

Aljoscha lag zwei Tage, am dritten Tag ließ man den Popen rufen.

„Was, hast du im Sinn zu sterben?" fragte Ustinja.

„Was ist dabei? Werden wir denn immer leben? Einmal muß man," sagte Aljoscha, die Worte kurz herausstoßend wie immer.

„Ich danke dir, Ustinja, daß du mich bemitleidest hast. So ist es auch besser, daß man uns nicht heiraten ließ, sonst wäre es zu nichts. Jetzt ist alles gut."

Als der Pope kam, betete er nur mit den Händen und mit dem Herzen. Und in seinem Herzen war's ihm, daß, wie es gut ist, wenn man hier gehorcht und niemanden beleidigt, es auch dort gut sein wird.

Er sprach wenig, nur bat er öfter um Wasser, und wunderte sich fortwährend über irgend etwas.

Er wunderte sich, streckte sich und starb.

Erzählung für Kinder

(‚Allen das Gleiche')

Es fuhren in einem offenen Wagen ein Mädchen und ein Knabe aus einem Dorf in das andere. Das Mädchen war fünf Jahre, der Knabe sechs Jahre alt. Sie waren nicht Geschwister, sondern Geschwisterkinder. Geschwister waren ihre Mütter. Die Mütter waren zu Gast geblieben, und die Kinder hatten sie mit der Njanja[1] nach Hause geschickt. Als sie durch ein Dorf fuhren, brach ein Rad am Wagen, und der Kutscher sagte, daß man jetzt nicht weiterfahren könne, daß der Schaden repariert werden müsse und daß er das bald zurecht gemacht haben werde.

„Das trifft sich gerade recht," sagte die Njanja, „wir sind schon weit gefahren, und meine Kinderchen sind hungrig geworden. Ich will sie jetzt mit Milch und Brot atzen. Es ist recht schön, daß man uns damit versorgt hat."

Es war im Herbst, draußen war es kalt und es begann zu regnen. Die Njanja begab sich mit den Kindern in die erstbeste Isba hinein. Die Isba war innen ganz schwarz, denn es wurde ohne Schornstein geheizt. In diesen kleinen Bauernhütten, wenn man sie im Winter heizt, öffnet man die Tür, und der Rauch zieht so lange durch die Tür hinaus, bis der Ofen ganz geheizt ist. Eine solche Isba war auch diese; sie war schmutzig und alt, und der Fußboden hatte viele Risse. In einem Winkel war ein Heiligenbildchen, unter dem Heiligenbildchen standen Bänke und ein Tisch, und dem Tisch gegenüber war der Ofen.

Die Kinder erblickten zu allererst in der Isba ihre Altersgenossen: ein barfüßiges kleines Mädchen, das nur ein schmutziges Hemdchen anhatte, und einen dickbäuchigen, fast nackten Knaben. Ein drittes Kind, ein einjähriges Mädchen, lag auf der Ofenbank und schrie aus vollem Halse.

Die Frau vom Hause beschwichtigte es, als aber die Njanja mit den Kindern hereinkam, verließ sie es und begann für die Besucher die Bänke und den Tisch im vorderen Winkel abzuräumen.

---

[1] Kinderfrau.

Die Njanja holte aus dem Wagen einen Reisesack mit einem glänzenden Schloß; die Bauernkinder verwunderten sich über dieses Schloß und zeigten es eines dem andern. Die Njanja nahm eine Thermosflasche mit warmer Milch und Brot und eine saubere Serviette heraus, richtete alles her und sagte:

„Na, Kinderchen, kommt, ihr seid, hoff' ich, schon recht ausgehungert."

Aber die Kinder kamen nicht. Sonja, das kleine Mädchen, heftete die Augen auf die halbnackten Bauernkinder und schaute unverwandt bald das eine, bald das andere an. Sie hatte noch nie solche schmutzige Hemdchen und solche nackte Kinder gesehen und wunderte sich über sie. Petja aber schaute bald auf sie, bald auf die Bauernkinder und wußte nicht, ob er lachen oder sich wundern solle. Sonja blickte besonders aufmerksam nach dem ganz kleinen Mädchen auf der Ofenbank hin, das noch immer weiterschrie.

„Warum schreit sie?" fragte sie.

„Sie will essen," sagte die Mutter.

„So geben Sie ihr doch etwas."

„Ich möchte ihr gern etwas geben, aber ich habe nichts."

„Na, na, kommt doch," sprach die Njanja, die am Tische mit dem Austeilen des Brotes beschäftigt war. „Kommt, kommt," wiederholte sie zornig.

Die Kinder gehorchten und gingen zum Tisch. Die Njanja goß Milch in die Gläschen und reichte sie ihnen samt einer Brotscheibe; aber Sonja wollte nicht essen und schob das Glas von sich. Sobald Petja dies gesehen hatte, machte er es ebenso.

„Ist es denn wahr?" sagte Sonja und zeigte auf die Frau.

„Was ist wahr?" fragte die Njanja.

„Daß sie keine Milch hat," sagte Sonja.

„Wie soll ich das wissen? Das ist nicht unsere Sache. Jetzt eßt."

„Ich will nicht," sagte Sonja.

„Ich auch nicht," sagte Petja.

„Ich gebe ihr die meine," sagte Sonja, ohne die Augen von dem Mädchen abzuwenden.

„Na, genug geschwatzt, wozu das leere Gerede," sagte die Njanja. „Eßt, sonst wird alles kalt."

„Ich will nicht essen, ich will nicht!" schrie Sonja plötzlich.

„Auch zu Hause werde ich nicht essen, wenn du ihr die Milch nicht geben wirst."

„Eßt ihr zuerst, und wenn etwas übrigbleibt, soll sie es haben."

„Ich will nicht und ich werde nicht, bis du ihr davon gibst."

„Ich auch nicht, ich auch nicht!" schrie Petja. „Ich will und will nicht."

„Will denn das leere Gerede kein Ende nehmen?" sagte die Njanja. „Sind denn alle Menschen gleich? Wie es Gott gegeben hat. Eurem Papa hat er's gegeben."

„Warum hat er's ihnen nicht auch gegeben?" sagte Sonja.

„Das können wir nicht wissen. So hat's Gott gefallen," sagte die Njanja, goß ein wenig Milch in ein Näpfchen und reichte es der Bäuerin, damit sie es dem Kinde gebe.

Das Kind fing an zu trinken und ward still, aber die Kinder beruhigten sich noch immer nicht, und Sonja wollte noch immer weder trinken noch essen.

„So hat es Gott gefallen," wiederholte sie. „Warum hat es ihm denn so gefallen? Böser Gott! Garstiger Gott! Ich werde nimmer zu ihm beten."

„Nicht klug ist es, was ihr da redet," sagte die Njanja und schüttelte den Kopf. „Das ist häßlich. Ich werde es dem Papa sagen."

„Sag es," sagte Sonja. „Ich habe mich jetzt bedacht, hab alles bedacht. Es darf nicht sein, es darf nicht sein."

„Was darf nicht sein?" fragte die Njanja.

„Es darf nicht sein, daß bei einigen viel ist, und bei den andern nichts."

„Vielleicht hat das Gott absichtlich so gemacht," sagte Petja.

„Nein, ein Böser, ein Böser. Ich werde nicht trinken und nicht essen. Ein böser Gott! Ich liebe ihn nicht."

Plötzlich ertönte vom Ofen herab eine heisere Stimme, die unter Husten also sprach:

„Ech, Kinderchen, Kinderchen, ihr seid gute Kinderchen, aber nicht klug ist das, was ihr da redet."

Und wieder fing er an zu husten. Die Kinder hefteten die Augen auf den Ofen und sahen, daß sich von oben ein verrunzelter Kopf mit weißen Haaren herunterneigte, sich langsam hin- und herwiegte und sprach:

„Gott ist nicht böse, ihr Kinder. Gott ist gut, ihr Kinder. Er liebt alle. Aber daß die einen Weißbrot essen und die andern gar kein Brot haben, das hat nicht er so eingerichtet, das haben die Menschen getan, und sie haben es getan, weil sie ihn vergessen haben" – und wieder fing er an zu husten. „Sie haben ihn vergessen, und darum haben sie es so eingerichtet, daß die einen im Überfluß leben und die andern Not leiden müssen. Lebten sie aber nach seinem Willen, dann hätten alle alles."

„Aber wie soll man es denn machen, daß alle alles haben?" fragte Sonja.

„Wie man es machen soll?" wisperte der Alte. „Man soll es machen, wie's Gott befohlen hat. Und Gott hat befohlen, daß man alles in ganz gleiche Teile teile."

„Wie, wie?" fragte Petja.

„Gott hat befohlen, daß man alles in ganz gleiche Teile teile."

„Befohlen, daß man alles in ganz gleiche Teile teile", wiederholte Petja. „Wenn ich groß bin, will ich es so machen."

„Ich werde es auch so machen," wiederholte Sonja.

„Ich hab es vor dir gesagt, daß ich es so machen werde, sagte Petja. „Und so werde ich es machen, daß es keine Armen mehr gibt."

„Na, jetzt genug des leeren Geredes," sagte die Nanja. „Trinkt die Neige aus."

„Wir wollen nicht, wir wollen und wir wollen nicht", riefen die Kinder zugleich, „und wenn wir einmal groß geworden sind, werden wir es unbedingt so machen."

„Ihr seid brave Kinderchen," sagte der Alte und lächelte, so daß die beiden einzigen unteren Zähne zu sehen waren.

„Ich werde es wohl nicht mehr erleben; aber es ist ein guter Vorsatz, und Gott helfe euch dazu."

„Man soll mit uns machen, was man will," sagte Sonja, „aber wir werden es unbedingt so machen."

„Werden es so machen," wiederholte Petja.

„Recht so, recht so," sagte der Alte und fing an zu lächeln und zu husten. „Es scheint, ich werde schon von dort oben mit Wohlgefallen auf euch herunterschauen," sprach er, als sich sein Husten gelegt hatte. „Seht aber zu, daß ihr es nicht vergeßt."

„Wir werden es nicht vergessen," sagten die Kinder.

„Schön, schön. Das wäre also abgemacht."

Der Kutscher kam und sagte, daß das Rad ausgebessert sei, und die Kinder fuhren fort.

Und was weiter sein wird, werden wir alle sehen.

Der Teufel

„Ich aber sage euch: Wer ein Weib ansiehet, ihrer zu begehren, der hat schon mit ihr die Ehe gebrochen in seinem Herzen. Ärgert dich aber dein rechtes Auge, so reiß es aus und wirf's von dir. Es ist dir besser, daß eins deiner Glieder verderbe, und nicht der ganze Leib in die Hölle geworfen werde. Ärgert dich deine rechte Hand, so hau sie ab und wirf sie von dir. Es ist dir besser, daß eins deiner Glieder verderbe, und nicht der ganze Leib in die Hölle geworfen werde."

Matthäus-Evangelium 5, 28. 29. 30

I. I

JEWGENIJ Irtenjew durfte einer glänzenden Karriere entgegensehen, denn er besaß alles, was dazu nötig war: eine vortreffliche Erziehung von Haus aus, eine ausgezeichnete akademische Bildung (er hatte die juristische Fakultät an der Petersburger Hochschule absolviert), gute Beziehungen zur höchsten Gesellschaft schon von seinem unlängst verstorbenen Vater her. Seinen Dienst im Ministerium hatte er unter der besonderen Protektion des Ministers bereits begonnen. Vermögen war auch vorhanden, sogar ein großes, das aber zerrüttet war. Der Vater hatte im Auslande und in Petersburg gelebt. Seinen Söhnen – Jewgenij und dem älteren Andreij, der in der Garde diente – hatte er je 6000 Rubel gegeben und selbst mit der Mutter sehr viel verbraucht. Nur im Sommer war er stets auf zwei Monate auf sein Landgut gekommen, hatte sich aber niemals um die Wirtschaft gekümmert, sondern die Geschäfte einem eingesessenen Verwalter überlassen, der sich zwar auch nicht mit der Wirtschaft zu befassen pflegte, der aber das unbeschränkte Vertrauen des Gutsherrn besaß.

Als die Brüder nach dem Tode des Vaters an die Teilung des Erbes schritten, stellte sich heraus, daß auf dem Gute ungeheure Schulden lasteten. Der Sachwalter riet den Erben, nur das Gut, das von der Großmutter herstammte und das auf 100.000 Rubel geschätzt wurde, zu behalten und auf den väterlichen Nachlaß zu verzichten.

Aber ein Gutsnachbar, der mit dem Alten Geschäfte gehabt hatte, d. h. der einen Wechsel auf ihn besaß, und nun in dieser Angelegenheit nach Petersburg gekommen war, meinte, daß sich die Geschäftslage trotz der Schulden verbessern ließe, ja, daß sogar ein beträchtliches Vermögen zu retten wäre. Man brauche nur den Wald sowie einzelne Areale unbebauten Landes zu verkaufen, den goldenen Boden Semjonowskoje aber, der 4000 Desjatinen fetten Ackerlandes umfaßte, müsse man behalten, dazu die Zuckerfabrik und 200 Desjatinen Rieselwiesen. Nur sei dazu noch nötig, daß sich einer der Herren im Dorfe ansiedle und klug und sparsam wirtschafte.

Als nun Jewgenij im Frühling – der Vater war in der Fastenzeit gestorben – auf das Land hinausgefahren war und alles besichtigt hatte, beschloß er, den Dienst zu quittieren, sich mit seiner Mutter im Dorfe anzusiedeln und die Wirtschaft zu übernehmen, um so das Hauptgut zu erhalten. Mit dem Bruder, dem er nicht besonders freundlich gesinnt war, traf er folgendes Abkommen: er verpflichtete sich, ihm jährlich 4000 Rubel oder auf einmal 80.000 Rubel zu zahlen, wogegen der Bruder seinen Erbanspruch für befriedigt zu erklären habe.

In dieser Art kam die Sache denn auch zustande. Er bezog mit seiner Mutter das große Herrschaftsgebäude und machte sich, hitzig und vorsichtig zugleich, ans Werk.

Man neigt gewöhnlich zu der Auffassung, daß nur die alten Leute die wahren Konservativen wären, die Jungen hingegen immer als Neuerer aufträten. Das ist nicht ganz richtig. Gerade unter den Jungen finden sich die wahren Konservativen, unter den jungen Leuten, die leben wollen, die aber nicht darüber nachdenken und auch nicht die Zeit haben, darüber nachzudenken, wie man leben muß, und die sich daher jenes Leben zum Vorbild nehmen, das einmal gewesen ist.

So verhielt es sich auch mit Jewgenij. Nachdem er einmal im Dorfe angesiedelt war, bestand sein Traum und sein Ideal darin, jene Lebensformen, die unter seinem Großvater geherrscht hatten – sein Vater war kein guter Wirt gewesen –, wieder zu erwecken. So bemühte er sich denn nun, überall, im Hause, im Garten und in der Wirtschaft – natürlich mit den Abänderungen, die eine neue Zeit erforderlich machte –, den allgemeinen Geist des Lebens zur Zeit des Großvaters wieder aufleben zu lassen: alles auf breiter Basis, und, bei Zufriedenheit aller, Ordnung und gute Einrichtungen. Aber um dies alles durchzuführen, war ungeheuer viel zu tun. Man mußte zuerst die Forderungen der Gläubiger befriedigen, mußte Aufschub der Zahlungstermine zu erlangen trachten, mußte auch neues Kapital herbeischaffen, damit man, teils durch Tagelöhner, teils durch ständige Knechte die große Wirtschaft mit den 4000 Desjatinen urbaren Ackerlandes und die Zuckerfabrik fortführen konnte. Man mußte auch das Haus (und den Garten), das jetzt das Bild des Verfalles bot, wieder ordentlich instand setzen.

Es gab viel Arbeit; aber Jewgenij verfügte auch über außerordentliche physische und geistige Kräfte. Er war 26 Jahre alt, mittelgroß, gut gebaut, mit gut entwickelten, durch gymnastische Übungen abgehärteten Muskeln – ein Sanguiniker mit roten Wangen, weißen Zähnen, frischen Lippen und mit nicht sehr dichtem, weichem, welligem Haar. Der einzige physische Mangel Jewgenijs war seine Kurzsichtigkeit, die er sich selbst durch Brillentragen zugezogen hatte. Er konnte nicht mehr ohne Pincenez, das schon über dem kleinen Nasenhöcker Furchen eingegraben hatte, ausgehen.

Das war sein physisches Aussehen. Sein inneres Wesen aber war so beschaffen, daß man ihm, je länger man ihn kannte, um so mehr gut sein mußte. Die Mutter hatte ihn stets mehr als die andern geliebt; jetzt aber, nach dem Tode des Mannes, widmete sie ihm ihre ganze Zärtlichkeit, ja ihr ganzes Leben. Aber nicht die Mutter allein liebte ihn so. Seine Kameraden vom Gymnasium und von der Universität waren ihm gleichfalls außerordentlich zugetan und achteten ihn besonders hoch. Auch auf alle Fernstehenden wirkte er so. Es war unmöglich, dem, was er sagte, nicht Glauben zu schenken, und man konnte ihm bei seinem offenen ehrlichen Gesichte und bei diesen Augen keinen Betrug zutrauen.

Überhaupt kam ihm der Reiz seiner Persönlichkeit bei Geschäften sehr zustatten. Gläubiger, die anderen gegenüber hart geblieben wären, schenkten ihm volles Vertrauen. Ein Gutsverwalter, oder ein Dorfschulze, oder ein Bauer, der einen andern übers Ohr gehauen hätte, vergaß ihm gegenüber, unter seinem Einfluß, im Verkehr mit diesem guten, freundlichen, offenherzigen Menschen, das Betrügen.

Es war Ende Mai. Er hatte in der Stadt das verpfändete Brachland ausgelöst und es einem Kaufmann verkauft, so daß er dadurch Geld für die Vervollständigung des Inventars bekam. Pferde, Ochsen, Fuhrwerke waren anzuschaffen. Und der Bau einer Meierei, der sich als nötig erwiesen hatte, mußte begonnen werden.

Die Sache kam zustande. Bauholz wurde angeliefert, die Zimmerleute arbeiteten schon, und mit achtzig Fuhren wurde der Dünger auf das Feld hinausgeschafft. Bei alledem hing das Schicksal des Gutes nach wie vor an einem dünnen Faden.

II. I

INMITTEN dieser Sorgen trat ein Umstand ein, der Jewgenij, so geringfügig er an sich auch war, in dieser Zeit doch ziemlich quälte. Er hatte seine Jugend wie alle andern jungen Leute verlebt, d. h. er hatte mit Frauen verschiedenster Kategorien Verhältnisse gehabt. Er war kein Wüstling, aber er war, wie er sich selbst sagte, auch kein Heiliger. Und er trieb die Sache nicht weiter, wie er sagte, als zur Erhaltung der Gesundheit und der Freiheit des Kopfes eben nötig war. Das hatte mit sechzehn Jahren angefangen und war bis jetzt glücklich abgelaufen. Glücklich in dem Sinne, daß er sich niemals zu lasterhaften Ausschreitungen hatte hinreißen lassen und daß er sich noch kein einziges Mal eine Krankheit zugezogen hatte. In Petersburg hatte er anfangs eine Näherin bei sich gehabt, die indes später auf Abwege geraten war. Er hatte sich dann anders eingerichtet und war überhaupt von dieser Seite so gesichert, daß er absolut keine Störungen zu befürchten hatte.

Aber nun lebte er schon seit zwei Monaten auf dem Dorfe und wußte nicht, was er machen sollte. Die unfreiwillige Enthaltsamkeit fing an ihn sehr stark zu plagen. „Soll ich einzig deswegen nach der Stadt fahren? Und wohin? Wie soll ich das anfangen?“ Diese Sache also beunruhigte Jewgenij, und da er überzeugt war, daß das alles unumgänglich und ihm durchaus nötig war, so wurde es ihm zuletzt auch wirklich nötig; er fühlte sich in seiner Freiheit gehemmt und verfolgte jedes Frauenzimmer mit seinen Blicken.

Er hielt es nicht für angebracht in seinem Dorfe, mit einer Frau oder mit einem Mädchen aus dem Volke in Verkehr zu treten. Man hatte ihm erzählt, daß weder sein Vater noch sein Großvater sich jemals Schlechtigkeiten gegen ihre Leibeigenen erlaubt hatten, worin sie von der Gewohnheit der übrigen Gutsbesitzer jener Zeit durchaus abwichen; und Jewgenij wollte sich in dieser Hinsicht ganz nach ihnen richten. Aber als er sich dann mehr und mehr gebunden fühlte und dabei mit Schrecken an das dachte, was ihm in der Stadt passieren konnte, kam er zu dem Schlusse daß es doch auch hier sein könne, besonders da es ja Leibeigene nicht mehr gab. „Nur sollte es so geschehen, daß niemand davon erfährt, und nicht aus Übermut, sondern lediglich der Gesundheit wegen," sagte er sich. Sobald er dies bei sich beschlossen hatte, steigerte sich seine Unruhe noch mehr. Kam er mit dem Bauernältesten, mit einem Bauern oder dem Tischler zusammen, dann suchte er das Gespräch unwillkürlich auf Frauenzimmer zu lenken, und war man einmal bei diesem Gegenstand angelangt, dann ließ er den Faden auch nicht mehr so leicht los. Die Frauen aber betrachtete er mit immer begehrlicheren Blicken.

III. I

ABER sich zu der Sache entschließen war eins, und sie ausführen – ein anderes. Daß er selbst ein Frauenzimmer ansprach, das ging nicht an. Welches auch? Wo? Man mußte das durch irgend jemanden in die Wege leiten lassen. Aber durch wen?

Da traf es sich eines Tages, daß er, um Wasser zu trinken, in das Häuschen hineinging, das der Waldhüter bewohnte. Der Waldhüter war der ehemalige Jäger seines Vaters. Jewgenij Iwanytsch kam mit ihm in ein Gespräch und der Waldhüter fing an Geschichten zu erzählen, Geschichten aus der alten Zeit, von Jagden und Schmausereien. Und da kam es Jewgenij in den Sinn, daß man die Sache am besten hier, in diesem Waldhäuschen oder im Walde einrichten könnte. Er wußte nur nicht wie, und ob er an dem alten Danila dabei einen Helfer finden würde. „Vielleicht weist er ein solches Ansinnen mit Abscheu zurück und ich blamiere mich bloß; es ist aber auch möglich, daß er darauf eingeht." So dachte er, während der Alte seine Geschichten zum besten gab. Und eben erzählte Danila, wie sie einmal in dem abgelegenen Häuschen der Diakonsfrau abgestiegen wären und wie er dem Prjanitschnikow ein Weiblein zugebracht hätte.

„Es wird gehen," dachte Jewgenij.

„Euer Väterchen, Gott hab' ihn selig, hat sich mit solchen Dummheiten nie befaßt."

„Es wird nicht gehen," dachte Jewgenij. Aber um herauszubekommen, woran er war, fragte er ihn:

„Wie hast du dich nur mit solchen schlimmen Sachen abgeben können?"

„Was ist denn dran so schlimm? Sie war zufrieden, er war zufrieden – mehr als zufrieden – und ich hab' meinen Rubel bekommen. Was soll er denn machen? Ist doch auch ein Mensch aus Fleisch und Bein. Trinkt Wein!"

„Ja, es wird gehen," dachte Jewgenij, und steuerte auch sofort auf die Sache los.

„Weißt du" – er spürte, wie er purpurrot wurde – „weißt du, Danila, mir geht es eben auch nicht anders."

Danila lächelte.

„Ich bin doch kein Mönch; bin's doch gewohnt."

Er begriff, daß das dumm war, was er da vorbrachte, aber er freute sich schon, daß ihm Danila wenigstens zunickte.

„Was ist auch dabei? Hätten Sie mir's doch schon längst gesagt! Das kann man machen. Sie brauchen nur zu sagen, was für eine."

„Ach, wirklich – das ist mir ganz gleich. Nur freilich sollte sie nicht häßlich sein, und gesund."

„Verstanden," schnitt Danila kurz ab und dachte einen Augenblick nach. „Ach du mein! – Ein gutes Sächelchen wüßt' ich da," fing er wieder an, und Jewgenij fühlte wieder, wie er rot wurde. „Belieben Sie selbst zu urteilen: man hat sie erst kürzlich, im Herbst, verheiratet, und der Mann" – er fing zu flüstern an – „kann nichts. Das wär' ein Leckerbissen für einen Liebhaber!"

Jewgenij sank vor Scham förmlich in sich zusammen.

„Nein, nein!" rief er aus. „Ich brauche so etwas ja gar nicht! Ich brauche im Gegenteil (was ist denn nur schnell das Gegenteil?) – ich brauche im Gegenteil nur einfach ein gesundes Frauenzimmer, mit der man möglichst wenig Scherereien hat. Eine Soldatenfrau oder dergleichen."

„Ich weiß, ich weiß. Dann also die Stepanida! Ihr Mann lebt in der Stadt, sie gilt also gleich einer Soldatenfrau, und ein gutes, reinliches Frauenzimmerchen ist sie auch. Sie werden sicher zufrieden sein. Schon unlängst hab' ich ihr gesagt: geh' hin, aber sie ..."

„Na, und wann kann's denn sein?"

„Von mir aus schon morgen. Ich hole mir Tabak und rede mit

ihr, und Sie kommen um Mittag hierher oder hinter den Gemüsegarten zum Bad. Um diese Zeit ist hier kein Mensch, es schläft ja das ganze Volk."

„Also gut."

Jewgenij ritt in einer schrecklichen Aufregung nach Hause. „Was wird daraus werden? Wie ist eine solche Bäuerin? Vielleicht häßlich, abstoßend? Nein, sie sind hübsch," sagte er zu sich selbst, indem er des Mädchens gedachte, in das er sich neulich verschaut hatte. „Aber was werde ich nur sagen? Was werde ich machen?"

Den ganzen Tag war er außer sich. Am andern Tag um zwölf Uhr ging er zum Waldhäuschen. Danila stand unter der Tür, deutete nach dem Wald und nickte ihm vielsagend zu. Jewgenij fühlte, wie ihm alles Blut zum Herzen strömte. Er ging zum Gemüsegarten. Niemand war dort. Er ging zum Bad. Niemand. Er trat auf einen Augenblick ein und ging wieder hinaus, da vernahm er plötzlich das Knacken eines zerbrochenen Zweiges. Er blickte sich um. Sie stand im Dickicht hinterm Hohlweg. Er stürzte durch die kleine Schlucht zu ihr hin. Im Hohlweg standen Brennesseln, die er nicht merkte. Er verbrannte sich, verlor das Pincenez und rannte den gegenüberliegenden Hügel hinauf. Sie stand auf der anderen Seite in einer weißen, bestickten Schürze, hatte einen rotbraunen Rock an und trug um den Kopf ein grellrotes Tuch. Barfuß, eine frische, feste, hübsche Person, stand sie da und lächelte schüchtern.

„Hier geht ein kleiner Fußweg herum, hätten ihn gehen können," sagte sie. „Und ich bin schon lange hier. Schon Stunden."

Er ging zu ihr hin, schaute um sich und berührte sie.

Nach einer Viertelstunde gingen sie auseinander. Er fand sein Pincenez wieder und begab sich zu Danila in die Hütte hinein. Als Antwort auf seine Frage: „Sind Sie zufrieden?" gab er ihm einen Rubel und ging nach Hause.

Er war zufrieden. Die Scham, die er anfangs verspürt hatte, war später vergangen. Und alles war gut gewesen. Die Hauptsache war, daß er sich jetzt leicht, ruhig und munter fühlte. Sie hatte er nicht einmal recht angesehen. Er erinnerte sich nur, daß sie eine frische, saubere, nette Person war, die sich einfach und ohne Ziererei gab. „Wer mag sie sein?" fragte er sich. „Petschnikow", sagte er. „Was ist das für eine Petschnikowa? Es sind ihrer doch zwei ansässig. Wahrscheinlich ist sie die Schwiegertochter des alten Michajla. Ja, gewiß ist sie's. Sein Sohn lebt ja in Moskau. Ich muß Danila einmal fragen."

Von diesem Zeitpunkt an war diese frühere Unannehmlichkeit des Lebens auf dem Dorfe, die unfreiwillige Enthaltsamkeit nämlich, beseitigt, und Jewgenij, der die Freiheit seiner Gedanken wieder hatte, konnte nun ungehindert seinen Geschäften nachgehen.

Und die Dinge, die er zu bewältigen hatte, waren nicht ganz einfach. Manches Mal schien es ihm, als ob er der Schwierigkeiten gar nicht Herr werden könnte und fürchtete, es werde damit enden, daß er das Gut verkaufen müsse, und alle seine Mühe werde verloren sein. Und vor allem würde sich dann zeigen, daß er die Kraft zum Ausharren nicht besessen hatte und nicht imstande gewesen war, was er begonnen hatte, auch glücklich zu Ende zu führen. Dies beunruhigte ihn am meisten. Er hatte kaum ein Loch verstopft, da klaffte schon wieder ein anderes. Im Verlaufe der Zeit kamen immer wieder neue, früher unbekannte Schulden des Vaters zum Vorschein. Es war ersichtlich, daß der Alte in der letzten Zeit genommen hatte, wo er nur etwas kriegen konnte. Als die Brüder damals, im Mai, an die Teilung geschritten waren, dachte er, nun hätte er von allen Schulden Kenntnis. Aber plötzlich, mitten im Sommer, bekam er einen Brief, aus dem hervorging, daß die Witwe Jessipowa eine Forderung von 12.000 Rubeln geltend machte. Ein Wechsel war nicht vorhanden, sondern nur ein gewöhnlicher Schuldschein, den man, wie der Rechtsanwalt meinte, nicht anzuerkennen brauchte. Aber Jewgenij dachte nicht im entferntesten daran, die Bezahlung einer wirklichen Schuld seines Vaters zu verweigern, nur aus dem Grunde, weil das Dokument selbst juristisch anfechtbar war. Man mußte nur zu erfahren trachten, ob eine solche Schuld tatsächlich bestand.

„Mama, wer ist die Jessipowa Valeria Wladimirowna?" fragte er seine Mutter, als sie bei Tisch zusammenkamen.

„Die Jessipowa? Das ist die Pflegetochter des Großvaters. Warum fragst du?"

Jewgenij teilte der Mutter den Inhalt des Briefes mit.

„Ich kann mich nur verwundern, daß sie sich nicht schämt. Dein Papa hat ihr ohnedies sehr viel zugewendet."

„Aber sind wir ihr etwas schuldig oder nicht?"

„Ach, wie soll ich es nur sagen? Eigentlich nicht. Aber dein Vater in seiner grenzenlosen Güte …"

„Hat Papa die Schuld anerkannt?“

„Ich kann es dir nicht sagen. Ich weiß es nicht. Ich weiß nur, daß du sowieso viel zu tragen hast.“

Jewgenij sah, daß seine Mutter selbst nicht recht Bescheid wußte und eher noch von ihm Aufklärung über die Sache zu erhalten hoffte.

„Aus alldem ersehe ich, daß man zahlen muß,“ sagte der Sohn. „Ich werde morgen hinfahren und fragen, ob sich der Termin hinausschieben läßt.“

„Ach, wie tut mir das um deinetwillen leid! Aber du weißt besser, was da zu machen ist. Sage ihr, daß sie warten soll,“ sagte Maria Pawlowna, wie es schien, schon ganz beruhigt und stolz darauf, daß Jewgenij diesen Entschluß gefaßt hatte.

Die Lage Jewgenijs war noch besonders dadurch erschwert, daß seine Mutter, die bei ihm lebte, so gar nicht verstand, wie schwierig seine Lage war. Ihr ganzes Leben lang war sie so sehr daran gewöhnt gewesen, auf großem Fuße zu leben, daß sie sich nicht vorstellen konnte, in welcher Lage sich ihr Sohn befand. Schon morgen ja konnten die Geschäfte eine solche Wendung nehmen, daß ihnen nicht das mindeste Vermögen blieb, der Sohn das Gut verkaufen und selbst eine Stelle suchen mußte, um mit dem, was er in seinen Verhältnissen verdienen konnte, etwa 2000 Rubel im Jahr, sich und die Mutter zu ernähren. Sie begriff nicht, daß man sich aus dieser Lage nur befreien konnte, indem man sich bei sämtlichen Ausgaben einschränkte, und deshalb begriff sie auch nicht, warum Jewgenij sich in Kleinigkeiten Opfer auferlegte, zum Beispiel gleich bei den Ausgaben für Kutscher, Gärtner, Dienstboten, ja sogar für das Essen. Außerdem widmete sie, wie die Mehrzahl der Witwen, dem Andenken ihres verstorbenen Mannes Gefühle der Ehrfurcht, die mit den Gefühlen, die sie bei seinen Lebzeiten für ihn empfunden hatte, durchaus keine Ähnlichkeit aufwiesen, und konnte daher den Gedanken nicht fassen, daß irgend etwas, was der Verstorbene getan oder eingeführt hatte, nicht gut gewesen sei oder gar abgeändert werden solle.

Jewgenij unterhielt mit großen Anstrengungen den Garten und die Orangerie mit zwei Gärtnern, sowie den Pferdestall mit zwei Kutschern. Aber Maria Pawlowna dachte in ihrer Naivität, daß sie alles tat, was eine aufopfernde Mutter für ihren Sohn tun konnte, wenn sie sich weder über das Essen beklagte, das der alte Koch zubereitete, noch darüber, daß nur einzelne Wege im Part gesäubert wurden, noch darüber, daß zur Bedienung nur ein Knabe da war und keine Lakaien.

So sah denn Maria Pawlowna in dieser Sache mit der Schuldverschreibung, die Jewgenij als einen fast vernichtenden Schlag empfand, der all seine Anstrengungen zunichte machen konnte, nur einen Fall, in dem sich der Edelmut Jewgenijs wieder einmal so recht deutlich zeigte. Die materielle Lage Jewgenijs machte ihr auch deswegen keinen ernstlichen Kummer, weil sie überzeugt war, daß er eine glänzende Partie machen werde. Sie kannte Dutzende Familien, die sich glücklich geschätzt hätten, ihm ihre Tochter geben zu dürfen. Und sie wünschte das so bald als möglich ins Werk zu setzen.

IV. I

JEWGENIJ trug sich selbst auch mit dem Gedanken an eine Heirat, aber nicht in dem Sinne wie seine Mutter. Der Gedanke, daß die Heirat ein Mittel zur Verbesserung seiner Geschäftslage sein könne, kam ihm abscheulich vor. Nein, heiraten wollte er nur mit redlichen Absichten, nur aus Liebe. Er betrachtete sich die Mädchen, mit denen er zusammenkam und die er kannte, darauf hin, ob sie zu ihm paßten, aber noch war die Stunde nicht gekommen.

Unterdessen setzten sich ganz wider Erwarten die Beziehungen zur Stepanida fort und nahmen sogar einen dauerhaften Charakter an. Jewgenij war von aller Sittenlosigkeit so weit entfernt, und dieses Geheimtun war ihm so schwer, und er fühlte das so sehr als etwas Ungehöriges, daß er gar keine besonderen Abmachungen getroffen und Stepanida nach der ersten Zusammenkunft nicht mehr zu sehen erwartet hatte; aber es zeigte sich, daß ihn nach einiger Zeit wieder eine Unruhe überkam, die er derselben Ursache zuschrieb. Und diese Unruhe war diesmal nicht mehr unpersönlich, sondern mit besonderen Erinnerungen verbunden: an ganz bestimmte schwarze, glänzende Augen dachte er, an diese und keine andere volle tiefe Stimme, die da sprach: „Schon Stunden lang“, an diesen selben Geruch von etwas Frischem, Kräftigem, an dieselbe hohe Brust, über der sich die Schürze hob und senkte, und an alles das in derselben lichtübergossenen Nuß- und Ahornlaube.

„Русская Венера“ | „Russische Venus“, um 1925/26 – Künstler:
Борис Михайлович Кустодиев | Boris Michailowitsch Kustodijew, 1878-1927

(commons.wikimedia.org)

Und wie es ihn auch beschämte, er wandte sich doch wieder an Danila. Und wieder bestimmte er eine Zusammenkunft um die Mittagsstunde im Walde. Diesmal betrachtete er sie sich genauer und alles an ihr erschien ihm anziehend. Er versuchte ein Gespräch mit ihr anzuknüpfen und fragte sie über ihren Mann. Es war das in der Tat Michajlas Sohn, der als Kutscher in Moskau lebte.

„Nu, aber wie …"

Jewgenij wollte sie fragen, wie sie es denn übers Herz bringe, ihren Mann zu betrügen.

„Was wie?" sagte sie. Sie war offenbar klug und erriet leicht.

„Nun, daß du zu mir kommst."

„Ach so!" sagte sie lustig. „Er, hoff' ich, läßt sich's dort gut gehen. Warum denn ich nicht auch hier?"

Sie wollte offenbar keck und ungezwungen scheinen, und das gefiel ihm sehr. Trotzdem bestimmte er keine neue Zusammenkunft, ja, als sie vorschlug, daß sie sich das nächste Mal ohne Danila treffen sollten, dem sie aus irgendeinem Grunde nicht günstig gesinnt war, schlug er es ab. Er hoffte, daß dieses Zusammentreffen das letzte sein würde. Sie gefiel ihm. Er hielt einen solchen Verkehr für unumgänglich nötig und fand das Schlimme daran nicht groß. Aber in der Tiefe seiner Seele war ein strengerer Richter, der das nicht billigte und hoffte, es werde zum letztenmal gewesen sein, und hoffte er es nicht, so wollte er wenigstens daran nicht teilhaben und es nicht zum andernmal vorbereiten.

So ging es den ganzen Sommer hindurch, während welcher Zeit er sich mit ihr etwa zehnmal traf, und jedesmal durch die Vermittlung Danilas. Einst konnte sie nicht kommen, da ihr Mann zurückgekehrt war, und Danila schlug eine andere vor. Jewgenij wies diesen Vorschlag mit Abscheu von sich. Als dann der Mann wieder fort war, kamen die Zusammenkünfte nach wie vor zustande. Im Anfang machte noch Danila den Vermittler, später aber bestimmte Jewgenij selbst die Zeit, und sie pflegte dann mit der alten Prochorowa zu kommen, da ja ein junges Frauenzimmer nicht allein ausgehen durfte.

Eines Tages traf es sich so, daß zur selben Zeit, während eine Zusammenkunft verabredet war, Besuch zu Maria Pawlowna kam, eine Familie mit einer Tochter, die Jewgenij zugedacht war, und er konnte sich durchaus nicht zur rechten Zeit losmachen. Sobald er dann aber doch abkommen konnte, tat er so, wie wenn er zur Dreschtenne ginge und begab sich auf einem Umweg in den Wald und zur Stelle, wo sie sich gewöhnlich zu treffen pflegten. Sie war nicht da, aber an dem Orte waren alle Zweige, die man mit einer Hand erreichen konnte, abgerissen, der Elsebeerbaum, die Haselstaude zerpflückt, ja, ein junger Ahornbaum in der Stärke eines Armes war umgebrochen. Das hatte sie während des Wartens getan. Sie war aufgeregt und böse gewesen und hatte ihm in spielerischer Absicht dieses Andenken gelassen. Hier stand er nun, verweilte ein wenig und ging dann zu Danila, den er bat, sie auch für morgen zu bestellen. Sie kam und war zu ihm wie sonst.

So verging der Sommer. Die Zusammenkünfte fanden immer im Walde statt, und nur einmal, im Anfang des Herbstes, trafen sie sich im Schuppen auf ihrem Hofe.

Es kam Jewgenij nicht in den Sinn, daß dieses Verhältnis für ihn irgendeine Bedeutung erhalten konnte. An sie dachte er gar nicht. Er gab ihr Geld und sonst nichts. Er wußte es nicht und dachte auch gar nicht daran, daß man im ganzen Dorfe von der Sache sprach und sie beneidete; daß ihre Hausgenossen Geld von ihr nahmen und sie zur Fortsetzung des Verkehrs ermunterten und daß sich unter dem Einfluß des Geldes und durch die Teilnahme der Hausgenossen die Vorstellung einer Sünde in ihrer Seele verlor. Ihr schien es, daß das, was sie tat, doch gut sein müsse, da ja die Leute sie beneideten.

„Es geschieht ja nur wegen der Gesundheit,“ dachte Jewgenij. „Aber abgesehen davon, ob das gut ist oder schlecht: weiß man schon davon? Das Weib, mit dem sie kommt, das weiß davon. Und wenn die es weiß, dann wird sie es wohl auch anderen erzählt haben. Aber was soll ich denn machen? Es ist sicher schlecht, was ich da treibe,“ dachte Jewgenij, „aber was soll ich machen? Schließlich dauert's ja auch nicht mehr lang.“

Was ihn am meisten irritierte, das war der Mann. Im Anfang hatte er sich diesen Mann aus irgendeinem Grunde als häßlich vorgestellt; es war, als ob ihn das ein wenig rechtfertigen konnte. Als er ihn aber eines Tages sah, war er erstaunt, was das für ein prächtiger Bursche war und sicherlich nicht schlechter, sondern eher besser als er. Bei der nächsten Zusammenkunft mit Stepanida sagte er ihr sogleich, daß er ihren Mann gesehen, daß er ihn mit Wohlgefallen betrachtet habe und daß er ein prächtiger Kerl sei.

„Ja, einen bessern gibt's nicht im ganzen Dorf," sagte sie mit Stolz.

Darüber verwunderte sich Jewgenij noch mehr, und seit dieser Zeit quälte ihn der Gedanke an diesen Mann. Eines Tages traf er mit Danila zusammen, und Danila, der ins Reden gekommen war, erzählte ohne Umschweife:

„Michajla hat mich neulich gefragt: Ist's denn wahr, daß der Barin mit meinem Weibe lebt? Ich hab' gesagt: Das weiß ich nicht. Übrigens besser, hab' ich gesagt, sie lebt mit einem Barin als mit einem Muschik."

„Na, und was war dann seine Antwort?"

„Nichts! Er sagte: ‚Warte nur, wenn ich dahinterkomme. Ich werd's ihr geben'."

„Wenn der Mann kommt, werde ich's bleiben lassen," dachte Jewgenij.

Aber der Mann lebte in der Stadt und die Beziehungen zur Stepanida bestanden fort.

„Sobald es Zeit ist, breche ich mit ihr, und die Sache ist aus," dachte Jewgenij.

Und er setzte nicht den mindesten Zweifel darein, denn während des Sommers beschäftigten ihn viele andere Dinge: die Einrichtung der neuen Meierei, die Ernte, allerhand Bauten und hauptsächlich die Schulden, die abzutragen waren, und der Verkauf des Brachlandes. Das waren lauter Dinge, die ihn gänzlich in Anspruch nahmen, über die er nachdachte, wenn er sich am Morgen von seinem Lager erhob und abends, wenn er sich schlafen legte. Das alles waren Dinge, die Ernst verdienten. Der Verkehr mit Stepanida – er konnte das gar nicht einmal ein Verhältnis nennen – war etwas ganz und gar Nebensächliches. Gewiß, wenn der Wunsch, sie zu sehen, erwachte, dann geschah das immer mit einer solchen Heftigkeit, daß er an nichts anderes mehr denken konnte. Aber das dauerte nur kurze Zeit: man richtete eine Zusammenkunft ein, und dann war sie wieder auf Wochen, zuweilen auf einen Monat, vergessen.

Im Herbst fuhr Jewgenij oft nach der Stadt und näherte sich dort einer Familie Annenskij. Die Annenskijs hatten eine Tochter, die eben aus dem Institut gekommen war. Und da geschah zum größten Leidwesen Maria Pawlownas das, daß sich Jewgenij zu billig verkaufte, wie sie sagte, indem er sich in Lisa Annenskaja verliebte und ihr einen Heiratsantrag machte. Von diesem Zeitpunkte an hörten die Zusammenkünfte mit Stepanida auf.

V. I

WARUM Jewgenij gerade Lisa Annenskaja erwählt hatte, das kann man nicht erklären, wie es überhaupt unerklärlich ist, warum ein Mann gerade dieses und kein anderes Frauenzimmer erwählt. Es gab da viele Gründe, sowohl positiver als auch negativer Natur. Unter andern: war auch das ein Grund, daß sie keine von den reichen Bräuten war, die ihm seine Mutter zugedacht hatte; auch das, daß sie naiv und im Verkehr mit ihrer Mutter bemitleidenswert war; aber auch das war ein Grund, daß sie keine hervorragende Schönheit war, die aller Aufmerksamkeit auf sich zog, und daß sie zugleich doch auch nicht häßlich war. Hauptgrund aber war, daß sich die Annäherung in eben der Periode vollzogen hatte, wo Jewgenij zur Heirat reif geworden war. Er verliebte sich darum, weil er fühlte, daß er bald heiraten werde.

Anfangs hatte ihm Lisa Annenskaja nur eben gefallen; aber als er dann beschlossen hatte, sie zu heiraten, da empfand er ein weit stärkeres Gefühl für sie. Er spürte ganz deutlich, daß er verliebt war.

Lisa war hochgewachsen, dünn, lang. Alles an ihr war lang, lang war das Gesicht, lang die Nase, lang waren auch die Finger und die Füße. Ihre Gesichtsfarbe war sehr zart, weiß, gelblich, mit einer zarten Röte. Die Haare waren lang, braun, weich und wellig. Und sie hatte wunderschöne, klare sanfte, zutrauliche Augen. Diese Augen hatten es Jewgenij vor allem angetan. So oft er an Lisa dachte, sah er diese klaren, sanften, zutraulichen Augen vor sich.

So war ihr physisches Aussehen. Wie es sich mit ihrem inneren Wesen verhielt, das wußte Jewgenij nicht; er sah nur diese Augen. Und diese Augen sagten ihm, wie es schien, alles, was er zu wissen nötig hatte. Mit diesen Augen aber hatte es folgende Bewandtnis.

Schon im Institut, von ihrem fünfzehnten Lebensjahre an, verliebte sich Lisa in alle interessanten Männer und war eigentlich lebendig und glücklich nur, wenn sie verliebt war. Nachdem sie das Institut verlassen hatte, verliebte sie sich in sämtliche junge Männer, die ihr begegneten und selbstverständlich auch in Jewgenij, sobald sie ihn nur erblickt hatte. Diese Verliebtheit nun war es, die ihren

Augen jenen besonderen Ausdruck gab, der Jewgenij so außerordentlich entzückte.

Im selben Winter war sie zu gleicher Zeit bereits in zwei andere junge Männer verliebt gewesen und errötete und regte sich nicht nur dann auf, wenn sie ins Zimmer traten, sondern wenn man auch nur ihre Namen nannte. Aber als ihre Mutter dann durchblicken ließ, daß Jewgenij, wie's schien, ernsthafte Absichten hätte, da wurde ihre Verliebtheit so stark, daß sie für die beiden andern fast nichts mehr empfand. Aber als Jewgenij dann gar anfing, im Hause zu verkehren und auf Bällen und Abendunterhaltungen mit ihr mehr als mit anderen tanzte und augenscheinlich nur herausbekommen wollte, ob sie ihn liebe: da nahm ihre Verliebtheit geradezu krankhafte Formen an. Sie sah ihn im Traum, ja zu jeder Tageszeit in irgendeinem dunklen Zimmer, und alle anderen Männer verschwanden für sie buchstäblich. Als er aber einen Antrag machte, als die Eltern das Paar segneten, als sie sich küßten, als sie Brautleute waren: da hatte sie überhaupt keinen andern Gedanken mehr, als nur ihn, keinen andern Wunsch außer dem, mit ihm zu sein, ihn zu lieben und von ihm geliebt zu werden. Sie war stolz auf ihn, und eine Rührung über sie beide übermannte sie oft, sie fiel sozusagen vor lauter Liebe in Ohnmacht, schmolz vor Liebe zu ihm hin.

Je besser er sie kennenlernte, desto stärker verliebte auch er sich in sie. Er hatte eine solche Liebe durchaus nicht erwartet, und diese Liebe entfachte seine Gefühle nur immer mehr.

VI. I

VOR Anbruch des Frühlings kam Jewgenij nach Semnonowskoje, um in der Wirtschaft nach dem Rechten zu sehen, vor allem aber, um die Ausschmückung des Hauses zur bevorstehenden Hochzeit zu überwachen. Maria Pawlowna war mit der Wahl ihres Sohnes unzufrieden, aber bloß deswegen, weil die Partie nicht so glänzend war, wie sie hätte sein können und auch darum, weil Warwara Aleksjejewna, die zukünftige Schwiegermutter, ihr nicht gefiel. Ob sie gut oder böse war, wußte sie nicht und wollte das nicht entscheiden, aber daß sie keine vornehme Frau war, nicht *comme il faut*, keine *Lady* (wie Maria Pawlowna sagte), das hatte sie gleich auf den ersten

Blick heraus gehabt, und das betrübte sie; es betrübte sie darum, weil sie diese Vornehmheit aus Gewohnheit schätzte, weil sie wußte, daß Jewgenij in dieser Hinsicht sehr feinfühlig war, und weil sie die Verdrießlichkeiten, die für ihn aus diesem Umstand erwachsen würden, voraussah. Das Mädchen aber gefiel ihr, und zwar hauptsächlich darum, weil sie Jewgenij gefiel. Man mußte sie liebgewinnen, und Maria Pawlowna war auch von Herzen gern bereit, sie liebzugewinnen.

Jewgenij traf seine Mutter in vergnügter, zufriedener Stimmung an. Sie traf die nötigen Anordnungen im Hause und selbst bereitete sie sich vor, abzureisen, sobald er mit der jungen Frau das Heim beziehen würde. Jewgenij bat sie, zu bleiben, und die Frage blieb vorläufig unentschieden.

Am Abend, nach dem Tee, legte Maria Pawlowna wie gewöhnlich Patience. Jewgenij saß bei ihr und half mit. Das war die Zeit der traulichen Gespräche. Nachdem sie eine Patience gelegt hatte, fing sie keine neue an, sondern blickte Jewgenij an und begann ein wenig zögernd:

„Genja, ich wollte dir etwas sagen ... Natürlich, ich weiß ja nicht ... Aber ich wollte überhaupt mit dir sprechen und dir sagen, daß man vor der Heirat unbedingt alle seine Junggesellengeschichten erledigt, damit weder dich, noch, Gott behüte, die Frau irgend etwas beunruhigt – du verstehst mich doch?"

Und Jewgenij verstand auch wirklich sofort, daß Maria Pawlowna auf seine Beziehungen zu Stenapida, die er seit dem Herbst abgebrochen hatte, anspielte und wie das schon die Gewohnheit alleinstehender Frauen ist, diesen Beziehungen eine Bedeutung beilegte, die sie nicht hatten. Jewgenij errötete, und zwar weniger vor Scham als vor Ärger, daß die gute Maria Pawlowna – natürlich nur aus Liebe zu ihm – ihre Nase in Angelegenheiten steckte, die sie nicht verstand und nicht verstehen konnte. Er erwiderte, er habe nichts zu verheimlichen und habe sich immer gerade so aufgeführt, daß seiner Heirat nichts hindernd in den Weg treten könne.

„Um so besser, mein Lieber. Nimm es mir nicht weiter übel, Genja," sagte Maria Pawlowna, die nun selbst ein wenig verlegen geworden war.

Aber Jewgenij merkte, daß sie noch nicht alles gesagt, daß sie noch etwas auf dem Herzen hatte. Und es kam heraus.

Nach einer kleinen Pause erzählte sie, daß man sie gebeten habe, ein Kindchen aus der Taufe zu heben ... bei Petschnikows.

Diesmal errötete Jewgenij nicht mehr vor Ärger, auch nicht mehr vor Scham: er errötete, weil ihm plötzlich auf ganz seltsame Art die Erkenntnis von der Wichtigkeit dessen aufdämmerte, was er nun sogleich zu hören bekommen würde, und es war dies eine Erkenntnis, die sich mit dem, was er sonst immer gewähnt hatte, durchaus nicht deckte. Und es kam heraus. Leichthin, so wie wenn sie ohne Nebengedanken nur eben das Gespräch fortsetzen wollte, erzählte Maria Pawlowna, daß in diesem Jahre nur Knaben geboren würden, vermutlich, weil es bald Krieg geben werde. So bei den Wassins, so jetzt auch bei den Petschnikows, wo das junge Frauchen auch zuerst einen Knaben geboren habe. Maria Pawlowna wollte das nur so beiläufig erzählen, aber als sie den roten Kopf ihres Sohnes sah und seine Nervosität bemerkte, wie er das Pincenez bald herunterschnellte, bald wieder aufsetzte und sich hastig eine Zigarette anzündete, da empfand sie seine Beschämung peinlich mit und schwieg. Er schwieg gleichfalls und wäre um nichts in der Welt imstande gewesen, durch irgendeine Bemerkung dieses Schweigen zu brechen. So schwiegen sie beide, und beide wußten, daß sie einander verstanden hatten.

„Ja, man muß vor allen Dingen darauf sehen, daß Gerechtigkeit im Dorfe herrscht und daß es keine Günstlingswirtschaft gibt wie bei deinem Onkel."

„Mütterchen," sagte Jewgenij plötzlich, „ich weiß, warum Sie das sagen. Aber Sie beunruhigen sich ohne Grund. Mein zukünftiges Familienleben wird mir heilig sein und nichts wird es stören können. Was aber in meinem Junggesellenleben gewesen ist, das ist ganz und gar vorbei. Ich habe mich niemals gebunden, und kein Mensch hat irgendwelche Rechte auf mich."

„Nun gut, ich bin ja schon beruhigt," sagte die Mutter, „ich kenne ja deinen edlen Charakter."

Jewgenij nahm die Worte der Mutter als einen Tribut auf, der ihm gebührte und schwieg.

Am andern Morgen fuhr er in die Stadt, dachte an seine Braut und an alles andere in der Welt, nur nicht an Stepanida. Aber es war, wie wenn er absichtlich erinnert werden sollte, denn als er sich der Kirche näherte, begegnete er vielen Leuten, die zu Fuß und zu

Wagen von dort herkamen. Er begegnete dem alten Matwjej und dem Semjon; Kinder, junge Bäuerinnen kamen ihm entgegen, und da – zwei Frauen, eine ältere und eine andere, die ein grellrotes Tuch auf dem Kopfe hatte und die ihm bekannt vorkam. Diese Jüngere schritt leicht und munter mit einem Kind auf dem Arme dahin. Als er an ihnen vorüberkam, begrüßte ihn die ältere nach altem Brauch, indem sie stehenblieb, aber die Junge mit dem Kind auf dem Arm neigte nur den Kopf, und unter dem Kopftuch lugten ein paar glänzende, wohlbekannte Augen lustig hervor.

„Ja, sie ist es; aber alles ist aus, und da ist nichts zu schauen," dachte er. „Aber das ist vielleicht mein Kind!" flog es ihm blitzschnell durch den Kopf. „Nein, was für ein Unsinn! War ja der Mann da, und sie hat mit ihm gelebt." Er rechnete nicht einmal nach. Für ihn stand es nun einmal fest, daß es der Gesundheit wegen nötig gewesen war. Er hatte bezahlt, was wollte man mehr? Irgendein Verhältnis zwischen ihm und ihr gab es nicht, konnte es nicht geben, durfte es nicht geben. Er mußte nicht etwa die Stimme des Gewissens zum Schweigen bringen – nein! Das Gewissen sprach gar nicht. Weder nach der letzten Unterhaltung mit der Mutter, noch nach dieser Begegnung mit ihr dachte er auch nur im mindesten an sie, und später traf er sie auch gar nicht mehr.

Am ersten Sonntag nach Ostern feierte er in der Stadt seine Hochzeit und fuhr auch sofort mit seiner jungen Frau aufs Dorf zurück. Das Haus war für das junge Paar entsprechend eingerichtet. Maria Pawlowna wollte abreisen, aber Jewgenij und besonders Lisa baten so lange, bis sie sich zum Bleiben entschloß; nur bezog sie den andern Flügel.

Und für Jewgenij fing nun ein neues Leben an.

VII. I

DAS erste Jahr der Ehe war für Jewgenij ein schweres Jahr. Die Geschäfte, die er in der Zeit, da er auf Freiersfüßen ging, so gut es gehen wollte, verschoben hatte, stürzten jetzt nach der Heirat plötzlich alle auf ihn ein.

Von den Schulden gänzlich loszukommen, schien unmöglich. Das Landhaus hatte er verkauft, die dringendsten Schulden bezahlt; aber Schulden gab es immer noch in Fülle, und Geld war keines da.

Das Gut warf ein nettes Sümmchen ab, aber man mußte dem Bruder seinen Anteil schicken; die Hochzeit hatte große Ausgaben verursacht, so daß nun Geldmangel herrschte. Die Fabrik stand still und man mußte sie auch weiterhin stillstehen lassen. Es gab nur ein Mittel, von dieser Schuldenlast loszukommen: man mußte das Vermögen der Frau angreifen. Lisa, die die Lage ihres Mannes begriff, schlug es selber vor, und Jewgenij war einverstanden, aber nur unter der Bedingung, daß die Hälfte des Gutes urkundlich auf den Namen der Frau übertragen wurde. So geschah es auch. Natürlich nicht der Frau wegen, die sich dadurch beleidigt gefühlt hätte, sondern mit Rücksicht auf die Schwiegermutter.

Die Geschäfte, die verschiedenen Schwankungen unterlagen und bald einen Erfolg, bald einen Mißerfolg zeitigten, waren das eine, was das Leben Jewgenijs in diesem ersten Jahre vergiftete. Das andere war der schlechte Gesundheitszustand seiner Frau. In diesem ersten Jahre, sieben Monate nach der Hochzeit, war ihr ein Unglück widerfahren. Sie war ihrem Manne, der aus der Stadt zurückkehrte, in einem leichten Wägelchen entgegengefahren. Das sonst ruhige Pferd wurde scheu. Sie erschrak und sprang aus dem Wagen. Der Sprung war verhältnismäßig noch glücklich abgelaufen – sie hätte ja an einem Rade hängen bleiben können –, aber sie war damals schon in Umständen, und noch in derselben Nacht kamen die Wehen, sie hatte eine Frühgeburt und konnte sich hernach lange Zeit nicht erholen. Der Verlust des erwarteten Kindes, die Krankheit der Frau, die damit verbundenen Störungen des ehelichen Lebens und hauptsächlich die Anwesenheit der Schwiegermutter, die sofort nach der Erkrankung Lisas angereist gekommen war – das alles machte dieses erste Jahr für Jewgenij zu keinem erquicklichen.

Indes, wie schwer die Dinge auch lagen, so fühlte sich Jewgenij am Ende des Jahres doch sehr wohl. Erstens ging sein Herzenswunsch, das Gut zu retten und das Leben, wie es zu Großvaterszeiten gewesen war, zu erneuern, langsam aber sicher in Erfüllung. Von einem Verkauf des Gutes wegen Überschuldung konnte nun nicht mehr die Rede sein. Das Hauptgut, obzwar es auf den Namen der Frau geschrieben war, durfte als gerettet gelten, und wenn es eine gute Rübenernte gab und die Preise gut standen, konnte im nächsten Jahre Überfluß an Stelle des Mangels getreten sein. Dies war das eine.

Das andere war, daß, wieviel er von seiner Frau auch erwartet hatte, er doch das nicht zu finden erwartet hatte, was er tatsächlich an ihr fand. Es war dies nicht das, was er erwartet hatte, aber es war viel mehr. Entzückungen, heftige Wallungen, kamen, obzwar er sie herbeizuführen suchte, nicht heraus oder kamen sehr schwach heraus; aber es kam etwas ganz anderes heraus: daß es nämlich so nicht nur viel hübscher, angenehmer, sondern auch viel leichter zu leben war. Er wußte nicht, woher das kam, aber es war so.

Das kam aber daher, daß Lisa sofort nach der Verlobung in ihrem Herzen entschieden hatte, daß es auf der ganzen Welt nur diesen einen Jewgenij Irtenjew gab, den Besten, Vernünftigsten, Reinsten, Edelsten von allen, dem daher alle Menschen zu dienen und Freude zu bereiten hatten. Da man aber nicht alle zwingen konnte, das zu tun, mußte man es nach Kräften selber tun. Und sie tat es auch. Und darum waren ihre innigsten Wünsche immer darauf gerichtet, zu erfahren, zu erraten, was ihm angenehm sei und das dann aber auch zu tun, sei es was immer, und sei es auch noch so schwer.

Sie besaß auch das, was einen Hauptreiz im Umgang mit einem liebenden Frauenzimmer ausmacht: sie besaß, dank ihrer Liebe zu ihm, eine hellseherische Gabe, in seiner Seele zu lesen. Sie durchschaute – oft besser als er, dünkte es ihn – jeden seiner Seelenzustände, erriet jede Nuance seiner Empfindung, und dementsprechend handelte sie auch. Infolgedessen verletzte sie nie eines seiner Gefühle, sondern besänftigte seine schweren und verstärkte seine heiteren Empfindungen. Aber nicht nur seine Gefühle – auch seine Gedanken durchschaute sie. Die fremdartigsten Dinge in der Landwirtschaft, im Fabriksbetrieb, in der Beurteilung der Menschen begriff sie sofort und konnte ihm so nicht bloß eine Gesellschafterin, sondern in manchen Fällen, wie er oft sagte, eine nützliche, ja unersetzliche Ratgeberin sein. Auf die Dinge, die Menschen, auf alles in der Welt schaute sie nur mit seinen Augen. Sie hatte ihre Mutter lieb, aber als sie merkte, daß ihm die Einmischung der Schwiegermutter in ihr Leben unangenehm war, stellte sie sich sofort auf seine Seite, und das mit einer solchen Entschiedenheit, daß er gezwungen war, ihren Eifer zu dämpfen.

Zu alledem besaß sie einen feinen Geschmack, Takt, und hatte ein stilles Wesen. Was sie auch tat, es geschah unmerklich; nur die Resultate der Sache lagen vor Augen; mit anderen Worten, es herrschte überall Sauberkeit, Ordnung und Schönheit. Lisa hatte sofort begriffen, worin das Lebensideal ihres Mannes bestand und bemühte sich, es zu verwirklichen und verwirklichte es, indem sie im Hause alles nach seinen Wünschen einrichtete. Nur Kinder fehlten; aber auch darauf war Hoffnung. Im Winter waren sie nach Petersburg zu einem Akkoucheur gefahren, der sie untersucht und ihr versichert hatte, sie sei ganz gesund und könne Kinder haben.

Auch dieser Wunsch erfüllte sich. Gegen Ende des Jahres fühlte sie sich wieder schwanger.

Nur das eine konnte ihr Glück, wenn auch nicht vergiften, so doch bedrohen, und das war ihre Eifersucht, eine Eifersucht, die sie zwar zu unterdrücken, oder wenigstens nicht zu zeigen suchte, an der sie aber häufig litt. Jewgenij durfte keine andere Frau lieben, weil es kein einziges Frauenzimmer in der Welt gab, die seiner würdig gewesen wäre (ob sie selbst seiner würdig war, fragte sie sich nicht), und aus diesem Grunde durfte sich auch keine Frau unterstehen, ihn zu lieben.

VIII. I

DAS Leben, das sie führten, verlief nun so: am Morgen stand er immer frühzeitig auf, begab sich nach der Wirtschaft, sah nach der Fabrik, wo die Arbeiten ausgeführt wurden und ging manchmal auf die Felder hinaus. Gegen zehn Uhr kam er zum Kaffee; den Kaffee trank er in Gesellschaft Maria Pawlownas, eines Onkels, der bei ihnen lebte, und Lisas auf der Terrasse. Nach den oft sehr lebhaften Gesprächen beim Kaffee ging man bis Mittag auseinander. Um zwei Uhr aß man zu Mittag, und nachher ging oder fuhr man spazieren. Am Abend, wenn er aus dem Kontor herübergekommen war, trank man bis spät in die Nacht Tee, zuweilen las er laut vor, sie arbeitete etwas oder musizierte, oder man unterhielt sich, wenn Gäste da waren. Mußte er in Geschäften verreisen, dann schrieb er und bekam von ihr jeden Tag Briefe. Zuweilen begleitete sie ihn auf diesen Reisen, und das war dann besonders lustig. Zu seinem und ihrem Namenstage versammelten sich Gäste, und es war ihm angenehm, zu sehen, wie sie alles zur allgemeinen Behaglichkeit einzurichten verstand. Er sah und hörte auch, daß alle sie mit Wohlgefallen betrachteten, – die junge, liebe Wirtin, und liebte sie dafür nur um so mehr.

Alles ging vortrefflich. Ihre Schwangerschaft ertrug sie leicht, und beide, obzwar noch ein wenig verschüchtert, erwogen schon, wie sie das Kind erziehen würden. Die Art der Erziehung, das Methodische daran, bestimmte Jewgenij selbst, während sie nur getreulichst seinen Willen erfüllen wollte. Jewgenij aber hatte eigens zu diesem Zweck medizinische Bücher durchstudiert, da er die Absicht hatte, das Kind nach wissenschaftlichen Grundsätzen zu erziehen. Wie es sich von selbst versteht, war sie mit allem einverstanden und fertigte unterdes die mancherlei Häubchen und Steckkissen für die warme und für die kalte Jahreszeit an und richtete die Wiege her. So brach das zweite Jahr ihrer Ehe und der zweite Frühling an.

IX. |

Es war gegen Pfingsten. Lisa befand sich im fünften ihrer Schwangerschaft und war, bei aller Vorsicht, lustig und munter. Beide Mütter, ihre sowohl als seine waren anwesend. Unter dem Vorwand sie bewachen und behüten zu müssen, beunruhigten sie die junge Frau mit ihrer Ängstlichkeit. Jewgenij beschäftigte sich mit besonderem Eifer in der Landwirtschaft, und zwar mit der Rübenanpflanzung, die er in großem Maßstabe durchgeführt hatte.

Lisa hatte beschlossen, vor den Pfingstfeiertagen noch eine gründliche Reinigung des ganzen Hauses vornehmen zu lassen – seit Ostern war dies nicht mehr geschehen –, und man mietete aushilfsweise zwei Tagelöhnerinnen aus dem Dorf, die die Böden zu waschen, die Fenster zu putzen, die Möbel zu reinigen und die Teppiche auszuklopfen hatten. Die Weiber kamen schon am frühen Morgen, setzten große, gußeiserne Töpfe aufs Feuer und machten sich an die Arbeit. Die eine der beiden Weiber war Stepanida. Sie hatte ihren Knaben eben von der Brust entwöhnt. Durch den Kontoristen, mit dem sie jetzt ging, hatte sie sich selbst zur Arbeit angeboten. Sie wollte sich die Gutsherrin einmal gut anschauen. Stepanida hatte unterdessen ihr Leben in der alten Weise fortgesetzt; sie war allein, der Mann war fort; und wie sie zuerst mit dem alten Danila, als er sie einmal beim Holzsammeln erwischt hatte, und dann mit dem Gutsherrn ihren Mutwillen getrieben hatte, so machte sie es jetzt auch mit dem jungen Bürschchen, dem Kontoristen. Der Gutsherr lag ihr gar nicht mehr im Sinn. „Er hat jetzt eine Frau," dachte sie. Aber es war doch zu verführerisch, sich die Herrin und die Einrichtung des Hauses, die, wie man sagte, so prächtig war, einmal anzuschauen.

Jewgenij hatte sie seit jener Begegnung nicht wiedergesehen. Im Tagelohn arbeitete sie nicht, da sie mit dem Kinde zu tun hatte, und er ging selten durch das Dorf. An diesem Morgen, am Tage vor Pfingsten, stand er um fünf Uhr morgens auf und ging auf das Brachfeld hinaus, wo heute Kunstdünger gestreut werden sollte. Er verließ das Haus, als die Weiber noch beim Herde standen und das Wasser hitzten.

Froh, zufrieden und hungrig kehrte Jewgenij zum Frühstück zurück. Er stieg vor dem Gartenpförtchen ab, übergab das Pferd dem vorübergehenden Gärtner, schritt, mit der Reitgerte das Gras peitschend, auf das Haus zu und murmelte, wie das oft vorkommt, fortwährend ein und dieselbe sinnlose Phrase vor sich hin. „Die Phosphorite werden es rechtfertigen," murmelte er; was sie rechtfertigen sollten und vor wem, das wußte er nicht und dachte nicht weiter darüber nach.

Auf der kleinen Wiese klopfte man einen Teppich aus. Die Möbel standen im Freien.

„Du lieber Himmel! Schon wieder ein großes Reinemachen! Die Phosphorite werden es rechtfertigen … Das ist mir eine Wirtin! eine Hausfrau! Ja, eine Hausfrau!" sagte er zu sich und stellte sich dabei lebhaft seine Frau vor, wie sie in ihrem weißen Morgenkleide, mit dem strahlenden Lächeln, das sie fast immer zeigte, wenn er sie anblickte, heraus kam. „Die Stiefel muß man wechseln, sonst werden es die Phosphorite rechtfertigen, das heißt, es wird nach Dünger riechen, und das Frauchen ist doch in diesem Zustand. Warum in diesem Zustand? Ja, es wächst in ihrem Leib ein kleiner Irtenjew, ein neuer Irtenjew," dachte er. „Die Phosphorite werden es rechtfertigen." Und über seine Gedanken lächelnd, stieß er mit der Hand gegen die Tür zu seinem Zimmer. Aber er hatte noch nicht Zeit gehabt sie zu öffnen, als sie von selbst aufging und er mit einem Weibe zusammenprallte, das in diesem Augenblick aus dem Zimmer trat. Sie war barfuß, hatte den Rock hoch aufgeschürzt, die Ärmel in die Höhe gestreift, und in der Hand trug sie einen Eimer. Er wich zur Seite, um sie vorbeizulassen; sie trat ebenfalls zurück und schob mit dem Handrücken, da ihre Finger naß waren, das Kopftuch zurück, das ihr ins Gesicht gefallen war.

„Geh nur, geh, ich will warten, bis ihr …" sagte er und blieb plötzlich stehen; er hatte sie erkannt.

Sie schaute ihn mit ihren lustigen Augen lächelnd an, zog ihren Rock zurecht und ging zur Tür hinaus.

„Was für ein Unsinn! Was ist das? … Nicht möglich!" dachte Jewgenij, und sein Gesicht verfinsterte sich. Er schüttelte sich, wie wenn er eine Fliege verscheuchen wollte und war über sich selbst ungehalten, daß er sie überhaupt angesehen hatte. Aber gleichwohl konnte er seine Blicke von ihrem anmutigen, wiegenden Gang, von ihren kräftigen, nackten Füßen, von ihrem Körper, ihren Armen und Schultern, von den schönen Falten ihres Hemdes und des roten Rockes, der hochgeschürzt war und ihre weißen Waden sehen ließ, nicht abwenden.

„Aber was hab' ich da zu schauen," sagte er sich und schlug die Augen nieder, um sie nicht mehr zu sehen. „Richtig, ich soll ja die Stiefel wechseln!" Er kehrte sich zur Tür um, hatte aber noch keine fünf Schritte gemacht, als er sich schon wieder nach ihr umdrehen mußte. Sie bog um die Ecke und sah sich in diesem Augenblick ebenfalls um.

„Was mache ich da!" rief es in ihm. „Sie könnte ja denken … Sie hat es sogar sicher schon gedacht."

Er ging in sein Zimmer. Der Fußboden war naß. Ein anderes Frauenzimmer, ein altes, mageres Weib, war dort noch mit dem Aufwaschen beschäftigt. Er ging auf den Fußspitzen über die schmutzigen Wasserpfützen zur Wand, wo die Stiefel standen und wollte eben wieder hinausgehen, als das Weib das Zimmer verließ.

„Das Weib ist hinausgegangen, Stepanida wird allein zurückkommen," sprach irgendeine Stimme in ihm.

„Mein Gott! Woran denke ich, was tue ich da!" Er packte die Stiefel, lief in das Vorzimmer, zog sie dort an, bürstete seine Kleider ab und begab sich auf die Terrasse hinaus, wo die beiden Mütter bereits beim Kaffee saßen. Lisa, die ihn offenbar schon erwartet hatte, kam durch die andere Tür gleichzeitig mit ihm auf die Terrasse hinaus.

„Mein Gott, wenn sie, die mich für einen so ehrlichen, reinen, unschuldigen Menschen hält, wenn sie wüßte …" dachte er.

Lisa trat ihm wie immer mit freudestrahlendem Gesicht entgegen. Aber heute kam sie ihm besonders blaß, gelb, lang und schwächlich vor.

X. I

Am Kaffeetisch war bereits jenes besondere Damengespräch im Gang, das, obwohl es keinen logischen Zusammenhang hatte, scheinbar doch durch irgend etwas zusammengehalten wurde, da es ununterbrochen weiterging.

Die beiden Damen führten Stichelreden, Lisa lavierte zwischen ihnen hin und her.

„Ach, es ist mir so unangenehm, daß man dein Zimmer nicht rechtzeitig aufgewaschen hat," sagte sie zu ihrem Mann. „Und ich hatte solche Lust, eine gründliche Ordnung zu schaffen."

„Wie hast du geschlafen, nachdem ich fortgegangen war?"

„Ganz gut, ich fühle mich wohl."

„Wie kann sich ein Frauenzimmer wohl fühlen – bei ihrem Zustand und bei dieser gräßlichen Hitze, wenn die Fenster auf der Sonnenseite sind," sagte Warwara Aleksjejewna, die Mutter Lisas. „Und noch dazu weder Jalousien noch Markisen! Bei mir sind immer Markisen."

„Aber hier ist ja von zehn Uhr ab Schatten," sagte Maria Pawlowna.

„Und von der Feuchtigkeit bekommt man nur Fieber," sagte Warwara Aleksjejewna, ohne zu bemerken, daß sie jetzt das Gegenteil von dem sagte, was sie früher gesagt hatte. „Mein Arzt hat mir immer gesagt: Man kann nie eine Krankheit bestimmen, wenn man den Charakter der kranken Person nicht kennt. Und der muß es doch wohl verstehen, denn er ist der erste Arzt in der Stadt und wir bezahlen ihm hundert Rubel. Mein verstorbener Mann hat auf Ärzte nichts gegeben, aber für mich hat er nichts und niemals gespart."

„Wie kann ein Mann auch sparen, wenn das Leben der Frau und das des Kindes davon abhängt ..."

„Ach, wenn Mittel da sind, hängt eine Frau niemals von ihrem Manne ab. Eine gute Frau fügt sich übrigens ihrem Manne," sagte Warwara Aleksjejewna, „aber Lisa ist nach ihrer Krankheit noch zu schwach."

„Aber nein, Mama, ich fühle mich ausgezeichnet. Ja, wie kommt denn das? Hat man Ihnen denn keine abgekochte Sahne gegeben?"

„Ich brauche keine. Für mich ist auch ungekochte Sahne gut genug."

„Ich habe Warwara Aleksjejewna gefragt, sie wünschte keine," sagte Maria Pawlowna, gleichsam zu ihrer Entschuldigung.

„Aber nein, wirklich, ich will heute keine." Und wie um das unangenehme Gespräch abzubrechen und großmütig nachzugeben, wandte sich Warwara Aleksjejewna an Jewgenij. „Nun, hat man die Phosphorite gestreut?"

Lisa lief hinaus, um abgekochte Sahne zu holen.

„Lisa, Lisa, langsamer!" rief ihr Maria Pawlowna nach. „Zu rasche Bewegungen können ihr schädlich sein."

„Ach was, schädlich! Wenn sie die innere Ruhe hat, kann ihr nichts schädlich sein," sagte Warwara Aleksjejewna, wie wenn sie auf etwas anspielen wollte, obgleich sie dabei ganz gut wußte, daß es nichts gab, worauf man hätte anspielen können.

Lisa kehrte mit der Sahne zurück, Jewgenij trank seinen Kaffee aus und hörte dem Gespräch mit mürrischer Miene zu. Er war diese Unterhaltungen schon gewohnt, aber heute reizte ihn ihre Gedankenlosigkeit besonders. Er wollte mit sich ins reine kommen, was ihm denn eigentlich plötzlich widerfahren war, und dieses Geträtsch störte ihn in seinen Gedanken. Warwara Aleksjejewna trank ihre Tasse aus und begab sich in böser Laune weg. Es kamen andere Dinge aufs Tapet und das Gespräch wurde angenehmer. Aber Lisa mit ihrer durch die Liebe geschärften Feinfühligkeit erriet, daß ihren Mann irgend etwas beunruhige, und fragte ihn, was es sei. Er war auf diese Frage nicht gefaßt und stotterte ein paar Worte. Diese Antwort machte sie noch nachdenklicher. Daß ihn etwas quälte, und sehr quälte, das sah sie so deutlich, wie sie sah, daß eine Fliege in den Milchtopf gefallen war. Aber er sagte nichts. Was war es nur?

XI. I

NACH dem Frühstück gingen alle auseinander. Jewgenij begab sich wie gewöhnlich in sein Kabinett. Aber weder las er noch schrieb er Briefe, sondern setzte sich hin, fing zu grübeln an und rauchte eine Zigarette nach der andern. Dieses häßliche Gefühl, das so unerwartet in ihm ausgestiegen war und von dem er sich seit seiner Verheiratung befreit gewähnt hatte, überraschte und betrübte ihn. Er hatte solche Gefühle nur mehr für seine Frau verspürt, aber weder für das Frauenzimmer, das er gekannt hatte, noch für andere Frauenzimmer. Er hatte sich innerlich oft darüber gefreut, daß diese Sache so gänzlich abgetan war; und nun zeigte ihm ein nichtiger Zufall, daß er sich doch nicht befreit hatte. Daß dieses Gefühl wieder da war, daß er nach diesem Weibe wieder Begehren trug, dies quälte ihn noch nicht so sehr – denn er gestattete sich nicht einmal, daran zu denken –; aber daß ein solches Gefühl überhaupt in ihm noch wach werden konnte und daß er daher auf der Hut sein mußte, das war es, was ihn am meisten beunruhigte. Bei alledem bestand darüber kein Zweifel, daß er dieses Gefühl unterdrücken werde.

Er hatte einen Brief zu beantworten und ein Schriftstück auszufertigen. Er setzte sich an den Schreibtisch und erledigte beides. Nachdem er damit fertig war und über dieser Beschäftigung seine Unruhe vergessen hatte, ging er hinaus, um im Pferdestall nachzusehen.

Und abermals – war es nun Absicht oder ein unglücklicher Zufall – tauchte der rote Rock und das rote Kopftuch vor ihm auf. Sie kam um die Ecke und ging, mit den Armen schlenkernd, mit ihrem wiegenden Gang an ihm vorüber. Ja, noch schlimmer! Sie ging nicht, sie lief wie im Spiel an ihm vorbei und holte ihre Kameradinnen ein. In seiner Vorstellung tauchten wieder die alten Erinnerungen auf: der glühende Mittag, die Brennesseln, der Hinterhof von Danilas Waldhäuschen; und im Schatten der Ahornbäume *sie*, mit ihrem lächelnden Gesicht, wie sie Blätter zerbiß.

„Nein, das darf nicht so weitergehen," sagte er sich, und nachdem er abgewartet hatte, bis die Weiber ihm aus dem Gesicht entschwunden waren, ging er in sein Kontor.

Es war gerade um die Mittagszeit, und er hoffte den Gutsverwalter noch anzutreffen. Der Gutsverwalter war gerade mit seinem Mittagsschläfchen fertig, stand im Kontor, räkelte sich, gähnte und hörte einen Stallburschen an, der ihm irgend etwas erzählte.

„Wassilij Nikolajewitsch!"

„Was steht zu Diensten?"

„Ich möchte mit Ihnen sprechen."

„Was befehlen Sie?"

„Später, wenn Sie mit diesem da fertig sind."

„Kannst du sie also nicht hereinbringen?“ fragte der Gutsverwalter den Stallburschen.

„Das wird schwerlich gehen.“

„Um was handelt es sich?“ fragte Jewgenij.

„Eine Kuh hat im Feld draußen gekalbt. Na, es ist recht. Ich werde sofort einspannen lassen. Sage dem Nikolas, er soll die Stute einspannen. Und wenn’s nicht anders geht, nehmt das schwere Fuhrwerk.“

Der Stallbursche entfernte sich.

„Sehen Sie, Wassilij Nikolajewitsch,“ sagte Jewgenij und fühlte, wie er rot wurde, „sehen Sie, ich habe da auch meine Sünden begangen als ich noch ledig war. Sie haben vielleicht davon gehört …“

Wassilij Nikolajewitsch lächelte mit den Augen; sein Herr tat ihm offenbar leid.

„Sie meinen das mit der Stepanida?“

„Nun ja, eben das. Ich möchte Sie nun bitten, sie nicht mehr für Arbeiten im Haus zu verwenden. Sie werden begreifen, es ist das sehr unangenehm …“

„Das wird wohl der Kontorist angeordnet haben.“

„Also nicht wahr? Es bleibt dabei. – Wird heute der Rest noch gestreut werden?“ sagte Jewgenij, um seine Verlegenheit zu verbergen.

„Ich fahre sofort aufs Feld hinaus.“

So war denn diese Sache erledigt. Jewgenij beruhigte sich wieder. Hatte er sie ein Jahr lang nicht gesehen und war ruhig gewesen, so würde es wohl künftig auch so sein, dachte er. „Außerdem wird Wassilij Nikolajewitsch es dem Kontoristen Iwan sagen, Iwan wird es ihr weitersagen, und sie wird begreifen, daß ich das nicht haben will,“ sagte sich Jewgenij und freute sich, daß er diese Maßregel getroffen hatte, wie schwer es ihm auch gefallen war. „Ja, immer noch besser, viel besser als dieser Zweifel, diese Schande.“ Er erzitterte bei der bloßen Erinnerung an das Verbrechen, das er in Gedanken begangen hatte.

XII. |

DIE moralische Anstrengung, mit der er seine Scham überwunden hatte, als er mit Wassilij Nikolajewitsch von der Sache gesprochen, hatte Jewgenij beruhigt. Es schien ihm, daß nun alles in Ordnung sei. Lisa bemerkte sofort, daß er nun wieder ruhig war, ja sogar heiterer als sonst. „Die Sticheleien der Mütter haben ihn verletzt. In der Tat, diese unzarten Anspielungen, dieser schlechte Ton, sind schwer zu ertragen, besonders für ihn, bei der Feinheit und Zartheit seiner Empfindung," dachte Lisa.

Der folgende Tag war Pfingstsonntag. Das Wetter war herrlich, und die Weiber vom Dorfe, die, wie alljährlich um diese Zeit, in den Wald zogen, um Kränze zu flechten, kamen vor das Herrschaftsgebäude und begannen zu singen und zu tanzen. Maria Pawlowna und Warwara Aleksjejewna begaben sich im Feiertagsstaat mit ihren Schirmen auf die Vortreppe hinaus und näherten sich dem Reigen. Der Onkel, der diesen Sommer bei Jewgenij verbrachte, ein aufgedunsener Wüstling und Trunkenbold, begleitete sie. Er trug ein Jackett aus chinesischer Seide.

Wie immer, bildete ein bunter, grellfarbener Kreis von jungen Weibern und Mädchen das Zentrum des Ganzen, um das sich, wie Planeten und Trabanten, im Ringelreihen andere junge Mädchen in ihren neuen, knisternden Kattunkleidern drehten. Prustende Kinder liefen hin und her und suchten sich zu haschen. Burschen in blauen und schwarzen Wämsern und Mützen und roten Hemden standen umher, kauten Sonnenblumenkerne und spuckten unaufhörlich die Hülsen aus. In einiger Entfernung standen die Arbeiter vom Gutshof und andere Leute, die dem Reigen zuschauten. Die beiden alten Damen gingen zu den Tanzenden hin und Lisa, in einem hellblauen Kleide, mit ebensolchen Bändern im Haar, mit breiten Ärmeln, aus welchen ihre langen, weißen, spitzen Ellbogen hervorschauten, folgte ihnen.

Jewgenij hatte keine Lust, hinauszugehen, aber sich zu verbergen wäre lächerlich gewesen. So begab er sich denn mit einer Zigarette im Munde auf die Vortreppe hinaus, begrüßte die Burschen und Bauern und sprach ein paar Worte mit ihnen. Die Weiber sangen inzwischen aus voller Kehle ein Tanzlied, schnalzten mit der Junge, klatschten in die Hände und tanzten dazu.

„Die Barinja haben gerufen," sagte ein Zunge, auf Jewgenij zugehend, der den Ruf seiner Frau nicht gehört hatte. Lisa forderte ihn auf, dem Tanz eines der Weiber, das ihr besonders gefiel, zuzuschauen. Dieses Weib war die Stepanida. Sie trug einen gelben Sarafan, ein Plüschmieder und ein seidenes Kopftuch; ihr breites, energisches Gesicht war gerötet und zeigte einen lustigen Ausdruck. Sie tanzte wohl recht schön, aber Jewgenij sah nicht hin.

„Ja, ja," sagte er, das Pincenez abnehmend und wieder aufsetzend.

„Ja, ja," sprach er. „Es sieht ganz so aus, wie wenn ich nie mehr von ihr loskommen sollte," dachte er.

Er sah sie nicht an, da er ihren Reiz kannte und fürchtete, aber gerade weil er sie nicht ansah, schien ihm das, was er von ihr nur flüchtig sah, besonders reizvoll. Ein kurzes Aufleuchten in ihren Augen sagte ihm zudem, daß sie ihn gesehen hatte, und daß sie auch wußte, wie sehr sie ihm gefiel. Er blieb nur so lange stehen, als es der Anstand erforderte. Als er sah, daß Warwara Aleksjejewna sie zu sich rief, ihr ein paar schiefe Schmeicheleien sagte, sie ein liebes Ding nannte und immer weiter sprach, drehte er sich um und ging weg. Er ging ins Haus zurück, um sie nicht mehr zu sehen; als er aber im oberen Stockwerk angelangt war, stellte er sich, ohne selbst zu wissen wie und warum, ans Fenster und starrte die ganze Zeit, solange die Weiber an der Vortreppe waren, hinaus, und schaute und schaute, und verschlang sie mit seinen Blicken.

Dann lief er, bevor ihn noch jemand sehen konnte, hinunter, trat mit langsamem Schritt auf den Balkon hinaus, zündete sich eine Zigarette an und begab sich, wie wenn er die Absicht hätte, einen kleinen Spaziergang zu machen, in den Garten; hier schlug er die Richtung ein, in der sie fortgegangen war. Er hatte noch keine zwei Schritte in der Allee gemacht, als er zwischen den Baumstämmen ein Plüschmieder, einen gelben Sarafan und ein rotes Kopftuch durchschimmern sah. Sie ging mit einem anderen Weibe „Wohin mögen sie wohl gehen?"

Und mit einemmal flammte eine heftige Begierde in ihm auf, und es war ihm, wie wenn eine Hand sein Herz zusammenpreßte. Wie unter der Einwirkung einer fremden Macht schaute er um sich und ging ihr nach.

„Jewgenij Iwanowitsch! Jewgenij Iwanowitsch! Ich suche Euer Gnaden," vernahm er eine Stimme hinter sich, und Jewgenij erblickte den alten Samochin, der beim Brunnenbau beschäftigt war. Er erwachte aus seiner Betäubung, machte rasch kehrt und ging zu Samochin. Während er mit ihm sprach, wandte er sich unauffällig zur Seite und sah, daß sie mit dem Weibe nach unten ging, wahrscheinlich zum Brunnen. Vielleicht aber war das nur ein Vorwand, denn eine Weile später kehrten sie wieder zu den andern zurück.

XIII. |

NACH dem Gespräch mit Samochin kehrte Jewgenij in einer solchen Niedergeschlagenheit nach Hause zurück, wie wenn er wirklich ein Verbrechen begangen hätte. Erstens: sie hatte ihn verstanden und seinen Wunsch, sie zu sehen, erraten, und sie wünschte es selbst. Zweitens: dieses andere Weib! Es war die Prochorka. Sie war ohne Zweifel eingeweiht. Das Schlimmste aber war, daß er sich überwältigt fühlte, daß er nicht mehr Herr seines Willens war, daß er einer unbekannten Macht unterlag, daß er sich heute nur durch einen glücklichen Zufall hatte retten können. Er fühlte, daß er, wenn nicht heute, so morgen oder übermorgen zugrunde gehen müsse.

„Ja, zugrunde gehen" – denn anders konnte er eine Untreue gegen seine junge, liebevolle Frau nicht nennen. War es denn nicht ein Untergang, ein schrecklicher Untergang, wenn er sie mit diesem Weibe aus dem Dorfe vor aller Augen betrog? Ja, ein Untergang, denn er konnte dann nicht mehr leben. Aber jetzt mußte man Maßregeln ergreifen.

„Mein Gott, mein Gott! Was soll ich nur machen? Muß ich denn wirklich zugrunde gehen?" sagte er sich. „Kann man denn keine Maßregeln treffen? Man muß doch irgend etwas dagegen tun! Nicht an sie denken!" befahl er sich selbst. „Nicht an sie denken!" und gleich darauf mußte er doch wieder an sie denken und sah sie vor sich und sah den Ahornschatten.

Er erinnerte sich, von einem Starez gelesen zu haben, der, als er einer Frau die Hand auflegen mußte, um sie zu heilen, seine andere Hand auf ein glühendes Kohlenbecken legte und sich die Finger verbrannte. Und tat dies, um der Verführung zu entgehen. „Auch ich bin eher bereit, mir die Finger zu verbrennen als zugrunde zu gehen. Er sah sich um, ob niemand im Zimmer war, zündete ein Streichholz an und hielt einen Finger über die Flamme. „Nun, denke ich jetzt an sie?" fragte er sich ironisch. Die Sache wurde schmerzhaft, er zog den verräucherten Finger zurück, warf das Zündholz weg und fing über sich selbst zu lachen an. „Was für ein Unsinn! Nicht so muß man es anfangen. Man muß wirkliche Maßregeln treffen, damit ich sie nie mehr sehe. Entweder muß ich selbst fort von hier, oder ich muß sie entfernen. Ja, entfernen! Ich werde ihrem Manne Geld geben, damit er mit ihr in die Stadt übersiedelt oder in ein anderes Dorf. Man würde es zwar erfahren und darüber sprechen. Aber was ist dabei? Immer besser als diese beständige Gefahr. Ja, so muß man es machen," sagte er und schaute unverwandt auf sie hinaus. „Wohin ist sie jetzt gegangen?" fragte er sich plötzlich. Wahrscheinlich hatte auch sie ihn am Fenster erblickt. Sie nahm ein anderes Weib an der Hand und ging, keck die Arme schlenkernd, in den Garten. Ohne zu wissen, wozu und warum, tief in Gedanken, begab er sich nach dem Kontor.

Wassilij Nikolajewitsch saß im Feiertagsgewand, pomadisiert, mit seiner Frau und einer Dame in einem geblümten Kopftuch, die zu Gaste war, beim Tee.

„Könnte ich mit Ihnen sprechen, Wassilij Nikolajewitsch?"

„Warum denn nicht? Bitte, nur hereinzukommen, wir sind mit dem Teetrinken fertig."

„Nein, kommen Sie lieber mit mir." „Sofort! Ich werde mir halt die Mütze nehmen. Tanja, decke den Samowar gut zu," sagte Wassilij Nikolajewitsch in heiterer Laune.

Jewgenij glaubte zu bemerken, daß er ein wenig angetrunken war; aber was war da zu machen? „Vielleicht ist's sogar besser so; er wird mit mehr Teilnahme darauf eingehen."

„Wassilij Nikolajewitsch, ich komme in derselben Sache wie neulich zu Ihnen. Des Frauenzimmers wegen."

„Was ist denn schon wieder? Ich habe doch befohlen, daß man sie nicht mehr für Hausarbeiten nehmen soll."

„Es ist nicht das. Ich denke jetzt an Folgendes, und über Folgendes möchte ich mich mit Ihnen beraten. Könnte man sie, ich meine die ganze Familie, nicht gänzlich entfernen?"

„Wohin entfernen?" sagte Wassilij Nikolajewitsch, spottweise und unzufrieden, wie es Jewgenij schien.

„Ich dachte, daß man ihnen Geld geben könnte, oder sogar ein Stück Land in Koltowskoje, damit sie nur nicht mehr hier wären."

„Ja, wie soll man sie denn entfernen? Wird er denn von seinem Heimatsdorf wegziehen? Wozu brauchen Sie das? Was tun sie Ihnen?"

„Ach, Wassilij Nikolajewitsch, Sie werden doch begreifen, daß es der Frau schrecklich wäre, das zu erfahren."

„Wer wird es ihr denn sagen?"

„Aber wozu soll ich in dieser beständigen Angst leben? Überhaupt – es ist schwer ..."

„Warum beunruhigen Sie sich? Wer alte Suppe aufrührt, den holt der Kuckuck. Und wer vor Gott nicht sündig ist, ist dem Kaiser nichts schuldig."

„Und doch wäre es besser, wenn man sie entfernen könnte. Wie, wenn Sie mit dem Manne gelegentlich ein paar Worte sprechen würden?"

„Viel wird dabei nicht herauskommen. Ach, Jewgenij Iwanowitsch! Was ist denn das? Alles ist doch schon längst vergangen und vergessen! Was kommt nicht alles vor! Und wer kann Ihnen jetzt was Übles nachsagen? Sie leben ja vor aller Augen."

„Aber sagen Sie es dennoch."

„Gut, ich werde es sagen."

Obzwar Jewgenij im voraus wußte, daß daraus nichts werden würde, beruhigte ihn dieses Gespräch doch ein wenig. Er sah vor allem ein, daß er die Gefahr in seiner Aufregung gewaltig übertrieben hatte.

Hatte er denn ein Stelldichein mit ihr gehabt? Das war sowieso unmöglich. Er war im Garten spazieren gegangen und hatte sie ganz zufällig getroffen.

XIV. I

AM selben Pfingsttag ging Lisa nach dem Mittagessen mit ihrem Manne im Garten spazieren. Als sie ihrem Manne auf eine Wiese hinaus folgte, wo er ihr den Klee zeigen wollte, sprang sie über einen kleinen Graben, strauchelte und fiel hin. Sie fiel nur leicht auf die Seite, doch stieß sie einen schwachen Schrei aus und ihr Mann sah, daß sie nicht nur einen Schreck ausgestanden hatte, sondern auch Schmerzen empfand. Er wollte sie aufheben, doch sie wehrte ihn ab.

„Nein, es ist nichts, Jewgenij," sagte sie mit einem schwachen Lächeln und sah ihn dabei, wie es Jewgenij schien, schuldbewußt an. „Ich bin nur auf das Bein gefallen.

„Das ist ja mein ewiges Reden," fing Warwara Aleksjejewna an, „daß man in einem solchen Zustand nicht über Gräben setzen darf."

„Es ist wirklich nichts, Mama. Ich werde sogleich aufstehen."

Sie erhob sich mit Hilfe ihres Mannes, aber in derselben Minute wurde sie blaß und auf ihrem Antlitz drückte sich ein Schrecken aus.

„Mir ist nicht wohl," sagte sie und flüsterte ihrer Mutter ein paar Worte zu.

„Ach, mein Gott, mein Gott! Was man da wieder angestellt hat. Hab' ich doch gleich gesagt: nicht ausgehen!" schrie Warwara Aleksjejewna. „Wartet hier, ich will Leute herschicken. Sie darf nicht gehen. Man muß sie tragen."

„Hast du keine Angst, wenn ich dich trage?" sagte Jewgenij und umfaßte sie mit seinem linken Arm. „Halte dich an mir fest. So ist's recht."

Er bückte sich, umfaßte mit dem rechten Arm ihre Beine und hob sie auf. Niemals konnte er in der Folge den leidenden und zugleich glückseligen Ausdruck vergessen, der in diesem Augenblick auf ihrem Antlitz lag.

„Ich bin dir doch zu schwer, du Lieber," sagte sie lächelnd. „Dort läuft jetzt die Mutter, rufe sie zurück."

Und sie drückte sich an ihn und küßte ihn. Sie hätte offenbar gar zu gerne gehabt, daß auch die Mutter gesehen hätte, wie er sie trug.

Jewgenij rief hinter Warwara Aleksjejewna her, sie brauche sich nicht zu beeilen, er werde sie allein bis nach Hause tragen. Warwara Aleksjejewna blieb stehen und schrie noch lauter:

„Du wirst sie fallen lassen, ganz sicher fallen lassen. Du willst sie zugrunde richten. Du hast kein Gewissen!"

„Aber ich trage sie ja doch ganz leicht."

„Ich dulde es nicht! Ich kann's nicht mit ansehen, wie du meine Tochter zugrunde richtest!" Und sie lief weiter und bog in die Allee ein.

„Laß nur, es wird schon anders werden," sagte Lisa lächelnd.

„Wenn es nur nicht wieder die Folgen hat wie das vorige Mal."

„Aber davon rede ich ja nicht. Ich spreche von Mama. Du bist müde, ruhe dich aus."

Aber obgleich sie ihm schwer war, trug er seine Last doch mit stolzer Freude bis zum Hause und übergab sie dem Zimmermädchen und dem Koch, die Warwara Aleksjejewna gefunden und ihnen entgegengeschickt hatte. Er brachte sie in das Schlafzimmer und legte sie auf das Bett.

„Jetzt geh," sagte sie, zog seine Hand an ihre Lippen und küßte sie. „Wir werden mit Anuschka schon zurechtkommen."

Maria Pawlowna kam vom andern Flügel herübergeeilt. Man entkleidete Lisa und legte sie zu Bett. Jewgenij saß mit einem Buch in der Hand wartend im Gastzimmer. Warwara Aleksjejewna ging einmal vorbei und warf ihm einen so finsteren, unheilverkündenden Blick zu, daß er erschrak.

„Nun, wie ist's?" fragte er.

„Wie's ist? Wozu fragen Sie? Es ist so, wie Sie's haben wollten, als Sie Ihre Frau zwangen, über Gräben zu springen."

„Warwara Aleksjejewna!" schrie er auf. „Das ist unerträglich! Wenn Sie Leute quälen und ihnen das Leben vergiften wollen …" Er wollte sagen: dann fahren Sie wo anders hin, aber er hielt an sich. „Wie können Sie so sprechen?"

„Jetzt ist es zu spät."

Und mit der Miene einer Siegerin ging sie, die Haube schüttelnd, an ihm vorbei.

Der Unfall war wirklich schlimm. Sie war ungeschickt gefallen, und es bestand die Gefahr, daß es wieder zu einer Fehlgeburt kam. Alle wußten, daß man da nichts machen könne, daß die junge Frau jetzt nur ruhig lieben bleiben müsse; aber trotzdem beschloß man, einen Arzt zu rufen. „Sehr geehrter Nikolaj Semjonowitsch," schrieb Jewgenij an den Arzt, „Sie haben uns immer Ihren Beistand geliehen, und ich hoffe, Sie werden mir auch jetzt die Bitte nicht abschlagen, zu meiner Frau zu kommen. Sie ist …" usw. Nachdem er diesen Brief geschrieben hatte, begab er sich nach den Stallungen, um wegen der Pferde und der Equipage Anordnungen zu treffen. Man mußte Pferde für die Herfahrt und andere für die Rückfahrt bereitstellen. In einer Wirtschaft, die nicht im großen Maßstab betrieben wird, kann man das nicht nur so einfach anordnen, sondern muß hin und her überlegen. Nachdem er selbst alles angeordnet und den Kutscher fortgeschickt hatte, kehrte er um zehn Uhr abends zurück. Die Frau lag im Bett und versicherte, daß es ihr ausgezeichnet gehe, daß ihr absolut nichts weh tue. Aber Warwara Aleksjejewna saß bei der Lampe, die nach der Seite Lisas hin mit Notenblättern verdeckt war und häkelte an einer großen, roten Decke. Und das Gesicht, das sie dabei machte, besagte klar und deutlich, daß nach dem, was vorgefallen war, ein Friede nicht möglich sei. „Tut ihr andern, was ihr wollt; ich habe meine Pflicht getan."

Jewgenij entging diese Miene nicht, aber er gab sich den Anschein, als ob er nichts merke und erzählte in munterem Tone, wie es ihm gelungen sei, das Gespann zusammenzustellen, und wie die Stute Kawuschka eigentlich ausgezeichnet als Beipferd dienen könne.

„Natürlich, jetzt ist ja gerade die rechte Zeit dazu, daß man Pferde ausprobiert! Wo doch schnelle Hilfe vonnöten ist! Wahrscheinlich soll nun auch der Arzt in einen Graben kollern," sagte Warwara Aleksjejewna, hielt die Häkelarbeit ans Licht und betrachtete sie aufmerksam durch ihr Pincenez.

„Ein Gespann mußte doch geschickt werden, und ich habe mein Bestes getan."

„Und ich denke noch recht gut daran, wie eure Pferde an der Vortreppe mit mir durchgegangen sind."

Es war dies eine alte Erfindung von ihr, und Jewgenij beging die Unvorsichtigkeit, zu sagen, es sei doch nicht ganz so gewesen.

„Ja, nicht ohne Grund, sage ich immer: es ist nichts schwerer, als mit falschen, unaufrichtigen Leuten zusammenzuleben. Alles ertrage ich, nur das nicht."

„Wenn es jemandem von uns schwer ist, so doch gewiß mir am meisten," sagte Jewgenij, „aber Sie …"

„Ja, das sieht man."

„Wie meinen Sie?"

„Ach, nichts, ich zähle die Maschen."

Jewgenij stand am Bettrand und Lisa sah ihn an. Sie ergriff mit ihrer feuchten Hand die seinige und drückte sie. „Ertrage sie um meinetwillen. Sie kann es doch nicht hindern, daß wir einander lieben," sprach ihr Blick.

„Ich sage nichts. Du hast recht," flüsterte er, küßte ihre lange, feuchte Hand und dann ihre lieben Augen, die sich schlössen, solange er sie küßte.

„Sollte es denn möglich sein, daß es wieder … Wie fühlst du dich?"

„Man kann sich so leicht täuschen, aber ich habe ein starkes Gefühl davon, daß es lebt und leben wird," sagte sie mit einem Blick auf ihren Leib. Obschon Lisa ihn inständig gebeten hatte, sich zur Ruhe zu begeben, blieb er doch die ganze Nacht an ihrem Bette, schlief nur mit einem Auge und stand fortwährend zu ihren Diensten bereit.

Aber sie verbrachte eine gute Nacht, und wenn man nicht nach dem Arzt geschickt hätte, wäre sie vielleicht am andern Morgen aufgestanden. Gegen Mittag kam der Arzt.

„Selbstverständlich," sagte er, „können wiederholte Symptome zwar Befürchtungen erregen, da aber, eigentlich gesprochen, keine bestimmten Symptome vorliegen und auch keine entgegenstehenden Symptome aufgetreten sind, so kann man das eine vermuten, kann aber auch das andere vermuten. Und darum empfiehlt es sich, zu liegen, und ich bin zwar kein Freund vom Verschreiben, aber nehmen Sie das ein und bleiben Sie liegen."

Hierauf hielt er Warwara Aleksjejewna einen Vortrag über die Anatomie des weiblichen Körpers, wozu Warwara Aleksjejewna nachdrücklich mit dem Kopf nickte. Nachdem er das Honorar wie üblich in die Hand gesteckt bekommen hatte, fuhr er ab, und die Kranke blieb noch für eine Woche im Bett.

XV. I

DEN größten Teil seiner Zeit verbrachte Jewgenij am Bett seiner Frau, bediente sie, plauderte mit ihr, las ihr vor und – was am schwersten war – ertrug ohne Murren die anzüglichen Redensarten der Schwiegermutter, ja er war imstande, diese Anzüglichkeiten ins Scherzhafte zu wenden.

Aber immer konnte er nicht zu Hause sitzen. Erstens schickte ihn seine Gattin selber fort, da sie für seine Gesundheit fürchtete, wenn er immer bei ihr saß; zweitens forderte die Wirtschaft gebieterisch seine Anwesenheit. Er konnte nicht zu Hause sitzen, sondern mußte bald draußen auf den Feldern, bald im Walde, bald im Garten, bald bei der Dreschtenne sein, und überallhin verfolgte ihn der Gedanke an Stepanida und ihr leibhaftig Bild, so daß er sie nur selten vergaß. Doch das war nicht alles. Dieses Gefühl hätte er vielleicht überwinden können, aber was schlimmer war, er begegnete ihr jetzt fortwährend, während er sie früher oft Monate lang nicht gesehen hatte. Sie verstand offenbar, daß er mit ihr wieder anknüpfen wollte und tat alles, um ihm in den Weg zu kommen. Weder von seiner noch von ihrer Seite war irgendein Wort gefallen, und darum gingen weder sie noch er geradezu auf ein Stelldichein aus, sie richteten es nur so ein, daß sie einander sahen.

Der Ort, wo man zusammentreffen konnte, war der Wald, in den die Weiber mit Säcken gingen, um Gras für die Kühe zu holen. Jewgenij wußte dies und ging daher Tag für Tag an diesem Wald vorbei. Täglich nahm er sich vor, nicht mehr hinzugehen, und täglich schlug er dann doch die Richtung nach dem Walde ein, und wenn er dann Stimmen im Walde hörte, blieb er hinter einem Strauchwerk stehen und lugte unter Herzbeklemmungen aus, ob sie es wäre.

Wozu er wissen mußte, ob sie es wäre, fragte er sich nicht. Wenn sie es wäre, und sie wäre allein, ginge er nicht zu ihr, dachte er, sondern würde weglaufen; aber sehen mußte er sie.

Eines Tages begegnete er ihr in dem Augenblick, als er in den Wald hineinging und sie mit einem schweren Sack voll Gras auf dem Rücken mit zwei anderen Weibern heraustrat. Eine Minute früher wäre er vielleicht im Walde mit ihr zusammengestoßen. Jetzt aber, vor den Augen der andern Weiber, konnte sie nicht mehr zu ihm in den Wald zurückkehren. Obgleich er das wußte, blieb er, auf die Gefahr bemerkt zu werden, hinter einer Haselnußstaude stehen. Selbstverständlich kehrte sie nicht zurück, aber er stand und wartete noch lange Zeit. Und, ach Gott, wie verführerisch stellte seine Phantasie ihm ihre Reize vor Augen! Und so war es nicht einmal, so war es fünf-, sechsmal gewesen. Nie war sie ihm so reizend vorgekommen, nie war sie ihm so ins Blut gegangen.

Er fühlte, daß er die Herrschaft über sich verlor, und er fing an fast wahnsinnig zu werden. Seine Strenge gegen sich selbst wurde dabei nicht um ein Haar geringer, im Gegenteil, er sah die ganze Abscheulichkeit seiner Wünsche und schon seiner Handlungen ein – denn daß er in den Wald ging, das war schon eine Handlung. Er wußte, er brauchte nur einmal in der Dunkelheit ganz nahe, bis zur Berührung, mit ihr zusammenzutreffen, um zu erliegen. Er wußte, daß ihn nur die Scham vor den Leuten zurückhielt. Und er wußte, daß er nur Bedingungen suchte, unter denen seine Schande verborgen bliebe: in der Dunkelheit oder nach einer Berührung mit ihr, in der eine aufflammende Begierde alle Scham und Schande ersticken würde. Und so wußte er auch, daß er ein abscheulicher Verbrecher war und verachtete und haßte sich mit allen Kräften seiner Seele. Er haßte sich, weil er noch immer nicht imstande war, sich selbst zu bezwingen. Tag für Tag bat er Gott, ihn zu stärken und vor dem Untergang zu retten. Tag für Tag nahm er sich vor, keinen Schritt mehr zu tun, sich nach ihr nicht mehr umzusehen, sie zu vergessen. Tag für Tag sann er auf Mittel und Wege, wie er dieser Verführung entgehen könne und wandte diese Mittel auch an. Aber alles war vergebens.

Eines dieser Mittel bestand in unausgesetzter Tätigkeit, ein anderes in harter körperlicher Arbeit und Fasten, ein drittes in der lebhaften Vorstellung der Schande, die über ihn kommen würde, wenn die Leute davon erführen, seine Frau, die Schwiegermutter und die andern. Alles wandte er an, und schon glaubte er überwunden zuhaben: da kam die Mittagsstunde heran, die Zeit der früheren Zusammenkünfte, die Zeit der letzten Begegnung im Walde, und er ging in den Wald.

So vergingen fünf martervolle Tage. In dieser Zeit hatte er sie nur von ferne gesehen, aber kein einziges Mal war er mit ihr zusammengetroffen.

XVI. I

LISA hatte sich erholt, ging umher und grämte sich über die Veränderung, die mit ihrem Manne vor sich gegangen war, und die sie sich nicht erklären konnte.

Warwara Aleksjejewna war für eine Zeit fortgefahren und von Gästen war nur der Onkel da. Maria Pawlowna war, wie immer, zu Hause.

In einem halb wahnsinnigen Zustand befand sich Jewgenij, als nach den Junigewittern, wie es oft vorkommt, platzregenartige Güsse niedergingen, die zwei Tage anhielten. Die Regenfluten machten jegliche Feldarbeit unmöglich. Sogar das Hinausfahren des Düngers mußte man der Nässe und des Schmutzes halber einstellen. Das Volk saß in den Häusern herum. Die Hirten hatten mit dem Vieh ihre liebe Not und trieben es schließlich heim. Die Kühe und Schafe irrten auf der Weide umher und liefen über die herrschaftlichen Wiesen. Die Weiber, barfuß, mit großen, über den Kopf geworfenen Tüchern, wateten durch den Schlamm und suchten allerorten das verlaufene Vieh. Auf allen Wegen flossen Bäche daher, Laub und Gras troffen von Wasser, und aus den Dachtraufen ergossen sich sprudelnde Bäche in die Pfützen.

Jewgenij saß zu Hause bei seiner Frau, die heute besonders verstimmt war. Sie hatte ihn einige Male über den Grund seiner Gedrücktheit befragt und nur widerwillige Antworten erhalten. Jetzt fragte sie nicht mehr, aber sie war betrübt.

Sie saßen nach dem Frühstück im Gastzimmer. Der Onkel flunkerte wie schon Hunderte Mal etwas von seinen Bekannten, die er in den höchsten Gesellschaftskreisen haben wollte. Lisa strickte ein Jäckchen und seufzte über das schlechte Wetter und über Schmerzen im Kreuz. Der Onkel riet ihr, sich hinzulegen und für sich selbst verlangte er ein Fläschchen Wein. Eine unerträgliche Langweile herrschte im Haus. Alles war so kläglich und so entsetzlich langweilig. Jewgenij las in einem Buche und rauchte; aber er verstand kein Wort von dem, was er las.

„Ja, ich muß gehen und mir die Reibeisen anschauen, die gestern gekommen sind," sagte er, stand auf und ging bat ihn hinaus.

„Nimm den Schirm mit."

„Aber nein, ich habe ja den Regenmantel. Ich gehe auch nicht weit, nur bis zum Sudhause."

Er zog Schaftstiefel an, nahm den Regenmantel und machte sich auf den Weg nach der Fabrik. Aber kaum hatte er zwanzig Schritte gemacht, als er Stepanida begegnete. Sie hatte den Rock hoch über die weißen Waden aufgeschürzt und hielt mit den Händen das Tuch zusammen, das ihr Kopf und Nacken bedeckte.

„Wo gehst du hin?" fragte er. Er hatte sie nicht gleich erkannt, und als er sie erkannte, war es zu spät. Sie blieb stehen und schaute ihn mit einem langen Blicke lächelnd an.

„Ich suche das Kalb. Wohin gehen Sie denn in diesem Regenwetter?" sagte sie in einem Tone, wie wenn sie alle die Tage her mit ihm gesprochen hätte.

„Komm in die Strohhütte," fuhr es ihm heraus. Es war gerade so, wie wenn irgendein anderer Mensch aus ihm herausgesprochen hätte.

Sie biß in ihr Tuch, nickte mit den Augen ja und lief dorthin, wohin sie ohnedies hatte gehen wollen – in den Garten und zur Strohhütte. Er setzte seinen Weg fort, wollte aber beim Hollunderstrauch abbiegen und ihr nachgehen.

„Barin," hörte er jemanden rufen, „die Barinja lassen bitten, auf eine Minute zu ihr zu kommen."

Mischa war es, einer ihrer Diener.

„Mein Gott, schon zum zweitenmal hast du mich errettet," dachte Jewgenij und kehrte sofort nach Hause zurück. Seine Frau erinnerte ihn daran, daß er einer kranken Bäuerin Arznei mitzubringen versprochen hatte, und bat ihn, die Arznei mitzunehmen. Bis die Arznei eingepackt war, vergingen fünf Minuten. Als er dann mit der Arznei fortging, beschloß er, nicht zur Hütte zu gehen, da er fürchtete, bemerkt zu werden. Als er jedoch außer Sehweite war, wandte er sich nach rechts und begab sich zur Hütte. In seiner Phantasie sah er sie schon lächelnd in der Hütte stehen, doch sie war nicht hier, und in der Hütte deutete nichts darauf hin, daß sie dagewesen war.

Er dachte schon, sie sei vielleicht gar nicht dagewesen und habe seine Worte nicht verstanden – er hatte sie kurz herausgestoßen, als fürchtete er, sie könnte die Worte verstehen –, oder vielleicht wollte sie auch gar nicht kommen. „Warum glaube ich denn, sie müßte sich mir nur so ohne weiteres in die Arme werfen? Sie hat ihren Mann. Nur ich bin ein so verabscheuungswerter Mensch, daß ich eine Frau, und eine so gute Frau habe und doch anderen Weibern nachlaufe." So dachte er, während er in der Hütte saß, durch deren Strohdach an einer Stelle das Wasser durchsickerte. „Aber was für ein Glück wäre es doch, wenn sie käme! Wir allein – hier, in diesem Regen. Wenn ich sie nur einmal noch in meinen Armen halten könnte, geschehe dann, was mag!" Dann fiel ihm ein: „Ach ja, wenn sie dagewesen ist, müssen Spuren zu finden sein." Er schaute auf den Fußweg, der zur Hütte führte und der von Gras nicht überwuchert war, und er erblickte die frische Spur eines nackten Fußes, die noch zeigte, daß sie ausgeglitten war. „Ja, sie war da. Und jetzt muß es sein! Wo ich sie nur finde, geh ich auf sie zu. Ich will nachts zu ihr gehen!" Er saß noch lange in der Hütte und verließ sie dann in gequälter, gedrückter Stimmung. Die Arznei trug er zur kranken Bäuerin, ging dann nach Hause und legte sich bis zum Mittagessen in seinem Zimmer nieder.

XVII. I

VOR dem Mittagessen kam Lisa zu ihm, und da sie immer darüber nachdachte, was wohl der Grund seiner Verstimmung sein könne, sagte sie, sie fürchte, es sei ihm unangenehm, daß man sie zur Entbindung nach Moskau bringen wolle, und sie habe sich entschlossen, hier zu bleiben und um keinen Preis nach Moskau zu fahren. Er wußte, wie sehr sie vor der Entbindung bangte und wie sehr sie fürchtete, kein gesundes Kind zur Welt zu bringen; und als er nun sah, wie sie aus Liebe zu ihm zu jedem Opfer bereit war, konnte er eine aufsteigende Rührung kaum verbergen. Im Hause war alles so schön, so freudig, so rein; und nur in seiner Seele sah es schmutzig, abscheulich und schrecklich aus. Den ganzen Abend quälte sich Jewgenij in dem Bewußtsein, daß er ungeachtet seines festen Vorsatzes, der Sache ein Ende zu machen, morgen doch wieder dasselbe tun werde.

„Nein, das ist ja unmöglich!" sagte er, im Zimmer auf und ab gehend, zu sich selbst. „Es muß doch irgendein Mittel geben, wie man dem entrinnen kann. Mein Gott, was soll ich nur machen?"

Irgend jemand klopfte auf „ausländische Art" an die Tür. Das mußte der Onkel sein. „Herein," sagte Jewgenij. Der Onkel kam auf eigenen Antrieb als Abgesandter der Frau Jewgenijs.

„Ich muß dir sagen, daß ich an dir wirklich eine Veränderung bemerke," sagte er, „und ich kann mir vorstellen, wie das Lisa quälen muß. Ich begreife auch ganz gut, daß es dir schwer fallen muß, die angefangene Arbeit, eine so ausgezeichnete Sache, stehen zu lassen, aber sage, was du willst, *què tu veux* – ich rate dir, zu fahren. Das wird dich und sie beruhigen. Und zwar rate ich dir, mit ihr in die Krim zu fahren. Erstens – das Klima, zweitens lebt dort ein ausgezeichneter Frauenarzt, drittens würde ihr eine Traubenkur guttun."

„Onkel," fing Jewgenij plötzlich an, „können Sie ein Geheimnis bewahren? Ein schreckliches Geheimnis, ein schändliches Geheimnis!"

„Um Gottes willen, ja zweifelst du denn an mir?"

„Onkel, Sie können mir helfen. Aber nicht nur helfen, retten können Sie mich," sagte Jewgenij. Und der Gedanke, dem Onkel, den er nicht achten konnte, sein Geheimnis zu entdecken, sich im schlechtesten Lichte darzustellen, sich vor ihm zu demütigen, war ihm jetzt angenehm. Er fühlte sich schuldig und hatte Lust, sich zu bestrafen.

„Sprich, mein Freund, du weißt, wie ich dich liebgewonnen habe," sagte der Onkel, der sehr zufrieden schien, daß es da ein schändliches Geheimnis gab, daß dieses Geheimnis ihm mitgeteilt werden sollte und daß man es vielleicht gelegentlich ausnutzen konnte.

„Vor allem muß ich sagen, daß ich ein verabscheuungswerter Mensch, ein Taugenichts, ein niederträchtiger Mensch bin, ja, durchaus ein niederträchtiger Mensch."

„Was sagst du da," erwiderte der Onkel und blähte sich auf.

„Wie sollte ich denn auch nicht ein verabscheuungswerter Mensch sein, wenn ich, Lisas Mann, *Lisas* Mann! – und man muß nur um ihre Reinheit und um ihre Liebe wissen – wenn ich, ihr Mann, sie mit einem andern Weibe betrügen will."

„Was heißt das: du willst? Bist du ihr noch nicht untreu geworden?"

„Nein ... das heißt ja, weil es nicht von meinem Willen abhing, daß es noch nicht geschehen ist. Man hat mich gestört, sonst hätte ich ... ich weiß nicht, was ich getan hätte."

„Aber bitte, erkläre mir."

„Nun, so höre denn. Als ich noch ledig war, hatte ich die Dummheit begangen, mich mit einem Frauenzimmer aus unserem Dorfe einzulassen, das heißt, ich kam mit ihr zusammen, im Wald, im Feld ..."

„Ist sie hübsch?" fragte der Onkel.

Jewgenij runzelte bei dieser Frage die Stirn, aber eine Hilfe von außen war ihm jetzt so nötig, daß er tat, als ob er die Frage nicht gehört hätte und fuhr fort:

„Ich stellte mir damals vor, daß ich diese Verbindung zerreißen würde und daß dann alles aus wäre. Und ich brach auch wirklich die Beziehungen noch vor der Hochzeit ab, und ein Jahr lang sah ich sie weder noch dachte ich an sie." Jewgenij hörte mit einem seltsamen Gefühle sich selber zu, wie er da seinen Zustand beschrieb. „Nachher, plötzlich, ich weiß nicht wie es geschah, – man wäre manches Mal wirklich versucht, an Hexerei zu glauben – erblickte ich sie eines Tages, und ein Wurm nistete sich in meinem Herzen ein. Ich schalt mich aus, begriff das Schreckliche meiner Handlung, das heißt der Handlung, die ich jeden Augenblick begehen kann, und tat doch selbst alles, um sie herbeizuführen. Und wenn ich es noch nicht begangen habe, so hat mich nur Gott davor bewahrt. Gestern war ich gerade im Begriff, zu ihr zu gehen, als Lisa mich zurückrufen ließ …"

„Wie, bei diesem Regenwetter?"

„Ja, ich bin so gequält, Onkel, und ich habe beschlossen, mich Ihnen zu entdecken und Sie um Hilfe zu bitten."

„Nun also, natürlich – auf dem Gut so etwas anzufangen, ist wirklich nicht schön! Ich verstehe ja, Lisa ist schwach, man muß mit ihr Mitleid haben. Aber wozu das auf dem eigenen Gut?"

Wieder bemühte sich Jewgenij, nicht zu hören, was der Onkel sagte, und ging nun direkt auf den Kern der Sache los.

„Retten Sie mich vor mir selbst, nur um dies Eine bitte ich Sie. Heute hat man mich zufällig gestört, aber morgen, ein anderes Mal wird man mich nicht stören. Und sie weiß jetzt … Lassen Sie mich nie allein."

„Gut," sagte der Onkel, „betrachten wir das als erledigt. Aber bist du denn wirklich so sehr in sie verliebt?"

„Ach, es ist nicht das, bei weitem nicht das; aber irgendeine Macht hat mich in ihren Krallen. Ach weiß nicht, was ich machen soll. Vielleicht werde ich wieder stark und darf hoffen …"

„Na, es wird schon anders werden, verlaß dich drauf," sagte der Onkel. „Fahren wir nach der Krim."

„Ja, ja, fahren wir. Aber bis dahin will ich mich immer in Ihrer Nähe halten und werde Ihnen alles sagen."

XVIII. I

DER Umstand, daß Jewgenij sein Geheimnis dem Onkel anvertraut hatte, und hauptsächlich die Gewissensqual und die Beschämung, die er nach jenem Regentage erlitten hatte, wirkten ernüchternd auf ihn ein. Man hatte beschlossen, binnen acht Tagen die Reise nach Yalta anzutreten. Inzwischen fuhr Jewgenij einmal nach der Stadt, um Gelder für die Reise flüssig zu machen, traf dann die nötigen Verfügungen betreffs der Verwaltung der Wirtschaft vom Haus und Kontor aus, wurde wieder fröhlich, näherte sich auch wieder seiner Frau und fing an moralisch aufzuleben.

Ohne nach jenem Regentage Stepanida noch einmal gesehen zu

haben, reiste er mit seiner Frau nach der Krim ab. In der Krim verbrachten sie herrliche zwei Monate. Jewgenij empfing hier so viele neue Eindrücke, daß alles Gewesene, wie es ihm schien, spurlos aus seinem Gedächtnis entschwunden war. In der Krim trafen sie alte Bekannte, schlossen sich überaus enge an sie an und machten auch neue Bekanntschaften. Das Leben in der Krim war für Jewgenij ein immerwährender Feiertag und es bot außerdem eine Fülle von Belehrung und Nutzen. Sie traten mit dem ehemaligen Adelsmarschall ihres Gouvernements, der dort lebte, in einen freundschaftlich nahen Verkehr. Es war dies ein sehr gescheiter, liberaler Mensch, der Jewgenij liebgewann, ihn mit seinen Ideen bekannt machte und ihn für seine Parteirichtung gewann.

Ende August gebar Lisa ein reizendes, gesundes Mädchen, und sie gebar wider Erwarten sehr leicht.

Im September traten die Irtenjews die Heimreise an, nun schon zu viert, mit dem Kinde und der Amme, da Lisa selbst nicht nähren konnte. Vollkommen befreit von den früheren Anwandlungen, kehrte Jewgenij als ein ganz neuer und glücklicher Mensch nach Hause zurück. Wie alle Männer, hatte auch er bei der Entbindung seiner Frau Seelenqualen ausgestanden und war ihr dadurch nur um so näher gekommen. Das Gefühl, das er hatte, als er das Kind auf seine Arme nahm, war komisch gewesen; es war ein neues, sehr angenehmes, kitzelndes Gefühl. Etwas Neues trat auch dadurch in sein Leben, daß sich zu seinen Interessen an der Wirtschaft, dank der Annäherung an Dumtschin, den gewesenen Adelsmarschall, ein neues Interesse gesellte, ein politisches nämlich. Dieses Interesse hatte seinen Ursprung teils in seinem Ehrgeiz, teils in seinem Pflichtbewußtsein. Im Oktober mußte eine außerordentliche Versammlung stattfinden, in der er voraussichtlich gewählt wurde. Nach seiner Rückkehr war er einmal in der Stadt gewesen und einmal bei Dumtschin.

An die Qualen der Versuchung und des Kampfes, die er früher ausgestanden hatte, dachte er nicht mehr und konnte sich nur mit Mühe an die Veranlassung derselben erinnern. Alles das, was da gewesen war, kam ihm jetzt als eine Art geistiger Verwirrung vor.

In einem solchen Grade wußte er sich jetzt von dem allen befreit, daß er sich nicht scheute, bei der ersten besten Gelegenheit den Gutsverwalter nach ihr zu fragen. Da er schon früher mit ihm über die Sache gesprochen hatte, brauchte er sich jetzt nicht zu genieren.

„Na, ist der Sidor Petschnikow noch immer nicht zu Hause?“ fragte er.

„Nein, er lebt noch immer in der Stadt.“

„Und was macht sein Weib?“

„Ach die! Sie schleppt sich jetzt mit dem Sinowjow herum, hat sich total verlumpt.“

„Vortrefflich,“ dachte Jewgenij . „Merkwürdig, wie gleichgültig sie mir geworden ist, und wie ich mich verändert habe.“

XIX. I

ALLE Wünsche Jewgenijs waren in Erfüllung gegangen: das Gut war nun schuldenfrei; die Fabrik war im Gang; die Zuckerrüben standen gut und versprachen einen schönen Gewinn; die Frau war glücklich niedergekommen; die Schwiegermutter war fort; und man hatte ihn einstimmig gewählt.

Nach der Wahl kehrte Jewgenij aus der Stadt zurück. Man gratulierte ihm, er mußte seinen Dank aussprechen. Beim Diner trank er ungefähr fünf Glas Champagner. Ganz neue Perspektiven taten sich vor seinem inneren Auge auf. Er fuhr heim. Es war Altweibersommer. Der Weg herrlich. Die Sonne hell. Als er sich seinem Hause näherte, dachte Jewgenij daran, wie er infolge dieser Wahl diejenige Stellung im Volke einnehmen würde, von der er immer geträumt hatte, d. h. in der er in der Lage sein würde, dem Volke nicht nur durch Schaffung von Arbeitsmöglichkeit, sondern durch einen direkten Einfluß auf seine Geschicke zu dienen. Er stellte sich vor, wie man nach drei Jahren im Kreise der Seinigen und im Volke von ihm sprechen würde. „Auch dieser da,“ dachte er, als er durchs Dorf fuhr und einem Bauern und einem Weibe begegnete, die mit einem vollen Wassereimer über den Weg gingen. Sie blieben stehen und ließen den Wagen vorbeifahren. Der Muschik war der alte Petschnikow, das Weib war die Stepanida. Jewgenij schaute sie an, erkannte sie und entdeckte mit Freude, daß er bei ihrem Anblick ganz ruhig geblieben war. Sie war noch immer so hübsch, aber das berührte ihn nicht im geringsten. Er kam nach Hause.

Seine Frau kam ihm bis auf die Vortreppe entgegen. Der Abend war wundervoll.

„Nun, wie steht's? Kann man gratulieren?" sagte der Onkel.

„Ja, man hat mich gewählt."

„Ausgezeichnet! Dieses Ereignis muß man mit Wein begießen."

Am andern Morgen tat er sich ein wenig in der Wirtschaft um, die er in der letzten Zeit vernachlässigt hatte. Draußen bei der Meierei arbeitete die neue Dreschmaschine. Nachdem er zugesehen hatte, wie sie arbeitete, ging er an den Weibern vorbei und bemühte sich, sie nicht zu bemerken. Aber wie sehr er sich auch bemühte – einigemal bemerkte er doch die schwarzen Augen und das rote Kopftuch der Stepanida, die beim Wegschaffen der Strohgebunde beschäftigt war. Zwei- oder dreimal hatte er sie von der Seite angesehen und dabei verspürt, daß sich wieder etwas in ihm regte, aber er konnte sich keine Rechenschaft darüber geben, was es war. Erst tags darauf, als er wieder nach der Meierei hinausgeritten war und dort zwei Stunden blieb, was gar nicht nötig gewesen wäre, und die vertraute, schöne Gestalt des jungen Frauenzimmers unaufhörlich mit seinen Blicken liebkoste, verspürte er, daß er ganz und gar und auf immer vernichtet war. Wieder diese Qualen, wieder diese Kämpfe, und keine Rettung.

UND so, wie er es erwartet hatte, geschah es auch. Am andern Tag abends – er wußte selbst nicht wie – tauchte er plötzlich in ihrem Hinterhof, ihrem Heuschober gegenüber, auf. Dort waren sie im Herbst einmal zusammengekommen. Er blieb, wie wenn er sich auf einem Spaziergang befände, stehen und zündete sich eine Zigarette an. Die Nachbarin erblickte ihn, und als er auf dem Rückweg wieder vorüberging, hörte er, wie sie zu jemand sagte: „Geh hinaus, er wartet auf dich, gleich wird er sterben, dort steht er, so geh doch, du Närrin."

Er sah, wie ein Weib – sie – zum Schuppen lief, er konnte ihr aber dahin nicht folgen, da ihm ein Bauer entgegenkam, und ging nach Hause.

XX. I

TRAT er am Morgen ins Wohnzimmer, dann erschien ihm alles so öde und unnatürlich. Früh stand er noch munter auf, mit dem Vorsatz, alles gehen zu lassen, zu vergessen, sich selbst nicht zu erlauben, an sie zu denken. Aber im Laufe des Vormittags verlor sich sein Interesse an den Geschäften, ohne daß er recht wußte, wie es kam, und suchte sich diesen Geschäften zu entziehen. Das, was ihm früher wichtig gewesen war, alles was ihn früher gefreut hatte, erschien ihm jetzt nichtig. Unbewußt suchte er sich von seinen Geschäften freizumachen. Ihm schien es, er müsse sich freimachen, um Zeit zu gewinnen, Zeit zum Nachdenken, zum Überlegen. Und er machte sich frei und blieb allein. Aber sobald er mit sich allein war, ging er in den Garten, irrte im Wald herum. Und alle diese Orte waren mit Erinnerungen beschmutzt, Erinnerungen, die sich ihm gewaltsam aufdrängten. Er fühlte unklar, daß er, während er so herumirrte und sich einredete, er habe etwas zu bedenken, zu überlegen, nichts bedachte und nichts überlegte, sondern wie verrückt, unbewußt nur sie erwartete, erwartete, daß sie durch irgendein Wunder begreifen solle, wie sehr er nach ihr Verlangen trage, daß sie sich aufraffen und zu ihm eilen solle, oder dorthin, wo niemand sie sehen konnte, oder daß sie in einer mondlosen Nacht zu ihm kommen solle, so daß niemand, auch sie selber nicht, sehen könne, wie er sie nahm …

„Da habe ich gemeint, mit ihr brechen zu können, wann ich wollte," sagte er sich. „Da habe ich mit einem reinlichen, gesunden Weibe der Gesundheit wegen einen Verkehr gesucht. Nein, es ist nun offenbar: man kann mit ihr nicht spielen. Ich dachte, daß ich sie genommen hätte, aber sie hat mich genommen, sie hat mich genommen und mich nicht mehr losgelassen. Und ich meinte, ich sei frei gewesen, aber ich war nicht frei. Ich habe mich betrogen, als ich heiratete. Es war nur dummes Zeug, es war eine Lüge. Seit der Stunde, da ich mit ihr zusammen war, habe ich ein neues Gefühl empfunden, ein echtes Gefühl, das Gefühl des Mannes zum Weibe. Mit ihr hätte ich leben müssen.

Zwei Leben sind für mich möglich: das eine mit Lisa, der Dienst, die Wirtschaft, das Kind, die Achtung der Leute. Aber wenn dieses das rechte Leben ist, dann muß man machen, daß Stepanida nicht existiert, muß sie fortschaffen, wegschicken, wie ich sagte, oder sie töten, damit sie nicht mehr ist. Aber das andere Leben – auch dieses Leben könnte sein. Man müßte sie ihrem Manne wegnehmen, ihm Geld geben, der Schande trotzen und mit ihr leben. Dann darf aber Lisa nicht sein, und nicht das Kind. Aber nein – das Kind stört nicht, nur Lisa dürfte nicht hier sein, man müßte sie fortschicken.

Sie würde es erfahren, mich verfluchen und von mir weggehen. Würde erfahren, daß ich sie gegen ein anderes Weib umgetauscht habe, daß ich ein Betrüger, ein niederträchtiger Mensch bin.

Nein, das ist zu schrecklich! Das kann nicht sein! Aber – spann er seine Gedanken weiter – es kann auch so sein: Lisa wird krank und stirbt. Stirbt, und alles ist wunderschön.

Wunderschön? Oh, ich Verbrecher! Nein, wenn eine von den beiden der Tod treffen soll, dann sie – Stepanida. Wenn sie stürbe, Stepanida, wie wäre das gut!

Ja, da vergiftet oder ermordet man Frauen oder Liebhaberinnen. Man nimmt einen Revolver, ruft sie heraus und – statt Umarmungen ein Schuß! Aus!

Sie ist ein Teufel, ganz sicher ein Teufel. Hat sie sich doch wider meinen Willen meiner bemächtigt!

Töten, ja. Es gibt nur zwei Auswege. Man muß die Frau oder sie umbringen. Weil man so nicht leben kann. Man kann nicht. Alles bedenken! voraussehen! Wenn es so bleibt wie es ist – was wird da sein? Das wird sein, daß ich mir sagen werde, daß ich es nicht haben will, daß ich es lassen muß; aber ich werde es mir nur sagen, und abends werde ich wieder beim Hinterhof sein – und sie weiß es ... wird kommen. Entweder werden es die Leute erfahren und es der Frau zutragen, oder ich werde es ihr selbst sagen, weil ich nicht lügen kann. Ich kann nicht so leben. Ich kann nicht. Es wird bekannt werden. Alle werden es wissen. Die und jene, und die Parascha und der Schmied. Nu, und was? Kann man denn so leben?

Man kann nicht. Nur zwei Auswege sind möglich: daß ich die Frau töte, oder sie, oder ... ach ja, es gibt doch noch einen dritten Ausweg ... oder mich," sagte er halblaut und ein Schauer überrieselte ihn. „Ja, mich selbst. Dann braucht man nicht sie zu töten." Ein Schreck fuhr ihm in die Glieder, da er fühlte, daß nur dieser eine Ausweg möglich war. „Einen Revolver habe ich. Aber ist es denn möglich, daß ich mich töten werde? Das hätte ich nie gedacht. Wie wird das seltsam sein!"

Er kehrte in sein Zimmer zurück und nahm sofort den Revolver aus dem Schrank. Aber er hatte noch nicht Zeit gefunden, den Hahn zu spannen, als seine Frau ins Zimmer trat.

XXI. I

ER warf die Zeitung über den Revolver.

„Wieder dasselbe!“ sagte sie und sah ihn mit Bestürzung an.

„Was dasselbe?“

„Derselbe schreckliche Ausdruck, den du früher gehabt hast, wenn du mir nicht sagen wolltest, was es war. Genja, Täubchen, sage es mir. Ich sehe ja, du marterst dich. Was es auch sei – sag es mir. Es wird immer besser sein, als diese deine Leiden. Ich weiß doch, daß es nichts Schlimmes sein kann.“

„Du weißt es? Solange bis …“

„Sag es, sag es, sag es! Ich lasse dich nicht, bis du es mir sagst.“

Er antwortete mit einem kläglichen Lächeln.

„Ich soll es sagen? Nein, das ist unmöglich. Es ist auch nichts weiter zu sagen.“

Vielleicht hätte er es ihr dennoch gesagt, aber in diesem Augenblick trat die Amme herein und fragte, ob man spazieren gehen könne. Lisa ging hinaus, um das Kind anzukleiden.

„Du wirst es mir also sagen? Ich komme sofort.“

„Ja, vielleicht …“

Sie konnte später niemals das wehe Lächeln vergessen, das er gehabt hatte, als er sagte: „Ja, vielleicht …“

Eilig, schleichend wie ein Dieb, griff er nach dem Revolver, zog ihn aus dem Futteral heraus. „Er ist geladen, ja, aber schon seit langer Zeit, und eine Ladung fehlt.“

„Nun, was wird sein?“ Er setzte den Revolver an die Schläfe und zögerte, aber sowie er an Stepanida dachte und an seinen Entschluß, sie nicht zu sehen, an den Kampf, die Versuchung, die Gefahr des Unterliegens, an den immer erneuten Kampf, erzitterte er vor Entsetzen. „Nein, lieber das,“ und er drückte ab …

Als Lisa ins Zimmer gelaufen kam – sie hatte kaum Zeit gehabt, die Treppe herunterzueilen – lag er mir dem Gesichte auf dem Fußboden; schwarzes, warmes Blut quoll aus der Wunde, und die Leiche zuckte noch.

Eine gerichtliche Untersuchung wurde eingeleitet. Kein Mensch konnte das Motiv der Tat begreifen und erklären. Dem Onkel kam es nicht einmal in den Sinn, daß dieser Selbstmord mit dem Geständnis, das Jewgenij ihm vor zwei Monaten gemacht hatte, irgendwie zusammenhängen könne.

Warwara Aleksjejewna versicherte, sie habe das immer vorausgeahnt. Man konnte das deutlich merken, wenn er stritt. Lisa und Maria Pawlowna konnten beide durchaus nicht begreifen, warum das geschehen sei und glaubten nicht an das, was die Ärzte sagten, daß er nämlich geisteskrank gewesen wäre. Sie konnten sich mit dieser Auffassung nicht einverstanden erklären, da sie wußten, daß sein Denken vernünftiger war als das hundert anderer Leute, die sie kannten.

Und wahrlich, wenn Jewgenij Irtenjew geisteskrank war, so sind auch alle andern Leute geistesgestört; wirklich krank sind aber ohne Zweifel diejenigen, die bei andern Leuten Anzeichen des Wahnsinns entdecken, die sie bei sich selbst nicht sehen.

Anhang

Bibliographische Angaben zu den dargebotenen Dichtungen

A. Zugang zu den russischen Texten

Hadschi-Murat (1896-1904)

Lew N. Tolstoj: Хаджи-Мурат | Chadschi-Murat (*Hadschi Murat,* entstanden 1896-1904; Erstveröffentlichung postum 1911). In: PSS [Sowjetische Gesamtausgabe in 90 Bänden: Polnoe sobranie sočinenij]. Band 35, S. 5-120. Moskau 1950. [https://tolstoy.ru/online/90/35/].

Hintergrund | „Diese Erzählung ist eng mit Tolstojs Aufenthalt im Kaukasus verbunden. Er schildert wirkliche Personen und Ereignisse der Jahre 1851 und 1852." (Gisela Drohla) „Tolstoi verwendete die Erinnerungen des Unterleutnants und späteren Generals Wladimir Alexejewitsch Poltorazki sowie des Adjutanten und späteren Grafen Michail Loris-Melikow. Dies ist das letzte Werk Tolstois. Erzählt werden Episoden aus den letzten Lebensmonaten des awarischen Muslims Hadschi Murat, eines [...] Kämpfers der Tschetschenen gegen Militärs im Reich Nikolaus I." (wikipedia.org)

Der gefälschte Coupon (1898-1904)

Lew N. Tolstoj: Фальшивый купон | Falschiwy kupon (*Der gefälschte Coupon,* entstanden Ende der 1880er Jahre und 1898-1904; unzensierte Erstveröffentlichung des Fragments postum 1911). In: PSS [Sowjetische Gesamtausgabe in 90 Bänden: Polnoe sobranie sočinenij]. Band 36, S. 5-53. Moskau 1936. [https://tolstoy.ru/online/90/36/].

Zum Inhalt | „Moskau gegen Ende des 19. Jahrhunderts: Die auf den ersten Blick geringfügige Straftat des Gymnasiasten Machin – Urkundenfälschung sozusagen als Kavaliersdelikt – zieht im Gefolge eine Kettenreaktion von Mord und Totschlag nach sich. Ein Bauer, der geläuterte Massenmörder Stepan Pelagejuschkin, Glied in jener grausigen Kette, erreicht – dem Gebot der christlichen Nächstenliebe strikt folgend – die späte Einkehr Machins." (wikipedia.org; vgl. dort den Hinweis auf zwei filmische Adaptionen der Erzählung von 1983 und 2005.)

NACH DEM BALL (1903)

Lew N. TOLSTOJ: После бала | Posle bala (*Nach dem Ball*, 1903; Erstveröffentlichung postum 1911). In: PSS [Sowjetische Gesamtausgabe in 90 Bänden: Polnoe sobranie sočinenij]. Band 34, S. 116-125. Moskau 1952. [https://tolstoy.ru/online/90/34/].

Hintergrund | Bereits in seiner erstmals vollständig 1891 im Ausland veröffentlichten Skizze ‚*Nikolai Palkin*' teilt Leo Tolstoi mit Blick auf die Regimentskommandeure und Kompaniechefs des 19. Jahrhunderts mit: „Ich kannte einen, der am Abend mit seiner bildhübschen Tochter eine Masurka tanzte und dann den Ball früher verließ, um am nächsten Tag in aller Frühe das Spießrutenlaufen eines desertierten Tataren zu beaufsichtigen, der diesen Soldaten totschlagen ließ und danach zum Mittagessen zu seiner Familie zurückkehrte." Literarisch bearbeitet hat er diese Begebenheit in der am 20. August 1903 abgeschlossenen, jedoch erst postum veröffentlichten Novelle „*Nach dem Ball*". Hier „geht der Schriftsteller in die Zeit in Kasan zurück und schildert die Verliebtheit seines Bruders Sergej in eine Offizierstochter. In einer bezaubernden, festlichen Atmosphäre tanzt der stattliche Oberst zur Freude und Bewunderung der Gesellschaft mit seiner hübschen Tochter. Aber als die Ich-Person einige Stunden später zurückkehrt, bietet sich ihm [sic] ein Anblick, der in grellem Kontrast zu der Szene in der Gesellschaft steht: Der Oberst bestraft gerade einen seiner Soldaten mit Spießrutenlaufen. Der Arme wankt schluchzend zwischen zwei Reihen von Soldaten, die mit aller Kraft auf ihn einschlagen. Der zuvor so charmante Offizier ist fast zu einem Tier verwandelt und feuert seine Männer zu immer härteren Schlägen an. Damit stirbt auch die Liebe des Ich-Erzählers zur Tochter des Oberst. Fast fünfzig Jahre vorher hatte Tolstoj sein Entsetzen über diese Art der Bestrafung geäußert, die alle zu Henkern mache. In dieser Erzählung hat er eine grauenvolle Begründung seines Standpunkts gegeben." (Geir Kjetsaa) Die „autobiographisch geprägte Novelle" des Jahres 1903 entlarvt insbesondere auch den sogenannten ‚christlichen Staat', denn sie „schildert einen muslimischen Tataren, der in Kasan wegen versuchter Fahnenflucht durch Spießrutenlaufen bestraft wird – und zwar ausgerechnet am letzten Sonntag vor der Passionszeit, wenn es den orthodoxen Christen obliegt, den Menschen ihre Fehltritte zu vergeben" (Dirk Falkner). – Quellennachweise zum Hintergrundtext: TFb_B001, S. 107-108.

VATER SERGIUS (1890-1898)

Lew N. TOLSTOJ: Отец Сергий | Otez Sergi (*Vater Sergius*, entstanden mit langen Unterbrechungen in den 1890er Jahren; Erstveröffentlichung postum 1911). In: PSS [Sowjetische Gesamtausgabe in 90 Bänden: Polnoe sobranie sočinenij]. Band 31, S. 5-46. Moskau 1954. [https://tolstoy.ru/online/90/31/].

Hintergrund & Inhalt I „Vater Sergej […] ist eine Erzählung von Lew Tolstoi, die […] 1911 postum in dem von Wladimir Tschertkow redaktionell bearbeiteten 2. Nachlassband […] erschien. Freilich musste in diesem ersten Druck auf Weisung der russischen Zensur die Nennung der Liebesaffäre Nikolaus' I. mittels dreier Punkte totgeschwiegen werden. Doch bereits in der Berliner Ausgabe anno 1912 lag der vollständige Tolstoische Text vor. […] Eine unerhörte Begebenheit ereignete sich gegen Ende der 1840er Jahre in Sankt Petersburg. *Den schönen, ruhmsüchtigen Fürsten Stepan Kassatski, Kommandeur des Leibschwadrons im Kürassierregiment, hatten alle seine Bewunderer bereits als künftigen Flügeladjutanten des Zaren gesehen. Kaum zu fassen – Kassatski quittiert den Dienst und wird Mönch. Was war geschehen? Er hatte erfahren, was alle Petersburger schon lange wussten: Seine Braut, das Hoffräulein Komtesse Korotkowa, war die Mätresse des Imperators gewesen.* – Der Abt des Klosters fördert den Novizen. Nach drei Jahren im Kloster wird er zum Priestermönch namens Sergej geweiht. Nach dem Tode des Einsiedlers Illarion darf Sergej nach neun Klosterjahren in der Tambinoer Klause des Verstorbenen leben. Nach weiteren sechs Jahren Einsiedlerlebens macht dem inzwischen 49-Jährigen eine […] Dame ihre Aufwartung: Als die hübsche geschiedene Frau Makowkina den Priestermönch versuchen will, nimmt er sein Beil in die rechte Hand und hackt sich den linken Zeigefinger ab. Nach dem peinigenden Erlebnis geht diese Frau ins Kloster und empfängt nach einem Jahr die niederen Nonnenweihen als Schwester Agnia. Während der darauffolgenden sieben Jahre wird Sergej immer bekannter. Die Leute in der Tambinoer Umgebung wollen sich von Sergej heilen lassen. Er betet mit den Kranken; manche werden danach gesund. Tolstoi schreibt, fortan ‚hatte Ssergij mit jedem Monat, mit jeder Woche und mit jedem Tage immer deutlicher gefühlt, wie sein inneres Leben vernichtet und von einem äußeren ersetzt wurde'. […] Obwohl ihm die Kranken zur Last fallen, lässt er sich gern von ihnen lobpreisen. Doch im Stillen denkt Sergej, er müsse weitab von Tambino ein gottgefälligeres Leben beginnen. Als ein verwitweter Kaufmann seine einzige Tochter Marja bringt, nimmt das Unheil seinen Lauf. Das 22-jährige sinnliche schwachsinnige Mädchen ist ‚blond, außerordentlich weiß, blaß … mit einem erschrockenen Kindergesicht und stark entwickelten weiblichen Formen'. Der Vater lässt das Paar allein. Sergej verlebt mit Marja in seiner Klause eine Nacht. ‚Und sie umarmte ihn und setzte sich mit ihm aufs Bett.' […] Sergej legt Bauernkleider an und verlässt die Tambinoer Gegend. Er will Hand an sich legen, weil es seiner Erfahrung nach womöglich doch keinen Gott gibt. Verzweifelt macht sich Sergej auf die Suche nach seiner Jugendfreundin – der kleinen Paschenka – aus Kindertagen. Diese findet er. Sie ist nach zwanzig Jahren eine erwachsene Praskowja Michailowna geworden und bringt ihre Familie mit Arbeit durch. Sergej erkennt, ‚es gibt keinen Gott für den, der so gelebt hat wie ich, des Ruhmes unter den Menschen wegen'. Also muss er sich ändern. Zunächst tut er, was er sein ganzes Einsiedlerleben lang getan hat. Von Dorf zu Dorf ziehend begibt Sergej sich auf die Suche nach einem Gott […]. Nach einem guten halben Jahr Wanderschaft greift ihn die Polizei als Vagabund ohne Pass auf. Der Richter schickt ihn nach Sibirien. Dort findet er bei einem Bauern Arbeit als Gemüsegärtner. Nebenher unterrichtet Sergej Schulkinder." (wikipedia.org)

ALJOSCHA DER TOPF (1905)

Lew N. TOLSTOJ: Алёша Горшок | Aljoscha Gorschok (*Aljoscha der Topf*, entstanden Februar 1905; Erstveröffentlichung postum 1911). In: PSS [Sowjetische Gesamtausgabe in 90 Bänden: Polnoe sobranie sočinenij]. Band 36, S. 54-58. Moskau 1936. [https://tolstoy.ru/online/90/36/].

Hintergrund | „Vorbild des Helden [Aljoscha der Topf] war ein Hausknecht von Jasnaja Poljana, der den Spitznamen ‚der Topf' hatte. Alexander Blok schreib nach der Lektüre dieser Erzählung: ‚Das genialste, was ich gelesen habe, ist Tolstois *Aljoscha der Topf*.'' (Gisela Drohla)

ERZÄHLUNG FÜR KINDER: ‚ALLEN DAS GLEICHE' (1910)

Lew N. TOLSTOJ: ВСѢМЪ РАВНО | Wsem rawno (*Allen das Gleiche*, August 1910; Erstveröffentlichung postum 1911). In: PSS [Sowjetische Gesamtausgabe in 90 Bänden: Polnoe sobranie sočinenij]. Band 38, S. 240-243. Moskau 1936. [https://tolstoy.ru/online/90/38/].

Hintergrund | „Alexander Goldenweiser trug am 30. August 1910 in sein Tagebuch ein, Tolstoi habe zwei Tage zuvor Kindern ein Märchen erzählt. Alexandra Lwowna Tolstaja habe den Vortrag ihres Vaters mitstenographiert und später mit dem Vermerk ‚Kotschety, den 28. August 1910' maschinenschriftlich fixiert. Tolstoi habe letzteres Manuskript durchgesehen und korrigiert." (wikipedia.org)

DER TEUFEL (1890)

Lew N. TOLSTOJ: Дьявол | Djawol (*Der Teufel*, geschrieben 1889-1890 [eine zweite Schlussvariante 1909]; Erstveröffentlichung postum 1911). In: PSS [Sowjetische Gesamtausgabe in 90 Bänden: Polnoe sobranie sočinenij]. Band 27, S. 481-515. Moskau 1936. [https://tolstoy.ru/online/90/27/].

Hintergrund | „‚Der Teufel' … ist eine Novelle von L. Tolstoi, die, in zehn Tagen geschrieben, am 19. November 1890 vollendet wurde." (wikipedia.org) – „Der ‚Teufel' ist teilweise autobiographisch: 1860 hatte Tolstoj ein Verhältnis mit einer Bäuerin Aksinja [Basykina], die mit einem seiner Leibeigenen verheiratet war. Diese Liebschaft war anfangs nur ‚eine Sache tierischer Instinkte', wurde aber, nach Tolstojs Tagebuchnotiz vom Mai 1860 zu urteilen, bald etwas anderes: ‚Ich zittere einfach vor Furcht, wenn ich daran denke, wie nahe sie mit steht … Ich fühle mich nicht mehr wie ein Hirsch, sondern als wenn ich ihr Mann wäre. Sonderbar, ich möchte meine frühere Übersättigung in mir erwecken, aber ich kann es nicht'." (Gisela Drohla) – In der alternativen Schlußszene (1909) zur Novelle erschießt der Gutsherr nicht sich selbst, sondern die von ihm begehrte Bäuerin, wird vom Schwurgericht wegen eines vermeintlichen „Anfalls von Geistesstörung" nur milde mit einer „Kirchenbuße" bestraft und kehrt als Alkoholiker nach Hause zurück. (Nachgelassene Werke 1. Berlin: Ladyschnikow 1911, S. 379-382.)

B. Ausgaben der späten Erzählungen und Nachlasstexte in deutscher Übertragung (Kleine Auswahl)

1911a | Leo TOLSTOI: Nachgelassene Werke, Band 1: Der Teufel / Der gefälschte Coupon / Der lebende Leichnam / Er ist an allem Schuld / Was ich im Traume sah / Nach dem Balle / Aljoscha „der Topf" / Variante des Schlusses von „Der Teufel". Berlin: J. Ladyschnikow Verlag 1911. [382 Seiten; Übersetzungen von August Scholz und Alexander Stein; Einleitung von C. Hagberg Wright]

1911b | Leo TOLSTOI: Nachgelassene Werke, Band 2: Vater Sergius / Das Licht, das im Dunkel leuchtet / Kinderweisheit / Der junge Zar / Es gibt keine Schuldigen / Die Geschichte des Bienenstocks mit dem Rindendeckel / Eine Erzählung für Kinder. Berlin: J. Ladyschnikow Verlag [1911]. [331 Seiten; Übersetzungen von August Scholz und Alexander Stein]

1911c | Leo TOLSTOI: Nachgelassene Werke, Band 3: Chadschi-Murat / Ein Idyll / Tichon und Malanja / Aus den Aufzeichnungen des Mönches Fjodor Kusmitsch / Chodynka / Aufzeichnungen eines Irrsinnigen / Bemerkungen zu „Chadschi-Murat". Berlin: J. Ladyschnikow Verlag [1911]. [350 Seiten; Übersetzungen von August Scholz und Alexander Stein]

1912a | Leo N. TOLSTOJ: Nachlaß Band I. Novellen: Hadschi-Murad / Der gefälschte Coupon / Nach dem Ball. Übertragen von Ludwig und Dora Berndl. Erstes bis drittes Tausend. Jena: Eugen Diederichs Verlag 1912. [317 Seiten]

1912b | Leo N. TOLSTOJ: Nachlaß Band II. Novellen und Dramen: Vater Sergius / Aljoscha / Erzählung für Kinder / Von ihm alle Tugenden / Der Teufel / Und das Licht scheinet in der Finsternis / Anhang. Übertragen von Ludwig und Dora Berndl. Erstes bis drittes Tausend. Jena: Eugen Diederichs Verlag 1912. [319 Seiten]

1924 | Leo N. TOLSTOI: Gesammelte Novellen. Fünfter Band. [Hadschi Murad / Der gefälschte Coupon / Nach dem Ball / Vater Sergius / Aljoscha der Topf / Erzählung für Kinder / Der Teufel. Übertragen von Ludwig und Dora Berndl]. Erstes bis viertes Tausend. Jena: Eugen Diederichs 1924, S. 197-479. [Gesamtumfang des Bandes: 480 Seiten]

1928 | Leo N. TOLSTOI: *Göttliches und Menschliches*. Gesammelte Novellen. Sechster Band. Übertragen von Ludwig und Dora Berndl. Erstes bis drittes Tausend. Jena: Eugen Diederichs 1928. [VI & 504 Seiten].

1970 | Leo N. TOLSTOJ: Sämtliche Erzählungen. Dritter Band. Herausgegeben von Gisela Drohla. Frankfurt a. M.: Insel-Verlag ^{2}1970. [655 Seiten] [Zweite Auflage; die erste Auflage erschien 1961].

1977 | Leo N. TOLSTOI: Die Kreutzersonate und andere späte Erzählungen. Vollständige Ausgabe sämtlicher Erzählungen aus den Jahren 1888 bis 1910. Nach der seit 1929 erscheinenden russischen historisch-kritischen Gesamtausgabe übersetzt und herausgegeben von Josef Hahn. Lizenzausgabe mit Genehmigung des Winkler Verlages München. Gütersloh: Bertelsmann Club GmbH [1977 (?)]. [883 Seiten]

1986 | Lew TOLSTOI: Hadschi Murat – Späte Erzählungen. Aus dem Russischen von Hermann Asemissen. Mit einem Nachwort von Eberhard Dieckmann. (= Eberhard Dieckmann / Gerhard Dudek, Hg.: Gesammelte Werke in zwanzig Bänden, 13). Zweite Auflage. Berlin: Rütten & Loening 1986. [623 Seiten] [„Die Erzählungen ‚Dankbarer Boden' und die zweite Fassung der Erzählung ‚Es gibt keine Schuldigen in der Welt' wurden von Dieter Pommerenke übersetzt.]

2001 | Leo N. TOLSTOI: Die Erzählungen. Neu herausgegeben und mit einem Nachwort, Anmerkungen und Zeittafel von Barbara Conrad. Band II: Späte Erzählungen 1886-1910. Düsseldorf/Zürich: Artemis & Winkler 2001. [815 Seiten]

Übersicht zu den Bänden der Tolstoi-Friedensbibliothek, Reihe A

TFb_A001 | Leo N. Tolstoi: *Meine Beichte*. Das Bekenntnisbuch in den Übersetzungen von H. von Samson-Himmelstjerna (1879) und Raphael Löwenfeld (1901). Mit einem Hintergrundtext von Pavel Birjukov. Norderstedt: BoD 2023.

TFb_A002 | Leo N. Tolstoi: *Vernunft und Dogma*. Eine Kritik der Glaubenslehre, übersetzt von L. Albert Hauff, 1891. Norderstedt: BoD 2023.

TFb_A003 | Leo N. Tolstoi: *Kritik der dogmatischen Theologie*. Gesamtausgabe, übersetzt von Carl Ritter, 1904. Norderstedt: BoD 2023.

TFb_A004 | Leo N. Tolstoi: *Kurze Darlegung des Evangelium*. Aus dem Russischen von Paul Lauterbach, 1892. Norderstedt: BoD 2023.

TFb_A005 | Leo N. Tolstoi: *Das Evangelium*. Aus der Bibelarbeit, übersetzt von Nachman Syrkin u. a., nebst Begleittexten von Käte Gaede, Nikolay Milkov und Eugen Drewermann. Norderstedt: BoD 2023.

TFb_A006 | Leo N. Tolstoi: *Worin besteht mein Glaube*? Übersetzungen von Sophie Behr (1885) und Raphael Löwenfeld (1902). Mit einer Einleitung von Eugen Drewermann. Norderstedt: BoD 2023.

TFb_A007 | Leo N. Tolstoi: *Was sollen wir denn tun*? Übersetzt von Carl Ritter (1902), mit einer Einführung von Raphael Löwenfeld. Norderstedt: BoD 2023.

TFb_A008 | Leo N. Tolstoi: *Über das Leben*. Übersetzungen von Raphael Löwenfeld und Willy Lüdtke, 1902/1929. Norderstedt: BoD 2023.

TFb_A009 | Leo N. Tolstoi: *Das Reich Gottes ist in Euch*, oder: Das Christentum als eine neue Lebensauffassung, nicht als mystische Lehre. (Christi Lehre und die Allgemeine Wehrpflicht). Übersetzung von Raphael Löwenfeld. Norderstedt: BoD 2023.

TFb_A010 | Leo N. Tolstoi: *Die Christliche Lehre*. Katechetische Schriften für Erwachsene und Kinder. Norderstedt: BoD 2023.

TFb_A011 | Leo N. Tolstoi: *Was ist Kunst*? Aus dem Russischen von Michail Feofanov (1902). Eingeleitet von Dr. Marco A. Sorace. Norderstedt: BoD 2023.

TFb_A012 | Leo N. Tolstoi: *An den Synod*. Texte zur Exkommunikation, Brief an den Klerus und Zeugnisse zum eigenen Glaubensweg. Norderstedt: BoD 2023.

TFb_A013 | Leo N. Tolstoi: *Was ist Religion*? Die Übersetzungen von Nachman Syrkin und Iwan Ostrow (1902), nebst weiteren Texten. Norderstedt: BoD 2023.

TFb_A014 | Leo N. Tolstoi: *Der Weg des Lebens*. Ein Buch für Wahrheitssucher. Neuedition der Übertragung von Adolf Heß, 1912. Mit einer Hinführung von Holger Kuße. Norderstedt: BoD 2023.

Tolstoi-Friedensbibliothek, Reihe B

TFb_B001 | Leo N. Tolstoi: *Texte gegen die Todesstrafe*. Über die Unmöglichkeit des Gerichtes und der Bestrafung der Menschen untereinander. Mit einem Geleitwort von Eugen Drewermann. (= Tolstoi-Friedensbibliothek Reihe B, Band 1). Norderstedt: BoD 2023.

TFb_B002 | Leo N. Tolstoi: *Staat – Kirche – Krieg*. Texte über den Pakt mit der Macht und das Herrschaftsinstrument Patriotismus. (= Tolstoi-Friedensbibliothek Reihe B, Band 2). Norderstedt: BoD 2023.

TFb_B003 | Leo N. Tolstoi: *Das Töten verweigern*. Texte über die Schönheit der Menschen des Friedens und den Ungehorsam. Neu ediert v. P. Bürger & K. Warnatzsch. (= Tolstoi-Friedensbibliothek: Reihe B, Band 3). Norderstedt: BoD 2023.

TFb_B004 | Leo N. Tolstoi: *Wider den Krieg*. Ausgewählte pazifistische Betrachtungen und Aufrufe 1899 – 1909. (= Tolstoi-Friedensbibliothek: Reihe B, Band 4). Norderstedt: BoD 2023.

TFb_B005 | Leo N. Tolstoi: *Das Gesetz der Gewalt und die Vernunft der Liebe*. Texte über die Weisung, dem Bösen nicht mit Bösem zu widerstehen. (= Tolstoi-Friedensbibliothek: Reihe B, Band 5). Norderstedt: BoD 2023.

TFb_B006 | Leo N. Tolstoi: *Bei den Armen*. Texte über die Lebenswirklichkeit der Beherrschten (= Tolstoi-Friedensbibliothek: Reihe B, Band 6). Norderstedt 2023.

TFb_B007* | Leo N. Tolstoi: *Soziale Sünde und Revolution*. Texte über die moderne Sklaverei, Wege der Befreiung und den Irrweg des Blutvergießens. (= Tolstoi-Friedensbibliothek: Reihe B, Band 7). – *In Vorbereitung für 2024.

TFb_B008 | Leo N. Tolstoi: *Über Nichtstun, Moral, Recht und Wissenschaft*. Vier kleine Schriften aus den Jahren 1893 und 1909. (= Tolstoi-Friedensbibliothek: Reihe B, Band 8). Norderstedt: BoD 2023.

TFb_B009 | Leo N. Tolstoi: *Vier Auswahlbände und Breviere 1901/1928*. Sinn des Lebens – Gott und Unsterblichkeit – Aufruf zur Bruderschaft. (= Tolstoi-Friedensbibliothek: Reihe B, Band 9). Norderstedt: BoD 2023.

TFb_B010 | Leo N. Tolstoi: *Briefe 1848-1910*. Gesammelt von P. A. Sergejenko – vollständige Ausgabe (1911), mit einem Vorwort des Übersetzers Dr. Adolf Heß (= Tolstoi-Friedensbibliothek: Reihe B, Band 10). Norderstedt: BoD 2023.

TFb_B011 | Leo N. Tolstoi: *Religiöse Briefe*. Übersetzt von Karl Nötzel – Neuedition der Ausgabe von 1922. (= Tolstoi-Friedensbibliothek: Reihe B, Band 11). Norderstedt: BoD 2023.

TFb_B012 | Leo N. Tolstoi: *Begegnung mit dem Orient*. Briefe und sonstige Zeugnisse über die Beziehungen des Dichters zu den Vertretern orientalischer Religionen – bearbeitet von Pavel Birjukov, 1925. (= Tolstoi-Friedensbibliothek: Reihe B, Band 12). Norderstedt: BoD 2023.

TFb_B013* | Leo N. Tolstoi: *Begegnung mit dem Judentum.* Briefe und andere Zeugnisse des Dichters, nebst Darstellungen von jüdischen Zeitgenossen. (= Tolstoi-Friedensbibliothek: Reihe B, Band 13). – *In Vorbereitung für 2024.

TFb_B014 | Leo N. Tolstoi: *Grausame Genüsse.* Texte über das Leiden der Tiere, die Ernährung ohne Töten und Betäubungsmittelgebrauch. (= Tolstoi-Friedensbibliothek: Reihe B, Band 14). Norderstedt: BoD 2023.

TFb_B015 | Leo N. Tolstoi: *Die sexuelle Frage.* Eine Anthologie des Jahres 1901 – Anhang: Die Kreutzersonate; Übersetzungen von Michail Feofanov, Nachman Syrkin und August Scholz. (= Tolstoi-Friedensbibliothek: Reihe B, Band 15). Norderstedt: BoD 2023.

TFb_B016 | Leo N. Tolstoi: *Pädagogische Schriften.* Gesamtausgabe von Raphael Löwenfeld (1907/1911), zwei Teile in einem Band. Übersetzungen von Otto Buek. (= Tolstoi-Friedensbibliothek: Reihe B, Band 16). Norderstedt: BoD 2023.

TFb_B017 | Leo N. Tolstoi (Bearb.): *Gedanken weiser Männer.* Übersetzt von Adolf Heß. (= Tolstoi-Friedensbibliothek: Reihe B, Band 17). Norderstedt: BoD 2024.

Tolstoi-Friedensbibliothek, Reihe C

(Gesammelte Dichterische Werke, im Aufbau)

TFb_C001 | Leo N. Tolstoi: *Aus meinem Leben.* Kindheit – Knabenalter – Jugendzeit. Übersetzt aus dem Russischen von Hermann Roskoschny, 1890. (= Tolstoi-Friedensbibliothek: Reihe C, Band 1). Norderstedt: BoD 2024.

TFb_C002 | Leo N. Tolstoi: *Kriegsbilder und andere Dichtungen aus der Zeit beim Militär.* Mit einem einleitenden Text von Raphael Löwenfeld. (= Tolstoi-Friedensbibliothek: Reihe C, Band 2). Norderstedt: BoD 2024.

TFb_C014 | Leo N. Tolstoi: *Hadschi Murad – Erzählungen aus dem Nachlass* (= Tolstoi-Friedensbibliothek: Reihe C, Band 14). Norderstedt: BoD 2024.

Tolstoi-Friedensbibliothek, Reihe D

TFb_D001 | Raphael Löwenfeld: *Zwei Schriften über Leo N. Tolstoi und sein Werk.* (= Tolstoi-Friedensbibliothek: Reihe D, Band 1). Norderstedt: BoD 2024.

TFb_D002 | *Antisemitismus, Pogrome und Judenfreunde im russischen Zarenreich.* Quellentexte und Forschungen aus den Jahren 1877-1927. Ausgewählt & bearbeitet von Peter Bürger. (= Tolstoi-Friedensbibliothek: Reihe D, Band 2). Norderstedt: BoD 2024.

Dieser Band erscheint in der REIHE C des Editionsprojekts ‚Tolstoi-Friedensbibliothek' zur (Neu-)Erschließung gemeinfreier Übersetzungen der ‚Gesammelten Dichterwerke' Leo N. Tolstois.

Über weiterführende Literatur, zu unseren Angeboten in den einzelnen Editionsreihen A – D sowie zum Kreis der Beteiligten (Konzeption und Herausgeberschaft, Bearbeitung, Beratung, Kooperationspartner*innen) informiert die Projektseite: www.tolstoi-friedensbibliothek.de